소설 예수 ① 운명의 고리

나남
nanam

나남창작선 153

소설 예수 ❶ 운명의 고리

2020년 4월 12일   발행
2020년 4월 12일   1쇄

지은이   尹錫鐵
발행자   趙相浩
발행처   (주) 나남
주소   10881 경기도 파주시 회동길 193
전화   (031) 955-4601 (代)
FAX   (031) 955-4555
등록   제 1-71호 (1979.5.12)
홈페이지   http://www.nanam.net
전자우편   post@nanam.net

ISBN   978-89-300-0653-8
ISBN   978-89-300-0652-1 (전5권)

나남창작선 153

윤석철 대하장편

소설 예수 ① 운명의 고리

나남
nanam

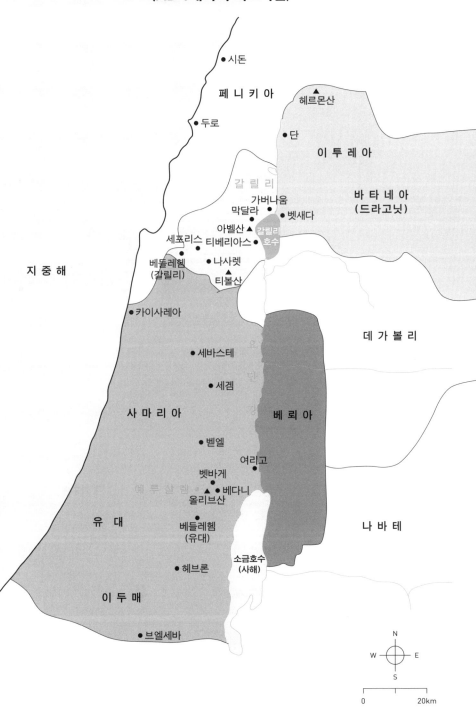

〈AD 1세기의 이스라엘〉

시돈

페 니 키 아

헤르몬산

두로

단

이 투 레 아

바 타 네 아
(드라고닛)

갈 릴 리

가버나움

막달라
벳새다

아벨산
세포리스 티베리아스
갈릴리
호수

지 중 해

베들레헴
(갈릴리)

나사렛

티볼산

카이사레아

데 가 볼 리

세바스테

세겜

사 마 리 아

베 뢰 아

벧엘

여리고

벳바게
베다니
올리브산

헤루살렘

유 대

베들레헴
(유대)

나 바 테

소금호수
(사해)

헤브론

이 두 매

브엘세바

N
W   E
S

0   20km

〈AD 1세기의 예루살렘〉

제3성벽

다메섹 문

제2성벽

제2성벽

튀로포에온 골짜기

안토니오 요새

성전산 (모리아산)

겟세마네

올리브산

골고다 ●

제1성벽

다리

성전

자바의 문

헤롯의 궁(총독궁)

안티파스의 궁전

힌놈 골짜기

윗 구 역

제1성벽

제1성벽

시온산 ▲

아 랫 구 역

기혼샘 ●

가야바의 집

에세네의 문

히스기야 터널

기드론 골짜기

실로암 연못

제1성벽

N
W ── E
S

0   500m

James H. Charlesworth(2006)의 지도 참고.

〈예루살렘 성전 내부구조〉

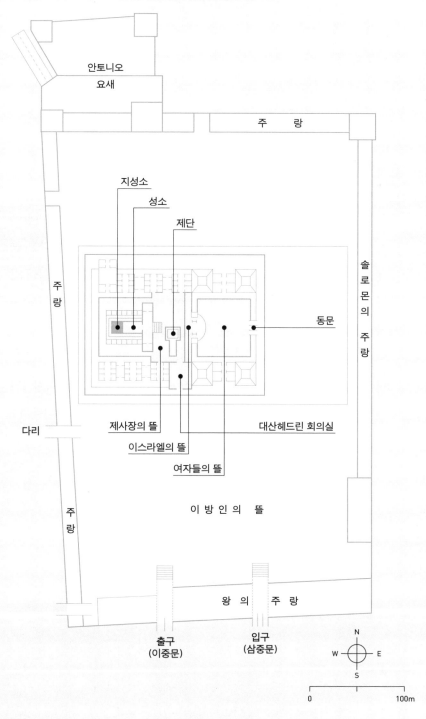

안토니오 요새

주　랑

지성소

성소

제단

솔로몬의 주랑

동문

주　랑

제사장의 뜰

대산헤드린 회의실

이스라엘의 뜰

여자들의 뜰

다리

주　랑

이 방 인 의　뜰

왕 의　주 랑

출구
(이중문)

입구
(삼중문)

N
W — E
S

0　　　　　　　　　100m

구름이 가득 낀 날, 높은 산 위에 올라가거나 비행기를 타고 하늘에 오르면 드문드문 구름 위에 솟은 산봉우리만 보입니다. 그렇다고 눈에 보이는 산봉우리만 세상에 있는 것은 아닙니다. 그래서 산 아래 골짜기도 더듬고, 비탈도 오르내리고, 커다란 호숫가도 맴도는 일을 시작했습니다.

이 글은 약속을 지키기 위해 쓰기 시작했습니다. 그 약속이 4년 동안에 걸쳐 이 글을 쓰도록 저를 이끌었습니다. 글을 쓰기 시작한 4년 전 어느 날, 우르르 몰려든 손주들, 만 7살, 6살, 5살짜리 손녀들과 3살 된 손자가 한입으로 물었습니다.

"할아버지, 컴퓨터로 뭐 하세요?"

"너희들이 크면 읽을 글을 쓴다."

"왜요?"

"약속이니까⋯."

"누구하고 무슨 약속했어요?"

"그분하고⋯. 내가 만난 그분이 나보고 그분 뜻을 깨달았으면 그

렇게 살아가라고 말씀하셨는데 …, 내가 그렇게 살 수 없었거든? 그
래서 '제가 글을 쓰는 것으로 눈감아 주십시오' 그렇게 부탁했지."

"그래서 허락받으셨어요?'

"그냥 웃으시더라."

"그분 어디 사세요?"

"2천 년 전에 멀리 저쪽에 사셨던 분이다."

"아하!"

손주들은 더 묻지 않고 '아하! 아하!' 하면서 고개만 끄떡였습니다.
약속이니까 지켜야 한다고 생각했나 봅니다. '2천 년 전 저쪽'에 살았
던 분을 만났다는 말도 이상하게 생각하지 않았습니다. 그런 일이 실
제 있으리라고 믿는 나이였으니까요.

2005년부터 자료를 모으고 그 자료에 빠져 세월을 보내다가, 2016
년 5월, 저에게 의미 있는 어느 날부터 실제로 쓰기 시작했습니다.

이 글에 나오는 2천 년 전의 그 땅과 그 사람들이 살아가는 일은 지
금 우리가 알고 있는 것과 많이 달랐습니다. 그들의 삶을 이해하고,
그들이 살아가던 시대의 문제를 함께 아파하고, 그들의 호소를 지금
우리가 살아가는 이 시대의 언어로 번역해야 했습니다. 그때 거기 살
던 사람의 눈으로 보아야 했습니다. 왜냐면, 지금 우리는 깊은 산에서
시작한 강물이 흘러내린 하구에 살기 때문입니다.

지금 시대에 부富를 중요하게 여기는 만큼 그들은 명예名譽와 수치羞恥
를 중요하게 생각했습니다. 모든 말과 행동이 명예와 관련이 있었습니
다. 지금 개인의 발전과 성취를 중요하게 여기는 것처럼, 그때는 공동

체의 안위와 전통을 중요하게 생각하고 개인주의는 공동체에 해로운 것으로 보았습니다. '나'라는 존재는 공동체에 함몰되어 있었습니다.

그 사회는 앞으로 걸어갈 미래에 희망을 두는 오늘날과 달리, 지난 역사와 전통에서 그들이 살아가는 체제의 정통성을 찾는 과거지향적 사회였습니다. 정통성을 가졌다는 억압체제, 제국체제를 당연한 것으로 수용했습니다. 사람은 이미 정해진 대로 태어났다고, 악인은 악인으로 선한 사람은 선한 사람으로 태어났다고 믿었습니다. 고귀한 사람은 태어나면서부터 고귀하다고 믿었습니다. 그 구분의 선을 넘는 사람은 사회를 위태롭게 하는 사람이었고, 그래서 그런 사람은 제거해야 했습니다.

2천 년 전에 일어났던 일이 오늘날 아무 의미 없는, 다만 과거의 옛일이었다면 제가 그 일을 더듬을 이유가 없습니다. 이 소설에 등장하는 인물들이 붙잡고 살아가던 문제들이 오늘날에도 여전히 문제라서 이 글을 썼습니다. 우리가 2천 년 전으로 거슬러 올라가 그때 거기 살았더라도, 그분이 2천 년 후에 지금 여기에서 우리와 함께 살아간다고 해도 똑같은 일이 일어날 것이라고 생각합니다. 그 생각을 풀어 우선 1, 2권을 이번에 먼저 출간합니다. 2020년 연말까지 3권, 2021년에 4권과 5권을 출간할 예정입니다.

누구나 그 결말을 익히 알고 있는 이야기를 쓰는 이유는 그것이 바로 인류가 안고 살아가는 문제이기 때문입니다. 우리는 '누가 언제 어디서 무엇을 어떻게' 했다는 기술에는 모두 동의할 수 있을 겁니다. 그러나 '왜?'라는 질문 앞에 서면, 대답하는 사람의 인생관과 철학, 사상에 따라 다른 대답이 따를 수밖에 없습니다. '왜?'라는 질문에 대해 오래전에 주어졌던 명확한 대답 대신, 저와 함께 각자의 대답을 찾으러 떠나시기를 권합니다.

이 글을 쓰면서 이야기 전개나 배경 인물에 대해 의견을 나눌 때 눈을 반짝이며 적극적으로 의견을 내주고 북돋워준 가족과 주위 모든 분들께 감사합니다. 특히 첫 원고와 두 번째 원고를 끝까지 꼼꼼하게 읽고 일일이 검토하며 확인해준 아내가 고맙습니다.

두서없이 산만한 원고를 들고 나남출판을 찾아갔을 때 한번 해보자면서 손을 잡아 주고, 이 책이 출판될 수 있도록 이끌어준 조상호 회장, 방순영 편집장, 신윤섭 부장, 이한솔 편집자와 나남 편집부 모든 분에게 감사한 마음 전합니다.

처음 이런 글을 쓰겠다고 상의했을 때 용기를 주었던 형과 외사촌 동생이 고맙습니다. 제 글이 쉽게 동의할 수 없는 내용일 텐데도 불구하고 참고할 만한 서적을 추천해주신 분, 본인이 쓰고 있던 책의 원고를 통째로 보내며 자료를 제공해주신 분, 역사적 예수Historical Jesus에 눈뜨고 리처드 호슬리Richard Horsley의 신학을 접하도록 인도해주신 분, 생명과 평화운동에 동참하자고 이끌어주신 분, 그리고 제게 마음을 열어주신 고마운 목사님들께도 감사의 말씀을 드립니다.

손주들이 이제 여섯 명이 됐고, 훗날 이 책을 꼭 읽어보겠다는 약속을 받았습니다. 그 아이들에게 이 책을 남겨줄 수 있어 기쁩니다.

2020년 3월
윤 석 철

소설 예수 1권
운명의 고리

차 례

소설 예수 2권
세상의 배꼽

제1장
거룩한 성문 앞에서

제2장
건너야 할 강

제3장
예루살렘의 음모

제4장
덫에 걸린 하얀 리본

제5장
나귀를 탄 구원자

등장인물 소개

예수	하느님의 뜻을 깨닫고 하느님을 가슴에 품고 산 사람.

히스기야	예수의 어릴 적 친구. 의적단 '하얀리본' 두목.
바라바	의적단 '하얀리본' 부두목. 바리새파 학생의 아들.
요한	세례자. 예수에게 세례를 베풀고 광야 수행으로 이끌어준 선생.

요셉	예수의 아버지.
마리아	예수의 어머니.
야고보	예수 바로 아래 동생.
다른 동생들	유다, 시몬, 요셉, 마리아, 요한나.
시몬	갈릴리 베들레헴에 사는 요셉의 삼촌. 예수에게 할례를 베풂.
예수	주인공 '나사렛 예수'와 같은 이름의 나사렛 마을 촌장 겸 회당장.

마리아(막달라)	막달라 출신의 여자 제자.
시몬	갈릴리 호수 어부. 벳새다 출신. 예수에게서 '게바'라는 새 이름을 받음. '게바'는 헬라어로 베드로.
안드레	갈릴리 호수 어부. 벳새다 출신. 시몬의 동생.
요한	갈릴리 호수 어부. 세베대의 아들. 야고보의 동생.
야고보	갈릴리 호수 어부. 세베대의 아들. 요한의 형.
빌립	벳새다 출신. 스승이었던 세례자 요한이 처형된 후 예수를 따름.
유다	예수의 제자.
시몬	갈릴리 어부 시몬 '게바'와 구분하기 위해 '작은 시몬'으로 불림.
레위	가버나움 세리 출신. 알패오의 아들. 헬라식으로 마태라고도 불림.

야고보	레위의 동생. 알패오의 아들. 세베대의 아들 야고보와 구분하기 위해 '작은 야고보'라고 불림.
도마	쌍둥이라는 별명을 가진 제자.
므나헴	예수의 제자.
삭개오	여리고의 세리장.

빌라도	현 로마총독(5대 총독). 유대, 사마리아, 이두매 관할.
아레니우스	로마 원로원 의원의 조카. 빌라도를 따라 예루살렘에 옴.
클라우디아	빌라도의 아내.

헤롯	유대의 왕(유대, 사마리아, 갈릴리와 이두매 통치). 예수 탄생 후 사망.
마리암네	헤롯왕의 두 번째 왕비. 하스몬 왕조의 공주.
안티파스	갈릴리와 베뢰아를 다스리는 분봉왕. 헤롯왕과 네 번째 부인의 아들. '헤롯 안티파스'라고 불림.
알렉산더	분봉왕 안티파스의 최측근 신하. 로마에서 유학함.
헤로디아	안티파스의 현 아내. 헤롯왕의 다른 아들 '로마의 헤롯'과 이혼한 후 딸 살로메를 데리고 안티파스와 재혼함.

가야바	예루살렘 성전의 현 대제사장. 전임 대제사장 안나스의 사위.
마티아스	가야바의 아들. 성전 제사장.
야손	성전 제사장. 성전 정보조직 책임자.
가말리엘(랍비)	랍비 힐렐의 손자. 바리새파 선생. 예루살렘 대산헤드린 의장.
시몬(랍비)	랍비 힐렐의 아들. 바리새파 선생. 가말리엘의 아버지.
니고데모	예루살렘 대산헤드린 의원.
요셉	아리마대 사람. 예루살렘 대산헤드린 의원.

어둠의 날갯짓

———·———

피 묻은 손을 하늘 한 자락에 쓱 문질러 닦은 듯 저녁노을이 섬뜩했다. 석양을 정면으로 받은 예루살렘 성전은 잘 달궈져 모루 위에 올려놓은 쇳덩어리처럼 붉게 빛났다.

로마황제 티베리우스 19년 니산월 초여드레. 한 뼘 남은 안식일을 힘겹게 버티던 해가 산 너머 서쪽으로 빨려 내려가고 있다. 서쪽에는 불길한 운명이 부글부글 끓어오르는 땅이 있다. 그곳에 피할 수 없고 벗어날 수 없는 무서운 파국이 입을 벌리고 있다. 지하세계, 저승세계, 불길한 세계로 들어가는 문이다. 온갖 가증스러운 힘이 거기로 드나든다. 어둠이 꾸역꾸역 땅 아래에서 기어 나와 세상을 삼킨다. 빛과 어둠은 해와 달이 생기기 훨씬 이전부터 하루를 절반씩 나눠 차지한 채 시간을 밀고 당겼다. 어둠은 서쪽 땅 끝에서 해를 삼키고 동쪽 산 위로 달을 뱉어 낸다. 해가 지면 곧 니산월 초아흐레 새 날이 된다. 유대에서는 언제나 어두워지면 새 하루가 시작된다.

17

"로마군이다! 로마군이 몰려온다!"

"봉홧불을 올려라! 예루살렘으로 신호를 보내라!"

봉화신호가 예루살렘에 채 닿기도 전에, 서쪽 하늘 붉은 자락을 젖히고 군대가 모습을 드러냈다. 지는 해가 쏟아 놓고 내려갔는지, 입을 벌린 땅 속에서 솟아올랐는지 불쑥 군대가 나타났다. 하늘과 땅 사이 조금 벌어진 그 틈새로 저녁바다 파도처럼 군대가 밀려온다. 갑옷 장식, 말 장식, 펄럭이며 휘날리는 깃발 장식이 하루의 끝자락을 끌고 넘어가는 햇빛에 번쩍인다. 서쪽 땅끝에서 날아올라 하늘 아래 모든 나라를 정복한 황금독수리 로마 군대다.

로마군은 거침없는 기세로 예루살렘 방향으로 몰려온다. 때가 유월절逾越節이기 때문이다. 로마 군대가 성안으로 들어오면 이스라엘의 해방명절이라는 유월절은 그 순간부터 오로지 아득한 과거의 어느 때 일어났다는 일을 기념하는 명절로 바뀐다.

✜

"이랴! 이랴!"

"비켜라! 길을 비켜라!"

예루살렘 성전 언덕 길, 거칠고 급한 말발굽 소리가 요란했다. 세 사람이 말을 몰아 구르듯 내려왔다. 사람들은 황급하게 길가로 몸을 피했다. 대제사장 가야바의 아들 제사장 마티아스가 맨 앞에서 달렸다. 잔뜩 긴장한 모습이 예사롭지 않다. 늘 거만하게 쳐들고 다니던 수염 더부룩한 아래턱을 오늘은 가슴 쪽으로 깊숙이 당긴 채 옆에는 눈도 주지 않고 서두른다. 보통 중요한 일이 아닌 모양이다. 알은체 나서려던 사람이 머쓱해서 한발 물러선다. 그들은 예루살렘 윗구역으로 말을 몰아 올라가더니 서북쪽 성문을 빠져나간다. 안식일이 끝나는 나팔소리도 기다리지 못할 만큼 급한 일이 벌어진 모양이다.

✠

그 시각, 예수의 어머니 마리아는 아들을 생각하며 요단강 동쪽 길을 따라 걸었다. 이어진 듯 끊어진 듯 좁은 길을 걸어 예루살렘으로 발걸음을 재촉하지만 아직 갈 길이 멀다. 이미 서쪽 산에 반 너머 걸린 저녁 해가 흐르는 강에 붉은 물굽이를 일으킨다. 나사렛 집을 떠난 지 벌써 사흘째다. 이즈르엘 들판을 어렵게 지나 요단강 골짜기 길에 들어선 지도 하루나 됐다. 잘 드는 칼로 썩썩 베어 가는 듯, 남은 시간은 안타깝게 금방금방 줄어든다. 평생 가슴에 묻고 살았던 일, 늘 조마조마 마음 졸이던 그 일이 예수에게 일어나고 있음이 분명하다. 바짝 타버린 가슴이 버석버석하다.

"아! 내 아들아! 예수야!"

더 늦기 전에 아들을 만나 이제는 그 애기를 해주어야 한다. 한 번 더 아들을 가슴에 깊이 안아주어야 한다. 어미는 안다. 자식에게 위험이 닥치는 순간을. 공연히 가슴이 떨리고 울렁거리기 시작하면, 불길한 예감이 슬쩍슬쩍 얼굴을 내비치며 그림자를 남기기 시작하면 세상 모든 어미는 그때를 안다. 예감이 훌쩍 날아와 가슴에 내려앉으며 날개를 접기 때문이다.

앞장서서 걸어가는 작은아들 야고보의 뒷모습이 가슴 시리도록 안쓰럽다. 등에 멘 보따리가 그가 지고 가는 운명처럼 무거워 보인다. 야고보나, 집에 두고 온 올망졸망한 작은 애들이나, 예수의 동생이라는 운명에 묶여 있다.

"애야! 야고보야! 예루살렘에 나 좀 데려가 다오! 네 형 예수에게 …, 더 늦기 전에!"

예수가 예루살렘 길에 올랐다는 소문을 듣자마자 그녀는 떼쓰듯 작은아들에게 매달려 애원했다. 야고보가 형을 얼마나 야속하게 생각하는지 모르지 않았지만 그걸 생각할 형편이 아니었다. 물끄러미 바라보더니 할 수 없다는 듯 길을 나선 아들이 돌이켜 생각해 보아도 고맙고 미안하다. 마음 같아서는 한 걸음이라도 더 걷고 싶지만 더 늦기 전에 어디 마을을 찾아 들어 하룻밤 지내야 할 시간이 됐다.

✝

예루살렘에서 동쪽으로 육칠십 리 떨어진 여리고는 곧 어둠이 내려앉을 시간이 됐다. 막달라 마리아는 안타까운 마음으로 예수의 얼굴을 올려다본다. 1,300여 년 전, 조상 히브리인들을 이끌고 이집트의 압제에서 벗어나 광야로 이끌었던 지도자 모세의 누이가 미리암이었다. 그 이름을 따서 미리암, 마리아는 한 동네, 한 집안에도 여러 명이 있을 만큼 흔한 여자 이름이 됐다. 어른이 되면 여자는 보통 누구의 아내 아무개, 누구의 어머니 아무개로 불린다. 그러나 남편도 없고 자식도 없는 이 마리아를 사람들은 그저 막달라 출신 마리아, 막달라 마리아라고 불렀다.

"선생님, 여기서 발길을 돌리면 안 되겠습니까?"

"아니 되오!"

"이번에는 그냥 갈릴리로 돌아갔다가 다시 … ."

"아니오, 마리아! 때가 되었소."

그녀는 힘없이 고개를 숙였다. 그녀가 다시 무슨 말을 하기도 전에 예수는 고개를 저었다. 더 이상 선생을 설득할 수 없다는 생각이 들자 자리에서 일어났다. 갑자기 세상이 빙그르르 돌고 현기증이 일어났다.

그때, 마당 한끝에서 와그르르 웃음이 터졌다. 말 잘하고 붙임성 좋은 요한이 일행에게 우스갯말을 던진 모양이었다. '게바'라는 새 이름을 얻은 시몬과 그의 동생 안드레, 야고보와 그의 동생 요한, 헬라식으로 '마태'라고도 불리는 레위, 레위의 동생 작은 야고보, 있는 듯 없는 듯 조용하지만 모든 자리에 빠지지 않는 므나헴, 늘 무슨 일을 저지를 준비가 돼 있는 것처럼 느껴지는 작은 시몬, 오직 한 방향으로만 예수를 끌고 가려는 듯 보이는 유다, 그리고 갈릴리에서부터 예루살렘 길을 따라 내려온 몇 사람의 새 제자들이 모여 있다.

그들은 집주인 삭개오를 붙잡고 무언가 한참 열을 올리며 설명하고 있다. 그러더니 요한이 날개를 펴듯 두 손을 뒤로 쭉 빼고 닭 꽁지처럼 흔들며 무어라 하자, 모두 다시 왁자지껄 유쾌하게 웃는다. 이미 사흘째 머물고 있어서 그런지 제자들과 삭개오 사이에는 스스럼이 거의 없어졌다. 유다가 가끔 고개를 돌려 이쪽을 쳐다보는 모습을 진작부터 그녀는 눈여겨보았다. 예수와 마리아 단둘이 얘기 나누는 광경이 마음에 걸린 모양이었다. 마리아는 예수에게 고개 숙여 인사한 후 안채로 걸어 들어갔다.

천천히 걸어가는 마리아의 뒷모습을 예수는 말없이 지켜보았다. 다음 날 예루살렘에 들어가는 일로 얼마나 큰 두려움에 그녀가 빠져 있는지 알고 있다. 그러나 때가 되면 그녀도 깨닫게 되리라. 예수가 광야를 나온 후에 걸은 길이 바로 예루살렘 길이었다는 것을.

예수에게 예루살렘은 쳐부수거나 증오해야 할 적이 아니다. 유황불로 태워 없애야 마땅한 소돔이나 고모라가 아니다. 눈을 뜨지 못한 사람들, 할 수 없이 몰려든 사람들도 사는 곳이다. 스스로 세상의 배꼽이라고 부르는 예루살렘이 변하면 세상이 변할 수 있다.

'내 백성을 해방하라!'

유대 광야에서, 하느님은 예수에게 그 일을 맡겼다. 예루살렘에서 다시 해방을 선언해야 한다. 유월절은 단순히 옛 해방을 기념하는 날이어서는 안 된다. 예루살렘은 하느님과 이스라엘이, 세상이 새로 만나 언약을 맺는 시나이산이 되어야 한다. 해방은 막힌 물길을 터서 흐르게 하는 일이다. 사람들은 예루살렘에 올라간다고 말하지만 사실 그곳은 물이 더 흘러내리지 못하고 고인 곳이다. 흐르던 요단강이 더 아래로 더 깊은 곳으로 흐르지 못하여 죽은 바다라고 불리는 소금호수가 되었듯, 예루살렘도 강이 흐르다 멈춘 소금호수다.

예루살렘 길에 오르기 전, 가버나움에서 예수는 제자들에게 말했다.

"여러분, 유월절은 이집트에서 종살이하던 히브리의 울부짖음을 하느님이 듣고 응답한 사건을 기리는 명절입니다. 종살이에서 풀린 히브리는 약속의 땅으로 들어가는 긴 여정을 걸었습니다. 말하자면 약속의 땅에 들어가기 위해 먼저 억압의 땅을 벗어나야 했습니다."

제자들은 왜 모든 사람이 알고 있는 얘기를 예수가 되풀이하는지 처음에는 깨닫지 못했다.

"억압에서 벗어났으나 새로운 세상을 만들지는 못했습니다. 억압에서 벗어나려면, 진정한 해방을 이루려면, 수레가 언제나 두 바퀴가 짝이 되어 돌듯, 억압 없는 새로운 세상을 이루겠다는 다른 한 바퀴가 짝이 되었어야 합니다. 해방은 시작이고 새로운 사회는 도착해야 할 목적지지만 출발과 목적지가 함께 짝을 이루어야 했습니다. 그러니 그중 하나만 따로 떼어 기념할 수 있는 일이 아닙니다."

제자들은 선생이 무슨 얘기를 하려고 하는지 아직 제대로 알아듣지 못했다.

"여러분, 내가 예루살렘에 가는 것은 이스라엘이 히브리라고 불리며 살 때 잃어버렸던 다른 한 바퀴, 새 세상을 이루겠다는 바퀴를 달아 억압 없는 세상, 진정한 해방의 나라, 하느님 나라를 선언하기 위한 걸음입니다. 완성하지 못한 해방을 이루는 일입니다. 그 새로운 세상의 문을 여러분이 열게 될 것입니다."

그는 자기 혼자 그 일을 맡은 사람이라고 말하지 않았다. 세 세상의 문을 제자들이 열 것이라고 선언했다.

"연극입니다. 로마황제의 통치를 받고 있는 이스라엘에서 유월절 해방을 기념하는 일은 스스로 속고 속이는 연극입니다. 헬라 연극과 같습니다."

20여 년 전쯤, 나사렛 마을에서 시오 리 떨어진 큰 도시인 세포리스의 극장이 완공되었을 때 갈릴리 분봉왕은 주변 농촌마을에 사는 주민들도 구경하도록 헬라 연극을 개방한 적이 있었다. 나사렛 마을 촌장을 비롯한 동네 어른들은 연극 구경 가고 싶어 안달하는 젊은이들과 애들을 단속하며 극구 말렸다. 그러나 반역을 모의하듯 수군거리며 몰래 동네를 빠져 내려간 젊은이들은 세포리스 길을 달렸었다.

그 틈에 끼어 구경한 연극은 새로운 문화였고 충격이었다. 경험할 수 없었던 경험을 전해 주었다. 신이든 영웅이든 비천한 종이든 연극에 등장하는 인물은 모두 해당 역할을 맡은 배우들이 연기했다. 배우들이 연기하는 역할은 실제가 아니었다. 또래의 동무들과 달리 연극과 현실 사이에 존재하는 틈과 상징성을 예수는 알 수 있었다.

세월이 지나 생각해 보니, 로마의 통치 아래 맞이하는 예루살렘 성전 유월절 행사는 예수가 보기에는 그저 잘 짜인 연극에 불과했다. 정교하게 짜인 희곡으로부터 한 치도 벗어나면 안 되는 엄격한 통제와 연기의 산물이다. 예루살렘성과 성전 전체가 커다란 무대가 된다. 유월절을 기념하려고 모여드는 모든 사람들, 유월절 제사를 주재하는 성전, 유월절을 통제하는 로마총독, 성전 뜰을 둘러싼 주랑건물 위에 늘어서고 안토니오 요새에서도 내려다보는 로마군 병사들, 이 모두가 맡겨진 역할과 허락된 범위를 잘 지키고 감시하는 연극이다. 만들어진 이야기와 주어진 역할에 따라 배우들이 무대에 들어오고 나간다.

하느님은 세포리스 연극 무대에서 보았던 것처럼 무대 한편에 그냥 세워 둔 석상이다. 무대에서 움직이거나 얘기하거나 소리칠 수 없다. 하느님은 정해진 그 자리에 그냥 있어야 하는 석상이다.

"유월절 연극을 통해 이스라엘은 이루지 못한 것을 이미 성취된 현실처럼 느낍니다. 현실에서 결코 이룰 수 없었던 해방을 연극을 통해 환상으로 바꿉니다. 해방을 먼 옛날, 하느님의 개입에 의해 일어났다는 단 한 번의 사건으로 기념하면서 현실 속에서 이루어질 수 없도록 잘 마련한 장치에 따라 철저하게 통제합니다."

연극에서 가장 중요한 내용은 하느님이 히브리인을 해방했다는 것이다. 그 연극을 주재하는 사람들, 성전의 대제사장과 제사장들 그리고 성전 관리들은 가능하면 현실과 연극의 틈을 크게 벌린다. 그러면 연극은 확실하게 현실 아닌 것이 되고, 달성할 수 없는 환상이 되고, 포기할 수밖에 없는 꿈이 된다. 환상을 실현할 수 있는 유일한 수단이 하느님의 개입이라면, 그리고 그분의 직접적 개입이 있을 때에만 해방이 가능하다면 현실과 환상 사이에 아무리 틈이 크게 벌어져 있어도 이미 성전이 책임질 일은 아니다. 개입하지 않고 침묵하는 하느님 책임이다. 히브리에게 가능했던 해방이 이스라엘에게는 결코 주어질 수 없는 환상이라는 것을 받아들일 수밖에 없다. 그것은 해마다 유월절 명절을 기념하는 유대인들에게 로마와 예루살렘 성전이 깊이 새겨주려는 자각이다.

"아!"

여리고에서 바라본 서쪽 하늘 아래, 산 너머 또 산 너머에 이제 예수가 찾아가려는 예루살렘이 있다. 이스라엘의 해방을 생각하면서 예수는 깊이 숨을 들이쉬었다. 꺼진 모닥불 같은 그곳에 아직 불씨가 남아 있으리라고 그는 믿었다.

✠

예루살렘은 사방이 높은 산으로 둘러싸인 분지 안에 자리 잡고 있다. 동쪽 올리브산에서 내려가 기드론 골짜기를 건너면 모리아산이 있고 그 위에 예루살렘 성전이 서 있다. 성전이 그 산에 들어선 이후 사람들은 모리아산을 성전산으로 불렀다.

'게헤나'라고도 불리는 힌놈 골짜기가 예루살렘성을 서쪽에서 남쪽으로 둘러쌌다. 해가 지고 어두워져 하늘에 별이 세 개 이상 나타나면 성전 남서쪽 망루에서 나팔을 분다. 새 하루가 시작된다는 신호다. 하루도 빠짐없이 울리는 나팔소리는 시간이 누군가의 통제 아래 있다는 상징이다. 그 시간이 되면 허가받지 못한 사람들은 모두 성밖으로 나가야 한다. 세상 어디에서나 마찬가지로 예루살렘에서도 어둠은 사람들을 밀어내는 힘이다.

첫 나팔소리가 울린 후, 한 시간이 지나면 다시 일곱 번 뿔나팔 소리가 성전 망루에서 길게 울려 퍼진다. 자랑스레 뿔을 휘두르던 숫양이 남긴 마지막 비명소리 같다. 그 시간부터 성 안팎의 야간 이동이 금지된다. 성안에 사는 사람과 성밖으로 밀려나 살아가는 사람 사이에 도저히 넘어설 수 없는 큰 벽이 세워지는 시간이다.

나팔소리가 울렸지만 예루살렘 성안 아랫구역 골목에 모여 사는 사람들은 아직 헤어질 생각을 않는다. 연신 주위를 둘러보며 끼리끼리 얘기를 나눈다.

"갈릴리 사람들 얘기 들어봤어?"

"갈릴리 사람들?"

"왜, 그 저 북쪽 갈릴리 지방 사람들! 거기에 떼를 지어 떠돌아다니는 이상한 무리들 있다잖아? 위 갈릴리 아래 갈릴리 온통 휩쓸고 돌아다니는 무리들 있잖아? 새 세상이 온다나 어쩐다나 떠들면서. 아, 그런데, 주제에 자기들이 새 세상을 이루는 일꾼이래요."

그런 소문이 예루살렘성 안에 돌기 시작한 지 이미 꽤 오래됐다. 예루살렘 사람들은 소문의 실체를 가늠해보려고 한동안 여기저기 기웃거렸다. 그러다가 워낙 멀리 떨어진 갈릴리 얘기라서 곧 잊고 넘어갔는데 요즘 들어 입에 올리는 사람들이 부쩍 늘었다.

'갈릴리'라는 말만 들어도 예루살렘 사람들은 불길한 생각을 떠올린다. 딱 집어 말할 수는 없지만 스멀스멀 두려움도 기어오른다. 유월절이 다가오기 때문이다.

"그런데?"

"거기서 떼 지어 몰려다니던 무리가 이번 유월절에, 우리 여기 예루살렘으로 몰려온다는 거야. 메뚜기처럼 떼를 지어 새카맣게 몰려온대요. 여기서 한판 벌인다고."

소문은 늘 과장되기 마련이라지만 얘기는 수상쩍다.

"한판?"

"이번 유월절 명절이 기회라고 성전에서 크게 한판 벌이기로 했다나 봐."

"성전? 아니, 성전이 어디라고 그 사람들이 떼를 지어 들어가? 갈릴리 사람들 주제에! 그 사람들 더러운 사람들 아냐?"

"글쎄, 그런데, 그러겠다네요. 그 거지 떼들이 ⋯."

예루살렘으로 몰려온다는 갈릴리 무리는 거지뿐 아니라 막일꾼, 그

물을 던져 물고기나 잡던 어부, 땅도 없이 품팔이로 돌아다니던 농부, 세금쟁이, 몸 파는 여자, 과부, 모두 고약한 냄새를 풍기는 더러운 사람들이라는 소문이었다. 시궁창 더러운 물이 예루살렘으로 흘러드는 듯, 생각만으로도 벌써 싫었다. 거룩한 도성 예루살렘이, 그리고 성안에 사는 모든 사람이 씻을 수 없는 모욕을 당하는 느낌이 들었다.

예루살렘 사람들은 깨끗한 것에 대한 자부심이 대단했다. 땅으로 말하면 이방은 더럽고 이스라엘은 깨끗하고, 갈릴리는 더럽고 유대는 깨끗하다고 믿었다. 성곽으로 둘러싸인 예루살렘을 거룩한 도성이라고 불렀다. 성안에 있는 성전산 위에 야훼를 모신 성전이 있기 때문이다. 성전 가장 깊은 안쪽, 거룩한 곳 중에서 가장 거룩하다는 곳에 야훼 하느님을 모신 지성소가 있다. 야훼는 하늘, 땅, 바다, 시간, 빛과 어둠 그리고 그 안에 있는 모든 것들을 구분하고 주재하는 거룩한 신이다. 예루살렘성 안에서는 모든 시간, 모든 일, 모든 사람 야훼의 뜻에 따라 거룩해야 한다. 거룩함을 더럽히는 사람들이 몰려와 소란을 피워서는 안 되는 장소다.

✟

여리고에 머물고 있는 예수를 만나려고 히스기야는 하얀리본 동지들이 머물고 있는 움막을 나섰다. 여리고는 예루살렘에서 동쪽으로 육칠십 리 길, 하룻밤에 다녀오기는 벅찬 걸음이다. 움막들은 모두 성벽을 한쪽 벽으로 삼아 기대 서 있다. 몸뚱이 하나밖에 없는 사람들이 몸을 뉘고 잠드는 집이고, 그런 가난한 사람들이 서로 등 기대고 사는 마을이다. 움막 사람들은 성안에 들어가 날품팔이나 구걸로 하루를 산다.

움막마을 사람들은 아침 일찍 성문이 열리기 무섭게 성안에 들어가 일거리를 찾고 저녁 해 떨어질 시간이 되면 모두 성밖으로 쫓겨난다. 성안에서 밤을 새우면 안 되는 사람들이기 때문이다. 성안에 살 수 있는 사람들, 성밖에서 살면서 성안에 들어가 막일을 하며 먹고 사는 사람들, 성안에는 절대로 들어갈 수 없는 사람들, 그런 사람들이 도성 예루살렘을 중심으로 모여 산다. 어디에 속한 사람이든 그들이 얻는 일거리는 모두 성전과 관련되었다. 다른 일거리도 따지고 보면 성전에서 일하는 사람들의 필요에 따라 시중드는 일이 대부분이다. 성전이 경제활동의 중심이기 때문이다.

상종 못할 더러운 사람들이 엉겨 붙어 사는 곳이라고 성안 사람들은 고개를 돌리지만, 히스기야는 하얀리본의 연락 근거지를 그 더러운 움막에 잡았다. 성밖 마을이라 눈에 띄지 않게 언제든 길을 떠날 수 있고, 더러운 일이 있다면 성안 구석구석 어디라도 들어갈 수 있으니 하얀리본에게는 최적지였다. 성안에서는 언제나 더러운 일이 있으면 움막마을 사람을 부른다. 어쩌면 용하게도 그들이 먼저 알고 찾아들었다는 말이 맞다. 그들은 이름으로 불리지 않는 사람들이기 때문에 낯선 얼굴이라고 누가 특별히 이상하게 여길 일도 아니다. 허름한 옷을 입고 들락거리면 움막마을에서는 아무도 나서서 누구냐 묻지 않고 이상하게 생각하지도 않는다.

성밖 마을의 움막들과 그 앞 힌놈 골짜기 낭떠러지 사이는 장정 두 사람이 겨우 어깨를 부딪치며 지나갈 만큼 좁은 길이 아슬아슬하게 뻗어 있다. 그 길을 걸어 움막마을을 빠져 나올 때 히스기야는 가슴을 찌르는 아픔을 느꼈다. 좁은 길에 나와 쭈그리고 앉아 있는 아이들을 보면서, 마을에서 풍기는 짭조름한 가난 냄새를 맡으면서 가슴속에 애써 묻어 놓고 살았던 옛날이 떠올랐다. 나사렛 언덕, 어머니와 슬프게 지내던 날들이 자꾸 눈에 밟혔다.

그는 고개를 세차게 흔들었다. 갑자기 숨기고 싶었던 어릴 적 일이 떠올랐기 때문이다. 그에게는 가슴속에 꼭꼭 묻어 놓았던 일이 있다. 애써 잊으려 해도, 불쑥불쑥 떠오르는 기억이 있다. 예수에게도, 누구에게도 말하지 못한 일이었다. 그 병아리 눈이 생각났다.

"애야! 병아리 어디 있나 찾아 봐라. 벌써 해 떨어질 시간이 됐다. 웬일인지 병아리 소리가 한참이나 안 들리더라. 겨우 한 마리 남았는데 … ."

"어디 있겠지요. 놔두세요, 어머니."

"아니, 날도 어두워지는데, 어서 찾아봐!"

"예에."

길게 대답하고 히스기야는 내키지 않는 걸음으로 집 모퉁이를 돌았다. 거기 시궁창이 있었다. 물끄러미 내려 보았다. 평상시에는 더러운 냄새가 나는 곳이라며 고개를 돌렸지만 그날은 눈을 떼지 못했다. 그곳은 더 이상 시궁창이 아니었다. 가슴에 깊은 옹이로 박힌 장소가 됐다.

그날 낮, 모퉁이 쪽에서 병아리가 계속 삐악삐악 울었다. 웬일인가 가보니 병아리가 시궁창에 빠져 허우적거리고 있었다. 그가 다가온 것을 보았는지 병아리는 격렬하게 몸을 움직였고 그럴수록 더 빠져 들었다. 꺼내 주어야 한다, 물로 깨끗하게 씻어 햇볕에 털을 말려 주어야 한다는 생각이 들었지만, 그는 자기도 모르게 나뭇가지를 찾아 들고 병아리 등을 눌렀다. 병아리가 시궁창 속으로 사라질 때 보았던 깜빡이던 눈. 작고 맑고 동그란 그 눈을 두고두고 잊을 수 없게 됐다. 무슨 일을 했는가? 떨리고 후회스럽지만 곧 마음으로 도리질을 했다. 어미 닭 없이 혼자 남은 병아리를 건져 씻어 주었더라도 곧 죽었을 것이라고 애써 생각했었다. 그날 이후 그는 가끔 남몰래 그 일을 떠올리며 스스로에게 물었다.

"하느님 보시기에 나는 시궁창에 빠진 병아리였을까?"

그럴 것 같기도 하고, 아닌 것 같기도 했다. 시궁창에서 건져 맑은 물로 깨끗이 씻어주고 햇볕에 날개를 말려 주는 하느님을 만나지 못했기 때문이었다. 살면서 한 번도 누구에게 보호받아 본 적이 없었다. 그렇게 믿고 살았다. 이투레아에서 극한 훈련을 받으며 수련할 때, 살릴 것과 포기할 것을 가리는 일에 그는 조금도 주저하지 않았다.

그가 막 올리브산 중턱을 넘어 여리고 쪽으로 방향을 잡았을 때, 안식일 해가 졌다. 어둠은 언제나 생각보다 걸음이 빠르다. 해가 지자마자 기드론 골짜기, 힌놈 골짜기에 웅크리고 있던 어둠이 기다리고 있다가 순식간에 예루살렘성으로 기어올랐다. 뒤돌아 내려다본 움막마을은 벌써 성벽 그늘에 가려 형체마저 뚜렷하지 않다.

✝

해가 떨어지고 안식일이 끝났다. 땅거미가 지기 시작할 때부터 예루살렘성 윗구역과 아랫구역 중간에 있는 랍비 시몬의 집으로 바리새파 사람들이 모여들었다. 모두 힐렐파의 선생들이다. 몇 사람이 늦었다는 듯 부지런히 언덕 골목길에서 발걸음을 옮긴다.

"오늘 중요한 얘깃거리가 무엇인지요?"

"글쎄올시다. 나도 잘 모릅니다. 안식일이 끝났으니 명절행사 준비를 상의하지 않을까요?"

"그 불한당 얘기도 나올까요?"

"예? 불한당? 에이, 나는 그런 것 모르오!"

오늘 얘깃거리가 무엇일지 이것저것 말하던 사람도, 그런 일은 더 이상 말하기도 싫다는 듯 입을 닫았다.

시몬의 집 대문은 활짝 열려 있다. 군데군데 매달아 놓은 등불이 밖에서도 보인다. 예루살렘 윗구역에 사는 왕족이나 대제사장들의 집에 비해 조금도 떨어지지 않을 만큼 크고 넓은 집이다. 그 집에는 윗구역으로 통하는 문과 아랫구역으로 들고 날 수 있는 문, 두 개의 문이 있다. 바로 두 구역의 중간지점에 집이 자리 잡고 있기 때문이다.

시몬의 아들 가말리엘이 뜰에 나와 손님을 맞았다. 그는 언제나 마음을 다해 정중하게 사람을 대한다. 건성 인사만 하면서 거만을 떠는 다른 사람과 달랐다. 높은 학식과 온화한 태도는 예루살렘 성안에 사는 사람들은 물론 유대 지방 전체에 소문이 자자했다. 할아버지 랍비 힐렐이 이룬 힐렐파의 공식 후계자다. 외지에 나가 사는 유대인들 중에도 토라를 배우기 위해 먼 길을 마다않고 그를 찾아오는 사람이 많았다. 그가 예루살렘 대⋆산헤드린의 의장을 맡은 지 벌써 3년이 됐다. 샤마이파를 세운 랍비 샤마이가 20여 년 동안이나 자리를 지키다 세상을 떠난 뒤 그가 '나시'라고 부르는 그 의장 자리를 넘겨받았다.

뜰에서 가말리엘과 인사를 나눈 손님들은 하인의 안내에 따라 방안으로 들어섰다. 눈썹마저 하얗게 센 랍비 시몬이 그들을 맞이했다. 건강 때문에 일일이 자리에서 일어나 손님을 맞지는 못해도 들어서는 사람마다 따뜻하게 맞으며 자리를 권했다. 그런 자리에서는 지위, 가문, 경력 그리고 나이에 따라 유대사회의 관습대로 윗자리 아랫자리 순서가 대개 정해져 있다. 어떤 사람이 격에 맞지 않는 자리에 앉을 경우 그 자리에 있던 장로나 주인이 자리를 바꾸도록 조정한다. 아랫자리에 앉았다가 권유에 따라 윗자리로 옮기는 경우라면 몰라도, 윗자리에 앉았다가 자리를 넘겨주고 내려앉게 되면 크게 체면이 손상되고 예의 없는 사람이라고 사람들 입에 오르내리게 된다. 한번 체면을 잃으면 다시 회복하기 어렵다. 그래서 많은 사람들이 일부러 말석 쪽으로 발걸음을 옮기고, 주위 사람들이 나서서 자리를 옮겨 앉으라고 권하고, 괜찮다고 사양하고 또 권하고, 잠시 자리가 소란스러워지는 것이 보통이다. 한동안 수선스럽지만 결국 앉는 자리는 언제나 참석한 사람들에 따라 정해지기 마련이다. 바리새파 모임은 언제나 그랬다.

바리새파 선생들은 아무리 추워도 곁불을 쬐지 않고, 배가 고플 때 맹물 마시고도 배부르다며 체면을 차린다. 바쁘다고 달음박질하지 않고, 옷을 갖추어 입지 않고는 절대로 문밖에 나서지 않는다. 조상 대대로 내려온 율법과 규례에 관해서라면 점 하나, 획 하나라도 모두 기억하고 해설하고 그에 맞는 규칙을 만든다.

시몬은 아직 누구를 더 기다리는 모양인지 옆자리를 비워 놓았다. 먼저 자리를 잡은 사람들끼리 그동안에 가벼운 얘기를 나눈다.

"이번에는 총독이 예전보다 군대를 좀 적게 이끌고 온다면서요?"

"그래요? 나는 처음 듣는 얘기입니다만. 그래도 늘 1천 5백 명에서 2천 명은 인솔하고 올라오지 않았나요?"

"그랬지요. 그런데 이번에는 숫자가 많이 줄었답니다."

"내일 성에 들어온다지요?"

"예에."

바리새파 선생들 모임에서 나눌 만큼 큰 의미가 있는 얘기는 아니지만, 사람들은 지나가는 얘기로 들었거나 알고 있는 정보를 가볍게 교환하며 모임이 시작되기를 기다렸다.

그때 가말리엘이 세 사람을 더 안내하여 방안으로 들어왔다. 그중 한 사람이 먼저 자리 잡고 앉았던 사람들과 시몬의 권유에 따라 상석 옆 비워 놓았던 자리에 앉았다. 자리 배치로 보면 분명 모임에서 서열이 두 번째쯤 되는 사람이다. 올 사람은 다 왔다는 듯 가말리엘이 가볍게 고개를 숙여 아버지에게 신호를 보냈다. 모두 열두세 명쯤 모였다.

바리새파 선생들이 이렇게 밤에 모이는 일은 아주 드문 일이다. 그만큼 중요하게 상의할 일이 있다는 의미였다.

제국의 독수리

—·—

로마가 세계의 중심이라면 유대는 세계의 동쪽 변방이었다. 로마가 무력으로 휩쓴 모든 정복지와 속국에서 지배체제가 하루아침에 재편되었듯, 신들의 세계도 재편됐다. 로마황제가 살아 있는 신으로 불리기 때문이었다. 그동안 정복지 사람들이 섬기던 모든 신들이 황제 아랫자리로 밀려났다. 그건 유대에서도 마찬가지였다. 백 년 전, 로마 공화정 시절 폼페이 장군에게 처참하게 무너져 속국이 되었고, 로마에 제국이 들어선 이후 첫 황제 아우구스투스와 그 뒤를 이어 황제가 된 티베리우스를 새로운 신으로 섬겨야 했다.

율리우스 카이사르의 양아들 옥타비아누스가 60여 년 전 세상을 놓고 벌인 악티움 해전에서 안토니우스와 클레오파트라의 연합군을 물리친 다음 이탈리아로 돌아가 로마의 유일한 통치자가 되고 제국 첫 번째 황제가 됐다. 원로원은 그에게 가장 고귀한 사람이라는 뜻으로 '아우구스투스'라는 칭호를 올렸다. 황제는 살아서도 신이고, 세상을 떠나면 신의 세계로 들어가는 존재가 됐다. 황제는 세상 모든 존재 위에 있는 존재가 된 것이다. 찬양과 존경과 복종이 황제에게 바치는 충성이었고 제사였다. 로마는 신전을 제국 곳곳에 세워 황제를 신으로 떠받들고 섬기고 기념했고 황제를 찬양하는 글을 크게 새겨 놓았다. 읽으라고 새긴 것 아니고 눈으로 보라고 새겼다. 이해하라는 것이 아니고 그대로 받아들이라는 글이었다. 제국 곳곳에 세워 놓은 대부분의 기념물에 새겨 놓은 글은 이러했다.

가장 신성한 아우구스투스 카이사르 황제! 우리는 안다, 만물이 그로 말미암아 있음을. 황제는 혼돈과 무질서에 빠진 세상을 다시 일으켜 세웠다. 영기와 활기를 세상에 불어넣었다. 황제는 세상의 모든 존재에게 주어진 행운이다. 생명과 활력이 그에게서 시작되었다.

생명과 그 생명이 살아가는 세상이 로마황제 아우구스투스에게서 시작되었다고 고백하는 한, 다른 시작은 있을 수 없었다. 생명의 시작, 세상의 시작, 그것들의 원천이라 불리는 로마황제는 이제까지 그것들의 원천이라 불렸던 모든 신들 위에 군림하는 가장 강력한 신이 되었다.

지극히 신성한 황제 아우구스투스의 탄신일, 그날을 새로운 해의 시작으로 삼는다. 그로 말미암아 우리 생명이 완전성을 가장 드높일 수 있게 되었다. 그로 말미암아 인류의 번영이 가능하다. 아우구스투스는 하느님께서 세상을 채우신 힘이다. 신은 우리와 우리 후손들에게 아우구스투스를 구세주로 보내주셨다.

새로운 한 해의 시작은 시간의 시작을 의미한다. 생명과 세상의 시작이라 불리는 황제는 한편으로는 그 모든 것을 끝낼 수 있는 무시무시한 힘을 가진 신이었다. 그는 시간의 시작이요, 끝이 되었다. 더구나 세상을 구하는 구세주라고 불렸다.

전쟁을 종식시키고 세상 모든 일의 질서를 회복한 아우구스투스는 그 자신이 신이라는 것을 분명히 드러내셨다. 황제는 이전 시대의 인류가 희망하던 모든 것들, 기다리던 모든 것들의 결실이다. 이전에 있었던 어떤 존재보다 뛰어나시다. 최종적으로 우리에게 신이 되신 아우구스투스의 탄신일은 세상 모두에게 복음의 시작이다.

황제는 전쟁을 종식시키고 세상을 구한 구세주이며 질서를 회복하고 은혜를 베푼 복음이었다. 세상의 시작은 황제에게서, 생명의 시작도 황제에게서, 시간도 황제에게서 시작됐다고 선언됐다. 시간이 그로부터 시작되었다는 선언은 바로 황제가 시간을 초월하는 신, 시간의 주재자라는 얘기였다.

로마는 원래부터 헬라와 마찬가지로 수많은 신들을 섬기는 나라였다. 황제에게 반역하지 않는 한, 각 지방의 신을 용인하는 일에 전혀 거리낌이 없었다. 로마의 눈으로 볼 때 유대인의 신 야훼는 지중해 동쪽 좁은 땅에 웅크린 지방신에 불과했다. 다른 속국들과 마찬가지로 유대도 황제의 시간을 따라야 했다. 유대는 야훼 하느님을 모시면서 한편으로는 로마황제를 시간과 세상의 주재자로 섬겨야 하는 당혹스러운 처지, 서로 양립할 수 없고 해결할 수 없는 모순에 빠질 수밖에 없게 됐다. 같은 공간, 같은 시간 안에서 서로 다른 층위에 자리 잡는 신의 위치를 잘 조화시켜야 했다. 그런 새로운 질서에 대해 예루살렘 성전에서 대제사장, 제사장 자리를 차지하고 유대를 다스리는 사두개파 사제들은 놀랍도록 잘 순응했다. 사두개파가 장악한 성전과 달리 스스로 이스라엘의 선생이라고 자부하는 바리새파는 심각하게 고민하며 갈등을 겪었다.

바리새파 안에는 두 개의 학파가 있다. 자기들이 따르는 선생의 이름을 따라 힐렐파와 샤마이파라고 불렀다. 힐렐파는 성전 지도부와 협력관계를 유지하면서 산헤드린에 참여했다. 학파의 창시자 힐렐의 가르침에 따라 율법을 융통성 있게 해석하였고, 성전에서 서기관이나 율법학자로 일하는 사람들이 많았다. 말하자면 사두개파가 장악한 성전을 떠받치면서 성전이 나누어주는 경제적 이익을 누리는 사람들이었다. 이와 달리 샤마이파는 사두개파 사람들이 장악한 성전 지도부를 지극히 불신하면서 성전이 이스라엘의 정신을 훼손한다고 비난하고 거리를 두면서도 산헤드린에는 참여했다.

황제가 임명한 로마총독은 이스라엘 서쪽 지중해 연안 카이사레아에 주둔하면서 유대와 사마리아와 이두매 지방을 다스렸다. 그리고 일 년에 두세 번, 명절 때마다 군대를 이끌고 도성 예루살렘에 입성했다. 유대인의 신이 주재하는 시간과 영토 속으로 로마황제라는 신을 대리한 총독이 직접 진입하는 셈이다. 말발굽 소리, 수레바퀴 삐걱거리는 소리, 대오를 맞추어 행군하는 보병들의 군호소리를 들으면 명절 때가 됐다는 사실을 유대인들은 실감했다. 로마군이 거쳐 온 마을과 성읍마다 호기심 가득한 아이들은 길에 뛰어나와 눈을 반짝였고, 그 뒤에는 적개심 가득한 어른들이 행군 대열을 싸늘한 눈으로 지켜보았다. 그러나 로마 군대 앞에는 거칠 것이 없었다.

이번 유월절을 맞이하여 로마총독 본디오 빌라도는 거느린 군사의 반만 이끌고 카이사레아에서 올라왔다. 반이라고는 해도 천 명이 넘는 큰 군대였다. 기병부대가 제일 앞에서 대열을 이끌고 보병부대가 뒤따랐다. 총독과 귀빈들이 탄 마차와 보급품을 실은 수레들은 보병부대 뒤를 이었고, 그 뒤에 다시 보병부대, 맨 뒤에 기병부대를 배치했다. 전투대형이 아니기 때문에 대열이 길게 늘어질 수밖에 없었다. 그래도 로마군의 위용을 최대한 과시하도록 행군대열을 짰다. 대열을 선도하는 기병부대를 바라보려면 고개를 들고 올려다보아야 한다. 그렇게 올려다보면 누구라도 위압감을 느낄 수밖에 없다. 기병부대 뒤에 발맞추어 행군하는 대오 정연하고 단단한 보병부대를 보면 왜 로마군을 전쟁기계라고 부르는지 알 수 있다.

원래 로마군 주력부대는 언제나 보병군단이다. 군단은 10개 보병대로 구성되고, 한 보병대는 형편에 따라 480명에서 600명의 병사가 소속된다. 따라서 로마군 보병군단은 4천 8백 명에서 6천 명 사이의 규모다. 시리아 주둔 로마군 사령관이 시리아총독과 지방장관을 겸하며 몇 개의 군단을 지휘한다. 지중해 동쪽 소아시아, 시리아, 메소포타미아 그리고 아라비아에 이르기까지 광활한 지방이 그의 관할이다. 유대총독은 시리아총독의 관할 아래 속해 있고, 2천 명에서 3천 명 정도의 병력을 운영했다.

총독이 주둔하는 카이사레아에서 예루살렘에 이르는 길은 대부분

수레 두 대가 비켜 지나갈 만큼 넓었다. 다듬어 깎은 돌이나 잔자갈을 깔아 잘 정비된 포장도로다. 세금과 공물을 운반하고 군사력을 신속하게 이동시킬 때 사용하는 중요한 길이므로 도로를 관리하고 유지하는 것은 인근 마을이나 지방에 부여된 의무였다. 지방 주민은 한 달에 한두 번 부역으로 불려 나가 도로를 보수했다. 이스라엘에서 가장 중요한 도로가 두 개 있는데 그중 하나가 빌라도가 군대를 이끌고 카이사레아에서 내려온 길이고, 다른 하나는 갈릴리 호수에서 시작하여 카이사레아에 이르는 공물 수송도로다. 시리아에서 유대 지방까지 요단강 동쪽 고원을 거쳐 내려오는 길, 예전에 '왕의 길'이라고 불렸던 군사이동용 도로도 있지만 로마가 이스라엘을 완전히 정복한 이후부터 군대의 이동이 그리 잦은 편은 아니었다.

빌라도는 예루살렘 서북쪽 20리쯤 되는 거리에 이르면 늘 그곳에 진을 치고 야영하며 하룻밤을 보낸다. 예루살렘에 급한 일이 생기면 언제라도 즉시 덮칠 수 있고, 후퇴해야 할 경우에는 군대를 되돌려 바닷가 평지로 빠지기 용이한 지역이다. 로마군이 야영지에 이르면 바로 예루살렘 목줄에 칼끝을 들이댄 셈이 된다. 그 밤부터 예루살렘은 편안한 잠자리에 들 수 없고 밤새 악몽에 시달리게 된다. 한 유대의 시인이 읊었다.

죽음은 어디에서 오나?
서쪽에서?
동쪽에서?
아! 벌써 침상 곁에 그림자처럼 다가와 서 있구나!
그 한 손을 잡고 잠자리에 든다.

죽음은 벼락처럼 회오리바람처럼 말을 탄 로마 군대처럼 순식간에 지쳐 들어오기도 하고 때로는 연기처럼 소리 없이 스며든다. 로마군이 나타나면 그건 바로 죽음이 머지않았다는 말이다.

야영지에 도착하자마자 군대는 부산하게 움직였다. 이미 어두워진 서쪽 하늘을 배경으로 병사들이 움직이는 모습은 그림자처럼 검은 형체로만 보였다. 수레에서 말을 떼어내는 소리, 여기저기에 지휘부 군막과 야영 군막 말뚝을 박는 망치소리, 짧고 굵은 구호에 발맞추어 경계지점으로 이동하는 병졸들의 발소리가 섞여 잠시 소란스럽다가 곧 소음이 잦아든다. 야영지에 도착하여 진을 치더라도 언제나 최대한 정숙을 유지하는 로마군 기본 훈련의 결과다.

앞장서서 행군을 이끌었던 기병은 안장을 벗기고 말의 목과 등을 쓰다듬어 풀어준다. 기병은 대개 현지인 출신들로 구성된 보조군이지만 빌라도 총독에게 배속된 기병은 주로 시리아 출신 용병이었다. 사람이나 말이나, 별 대접 못 받는 나귀까지도 하루 행장을 풀고 식사할 시간이 됐다. 곧 병사들에겐 한 덩어리 빵과 따뜻하게 끓인 스프, 그리고 소고기 말린 육포 몇 조각이 배급됐다. 말과 나귀에게도 금방 새로 헐어 냄새도 향긋한 건초 한 덩어리씩이 던져졌다. 사람이나 짐승이나 때가 되면 무언가 먹어야 하는 일은 마찬가지다. 다만 사람은 신분이나 계급에 따라 다른 음식을 받는다는 차이가 있었고, 병사들은 그것을 당연하게 받아들였다.

빌라도는 로마가 직접 통치하기 시작한 이후, 다섯 번째 로마총독이다. 전임 총독 그라투스가 예외적으로 11년이나 되는 오랜 기간 그

자리를 지켰지만, 다른 총독들은 짧은 기간 재임했다. 첫 총독 코포니우스, 두 번째 암비불루스, 세 번째 루푸스가 모두 3년 안팎에 교체됐다. 빌라도는 지난 7년 동안 총독으로 재임하고 있었으니, 그렇게 보면 대부분의 전임들에 비해 꽤 오랫동안 자리를 지키고 있는 셈이다. 더구나 그는 로마의 유력한 정치가 세자누스의 사람이었기 때문에 아직도 총독 자리를 지키고 있다는 사실이 특별했다.

빌라도의 후원자였던 세자누스는 티베리우스 황제에게는 반역자가 됐다. 황제가 거의 은퇴하여 카프리섬에 들어가 요양하며 지낼 때 그는 황제의 두터운 신임을 바탕으로 9천 명이나 되는 황제 근위병을 지휘하는 사령관이었고, 실질적으로 로마제국을 통치하는 집정관이었다. 세자누스는 점점 욕심이 커지고 권력에 눈이 멀어 황제 자리까지 넘보다가, 황제의 명령에 따라 2년 전에 로마에서 처형당했다. 세자누스가 그렇게 몰락하지 않았더라면 빌라도의 총독 자리는 더 탄탄했을 것이고, 어쩌면 로마에 올라가 더 높은 자리를 차지하거나 제국의 다른 큰 지방을 맡을 수도 있었을 것이다. 그러나 세자누스가 처형당한 이후, 빌라도는 보호해줄 끈이 떨어진 사람이 되었다. 무슨 생각으로 황제가 세자누스 사람이라고 알려진 빌라도를 아직 유대총독 자리에 그대로 남겨두었는지 알 수는 없지만 언제 로마로 불려가 총독 자리에서 쫓겨나게 될지 모르는, 늘 불안한 상태였다.

총독으로 부임한 이래 빌라도는 스스로도 인정할 수밖에 없는 큰 실수를 세 번이나 저질렀다. 그냥 실수가 아니라 총독이 나서서 공연히 유대인을 도발한 사건이었다. 부임 첫해에 벌어진 로마군기軍旗 반입 사건은 조금만 더 길어졌더라면 치명적 사건으로 번질 만한 사건이었고 변명조차 할 수 없는 실수였다. 경험도 지혜도 없는 오만한 신임 총독이 자기 자리에 취해 객기를 부린 일이었다. 으쓱거리는 기분에 겨워 부하들의 얘기를 귓전으로 흘려듣고 고집을 부린 것이 낭패스러운 일의 시작이었다. 그 실수를 생각하면 할수록 빌라도는 얼굴이 붉어질 수밖에 없었다.

7년 전, 총독으로 갓 부임한 그는 전임 총독들이 하던 대로 군대를 휘몰고 보무당당하게 카이사레아를 출발했다. 며칠 행군 끝에 예루살렘성 앞에 이르렀을 때는 이미 밤늦은 시간이었다. 부하들이 나섰다.

"각하, 유대인들은 정말 지독한 사람들입니다. 살아있는 생물의 형상은 그것이 무엇이든 만들거나 새기지 않습니다. 그런 형상을 보면 목숨이라도 내놓고 저항할 사람들입니다. 황제 폐하의 얼굴을 수놓은 저 깃발만은 내리고 들어가시지요. 그들을 너무 격동시키는 일입니다. 틀림없이 유대인들이 들고 일어날 것입니다."

"뭐야? 아니, 천하의 로마 군대가 황제 폐하의 깃발을 앞세우고 당당하게 들어가지 못하는 땅이 이 세상에 어디 있어?"

"각하, 깃발도 깃발 나름입니다. 이전에 계셨던 총독께서도 성안으로 깃발은 들여갔지만 황제 폐하의 깃발만은 달리 생각하셨습니다."

"흐음. 어디 두고 봅시다."

"총독 각하! 일이 그렇게 가볍지 않습니다."

"두고 보자고! 제 놈들이 어쩌는지!"

"괜히 평지풍파를 일으키는 일입니다."

"제 놈들이 어쩔 건데? 로마황제의 깃발을 감히 거부해? 목을 내거는 놈 있으면 그 목을 쳐 주지! 그만해! 입 다물어!"

신임총독의 무모한 고집을 부하들도 더 이상 만류할 수 없었다. 특히 예루살렘 성전과 바로 붙어 있는 안토니오 요새에 주둔하면서 예루살렘 성안의 치안을 담당하는 로마군 위수대장은 빌라도를 설득하려고 끝까지 나섰다가 심한 면박을 받고 뒤로 물러날 수밖에 없었다.

"자! 황제 폐하의 깃발을 앞세워라! 시리아 군단의 깃발, 내 깃발 모두 앞세우고 성안으로 들어간다. 그리고 안토니오 요새 제일 높은 곳에 당당하게 내걸어라!"

빌라도는 황제의 얼굴을 수놓은 군기와 로마의 상징 황금독수리가 새겨진 군기를 총독궁으로 사용하는 헤롯 왕궁과 안토니오 요새에 높이 걸었다. 로마 군대가 주둔하는 곳에 황제의 깃발이 나부끼는 것은 로마제국 어디에서나 당연한 일이었다. 그 일을 문제 삼는다면 그것은 바로 황제에 대한 반역이라고 생각했다. 그런 속주에는 로마식의 가르침을 주리라고 마음 굳혔다. 천하는 로마 세상이다. 유대인들의 반대가 무서워 예루살렘에 황제의 군기를 들이지 못했다는 소문이 로마에 있는 세자누스 귀에 들어간다면 나약하고 소심한 총독이라고 빌라도를 비난할 것이 뻔했다. 이전 총독들이 겁을 내 하지 못했던 일을 빌라도가 해낸다면 그건 바로 그를 발탁해 준 세자누스의 명예를 높이는 일이라고 생각했다.

아니나 다를까, 부하들과 예루살렘 위수대장이 염려했던 일이 벌어졌다. 아침 해가 뜨자마자 유대인들이 총독궁 앞에 모여 들었다. 예루살렘에 사는 주민이란 주민은 다 쏟아져 나온 듯 떼를 지어 몰려왔다. 미친 듯 떠들고 격렬하게 항의했다. 그랬거나 말거나 빌라도는 무시하고 버텼다. 항의하는 군중은 좀처럼 줄어들지 않고 오히려 날이 갈수록 수가 늘어났다. 마치 유대 지방 사람이 모두 들고 일어난 것 같았다. 그들은 몇 날 며칠 밤낮을 가리지 않고 소리를 질러댔다. 군대를 풀어 진압하려고 하자 부하들이 모두 나서서 말렸다. 예루살렘에 머무는 내내 그는 제 분에 못 이겨 씩씩거렸다.

예루살렘 성전의 대제사장 가야바까지 몇 번씩 사람을 보내 깃발의 철거를 요청했다. 그는 오래전에 대제사장을 지낸 안나스의 사위로 전임 총독이 임명한 사람이었다. 대제사장은 언제나 총독의 뜻을 받들어야 할 사람인데, 그런 사람까지 나서자 그는 오히려 더 오기가 났다. 끝까지 버티리라 작정했다. 그리고 명절이 끝나자마자 총독궁과 안토니오 요새에 깃발을 그냥 걸어둔 채 카이사레아로 돌아갔다.

유대인들은 끈질겼다. 먼 길 마다않고 지중해 쪽 카이사레아까지 쫓아왔다. 거기서도 총독궁 앞에 모인 군중은 닷새 동안이나 먹지도 자지도 않고 침묵으로 버티고 앉아 로마군기 철수를 요구했다. 마지막으로 빌라도는 군중을 원형 경기장에 불러 들였다. 깃발을 내리겠다고 발표할 것을 기대하고 모인 군중을, 총독은 군대를 동원하여 겹겹이 에워쌌다. 병졸들은 모두 칼을 빼어 들고 명령만 내리면 곧 군중에게 달려들 기세였다.

"자, 이제 물러가라! 로마 군대가 있는 곳에 황제 폐하의 깃발이 휘날리는 것은 지극히 당연한 일이다. 황제 폐하의 땅 위에 폐하의 기를 걸 수 없는 땅이 하늘 아래 도대체 어디 있단 말이냐? 황제 폐하의 깃발을 내리라는 요구는 불충을 넘어 폐하에 대한 반역이다. 반역이라면 어떤 처벌을 받을지 모르느냐? 즉시 해산하지 않으면 한 놈도 남겨

두지 않고 모두 목을 벨 것이다.”

“우리 목을 베시오! 이스라엘 하느님의 명령에 따라 우리는 모두 이곳 카이사레아, 야훼 하느님의 땅에서 목을 내놓겠소.”

유대인을 대표한 장로 한 사람이 앞에 나서서 큰 소리로 대꾸했다.

“야훼의 땅? 그런 소리를 지껄이니 반역이라는 말이다.”

총독의 말을 들었는지 말았는지 그는 큰 목소리로 계명을 외쳤다.

“너는 나 외에는 다른 신을 네게 두지 말라. 너를 위하여 새긴 우상을 만들지 말고, 또 위로 하늘에 있는 것이나 아래로 땅에 있는 것이나 땅 아래, 물속에 있는 것의 어떤 형상도 만들지 말며 … .”

“멈춰라!”

그는 멈추지 않았다. 오히려 한 발 더 앞으로 내디뎠다.

“그것들에게 절하지 말며 그것들을 섬기지 말라. 나, 네 하느님 야훼는 질투하는 하느님인즉 … .”

그때, 예루살렘에서 급하게 말을 몰아 내려온 로마군 위수대장이 빌라도 앞에 나타났다. 그는 손에 두루마리를 들고 있었다. 위수대장은 그 두루마리를 두 손으로 공손하게 빌라도에게 바쳤다.

위수대장은 결코 유대인을 편들려는 뜻이 아니었다. 새로 부임한 총독이 헤어날 수 없는 위험에 빠져드는 것을 막자는 생각뿐이었다. 그는 유대인의 관습을 누구보다 잘 알았고, 그래서 총독이 뒤로 물러설 수 있는 명분을 마련하려고 애썼다. 유대인들이 절대로 물러나지 않고 끝까지 버티리라는 점을 누구보다 잘 알았기 때문이었다. 더 이상 오래 끌 일이 아니었다. 상태는 이미 악화될 대로 악화됐다. 유대인들 목을 베어 유혈진압을 하든지, 총독이 물러서는 일 뿐이었다. 유대인들이 항의한다고 군기를 철수하고 물러서면 총독에게는 그야말로 두고두고 씻을 수 없는 치욕이 될 일이었다. 빌라도 개인의 문제가 아니라, 그가 유대를 다스리는 총독, 로마황제의 대리인이라는 점이 문제였다. 더구나, 부임하자마자 공연히 유대인들을 격동시켜 쓸데없이 소요를 불러일으켰다고 큰 비난을 받을 일이었다.

그는 총독의 체면도 지켜주고 유대인들의 요구도 들어주는 방법을 찾기 위해 고심했다. 평소부터 친밀한 관계를 유지하던 제사장 마티아스를 은밀하게 접촉하며 방법을 찾았다. 마티아스는 대제사장의 아들이기 때문에 그를 통하면 방법을 찾을 수 있을 것 같았다.

"총독 각하가 물러설 수 있는 명분이 필요하오. 좀 궁리해 봅시다."

"무슨 명분이 있겠소? 깃발을 철수하면 될 일인데 … ."

"그러니 깃발을 물릴 명분이 필요하단 말이오!"

"어찌하면?"

"대제사장께서 다시 한 번 간곡한 서신을 총독 각하께 보내시지요."

"이미 보냈잖아요?"

"그래도 한 번 더 … ."

"다시 서신을 보냈는데도 총독이 계속 고집을 부리면 대제사장 각하만 체면을 잃고 … ."

"이보시오. 그래서 명분이 필요한 거요. 어떻게 총독 각하가 그대로 그냥 물러나신다는 말이오?"

"위수대장께서 해낼 수 있겠소?"

"둘이 손잡고 해봅시다."

마티아스를 통해 총독부의 암시를 전해들은 가야바는 정중하면서도 간절하게 깃발 철거를 요청하는 서신을 다시 써주었다. 내용 중에 그런 요청이 절대로 황제에게 불충하거나 반역하는 뜻이 아니라는 점을 거듭거듭 강조했다. 그 서신을 받아들고 위수대장이 예루살렘에서 서둘러 말을 달려 온 것이었다. 사실 위수지역 예루살렘을 벗어나려면 위수대장이라도 총독의 허가가 필요했지만 그걸 따질 형편이 아니었다.

서신을 한번 휙 읽어본 총독은 곁에 서 있던 부관에게 넘겨주었다. 그리고 주위에 모여 있는 부하들이 모두 다 들을 수 있도록, 군중을 에워싸고 있는 로마군 병사들과 유대인 군중 모두 들을 수 있도록 큰 소리로 읽으라고 명했다. 읽기가 끝나자 주위 부하들이 모두 나서서 대제사장의 청을 들어주도록 건의했다.

서신에는 이런 말까지 있었다.

"하늘에 해가 있지만, 구름도 떠 있고 참새도 그 하늘을 날아다닙니다."

무슨 말인가? 해는 황제요, 구름은 유대인이 섬기는 신이고 참새는 백성이라는 뜻이었다. 황제의 깃발을 내걸었든 아니든 상관없이 유대는 황제의 땅이라는 말이었다. 빌라도는 못 이기는 체, 대제사장의 요청을 받아들였다. 예루살렘 성안에 걸어 놓았던 깃발 중 황제의 얼굴과 로마군의 상징 독수리를 수놓은 깃발은 모두 내리도록 명령했다.

그 한바탕 소동을 통하여 여러 사람이 각각 나름대로 얻은 것이 있었다. 서로 대결하는 모습을 보였던 총독과 대제사장 사이에 신뢰가 쌓이는 계기가 됐다. 게다가 대제사장이 은밀하게 보낸 만만치 않은 선물을 받으면서 총독은 선물 받는 통로를 확보했다. 가야바에게도 그 일은 기회였다. 선물이라는 이름으로 뇌물을 주는 길을 열었기 때문이었다. 뇌물을 주고받는 관계가 되면 대제사장 자리를 유지하는 데 도움이 되었다.

위수대장도 그 자리를 당분간 지킬 수 있어서 좋았다. 새로 부임한 총독에게 자기의 능력을 보여주며 신임을 얻었고, 성전 측에서도 위수대장의 역할과 능력을 크게 인정하는 계기가 됐다. 위수대장이라는 자리는 유대에 주둔하는 로마군 전체로 보아 크게 눈에 띄는 자리는 아니었다. 하지만 그 자리는 유대 지방과 예루살렘 도성 안에서는 예전부터 큰 힘을 가졌다. 로마의 상징이기 때문이었다.

카이사레아까지 쫓아가 총독에게 격렬하게 항의하던 군중들은 하느님 계명을 지켰다는 자부심을 가슴에 안고 예루살렘으로 돌아왔다. 지배자들은 경제적 이익과 권력을 얻었고, 자부심은 군중의 몫이 됐다. 그러나 야훼 하느님 계명은 처음부터 성전이 적극 나서서 지켜야 했었다. 새로 얻은 성과가 아니고 빼앗기고 짓밟힌 이후 겨우 회복했을 뿐이었다. 로마에까지 그 소식이 전해졌지만 세자누스가 잘 수습해서 소문이 더 이상 퍼지지 않았고 황제의 귀에는 들어가지 않았다.

이렇게 군기 문제로 한바탕 소동을 겪은 후 빌라도는 그 일로부터 교훈을 얻었고, 그에 따라 새로운 전략을 세웠다. 즉, 그에게 부여된 무력을 과시하여 억제력으로 삼는 일이었다. 로마의 힘과 위엄을 보여주고, 총독과 로마군의 위용을 철저히 깨닫도록 모든 수단을 강구하자는 생각이었다. 그러려면 제국의 힘을 과시하는 행사나 절차를 사전에 치밀하게 계산하고 준비해야 했다. 바로 예루살렘에 입성하는 의식이 그러했다. 유대를 염두에 두고 시작한 일이었지만 유월절 명절이면 으레 예루살렘에 올라오는 갈릴리와 베뢰아의 분봉왕 안티파스도 로마총독이 펼치는 군사력 과시에 눈감고 있을 수 없었다.

빌라도는 언제나 낮에, 그것도 햇빛을 정면으로 가슴에 받는 시간을 정해 예루살렘에 입성했다. 군대를 이끌고 번쩍번쩍 보무당당하게 성에 들어갔다. 천하를 정복한 제국 로마의 군대를 이끌고 유대총독의 위엄을 갖추고 행진했다. 투구와 갑옷, 칼과 창이 아침 햇빛에 번쩍이고 줄을 맞추어 진군하는 기병, 절그럭절그럭 발맞추어 행군하는 보병, 울리는 북소리, 포장된 돌길을 구르는 마차 바퀴 소리로 도성을 흔들었다.

총독의 환심을 사려고 성전 측에서도 세심하게 배려하고 준비했다. 모든 예루살렘 주민이 동원돼 길가에 도열하여 총독을 맞이했다. 총독이 탄 수레가 지나갈 때면 큰 소리로 환호하며 환영했다. 그 환영인파 사이로 행군할 때, 빌라도는 개선장군이 되어 로마로 귀환하는 것 같은 뿌듯함을 느낄 수 있었다. 환영행사를 통하여 로마는 정복자이자 다스리는 자, 그리고 유대의 주인이라는 사실을 모든 사람들에게 다시 한 번 깊게 확인시켰다.

첫해에 벌어졌던 황제 깃발 사건, 그리고 3년 전 예루살렘 성전 재원을 유용했다가 일어난 유월절 유혈 사건은 세자누스가 로마에서 잘 수습해서 황제의 귀에 들어가지 않았지만, 지난해에 저지른 세 번째 실수는 티베리우스 황제로부터 엄중한 질책을 받았다. 중간에 보호해주는 사람이 없었기 때문이었다. 후원자 세자누스가 처형된 후 마음이 초조했던 때라 깊게 생각하지 않고 덜컥 일을 저질렀다. 오로지 황제의 신임을 받아보겠다는 생각 하나만으로 황제를 칭송하는 글이 새겨진 방패를 예루살렘 총독궁 앞에 세워 놓았다. 어떤 형상도 새기지 않았기 때문에 문제없을 줄 알았다. 그런데, 황제를 칭송한다며 방패에 새겨 넣은 글 중에 유대인들이 받아들일 수 없는 문구가 들어 있었다. 이미 빌라도의 힘이 떨어졌다는 사실을 재빨리 간파한 유대인들은 방패 철거를 직접 황제에게 청원했다. 게다가 그 청원에는 헤롯왕의 자식들이 4명이나 합세했다. 청원을 받아 본 황제는 총독이 쓸데없이 유대를 동요시킨다면서 빌라도를 크게 질책했고, 방패를 즉시 철거하여 카이사레아에 두도록 명령했다. 빌라도가 나름 황제에게 저간의 사정을 설명하는 보고서를 보냈지만 일은 벌어졌고 황제의 명령은 명령이었다. 황제의 질책에 그는 크게 놀라 즉시 방패를 철거했다. 그런데, 그 와중에 또 작은 실수를 저질렀다. 방패 철거가 스스로 내린 결단인 척 떠벌렸기 때문이었다. 그러나 곧 황제의 명령에 따라 철거할 수밖에 없었다는 사실이 드러났고 사람들은 빌라도 이름을 입에 올릴 때면 머리를 흔들며 비웃었다.

게다가 작년에는 시기까지 미묘했다. 갈릴리 분봉왕 안티파스가 아버지 헤롯왕처럼 유대 지방까지 다스리는 왕이 되고 싶어 황제에게 은근히 청원하던 때였다. 티베리우스 황제는 안티파스와 서로 친구라고 부르는 사이였기 때문에 만일 황제가 그의 청원을 받아들였다면 빌라도는 겨우 얻은 총독 자리마저 빼앗길 처지였다. 무슨 생각인지 황제는 안티파스의 청원을 받아들이지 않았고, 빌라도도 그 이후로 아직까지 자리를 보존할 수 있었지만 방패 사건 이후 1년 동안 가장 곤혹스러운 때를 보내고 있었다.

카이사레아에서 지난겨울을 보내면서 빌라도는 여러 계획을 세웠다. 이번 유월절을 기회로 삼아 떨어진 위신을 세우고 위엄을 회복할 방도를 강구했다. 그만큼 그는 여러 가지로 절박한 처지에 빠져 있었다. 빌라도나 유대인들이나 서로 다른 생각을 품고 맞이하는 유월절 명절이었다.

이제 유대의 도성 예루살렘까지는 반나절 거리 정도밖에 안 되는 20리, 일이 있으면 언제든 성안으로 지쳐 들어갈 수 있는 거리다. 카이사레아를 출발하여 천천히 행군해 내려온 지 사흘, 다음 날 해가 뜨면 위엄 있게 입성하기 위해 하룻밤 휴식을 취하면서 대오를 정비하는 시간이다. 야영군막 설치가 끝나자 빌라도는 부하 지휘관들을 불러 모아 저녁식사를 했다. 유대에서 나는 포도주는 로마에서 즐겨 마시던 포도주에 비할 바 아니지만 그래도 기분 좋게 마시고 취하기에는 부족함이 없었다.

"아레니우스 공! 이렇게 동행할 수 있어 기쁩니다. 자, 한잔 듭시다!"

"아이구! 이런 기회를 허락해 주셔서 감사합니다."

총독은 로마에서 찾아온 아레니우스에게 특히 여러 잔 포도주를 권했다. 로마 원로원 의원이 자기 조카라면서 잘 돌봐 달라고 소개편지에 밝히기는 했지만, 실제로 그의 조카인지 아니면 아들인지 정확하게 알 수는 없었다. 때로 지위가 높은 로마 정치가들은 드러내기 어려운 관계에서 태어난 자식을 '조카'라고 부르며 가까이 두기 때문이었다. 특별히 잘 돌보라는 편지는 사실 선물을 보내라는 말과 다르지 않았다. 로마에서는 빌라도가 후원자 없이 끈 떨어진 사람이라는 사실을 알 만한 사람은 다 알고 있었다. 로마에서 힘 있는 사람들은 모두 어느 지역에 손을 뻗치고 그곳에서 특별한 재정적 수입을 확보한다. 빌라도가 아레니우스를 통하여 그 원로원 의원에게 선물을 보내고, 의원으로부터 보호를 받을 수만 있다면 그건 두 사람 모두에게 좋은 일이다. 유대의 유월절 행사와 그 유명한 예루살렘 성전, 헤롯 궁전을 구경하겠다고 아레니우스가 카이사레아에서 자청하고 나설 때 빌라도는 잘됐다고 생각했다. 오히려 자기가 제안하고 싶었던 일이기 때문이었다.

아레니우스도 빌라도가 권하는 대로 거절하지 않고 기분 좋게 마셨다. 그는 듣기 좋은 몇 마디 말을 건네면서 분위기를 돋우었다. 총독 부하들은 그가 던지는 말에는 언제나 고개를 끄덕이며 동의하고 맞장구를 쳤다. 비록 야영 진지에서 가진 식사였지만 자리는 유쾌했다.

한 잔 두 잔 받아 마신 포도주에 아레니우스는 점점 취기가 몸을 감싸 올라오는 것을 느꼈다.

"예루살렘! 내일이면 … ."

묘한 흥분이 몸을 휘감았다. 한 번도 경험한 적 없는 흥미로운 일, 즐거운 일, 놀라운 일, 영원히 기억할 일들이 유대의 도성 예루살렘에서 그를 기다리는 듯 느꼈다. 그는 한 가지도 허투루 보거나 소홀하게 듣지 않고 마음속에 모두 새겼다. 맡은 일이 있기 때문이었다.

식사가 끝나자 빌라도는 부하 두 사람을 따로 불러 무언가 귓속말로 지시했다. 작은 목소리로 지시했지만 옆에 있는 사람은 들을 수 있었다. 그리고 대략 무슨 이야기인지도 알 수 있었다. 그가 지시하면서 눈으로는 아레니우스를 자꾸 바라보았기 때문이다.

"그러니까 절대로 허투루 생각하지 말고, 예루살렘 제일의 미인으로, 내일 …. 알았지?"

"예!"

남은 사람은 총독을 따라 모두 접견 군막으로 자리를 옮겼다. 사람 허리와 가슴 높이의 중간쯤 되는 단 위에 총독의 자리가 마련되어 있었다. 빌라도가 자리에 앉자마자 경비병의 안내를 받아 마티아스가 군막 안으로 들어왔다. 군막 안의 풍경이 낯설지 않은 듯 그는 성큼성큼 빌라도 앞으로 걸어왔다. 마티아스가 총독을 만나는 자리지만 실상은 예루살렘 성전이 로마제국과 총독에게 충성을 맹세하고, 복종을 다짐하는 자리였다.

로마황제의 깃발을 받쳐 든 병사가 몇 걸음 앞으로 이동하여 섰다. 깃발 앞 세 걸음 거리까지 다가온 마티아스는 그 자리에 무릎을 꿇었다. 그리고 무릎걸음으로 다가와 깃발에 입을 맞추었다. 주저하거나 머뭇거림 없이 늘 하던 대로 로마황제를 상징하는 휘장과 깃발 앞에 무릎을 꿇고 충성을 맹세했다. 가문을 지키고, 성전을 지키고, 가공할 로마의 무력행사를 피하고 백성을 지키는 일이라고 생각했기 때문이다. 다른 유대인들이 보지 않는 자리에서는 총독의 발이라 한들 입 맞춤하지 못할 그가 아니다.

"세상에 평화를 가져오신 로마황제 아우구스투스, 거룩하신 그분 아우구스투스 카이사르의 후계자이시며, 살아 계신 신이시며, 지극히 높으신 분 티베리우스 황제께 속국이 되어 평화와 번영을 감사하는 유대의 예루살렘 성전 대제사장 요세푸스 벤 가야바와 그의 아들 마티아스가 몸과 마음을 다 바쳐 대대로 충성할 것을 다짐하며 알현의 인사를 드립니다."

그리고 최대한 공손한 자세와 표정으로 다시 깃발에 경건하게 입을 맞추었다. 마티아스가 충성 의식을 치르는 동안 빌라도를 비롯하여 방안에 있던 사람들은 모두 자리에서 일어나 부동자세를 취했다. 왼손으로는 허리에 찬 칼집을 단단히 붙잡고 오른손은 왼쪽 가슴에 붙여 군례를 하며 황제에게 경의를 표했다. 빌라도가 힐끗 바라보니 아레니우스도 군대식으로 경례를 했다. 그 모습을 보는 순간 빌라도 가슴속에 무언가 이상하다는 생각이 훅 파고들었다. 마티아스의 충성맹세 의식이 끝나자 병사는 깃발을 들고 다시 빌라도 뒤의 자리로 이동했다. 병사가 오른발을 한 번 구르자 총독이 자기 자리에 앉았다. 무릎걸음으로 뒤로 물러난 마티아스는 공손히 일어섰다.

그리고는 총독에게 할 수 있는 한 깊게 허리를 굽혀 인사했다.

"대 로마제국 황제 폐하의 땅 유대와 사마리아와 이두매 지방을 다스리시는 고귀한 본디오 빌라도 총독 각하께 예루살렘 성전 대제사장 각하가 정중한 환영인사를 올립니다. 인사말씀을 전해드리라는 명에 따라 보내진 저 제사장 마티아스도 총독 각하를 뵙는 영광에 감사하며 인사드립니다."

총독 빌라도가 입을 열었다.

"예루살렘 성전과 대제사장과 그대에게 평화가 있기를!"

"예, 총독 각하, 평화를 기원합니다."

총독에게 보고하는 사자의 위치는 총독이 높이 올라앉은 자리 열 걸음쯤 앞이다. 그 자리에 서서 총독을 올려다보며 보고하도록 위치를 잡았다. 그것은 당연한 일이었다. 로마가 통치하는 지역에서는 속주 사람 누구라도 황제를 대리하는 총독과 눈높이로 마주할 수 없었다. 개인의 만남이 아니고 공식적으로 사자를 접견하는 자리, 로마와 속주 사이 자리매김을 확인하는 일이기 때문이었다.

부임 첫해 로마군기 사건을 일으킨 이후 빌라도는 늘 야영지에서 하룻밤을 보내고 다음 날 아침에 예루살렘에 입성했다. 성전이나 유대인 귀족들이 처음에는 성밖에 있는 거친 야영지에서 하룻밤 묵는 총독에게 위로 인사를 한다는 명목으로 사자를 보내기 시작했는데 해가 지나면서 관례로 굳어졌다. 무슨 일이고 한번 시작하면 특별한 일이 없는 한 다음에도 똑같이 이루어져야 하는 법이다. 게다가 유대 한쪽 세력이 그 밤에 총독에게 사람을 보내면 경쟁하는 다른 세력도 사람을 보내지 않을 수 없었다. 경쟁은 끝없는 견제와 출혈을 감수할 수밖에 없고, 결국 서로의 위치를 약화시킬 수밖에 없다. 빌라도는 그런 경쟁을 은근히 즐기며 조종했다.

마티아스는 빌라도에게 보고할 내용을 순서에 따라 차분하게 보고했다. 세금과 공물 목록을 큰 소리로 읽은 후 총독에게 양피지 두루마리를 제출했다. 빌라도는 적혀 있는 세금과 공물 무게를 가늠이라도 하는 듯 두루마리를 두세 번 추썩추썩 흔들어 본 후 옆자리 탁자 위에 올려놓았다. 그가 가장 신경 쓰는 일, 바로 로마에 보내는 세금과 공물 준비가 차질 없이 끝난 셈이다. 목록대로 인수하여 카이사레아로 돌아가면 대기하고 있는 배에 실어 바로 로마로 보낼 수 있게 됐다. 카이사레아까지 운반하여 납부하는 책임은 원래 대제사장에게 있지만, 총독이 예루살렘에 내려올 경우에는 로마군이 직접 수령하여 운반하는 것을 원칙으로 삼았다. 몇 년 전, 성전 측이 세금과 공물을 운반하다가 중간에 강탈당할 뻔했던 일이 있은 후, 대제사장이 요청한 내용을 총독이 그대로 받아들였다.

이어서 마티아스는 대제사장과 제사장 그리고 성전에 속한 모든 사람들이 이번 유월절 기간 동안 어떤 소요도 일어나지 않도록 철저하게 단속하고 있다는 것을 보고했다.

"그 부분은 대제사장이 어련히 알아서 잘 단속하고 있으리라고 믿겠지만, 내일 성에 들어간 후 별도로 다시 우리 위수대장에게 보고하기 바라오."

"총독 각하, 그리하겠습니다. 그렇지 않아도 성전 경비대장이 늘 위수대장께 상세한 내용을 보고하고 지침을 받아 시행하고 있습니다."

"좋소!"

그 보고를 받고 빌라도는 만족했다. 예루살렘 주둔 로마군 위수대장에게 성전 경비대장의 보고를 받고 통제할 수 있는 권한을 준 일이 잘 이행되고 있었기 때문이다. 그는 기회만 있으면 위수대장의 지위와 권위를 공식적으로 확인해주었다. 위수대는 로마제국 군사력이 예루살렘에 전개돼 있다는 상징이기 때문이었다.

"한 가지 추가로 보고할 내용이 있습니다, 총독 각하. 이것은 아직 성전에서는 구체적으로 상의된 일이 아닙니다. 오늘밤 대제사장 각하가 주관하는 모임에서 논의될 일입니다. 허락하신다면 이 문제도 말씀드리고 싶습니다."

"무슨 일인데 그리 어렵게 얘기를 꺼내는 거요? 얘기해보시오."

빌라도는 한결 느긋해진 마음으로 마티아스의 다음 보고를 재촉했다. 세금과 공물이 차질 없이 준비됐고, 유월절 행사 준비와 명절 기간 치안질서 유지 또한 성전이 잘 처리하고 있다는 보고를 받은 끝이라 편안하게 물었다.

마티아스는 이미 총독을 만나기 전, 갈릴리의 알렉산더를 접견 대기 군막에서 만났다.

"아니! 알렉산더 공! 여기는 웬일로?"

"아! 총독 각하에게 좀 미리 전해드릴 일이 있어서요."

"갈릴리에서 무슨?"

"아, 별거 아닙니다."

"그래도 공이 직접 오신 것으로 보아 ….."

무슨 생각을 하더니 알렉산더가 입을 열었다.

"갈릴리 떠돌이 선생 예수 일로 좀 상의하려고요. 예전에 우리가 성전에도 여러 번 말씀드렸지 않습니까? 내일 예루살렘에 그자도 들어온다고 합디다."

"그게 그렇게 심각한 일입니까?"

"만에 하나 소동이 벌어질까 걱정돼서요. 성전에서는 어떻게 생각하시는지요?"

"우리야 뭐 ….."

"그렇지 않을 겁니다. 성전에서 좀 주의 깊게 살펴보고 대응해야 할 것입니다."

"우리야 뭐 특별하게 대응할 일이 있겠습니까? 마침 갈릴리에서는 분봉왕 저하도 올라와 계시고, 더구나 귀공이 이렇게 발 벗고 나서는데 ….."

"각자 해야 할 일이 조금씩 다르지요."

그 순간 마티아스는 예루살렘 성전에 책임이 돌아오지 않을 정도로만 보고하고 한발 뒤로 빠지는 것이 좋겠다고 생각했다. 일차적 책임은 갈릴리 분봉왕에게 있음이 분명했기 때문이었다. 책임이 있으니 알렉산더가 총독을 부랴부랴 찾아온 것으로 판단했다. 일이 확대되어 총독이 개입해야 할 경우가 됐을 때 혹 대제사장에게 책임을 묻지 않을 만큼만 보고에 포함하기로 마음먹었다.

"총독 각하, 만에 하나 어떤 무리가 성전 경내에서 소란을 피울 경우, 성전 경비대는 지체 없이 진압할 만반의 준비를 언제나 갖추고 있습니다. 각하의 뜻에 따라 이번에도 평온하게 유월절을 보낼 수 있도록 대제사장 각하는 오래전부터 세심하게 살피며 준비하셨습니다. 그리고 성전뿐만 아니고 예루살렘성 주민 모두 이번 유월절 명절 기간의 안정과 질서가 얼마나 중요한지 잘 알고 있습니다."

군막 안에 있던 사람들 모두 마티아스의 말을 듣고 몸을 약간 곧추세웠다. 그가 이야기를 꺼내는 말투가 좀 이상했기 때문이었다. 일부러 안정과 질서를 입에 올린다는 말은 무슨 문제가 있다는 암시였다.

"예. 사실 제가 무척 걱정하는 일이 하나 있습니다. 북쪽 갈릴리 지방에서 소란을 일으키며 백성들을 유혹하고 선동하던 무리가 이번에 예루살렘으로 올라오고 있습니다. 명목이야 유월절 제사를 드린다지만 틀림없이 다른 목적이 있으리라 짐작합니다. 예루살렘 성내, 그리고 성전에까지 들어와 큰 소란을 일으킬 만한 무리여서 사전에 대비하는 것이 필요할 것 같습니다."

"아니, 갈릴리라면 분봉왕 안티파스 저하가 다스리는 영지 아니오?"

빌라도는 일부러 그러는 듯 안티파스 이름을 천천히 길게 입에 올렸다. 군막 안에 있는 누구라도 그의 마음을 읽을 수 있었다.

"예, 그렇습니다만, 아마도 안티파스 저하 쪽에서 적절하게 사전 대응하는 일에 좀 문제가 있었던 듯합니다."

빌라도의 뒤틀린 마음을 받아 마티아스도 안티파스 이름을 입에 올렸다. 그 한마디를 슬쩍 주고받으며 총독과 성전 측은 갈릴리 안티파스의 반대쪽에 똑같이 서 있다는 사실을 서로 확인했다. 사실 그런 점에서, 성전에서는 마티아스가 누구보다 뛰어났다. 직접 말하지 않고도 은밀하게 뜻을 전달하는 능력 때문에 대제사장 가야바가 언제나 마티아스를 내세웠다. 빌라도의 마음을 읽고 갈릴리 분봉왕에 대해서는 총독과 성전이 같은 생각이라고 화답하면서 안티파스에 맞서는 전선에 총독을 끌어들인 셈이다.

"총독 각하! 사실 명절에는 수많은 사람이 성전에 모입니다. 성전의 가르침이 직접 닿지 않는 곳에서 온 사람들도 많이 있습니다. 그중에는 불순한 무리도 있고, 그런 무리에게 쉽게 현혹되는 사람도 있습니다. 무리가 소란을 일으키면 즉시 성전 경비대가 안정시키지만, 혹 성전 경비대 힘만으로 사태를 장악할 수 없게 될 경우도 있을 수 있을 것입니다. 특히 갈릴리에서 올라오는 무리가 소란을 일으킨다면 비록 그들이 갈릴리 사람들이라도 유대와 성전의 안정을 책임지는 대제사장 각하께서 즉각 필요한 모든 조치를 취할 것입니다. 그리고 혹 각하께서 직접 시행하실 일이 생긴다면 즉시 건의드리겠습니다."

말은 빙빙 돌렸지만 핵심은 갈릴리에서 올라온 무리가 소란을 일으켰을 경우 필요한 만큼 로마군이 개입할 것을 사전에 다짐받아 놓으려는 생각이었다. 소란이 일어나면 성전의 요청이 없어도 로마군이 당연히 개입하겠지만, 그것을 미리 짚어두는 셈이다. 사전에 대비책을 제대로 세우지 않았다고 성전과 대제사장이 총독으로부터 질책을 받는 일만은 피하자는 생각이었다. 소요가 일어나지 않도록 유대와 예루살렘을 잘 관리하는 일이 대제사장의 임무였다. 혹 소란이 일어나더라도 통제할 수 있는 수준으로 관리하는 일이야말로 바로 대제사장의 통치능력이다. 대제사장에게 그런 통상적 책임은 있으나 만일 혼란이 일어날 경우, 이번에는 갈릴리 분봉왕 안티파스에게 책임이 있다는 점을 슬쩍 짚어두었다.

빌라도는 순간 그 문제 뒤에 복선이 깔려 있음을 깨달았다.

"그런 상황이라면 포괄적이고 선제적인 대응을 해야 할 것 같군. 군중이란 일단 한번 소란해지기 시작하면 걷잡을 수 없이 번져 나가는 법이오. 꼭 돼지 같아요. 아, 참! 유대인들은 돼지 싫어하지요? 하여튼, 군중이란 먹여주고 놀려주면 불평 없이 잘 따르지만 누가 혹 좀더 좋은 것을 먹여준다고 나서면 그동안의 은혜는 까맣게 잊고 새 깃발을 따라나서는 법이오. 어떤 경우에도 일이 벌어지기 전에 싹을 자르고, 뿌리를 뽑아야 하오. 성전 경비책임자가 우리 위수대장에게 잘 보고하고 지시를 따르도록 하시오."

단순히 어떤 불순한 무리가 소란을 일으키는 문제를 넘어 갈릴리 분봉왕 안티파스의 책임, 예루살렘 성전 대제사장이 지고 있는 치안유지 책임, 소요를 진압하는 로마군의 책임이 복잡하게 연관된 일이 분명했다. 그런 복잡한 일에 대해 마티아스에게 당장 어떤 지시를 하거나 약속을 해주기보다 좀더 상황을 알아본 후 대책을 마련하기로 마음 먹었다.

빌라도는 순간 갈릴리 분봉왕 안티파스의 번질거리는 얼굴을 떠올렸다. 지난해, 황제를 칭송하는 명문이 새겨진 방패를 예루살렘 총독 궁 앞에 내세웠다가 황제로부터 쓸데없이 유대인들을 도발한다고 엄중하게 질책을 받았던 일이 다시 생각났기 때문이다. 방패를 철거해 달라는 유대인들의 청원에 안티파스가 앞장섰었다. 그에게 제대로 한 번 갚아줄 때를 기다려왔다. 모든 일에는 때가 있는 법이다. 기다리면 때는 온다. 그때가 온 것이다.

"대제사장 각하가 총독 각하께 특별히 요청드리는 내용이 하나 있습니다."

멈칫멈칫하던 마티아스가 약간 비굴해 보이는 웃음을 띠고 슬쩍 빌라도의 표정을 살피며 입을 열었다.

"무엇이오?"

대제사장의 요청이라는 말을 듣고 빌라도는 몸을 의자 뒤로 젖혔다. 무슨 일인지 우선 들어보고, 맘에 들지 않으면 언제든 거부하겠다는 자세였다.

"대제사장 각하는 직접 총독 각하께 좀 특별한 호의를 베풀어 주십사 부탁하라고 말씀하셨습니다. 그건 바로 ….."

"얘기해 보시오."

"예, 말씀드리겠습니다. 그 부탁을 받아들이시지 않아도 대제사장 각하는 조금도 서운한 마음 갖지 않겠다고 하십니다. 그러나 하실 수만 있으면 ….."

애기를 선뜻 꺼내지 못하는 마티아스를 바라보다가 빌라도는 슬쩍 아레니우스를 쳐다보았다. 예루살렘 성전 대제사장이 아들을 사자로 보내 간절히 부탁할 만큼 총독의 위상이 대단하다고 그에게 은근히 확인시켜주고 싶었다. 부탁 내용을 들어보지 않았지만 상황은 이해가 된다는 듯, 그도 빌라도를 향해 머리를 끄덕였다.

마티아스가 드디어 입을 열었다.

"예, 각하! 이번에는 특별한 호의를 베푸셔서 대제사장과 제사장들이 유월절 명절에 입는 예복을 좀 일찍, 그러니까 ⋯ , 예, 각하께서 예루살렘에 입성하시는 내일 바로 내어주셨으면 ⋯ , 그렇게 해주셨으면 합니다. 정중하게 부탁하라고 대제사장 각하가 당부하셨습니다."

옳거니, 빌라도는 속으로 들썩했다. 예루살렘 성전을 통제하는 한 방편으로 대제사장과 제사장들이 성전 제사를 드릴 때 입는 예복을 모두 걷어 총독이 보관하고 있었다. 그건 사실 총독들이 만들어낸 관습이 아니라, 헤롯이 유대 왕으로 있을 때부터 시행한 제도였다. 헤롯은 유대 제사장들이 예복을 입는 순간, 하느님과 사람을 매개하는 거룩한 위치에 올라선다는 사실을 누구보다 잘 알고 있었다. 대제사장 예복을 입으면 때로 신의 뜻에 따라 속세의 왕권을 능가하는 권위가 부여되기 때문이었다. 그는 예복을 갖춰 입은 대제사장은 왕권을 위협할 수 있는 존재라고 보았다. 그래서 헤롯왕은 늘 대제사장과 제사장들의 예복을 걷어 성전이 빤히 내려다보이는 요새에 보관했다가 명절 제사 때에 나눠주고 끝나면 다시 거둬들였다.

이후, 로마총독이 유대를 다스리게 되었을 때 총독들도 자연스럽게 그 절차를 이어받아 성전을 통제하는 수단으로 삼았다. 총독들은 성전 측에서 준비한 명절 계획과 예루살렘 치안대책을 사전에 보고받은 후 명절 계획을 승인했고, 승인의 표시로 안토니오 요새에 보관했던 예복을 내주었다. 수십 년 지속된 절차는 특별한 상황이 아닌 한 반드시 지켜야 하는 절차로 굳었다. 절차나 규정은 지배자에게는 매우 편리한 제도였다. 한번 절차로 확립돼 굳어지면 특별한 부담 없이 당연한 일로 시행할 수 있었다. 내주었던 예복은 행사가 끝나면 직급별, 종류별로 숫자를 헤아려 다시 거둬들였다.

해마다 대제사장은 성전이 자체적으로 예복을 보관할 수 있도록 허락해 달라고 총독에게 요청했고, 총독은 언제나 그 요청을 거절했다. 성전이 예복을 보관하는 일은 총독의 권한을 넘어 황제가 직접 허락해야 한다고 이유를 둘러댔다. 대제사장의 예복을 통제하는 것만으로도 쉽게 행사를 통제할 수 있어서 총독으로서는 아주 편리했다.

유대인만큼 형식과 절차를 중요하게 생각하는 사람들은 땅 위에는 다시 또 없을 것이었다. 한 치의 벗어남도 없이 법과 옛 장로들의 전통을 따라야 했다. 어떤 명절에는 무슨 장식이나 표가 달린 어떤 옷을 입어야 하는지, 제사를 드리는 절차, 제물을 준비하는 방법, 제물의 종류 등 그야말로 한도 없고 끝도 없이 절차와 규정들이 정해져 있었다. 성전에 불을 밝히는 촛대는 몇 개를 세워야 하고 촛대에는 몇 개의 가지가 있어야 한다는 등, 그 세세하고 까다로운 내용의 설명을 듣다가 빌라도뿐만 아니라 이전의 모든 총독들이 모두 머리를 절레절레 내두르며 중단시켰다. 그 복잡한 내용을 더 이상 알아야 할 이유가 없기 때문이었다.

심지어 성전 구역도 가지가지로 구분돼 있었다. 예루살렘 성전에서 가장 거룩하다고 알려진 장소, 야훼 하느님을 모셨다는 지성소에는 대제사장이라도 1년에 한 번 오직 속죄일에 신발을 벗고 들어갈 수 있었다. 건물 밖에는 제사장 계급의 사제들만 들어갈 수 있는 제사장의 뜰에 제단을 쌓아 놓고 제사를 지냈다. 이스라엘 남자만 들어갈 수 있는 구역인 이스라엘의 뜰, 이스라엘 여자도 들어갈 수 있는 구역인 여자들의 뜰이 각각 구별되어 있었고, 그 밖으로 이방인이 들어갈 수 있는 이방인의 뜰로 구역이 따로 지정되어 있었다. 이방인의 뜰은 이전부터 있었던 성전 뜰 밖 구역으로 헤롯왕이 성전을 새로 지을 때 돋우어 확장한 곳이었다. 그래서 그 구역은 성전 경내에서도 부정한 곳으로 취급됐고, 그곳까지는 이방인 출입이 허용됐다. 경계를 넘어 이스라엘의 뜰에 들어가는 이방인은 누구라도 즉시 사형에 처한다는 총독의 명을 새긴 경계석이 서 있다.

대제사장이나 제사장이라도 유대가 지켜야 하는 그 세세한 규정을 훤히 다 알 수는 없었다. 그래서 그때그때 성전에 있는 율법학자나 바리새파 전문가들에게 자문해야 한다니, 유대인이 섬기는 야훼는 도대체 어떤 신인지 빌라도로서는 도무지 알 수 없었다. 그런 절차와 규정 중 작은 것 하나라도 어기면 큰일 난다는 듯 수선을 떨었다. 로마에도 이런 신, 저런 신 여러 신이 있고 황제도 살아 있는 신으로 모셔지지만 유대의 신처럼 그렇게 까다롭지는 않았다. 유대인은 신을 섬기자는 건지, 절차를 지키자는 건지, 신을 섬기는 절차가 왜 그리 중요하고 복잡한지 도무지 알 수 없다고 총독들은 모두 고개를 저었다. 성전 대제사장, 제사장들이 제사를 드릴 때 입는 예복, 그리고 명절 동안 성전 경내에서 위엄을 떨치며 입고 돌아다니는 예복을 잡아두는 것만으로도 유대를 통제할 수 있다니 총독의 입장에서 본다면 유대인은 스스로 새장에 갇힌 새와 마찬가지였다.

스스로 새장에 갇힌 유대인들은 새장 밖의 세상을 결코 알지 못했다. 세상이 얼마나 크고 넓은지 그들은 관심 두지 않았다. 로마가 던져주는 조그만 특권에 달라붙어 서로 물고 찢고 싸우는 모습을 볼 때, 유대인들은 그들이 가장 혐오한다는 돼지나 들개와 별반 다를 것이 없어 보였다. 유대인의 그런 관습이나 절차는 끊임없이 가축을 끌고 이동하며 생계를 유지하던 유목민의 특징이라고 빌라도는 생각했다. 눈앞에 있는 것을 먼저 확보하는 일이 그들에겐 가장 중요한 일이기 때문이었으리라. 봄에 씨 뿌리고, 여름에 가꾸고, 가을에 결실을 거두어 저장하고, 겨울을 넘기는 일은 유대인에게는 참으로 길고 느리고 답답한 일이었음이 분명했다. 풀이 있는 곳으로, 물이 있는 곳으로 즉시 옮겨가는 사람들, 다른 부족이 먼저 그곳을 차지하면 싸워서 뺏거나, 다른 좋은 곳을 찾아 헤매다가 광야나 산자락에서 쓰러질 운명을 지고 사는 사람들이었다.

카이사레아를 출발하기 전에 빌라도는 아레니우스에게 유대인들에 대해 얘기를 해주었다.

"유대인들은 말이에요, 내 생각에는 흩어져야 할 본성을 가진 사람들이라는 생각이 듭니다."

"그렇습니까?"

"예, 나라를 이루고 살 수 없는 사람들 같습니다. 잡초처럼 끈질기게 생명을 이어갈 수는 있어도 큰 나무숲을 이룰 사람들은 아니에요."

"어떻게 그런 결론에 이르게 되셨는지요?"

"아, 그들이 조상 중의 조상으로 떠받드는 아브라함이라는 족장의 얘기를 들어봐도 알 수 있습니다. 원래 메소포타미아 지방 사람이었답니다. 우르라는 곳에 살다가 아비를 따라 하란으로 이사했고, 신의 명령을 받고 가나안, 그러니까 지금 유대인들이 사는 땅으로 가족을 이끌고 이주했다고 합니다. 조카까지 데리고 왔다는 것으로 보아 친족을 끌고 옮겨온 것으로 보입니다. 그런데 조카, 이름이 '롯'이라고 하더군요, 조카도 양 떼를 몰고 왔고 아브라함도 양 떼를 몰고 왔는데 양 떼를 풀어 놓을 풀밭과 물을 먹일 우물 때문에 서로 분쟁이 생겼답니다. 그때, 아브라함이 했다는 유명한 말이 있습니다. '네가 왼쪽으로 가면 나는 오른쪽으로 가겠다.' 허허! 그 말을 듣는 순간 유대인의 본성을 가장 정확하게 설명한다는 생각이 들더군요."

"예, 그러셨겠습니다."

나누고 가르고 서로 반목하는 유대인, 그들 스스로는 이스라엘이라고 부르며 그중에 유대인, 사마리아인, 갈릴리인이 서로 다르다고 말한다지만, 로마가 그들 모두를 뭉뚱그려 부르는 유대인은 본성이 모래알 같은 사람들이라고 빌라도는 늘 생각했었다. 작은 규정에 집착하면서 큰 틀을 놓치는 사람들이었다. 새장에 갇힌 새, 멍에를 스스로 걸머진 소 같았다.

유대인에 대해 혼자 이런저런 생각에 잠겨 있던 빌라도 눈에 마티아스가 들어왔다. 그는 아직 총독의 대답을 기다리고 있었다. 두 손을 공손하게 앞에 모으고, 수염 부스스한 턱을 치켜 올려 허락을 기다리는 눈을 보자 갑자기 웃음이 터져 나올 것 같은데 가까스로 참았다. 예복이 그렇게 중요하다니, 그 간절한 눈과 자세를 보고 있자니 당장이라도 허락해줄까 하는 생각이 들 정도였다. 그러나 빌라도는 역시 노회한 사람이었다. 그는 몸을 뒤로 젖히며 말했다.

"위수대장의 보고를 받고 나서 결정하겠소."

성전 측에서 준비한 치안대책을 위수대장이 먼저 점검하고 이상 없으면 예복을 내어주던 이전의 절차대로 하겠다는 얘기다. 빌라도로서는 위수대장의 지위를 확실하게 확인하는 말이기도 했다. 대제사장과 관계가 아무리 원만해도 로마총독은 모든 일을 공식 절차에 따라 처리한다고 다시 한 번 밝힌 것이다. 문명 로마제국은 언제나 그렇게 일을 처리한다고 말한 셈이다. 관계를 맺거나 끊거나, 어디까지 유지할지 관계의 범위를 설정하는 일은 모두 우월적 지위에 있는 사람이 내리는 일방적 결정이어야 한다. 설사 친구라고 해도 로마의 엄정한 법질서를 지켜야 한다는 생각, 그렇게 할 수밖에 없다는 사실을 명확하게 인식시켜주는 것이 통치지역에서 질서를 유지하고 법을 지키도록 만드는 힘이다. 그건 빌라도뿐만 아니라 이전의 총독들이 모두 가졌던 생각이다. 이스라엘에서 최고의 권위를 가진 대제사장이라도 로마총독의 결정에 따를 수밖에 없다는 사실을 빌라도는 수시로 환기시켰다. 비록 대제사장이 로마에 적극 협력하는 사람일지라도 주인은 로마라고 끊임없이 되풀이하여 환기시켜주는 내용이었다.

그 말을 하면서 빌라도는 한 마디 한 마디에 또박또박 힘을 주었다. 마티아스는 더 이상 설득하거나 설명할 형편이 아니라는 것을 깨달았다. 그런 상황을 예상하고 그는 사전에 퇴로를 마련해 놓았다. 부탁을 들어주지 않아도 서운한 생각을 갖지 않겠다는 얘기는 이미 총독이 그 부탁을 들어주지 않으리라고 미리 짐작하고 열어둔 가장 굴욕적인 퇴로였다. 그렇게 물러날 길을 슬쩍 깔아 놓으면 서로 관계가 불편해지는 일은 피할 수 있었다. 마티아스는 그런 사람이다. 대제사장이 항상 아들을 앞세우는 것에 대해 다른 사람이 아무리 입을 비죽거리며 불평하더라도 예루살렘 성전에서 그만큼 일을 폭넓게 보고 유연하게 대처할 수 있는 사람이 달리 없었다.

빌라도가 오른손을 슬쩍 들었다 탁 의자에 내려놓았다. 마티아스는 그 신호를 알아챘다. 그는 다시 한 번 깊이 허리 숙여 총독에게 인사하고, 총독 주위에 앉았거나 둘러선 다른 사람들에게 정중한 목례를 보냈다. 그리고 뒷걸음으로 접견 군막을 물러났다. 등을 돌려 걸어나가 본 사람은 안다, 그 등에 쏟아지는 여러 의미의 눈길들이 얼마나 예리하고 아프고 거북한지. 뒷걸음으로 물러난다고 사람들은 너무 굴욕적이라고 말하기도 한다. 그러나 바로 그 자세가 어떤 면에서는 자기를 지키는 방법일 수 있다. 적어도 내가 있는 자리에서 나를 모욕하지 말라는 요구다. 뒷걸음으로 물러나는 사람 얼굴에 대고 모욕의 시선을 보낼 만큼 매정하거나 용기 있는 사람은 없기 때문이다.

마티아스가 나가자 빌라도는 버릇처럼 어깨를 한 번 으쓱했다. 그리고 아레니우스가 들으라는 듯 그를 쳐다보며 입을 열었다.

"유대인들은 말이오, 모두 들쥐예요, 들쥐! 대장 들쥐를 졸졸 따라다니는 들쥐!"

갑자기 유대인을 들쥐라고 부르는 그의 말을 알아들을 수 없다는 듯 군막 안에 있던 사람들이 모두 빌라도를 쳐다봤다. 눈길이 자기에게

쏠린 것을 보면서 그는 말을 이었다.

"모두 들쥐 같아서 어떤 사람을 대제사장으로 세워도 그냥 졸졸 잘 따릅니다. 그래서 대제사장 한 사람은 우리 로마가 잘 생각해서 세워야 합니다. 그리고 총독은 대제사장을 언제나 철저하게 제어할 수 있어야 합니다. 어떤 일이 발생하기 전에 대제사장을 통해, 그의 책임 아래 사전에 걸러지고 처리되도록 운영하는 것이 훨씬 편합디다. 그러려면 대제사장에게 어느 정도 권한을 허용하고 대제사장은 또 그 아랫사람들에게 그 권한의 일부를 나누어 주어야 합니다. 그러다 보면 대제사장을 중심으로 충성조직이 생깁니다. 마치 들판에 수없이 많은 구멍을 뚫어 놓고 각자 제집 삼아 들락거리는 들쥐, 먹을 것이 있으면 우르르 몰려나와 대장 쥐를 따라 돌아다니는 들쥐, 그 들쥐 떼하고 정말 똑같습니다. 그런데, 만약 이자가 대제사장이랍시고 딴생각을 한다면 총독은 언제든 거침없이 교훈을 가르쳐줄 수 있어야 합니다."

아레니우스는 아무 말 없이 빌라도가 하는 말을 들었다. 눈앞에 대장 들쥐를 따라 산을 넘고 들을 건너고 강을 헤엄치는 들쥐 무리가 떠올랐다. 들쥐라고 불리는 그 백성들의 행태가 대략 어떠할지 상상이 됐다. 들쥐. 그 말이 마음속에 깊이 들어와 앉았다. 들쥐 같은 백성. 먹을 것을 놓고 몰려드는 들쥐가 생각났다. 사각사각 갉아먹는 들쥐 모습도 보였다. 그 들쥐들이 우글거리며 산다는 도성 예루살렘에 다음 날 들어간다니 흥미로운 일이었다. 들쥐들이 몰려다니는 광경을 높은 곳에서 내려다본다고 생각하자 등허리를 타고 스멀스멀 흥분이 기어 올라왔다. 그런 흥분에는 언제나 비릿한 냄새가 난다. 우월한 지위에 있는 사람만 느끼는, 바로 여유롭게 내려다보며 관찰하고 즐기는 흥미다. 앞으로 보름 남짓 기간에 벌어질 많은 일들이 기다려졌다.

"유대는 지금으로부터 560여 년 전, 바빌론에서 포로생활을 하다가 귀환한 그때부터, 그러니까 헤롯이 유대의 왕으로 임명받을 때까지 약 5백여 년 동안 성전의 제사장이 나라를 다스렸습니다. 그 기간 중에 백여 년 지속된 마카비 왕조라고도 부르고 하스몬 왕조라고도 부르는 왕가가 있었는데, 그때는 왕이 대제사장까지 겸했지요. 성전이 왕실에 통합됐다는 말과 같습니다."

"그건 어느 나라나 비슷하지 않겠습니까?"

아레니우스가 말을 거들고 나섰다. 그가 자기의 의견에 귀를 기울이며 맞장구를 치자 빌라도는 신이 났다. 자기의 식견과 지식을 자랑하고 싶었다. 유대를 다스리는 총독의 기본정책에 동조하는 사람을 하나 만들 수 있는 기회였다.

"맞습니다. 결국은 어디에서나 정치가 모든 것을 결정하는 힘을 가지고 있지요. 먹고사는 일이나, 곡식을 생산하고 사고팔고 세금 바치는 일이나, 신을 섬기고 신전에 나가 제사를 드리는 일이 통치자의 영역 밖으로 떨어져 나가는 경우는 생각할 수 없지요."

그리고 말을 이었다.

"성전이 유대를 다스렸다고 성전국가라고 부르지만, 사실은 통치세력이 성전을 중심으로 통치했다는 말이지요. 그것이 바로 유대의 역사입니다. 그 가장 좋은 예가 지금 내가 유대총독으로 성전을 중간에 세워 유대를 다스리는 것과 마찬가지입니다."

"아하, 그렇군요!"

"예. 70년 전쯤, 로마 원로원이 헤롯을 유대의 왕, 그러니까 속주의 왕이지요, 왕으로 삼았습니다. 사실 그 사람은 반은 유대인, 반은 이방인이라고 공격받는 사람이었지만 능력은 출중했던 모양입니다. 헤롯은 성전을 철저하게 장악하고 대제사장을 자기 마음대로 임명했습니다. 얘기를 듣자니 원래 대제사장은 그렇게 막 바꿔대는 것이 아니라고 합니다. 한번 그 자리를 맡으면 죽을 때까지 맡는 법인데 헤롯왕은 자기가 다스리는 동안 필요하면 언제든지 대제사장을 갈아치웠답니다.”

빌라도는 유대의 역사를 아레니우스에게 설명해주어야 할 책임이라도 있는 사람처럼 길게 말을 이었다.

“지난 30년 가까운 기간, 정확하게는 27년쯤 됐네요, 황제 폐하께서 총독을 파견하셔서 유대를 다스렸습니다. 헤롯왕이라는 예속왕을 세워 다스리던 방식에서, 옛날 다른 제국들이 유대를 다스리던 방식처럼 성전을 내세웠습니다. 예전에도 이 땅을 지배했던 제국들은 언제나 성전을 통해 유대를 다스렸거든요. 유대는 여러 제국을 연거푸 섬기면서 제국 영토 안에 있는 어느 나라, 어떤 지방에 비해 보아도 훨씬 제국에 대한 저항이 적었습니다. 성전이 제국과 유대 사이에 끼어 있다는 사실 그 하나만으로 다른 속주보다 평온을 유지했다는 점을 황제 폐하께서 눈여겨보신 것이지요. 그때 시작된 통치방식이 지금까지 유지되고 있는 셈입니다.”

아레니우스는 조금 놀랐다. 빌라도는 의외로 상당히 깊은 정치적 식견을 가지고 있었다. 제국이 직접 통치는 하지만 중간에 성전을 끼워 넣어 다스린다는 정책을 이해하고 있었다. 황제나 로마 원로원 의원 정도 돼야 생각할 수 있는 일을 겨우 조그만 유대 지방을 다스리는

3등급 총독이 깨닫고 있다니, 아레니우스는 그를 다시 보았다.

"그것이 가장 평온하게 유대를 다스릴 수 있는 길입니다. 총독이 예루살렘에 주둔하면서 날마다 유대인들과 부딪치기보다 몇 걸음 떨어져서 대리인, 유대의 경우에는 성전이겠지요, 그 대리인을 통하여 간접적으로 통치하는 방법이 가장 좋은 방법입니다. 총독이 통치한다는 면에서는 직접통치 같지만 성전을 통한다는 면에서는 간접통치입니다. 헤롯왕 시절에는 성전이 철저하게 왕명을 따라야 했습니다. 그러나 지금은 성전에 어느 정도 재량권을 주었더니 오히려 좋아하면서 협조를 더 잘 합니다."

그 얘기를 듣고 있으면서 아레니우스는 속으로 생각했다. 그렇게 유대인과 유대를 잘 아는 사람이 왜 지난 몇 년 동안에, 그것도 총독으로 부임하면서부터 몇 번씩 문제를 일으켰는지 알다가도 모를 일이었다. 알고도 저지른 일인지 일을 겪으면서 깨달은 것인지, 하여튼 빌라도는 그가 현재 다스리는 유대에 대하여 누구보다도 가장 잘 알고 있는 사람이라는 생각이 들었다. 그런 얘기를 일부러 길게 늘어놓으면서 유대총독으로는 가장 적합한 사람이 자기라고 말하고 있다는 것을 아레니우스는 이미 알아챘다.

"대제사장이 되기 위해서는 대제사장을 낼 수 있는 가문 출신이어야 합니다. 지금 대제사장을 맡고 있는 가야바가 속한 안나스 가문 말고 그런 가문이 세 가문이 더 있습니다. 원래 바이투스 가문이 가장 유력해서 예전에는 거의 그 가문에서 대제사장이 나왔지요. 지금도 그들은 기회만 있으면 자기 가문으로 대제사장 자리를 다시 끌고 가려고 끊임없이 움직이지요. 그런데, 총독으로서 보자면 서로 경쟁하는 가문들이 바로 현직 대제사장을 감시하는 감시꾼 역할을 합니다. 그들은 세세한 것까지 몰래 카이사레아까지 사람을 보내 보고합니다. 대제사장은 대제사장대로 별도 정보를 보내고요. 그들과 어느 정도 접촉을 유지하고 있으면 유대에서 벌어지는 일, 예루살렘과 성전의 일은 눈감고 있어도 훤히 알 수 있습니다. 그저 조금씩 호의를 베풀고 슬쩍슬쩍 모호한 암시를 던지는 것만으로 충분합니다. 그리고 만일 어떤 대제사장에게 문제가 있으면 다른 가문 사람으로 바꾸면 되지요. 그런데, 대제사장을 바꾸다 보면 성전의 모든 관료와 제사장, 그 밑에 있는 일꾼들까지 줄줄이 연쇄적으로 모두 바뀌게 되고 그러면 어김없이 소요가 일어난다는 말을 들었습니다. 그러니 대제사장을 자주 바꾸지는 않되 필요하면 언제라도 바꾸겠다는 신호를 보내며 적당히 겁을 주는 것이 좋습니다. 내가 총독으로 부임한 이후, 전임 총독이 임명한 대제사장 가야바를 그대로 그 자리에 눌러 앉혔습니다. 특별히 바꾸어야 할 이유가 없었지요. 본인은 그 자리에서 물러날 줄 알았는데 그대로 맡겨주자 정말 감사하면서 온갖 충성을 다하더군요. 오히려 잘 된 셈이지요. 그런데 총독은 대제사장을 잘 어르고 긴밀한 관계를 유지해야 하지만 때로는 로마의 위엄과 힘을 보여 주어야 합니다. 힘이 멀리 있으면 대제사장은 자기가 주인인 줄 알고, 너무 가까이 붙어 있으면 유대인들과 불필요한 마찰이 자꾸 생깁니다. 너무 멀지 않고, 너무 가깝지 않고, 어쨌든 총독이 대제사장을 잘 다스려 놔야 문제가 없어요."

아레니우스가 보기에 빌라도는 로마가 다스리는 지방의 총독으로 자기 맡은 일은 잘 하는 사람이었다. 여기저기 여러 속주들을 돌아다녀 봤는데 유대 땅만큼 안정된 지역은 없었다.

장황하리만치 길게 유대 역사와 자기의 정책을 설명하면서도 혹 총독이 대제사장과 너무 밀착한 것 아니냐는 오해를 피하도록 빌라도는 주의했다. 그러면서 한편으로는 늘 그랬듯 명절 끝에 카이사레아로 돌아갈 때 대제사장이 은밀하게 보내줄 뇌물이 눈앞에 어른거렸다. 이번에 한몫 받으면 아레니우스를 통해서 황제와 원로원 의원에게 크게 뇌물을 바칠 생각이었다. 그러고도 남는 돈이 있으면 로마 근교에 땅을 더 사들일 계획이다.

빌라도가 그동안 로마에 사들여 넓힌 땅이 이미 상당했다. 농지를 경작할 노예와 고용한 일꾼들만 백 명이 훨씬 넘었다. 욕심은 끝이 없다. 총독 자리에서 물러나기 전에 지금의 두 배 정도로 땅을 늘릴 계획을 세웠다. 계획대로 땅을 늘린다면 로마 북쪽에서 빌라도는 몇 손가락 안에 들어가는 지주가 될 수 있다. 그런 생각을 하다 보면 수없이 겪은 전투와, 수단방법을 가리지 않고 경쟁자를 무너뜨린 지난날들이 스스로 생각해도 대견했다.

로마에서는 귀족이나 실력자 중 누가 더 많은 토지를 소유했는지, 그가 가진 토지가 얼마나 좋은 땅인지, 바로 토지가 권력과의 거리를 나타낸다. 정치권력은 황제 한 사람의 손에 집중돼 있고 그와 관계가 가깝고 좋을수록 더 많은 토지, 더 좋은 땅을 소유할 수 있는 기회를 잡기 때문이다. 사람이 누리는 명예의 척도가 토지였다. 로마나 헬라 그리고 유대와 갈릴리 모든 지역에서 재산을 모은 사람은 오로지 토지에만 투자했다. 토지 소유는 다른 재산과 달리 명예를 높이는 일과 직접 상관이 있었다. 상품을 사고팔면서 부를 늘리는 일은 별로 명예로운 일이 못 된다고 사람들은 생각했다.

재물을 싫어하는 사람은 아무도 없지만, 토지 소유와 농업 이외 방법으로 부를 쌓으면 사람들은 그런 재산을 불명예스러운 것으로 보았다. 큰돈을 가장 쉽게 벌어들일 수 있는 방법으로 무역이 있었다. 그런데, 무역은 백성들이 살아가는 데 필요한 물자를 대주는 일이 아니라 지배층에게 그 나라에서 쉽게 구할 수 없는 물자를 공급해주는 일이었다. 사치품, 희귀한 보석, 향신료 따위의 물건에 돈을 쓸 수 있는 사람을 상대로 하는 일이 무역이었다. 산지에서 싸게 사들이고 몇 배, 몇십 배 이윤을 붙여 다른 나라에 파는 일이기 때문에 그런 내용을 아는 사람들은 무역상을 아예 사기꾼, 도둑 비슷한 사람으로 취급했다. 로마의 다른 유력자들과 마찬가지로 빌라도도 오로지 토지를 늘리는 일에만 관심을 두었다.

그때, 경비병이 보고하는 소리가 들렸다.

"총독 각하, 갈릴리와 베뢰아의 분봉왕 헤롯 안티파스 저하의 사자 알렉산더 공이 각하 뵙기를 청합니다."

"모셔드려라!"

경비병의 안내를 받아 알렉산더가 군막 안으로 들어왔다. 로마제국 영토 안에서 찾아온 사자는 누구나 황제에게 충성을 다짐하는 의식을 치러야 한다. 알렉산더는 아주 익숙한 태도로 그 의식을 마쳤다. 마치 물 흐르듯 막힘이 없다. 매일매일 그런 의식을 치러본 사람 같았다.

'분봉왕'이란 로마가 통치하는 어느 속주를 네 지역으로 나누어 그 한 곳, 즉 속주의 4분지 1을 통치하는 사람을 일컫는 말이다. 헤롯이 죽은 후에 이스라엘을 네 지역으로 나누어 그중 반을 장남 아켈라우스에게 주었고, 안티파스와 빌립에게 각각 4분지 1을 나누어 주었기 때문에 안티파스와 빌립은 분봉왕이란 칭호로 불렸다. 아켈라우스가 유대의 통치자 자리에서 쫓겨난 후 안티파스가 헤롯 가문을 대표했고, 따라서 사람들은 그의 이름 앞에 아버지의 이름을 덧붙여 분봉왕 헤롯 안티파스라고 불렀다.

갈릴리는 유대, 사마리아 그리고 이두매 지방을 책임지는 총독 빌라도의 통치지역이 아니다. 따라서 분봉왕이 총독에게 보고하거나 지시받을 일은 전혀 없다. 그런데도 보고할 일이 있다고 찾아온 것으로 보아 무언가 특별한 사연이 있음에 틀림없었다. 지난해 있었던 방패 사건을 해명하러 왔을 수도 있고, 예루살렘 성전 대제사장이 보냈던 사자 마티아스가 언급했던 것처럼 갈릴리 무리에 관한 일일 수도 있겠다고 빌라도는 지레 짐작했다. 그 두 가지 일 모두이든, 그중 어느 하나이든 일단 얘기는 들어보기로 했다. 의식을 치르는 알렉산더를 말없이 지켜보면서 총독이란 자리는 여러 가지 재미있는 일을 만들 수도 있고, 조정할 수도 있다는 생각을 했다.

사실 갈릴리와 베뢰아의 분봉왕이라고 해서 안티파스가 유대와 사마리아에서 일어나는 일에 아무 상관없이 초연할 수는 없었다. 갈릴리는 총독이 통치하는 사마리아와 붙어 있고, 또 다른 한 곳의 영지 베뢰아도 총독이 다스리는 유대와 붙어 있기 때문이었다. 결국 총독과 분봉왕은 서로 영지를 맞대고 있는 셈이었다. 그런 처지라면 사이가 나쁘든지 좋든지 두 가지 중 하나가 될 뿐, 아무 상관이 없고 영향도 없다는 듯 무덤덤할 수는 없었다. 그런 면에서, 헤롯 안티파스는 언제나 비상한 관심을 가지고 로마총독 빌라도의 움직임을 주시했을 것이 분명했다. 빌라도가 유대나 사마리아에서 실시하는 조치가 궁극적으로 안티파스에게 영향을 미칠 수밖에 없었다. 게다가 빌라도는 로마총독으로서 정당하게 행사할 수 있는 무력을 보유하고 있기 때문이었다.

이번 유월절 입성은 지난해 황제를 칭송하는 글이 새겨진 방패를 철거하는 사건이 벌어진 이후, 총독이 예루살렘에 처음 들어가는 셈이다. 겨울 내내 궁리한 대로 빌라도는 떨어진 총독의 권위를 이번에는 되찾고 싶었다. 더구나 아레니우스가 동행한 이번 기회를 이용해서 빌라도는 자기가 얼마나 유능한 총독인지 똑똑히 보여주고 그 모습을 로마에 전달하고 싶었다. 유대 땅을 다스리는 로마총독 빌라도의 위엄 있고 위풍당당한 모습을 보여주고 싶었다. 제국 로마의 통치가 유대 지방에서 효과적이고 안정적으로 이루어진다는 사실도 보여주고 싶었다.

입성하기도 전에 야영지에서 주둔하며 예루살렘 내부사정을 속속들이 사전에 파악하는 역량을 아레니우스에게 보여줄 수 있게 되어 빌라도는 속으로 만족했다. 예루살렘 성전 대제사장뿐만 아니라 갈릴리 분봉왕도 유대총독에게 보고하러 왔다는 사실은 그가 유대 지방뿐만 아니라 이스라엘 전체를 아우르는 중요한 사람이라는 인상을 심어줄 수 있어 좋았다. 더구나 분봉왕이 보낸 알렉산더는 유대인으로서는 드물게 보는 인물 중의 인물이었다. 그가 안티파스의 사자로 찾아왔다는 보고를 들었을 때부터, 그를 아레니우스에게 소개해주겠다고 내심 생각했다.

빌라도는 총독으로 부임했을 무렵, 처음 알렉산더를 만났던 때를 똑똑히 기억했다. 그는 뛰어나게 잘생긴 사람이었다. 재산도 많을 뿐만 아니라 갈릴리 분봉왕 안티파스의 가장 가까운 친구이며 신하라고 들었다. 갈릴리에서 걷어 내는 세금과 공물은 모두 그의 손을 거쳤다. 한 가지 고개를 갸우뚱하게 했던 일은 그가 갈릴리 호수를 관리하는 일도 맡고 있다는 점이었다. 어부들이 고기를 잡는 구역을 지정해주고, 잡은 고기를 막달라 항구에서 소금에 절이고, 생선기름을 짜서 양념을 만들고, 로마로 보내는 일까지 그가 맡고 있다는 얘기를 들었을 때 생선 비린내가 훅 코끝을 스치고 지나가는 것 같았다. 그러나 곰곰 생각해 보니 생선에 관한 한 처음부터 끝까지 모든 과정을 아우른다면 그건 정말 거대한 이권사업이었다. 갈릴리 호수에서 잡아 소금에 절여 말린 물고기와 생선기름 양념이 로마 상류층 귀족들이 가장 좋아하는 상품이라는 말을 듣고 난 후 빌라도는 고개를 끄덕일 수밖에 없었다. 고상한 인상과 달리 고상해 보이지 않는 일까지 거리낌 없이 손을 대는 알렉산더에 대하여 그는 큰 호기심을 느꼈다. 그 알렉산더가 눈앞에 나타났다.

"총독 각하, 오늘 제가 갈릴리와 베뢰아의 분봉왕 헤롯 안티파스 저하의 명을 받아 각하를 찾아뵙는 것은 곧 천하에 닥칠 어수선한 일에 대하여 말씀을 드리려 함입니다."

알렉산더는 빌라도를 정면으로 응시하면서 예의 바른 듯 보이지만 비굴하거나 주저하는 빛 없이 입을 열었다. 빙빙 돌리지 않고 직접 핵심 문제를 얘기하는 그의 표정은 말하는 내용에 비해 담담하고 침착했다. 은근히 마음속에 호의를 품고 좋게 보았던 사람의 말인지라, 빌라도는 경청하겠다는 듯 몸을 좀 앞으로 내어 앉았다.

"그래, 말해 보시구려. 무슨 일로 안티파스 저하께서 본인에게 사자를 보내셨는지 어디 자세히 들어봅시다."

말을 시작하기 전에 알렉산더는 주위를 둘러보았다. 아마 민간 복장의 아레니우스가 마음에 걸린 모양이다. 꺼려하는 눈치를 챈 빌라도는 너털웃음으로 분위기를 누그러뜨렸다.

"아, 괜찮아요. 여기 아레니우스 공은 로마에서도 대단히 존경받는 원로원 의원님의 조카 되시오. 앞으로 큰일을 하실 분입니다. 이렇게 서로 인사를 나누어두는 것이 알렉산더 공에게도 나쁜 일은 아닐 것으로 생각하오. 다른 사람이야 다 내 수하에 있는 사람들이니 어차피 알 일은 알아야 할 사람들이고."

그 말을 듣고 알렉산더는 아레니우스에게 가벼운 목례를 보냈다. 아레니우스도 앉았던 자리에서 자세를 바로 하여 정중한 목례로 답했다. 비슷한 사람끼리 서로 잘 알아보는 법이다. 아레니우스는 알렉산더가 군막 안에 들어올 때부터 그의 용모나 자세, 그리고 굳건하면서도 나직한 목소리 등 모든 것에 호감을 가지고 지켜보고 있었다. 생긴 것만 보아서는 로마에 있는 귀족 친구들에 비하여 조금도 손색이 없을 만큼 기품이 있는 인물이었다.

그런데, 아레니우스는 빌라도가 눈치 채지 못한 점을 알렉산더의 말 속에서 느꼈다. '저하의 명을 받아 특히 각하를 찾아뵙는 것은'이라고 말을 시작한 것이 걸렸다. 그 말 속에는 '총독에게 알려주지 않아도 될 일이지만 특별히 생각해서 통보하니 알아서 잘 처리하시라'라는 뜻이 숨어 있다고 느꼈다. 일단 통보했으니 그다음 일은 총독이 알아서 해야 된다는 말처럼 들려서, 어떻게 보면 갈릴리 분봉왕은 한발 뒤로 빼고 총독에게 떠넘기려는 의도가 은연중에 배어 있었다. 그런 점을 깨닫지 못한 빌라도는 알렉산더의 외모에 빠져 그냥 넘어가고 있었다.

"그러면 말씀드리겠습니다. 이번 유월절에 예루살렘에서 큰 소요가 일어날 것 같습니다."

"소요라고요?"

즉시 빌라도의 반응이 날카로워졌다. 너그러운 듯 웃음을 머금고 있던 얼굴이 일순 굳어지면서 턱이 꼿꼿해졌다.

"예, 갈릴리에서 소란을 피우던 한 무리 선동꾼들이 지금 예루살렘으로 올라오고 있습니다. 그리고 갈릴리와 유대 지방을 넘나들며 강도질 노략질을 일삼던 도적떼도 이미 많은 숫자가 예루살렘에 잠입했다는 정보를 들었습니다."

"선동꾼과 도적떼가 무에 그리 대단하다는 말이오? 우리 로마 군사가 얼마인데 … ."

빌라도가 말을 채 끝내기 전에 알렉산더가 말했다.

"민란이 일어날 가능성이 있습니다."

순간, 군막 안은 철렁 흔들렸다. 군막 안에 피워 둔 촛불이 크게 일렁이는 것 같았다. 큰 쇠망치로 머리를 한 대 얻어맞은 듯 모두 충격을 받았다. 민란, 민란이 일어나다니, 그런 징조가 있다면 이렇게 한가하게 군막을 세우고 밤을 지낼 일이 아니다. 그 순간에 빌라도가 가장 먼저 걱정한 것은 민란이 일어나면 로마에 보낼 세금과 공물을 실은 배를 제때 출발시킬 수 없다는 점이다. 민란이 일어나면 가야바에게서 받게 될 뇌물과 선물도 사라진다. 민란이 일어난다면 이번에 동행하여 내려온 아레니우스가 직통으로 로마에 사정을 보고할 것이다.

민란이 일어난다면 ….

빌라도는 끝없이 꼬리를 물고 일어나는 생각들에 사로잡혀 잠시 현실감각을 잃었다. 공중에 몸이 붕 떠 있는 것 같았다. 어찌 하필 자기가 총독으로 있는 시기에 안 좋은 일이 거푸 생긴다는 말인가? 난감하기 짝이 없었다. 예루살렘 성전이 보낸 사자는 슬쩍 암시만 주고 떠났고, 이제 알렉산더는 엄청난 얘기를 쏟아 놓았다. 무슨 일이 일어나고 있음이 분명했다. 그런 엄청난 말을 던져 놓고 알렉산더는 천연덕스럽게 총독을 올려보고 있다. 그때서야 빌라도는 알렉산더가 그를 관찰하고 있다는 것을 깨닫고 자세를 다시 가다듬었다.

알렉산더가 침착한 눈빛으로 군막 안 모든 사람의 반응을 지켜보고 있는 동안 빌라도도 점차 흔들림에서 벗어났다.

"민란이라니?"

"이번에 사태가 벌어지면 쉽게 통제할 수 없는 상황이 될 것입니다. 그중에 제가 제일 위험한 인물이라고 보고 감시했던 예수라는 자와, 갈릴리부터 그를 따라다니는 도당에 대해 우선 말씀드리겠습니다."

빌라도를 비롯한 군막 안의 모든 사람들 시선이 일제히 알렉산더의 얼굴에 꽂혔다. 그런데, 그 순간 빌라도는 엉뚱하게도 알렉산더가 참 잘생긴 사람이라는 생각을 했다. 나이는 빌라도보다 위로 보였지만 아직도 매력적인 남자였다. 이 긴박하고 중요한 순간에 왜 그런 생각이 스치는지 모를 일이었다. 그는 머리를 흔들었다. 생각이 위로 올라오지 못하도록 가슴을 진정하려고 애썼다. 그런데 언뜻 조각처럼 매끈하고 잘생긴 알렉산더의 벗은 몸매가 눈앞에 확 나타났다가 사라졌다. 빌라도는 속으로 낭패스러웠다. 이러면 안 된다고 다시 정신을 가다듬고 그를 바라보았다. 그의 얼굴이 저만치 물러나며 가물가물 작아지다가 점점 커졌다. 알렉산더는 한 마디 한 마디 힘을 주어 입 밖에 내었다.

"예수의 목적은 근본적으로 성전을 무너뜨리려는 것 같습니다."

"성전을 무너뜨리는 거야…, 내가 뭐. 그런데 제깟 놈이 무슨 재주로 어찌 성전을 허문다는 말이오?"

그 말을 듣자 빌라도는 일부러 엉뚱한 소리를 해보았다.

"각하, 성전 건물을 허문다는 얘기가 아니고 성전체제를 부정하고 무너뜨리겠다는 생각입니다. 이것은 성전을 받들고 있는 대제사장, 제사장, 성전 관료들을 반대한다는 의미를 넘어, 성전 자체를 부정한다는 것입니다."

"왜요? 그대들은 그걸 가만두고 있다는 거요? 성전을 섬긴다는 사람들이?"

빌라도가 거칠게 반문했다. 질문이 아니고 질책이었다.

"예수가 무리를 선동하기로는 하느님은 성전에 머물고 있지 않고 모든 사람들 속에 있다는 얘기입니다. 성전은 백성을 수탈하기 위한 지배세력의 상징이고 조작이고, 하느님은 처음부터 성전에 마음을 두지도 않았고 거기 머물지도 않았다고 주장합니다."

"아, 그런 성전 얘기야 그대들 유대인의 문제고, 하느님 얘기는 내가 굳이 끼어들지 않아도 될 얘기 같은데…."

말은 그렇게 해도 빌라도는 그 얘기가 무슨 얘기인지 벌써 알아듣기 시작했다. 그래도 한번 짐짓 뭉개 보았다.

알렉산더의 그 짧은 몇 마디 말 속에서 예수가 퍼뜨리는 내용의 핵심을 빌라도는 파악할 수 있었다. 예수라는 사람의 말대로라면 성전을 통해 유대를 다스리는 로마의 식민통치가 정면으로 도전받는 셈이다. 유대인들이 섬긴다는 그 괴팍한 신을 그래도 성전이 그런대로 잘 구슬리고 있었다. 중간에 성전이 제대로 역할을 하고 있었기에 로마가 유대인의 신을 직접 상대하지 않고도 식민통치를 할 수 있었다. 성전이 언제나 로마의 통치를 순순히 받아들이고 협조했기 때문이었다. 그것이 로마에게도 이익이고 성전에도 좋은 일이었다. 유대 땅 예루살렘 성안에 높이 서 있는 성전처럼 효과적으로 기능하는 통치기구는 로마제국 영토 안 어느 속주에도 없었다. 이제 그 기능을 정면으로 문제 삼고 시비를 거는 사내가 나타났다는 얘기였다.

"그런데, 설사 그따위 무리가 도당을 이루어 성전을 부정한다 해도 무어 그리 대수라는 말이오?"

그는 알렉산더의 말뜻을 알아듣긴 했지만 좀더 구체적으로 의견을 듣고 싶어 짐짓 물었다.

"예, 총독 각하! 저희는 이스라엘 백성이 야훼 하느님의 백성이라고 믿고 있습니다."

"허허! 그렇다면서요."

"하느님의 백성인 이스라엘이 하느님과의 관계를 유지하는 곳, 즉 하느님을 모신 곳이 성전입니다. 하느님이 그곳에 계시면서 백성들을 돌보고 계신 것입니다."

"마치 내가 카이사레아에 머물고 있는 것처럼 말이지요?"

빌라도의 말에 순간 알렉산더의 얼굴이 굳어졌다. 빌라도는 자기가 실수한 것을 금방 깨달았다.

"아아, 내가 농담 좀 한 거요. 그래서?"

그래도 알렉산더는 말이 없다. 그에 대하여 남다른 호감을 가지고 있었던 터라 마음을 누그러뜨려 주려는 듯 빌라도는 어색한 웃음을 지으면서 기다렸다.

알렉산더는 입을 다물고 마음을 가라앉히려고 애썼다. 어깨가 들먹일 정도로 크게 숨을 내쉬었다. 놀랍게도 그의 뼈 속에 아직 이스라엘 사람이 살아 있었다. 빌라도가 농담처럼 내뱉은 그 말은 이스라엘의 하느님과 같은 반열에 자기를 올리는 참람한 말이었다. 아무렇지도 않게 그런 말을 내뱉는 로마총독과 마주하고 있다는 사실을 그는 다시 확실하게 깨달았다. 알 수 없고 느껴본 적 없는 생각이 가슴속에서 뭉클뭉클 치솟아 올랐다. 한 번도 이스라엘을 변호하거나 옹호해본 적 없던 그로서는 스스로 생각해보아도 알 수 없는 일이었다. 그는 모욕감과 수치심을 억누르며 입을 열었다. 그가 맡아서 해야 할 일이 있기 때문이다.

"이스라엘의 모든 역사는 하느님이 계신 곳을 중심으로 전개돼 왔고 그곳에 정통성의 근본이 있습니다. 그것이 체제였고 제도였고 눈앞에 세워진 권위였습니다."

"그렇겠습니다."

빌라도가 맞장구를 쳐주었다.

"그런데 총독 각하!"

알렉산더가 목소리를 낮추어 말을 이었다.

"그 성전을 부정한다는 것은, 이제까지 이스라엘과 관계를 맺은 이스라엘의 야훼 하느님을 부정하는 것입니다. 성전이 모셔왔던 하느님, 옛날부터 조상 대대로 믿어 오고 의지하고, 이스라엘을 다스리고 계신다고 믿어 온 하느님을 부정하는 것입니다."

빌라도가 물었다.

"그러면 어찌 되는 겁니까?"

"하느님이 다시 광야에서 백성들을 만나시는 겁니다."

"그게 무슨 소리요?"

"성전에 모시기 이전의 하느님, 광야에서 이스라엘을 인도하시던 하느님, 시나이산에서 백성들과 약속하시던 하느님, 그 하느님을 다시 만나는 것입니다."

"그게 무슨 문제요? 왜 그것이 민란이 된다는 말이오? 성전에 모셔진 신이 아닌 광야를 떠도는 신이 왜 두려운 거요? 아, 신이란 훌륭한 성전에 잘 모시고 제사 잘 드리면 만족하지 않나요?"

근본적으로 알렉산더가 얘기하는 내용이 문제가 되는 이유를 빌라도는 완전히 이해하지 못했다.

"각하! 기록과 가르침에 의하면 성전에 모시기 이전의 하느님은 히브리의 하느님입니다. 가난한 사람, 힘없는 사람, 떠돌이, 노예, 고아와 과부, 병든 사람들을 거둬 주고 먹여 주고 입혀 주는 그런 하느님입니다."

그 말을 듣고 빌라도는 속으로 생각했다.

'그럼 거지들의 하느님이군!'

그러나 그 말을 입 밖으로 내뱉지는 않았다. 알렉산더는 사자들이 서서 보고하도록 정해준 그 자리에서 한 발 앞으로 걸어 나왔다. 그리고 무겁게 입을 열었다.

"그 하느님은 히브리를 이집트 종살이에서 해방시킨 하느님입니다."

"아아!"

빌라도는 정신이 번쩍 들었다. 저절로 신음소리가 나왔다. 유월절이 그런 명절이다. 유대인들, 이스라엘의 조상이라는 히브리가 이집트에서 종살이할 때 그들의 신이 나서서 해방시켰다는 유월절 명절, 유대인들이 믿고 지키는 전통의 뿌리에 생각이 미쳤다. 예수라는 갈릴리 사람에 대한 얘기는 로마제국의 통치 아래 있는 이스라엘을 다시 한번 해방한다는 말이다. 그 말뜻을 깨닫기까지는 오래 걸리지 않았다. 단순히 성전을 부정하고 성전을 다스리는 대제사장과 관료들을 부정하는 것이 아니고, 이스라엘을 다스리는 현실의 통치세력, 즉 로마제국으로부터의 해방을 꿈꾼다는 말이다. 그런데 이스라엘이나 유대라는 말을 히브리라는 말과 알렉산더가 왜 구별하여 사용하는지 알 수 없었지만 그것까지 물어볼 계제가 아닌 듯해서 빌라도는 그냥 넘어갔다.

빌라도가 보기에 알렉산더는 신기한 사람이었다. 마치 예수라는 갈릴리 도당의 우두머리와 서로 마주 앉아 의견이라도 나눠본 사람처럼 상대를 꿰뚫어 본 듯 느껴졌기 때문이다. 예루살렘 성전에 대한 거부가 성전지도부에 대한 거부가 아니라 성전체제 자체에 대한 거부라는 점, 그리고 결국 이스라엘이라는 민족이 성립되기 이전의 역사로 돌아가자는 뜻이라고 읽어낸 점이 그러했다.

"그래 알렉산더 공은 어떻게 이 일을 알게 되었소?"

알렉산더는 그런 질문이 나올 줄 알았다는 듯 천천히 입을 열었다.

"저는 사실 오랫동안 이스라엘의 역사를 깊이 생각하며 살았습니다. 이스라엘이 영원히 누릴 평화를 구상했습니다."

알렉산더의 첫마디가 사뭇 거창하고 진지했다.

"이스라엘은 오랜 세월 동안 이런 제국 저런 제국의 식민지, 점령지였고, 이방 제국들이 주인 노릇하는 땅이었습니다. 이스라엘을 세웠다는 열두 지파는 천 년 전에 뿔뿔이 흩어졌고, 오직 유다 지파와 일부만 유대 지방에 살아남았습니다. 이 땅이나 갈릴리나 늘 전쟁터였고, 백성들은 갈고리에 끌려 노예로 팔려갔습니다. 성읍과 마을들이 흔적도 없이 불타 없어진 적이 한두 번이 아닙니다."

알렉산더의 말은 비장했다.

"로마가, 아우구스투스 황제 폐하가 세상에 평화를 가져왔습니다. 이 백성은 아우구스투스 황제 폐하와 대를 이은 티베리우스 황제 폐하가 베풀어 준 평화 속에서 안정과 번영을 누리고 있습니다."

빌라도로서는 듣기에 기분 좋은 말이다.

"그런데, 온 세상에 비가 내려도 아가리가 아래로 엎어진 항아리에는 빗물이 고일 수 없는 것처럼, 로마의 평화를 받아 담을 수 없도록 처음부터 엎어진 항아리가 있습니다. 그래서 아무리 평화로운 세상이라도 몇십 년에 한두 개 엎어진 항아리가 나옵니다. 그러면 백성들은 말할 수 없는 고통과 비극을 당합니다. 저는 그것을 막아야 합니다. 그래서 잘 살펴보고 조심하면서 안티파스 저하 밑에서 조심조심 갈릴리 지방을 경영하고 있습니다."

참으로 대단한 말솜씨였다.

"그러다가 갈릴리 출신 예수 도당과 '하얀리본'이라고 알려진 도적떼 히스기야 무리에 주목하게 됐고, 이미 오랜 기간 그들을 면밀하게 추적했습니다. 특히 도당의 우두머리 예수라는 자와 하얀리본 도적떼의 두목 히스기야는 나사렛이라고 하는, 갈릴리 지방에 있는 조그만 마을에서 어릴 적부터 아주 가까운 동무로 자랐습니다. 그들이 각각 따로 움직이는 듯 보였습니다만, 이번 유월절 명절 모두 예루살렘으로 집결하는 것을 알아냈습니다. 그래서 걱정이 돼서 좀더 알아보았습니다. 그리고 히스기야 무리가 명절 기간 동안 성전에서 폭동을 일으키려 한다고 판단했습니다."

"예수와 그 도당은?"

"제가 판단하기에 히스기야는 폭동을 일으켜서 대제사장과 성전 관료들을 제거하고, 예수와 그 도당은 군중을 선동해서 성전을 부정하고 로마에 저항하는 운동을 이끌 것으로 봅니다. 즉, 두 사람이 각각 역할을 나누어 맡아 예루살렘 성전과 도성을 장악할 것입니다."

"그들에게 그럴 만한 세력이 있소?"

"2백여 년 전, 마카비 유다 형제들이 셀레우코스제국에 저항하는 무력조직을 이끌고 왕국을 세운 역사가 있습니다."

"그래요. 그 왕국 얘기는 나도 들은 적이 있소만….."

"예, 그러시군요. 문제는 지금 예루살렘 성전 대제사장과 모든 성전 지도자들을 백성이 전혀 믿고 따르지 않는다는 사실입니다. 그처럼 신망이 땅에 떨어진 상황이라 더욱 위험합니다."

"그래요?"

빌라도는 다시 한 번 짐짓 일에서 손을 빼는 듯한 어조로 시큰둥하게 대답했다. 알렉산더가 쏟아 놓는 얘기는 어찌 보면 갈릴리 안티파스와 성전 사이 벌어지는 대립 때문이라는 생각이 언뜻 들었다.

알렉산더는 빌라도의 그런 자세에도 아랑곳하지 않고 말을 이어갔다. 총독이 유희하듯 끈을 당겼다 놓았다 즐기는 일은 아무것도 아니라고 여겼다.

"총독 각하! 제가 민란이 일어나겠다고 걱정하는 이유는 더 큰 데에 있습니다."

알렉산더의 진지한 말투에 빌라도도 다시 정색을 하며 그의 말에 귀를 기울였다.

"각하! 이제까지 백성들은 먹을 것 입을 것에만 관심을 가졌습니다. 최소한 먹여주고 입혀주고, 처자식 거느리고 살 수 있으면 그 사람이 자기들 왕이든, 제사장이든, 다른 나라든, 헬라든, 로마든 상관없었습니다."

"그래서요?"

빌라도는 속으로 끙 하는 신음소리를 내면서 물었다. 그랬을 것이다. 그건 어느 나라고, 어느 백성이고 마찬가지다. 심지어 로마에 끌려온 노예들이, 제 나라에서 먹고살기 힘들었던 옛날을 생각하면서 빵을 손에 들고 우는 광경을 여러 번 보았다. 굶지 않고 그나마 무언가를 먹을 수 있고, 밤이슬 맞지 않고 지붕 아래에서 잠을 자게 된 형편을 감사하게 여기는 노예를 여러 번 보았다. 목구멍에 무언가 넘기기 위해 가장 먼저 포기해야 할 것이 자유라면 그들은 언제나 기꺼이 자유를 포기했다.

"이제까지 이스라엘, 유대 지방 백성들이 떼를 지어 집단으로 행동할 때 그건 매우 간단한 동기에서 시작됐습니다. 세금을 낮추어 달라, 가뭄이 들어 굶어 죽게 생겼으니 식량을 달라, 아무개 아무개가 나쁜 짓을 했으니 처벌하고 바꾸어 달라, 그런 이유가 대부분이었습니다. 나라보다 자기들 살아가는 일이 더 중요했습니다. 그렇게 시작된 일도 어떤 무리가 나타나 정치적 구호를 보태면 즉시 걷잡을 수 없는 폭동으로 변했습니다."

알렉산더는 말을 이어갔다.

"그런데 이번에 예수가 얘기하는 것은, 그 도당이 하려는 것은 이전에 있었던 일들과 근본적으로 다릅니다. 세금이 아닙니다. 빵이 아닙니다. 제사장이 너무 착취가 심하다, 그런 얘기가 아닙니다. 따지고 보면 요구하는 내용을 내세우기보다 그런 요구를 제기할 대상 자체를 거부하고 부정하는 것입니다."

군막 안 모든 사람이 숨을 죽이고 그의 말을 듣고 있었다. 대단한 웅변이었다.

"그들은 하느님께 직접 호소하기 시작했습니다. 하느님이 직접 다스려 달라고 요청하는 것입니다. 세상의 지배자들이 아닌 하느님이 다스려야 한다는 것입니다. 하느님이 주인이라는 얘기입니다. 하느님과 약속을 맺은 이 백성들이 하느님의 약속 그 자체에 호소하는 것입니다."

"그리 되면 …."

알렉산더는 잠시 숨을 골랐다. 언뜻 들으면 알렉산더 자신의 생각이 그렇다고 얘기하는 듯했다. 이스라엘 백성을 대신해서 신 앞에 두 팔 벌리고 서서 그가 호소하는 듯 보였다. 적어도 빌라도 눈에는 그리 보였다.

"백성들이 예수의 얘기에 귀 기울이고, 그 얘기에 따라 직접 하느님께 호소하면서 들고 일어나면, 그것은 가라앉힐 방법이 없습니다. 왜냐면 성전도 총독 각하도 누구도 그 요구를 들어주고 해결할 수 없기 때문입니다. 들어줄 수 없는 요구에는 당연히 강력한 무력에 의한 진압이 따를 것으로 봅니다. 총독 각하! 그러지 않으실 것입니까?"

"그럴 경우 당연히 로마의 힘으로 평화를 회복해야지요!"

"그렇습니다. 그래서 제가 말씀드리는 것입니다, 각하!"

알렉산더는 한 마디 한 마디 고통스럽다는 듯 말을 맺었다.

"그 일만은…, 막아야 하겠다고…, 저는 생각합니다. 각하!"

알렉산더가 두려워하는 것은 다시 한 번 이스라엘이, 유대 땅이 백성의 피로 물드는 일이다. 최근 2백여 년 동안, 이삼십 년마다 한 번씩 닥쳤던 그 엄청난 파괴와 살육을 이 땅은 더 이상 감당할 수 없다는 생각이다.

원래 백성이란 단순하고 간결한 구호에 끌리기 마련이다. 그 구호가 각자의 삶에 좀더 가까이 닿아 있다면 파급력이 더 컸다. 어떤 봉기도 처음부터 거창한 구호와 목적을 내세우고 시작되는 경우는 드물었다. 그런 거창한 구호는 자신들의 일상과는 멀리 떨어져 있는 신의 영역에 속하거나 지배체제의 근본적 문제이고, 평범한 그들이 일어나서 바꿀 수 있는 일이 아니기 때문이었다. 그러나 골짜기에서 흘러나온 물줄기 하나만으로 이루어지는 강은 없다. 어느 강이고 작은 샘이 근원이다. 샘에서 흘러내린 물줄기에 이 골짜기 물과 저 골짜기 물이 합쳐지고 연못도 만나고 호수도 만난다. 멈추고 쉬고 다시 흐르면서 어느덧 산을 휘돌아 도도히 흐르는 강이 되는 법이다.

"각하, 보통 백성들이 들고 일어나는 데에는 몇 단계가 있습니다. 저는 그 단계들에 맞는 대책을 적절하게 세워야 한다고 믿습니다."

알렉산더가 쏟아 내는 얘기는 보통 사람이 생각할 수 있는 일이 아니었다. 지난 7년 동안, 빌라도는 유대인 중 어떤 사람으로부터도 그만한 얘기를 들어본 적이 없었다.

"첫째, 그들은 그들에게 직접적으로 관심이 있는 문제들을 가지고 모여들고 소란을 피웁니다."

"그렇지요."

"그러나 불행하게도 보통 지배자들은 그 단계에서 사태를 수습하지 못합니다. 즉, 너무 단순하고, 저급하고, 사소한 일이라고 생각하기 때문입니다. 그런데, 그 단계에서 수습하지 못하면 점점 그것을 요구하는 무리의 숫자가 불어납니다."

"맞아요."

"숫자만 불어나는 것이 아니고 요구의 범위가 넓어지고 내용도 깊어집니다. 아직도 늦지 않습니다. 이때까지만 해도 수습 가능합니다. 이 단계에서 나오는 요구사항은 비교적 지배자들의 결정에 따라 해소될 수 있기 때문입니다. 백성들은 그 지배체제를 인정하고, 그 지배자에게 문제의 해소를 요청하는 단계입니다."

빌라도는 알렉산더의 분석을 주의 깊게 들었다. 로마제국에서 어느 지방 어떤 속국이든 거의 모든 지배자나 총독들이 겪을 수 있는 일이었기 때문이다.

"그런데, 더 이상 지배자에게 청원하거나 요청하지 않는 단계를 지날 때가 있습니다. 그건 바로 지배자를 거부하는 단계입니다. 왕을 거부하든지 총독을 거부합니다. 이 단계에 이르면 왕이나 총독보다 더 위에 있는 기관이 개입해야 진정이 됩니다. 그러나 이때만 해도 왕이나 총독의 상위기관이 개입하여 정리할 수 있습니다."

알렉산더가 얘기하는 왕이나 총독의 상위기관이면, 시리아에 주둔하면서 유대의 총독을 관할하고 있는 시리아 지방장관 겸 총독이나 로마의 원로원, 더 나아간다면 로마황제를 의미할 터였다.

"그런데 총독 각하, 예수와 그 일행이 선동하는 것은 땅 위에 있는 모든 지배를 부인하는 것입니다. 즉, 로마황제 폐하를 부인하는 것입니다. 말하자면 반란입니다. 작은 불평으로 시작했던 소란이 점점 커지는 보통의 과정을 거치지 않고, 바로 최종적 반란으로 바로 확대될 수밖에 없는 운동입니다."

총독이 깊은 충격에 빠지는 것을 알렉산더는 보았다. 반란이라는 말 때문이었다. 예수의 운동이 그러했다. 간단하게 선동이라고 치부할 수도 있지만 예수의 가르침은 너무 위험했고, 따르는 무리의 숫자도 무시할 수 없이 커져 이제는 도당이 되었다. 그 무리를 끌고 예수가 유월절 기간에 예루살렘에 들어온다는 사실은 막연했던 예상이 눈앞에 현실로 나타나는 일이다.

예수가 이끄는 그 물줄기가 강을 이루고 바다에 이르기 전에 막아야 한다. 무슨 수로 흐르는 물을 막을 수 있다는 말인가? 물은 저절로 낮은 곳으로 흐른다. 그 흐름을 막으면 점점 많이 고여 넘실대다가 둑을 허물고 와디를 따라 거세게 흘러내려간다. 예수 운동에 다른 물줄기가 합류하지 않도록 물길 방향을 트는 수밖에 없다. 예수가 떠드는 구호가 예루살렘과 유대인들 속으로 흘러들어가지 않도록 막는 방법밖에는 없다. 그를 체포하고 심문하고 법에 따라 처벌할 길을 찾기로 알렉산더는 마음먹었다.

그러나 당장 예수를 예루살렘에서 체포하여 처벌할 명분이 없다.

증거는 아직 불충분했고, 예수가 저지르고 가르쳤다는 내용에 대해서는 관할권의 문제가 있었다. 그 일들은 대부분 갈릴리 분봉왕 안티파스 영지, 호수 건너 분봉왕 빌립의 영지에서 벌어진 일들이었다. 예루살렘에서는 유대 밖에서 있었던 일을 문제 삼아 예루살렘 관할 로마총독이 예수를 심문하거나 처벌할 권한이 없다. 이번 유월절에 예루살렘 성전에서 일을 저지른다면, 그곳은 로마총독과 대제사장이 관할하는 구역이기 때문에 갈릴리 분봉왕은 그 일에 간여할 권한이 없다. 그러니 갈릴리와 유대 예루살렘의 관할 책임자 사이에 심문권과 처벌권에 대한 조정과 이양에 관한 합의가 사전에 이뤄져야 한다. 우선 갈릴리의 안티파스와 예루살렘 성전 가야바 사이에 합의가 있어야 하고, 로마총독을 개입시키려면 예수의 행위가 로마법에 따라 처벌받을 만한 일이라는 점을 분명히 밝혀야 한다.

처벌의 주체가 분봉왕이면 목을 벨 수 있고, 성전이면 돌로 쳐 죽일 수 있고, 만일 총독이 직접 개입하여 처벌한다면 죄목에 따라 십자가 처형도 기대해볼 만하다고 알렉산더는 판단했다.

그때, 빌라도가 불쑥 물었다.

"그래, 알렉산더 공의 생각은 어떠하오? 어떻게 대처해야 좋겠소?"

기다리던 말이었다. 로마군에게 완벽하게 떠넘기고 갈릴리가 뒤로 빠질 수 있는 기회를 잡은 것이다. 그는 속셈을 감추고 천연덕스럽게 대답했다.

"총독 각하와 휘하 장수들에게 훌륭한 계획이 충분히 있을 것으로 믿습니다. 그러나 저에게 의견을 물으시니 제가 생각하는 바를 진언 드리겠습니다."

"얘기해 보세요. 알렉산더 공의 의견을 참고해서 우리도 대책을 세우리다. 안티파스 저하나 예루살렘 대제사장 모두 한마음으로 대처해야 할 것 같군요."

"예, 각하. 적어도 각하와 대제사장 각하, 그리고 분봉왕 저하께서 모두 힘을 합한다면 무난하게 진정시킬 일이라고 봅니다. 말씀드리겠습니다."

이제 뱀처럼 지혜롭게 사태의 흐름을 조정하는 일이 남아 있다. 일이 벌어지면 어떻게 관리하고, 무엇을 얻고 무엇을 지키고 무엇을 어떻게 버려야 할지 계산하는 일이야 알렉산더에게는 늘 해오던 익숙한 일이다. 보통 어떤 일이 벌어졌을 때 한 번이라도 미리 생각해 둔 사람의 의견이 전체를 주도하게 된다. 처음 상황을 파악한 사람은 문제를 제기한 사람이 내놓는 제안을 중심으로 대처방안을 구상하기 마련이다. 그건 살아오면서 알렉산더가 겪었던 수없이 많은 경험이 가르쳐 준 교훈이다.

"우선, 가능한 빠른 시간 내에 예수를 제거하는 것이 좋겠습니다. 특별히 유월절 명절이라는 시기를 감안했을 때 사람들의 눈에 띄지 않는 야간에 신속하게 그를 체포하는 것이 좋겠습니다. 갈릴리와 유대 지방을 휩쓸고 다니던 도적 히스기야 무리가 예수 무리와 합류하지 못하도록 그도 신속히 체포하도록 준비하시지요."

"그리고요?"

"다음으로 중요한 것은 예수를 제거할 때 로마제국 총독이신 각하의 명령에 따라 로마법에 의하여 처형함으로써 그를 따르는 도당이 감히 저항할 엄두를 갖지 못하도록 공포로 본을 보이는 것이 좋겠습니다.

그리고 총독부만 개입할 일이 아니고 성전 측에서도 예수의 처형에 관여하는 것이 저항하는 세력을 무력화할 수 있는 중요한 사항입니다. 예수가 지극히 높으신 분 하느님의 뜻을 거슬렀다고 선언해야 하겠지요. 말하자면 로마법과 이스라엘의 토라를 동시에 위반했다고 판결하는 것이지요."

빌라도는 숨을 길게 들이쉬었다. 총독이 개입할 수밖에 없는 일이 분명했기 때문이다.

"그리고 예수의 체포와 처형에 이어 총독부와 성전 대제사장, 그리고 갈릴리의 안티파스 저하가 긴밀히 공조하여 사태가 확산되지 않도록 진압하고 선무할 필요가 있습니다. 사람들에게 성전에서 명절 선물을 나누어 주는 일도 필요하고, 예수를 따를 것이냐 평화를 지킬 것이냐 둘 중에 하나를 고르도록 주민들과 순례자들을 강하게 몰아붙이면 감히 누구도 저항하며 나서지는 못하리라 봅니다. 바람직하기로는 예수의 체포는 성전 측에 맡기고, 처형은 총독 각하께서 직접 명령하시는 것이 좋겠습니다. 그리고 한 가지 덧붙여 말씀드리고 싶은 것은, 예수를 허황한 선동가, 그리고 비적들과 연결된 떠돌이 부랑자라고 부르는 것이 좋겠다는 것입니다."

"떠돌이 부랑자이고, 비적과 연결돼 있다?"

"예, 그가 어떤 부류의 사람이며 무슨 일을 하던 사람이라는 출신을 확실히 밝혀두는 것이 좋을 것 같습니다."

"그렇겠지요. 그리고?"

"예수 도당과 제사에 참석하러 모인 다른 사람들 사이를 철저하게 분리하는 방책을 세우는 것이 좋겠습니다."

알렉산더는 자기가 생각해오던 바를 술술 빌라도에게 얘기했다. 빌라도가 생각해 보아도 꼭 필요한, 중요한 조치들을 모두 포함하고 있었다.

"다음으로 중요한 것은, 혹 있을지 모를 일입니다만, 유월절 제사가 끝나자마자 안티파스 저하는 가능한 한 빨리 갈릴리로 돌아가 예루살렘에서 시작된 소요사태가 갈릴리나 베뢰아 지방으로 번져 나가는 것을 대비하려고 합니다. 이 점은 총독 각하께서 양해하여 주시기 부탁드립니다."

"저하께서 영지로 돌아가시는 일을 총독이 무어라 말할 수는 없지요."

"예, 그렇게 양해하여 주시면 감사하겠습니다."

빌라도 목에서 그릉 소리가 새어 나왔다. 기분이 나쁘거나 마음이 불편할 때 그는 으레 그런 소리를 낸다. 처음 만나는 사람이라도 그 소리를 들으면 그가 불편하게 생각한다는 점은 눈치 챌 수 있다. 침묵이 흘렀다. 빌라도는 자기 마음을 표현했고, 알렉산더도 알아들었다. 빌라도는 눈치 챘다. 비록 갈릴리 지방으로 소요가 확산되는 일에 대비한다고 내세우지만 예루살렘에서 벌어지는 사태에 책임질 일은 맡지 않고 발을 빼겠다는 생각으로 읽었다.

아무 말도 없이 자기를 바라보는 빌라도를 보면서 알렉산더는 마지막 한 가지를 덧붙였다.

"큰 무리 없이 사태가 진정되면 모르되, 만일 성전 제사에 참석한 군중 쪽으로 소요가 확산될 기미가 보이면 즉시로 대제사장을 다른 가문 사람으로 교체하는 것이 좋겠습니다. 말씀드리기는 좀 주제넘지만 한편으로는 대제사장에게 책임을 묻는 일이 되기도 하고 또 한편으로는 유대인들이 가지고 있는 불만과 반감을 대제사장과 그 가문, 그리고 귀족들에게 향하도록 전환하는 일이 될 수 있습니다."

빌라도는 자기도 모르는 사이 다시 끙 신음소리를 냈다. 갈릴리에서 시작된 물줄기가 유대 땅으로 흘러들어오고 있다. 알지 못한 사이에 거대한 소용돌이 한가운데로 자기가 걸어 들어왔다. 더구나 알렉산더는 대제사장 교체까지 입에 올렸다. 결국 그렇게 처리할 수밖에 없는 일로 보였지만 마음은 불편했다. 그렇게 주도면밀하게 사태를 분석하고 대안을 강구할 수 있는 사람이 어찌 유대까지 일이 번지도록 손놓고 있었느냐고 버럭 소리를 지르고 싶은 마음까지 들었다. 그러나 누구의 잘못을 따지기보다는 우선 수습에 힘을 쏟아야 할 상황이었다.

순간 카이사레아에 1천 5백 명의 군사를 남겨 놓고 온 일을 후회했다. 이번에 남은 세금과 공물을 성전으로부터 받으면 로마로 실어 보낼 배를 항구에 매어두었다. 그런데, 그 배에 이미 실려 있는 재물과 곡식을 노리는 무리가 있다는 첩보를 받고 군대를 남겨 지키도록 했기 때문이다. 첩보는 믿을 수 없고 허무맹랑하게 들렸다. 그러나 만에 하나 세금과 공물 수송에 차질이 생기면 당장 빌라도 자신에게 화가 미칠 일이라서 군대를 나눠 지키도록 조치하고 떠나올 수밖에 없었다.

'아, 저 멍청이 안티파스 때문에 이런 일이 일어나는구나.'

그는 속으로 투덜거렸다. 사태가 수습되면 이번에는 안티파스를 황제 앞에 세우리라 마음먹었다. 역사적으로 갈릴리가 반역의 땅이었다지만 예수 도당과 도적떼까지 한꺼번에 갈릴리에서 내려온다는 말은 분봉왕이 갈릴리를 잘못 통치했다는 증거였다. 게다가 로마에 있던 후원자의 끈이 끊어진 것은 안티파스도 마찬가지였다. 안티파스도 빌라도와 마찬가지로 이미 2년 전에 황제에 의해 처형된 로마의 권력자 세자누스에게 줄을 대고 있었기 때문이었다.

드디어 안티파스에게 복수할 기회를 잡았다고 혼자 속으로 생각하는 중에 문득 한 가지 의문이 떠올랐다. 어찌 이 사람, 알렉산더는 갈릴리 분봉왕에게 붙어 수십 년 동안 충성하는가? 그만한 사람이 유대에 있어 총독을 돕는다면 총독은 유대 경영에 전혀 걱정할 일이 없을 것 같았다. 사실 알렉산더는 유대와 갈릴리, 사마리아를 통틀어 그가 만나본 사람 중 가장 지적이고 설득력 있게 로마 말을 구사하는 사람이었다. 로마제국에서 로마 말이 행정의 기본 언어지만, 로마제국 관리 대부분은 공용어인 헬라 말도 자유롭게 구사할 수 있었다. 따라서 헬라 말로 보고한다고 해도 듣는 사람 누구도 불편하지 않을 텐데, 알렉산더는 군이 처음부터 로마 말을 사용했다. 그의 로마 말은 빌라도라도 달리 더 적합한 말을 생각할 수 없을 정도로 수준 높고 정확했다. 그는 황제의 궁정이나 로마 상류사회에서 쓰는 고상한 말을 사용했다. 대제사장이 보낸 사자 마티아스도 지적 능력은 대단했지만 헬라 말로 대화해서 그런지 알렉산더에게서 느끼는 그런 친밀감은 느낄 수는 없었다. 알렉산더는 바로 그 점을 노렸다. 정통 로마 말을 그런 정도로 완벽하게 말할 수 있다는 것은 로마에 깊고 넓은 연결이 있다는 암시이기 때문이다.

외국사람이 유창하게 자기 나라 말을 할 때 사람들의 생각은 대개 두 가지로 나뉜다. 하나는 자기 나라의 우월성을 상대가 인정한 것처럼 생각하며 우쭐하는 것이다. 그러면서도 유창하게 자기 나라 말을 하는 외국사람을 얕잡아 보는 경향이 있다. 쉬지 않고 지껄이며 꼭 자기 나라 사람처럼 말하려고 노력할 때 더욱 그렇게 보인다. 다른 하나는 그렇게 자기 나라 말을 유창하게 하면서도 고상한 언어와 품격을 보이는 경우다. 그러면 그 상대가 지닌 깊음과 넓음에 은연중 압도당하고 최소한 자기와 동격으로 대우해줄 수밖에 없게 된다. 그가 하는 말과 말하는 태도가 말하는 그 사람의 품격을 나타내기 때문이다. 다른 나라 말을 잘 하되 품격을 지키는 일, 그건 때로 많은 사람들이 잊고 넘어가는 일이었다. 그런 점에서 알렉산더는 뛰어났다.

입으로 나온 생각이 말이라고 사람들은 믿었다. 그 말대로 알렉산더와 대화하면서 빌라도는 그의 깊고 넓은 지식과 안목에 깊은 인상을 받았다. 그는 자기 민족 이스라엘을 무척 사랑하는 사람이고, 유대의 평화와 동족의 생명을 지키려는 확고한 생각을 가진 사람으로 보였다. 게다가 황제에 대한 충성 또한 대단한 사람이었다. 로마 사람이 생각하는 방식을 잘 이해했고, 그런 바탕 위에 로마를 설득하는 방법도 알고 있었다. 말하자면 그는 유대인의 얼굴을 가진 로마인이다. 로마의 철학과 정신으로 채워진 유대인이다. 재물이나 모으면서 갈릴리 분봉왕의 수하로 지내기에는 아까운 사람이라고 느꼈다.

소요사태가 예상된다는 소식을 총독에게 사전 귀띔해 놓는 일이 알렉산더로서는 대단히 중요했다. 안티파스와 자신의 어제와 오늘과 내일이 달린 일이다. 대응하기에 따라 민란이 될 수도 있고 반란으로 확대될 수도 있다는 말로 빌라도를 압박한 말이 먹혔다.

사실 빌라도를 설득할 수 있다고 처음부터 그는 자신했다. 총독이라는 자리와 빌라도가 처한 곤란한 처지를 누구보다 잘 알고 있기 때문이었다. 분봉왕은 빌라도를 만나고 오겠다는 그의 의견을 처음에는 탐탁지 않게 여겼었다. 총독을 경쟁자로만 보았지 이용할 수 있는 힘으로 생각하지 않기 때문이었다. 그러나 만나서 할 애기와 총독을 개입시켜야 할 이유를 차근차근 설명해주자 안티파스도 마침내 동의했다. 위험을 여기저기 분산하고, 책임도 다른 사람에게 적당히 떠넘기는 일, 그건 세상을 살아가는 데 꼭 필요한 생존전략이기 때문이었다.

알렉산더가 취해야 할 사전조치들은 이제 거의 마친 셈이다. 나머지는 상황에 따라 대응할 일이다. 이스라엘을 위해, 갈릴리를 위해, 안티파스를 위해, 자기 자신, 그리고 이루어 놓은 부와 재물을 풀어 쓸 훗날의 일을 위해 그렇게 해야 했다. 거드름을 피우며 높은 자리에 앉아 내려다보던 총독은 마치 오래 앓던 이가 다시 쑤시고 아프기 시작한 사람처럼 얼굴을 잔뜩 찌푸리고 끙끙거렸다.

"내일 예루살렘에 입성하면 바로 회의를 소집할 테니 알렉산더 공이 꼭 참석해주시오. 그리고 그 회의에는 성전의 대표자도 참석시킬 예정이오."

마치 신음하듯 입안에서 웅얼거리는 빌라도의 말을 알아듣기 위해 알렉산더는 귀를 바짝 기울였다. 총독뿐만 아니라 군막 안에 있던 모든 사람들 또한 무겁고 답답한 상황에 짓눌린 듯 보였다. 그렇다면 알렉산더는 목표를 달성한 셈이다. 갈릴리 분봉왕의 일이 아니라 로마의 유대총독이 감당해야 할 일이라고 그들이 받아들였음이 분명하기 때문이다.

"예 알겠습니다, 각하! 저는 돌아가겠습니다. 내일 각하를 다시 뵙겠습니다."

이제 알렉산더는 가장 위험하면서도 강력한 올무 하나를 마련하는 데 성공한 셈이다. 예수는 틀림없이 그 벗어날 수 없는 올무에 걸리고 말 것이다. 그를 기다리던 예루살렘 사람들의 환호 속에 올무는 아무도 모르게 점점 죄어들 것이다. 알렉산더는 한 가지 큰일을 마친 후련한 마음으로 빌라도의 군막을 나섰다.

알렉산더는 예루살렘에 올라와서 여러 사람을 만나보면서 예수가 예루살렘에 들어온다는 소문을 듣고 그를 기다리는 사람이 많다는 것을 알게 됐다. 어떤 사람은 그가 오래전에 예언된 메시아일지 모른다는 희망을 품고 기다리고, 어떤 사람은 병 고침을 받겠다고 기다리고, 어떤 사람은 이제까지 들어보지 못한 새로운 가르침을 주는 선생으로 기다린다. 어떤 사람은 그를 따르겠다고 기다리고, 어떤 사람들은 그를 파멸시키거나 제거하려고 기다린다. 알렉산더는 그 밤에 예루살렘 성안에서 여러 모임이 있는 것을 알고 있었다. 서로 다른 계획을 가진 모임에서 갈릴리 나사렛의 예수가 화제의 중심이 되고 모두 그를 제거하는 방법을 논의하는 밤이다.

예루살렘에 모여들 군중과 예수를 떼어 놓지 못하면 대단히 위험한 일이 벌어지리라고 알렉산더는 판단했다. 어떤 경우라도 미천하고 근본 없는 사람 예수를 이스라엘의 순교자로 군중이 떠받들지 않도록 조정해야 한다. 기대를 접고 실망하여 등을 돌리도록 예수의 신분을 밝혀 분노의 대상이 되도록 만들어야 한다. 그런 면에서 보자면 성전은 너무 답답한 사람들이다. 마치 백 년 동안 한 번도 열어본 적 없는 궤짝 속처럼 답답하고 갑갑했다. 예수가 지닌 엄청난 위험성을 깨닫지 못하고 있는 것이다.

예루살렘 성전에서는 예수를 그저 갈릴리 사람으로 부를 것이다. 달리 부를 이름이 없기도 하겠지만, 그것은 바로 갈릴리에 대한 선입견을 가지고 그를 바라보는 실수가 된다. 그는 갈릴리의 하느님이 아니라, 유대의 하느님, 이스라엘의 하느님, 모든 사람의 하느님을 얘기하면서 그 하느님이 다스리는 나라를 세우겠다는 사람이기 때문이다. 예수는 세상에 불을 지르는 사람이다. 성전을 태우고, 하늘 아래 내려진 모든 그물을 태우고, 돌 위에 돌을 쌓아 세운 모든 제도를 무너뜨리는 뜨거운 불이다. 불 속에 갇혀 혼자 애쓰던 꿈을 알렉산더는 결코 잊을 수 없다. 그 불이 더 커지고 번지기 전에 막아야 한다.

알렉산더 생각으로는 총독이 나서서 마무리하는 것이 가장 효과적이다. 성공하면 분봉왕으로서는 손도 안 대고 예수라는 커다란 위험을 해소하는 셈이 된다. 설사 빌라도와 성전에서 적절하게 대응하지 못해 예루살렘이 소요에 빠져들어도, 하기에 따라서는 분봉왕에게는 다시없는 좋은 기회일 수 있다. 소요사태가 커질 경우 갈릴리 측에서 주도권을 잡을 수 있는 방안을 그는 이미 강구해두었다. 오직 한 가지 걸리는 일이 있다면 유대 지방 예루살렘에서 벌어지는 소요에 갈릴리 분봉왕이 자기 관할 영지의 경계를 넘어 개입할 수 있는 명분이다. 분봉왕의 군대가 예루살렘성에 들어갈 수 있는 명분, 그건 사전에 분봉왕 안티파스와 유대총독 빌라도, 그리고 예루살렘 성전 대제사장 가야바 세 사람이 협의해야 가능한 일이다.

알렉산더는 분봉왕을 설득해서 이미 준비해두었다. 원래 로마의 묵인 아래 분봉왕은 상당한 숫자의 용병을 운영하고 있었다. 북부 갈릴리에 배치했던 용병부대, 사마리아와 갈릴리의 경계에 배치했던 수비대, 베뢰아 지방에 주둔하며 동쪽을 지키던 수비대의 병력 대부분을 빼내서 언제라도 유대 예루살렘으로 진격할 수 있도록 요단강 건너 베뢰아의 가까운 곳으로 이동시켰다. 그곳에서 재빨리 기동한다면 발 빠른 기병은 하루 안에, 보병은 늦어도 이틀 안에 예루살렘에 도달할 수 있다. 분봉왕의 군대에 비하여 시리아 주둔 로마 군단은 아무리 빨리 움직여도 열흘 이내에는 예루살렘에 도착할 가능성이 전혀 없다. 빌라도가 카이사레아에서 이끌고 내려온 병력, 예루살렘 주둔 위수대 병력, 성전 경비대 그리고 대제사장 가문들이 각자 거느리는 사병을 모두 동원한다고 해도 그 병력만으로는 예루살렘 소요를 진압하기란 쉽지 않을 형편이다. 병사 한 명당 군중 50여 명 정도면 서로 대등한 세력이 되겠지만 명절에 예루살렘을 찾은 군중 20만 명이 뭉친다면 겨우 2천 명도 안 되는 병력으로는 어림도 없다. 로마군은 안토니오 요새와 총독궁에, 성전 병력은 성전 안에 포위되어 고립되는 상황이 올 수 있다. 그때 분봉왕의 군대가 예루살렘성 외곽에서 공격해 들어온다면 전세를 뒤집을 수 있고, 그 공은 당연히 분봉왕 안티파스에게 돌아갈 것이 뻔했다. 판세는 알렉산더가 예측한 대로 굴러가는 듯 보였다.

알렉산더가 군막을 나간 후, 빌라도는 눈을 감고 깊은 생각에 빠졌다. 빌라도뿐만 아니라 알렉산더의 얘기를 들은 모든 사람들이 나름대로 상황을 분석하거나 자기가 할 일을 생각하며 누구도 선뜻 먼저 입을 열지 않았다. 특히 아레니우스는 예루살렘에서 벌어질 상황이 로마제국, 특히 로마 사람들이 '우리 바다'라고 부르는 지중해 동쪽에 있는 주변 지역에 어떤 영향을 끼칠지 좀더 차근차근 분석하기로 마음먹었다.

"흠, 흠! 안티파스…."

무슨 말을 시작하려다가 빌라도는 입을 닫았다. 지금 이런 상황에서 갈릴리 분봉왕을 비난하거나 입에 올리는 것이 아무 소용이 없다는 생각이 들었기 때문이다. 헤롯 안티파스는 처음부터 그의 마음에 걸리는 인물이었다. 유대와 사마리아, 이두매를 다스리는 총독으로 임명받고 유대 땅에 발을 들여놓았을 때부터 거북하고 불편한 사람이었다. 안티파스와의 첫 만남을 그는 잊지 않고 있다. 비록 정중하기는 했지만 언뜻 도전하는 눈빛을 안티파스에게서 읽을 수 있었다.

몸이 말하는 것과 입이 말하는 것이 다르면 듣는 사람은 즉시 알아챈다. 안티파스가 바로 그랬다. 자기도 로마 정치에 대하여 알 만큼 안다는 태도였다. 로마 원로원 누구누구를 아느냐, 황제의 측근 누구누구를 아느냐 질문하는 태도는 자기는 그런 사람들을 잘 알고 아주 친한 친구라고 자랑하는 투였다. 하기야 어릴 적부터 로마에서 살았고, 황제의 궁정에서 교육받았고, 비록 로마의 속주라지만 이스라엘 전체를 다스리던 헤롯왕의 아들이었으니 나름대로 자부심을 가질 만은 했다. 더구나 빌라도가 총독으로 부임한 해는 그가 로마황제에게 정식으로 분봉왕으로 임명받아 자기 영지를 다스린 지 이미 30년이나 됐으니 은연중 분봉왕의 자세가 몸에 배어 있었다. 그렇다 하더라도 빌라도는 안티파스가 자신을 대하는 태도가 기분 나빴다.

그는 안티파스의 마음을 읽을 수 있었다. 그도 아버지 헤롯왕처럼 이스라엘의 왕이 되고 싶어 하는 것이다. 빌라도가 안티파스의 영지를 탐내듯 안티파스도 빌라도가 총독으로 다스리는 영지를 눈독들이고 있음에 분명했다. 그런 면에서 보자면 사실 두 사람은 경쟁자였다. 아우구스투스 황제가 안티파스에게 준 갈릴리, 베뢰아 지방에 대해서 유대총독은 법적으로나 실질적으로나 아무런 권한이 없었다. 재판하는 권한과 세금을 징수하는 행정권은 분봉왕에게 허락된 독점적 권한이기 때문이었다. 로마가 책정한 세금과 공물을 제때 바치기만 하면 누구도 분봉왕 안티파스를 흔들 명분이 없었다.

게다가 아우구스투스 황제와 그 뒤를 이은 티베리우스 황제에게 갈릴리의 분봉왕 안티파스는 충성스럽고 믿을 만한 지역 통치자였다. 갈릴리 호숫가에 도시를 건설하고 황제에게 봉헌한다는 뜻으로 이름도 티베리아스라고 짓고 새 왕도로 삼을 만큼 그는 티베리우스 황제의 오랜 친구였다. 이스라엘 전체의 왕으로 삼을 만한 그릇은 못 돼도 갈릴리 분봉왕 자리에서 쫓아낼 만큼 실수를 했거나 부족하지는 않다고 황제는 판단하고 있었다. 27년 전 이스라엘 전체가 로마에 바치는 세금 때문에 반란과 봉기에 휩싸였을 때를 제외하고는 갈릴리에서는 한 번도 세금이나 공물 때문에 시끄러운 소리가 들리지 않았다.

세금에 관한 한 로마의 정책은 매우 엄격했다. 한 해 걸러 한 번씩 토지 소출에 대해 4분의 1을 세금으로 걷었다. 그 지방의 형편에 따라 그 절반씩 매년 나누어 낼 수도 있고 2년째에 한꺼번에 낼 수 있었다. 그러나 어떤 경우에도 늦거나 부족해서는 안 되었다. 세금을 제때 못 내면 황제는 반란으로 간주하고 즉시 군대를 보내 그 지역을 다시 정복하고 철저히 파괴했다. 주민을 모두 사로잡아 잔인한 방법으로 처형하거나 로마제국 어느 지역으로 끌고 가서 노예로 팔아 버렸다. 안티파스는 로마의 그런 정책을 정확하게 알고 있었고, 자기가 다스리는 영지에서 그런 비참한 일이 일어나지 않도록 철저히 단속하는 사람이었다.

"각하! 위수대장을 먼저 불러들일까요?"

깊은 생각에 빠진 총독을 일깨우듯 부하가 입을 열었다. 성전에서 보낸 사자, 갈릴리 분봉왕이 보낸 사자 두 사람에게서 들었던 내용 외에 예루살렘 위수대장이 파악한 내용을 꼭 들어 봐야 할 상황이 되었기 때문이었다.

위수대장은 성전 북쪽에 잇대어 있는 안토니오 요새에 주둔했다. 수많은 정보원과 첩자들을 풀어 예루살렘과 유대의 상황을 속속들이 파악하는 책임도 맡고 있었다. 그리고 그는 요새에 주둔하는 병력 5백명을 지휘한다. 비록 병력 숫자는 많지 않지만 필요할 경우 자기 책임 아래 언제든지 무력을 적절하게 행사할 수 있는 권한을 부여받았다.

"그러시오!"

"예! 그리고 유대인 유지들도 대기 중입니다만, 그들 면담은 다음으로 미루는 것이 어떠신지요?"

"그러시오. 그들에게는 내일 예루살렘 입성 후, 총독궁으로 다시 오라 일러 돌려보내시오."

아직 몇 명 예루살렘 유지들이 선물을 들고 찾아와 빌라도 면담을 기다리고 있다지만 한가하게 그들까지 만날 상황이 아니었다. 위수대장의 보고를 듣는 일이 무엇보다 급했다. 마티아스는 슬쩍 귀띔만 하고 물러갔고 알렉산더는 자세히 보고했지만 결국 예루살렘을 책임지고 있는 위수대장에게 다시 확인해볼 일이었다. 알렉산더의 보고를 생각한다면 야영지에서 편안하게 밤을 보낼 일이 아니다. 당장 조치를 취해야 할 형편이었다.

"소관, 총독 각하께 인사드립니다. 그간 예루살렘 및 유대에 있었던 일을 보고드리겠습니다."

위수대장은 자기가 파악한 여러 사항을 조목조목 잘 정리하고 종합해서 빌라도에게 보고했다. 총독은 치렁치렁 얘기가 길어지는 것을 아주 싫어하는 사람이다. 총독의 성향을 잘 아는 위수대장은 그의 취향에 딱 맞는 보고를 했다. 그가 알아야 될 사항은 모두 보고에 포함시키되 내용은 간결 명확하게 설명했다. 웬일인지 보고가 끝날 때까지 총독은 아무것도 묻지 않고 기다렸다. 위수대장은 총독이 궁금하게 생각할 일이 무엇인지 짐작했지만 갈릴리 사람들에 대한 일은 일부러 뒤로 미루었다.

"마지막으로 보고드릴 건 갈릴리 사람들에 대한 내용입니다."

빌라도가 허리를 곧추세워 앉았다. 군막 안에는 일순 긴장이 감돌았다.

"각하! 그 일에 대해 보고드리기 전에 우선 제 생각을 말씀드린다면, 어떤 사람이라도 결국 자기가 보고 듣고 느낀 점을 자기 입장에서 얘기할 뿐이라는 점입니다."

총독은 그래도 아무 말 없이 듣고 있다. 위수대장은 총독이 자기를 가늠하고 있다는 사실을 알고 있다. 이미 갈릴리에서 온 사자, 예루살렘 성전의 사자가 그 일에 대해 보고했음이 틀림없기 때문이다.

그동안 첩보를 수집하고 분석하면서 위수대장은 이상한 점을 느꼈다. 성전 측의 야손 제사장 태도가 더욱 그러했다. 갈릴리 사람들 얘기를 꺼낼 때면 그 우두머리라는 떠돌이 선생을 꼭 제거해야 한다고 열을 올렸기 때문이었다. 왜 대뜸 제거한다는 말부터 꺼냈는지 그 내막을 알 수 없었지만, 뭔가 이상했다. 아무리 반골 기질이 강하고 거친 갈릴리 사람들이라고 해도 예루살렘으로 몰려와 성전과 충돌한다는 말이 사리에 맞지 않았다. 유명 가문에 속한 사람도 아니고, 아무 지위도 세력도 재력도 없는 떠돌이 선생이 감히 성전의 권위에 도전한다는 말은 유대에서는 상상할 수도 없는 일이었다. 보통 어느 지방 사람들, 어떤 일을 하는 사람들의 무리, 무슨 계급에 있는 사람들, 그런 집단이 주요 관심대상이었지, 야손 제사장처럼 갈릴리 사람들 이야기를 하다가 곧장 그 우두머리 예수라는 사람으로 관심의 초점을 옮기는 일은 드물었다. 눈을 번득이며 예수를 제거해야 한다는 말부터 입에 올리는 그를 바라보면서 위수대장은 그 뜻을 가늠해보려고 애썼다.

성전에서 갈릴리 사람들이라는 집단이 아니라 예수 개인에 집착한다는 점이 뜻밖이었다. 두 가지 중 하나의 경우라고 생각했다. 하나는 갈릴리 지방의 빈농들이나 지배자들에게서 가혹한 착취를 당한 사람들의 불평과 분노가 끓어오르게 되었고, 그런 분노의 한 정점으로 예수를 지목했을 경우였다. 다른 하나는 성전 측에서 도저히 용납할 수 없는 반(反)성전조직의 한 정점으로 예수라는 랍비가 등장했을 경우였다. 성전에 도전한다는 말 속에는 로마 사람으로는 도저히 이해할 수 없는 유대의 전통과 가치가 녹아 있을 수밖에 없었다. 그럴 경우라면 로마가 나서서 성전과 갈릴리 사람들 사이에 걸려 있는 문제를 해결해줄 수는 없다. 그는 갈등의 원인을 여러 방향에서 분석했다. 그리고 결론을 얻었지만 총독에게 어느 정도까지 보고해야 할지 그는 아직 결정하지 못했다. 보고가 길어지는 것을 싫어하는 빌라도지만 그는 최소한 자기가 파악한 배경은 설명하기로 했다.

"안티파스 분봉왕이 해마다 거두어들이는 무거운 세금에 저항하는 무리가 있었습니다. 그들이 떼를 지어 갈릴리, 베뢰아 지방 등 분봉왕의 영지를 들쑤시고 떠돌아다니며 소란을 피웠습니다. 이번 유월절 명절에 그 무리가 떼를 지어 예루살렘으로 몰려오고 있습니다."

"어?"

위수대장의 보고를 듣다가 빌라도는 몸을 곧추세워 앉았다. 앞에서 들었던 마티아스나 알렉산더의 보고 내용과는 결이 달랐기 때문이다.

"그래서!"

원인이 있으면 해결의 실마리가 보이기 마련이다. 빌라도는 그 점을 놓치지 않았다.

"그 무리가 갈릴리를 벗어나 예루살렘으로 몰려오는데 그 목적이 심상치 않습니다."

"어떻게?"

"갈릴리 분봉왕, 예루살렘 성전의 대제사장, 그리고 총독 각하에게까지, 일이 잘못되면 여러 모로 곤란한 문제가 생길 것 같습니다."

"곤란한 문제라! 내가 개입할 일이라도 생긴다는 말이오?"

"우선 제가 파악한 내용을 각하께 보고드리겠습니다."

"차근차근 얘기해보시오. 여기 있는 사람들이 모두 그 보고를 기다리고 있소."

"예, 각하!"

총독을 비롯해서 군막 안에 있는 높은 사람들이 모두 자기를 크게 주목하자 그는 은근히 신이 났다. 능력을 보여줄 기회를 다시 잡았기 때문이다. 목청을 가다듬어 큰 목소리로, 그러나 서두르지 않고 보고를 이어갔다.

"말씀드린 것처럼 분봉왕께서는 갈릴리 사람들에게 매우 무거운 세금을 매겼습니다. 세금 걷는 거야 늘 있는 일이고, 특별할 것이 하나도 없습니다. 그러나 20여 년 남짓 되는 기간에 큰 도시를 두 개나 세우고 차례로 갈릴리의 도성으로 삼았습니다. 처음에는 세포리스라는 도시, 그다음에는 티베리아스라는 도시입니다."

"어허, 그렇겠지. 갈릴리 지방에서 20년 동안에 도시를 두 개나 세웠다면 좀 과했군."

"각하! 바로 그 점입니다. 그중 세포리스는 도시를 재건하는 공사였습니다. 37년 전에 그 도시를 중심으로 반란이 일어났을 때, 시리아총독이던 바루스 장군께서 도시를 완전히 파괴하고 반란을 진압한 일이 있었습니다. 안티파스는 분봉왕으로 임명을 받고 갈릴리에 들어가자마자 그 도시를 재건하여 왕성으로 삼았습니다. 재건이라고 하지만 사실 내용으로 보면 도시 하나를 완전히 새로 세운 거나 마찬가지였습니다. 그만큼 철저하게 파괴된 도시였기 때문입니다. 땅 위에 돌 하나도 제대로 서 있지 않았다고 합니다. 재건, 아니 새로 그 도시를 세운 후에 도성으로 삼고 산 정상에 요새도 지었습니다."

"흠!"

"그리고 지지부진하던 세포리스 공사를 끝낸 지 얼마 지나지 않아, 갈릴리 호숫가에 완전히 새로운 도시를 세우고 새 도성으로 삼아 분봉왕이 그리로 옮겨갔습니다. 티베리아스라는 그 도시는 바로 황제 폐하의 이름을 따라 지은 것입니다."

"그것은 나도 알고 있는 일이고."

"예, 각하. 그렇게 건축 공사를 연거푸 일으키다 보니 세금이 무거워질 수밖에 없었습니다. 황제 폐하께 바치는 세금과 공물 외에도 분봉왕이 걷는 세금, 예루살렘 성전에 내야 할 성전세, 제사장들이나 성전에 내는 십일조, 철마다 드리는 제사에 바치는 제물의 부담이 늘어났습니다. 갈릴리 사람들은 천 년 전에 예루살렘 성전 관할에서 벗어나 자기들 나름대로 살아왔고, 사실 따지고 보면 유대 지방이 주장하는 유대 중심의 옛 역사와 깊게 연결된 사람들이 아닙니다. 말하자면 유대인들이 목숨 걸고 지키는 토라에 대해서도, 유대의 가르침일 뿐이라고 거부하는 마음까지 가진 사람들입니다. 그런 역사적 배경도 배경입니다만 가장 중요한 문제는 세금이었습니다. 게다가 이중, 삼중의 무거운 세금과 공물, 성전에 바치는 제물 때문에 갚을 수 없을 만큼 빚이 늘었습니다. 원금에 이자를 합치면 농부들이 도저히 감당할 수 없는 수준이 됐습니다. 타작마당에서 보통은 10의 6, 많으면 7까지 떼어 넘겨주어야 한답니다. 농사짓는 사람이든 갈릴리 큰 호수에서 물고기 잡아 살아가는 어부들이든 모두 비슷한 모양입니다. 그리고 일 년에 몇 달씩 주민들을 강제로 동원하여 왕궁 건축 공사장에서 노역을 시켰습니다."

"좀 많기는 하지만 그렇다고 농민들이 들고 일어날 정도는 아니군. 보통 10에 7을 넘으면 문제가 생긴다고 알고 있는데 …."

"예, 각하! 그렇기는 하지만 그 방법이 좀 가혹했던 것 같습니다. 말씀드린 것처럼 타작마당에 들이닥쳐 거둬 갔다고 합니다."

"그래서?"

"그렇다 보니 농사를 더 이상 지을 수 없는 사람들이 땅을 팔거나, 아니면 빚이나 세금 때문에 땅이 넘어가게 되고 그러면 호숫가에 모여들어 고기를 잡으며 살아가는데 그것도 분봉왕 사람들이 관리하게 되면서 어부들도 더 이상 고기 잡는 일만으로는 살 수 없게 되었습니다."

"어장 관리도 한다는 얘기 역시 이미 들어 알고 있는 얘기 ⋯."

빌라도는 그러면서 알렉산더를 떠올렸다. 그가 그 일을 맡고 있다고 들었기 때문이다.

"예루살렘 성전 측에서도 앉아 기다리지 않고 제사장들을 갈릴리로 파견해서 성전세나 제사용 제물, 십일조를 걷었습니다. 갈릴리 농민들의 어려운 사정은 아랑곳 않고 명령대로 할당받은 대로 막무가내 타작마당에서 먼저 거둬 가려고 시비가 붙는 일도 많았다 합니다. 대제사장은 힘깨나 쓰는 사람으로 뽑아서 내려 보냈습니다."

"성전이 타작마당에서 곡식을 거둬 간다?"

"예, 각하!"

"어허!"

성전으로 제사 드리러 오는 사람들이 곡식이든 제물이든 자발적으로 가져오는 것이 아니고 사람을 보내 빼앗아 온다는 일은 빌라도 생각에도 좀 심하기는 심했다.

"갈릴리에서 황제께 바치는 공물이나 세금은 제대로 냈는가?"

"예, 그건 분봉왕이 차질 없이 걷어 바쳤습니다. 그런데 분봉왕은 첫해에 먼저 2할 5푼을 걷고 다음해는 건너뛰고 셋째 해에 다시 2할 5푼을 걷었습니다. 그러니 매 2년마다 4분지 1을 걷었습니다."

"그래, 세금은 그렇다 치고…."

빌라도는 안티파스가 세금을 많이 걷어 갈릴리에서 문제가 된다는 얘기를 더 이상 계속 듣고 싶지 않았다. 그 비율이 어떠하든, 세금을 어느 해에 걷든, 그런 일은 로마가 다스리는 하늘 아래 어디에서나 대개 비슷했다. 그것이 문제가 된다면 천하가 모두 소란할 텐데 유독 갈릴리가 문제가 되는 것은 분봉왕의 문제라고 생각했기 때문이었다.

"갈릴리에서 농사짓다가 떠돌던 사람들, 호수에서 고기 잡던 사람들, 떠돌던 부랑자들, 이투레아와 시리아에 흩어져 살던 사람들 중 그곳에 든 흉년 때문에 갈릴리로 내려온 사람들, 그런 사람들 사이에 불온한 공기가 떠도는 중에 나사렛 출신 떠돌이 선생이 그들을 끌어모아 세력을 형성했습니다."

"그게 누구요?"

"예, 예수라는 사람입니다."

이미 알렉산더에게서 그 이름을 들었지만 빌라도는 모른 척 다시 물었다.

"예수?"

"예, 예수라고 목수 일도 하고 돌장이 일도 하는, 자칭 선생이라는 자가 있습니다. 정식으로 어떤 선생 문하에서 토라를 공부한 것이 아니고, 광야에서 수행하는 중에 직접 그들이 섬기는 신으로부터 배우고 깨우쳤다는 사람입니다. 그가 나타나 갈릴리 지방에 떠돌던 사람들을 끌어모으며 선동했는데 4년 조금 넘는 기간에 숫자가 놀랄 만큼 크게 불어났습니다."

그러더니 위수대장은 말을 멈추고 빌라도를 올려보았다. 그 짧은 침묵은 얘기가 다른 단계로 넘어간다는 신호이기도 했다.

"그런데 각하! 제가 조금 이상하게 생각하는 부분이 있습니다."

"그래요? 말해 보시오."

위수대장은 성전이 갈릴리 문제를 다루는 방식을 이해할 수 없었다. 성전에서는 예수라는 사람에 대해 더 관심이 있었기 때문이었다. 갈릴리 사람들과 예수라는 사람을 따로 떼어 생각할 수는 없을 텐데 성전의 대응은 달랐다. 갈릴리 지방 주민들의 문제보다 예수라는 사람을 더 주목했다. 위수대장이 알고 있는 유대인의 전통과 관습에 어긋나는 얘기였다.

"성전 제사장들 중 일부는 말씀드린 것처럼 갈릴리 사람 예수에 대해 특별히 주목하고 있을 뿐만 아니라 그가 성전에 들어오면 어떻게 제거할지 계획까지 세우는 중이라는 얘기를 들었습니다."

"그 떠돌이 부랑자 선생을 제거한다?"

"예."

"제거라면?"

"처형하자는 얘기입니다."

위수대장은 갈릴리 사람들 문제는 주민들과 분봉왕 안티파스의 문제로, 그 우두머리 예수는 성전에 도전하는 사람으로, 그리고 성전에 대한 도전은 결국 로마황제에 대한 저항으로 보인다고 보고했다.

"황제 폐하에게 저항한다? 반란이오?"

"각하, 아직은 반란이라고 딱 부러지게 말씀드릴 수는 없습니다. 그러나 일이 그렇게 번져 가면 결국 반란이라고 볼 수밖에 없는 일이 벌어질 것으로 생각합니다."

"그러면 당장 체포하고 진압해야지."

"각하, 먼저 조치하는 것보다 성전이 어떻게 하는지 두고 보면서 대응하는 것이 좋겠습니다."

"성전에 그럴 힘이 있고, 그럴 능력이 있나?"

"가야바 대제사장이 오늘 저녁에 제사장들, 서기관, 예루살렘 대산헤드린 의원 등 유력자들을 모아 유월절 명절 제사 준비를 의논합니다. 공식적으로는 안식일이 끝나 내일부터 산헤드린 회의가 있는데 그 전에 큰 방향을 잡는 회의입니다. 성전의 야손 제사장이 상황을 보아 갈릴리 무리에 대한 내용을 오늘이나 내일 대제사장에게 보고하겠다고 저에게 약속했습니다. 그는 성전 관할에 있는 모든 기관과 지역의 정보를 총괄하는 사람입니다."

"야손 제사장?"

"예, 각하. 황제 폐하께 지극히 충성할 뿐만 아니라, 총독 각하와 유대에 주둔하는 로마군을 존경하는 사람입니다. 일찍부터 저와는 아주 가깝게 지내면서 성전 내부의 일을 거의 빠짐없이 알려줍니다. 아주 믿을 만한 협력자입니다."

"그렇군!"

"성전에서는 갈릴리 사람들보다 예수라는 불온한 우두머리에 대하여 더욱 주목합니다. 지금 예루살렘에서 동쪽으로 60리나 70리쯤 떨어진 여리고에 내려와 묵고 있는데, 내일쯤 도성 안으로 들어온다 합니다. 성안에는 혹 그자가 메시아가 아닌가 하고 기대하는 사람도 백 명 중에 한두 사람은 있습니다. 예수라는 그 사람이 성안으로 들어오면 어떤 소동이든 소동이 일어날 것으로 봅니다. 소동이 일어날 경우 대비책은 제가 미리 성전 경비대장에게 상세히 지시해 두었습니다."

"메시아가 무어요?"

"유대인들이 오래전부터 기다린다는 지도자입니다. 유대인에게는 신의 명령에 따라 어떤 사람 머리에 기름을 붓고 지도자로 삼는 전통이 있습니다. 그렇게 머리에 기름 부음을 받은 사람은 곧 유대인의 지도자가 되고 사람들은 그를 섬기며 따릅니다. 전설 속에 나오는 유대인 왕 다윗 같은 사람을 일컫는 말입니다. 다윗왕의 후손 중에 그런 메시아가 나타난다는 예언이 전해져 내려왔습니다. 유대의 왕, 유대는 이스라엘이라 불리기도 합니다, 또 이 유대 혹은 이스라엘을 정복한 제국과 싸워 독립을 이루는 장군, 신이 보낸 예언자, 이 세 가지 역할을 맡아 백성을 인도하는 사람을 메시아라고 부릅니다. 황제 폐하가 통치하시는 유대를 해방하고 새 나라를 세울 메시아가 나타나기를 사람들이 기다린다고 합니다."

"고얀 일이군. 황제 폐하에게 대적해서 유대를 해방한다? 그래, 그 갈릴리 떠돌이 선생인가 하는 그자가 메시아라는 얘기요?"

"꼭 그런 것은 아닙니다. 그를 따르는 무리 중에 그렇게 믿는 사람이 있기는 한 모양입니다. 그러나 제가 조사한 바로는 예루살렘 주민 대부분은 예수를 메시아라고 믿지 않습니다. 왜냐면 예수는 갈릴리 나사렛이라는 빈한한 마을에서 이름 없는 목수의 아들로 태어났기 때문입니다. 메시아는 옛 다윗왕의 후손에서 나온다는 예언과 맞지 않습니다."

"그런 허황된 메시아 예언 말고, 그래 실제 위험은 무엇이오?"

"그 예수라는 자가 비상한 마술을 펼쳐 보이며 무리를 끌어모으고 있습니다. 그런데 옛 다윗왕과 달리 군대를 이끄는 것은 아닙니다. 그래서 허풍쟁이라고 부르는 사람도 꽤 많습니다. 자기 어머니와 동생들을 돌보아야 할 맏아들의 의무를 저버리고, 가족이야 굶든 먹든 내팽개치고 무리를 이끌고 산으로 들로 떠돌이 생활을 하는 것으로 보아 분명 허풍쟁이나 나쁜 귀신이 들린 사람이 분명하다는 말이 많습니다. 유대에서는 그렇게 가족을 돌보지 않으면, 특히 맏아들이 그러면 제대로 사람 취급을 하지 않습니다."

빌라도가 다시 물었다. 그는 위수대장이 보고하는 내용대로 따라가는 것이 아니고, 사태를 스스로 짚기 시작했다.

"대제사장은 어쩔 셈이라는 거요?"

"가야바 대제사장은 예수라는 사람을 대수롭지 않게 여긴다는 얘기를 들었습니다. 갈릴리 지방의 이름 없는 시골마을 사람에 관한 일까지 대제사장이 관심을 둘 일이 아니고, 그런 일은 아랫사람들이 알아서 처리할 문제라고 보는 듯합니다. 그러나 대제사장 아래에 있는 제사장급 사람들이나 성전에서 일하는 사람들, 그리고 바리새파 사람들, 율법학자들과 서기관들 중에서는 예수와 그 일당의 움직임을 심각하게 생각하는 사람들이 많습니다."

"그럼 성전에서는 모두 그 사람이 위험하니 처형하자?"

"바리새파 사람들 중 몇 사람은 혹 그 사람이 메시아인지 좀 두고 보아야 한다는 사람이 있기는 합니다. 그러나 성전에 속한 사람들 대부분은 이번에 그 사람이 예루살렘에 올라온 기회를 이용하여 없애야 한다고 계획을 세우고 있습니다. 앞에 말씀드린 야손 제사장이 바로 중심이 되어 그런 얘기를 퍼뜨리면서 사람을 모으고 있습니다. 제 생각으로는 야손이 갈릴리와 빈번하게 접촉하면서 예수라는 그자가 무언가 특별히 위험하다는 말을 들은 것 같습니다. 저도 그런 불온한 기운이 갈릴리 지방에 떠돌기 때문에 관심을 가지고 지켜보고 있었습니다. 다만 아직 총독 각하께 보고드릴 일은 아니라는 생각에 이제까지는 말씀드리지 않았습니다. 그러나 분봉왕께서 아마도 시리아총독이나 로마 원로원에 어떤 형태로든 보고했을 것으로 저는 생각합니다.”

“분봉왕이? 먼저? 그런데 나에게는 오늘밤에 사자를 보내서 그리 말을 전해? 허어 … .”

빌라도는 혼잣말처럼 말을 받았다. 그러나 다시 생각해보니 그렇게 하지는 않았을 것이라 판단했다. 자기에게 불리한 일을 자기가 먼저 나서서 보고할 안티파스가 아니고, 아직 큰일이 벌어진 것도 아니기 때문이다. 위수대장은 보고를 이어갔다.

“예수가 갈릴리를 떠난 이후 예루살렘으로 올라오는 동안 그 모든 행적을 야손이 철저하게 감시하며 추적했다고 합니다. 그리고 성전에 중대한 위협이 될 만한 예수의 행적을 발견한 것 같습니다.”

빌라도는 한쪽 귀로는 보고를 받으며 다른 생각에 빠졌다. 상황이 간단하지 않았다.

“각하! 감히 제가 한 가지 진언을 드리고 싶습니다. 무슨 문제가 생겨도 우선 성전과 갈릴리 지방 사이의 문제입니다. 성전이나 갈릴리 분봉왕이 각하께 개입을 요청하더라도 관망하시는 것이 좋겠습니다.”

총독이 개입하면 로마황제가 개입하는 일이 되기 때문에 가능하면 안티파스 분봉왕과 갈릴리 사람들의 문제, 예수라는 사람과 성전의 문제로 밀어두는 것이 좋겠다고 위수대장은 이유를 설명했다. 총독 옆에 있던 아레니우스가 고개를 갸웃했다. 눈치 빠른 위수대장은 그 모습을 눈여겨보았다. 그렇다고 다시 중언부언 말을 이어 설명할 일이 아니라고 생각돼서 그대로 보고를 마쳤다.

"위수대장, 그대의 노고를 치하하오. 수고했소. 내일 예루살렘에 입성하면 갈릴리와 성전 양쪽을 불러 상황을 분석하고 위수대장이 종합하여 다시 보고하시오."

"예, 각하! 명령하신 대로 따르겠습니다."

보고를 마친 위수대장을 내보내면서 빌라도는 그의 뒷모습을 지켜보았다. 물러나는 사람의 뒷모습을 보면 안다. 어디까지 진실이고 무엇을 숨기는지 알 수 있다. 그가 보기에 위수대장은 어떤 목적을 가지고 사실을 감추거나 비틀어 보고할 사람은 아니다. 사람들은 언제나 자기 편한 대로, 자기 유리한 대로 말한다는 점을 그는 잘 안다. 게다가 자기들 불리한 내용, 실수한 내용을 총독에게 속속들이 성실하게 보고할 사람은 없다. 그리 보자면, 마티아스는 귀띔을 했고, 알렉산더는 중요한 내용을 밝혔고, 위수대장은 배경을 분석했다. 세 사람의 보고를 종합하니 빌라도는 어느 정도 상황을 파악할 수 있게 됐다.

빌라도는 언젠가 부하들과 만찬을 즐기던 자리에서 했던 말이 떠올랐다. 그는 부하들에게 물었다.

"왜 사람 눈이 두 개인지 알겠나?"

"글쎄요? 각하……. 저는 통 모르겠는데요."

아예 모르겠다는 부하도 있고 곰곰이 생각에 빠진 부하도 있었다.

"아! 알겠습니다. 그러니까… 눈이 하나면 외눈박이라서….."

"으? 허허, 이 사람들 하곤. 잘 들어봐요!"

그는 무슨 큰 지혜를 깨우쳐 주는 사람처럼 뜸을 들이다가 말문을 열었다.

"사람은 말이오, 자기가 본 것을 중심으로 생각한단 말이오. 눈으로 들어온 것이 가슴에 내려가 생각을 일으킨다고 하잖아?"

"예에."

"그래서 자기가 보는 상대와 상대가 보는 자기를 모두 생각하라고 눈이 둘이 달렸단 말씀이야!"

"아하! 그렇군요."

"그런데, 보통 사람이라면 두 눈만 가지고 살 수 있지만, 그것만 가지고서는 안 되는 사람이 있어요. 모름지기 위에 있는 사람, 지도자라는 사람은 세 번째 눈을 늘 뜨고 있어야 돼요."

"아니, 각하! 세눈박이를 말씀하시는 겁니까?"

"세눈박이? 그런 셈이지. 명예를 생각하는 사람은, 즉 체면, 체통, 그리고 자기가 있어야 할 자리를 생각하는 사람에게는 세 번째 눈이 필요해요. 다른 사람들의 눈, 지켜보는 사람의 눈, 그러니까 나와 내 상대를 다른 사람이 어찌 보는지를 볼 수 있는 눈이 있어야 한다는 말이오. 세 번째 눈은 마음에 달린 눈이오. 눈에 달리지 않은 마음의 눈으로 본다. 명예를 생각하는 지도자, 윗사람은 꼭 갖추어야 하는 덕목이란 말이오. 황제 폐하나 로마 원로원 의원들처럼 … ."

"총독 각하도 그렇습니다. 분명 세 번째 눈을 뜨고 계시다는 것을 저는 가끔 느낍니다."

그건 분명 기분 좋은 아첨이었다. 비록 변방 유대를 다스리는 로마

총독이었지만 빌라도는 나름대로 사람들이 그를 어찌 볼까를 생각하는 사람이었다. 유대인들이 그를 어찌 볼 것인지 생각한다기보다 로마에서 어찌 볼지 늘 마음 쓰는 사람이었다.

세 사람이 각각 보고한 내용을 종합하여 생각하면서 부하들에게 두 눈, 세 눈이 필요하다고 말했던 기억을 빌라도는 떠올렸다. 그들에게는 분명 그들 나름의 목적이 있었고, 그 목적을 달성했다고 생각하며 떠나갔을 것이다. 그들이 노리는 목적을 생각해 보고, 그들 입장이 아닌 로마의 눈으로 일을 다시 살펴보아야 한다. 그 보고를 받은 유대총독이 어떻게 대응하는 것이 적절했는지 빌라도를 평가하는 로마의 눈으로 상황을 다시 정리하여 볼 필요가 있었다. 그러려면 세 사람 각자가 결이 다르게 보고한 내용을 총독의 눈으로 종합하고 분석하고 결단할 필요가 있다.

그가 로마를 떠나올 때 가까운 사람들이 그에게 충고를 했다.

"절대로 유대인을 믿지 말게. 유대인들은 모두 거짓말쟁이라네!"

"유대인과 크레타 사람을 믿고 기다리느니, 차라리 사막 모래를 쥐어짜서 그 물을 마시게나!"

간혹 유대인에 대해 호의를 가진 사람도 만날 수 있었지만 대부분의 로마 귀족들은 알 수 없는 불신과 적대감을 표시했다. 빌라도를 발탁하여 유대총독으로 내려 보낸 세자누스가 특히 그랬다. 유대인을 싫어하는 감정을 로마에 여기저기 퍼뜨리는 사람이 바로 그였다. 그가 당부하던 말을 빌라도는 아직 잊지 않았다.

"절대로, 절대로 유대인을 믿지 말게! 어떤 유대인이 무슨 말을 하거든 그대로 믿지 말고, 두 번 세 번 거듭거듭 확인해보게."

마티아스, 알렉산더 그리고 위수대장 세 사람 모두 갈릴리 사람들과 그 우두머리 예수라는 사람에 대해 보고했지만 내용은 조금씩 달랐다. 빌라도는 갑자기 예수에 대한 궁금증이 생겼다. 눈에도 띄지 않을 만큼 낮은 신분의 사람, 가진 것도 없고 특별할 일도 없는 사람, 그런 갈릴리 사람이 분봉왕과 예루살렘 성전 양쪽으로부터 주목받고 있다는 것이 너무 이상했다. 유대인만 알 수 있는 비밀스러운 내용이 뒤에 숨어 있음에 틀림없다고 믿었다. 무엇일까? 로마 사람으로서는 알아챌 수 없는 이유가 있고, 총독의 눈 밖에서 어떤 일이 벌어지고 있음에 틀림없었다. 알렉산더가 말한 대로 민란이 일어났다가 반란으로 커질 수도 있고, 마티아스 표현대로 좀 시끄러운 일이 벌어질 수도 있고, 위수대장의 보고처럼 총독은 한발 물러나 지켜보아도 될 만한 일일 수도 있다. 그러나 심상치 않은 일은 분명해 보였다. 서로 결이 다른 보고를 바탕으로 판단을 내려야 할 몫은 유대총독의 일이다. 총독을 내려다보고 있는 로마의 눈도 생각해야 한다.

빌라도 생각으로는 알렉산더가 보고한 내용이 가장 정확해 보였다. 마티아스는 성전에 불리한 내용, 총독 앞에서 드러내고 싶지 않은 내용은 감추었을 것이다. 위수대장은 원인은 누구보다 잘 짚었지만 대책은 현실성이 없어 보였다. 가장 무난해 보이지만 성전에 맡겨 놓고 지켜보기에는 찜찜한 구석이 있다. 성전이 어떻게 처리할지 지켜보다가 총독이 대응하러 나서기에는 성전을 완전히 믿을 수도 없고 갈릴리 예수의 발걸음을 미리 알 수도 없기 때문이다. 더구나 유대에서 일어나는 모든 일의 최종 책임은 총독에게 있다. 결국 총독이 방향을 잡고 대응할 수밖에 없겠다는 판단을 내렸다.

빌라도는 접견을 끝내고 부하 몇 사람만 데리고 지휘 군막으로 자리를 옮겼다. 누구도 선뜻 먼저 입을 열지 않는 무거운 침묵 속에 빠졌다. 갑자기 으스스 추운 듯 그는 몸을 떨었다. 느낌도 좋지 않았다. 편안하게 웃고 떠들며 먹었던 음식이 아래로 내려가다 말고 그대로 거북하게 가슴에 얹혀 있었다. 군막 안에 함께 앉아 있는 여러 사람이 모두 이 일과 아무 상관없이 마치 꿈속에 나타난 듯 느껴졌다. 환하게 켜 놓았던 촛불이 너울너울 일렁였다. 휘장은 그대로 닫혀 있는데 어디선가 찬바람이 들어와 휙 불고 지나갔다.

침묵을 깨고 빌라도가 먼저 입을 열었다.

"그래, 모두 보고를 들었으니 어떻게 생각하는지 얘기들 해보시오."

"각하, 지금 당장 어떤 결정을 내리고 조치를 취하기에 실체가 너무 불분명합니다. 우선은 내일 예루살렘 성안으로 들어가서 좀더 상황을 파악해보고, 그리고 어떤 무리가 성안으로 들어오는지 보아 가면서 조치해도 늦지 않을 듯합니다."

"예, 각하, 그것이 좋겠습니다."

하기야 이 밤중에 로마군이 나서서 수선을 떨 일은 아니라고 그도 생각했지만, 그대로 밤을 넘기기에는 어딘가 찜찜한 구석이 있었다. 빌라도는 옆자리 아레니우스에게 눈길을 주었지만 그는 아무 말 없이 조용히 앉아 듣기만 했다.

"그래, 그 갈릴리 무리가 어디에 있다고 했지? 그 뭐 동쪽 어디라고 했는데?"

"예, 여리고라고 했습니다. 그곳에 로마군 군량을 보관하는 창고가 있습니다."

"어! 군량창고가 있어? 그러면 지금 당장 그곳에 병력을 보내 지켜야 하겠군."

"이미 성전이 조치를 취했을 겁니다. 성전 관할이니까요."

"군량창고가 있다면서?"

"군량창고를 습격할 무리는 아닌 것 같습니다."

"그럴까?"

그때 침묵을 지키던 아레니우스가 입을 열었다.

"허락하신다면 제가 한 말씀드리고 싶은데요 …."

"아, 예, 말씀하세요. 그러지 않아도 귀공의 생각이 궁금했습니다."

"저는 이런 일에는 경험도 없고, 게다가 능력도 없는 사람입니다."

"원, 겸손의 말씀을 …."

"제 의견을 말씀드리자면 대개 두 가지 방향이 있을 것 같습니다. 첫째로는 선제적으로 이끌고 나가는 방법, 두 번째는 상황에 따라 대응하는 방법이 있을 것입니다."

"그렇겠지요."

빌라도는 솔깃해서 그의 다음 말을 기다렸다.

"선제적으로 조치를 취하기에는 지금 파악한 내용이 너무 애매합니다. 더구나 말씀하셨던 대로 유대인에게 가장 큰 명절이라는 유월절에 표적도 뚜렷하지 않은 쪽으로 병력을 이리저리 움직이면 위험하다는 생각이 듭니다. 까닥 잘못하면 누가 일부러 파놓은 함정에 빠질 수도 있고요. 자칫 각하가 먼저 유대인을 도발한 셈이 될 수 있습니다. 더구나 예루살렘 성전 대제사장이라는 사람이나, 분봉왕으로 갈릴리를 다스리는 사람이나, 각각 책임 맡은 일이 있는데 그들이 무슨 일을 어떻게 조치하는지 우리는 아직 직접 눈으로 보지 못했습니다. 자기들 맡은 일은 책임지고 처리해야 마땅하지 않겠습니까? 그래서 분봉왕 자리, 대제사장 자리를 맡겼으니까요. 그리고 한 가지 더 짚어 보자면, 문제가 된다는 무리의 움직임도 아직 좀더 파악해 보아야 할 것 같습니다. 로마법을 어겼는지, 어길 가능성이 있다는 건지, 명확하게 판단할 수 없습니다, 제 생각으로는 … ."

"예, 그렇지요."

"그래서 말씀드리는데, 내일 다른 때처럼 의연하게 입성하시고, 엄정하게 감찰하면서 벌어질 일에 대하여 준비하시지요. 성전이나 갈릴리 측에서 대응하는 것을 지켜보면서 가장 효과적인 때와 장소와 수단을 선택하여 콕 집어 조치하는 것이 좋을 듯합니다. 말하자면 조용함으로 대처한다고 할까요?"

"각하, 아레니우스 공의 말씀이 참 좋을 듯합니다."

"저도 그리 생각합니다."

몇 사람의 부하가 나서서 아레니우스 말에 동조하며 나섰다.

"그런데 내 생각에 두 가지 문제가 있네요."

"각하! 문제라고 하심은?"

"첫째, 성전이나 갈릴리 측의 대응이 늦어서 일을 키울 수도 있고, 부적절하게 대응해서 우리가 조치할 시기를 놓칠 수도 있고. 둘째 문제는 이번에 예루살렘으로 몰려오고 있다는 무리들이 어떤 방향으로 일을 몰고 갈지 그 계획을 알 수 없다는 점. 내 생각으로 이번 그 무리가 꾸미는 일은 성전이 잘 파악하고 있을 텐데 마티아스인가 그 사람이 그저 슬쩍 입만 떼고 갔으니 … , 원!"

"각하! 정말 잘 판단하셨습니다. 그 점은 문제입니다. 이왕 제가 입을 열었으니 한 가지 더 주제넘게 의견을 말씀드리겠습니다. 각하께서 이미 갈릴리 알렉산더 공에게 말씀하셨던 것처럼, 내일 입성을 하자마자 성전 측과 분봉왕 측 사람을 모아 위수대장을 중심으로 삼자가 모여 집중적으로 상황을 분석하고 각자 알고 있었던 내용들을 다 공유하도록 할 필요가 있습니다. 그걸 바탕으로 공동대책을 세우고 갈릴리와 성전에 각자 처리해야 할 책임을 나눠 맡기는 것이 좋겠습니다. 물론 각하께서는 그 대책이 효과가 없을 경우까지 감안한 추가대책을 마련하시겠습니다만, 제 생각은 그렇습니다."

아레니우스가 내놓는 대응절차나 방향이 그저 관광하러 다니는 사람의 생각으로만 볼 수 없을 만큼 적절했다.

"아레니우스 공, 좋은 의견 감사합니다. 그렇게 합시다."

"제 의견을 받아주시니 참으로 감사합니다. 이번에 제가 많은 것을 보고 배웁니다그려. 하하하."

아레니우스가 군막 안의 분위기를 순식간에 바꾸어 놓았다. 답답하던 일이 큰 줄기를 잡은 듯했다. 더구나 아레니우스가 크게 소리 내어 웃자 다른 사람들도 같이 따라 웃었다. 그렇게 한번 웃고 나면 조금 전까지 막막했던 일에 무언가 길이 있는 듯 보이기 마련이다. 빌라도는 물론이고 다른 부하들 마음도 한결 가벼워졌다.

더 이상 할 말도 마땅치 않아 모임을 끝냈다. 부하들이 나간 후에 빌라도는 포도주 몇 잔을 거푸 벌컥벌컥 마셨다. 아레니우스도 사양하지 않고 포도주를 받아 들이켰다.

술을 몇 잔 마신 후, 아레니우스가 입을 열었다.

"갈릴리에서 내려온다는 그 예수라는 인물을 한번 만나보고 싶군요."

"왜요?"

"재미있을 것 같아요. 음, 무척 흥미로울 것 같아요."

"재미요? 글쎄요…."

"무슨 생각으로 사람들이 그물을 쳐 놓고 기다리는 예루살렘으로 한 걸음 한 걸음 걸어 들어오는지 알고 싶어요. 누구라도 예상할 수 있는 위험한 곳에 초라한 무리들을 이끌고 왜 들어오는지…. 제 생각으로는 오히려 성전이나 예루살렘을 피해 멀리 달아나야 할 사람 같은데요. 그리고 왜 성전에서는 그 사람에 대해 그 정도로 걱정하고 심각하게 생각하는지 알고 싶어요."

"그래요? 실은 나도 그렇습니다."

"말을 들어 봐서는 별 볼 일 없는 가난한 떠돌이 설교자가 분명하지 않습니까? 로마나 헬라의 큰 도시에 가보면 그런 우스꽝스러운 개똥철학자는 수도 없이 길에 나와 떠들지 않습니까? 그런데 왜 그 사람을 중요하게 생각하며 감시했는지, 성전이나 갈릴리 분봉왕이 그 사람의 무엇을 정말 두려워하는지, 직접 알아보고 싶습니다. 어떤 지방 출신이냐, 어떤 아비 어떤 가문의 자식이냐 그런 것을 떠나서 무슨 생각을 하고, 어떤 일을 하려는지 살펴보고 싶습니다. 더구나 했다는 말이 참 흥미롭게 들립니다. '성전이란 지배자가 수탈하기 위한 도구요 상징'이라고 말하는 사람을 저는 이제까지 만나보지 못했습니다. 한번 직접 만나 얘기를 들어 보고 싶어요."

"그러시지요. 기회가 되면 못할 일도 아니지요."

"꼭 좀 부탁합니다. 어떤 특별하고 신기한 일이 벌어지는 것 같은 느낌이 들어요."

아레니우스가 조심스럽게 말을 이어갔다.

"그리고 말입니다. 제가 이러니저러니 말할 수 있는 일은 아닙니다 만, 성전과 분봉왕 사이의 문제라고 내버려두고 관망할 일은 아닌 것 같습니다. 그런 수준으로 마무리될 일이 아니라는 생각이 듭니다."

빌라도도 같은 생각이었다.

"모든 일을 총독께서 다 잘 알아 처리하시겠지만 … ."

아레니우스는 빌라도의 얼굴을 지그시 응시했다. 군막 안 큰 촛대에 켜놓은 촛불이 일렁이면서 빌라도의 얼굴도 흔들렸다. 그 순간 어떤 역 사적 사건이 일어나는 현장에 우연히 자기가 목격자로 참여한 듯 그는 느꼈다. 아직 흐릿하지만 무엇이 눈앞으로 다가오고 있음이 분명하다.

"아마, 궁극적으로는 총독께서 개입하셔야 할 일로 보입니다. 그래 서 아까 그렇게 말씀드렸습니다. 성전의 문제라면 결국 총독의 문제 가 되고 최종적으로 황제 폐하에게 향하는 문제 아니겠습니까? 로마 의 후원과 신임이 없다면 예루살렘 성전체제는 하루도 버틸 수 없다고 저는 들었습니다만 … ."

아레니우스가 정확하게 짚었다. 결국 총독이 최종 개입하여 처결할 문제라고 빌라도도 생각했다. 이왕 개입한다면 철저하게 주도적으로 개입하여 뒷날 말이 없도록 하리라 마음먹었다.

그 후, 두 사람은 말없이 술잔을 여러 번 비웠다. 각자 자기 생각 속 으로 깊게 빠져 들어갔다. 한 자리에 앉아 있어도 생각은 따로 떠돈 다. 생각 속에서 때로는 서로 다시 만나기도 하고 영 다른 곳을 헤매기도 한다. 빌라도는 유대 지방의 총독이라는 위치에서 일을 생각했다. 그러나 아레니우스는 달리 생각했다.

유대는 거대한 로마제국 동쪽, 눈에도 제대로 띄지 않는 변방이다. 유대에서 일어나는 어떤 사건도 로마에 영향을 미칠 수 없을 만큼 작고 먼 변방이다. 폭동이 일어나든, 성전이 무너지든, 지진이 일어나서 땅이 송두리째 꺼져도 그건 변방의 일이다. 그런 일은 거기서 일어나고 거기서 스러진다. 로마는 그런 일들 위에 초연하게 존재하는 제국이다. 그런데 왜 그런 생각이 드는지 모르겠지만, 아레니우스는 유대에서 일어나는 그 일이 결국 로마에도 큰 영향을 미치리라는 생각이 든다. 그는 자기 눈으로 직접 그 일을 볼 수 있을 것 같아 묘한 흥미와 흥분을 느낀다.

긴 침묵이 두 사람 사이에 깊게 흘렀다. 그리고 두 사람 모두 긴 침묵을 거북하게 여기지 않고 각자의 생각 속에 빠졌다. 두 사람은 말없이 술을 몇 잔씩 더 마신 다음, 자리에서 일어났다. 빌라도는 아내가 기다리는 군막으로 돌아갔다. 하늘에는 푸른 반달이 구름 속으로 흘러 들어가고 있다.

✠

빌라도는 잠자리에 들었지만 평소와 달리 쉽게 잠에 들지 못했다. 마치 악령이 들어와 한바탕 들쑤시고 나간 듯 마음이 복잡했다. 무엇을 먼저 생각해야 할지 헝클어져 막막했다. 다만, 어떤 일이 벌어질 때가 되었다는 예감이 들었다. 일상이 흔들흔들 요동치다가 땅이 쩍 갈라져 입을 벌린 느낌이다. 세자누스가 사라져 로마에 후원자가 없는 것이 너무 아쉽고, 그동안에 로마에 새 후원자를 만들지 못한 일이 새삼 후회됐다. 로마에는 후원의 끈을 잃었고, 총독이 되어 다스리는 유대는 부임한 지 7년이 넘었는데도 아직 알 수 없는 일이 너무 많은 땅이다. 유대인은 참 이상했다. 알 듯 하면서도 때로는 그 속을 짐작할 수 없는 컴컴한 구석이 여기저기 널려 있다. 불과 몇십 년 전에 로마로부터 처절하고 파멸적인 징벌을 경험했건만 다시 꿈틀꿈틀 어떤 일이 일어나고 있다고 생각하니 더욱 그러했다.

사람은 어느 시기가 지나면 예전에 겪었던 끔찍한 기억을 일부러 멀리 밀어내 지우려고 애쓴다. 공동체가 겪었던 일이라면 더욱 그렇다. 자신에게 생긴 일이 아니고 다른 사람에게 일어났던 일이라고 생각하면서 그 일을 뒤돌아보지 않고 걸어 나간다. 누구의 잘못 때문이었다고 원인을 다른 사람에게 떠넘기면서 겪었던 상처를 스스로 치유한다. 치유에 성공한 사람은 그 이후에 이뤄진 새 체제에 적응하며 살아가고 실패하면 달라붙은 악령에 끝없이 시달리며 살 수밖에 없다. 예루살렘처럼 어느 사회의 중심부에 사는 사람은 대개 그 충격을 쉽게 잊고 잘 산다. 사람들은 저 아래 깊은 곳에 도사리고 있던 기억이 물 위로 떠오르듯 얼굴을 드러내면 끔찍한 일도 함께 떠올라 자기 행동을 조절한다. 처참한 살육과 파괴를 경험했던 기억이 떠오르면 그런 일을 피하는 쪽으로 방향을 조절하기 마련이다. 그러나 주변으로 밀려났거나 고립된 채 갇혀 사는 사람은 계속 악령의 포로가 되어 살아간다. 갈릴리가 그런 곳인가?

기억이 통제하는 수준을 넘을 만큼 유대에도 모순이 쌓여 속으로부터 끓어올랐단 말인가? 쌓였던 문제가 그렇게 많고 깊고 컸단 말인가? 빌라도는 왜 하필 그가 총독으로 부임해 있는 때가 쌓여 있던 모순이 폭발하는 그때가 됐는지 가슴이 답답했다. 때를 잘못 만난 불운한 사람이라는 생각마저 들었다.

그런데 불쑥 다른 생각이 가슴속을 번개처럼 지나갔다.

'어? 어허!'

'그렇지! 그렇구나!'

전혀 새로운 생각이었다. 보는 각도에 따라 일이 전혀 달리 보인다더니 정말 그랬다. 마음에 달린 세 번째 눈이 번쩍 떠진 것 같았다. 가슴이 뛰고 울렁울렁 흥분되기 시작했다. 걱정거리가 기회로 바뀌었다.

예루살렘에 모여드는 무리들이 갈릴리 지방에서 활동하던 패거리라면 궁극적으로는 분봉왕 안티파스가 책임져야 할 일이라는 생각이 들었다. 마티아스가 슬쩍 던지고 떠난 암시가 떠올랐다. 갈릴리 땅, 안티파스가 다스리는 갈릴리에서 그 일이 시작됐다는 점이 중요했다. 예루살렘이나 유대 지방에서 소요가 발생하면 근본적으로 총독의 책임이지만 갈릴리 지방에서 그 원인이 흘러들어왔다면 상황이 달라질 수 있다. 총독의 능력을 입증하면서 안티파스를 곤경에 빠뜨릴 수 있는 길이 있을 듯 보였다.

빌라도의 가슴이 쿵쿵 뛰기 시작했다. 가깝게는 안티파스가 지난해에 방패사건이 일어났을 때 했던 일을 되갚아 줄 수 있고, 길게 보면 그가 오랫동안 노리던 기회, 바로 분봉왕을 밀어내고 갈릴리를 넘겨다볼 수 있는 기회가 왔다. 황제의 신임, 유대총독의 명예 그 모든 것을 한번에 다시 되찾을 수 있는 기회로 만들 수도 있다. 갈릴리 분봉왕이 잘못해서 일어난 소란을 유대총독이 진정시킨다면, 그리고 황제에게 그 보고가 그대로 올라갈 수 있다면 모든 것이 달라진다. 그 길을 찾자. 그렇게 만들자. 갈릴리 지방과 요단강 너머 베뢰아 지방까지 통치하는 이스라엘 전체의 총독이 되자. 생각이 경중거리고 가슴이 뛴다. 그대로 누워 있을 수가 없어 벌떡 일어났다. 군막 안을 이리저리 거닐며 생각을 정리했다.

"아니, 여보! 무슨 일이에요? 왜 주무시다가 다시 일어나…. 지금 뭐하시는 거예요?"

잠들었던 클라우디아가 눈을 비비며 일어나 앉았다. 촛불 아래 보아도 가슴이 뛸 만큼 아내는 아직 아름답다.

"아, 아무 일도 아니오. 괜찮아요. 당신은 좀더 자요!"

"무슨 일이 있는 거예요? 걱정되는 일이?"

아내는 남편에게 나쁜 일이 생길까 봐 늘 염려하며 사는 사람이다. 여자들은 내일 내 남자를 다시 볼 수 있을까 걱정하며 험한 세상을 살기 때문이리라. 남편의 어깨 너머 저쪽은 끔찍한 공포와 살육의 세상이다. 그건 남자만의 세계다. 남자는 거친 삶을 즐기거나 일부러 험한 일에 몸을 던지는 사람이다. 집을 나서는 순간부터 싸우고 부수고 죽이고, 그리고 무언가 한 아름 가득 안고 집에 돌아온다. 가족을 위해 그런다고 말한다. 언제나 그 일은 곧 그만둔다 말하지만 다음 날 아무렇지도 않은 듯 또 남자는 문을 나선다. 그런 남편을 보면서 사는 아내는 바스락 소리에도 눈을 떠 밤잠을 설치기 일쑤다.

"아직은 아무 일도 없어요. 나에게 기회가 될지 위기가 될지 알 수 없지만 내일 예루살렘에 들어가 보면 손에 잡힐 거요. 당신은 걱정 말고 더 자요."

"나는 언제나 당신이 걱정돼요. 사람들이 당신을 충동질해서 나쁜 일에 끌어들일까 무서워요. 당신은 사람들 말을 너무 잘 믿어요. 다른 사람들은 정말 무서워요. 누구를 만나든 사람을 조심하세요."

아내의 성화에 못 이겨 빌라도는 다시 침상에 누웠다. 걱정스레 들여다보는 아내의 얼굴을 올려 보면서 행운이 그에게 날개 접고 내려앉았다는 사실을 빌라도는 새삼 깨닫는다. 사람들이 말하는 대로 아내는 로마 제일의 미인이다. 한번 아내의 얼굴을 본 사람은 눈을 떼지 못하고 뒤돌아보고 또 돌아본다. 사내들이란 모두 어린아이 같다. 아내의 시선을 끌거나 환심을 사려고 평소에 하지 않던 우스꽝스러운 짓을 하는 사람을 여러 번 보았다. 부끄러운 줄도 모르고 아예 넋 놓고 아내를 빤히 바라보는 사람도 있었다.

아내를 카이사레아로 데려온 일은 잘한 일이었다. 로마에서는 내로라 행세하는 귀족이나 상류층 사람들이 얼마나 염치없이 여자를 밝히는지 그는 잘 알기 때문이었다. 눈에 들면 수단방법을 가리지 않고 여자를 손에 넣는 늑대들이다. 먹잇감을 발견한 배고픈 들짐승처럼, 드러내놓고 대든다. 어떤 사람은 아름다운 아내로 인해 상상할 수 없는 지위에 오르고, 어떤 사람은 비참한 죽음을 맞이한다.

아내는 외모만 아름다운 것이 아니고 성품이 보석 같다. 아내 몸에서 난 자식이 없어 아쉽지만, 그녀가 데려온 몸종에게서 이미 아들 둘을 얻었다. 그 모자를 잘 대해주는 아내가 더없이 고맙고, 그런 생각이 들 때마다 짠한 연민을 느꼈다. 그런 아내와 살면서 빌라도는 늘 자기에게 찾아온 행운에 감사했다. 행운은 귀하게 감싸고 감추고 보호해야 한다. 난폭하고 잔인하고 교활하다고 소문난 그도 아내에게는 한없이 너그럽고 성실하고 착한 남편이 될 수밖에 없었다.

한번 잠에서 깨면 다시 쉽게 잠에 들지 못하는 클라우디아는 남편의 잠든 얼굴을 가만히 들여다본다. 그도 꿈틀거리는 야망이 있고 거친 들판을 내달리는 야생마 같은 사람이지만 집에서는 늘 다정하고 부드럽고 한결같이 아내를 끔찍하게 아끼는 남편이다. 세상의 다른 남자들은 아내를 마치 자기 재산처럼 취급한다지만 그녀는 한 번도 남편에게서 함부로 대접받은 적이 없었다. 일부러 집에서 보는 남편 모습만 믿고 살았다. 그가 밖에서 어찌 살아가는지 직접 눈으로 본 적도 없을 뿐더러 로마의 다른 남자들처럼 그도 거침없이 남자와 잠자리를 같이 하는 사람이라고는 상상도 못했다. 빌라도가 유순한 사람인 척 행동하도록 만드는 유일한 사람이 그녀였다. 집 안에서 남편은 언제나 가장 성실하고 올바른 사람으로 행동했다. 아내 앞에 서면 자연히 그렇게 되었다.

잠든 남편의 얼굴을 바라보는 중에 상상도 못했던 일이 벌어질 것 같은 예감이 불쑥 파고들었다. 피한다고 피할 수 없는 일이라는 생각이다. 어떤 틈으로 어떻게 들어온 생각인지, 그 밤 내내 그녀는 그 생각 속을 헤매며 잠 밖을 서성였다. 여자에게 이유 없이 스며드는 예감은 신이 불어넣어준 특별한 능력이다. 유대 땅으로 옮겨온 지 7년이 됐지만 되돌아보면 그녀의 예감이 틀린 적은 한 번도 없었다. 좋은 일은 몰라도 나쁜 일은 거의 들어맞았다. 헬라 연극에서 보았듯, 운명은 피한다고 피할 수 있는 일이 아니다.

니산월 초아흐레, 푸른 달빛이 군영 위에 내린다. 유난히 차갑고 파란 달이 하늘을 가로질러 흐르고 밤이슬도 소리 없이 내린다. 가끔 보초들이 저벅저벅 걸어 다니는 소리, 초병들이 군호에 맞추어 교대하는 소리가 퍼진다. 군막 벌어진 틈마다 달빛이 찾아든다.

흔들리는 성전

랍비 시몬의 집, 가말리엘이 모일 사람이 다 모였다는 신호를 보내자 시몬이 자리에서 일어났다. 좌중을 천천히 둘러본 후 두 손을 벌려 올리고 하늘을 우러러 짧은 기도를 드렸다. 모임의 좌장이자 주인으로서 드리는, 그 자리에서 이루어지는 의논이 하느님의 뜻에 합당하도록 기원하는 기도다. 의례적으로 보이지만 그렇게 시작하면 모임이 공적인 성격을 띠게 된다.

"험, 흠. 오늘 모처럼 이렇게 여러 선생님을 모신 것은…, 험!"

색색거리는 목소리를 가다듬으며 몇 번 가벼운 기침을 했다. 가슴이 답답한 듯 가끔 앞가슴을 벌려 크게 숨을 들이쉰다. 건강이 점점 나빠진다는 징조다. 유월절 무렵부터 예루살렘 공기가 건조해지기 때문에 대개 나이 든 사람들은 밭은기침을 하거나 숨을 색색거린다.

"이번 유월절에 성전을 찾는 이스라엘 형제에게 가르칠 법과 규례에 대해 의논하려고 여러분을 모셨습니다."

시몬이 말을 이으려 할 때 가말리엘이 조심스럽게 나선다.

"아버님, 자리에 앉아서 말씀하시지요!"

그 말을 받아 여러 사람이 모두 그러라고 권한다. 시몬은 괜찮다고 손을 내젓다가 마지못해 자리에 앉는다.

"고맙습니다. 이 늙은이를 생각해서 앉으라 하시니 그 뜻을 따르겠습니다만, 마음으로는 여간 송구한 일이 아닙니다."

"원, 별말씀을. 앉아서 말씀하세요. 안 그러시면 저희가 모두 일어서야 하지 않겠습니까?"

"허허, 그런가요?"

무겁고 딱딱하던 분위기가 한결 누그러졌다.

"그럼 계속 말씀드리겠습니다. 명절 때마다 늘 해오던 일이었지만 이번에 혹 달리 생각하시는 분이 있으시면 좀 바꾸어보는 것도 어떨까 하는 생각이 들어서요. 여러분이 각각 맡아 책임지고 있는 지방에서 올라 온 형제들을 가르치는 일, 성전에서 가르치는 일에 대해 말씀드리는 겁니다."

그가 정작 하고 싶은 말은 따로 있었지만, 해마다 늘 해오던 일을 일부러 먼저 입에 올렸다. 시몬 오른쪽 바로 옆에 앉은 사람이 그의 말을 받았다.

"혹시 생각해 두신 일이 있으신지요?"

"아니, 그런 것은 아닙니다만…, 들리는 소문이 좀 심상치 않아서 그럽니다. 이제 우리가 나서야 할 때가 되지 않았나 생각되고요."

시몬은 역시 소문대로 신중한 사람이다. 자기 생각을 먼저 말하지 않고 소문을 얘기하며 슬쩍 운을 뗀다. 순간 사람들이 모두 자세를 고치며 약간 긴장한 모습을 보인다. 그의 입에서 나온 몇 마디 말이 사람들 마음속에 경고의 나팔을 불어낸 것 같다. 더 말하지 않아도 사람들은 안다. 그들도 나름대로 들은 소문이 있다. 예루살렘 사람들은 혹무슨 소문을 듣거나 일이 생기면 얼른 선생을 찾아가 물어보고 상의하기 일쑤였기 때문에 당연히 선생들은 누구보다 먼저 세상 돌아가는 소문을 들을 수 있었다.

서기관의 우두머리로 성전에서 일하는 사람에게 한 사람이 말을 건넸다.

"소문으로 들은 얘기는 생각하기에 따라서는 심각한 일 같기도 하고 별것 아닌 것 같던데…, 성전 쪽에서는 어떻게 생각하고 있는지요?"

"아직 대제사장으로부터 아무 말씀이 없습니다. 오늘 저녁이나 내일 저녁, 대제사장 댁 모임에 이 문제를 올려 상의한다는 얘기는 들었습니다만."

"아니, 예루살렘 성전 대제사장이 이런저런 소문을 아직 못 들었다는 말인가요?"

"소문이야 들으셨겠지요. 그러나 마음에 담아 두지는 않으신 듯합니다. 대수롭지 않게 생각하는 모양입니다. 어쨌든 오늘이나 내일 상의는 있을 것이라 합니다."

"아! 제가 듣기로는 오늘밤 모임에서 얘기될 거라 합니다. 내일부터는 명절 준비에 들어가야 하니까요."

"성전이 나서야 할 때가 됐는데…."

"그런데, 그 일에 대해 성전에서 누가 제일 많이 알고 있나요?"

"예, 아무래도 그건 야손 제사장 소관이라…, 그 사람이…."

"아! 그 사람? 안 끼는 일이 없는 그 사람?"

"야손이 나선다는 말을 들으니 처음부터 이 일을 한 가지 방향에서만 파악하고 있다는 말처럼 들리는데요?"

그러자 한 사람이 역겹다는 듯 툭 말을 내뱉었다.

"그 로마의 개? 이방인의 첩자!"

야손은 바리새파 선생들에게도 잘 알려진 사람이다. 자신의 지위를 유지하기 위해 이스라엘의 혼과 정신을 팔고 늘 권력을 쫓는 사람이라고 사람들이 생각하기 때문이다. 그렇다지만 점잖은 자리에서 불쑥 거친 말을 내뱉는 것은 모임의 격에 맞지 않는 일이다. 다른 사람들이 쳐다보자 머쓱한 듯 그는 곧 입을 다물었다.

얘기는 한동안 겉돌았다. 무슨 일이라고 분명하게 입에 올리지 않고 은근하게 서로의 뜻을 살펴가며 자기 의견을 슬쩍슬쩍 내비쳤다. 원래 바리새파 선생들 모임에서는 늘 그랬다. 이러쿵저러쿵 처음부터 자기 의견을 분명하게 내보이는 사람은 경망스럽다거나 지식이 낮은 사람으로 생각했다.

그렇다고 즉시 핵심으로 얘기를 끌고 들어갈 시몬도 아니다. 그도 랍비 샤마이 이전에 아버지 랍비 힐렐의 뒤를 이어 일 년 동안 대산헤드린 나시를 맡았던 존경받는 사람이고, 신중하고 겸손하기로도 소문난 사람이다. 자기가 나서서 결정하고 이끄는 사람이 아니다. 그는 참석한 사람들이 좀더 마음을 열기까지 기다리고 있다.

그때, 가말리엘이 나섰다. 바리새파 지도자이며 대산헤드린 나시 자리에 오른 중요한 인물이지만 시몬이 참석한 자리에서는 언제나 스스로를 낮추었다. 아버지를 높이며 자기 자리를 지키는 그를 보면서 그 사람됨을 칭찬하지 않는 사람이 없었다.

"여러 선생님들과 오늘은 좀더 시간을 가지고 차근차근 상의드릴 일이 많습니다. 날이 밝으면 산혜드린에서 정식으로 상의할 일이기는 합니다만, 어려운 걸음으로 이왕 이렇게 모이셨으니 오늘 먼저 상의하고 내일 회의에 올리는 것이 어떻겠습니까? 그리고 먼저 무엇 좀 드시고 말씀들 나누시지요? 그래서 저희 집에서 같이 식사하시자고 미리 말씀을 드렸습니다만 ⋯."

눈치 빠른 옆사람이 얼른 말을 받는다.

"그러지요. 좋습니다. 이런 기회에 시몬 선생님 댁 포도주 맛도 좀 보고요."

분위기가 금방 부드러워진다. 모두 허허 웃으며 자리에서 일어나 음식을 차려 놓은 방으로 자리를 옮겼다. 바리새파 선생들이 모이면 으레 그러하듯 길고 복잡한 절차와 의식을 즐기며 식사를 했다.

바리새파 사람들 사이에서는 서로 번갈아 가며 상대를 초청하는 것이 관례였다. 누구에게 한번 초대받으면 다음에는 꼭 자기도 그를 초대하여 대접해야 한다. 그건 명예를 가장 귀중하게 여기는 사람들의 특징이다. 주고 받고, 또 받고 주는 관계가 끊어지면 예의에 벗어나는 일이었고, 같이 어울릴 수 없는 사람으로 간주되기 일쑤였다. 상대방이 베푼 것보다 작으면 상대의 명예를 훼손한 셈이 되고, 너무 크면 상대방에게 도전한 것으로 간주한다. 그러나 바리새파의 지도자이며 힐렐의 아들이고 대산헤드린 나시를 지낸 랍비 시몬, 그리고 대산헤드린 현직 나시이며 힐렐파의 후계자로 인정받는 가말리엘의 초청이라면 굳이 같은 수준으로 되갚거나 초대할 필요가 없다. 그럴 경우라면 어

떤 부담도 없이 가벼운 마음으로 먹고 마실 수 있으니 식탁은 겉보기로
는 화기애애했다. 그저 주인이 내놓는 음식을 즐겁게 먹고 마시면 되
었다. 더구나 그날 밤 초대받아 참석한 사람들은 모두 예루살렘에 사
는 바리새파 선생들이었고, 특별히 마련한 연회가 아니기 때문에 주인
집에서는 손님 모두에게 똑같은 음식을 내놓을 수 있어 편했다.

원래 왕이나 대제사장이나 권력자가 많은 손님을 초대하여 연회를
베풀 경우, 초대한 사람과 초대받은 사람들 사이의 신분과 지위에 따
라 서로 다른 음식을 내놓아야 한다. 초대한 사람 마음대로 서로 신분
이 다른 손님들에게 똑같은 음식을 내놓으면 신분이 높은 사람일수록
수치스럽게 여긴다. 자기를 신분이 낮은 사람과 똑같이 대우했다고
생각하기 때문이다. 신분에 따라 음식의 종류도 다르고 양도 다르고
질도 달라야 한다. 내놓는 포도주도 달라야 한다.

"왕의 식탁에서 같이 먹었다."

경전에 종종 기록된 그런 말은 정말 특별하게 잘 대우해 주었다는
말이었다. 왕이 먹는 음식과 같은 음식을 같은 양으로 같은 식탁에서
먹었다는 말이기 때문이었다.

할 말을 모두 가슴속에 묻어둔 채 웃으며 식사를 끝낸 후 자리를 옮
겨 다시 회의를 시작했다. 랍비 시몬이 입을 열었다. 이제는 분명하게
무엇이 문제인지 서로 터놓고 얘기해야 할 때라고 생각했다.

"소문을 듣자니 갈릴리 지방 어느 시골 출신으로 뿌리가 불분명한
예수라는 사람이 무리를 끌고 내일쯤 성안으로 들어온다던데 … ."

드디어 예수에 대한 이야기가 나왔다. 그가 막연하게 소문이라고

처음 말했을 때도 사람들은 예수에 대한 말이리라고 미루어 짐작했다. 이제 랍비 시몬이 예수라는 이름을 처음으로 분명하게 입에 올렸다. 그 사람 예수에 대해 바리새파 지도자들이 정확하게 문제를 인식하고 대응방법을 정해야 할 때가 되었기 때문이다.

예상했던 일이지만 막상 예수라는 이름이 시몬의 입에서 떨어지자 순간 사람들이 술렁거렸다. 입에 올리고 싶지 않은 얘기가 누구에게나 있는 법이다. 생각하고 싶지 않은 일, 그냥 눈감고 넘어가고 싶은 일이 있다. 일이 눈앞에 닥쳐도 마지막 순간까지 애써 외면하고 싶은 것이 사람의 마음이다. 어떤 사람은 미리 들춰내 걱정하지만 대부분 사람들은 그저 눈감고 있으면 지나갈 일이라고 치부하려고 한다.

"이제, 우리 유대인의 선생, 사람들의 살아가는 자리를 늘 들여다보아야 하는 바리새파 선생들마저 그 사람에 대한 소문을 더 이상 외면할 수는 없습니다. 더구나 그 사람이 했다는 일과 가르쳤다는 내용은 간간이 소문으로 들었습니다만 실제 예수라는 그 사람이 누구인지 우리는 알지 못합니다."

아무도 말을 이어 받지 않고 시몬의 입만 바라보고 있다.

"그가 어디 출신인지, 누구 아들인지, 가문의 뿌리는 어디에 닿아 있는지 그 점이 더 중요합니다. 그래야 그 사람이 하는 일, 했던 일에서 우리가 의미를 찾을 수 있고, 가치를 매길 수 있고, 그 사람에 대하여 판단할 수 있기 때문입니다."

바리새파 선생들뿐만 아니라 이스라엘이 오랫동안 기다리던 사람이 있다. 그러나 들리는 소문만으로는 예수가 그 사람인지 알 수 없었다. 그에 대하여 알려진 것이 너무 없기 때문이다. 그리고 들리는 소문만 가지고 판단할 일이 아니고, 그와 직접 대면이라도 해서 출신과 혈통을 하나하나 짚어볼 필요가 있다고 생각하는 사람도 있다. 어찌하여 조상이 갈릴리 나사렛 마을에 내려가 살게 됐는지 혈통을 거슬러 올라가 살펴볼 일이다. 예수라는 그 사람에 대한 소문을 처음 들었을 때 바리새파 사람들 중에 완전히 고개 돌리지 않은 사람들의 생각이 그러했다. 현실을 타파하기 위해 메시아를 누구보다 기다리는 사람들이 바리새파 선생들이다. 메시아의 출현을 가장 두려워하고 기피하는 세력은 현실적으로 성전을 장악한 사두개파 대제사장과 제사장, 그들에게 빌붙은 일부 성전 관리들뿐이다.

그러나 성전에서 일을 맡고 있는 서기관이나 선생들, 갈릴리 분봉왕 궁정과 줄이 좀 닿는 바리새파 사람들 중에는 예수에 대해 이미 상당히 소상하게 알고 있는 사람도 있었다. 그들이 듣기로는 그 사람, 예수는 모세의 가르침인 토라나 규칙을 따르는 사람이 아니었다. 더구나, 갈릴리에 내려갔던 기회에 그와 마주쳤다는 사람들 얘기에 따르면 그는 대체로 바리새파 사람들을 위선자, 지배자의 하수인이라고 비난했다고 알려졌다. 그 말을 들은 사람들은 예수의 출신과 혈통을 아무리 거슬러 올라가도 고귀한 뿌리를 찾아볼 수 없으리라고 확신했다. 혈통과 전통과 가르침에 뿌리 내릴 수 없는 신분이기 때문에 토라와 장로들의 가르침을 일부러 외면하는 태도를 보인다고 생각하는 것이 당연했다. 그렇다면 예수는 바리새파 선생들이 손을 잡거나 받아들이기에 너무 먼 사람이다. 설사 그가 먼저 손을 내밀어도 결코 그 손을 잡으면 안 될 위험한 인물이라고 생각했다.

시몬의 옆자리에 앉은 사람이 좀 강경한 어조로 말을 시작했다.

"그 유랑하는 선생이라 불리는 예수라는 사람은 혈통이나 신분이 지극히 미천하기 때문에 그 사람과는 어떤 관계를 맺어서도 안 됩니다."

그 말을 듣고 좀 머뭇거리면서 다른 사람이 말을 받았다.

"아직은 그의 혈통을 확인해본 건 아니지 않습니까?"

"보나마나 뻔합니다. 어떻게 갈릴리 지방에서 그런 선생이 나올 수 있단 말입니까? 그건 절대로 믿을 수 없는 일입니다"

"어떤 사람들은 그를 메시아라고 떠받들고 따른다는 소문입니다."

"메시아요? 갈릴리에서, 더구나 나사렛이라는 이름도 없는 마을에서 메시아가 나온다?"

"에이!"

"지극히 높으신 분께서 하시는 일에 능치 못한 것이 있습니까?"

"그러니 이미 오래전에 예언자를 통해 말씀하셨지요. 유대 땅, 다윗의 마을 베들레헴에서 메시아가 나온다고. 주님이 예언자를 통해 주신 약속이지요. 더구나 갈릴리의 예수라는 사람은 그 아비 때부터 목수였고 석수였다는 말이 있습니다."

"그렇다면 분명합니다. 세상 모든 일에는 그 일을 맡도록 정해진 사람들이 있지 않습니까? 제사장은 제사를 드리고, 농사는 농부가 짓고, 목수, 석수장이는 나무를 다듬거나 돌을 쪼고, 우리 바리새파 선생에게는 토라를 해석하고 가르치고 지키는 일이 맡겨진 것처럼 말씀입니다."

"맞습니다. 지극히 높으신 분께서 처음부터 제각각 형상을 따라 생명을 내셨습니다. 마찬가지로 사람에게는 각각의 일을 지정해서 맡기셨습니다. 다른 사람에게 맡겨진 일을 넘겨본다면 그분이 맡겨주신 경계를 넘는 일입니다. 유대를 어지럽히는 일입니다."

"가만, 가만. 옛 예언자 중에 드고아의 농사꾼 아모스도 있었고, 다 윗왕은 목동이었습니다. 혹, 지극히 높으신 분께서 사랑하시는 사람 을 세워…,"

그가 말을 채 끝내기도 전에 한 사람이 나섰다. 그렇게 다른 사람이 말하는 중에 끊고 나서면 무례한 일이지만 그는 다른 의견을 막아야 한다는 마음이 더 급했던 모양이다.

"제가 좀 일을 자세히 알아본 사람으로 한 말씀 드리겠습니다. 이 자리에 계신 모든 선생들께서 잘 아시는 것처럼 더러운 일을 맡도록 정해진 사람, 그 일로 더러워진 사람은 그 더러운 일 안에 머물러 있어 야 합니다. 제멋대로 경계를 넘는 일은 용납될 수 없고 상상할 수도 없 는 일이고 지극히 높으신 분의 뜻을 어기는 일입니다. 아까 말씀하신 것처럼 사람은 각자 그에게 맡겨지고 정해진 일을 해야 합니다. 그분 이 그렇게 정해주셨습니다. 들리는 얘기로는 예수라는 그 갈릴리 사 람은 경계를 제멋대로 넘어 다니는 사람입니다. 경계의 위층으로 넘 어갔을 뿐만 아니라, 그 경계 아래층으로도 자기 맘대로 내려간 사람 으로 보입니다. 그에게는 그런 경계가 눈에 들어오지 않는 모양입니 다. 그 경계가 이스라엘과 하느님 사이에 맺은 언약이라는 것을 인정 하지 않는 사람처럼 보입니다."

"예, 선생의 얘기를 들으면서 제가 한 가지 크게 걱정하는 마음이 들었습니다. 경계를 제멋대로 넘나드는 사람이 도성 예루살렘 안으로 들어오고, 그를 선생으로 떠받들고 따라다닌다는 무리가 그를 따라 떼를 지어 성전 마당에 들어온다면 분명 큰 소동이 벌어지리라고 봅니다. 유대사회의 법과 전통, 성전의 규율과 지도를 무시하는 사람이 무슨 일인들 못하겠습니까? 성전에 유월절 제사를 드리러 각지에서 올라온 사람들 중 그에게 현혹되어 그를 따르고 뭉쳐 소동이라도 일으킨다면, 생각하기에도 끔찍한 문제가 시작될 수도 있습니다. 저는 그 일이 걱정입니다."

여러 사람이 나서서 자기의 의견을 내세웠다. 예수의 행적과 가르침에 관심이 있던 사람이 몇 명 있었지만 그들마저 곧 입을 다물었다. 이미 그 자리는 정해둔 길 아닌 다른 길은 생각할 수 없도록 미리 조정되었음이 분명했다. 아무리 랍비 시몬이나 랍비 가말리엘이 온건한 사람이라고 알려졌더라도 그건 토라와 법의 범위 안에서 서로 관계를 맺어가며 살아가는 일에만 그랬다. 오히려 그들이 힘들여 지키려는 가르침과 다른, 불온한 얘기를 하는 사람에게는 누구보다 강경할 수밖에 없었다.

얼마동안 더 말이 오고 가다가 최종적으로 시몬이 결론을 냈다.

"여러분의 의견을 잘 들었습니다. 예수라는 출신이 불분명한 그 사람에 대하여 우리가 어떻게 대응하여야 할지는 명백합니다. 그 사람이 성안에 들어오고 성전에 나와서 하려는 일이 무엇이든, 그리고 그가 무슨 일을 하든, 그가 사람들을 자기 맘대로 선동하면서 허무맹랑한 소리를 더 이상 퍼뜨리지 못하도록 제지하기로 합시다."

사람들은 시몬의 다음 얘기를 기다렸다. 그런 결정을 하게 되는 이유를 그가 얘기할 차례다.

"그는 가르치는 일을 배운 사람이 아닙니다. 병 고치는 일을 허락받거나 그 일을 위해 세워진 사람이 아닙니다. 허락받은 사람이라도 더러움의 경계를 넘으면 반드시 돌아 나와야 하고, 더러움을 씻어내는 의식을 치러야 합니다. 그는 주님께서 세우신 거룩함, 그 구분과 경계를 넘은 사람이고, 그 자신이 이미 더러움에 빠진 사람입니다. 더러움으로 내려갔고 더러움을 씻지 않았기 때문입니다. 더러움은 죄입니다. 그는 죄인입니다. 죄인들과 가까이 지냈고, 더러움을 씻지 않았으니 스스로 죄인이 되었습니다."

그런 선언은 예수를 배척해야 한다는 말이다. 거룩한 도성 예루살렘, 거룩한 성전에 들어올 수 없고, 거룩한 사람들과 접촉할 수 없다는 평결이다.

"그러면 우리는 어떻게 대응해야 할까요?"

"우선은 성전 경비대에게 맡깁시다. 죄인이나 더러운 사람들이 성전 뜰에 들어오지 못하도록 막아야 할 의무를 진 사람들입니다."

"그리고 우리는 예수와 그를 따르는 무리가 이방인의 뜰을 넘어 이스라엘의 뜰에 들어가지 못하도록 거기에서 지킵시다."

"그러다 보면 충돌이 생길 텐데요?"

"그렇지요. 틀림없이 그들은 완력으로 밀고 들어와 이스라엘의 뜰까지 들어올 테지요."

"그런 충돌이 생길 때, 우리 선생들 중에 지방에서 올라온 백성들을 가르치던 일을 맡은 이는 끝까지 그 백성을 보호해야 할 의무와 책임이 있습니다."

성전 경비대와 대제사장의 사병들이 갈릴리에서 올라온 무리와 뒤엉키고, 그러다가 일이 커지면 로마 군대마저 개입할 터였다. 그렇게 무장세력과 갈릴리 무리 간에 충돌이 생길 경우 각 지방에서 올라온 무리를 어떻게 잘 인도해서 그런 혼란에 사람들이 희생되지 않도록 할 것인지 하는 문제를 좀더 상의했다. 그런 경우에 대비하기 위해서는 이제까지 각 지방을 담당했던 선생들이 그대로 예전에 각자 맡았던 지방 사람들을 다시 맡아 가르치는 것이 좋겠다고 결정했다. 그래야 상황에 더 잘 대처할 수 있다는 점을 모두 수긍했기 때문이다.

"성전 뜰에서 무슨 일이 일어나든, 이 예루살렘 성안 이 골목 저 골목에서 무슨 일이 일어나든 지방에서 올라온 사람들의 안전을 보살피는 일은 이 자리에 모인 선생 여러분의 몫입니다. 명절이 끝나고, 모두 무사히 자기 지방으로 내려갈 수 있도록 제대로 인도하고 주의를 기울이기 바랍니다."

그 말에 이어 두 번째 지위에 있는 선생이 일어나서 얘기를 이어갔다.

"혹 무슨 일이 생기면 무리가 이리저리 섞이고 혼란이 일어나겠지요. 그때 선생 여러분은 각자 자기가 맡았던 자리로 사람들을 모은 다음 가능한 한 빨리 그 사람들을 이끌고 성전을 벗어나야 합니다. 그대로 방치한다면 전쟁터에 풀어놓은 양 떼처럼 피를 흘릴 수도 있습니다. 시몬 선생님 말씀대로 그들을 자기 집으로 무사히 돌려보내는 것이 우리에게 주어진 사명입니다."

랍비 가말리엘은 논의되는 내용을 마음속에 담아 두었다. 비록 자기가 대산헤드린 의장을 맡고 있고 바리새파의 지도자지만, 아버지가 주재하는 자리에서는 언제나 입을 다물고 조용히 지켜보는 사람이었다. 다음 날 대산헤드린 회의에서 샤마이파와 대책을 좀더 상의해야겠다고 생각했다.

한숨만 내쉬었지만 회의는 의미 있었다. 일단 일이 벌어지면 어떻게 백성들을 보호할 것인지 의논했기 때문이다. 현실적인 힘이 없어서 사태를 미연에 방지하거나 적극적으로 수습하는 일에 나설 수는 없어도 할 수 있는 일만이라도 최선을 다하자고 각오를 다지며 회의를 마쳤다.

지식인들 중에는 두 부류의 사람이 있다. 가말라의 유다와 바리새파 선생 사독이 중심이 되어 일으켰던 27년 전 바리새파 선생들의 봉기처럼 자신들이 공부하여 깨닫고 믿은 일에 대하여 열정으로 이뤄내려는 사람들이 있다. 사람들은 그 운동을 '제4의 철학'이라 불렀다. 다른 한편으로는 바리새파는 가르치는 역할을 맡은 선생이라고 생각하는, 그리고 가르침 자체에 집중하는 사람들이 있다. 그건 바리새파의 양대 큰 줄기라고 부를 수 있는 힐렐파였든 샤마이파였든 마찬가지였다. 랍비 힐렐의 아들과 손자가 소집한 그날 밤 회의는 당연한 결론을 내고 끝났다.

☩

안식일 제사 마지막 순서가 끝났다. 제단에 올린 고깃덩어리가 타면서 뿜어내던 연기도 불길과 함께 수그러들었다. 성전에서 일하는 모든 사람이 이제 각자 자기 집에 돌아가 안식일 저녁식사를 할 시간이 됐다. 원래 대제사장은 언제나 성전에 딸린 처소에 머물러야 한다. 그러나 가야바는 한 달에 겨우 두세 번 성전 처소에서 머물고 다른 날은 저녁이 되면 어김없이 예루살렘 윗구역에 있는 저택으로 돌아가 편안하게 지냈다. 안식일에는 먼 길을 걷거나 사람이나 집에서 기르는 짐승이나 모두 일하는 것이 금지됐고 제사를 맡은 사람들도 모두 성전에 머물러야 했지만, 대제사장이 자기 집에서 성전을 드나들기 시작한 이후로 다른 사람들도 안식일에 이동하도록 허용된 거리보다 더 먼 거리를 걸어와 제사를 드리고 돌아갔다.

"자, 모두 우리 집으로 갑시다."

"예, 대제사장 각하! 초대해 주시니 기꺼이 가겠습니다."

"초대 안 했으면 돌아가려고 하셨소?"

"웬걸요, 저도 초대해 주십사 부탁드렸겠지요."

"허허, 그래요. 자, 같이 가십시다."

가야바는 안식일 제사를 맡았던 그날의 제사장들을 집으로 초대했다. 그들은 모두 측근들이다. 다른 대제사장 가문 사람들과 성전에서 중요한 책임을 맡고 있는 거의 모든 사람들이 그날 밤 안식일이 끝나면 빠짐없이 가야바의 집에 모일 것이다.

성전 서쪽 문을 나선 그들은 예루살렘 윗구역으로 직접 통하는 아치형 다리를 천천히 걸어 가야바의 집으로 향했다. 다리 위에서 바라본 아랫구역에는 새로 집 한 채 지을 공간도 없을 만큼 작은 집들이 다닥다닥 붙어 있다. 그걸 바라보니 가야바는 가슴이 답답했다. 저들, 아랫구역 사람들까지 대제사장에게로 이끌어야 한다는 생각에 마음이 무거웠기 때문이다. 예루살렘에 아랫구역은 없고 윗구역만 있었더라면 훨씬 더 다루기 좋았으리라고 생각한 적이 한두 번이 아니었다. 윗구역에 드문드문 들어선 저택들을 바라보며 가야바는 크게 숨을 내쉰다. 그걸 본 제사장 하나가 얼른 옆에 다가왔다. 아첨 잘하기로 유명한 제사장이다.

"각하! 불편하신 데라도?"

"아니오! 그냥…. 갑시다."

날이 어두워지자 가야바 저택에 많은 사람이 찾아왔다. 엿새 남은 유월절 명절까지, 그리고 이어지는 무교절 이레 동안 늘 그렇게 사람들이 대제사장 집으로 몰려들 것이다.

'낮에는 성전 뜰에서 눈알을 부라리고, 밤에는 쥐새끼처럼 모여 먹고 마시면서 쑥덕쑥덕 공론한다.'

'그 자리에 끼면 어깨가 올라가고, 못 끼면 소매로 바람이 든다.'

대제사장과 그 무리가 하는 일이 눈꼴사나운 사람은 비아냥대며 입을 비죽거리지만 그건 시샘의 눈길이기도 하다. 가야바가 대제사장 자리에 오른 이후, 지난 15년 동안 명절 때마다 벌어진 일이다. 유월절은 유대인들에게는 가장 큰 명절일 뿐 아니라 가장 긴장되는 기간이다. 대제사장의 특별명령에 따라 그 기간 동안에 필요한 조치는 신속하고 은밀하게 취할 수 있는 비상조직이 성전에 설치된다. 성전에서 일하는 사람치고 유월절 명절이 되면 얼마나 불온한 공기가 도는지 모르는 사람이 없다.

그 즈음 성전에서 일하는 거의 모든 사람의 가슴속에 알 수 없는 이상한 불안이 파고들었다. 유월절이 되면 조심스러운 기운이야 언제나 흘렀지만 이번처럼 밑도 끝도 없이 찾아든 불안감은 처음이었다. 아무라도 붙잡고 무슨 얘기라도 나누어야 마음이 놓일 것 같아서 서로 기웃거리며 찾아다녔다. 딱 꼬집어 말할 수 없는 두려움이 슬금슬금 기어오르고, 본 적도 없고 들어보지도 못한 어떤 존재가 매일 한 걸음씩 다가오는 느낌을 지울 수 없었다.

더구나 그날 안식일 해질 무렵, 서쪽 하늘 구름이 유난히 섬뜩했다. 석양에는 언제나 그렇다고 생각하려고 해도 유월절이 며칠 남지 않았는데 하늘이 핏물 번진 것 같다니, 예사롭지 않고 불안했다. 그 구름 빛깔은 분명 불길한 징조였다.

불안하기는 대제사장 가야바도 마찬가지였다. 어떤 예감이 슬금슬금 가슴속을 파고들었다. 때로 등 뒤에서 천천히 다가오는 무엇을 느꼈다. 그것은 자신과 똑같은 속도로 뚜벅뚜벅 뒤를 따라왔다. 감히 돌아서서 정면으로 마주 대할 수 없는 존재가 몇 걸음 뒤에 이른 듯 느꼈다. 그것이 형체인지, 흘러가는 시간인지, 무심코 눈감았던 현실인지 알 수 없었다. 현실과 생각이 휘돌더니 그냥 두서없이 섞였다. 그런 생각을 하고 있었는데 어느새 그것이 가야바 등 뒤에 이르렀다. 그건 두려움이었다.

애써 피해 달아나다 보니 문 닫힌 방이 보였다. 가야바는 문을 열고 들어섰다. 방안에는 소리가 있다. 끝 모를 깊은 바닥에서 끓어 올라온 소리였다. 웅얼거리며 소리는 방안을 서성였다. 소리는 그림자가 되더니 그림자는 순간 몸으로 바뀌었다. 예복을, 화려한 대제사장 예복을 치렁치렁 걸쳤다.

"가야바!"

목 쉰 소리로 몸이 그를 불렀다.

"오! 가야바!"

그가 부들부들 몸을 떨었다. 손을 내려다보니 가장 더러운 병, 문둥병에 걸려 있었다. 긁을 때마다 부스럼과 종기가 번졌다. 불그스름한 종기에서는 고름이 번들번들 흘러내렸다.

"오 가장 높으신 분, 찬양을 받으실 오직 한 분, 만군의 주, 당신의 종이 빕니다. 저에게 이 일을 피하게 하소서. 저는 죄가 없나이다."

그는 두 손을 높이 들고 울부짖는다.

"저는 죄가 없나이다. 저는 죄가 없나이다. 저는 죄가 없나이다."

가야바만 그런 것이 아니다. 누구라도 자기가 죄를 짓는다고 생각하는 사람은 없다. 거룩한 분을 위해 하는 일은 죄가 아니다. 거룩함은 죄의 경계 안쪽 일이기 때문이다. 남들 하는 대로 한 일은 죄가 아니다. 자기도 그렇게 할 수밖에 없었기 때문이다. 당한 대로 갚는 일은 죄가 아니다. 그런 일이 죄라면 죄인 아닌 사람이 어디 있으랴! 성전을 위해 한 일은 죄가 아니다. 하느님이 어찌 성전 대제사장이 죄에 빠지도록 방치하셨으랴? 회오리가 돌 듯 생각이 끝없이 맴돈다. 그럴 수 있는 것과 그러면 안 되는 것이 서로 얽혀 꼬리를 물고 돈다. 빠져나가다가 시작한 곳으로 다시 끌려 돌아온다.

눈앞에 형체들이 나타났다가 사라지고 다시 무어라 알아들을 수 없는 소리를 내면서 다가오고 또 물러갔다. 모두 걸어 다니는 나무토막처럼 보였다. 어른어른 움직이지만 아무 의미 없는 몸짓뿐이다. 그들이 무어라 떠들고 손짓 몸짓을 섞어 말을 걸지만 귀에 들어오지 않았다. 눈앞에 보이는 일들이 저녁 안개 저 편에서 벌어지는 일처럼 한참 멀어 보였다.

"아버지!"

누가 오른팔을 잡고 흔들고 있었다.

'아버지라니!'

봄날 아지랑이처럼 아들 모습이 어른거린다. 왜 꿈속에 갑자기 아들이 들어와 있는지 궁금했다. 아들이 다시 팔을 잡고 흔든다. 몸이 천근만근 무겁다. 다시는 몸을 움직일 수 없을지 모른다는 생각이 들었다. 깨어나야 한다, 일어나야 한다, 무어라고 대답이라도 해야 한다.

"아버지! 다녀왔습니다."

겨우 눈을 뜨자 방안 가득 웅성거리는 무리가 어렴풋이 보인다. 그런데 그들 모두 실제로는 존재하지 않는 사람처럼 생각됐다. 누구인지 몸에 걸친 옷으로는 가늠해볼 수 있다. 그가 누구인지 알 수 없는데 옷으로 짐작할 수 있다니, 몸뚱이는 별로 중요하지 않은 듯 생각됐다. 그러자 세상은 때로 참 우습게 느껴졌다. 사람은 사라지고 옷만 걸어다닌다. 그래도 그것이 세상이다. 속이 사라지면 옷으로 몸을 삼는다. 자기라고 다를까?

"다녀왔습니다."

마티아스가 말하는 뜻을 알 수 없어 어리둥절한 표정으로 그 얼굴을 멀뚱멀뚱 쳐다봤다. 심상치 않다는 눈으로 아들은 아버지를 바라보며 다시 말을 건다.

"총독 각하를 만나 뵙고 지금 막 돌아왔습니다."

아들은 그를 일깨우려는 듯, 좀 큰 소리로 보고하려는 내용을 다시 암시했다.

자리를 고쳐 앉았다. 몹시 목이 말랐다. 입안 가득 모래로 채운 듯 뻑뻑하고, 혀는 가뭄에 바짝 마른 강바닥처럼 부석부석했다. 말이 되지 못한 소리는 목구멍 속으로 다시 떨어져 내리더니 그냥 부스러진다. 더듬더듬 손으로 물을 찾자 마티아스가 얼른 물잔을 입에 대준다.

모래 위에 쏟아 부은 물처럼 정신은 금방 새어 나간다. 깨어나려고 거푸거푸 다짐하는데 정신은 자꾸 굴러 떨어진다.

"아버지!"

"그래!"

겨우 대답했다. 갈라지고 쉰 목소리, 자기가 들어도 이상했다.

"총독 각하를 뵙고 지금 돌아왔습니다."

마티아스는 같은 말을 반복했다. 가야바는 멀뚱하게 아들을 바라만 보다 간신히 입을 열었다.

"그래, 총독께서는 뭐라고 하시던?"

그제야 마티아스는 아버지가 현실로 돌아오고 있음을 알았다. 무엇이 아버지를 그처럼 깊은 생각의 웅덩이로 끌고 들어갔는지 궁금했다. 그러나 그건 나중에 알아보기로 하고 우선 총독을 만나고 온 일을 보고하기로 했다. 사람들이 지켜보고 있기 때문이다.

"특별한 분부는 없었고요, 예년처럼 잘 준비하고 진행하라고 말씀하셨습니다. 그리고 세금과 공물 문제로 이것저것 물어보셨습니다. 모든 것이 잘 준비됐다고 말씀드렸습니다. 예복 문제도 부탁했습니다만…."

"오오! 예복! 다행이네요!"

"그래, 총독께서 허락하셨는지요?"

예복 문제도 얘기했다는 마티아스의 말을 듣고 둘러서 있던 제사장들이 모두 말을 한 마디씩 거들었다. 그들의 눈이 희망으로 반짝이는 것을 보면서 마티아스는 속으로 한숨을 쉴 수밖에 없었다.

"가만, 가만!"

정신을 차린 가야바가 손을 저어 말을 막았다. 마티아스에게 직접 말을 들어보지 않아도 알 수 있었다. 예복 문제는 총독이 받아들일 것으로 믿고 부탁한 일이 아니었다. 그보다 유대총독과 예루살렘 성전 대제사장이 관심을 가지고 다루어야 할 중요한 문제는 따로 있다. 그리고 모든 일에는 순서가 있는 법, 그 순서는 대제사장 자신이 주도해야 한다. 가야바는 이제 본래 모습으로 돌아왔다.

"그래, 이번에는 군사를 얼마나 이끌고 오셨던?"

"글쎄요, 어두워서 잘 모르겠지만 족히 몇백 명은 되는 것 같았습니다. 아니, 천 명은 넘는 듯 보이기도 했고요. 여기저기 모닥불이 활활 타오르고, 보초서는 병사들의 자세는 꼿꼿하고 군막마다 조용했습니다. 엄정하기로 유명한 로마군의 군기를 직접 느낄 수 있었습니다."

"이번에는 데리고 올라온 군대가 지난번보다 적다고 들었소만⋯."

다른 사람이 얘기에 끼어들었다. 그렇게 얘기 중간에 끼어드는 것은 예의에도 어긋나고 법도에 맞지 않기도 하거니와 대제사장이 아주 싫어하는 일이었다. 약간 미간을 찌푸리면서 가야바는 자리를 고쳐 앉았다. 이제 자기 자리로 돌아왔다는 신호였다. 그러더니 한 사람 한 사람 눈을 마주치며 천천히 둘러보았다. 그가 그렇게 죽 훑어보면 사람들은 속마음을 들킨 듯 움찔했다.

가야바는 목을 가다듬더니 굵고 나지막한 목소리로 입을 열었다.

"군대가 많고 적고는 문제가 아니고. 총독이 군대를 이끌고 도성에 들어온다는 사실이 중요한 일이오."

방금 전 주제넘게 나섰던 사람에게 면박을 주는 셈이었다.

"나로서는 이번에 세금 액수와 물목별로 공물 수량을 맞추는 일이

제일 중요했습니다. 카이사레아가 여기서 얼마나 먼 길입니까? 유월절 명절을 맞아 총독 각하가 그 먼 길을 행군하여 예루살렘에 입성하는데 만일 물목을 제대로 못 맞춘다면 참 민망한 일이지요. 차질 없이 준비할 수 있어서 나는 그 일이 다행입니다."

말을 하면서도 어떤 사람과는 눈이 마주치면 고개를 끄덕였다. 그 눈길을 받은 사람은 대제사장이 자기를 굳건히 신임한다는 징표로 생각한다.

"여러 대제사장 가문 어른들과 제사장 여러분의 각별한 노력에 감사드립니다. 그리고 각 지역을 맡은 여러분 모두 수고 많았습니다. 다시 한 번 더 말하지만 이번 절기에 로마에 보내야 하는 세금과 공물은 차질 없이 준비됐습니다. 이스라엘을 보호하시는 지극히 높으신 분의 은혜로 이번 명절을 무사히 지낼 수 있게 됐습니다."

그의 한 마디 한 마디에 사람들은 고개를 끄덕이며 동의했다. 성전이 늘 스스로 자랑스럽게 생각하는 역할을 제대로 수행했다는 확인이었다. 일을 맡은 사람들과 다른 대제사장 가문까지 일일이 입에 올려 인사하는 그를 보면서 역시 대제사장이라고 생각했다. 최고 지도자는 늘 아랫사람, 협력한 사람을 살피고 그들의 공을 잊지 말고 치하해야 한다. 그래야 경쟁관계에 있는 다른 가문에서 불편한 모습을 보이지 않는다. 가야바는 어떻게 그들을 다독여야 하는지 잘 알고 있다. 그는 노련하고 약은 사람이었다.

"내일 아침, 대산헤드린 회의가 열리면 담당 제사장들이 출석하여 다시 정식안건으로 보고하겠지만, 오늘은 우선 몇 가지 사전에 의견을 나누어야 할 필요가 있습니다."

160

성전 성소를 따라 둘러 세운 건물 남쪽 벽에 돌을 쪼아 다듬어 꾸민 대산헤드린 회의실이 붙어 있다. 원래 안식일과 축제 당일을 빼고는 매일 그곳에서 대산헤드린 회의가 열린다. 율법에 따라 이스라엘 전역에 설치된 산헤드린은 재판을 하고 율법을 해석하는 기관이다. 예루살렘 성전에 설치된 대산헤드린은 형식적으로는 최고 재판소이고, 대제사장을 선출하는 권한까지 가지고 있다. 성전이 집행하는 모든 조치에 대해 정통성을 부여하는 기관이다.

산헤드린 회의에 제출할 모든 안건은 미리 조정하고 검토한 다음 올리도록 가야바는 규칙을 정해 두었다. 그렇게 하지 않으면 회의가 한없이 길어지면서 아무 결론도 내지 못하기 일쑤이기 때문이었다. 숫자로만 따지자면 바리새파 중에서도 온건세력이라 할 수 있는 힐렐파와 성전이 내세운 사두개파 의원이 대산헤드린 전체 71명 의원 중 반을 훨씬 넘는다. 그러나 아무 문제가 없을 듯 보이는 안건이라도 명분과 체면에 집착하며 고집을 부리는 한두 사람 때문에 결론을 못 내고 다음으로 넘기는 경우가 많았다. 밖에서는 성전의 호의를 기대하며 슬슬 눈치 보던 사람도 회의장에만 들어와 앉으면 엉뚱하게 목청을 높이는 의원도 여럿 있다. 그나마 힐렐파의 지도자 가말리엘이 나시를 맡고 난 후 지난 3년은 회의가 대체로 원만하게 진행됐다. 샤마이파를 이끈 랍비 샤마이가 의장으로 있을 때는 언제나 무척 시끄러웠다. 원칙을 고집하는 강경한 의장 때문이었다.

산헤드린과 대립하지 않고 원만한 관계를 유지하면서 성전이 뜻하는 대로 일을 끌고 나가면 사람들은 보통 훌륭한 대제사장이라고 부른다. 그런 면에서 가야바는 훌륭한 대제사장이라 불릴 만했다. 의원 개

개인은 물론, 산헤드린 회의를 뒤에서 조종하는 능력이 탁월했기 때문이다. 대제사장 권위를 적절하게 행사할 뿐만 아니라 자리를 지키는 일에도 그는 뛰어났다. 틈을 보이면 누가 먼저 대제사장을 흔들고 덤벼들지, 어느 가문에서 뒤로 은밀하게 총독을 접촉하며 다음 대제사장 자리를 홍정하는지 그는 모두 알고 있었다. 그는 손을 놓고 있다가 당할 사람은 절대 아니다.

대제사장 가문이라고 불리지만 그들은 원래 대제사장을 낼 수 있는 가문이 아니었다. 헤롯왕이 성전을 수중에 넣고 흔들려고 이집트 알렉산드리아나 바빌론 등 이방 지역에 나가 살던 이름도 없던 네 제사장 가문을 불러들여 대제사장을 맡기면서 득세한 사람들이었다. 대제사장 자리는 돌아가며 맡기로 정했지만 그해의 대제사장 자리에 오르는 일은 오로지 변덕스러운 왕의 처분에 달렸었다. 그러니 대제사장이 되고 싶은 사람은 헤롯왕 시절이나 그의 아들 아켈라우스가 유대를 다스리던 시절에는 늘 왕실의 눈치를 살필 수밖에 없었다.

헤롯왕이 죽고 아켈라우스마저 쫓겨나자 네 가문이 돌아가면서 대제사장을 맡는다는 원칙이 무너졌다. 가야바의 장인 안나스가 9년 동안 대제사장을 맡았고, 다음에는 파브스의 아들 이스마엘에게 그 자리가 넘어갔으나 고작 1년 만에 물러났다. 뒤를 이어 안나스의 아들 엘리아잘이 다음 1년을 맡고, 카미수스의 아들 시몬이 다시 1년 정도 자리를 지켰다. 그러다가 빌라도 총독의 전임 그라투스 총독의 눈에 든 가야바가 대제사장에 오른 후 이미 15년째 그 자리를 지켜오고 있었다.

예전에 대제사장을 맡았고, 물러난 이후에도 명예 대제사장으로 버티고 있는 장인 안나스는 아들 요나단을 가야바 다음 대제사장으로 점찍고 있었다. 그러나 장인의 뜻과는 달리 가야바는 아들 마티아스에게 넘겨줄 계획을 은밀하게 세워두고 있었다. 그는 기회가 있을 때마다 마티아스를 성전 일에 앞세웠다. 아직도 사람들이 가야바를 안나스 가문의 곁가지로 취급할 때마다 그는 속으로 큰 굴욕감을 느꼈다. 때가 되면 장인의 가문에 뒤지지 않는 명문 가야바 가문을 번듯하게 세우고 싶은 야망을 가슴에 품고 살았다. 그런 눈치를 챘는지 성전 재물을 총괄하는 자리에 마티아스를 임명하려 할 때 장인은 상당히 불편한 기색을 보였다. 그래도 모르는 체, 못 들은 체 막무가내로 아들을 임명하고 대신 성전의 다른 중요한 직책에 처남을 임명하여 장인의 마음을 달랬다.

그가 마티아스에게 맡긴 일 중 가장 중요한 일은 성전을 대표해서 로마총독과 접촉하는 일이었다. 피붙이 아닌 다른 사람에게 맡길 일이 아니기 때문이었다. 총독에게 뇌물을 전달하고 그 일을 기회로 삼아 친분을 맺는 일이 얼마나 중요한지 그는 누구보다 잘 알고 있었다. 장인 심부름으로 그 일을 맡았다가 총독 눈에 들어 가야바가 대제사장 자리를 꿰찰 수 있었기 때문이었다.

총독과 친분관계를 돈독하게 유지하는 한, 그가 차지한 대제사장 자리는 든든했다. 친분은 언제나 뇌물이든 선물이든 그 액수에 비례하여 깊어지거나 얕아지기 마련이었다. 다른 가문도 총독에게 뇌물과 선물을 바치며 부지런히 친분을 쌓고 다음 자리를 노리지만 가야바가 빌라도와 더 긴밀한 관계를 유지하고 있는 한, 그리고 그가 대제사장으로 있으면서 특별히 큰 잘못을 저지르지 않는 한, 유대 땅에서 소요 사태가 일어나지 않는 한, 세금과 공물을 제대로 걷어 로마에게 바치는 한, 뇌물 액수를 갑자기 줄이지 않는 한 그가 차지한 대제사장 자리는 누구도 쉽게 무너뜨릴 수 없을 만큼 튼튼했다.

가야바는 늘 마티아스에게 말했다.

"애야! 나는 대제사장으로서 큰 소명을 받았다고 믿는다. 첫째, 무어니 무어니 해도 성전을 지키고 유대인들을 보호하는 일보다 더 중요한 일이 있겠느냐? 그건 오직 세금과 공물을 제때 제대로 로마에 바칠 때만 가능한 일이다. 유대에 사는 사람치고, 로마에 바치는 세금과 공물이 얼마나 중요한지 모르는 사람은 한 명도 없을 것이다. 세금을 제대로 바치지 않는 나라가 어떻게 처절하게 파괴와 약탈을 겪는지 알잖니?"

"예! 그렇습니다. 아버지."

"그건 비단 로마라서 그런 것만은 아니다. 어느 시대 어떤 제국이든 모두 같았다. 정해진 세금과 공물을 바친다는 말은 단순히 황제에게 의무를 다하고 충성한다는 말이 아니다. 명심해라! 그 일에서 벗어나면 유대는 살아남을 수 없다."

그건 뼛속 깊이 스며든 주문을 외우면서 벗어날 수 없는 운명을 받아들이는 일이다. 주문을 반복하여 외우면 치욕을 치욕으로 생각하는 마음이 마비된다. 푸른 달빛이 가득한 들판 저쪽, 배고픈 이리 떼, 승냥이, 여우 울음소리를 들으며 가슴 졸이며 외우던 주문은 공포를 줄일 수 있었다. 그러나 주문이란 그 길밖에 다른 방법이 없다는 인식에서 오는, 깊이를 알 수 없는 낭패감이다. 제국이 건 주문, 유대인들에게 걸려 있는 주문, 그 낭패감 속을 성전은 재빨리 파고들었다.

방안 가득 모인 사람들의 얼굴을 둘러보며 가야바가 세금에 대한 말을 마치자 한 사람이 나서서 말을 받았다. 단순히 가야바의 비위를 맞추려는 입에 발린 소리가 아니다.

"대제사장 각하! 이번에도 차질 없이 세금과 공물을 준비할 수 있었으니 각하의 지도력에 경의를 표합니다. 그 일보다 더 큰 일은 없다는 사실은 우리 모두 잘 알고 있습니다. 거룩한 성전이 성전산 위에 서 있다는 사실만큼 우리 이스라엘에게 다행스러운 일은 없을 것입니다."

"맞습니다. 우리 바이투스 가문에서도 대제사장이 보여준 탁월한 지도력에 늘 깊은 경의를 표했습니다. 로마에게 바쳐야 할 것을 바치는 일이야말로 하느님을 섬기는 가장 큰 일의 시작이라고 믿습니다."

대제사장 자리를 놓고 안나스 가문과 경쟁관계에 있는 다른 가문들도 로마에 바쳐야 할 세금 공물이 모두 차질 없이 준비됐다는 말에 우선 마음이 놓였다.

"자! 이렇게 모이셨으니 우선 날이 밝으면 바로 시작해야 할 유월절 명절 준비부터 상의해봅시다."

해마다 유월절을 맞이하면 성전은 정신없이 바빠진다. 그중 총독을 도성 안으로 영접하고 그가 이끌고 온 군대를 뒤치다꺼리하는 일이 무엇보다 중요하다. 성전이 누리는 권한의 원천이 총독이기 때문이다. 총독관저로 사용하는 옛 헤롯 왕궁, 그리고 예루살렘 윗구역에 군막을 설치하는 일, 성전 북쪽에 붙은 안토니오 요새에 식량과 마초를 공급하는 일, 그런 뒤치다꺼리에 성전 관리들이 온통 달라붙어야 한다.

총독은 예루살렘성과 유대의 통치자이며 황제의 대리인이므로, 총독과 그의 군대에 조금이라도 소홀한 점이 있으면 감당할 수 없는 질책을 받기 때문이다.

총독에 대한 뒷바라지 다음 중요한 일은 몰려드는 순례자들과 관광객들에 대한 대책이다. 인구가 2만 5천 명인 예루살렘에 그 열 배가 넘는 인원이 열흘 남짓한 기간에 모여드니 대책이라고 세워봐야 사실 무대책이나 마찬가지다.

"각하! 예년처럼 순례자들이 사용할 수 있도록 성안에 2백여 곳을 공식 숙소로 지정했고, 회당들도 모두 숙소로 사용하도록 조치했습니다."

"그래요? 언제나 숙소가 문제였는데 ….."

"이번에도 절대적으로 숫자가 모자랍니다. 그러나 다른 방법이 없어서 …, 할 수 없이 예전 방법대로 했습니다."

"성안에 숙소를 정할 수 없는 사람에게는 주변 마을들에 흩어져서 묵으라고 안내하지요."

"이미 그리 조치했습니다."

"지정해둔 숙소에 잘 일러두었겠지요?"

"예. 철저하게 단속하겠다고 미리 경고하긴 했지만, 주민들이 워낙 기다리던 기회라서 …, 크고 작은 마찰이 없을 수 없겠습니다."

마찰과 충돌을 해결하기 위해 곳곳에 치안재판소를 설치하여 제사장들을 배치한다.

"치안재판소는 몇 개나 세웠나요?"

"예, 각 성문 안쪽에 하나, 아랫구역에 셋을 설치합니다."

"성전 참배 순서는 예년처럼 잘 정해두었지요?"

"말씀대로 했습니다. 각 지방별로 정했고, 그래도 하루 중 몇 시간은 그런 순서에 상관없이 누구나 참배하도록 정했습니다."

먹고 자고 움직이는 일만 아니라 치안도 여간 큰 문제가 아니다. 성전 경비 병력을 일시적으로 증강하여 3백여 명의 보조 경비인력을 동원하기로 했다. 니산월 열닷새가 유월절이고 그다음 날부터 이레 동안은 무교절이다. 유월절부터 약 이레에서 여드레 동안 예루살렘은 근방 어떤 나라에서도 볼 수 없을 만큼 구경거리 많고 혼잡하며 시끄러운 도시로 변한다.

"경비대장!"

"예, 각하!"

"날이 밝으면 총독이 입성할 텐데 총독이 이끌고 들어오는 병력과 안토니오 요새에 주둔하던 병력을 특별히 잘 관찰하시오. 절대로 로마 군인들과 우리 주민이나 순례자들 사이에 충돌이 일어나지 않도록 적절히 조치하시오."

"예. 잘 알겠습니다. 이미 대비책을 세워 두었습니다. 총독 각하가 인솔하고 내려오는 로마군의 수가 많으면 그것도 문제지만 수가 너무 적어 사태에 효과적으로 대응할 수 없으면 그것도 문제입니다. 제가 로마군 위수대장에게 알아본 바로는 적당한 수의 병력이 입성한다고 들었습니다."

"알겠소."

그때, 마티아스가 말을 꺼내 화제를 바꿨다.

"그런데 아버지, 이번에 총독 각하 군영에서 분봉왕 안티파스 저하가 사자로 보낸 알렉산더 공을 만났습니다."

"그래? 어쩐 일로 그 여우 같은 안티파스가 사자를 보냈을까?"

가야바는 총독 빌라도와 안티파스 사이에 벌어지는 노골적인 암투를 잘 알고 있었다. 분봉왕이 총독에게 사람을 보냈다는 것은 무언가 심상치 않은 일이 있다는 얘기로 들렸다. 더구나 갈릴리 분봉왕이 유대 지방을 다스리는 총독에게 사자를 보낸 일은 그냥 들어 넘길 일이 아니었다. 가야바의 본능적 경계심이 꿈틀했다.

"안티파스 저하가 걱정을 많이 하고 있다는 얘기를 들었습니다."

"걱정이라?"

"갈릴리의 불한당 패거리에 대한 얘기예요."

"갈릴리 불한당?"

자기도 모르게 가야바의 목소리가 커졌다.

"그 패거리들이 이번 유월절에 성전에서 소란을 피울 것이 분명하다면서, 총독 각하를 만나 상의하려 한다는 얘기를 들었습니다."

"그런 일이라면 나와 상의하지, 왜 총독에게?"

가야바는 버럭 소리를 지르다가 주위를 의식하고 목소리를 낮추었다. 아무리 둘이서 소곤거리며 작은 소리로 얘기를 나누었지만, 이미 주위에 있던 사람들 모두 눈을 크게 뜨고 두 사람의 대화에 귀를 기울이고 있었다. 이미 알 것은 다 알게 된 상황, 쑥스럽게 두 사람만 계속 수군거릴 수도 없었다. 짐짓 별 것 아닌 일을 가지고 그런다는 듯 가야바는 주위를 쓱 둘러보며 큰 소리로 말했다.

"그따위 조무래기와 불한당이 뭐 그리 대단하다고 총독에게 보고를 해. 그리고 그런 내용이 있으면 나에게 얘기하지, 왜 쪼르르 총독에게 달려가 호들갑을 떤다는 말인가? 어허, 거 참!"

가야바는 짐짓 허세를 부렸다. 그리고 그런 일이 마음에 들지 않는다는 듯 몸을 뒤로 젖혔다. 기세 좋게 그렇게 말을 내뱉었지만 대제사장이 갈릴리와 베뢰아를 맡아 다스리는 분봉왕에게 막말을 해도 좋은 위치에 있는 사람은 아니었다.

갈릴리 분봉왕 안티파스는 헤롯 가문을 대표하는 사람이다. 지금이야 로마총독이 대제사장을 임명하지만 예전에는 헤롯 왕가가 대제사장을 임명했다. 27년 전, 로마총독이 처음 부임하던 무렵 떠돌았던 소문대로 됐더라면 예루살렘 성전 대제사장은 갈릴리 분봉왕 아래에 있을 터였다. 어떻게 따지든 분봉왕 헤롯 안티파스는 대제사장보다 한 단계 위 지위에 있는 사람이다. 대제사장은 총독이 임명하지만 분봉왕은 황제가 임명했기 때문이었다. 그런 내용을 아는 사람은 대제사장이 분봉왕에 대해 함부로 얘기할 때 남모르게 입을 비죽거렸다.

가야바가 거드름을 피우며 분봉왕을 비웃는 바로 그때였다.

"아닙니다. 대제사장 각하!"

한 사람이 큰 소리로 외치고 나섰다. 갑자기 분위기를 흔들 만큼 큰 목소리였다. 제사장 반열에 속한 사람들이 모인 쪽이다. 야손 제사장이었다. 그는 첩자를 관리하고 각 지방에서 정보를 수집하여 성전과 대산헤드린에 보고하는 임무를 맡은 사람이다. 그는 한번 찍은 사람은 끝까지 물고 늘어질 만큼 집요하고 음험하다고 소문이 자자했다. 농담처럼, 경고처럼 성전에 떠도는 말이 있다.

'야손이 보고 있다.'

'낮에는 새가 보고, 밤에는 쥐가 듣는다. 야손은 낮에도 보고 밤에

도 듣는다.'

그 야손이 감히 큰 소리를 치며 대제사장 앞에 나섰다.

"갈릴리 예수와 그 도당은 다릅니다."

그 소리를 듣자 바리새파를 대표한 대산헤드린 의원 니고데모는 깜짝 놀랐다. 원래 정치에는 관심이 없어서 밤에 누구를 찾아다니지도 않고 끼리끼리 모이는 장소에 끼지 않는 사람이었다. 그날은 가야바 측에서 여러 번 사람을 보내 유월절을 준비하는 모임이니 꼭 참석해달라고 부탁해서 내키지 않는 걸음으로 대제사장을 찾아왔다. 그런데, 갑자기 예수의 이름이 나오자 자신도 모르게 몸이 움찔했다. 아무도 그의 반응을 눈치 채지 못했다. 모두 야손과 대제사장만 주목하고 있었기 때문이다.

"아!"

가슴 깊은 곳에서 서늘한 기운이 뻗쳐올라왔다. 예수 이름이 야손 제사장 입에서 나오다니. 역시 야손은 무서운 사람이었다. 그의 눈을 벗어날 수 있는 일은 아무것도 없는 모양이었다. 니고데모는 조심스럽게 조금씩 발걸음을 옮겨 가야바 가까운 자리로 다가갔다. 야손이 하는 말을 한 마디도 놓치지 않으려고 주의 깊게 들었다.

"제가요, 그동안 갈릴리 불한당 무리와 그 우두머리 예수를 오래전부터 은밀하게 조사하고 있었습니다."

야손은 우선 자기가 한 일을 내세웠다. 갈릴리 무리, 그리고 예수에 관한 일이라면 정보를 담당하는 그가 대제사장과 대산헤드린에 먼저 보고해야 할 일인데 느닷없이 마티아스가 입에 올려서 심사가 뒤틀렸기 때문이다. 이미 조사하고 있었다는 사실을 밝혀 우선 정보 책임자인 자신의 체면을 살리는 일이 중요했다. 며칠 전 그 일에 대해 마티아스에게 한마디 귀띔을 해둔 것이 그나마 다행이었다. 이왕 갈릴리 패거리 얘기가 나왔으니 자기가 주도권을 잡고 상황을 끌고 나가야 할 형편이라고 생각해서 나선 것이다.

"제가요."

야손은 한 손으로 자기 가슴을 짚었다. 그 말투와 표정에는 자기가 언제 맡은 일을 소홀히 한 적 있었느냐고 묻는 듯 자부심이 가득했다.

"그렇지 않아도 제 수하를 풀어 조사하고 있었습니다."

사람들은 그러면 그렇지 하는 표정으로 고개를 끄덕였다. 야손이라면 그런 일을 절대로 놓칠 사람이 아니라는 생각은 모두 같았다.

마티아스도 한 발짝 뒤로 물러서면서 야손이 얘기를 이어갈 수 있는 여지를 만들어 주었다. 두 사람은 때로 서로 부딪치지만 은근히 뒤에서 상대를 밀어주는 묘한 관계에 있었다. 경쟁해서 서로 득 될 일이 없는 사이다. 두 사람은 걷는 길이 다르고 목표가 달랐다. 마티아스로서는 자기가 언젠가 대제사장 자리에 오를 때 손을 잡아야 할 사람이 야손 제사장이기 때문에 늘 은근히 배려했다. 그는 자신이 도움을 받아야 할 사람에게는 늘 관대했고, 자신의 도움을 구하는 사람에게는 언제나 야박했다.

야손은 목소리를 높이며 좌중을 천천히 둘러보았다. 자기 역할과 지위에 충분히 만족하며 그 일을 즐기는 사람이 가지는 자신만만함이 가득했다.

"그런데?"

다음 말이 나올 때까지 기다리지 못한 바이투스 대제사장 가문의 참석자가 끼어들었다. 그렇게 궁금해서 묻는 사람이 생겼다는 말은 이미 분위기가 야손이 생각하는 대로 바뀌었다는 말이다. 그때, 가야바가 천천히 몸을 앞으로 일으켜 세우며 다시 분위기를 바꾸었다.

"아, 아, 잠깐! 그건 여기 이렇게 여러 어른들 모인 자리에서 화급하게 논의할 만한 일은 아닌 듯합니다. 나도 갈릴리 불한당에 대한 얘기를 얼핏 들어 본 적은 있소이다. 그러나 ⋯."

가야바는 말을 끊고 사람들을 둘러본다. 사람들의 반응을 살펴가면서 다음 말을 이어가는 그의 노회함이 제대로 드러나는 순간이다. 사람들은 가야바의 다음 말을 기다렸다.

"갈릴리 분봉왕이 총독에게 특별히 사람을 보낸 것으로 보아 그쪽에 어떤 일이 벌어지는 듯 보이기는 하지만 ⋯."

그가 또 말을 끊었다. 그런 문제로 왈가왈부 시간을 보낼 일은 아니라는 말투였다. 어느 나라 군대가 당장 예루살렘을 쳐들어오는 것도 아닌데 성전 대제사장 지위에 있는 사람까지 나서 호들갑 떨 일은 아니라는 생각이다. 북쪽 멀리 떨어진 갈릴리 지방 시골 불한당 무리에 관한 일로 성전 지도자들이 밤늦게까지 모여 회의했다면 대제사장 체면이 손상되는 일이다. 사람들이 알면 코웃음을 칠 일이라 생각했다.

"야손 제사장이 보고하겠다는 일은 특별히 관심을 가질 만한 일은 아닌 듯하오. 그러니, 이 밤에 시간을 끌며 이러니저러니 상의할 일은 아니오. 이왕 말이 나왔고, 야손 제사장이 눈여겨보고 있었다 하니 앞으로 잘 지켜보고 처리하시오. 더구나 갈릴리 사람들 일이라면 분봉왕에게 연락하여 그쪽으로 넘기시오. 혹 필요한 일이 있으면 성전 경비대장은 야손 제사장을 적극 지원하고 ⋯."

"그렇지 않습니다. 대제사장 각하!"

가야바의 말이 끝나기도 전에 야손이 다시 나섰다.

"이번 예수라는 그 갈릴리 불한당은 좀 다릅니다. 그는, 그자는 지극히 높으신 분을 모신 성소, 이 성전을 인정할 수 없다고 떠듭니다."

"오! 오우! 이런 발칙한 ⋯ ! 지극히 높으신 분을 모독하는 참람한 말을 내뱉는 사람이 세상에 있단 말이오?"

주위의 사람들이 그 말을 듣고 한입으로 탄식하면서 술렁거렸다.

"대제사장 각하! 예수라는 그 불한당은 성전을 허물자고 떠든답니다! 그리고 대제사장 각하와 다른 대제사장, 그리고 제사장들, 서기관들 모두를 내쫓아야 한답니다."

누가 뭐라고 입을 벌리기도 전에 야손은 또 다른 무서운 말을 내놨다.

"또 다른 무리, 갈릴리를 휩쓸고 다니던 도적떼 하얀리본 히스기야 일당과 손잡고 성전을 뒤엎을 준비를 하고 있다는 보고도 있습니다."

야손은 숨 돌릴 틈도 없이 짤막짤막하게 엄청난 얘기들을 순식간에 쏟아냈다. 야손은 그만큼 영악한 사람이다. 상대방이 대응하기 전에, 어떤 태도를 정하기 전에 기회를 잡았다 싶으면 순식간에 기선을 잡아 밀고 나가는 것이 그의 수법이다. 상대가 대응하려고 나서기 전에 이미 판세를 잡아나가는 솜씨는 다른 사람은 도저히 따라갈 수 없는 그의 무기였다. 그리고 그는 예수와 갈릴리의 일에 대해 준비해야 할 만큼은 준비했기 때문에 거침이 없었다. 분위기는 다시 야손 쪽으로 넘어갔다.

야손이 알렉산더의 경고를 받고 예수를 주목하기 시작한 지 벌써 3년이 훨씬 넘었다. 그때, 분봉왕을 수행하여 예루살렘에 올라온 알렉산더가 지나가는 말처럼 슬쩍 경고를 던져주었다.

"야손 제사장. 당신 앞에 예수라는 갈릴리 사람, 나사렛이라는 보잘 것없는 시골 동네에서 나온 떠돌이가 나타나는 날이 올 거요. 그가 예루살렘에 나타나면 세상이 한바탕 크게 요동칠 때가 됐다는 점을 절대로 잊지 마시오."

"갈릴리 사람이오? 그럼 귀공이 잘 처리하시지요."

"나는 그자가 예루살렘에 나타날 때를 말하는 거요."

"아, 그러니 귀공께서 미리 갈릴리에서 처리하시면 된다고 드린 말씀입니다."

"허허."

그 말에 알렉산더는 대꾸하지 않았다. 그의 말뜻은 언젠가 예수라는 사람이 정말 위험한 인물이 될 것이라는 경고였다. 더 커지기 전에 싹을 자르면 될 텐데 무슨 사연인지 떠밀듯 슬쩍 암시만 던져 놓고 그는 말끝을 흐렸다. 말하기 거북한 사정이 있는지, 아니면 마침 찾아온 손님이 있다는 전갈을 받아서 그런지 알렉산더는 입을 다물더니 더 이상 말하려고 하지 않았다.

그 말을 듣고서도, 처음에는 굳이 야손이 나서서 어떤 조치를 취할 필요는 없었다. 예수가 갈릴리 사람이고 그가 떠돌아다닌다는 활동무대도 갈릴리였으므로, 무슨 일이 벌어지더라도 분봉왕에게 일차적 책임과 권한이 있기 때문이었다. 그렇지만 만일을 대비해서 예수에 관한 일이라면 아무리 사소한 소문이라도 주의 깊게 살폈다. 그런데, 마침내 갈릴리를 돌아다니며 활동하던 예수가 요단강 길을 따라 유대 지방을 향해 올라오면서 상황이 바뀌었다. 당연히 예수에게 첩자를 붙였다.

모든 사람을 의심하고, 모든 정보를 모으고, 모든 사람의 뒤를 밟는 일이 그의 임무였다. 그는 어떤 일을 다룰 때 이런저런 점으로 미루어 보아 어떻게 의심스럽다고 결론 내는 사람이 아니었다. 의심스러운 사람이니 어떤 꼬투리라도 잡아내고, 잡을 것이 없으면 만들어 내기라도 하는 사람이었다.

그렇게 무슨 일이든 마음먹으면 꾸며내는 제사장 야손은 대제사장에게도 불편한 사람이었다. 늘 무언가 꾸미고 까발리는 그를 가야바도 못마땅하게 생각했다. 사람들이 굳이 입에 올리기 불편해서 눈감고 넘어가는 일도 그는 언제나 꼭 끄집어냈다. 음모의 음산한 냄새를 풍기면서 그림자도 남기지 않으려는 듯 늘 어두컴컴한 자리를 찾아드는 사람이었다. 그러면 없는 일도 능히 만들어 낼 사람이었다. 더구나, 그 얼굴 생김새가 똑바로 마주 대하기 거북스러웠다. 얼굴이 유난히 길고, 더부룩한 수염으로도 가려지지 않을 만큼 턱이 아주 묘하게 뾰족했다. 윗송곳니도 괴기스럽게 뾰족하고 길었다. 굵고 짙은 눈썹이 벌레처럼 꿈틀거리면 분명 속으로 무언가 끙끙이 계산을 하는 중인 듯 보였다. 기름기 하나 없이 마르고 질긴 사람이었다. 그가 턱을 쳐들고 단조롭고 건조한 목소리로 빠르게 내뱉는 말소리를 듣고 있자면 가지 않아야 할 곳에 잘못 발을 들여놓아 만나서는 안 될 사람을 만났다는 느낌마저 들었다. 그는 사람들이 몸을 움츠리도록 만들었다.

'으이! 악마의 눈! 그 사람이 악마의 눈이야!"

세상 사람들이 '악마의 눈'이라 부르는 존재가 있다. 사람일 수도 있고, 짐승일 수도 있고, 악한 귀신일 수도 있다. 불행, 저주, 낭패스러운 일을 불러오는 존재다. 악마의 눈이 뚫어지게 노려보거나 흘겨보거나 째려볼 때 그 눈초리에 잡힌 사람에게 틀림없이 불행이 찾아든다고 사람들은 믿었다. 야손의 눈길과 마주치면 사람들은 모두 악마의 눈을 떠올렸다. 다른 사람보다 훨씬 더 깊게 푹 꺼진 눈, 어둡고 깊은 눈구멍 속에 조용히 번쩍이는 눈빛을 마주하면 몸이 금방 얼어붙는 듯했다. 게다가 그는 곁눈질로 사람을 보는 버릇이 있다. 가늘게 뜬 실눈으로 힐끔 쳐다볼 때면 마치 뱀의 눈 같다. 곁눈질하면서 입을 씰룩 씰룩 하면 분명 좋지 않은 얘기를 하려는 신호다. 어떤 사람은 그런 모습을 볼 때 오싹 소름이 돋는다고 말한다.

그는 사람의 앞을 보지 않고 뒤를 보는 사람으로도 유명했다. 어떤 사람 뒷모습을 유난히 주시하면 틀림없이 그 사람은 남몰래 조사하는 대상이라는 말이 떠돌았다. 성전에서는 누구도 그와 친하게 지내지 않았다. 그는 그런 일에 전혀 개의치 않는 사람처럼 보였다.

모든 사람이 그를 싫어했다. 그러나 만일 그가 없으면 많은 일이 그대로 묻혀 지나가고 알지 못하는 사이 곪고 곪아 언젠가는 크게 터질 수밖에 없을 것이었다. 말하자면 그는 상처가 더 깊어지기 전에 드러내는 사람이다. 그러나 어떤 일을 언제 드러내야 할지 다른 사람과 상의 없이 그 혼자 판단하고 결정한다는 점이 문제였다. 그는 누구든지, 심지어 같은 반열에 있는 제사장들도 뒤를 밟고 감시했다. 분명 대제사장의 뒤도 캐고 조사했을 사람이다.

기분 나쁜 사람이기는 해도, 가야바가 그를 그 자리에 그대로 놔두는 이유가 있다. 모든 사람의 뒷사정, 속사정을 속속들이 알기 때문에 그가 나서면 사람들이 슬슬 눈치를 보며 뒤로 빠졌다. 그런 경우를 여러 번 눈여겨보면서 가야바는 야손을 적절하게 활용하는 방법을 터득했다. 대제사장 자리를 놓고 경쟁하는 다른 대제사장 가문은 물론 제사장, 서기관 그리고 성전의 모든 관리들을 제어하는 데 그야말로 가장 유용하게 쓸 수 있는 사람이었다.

그러나 대놓고 그로부터 다른 가문 비밀을 보고받아 본 적은 한 번도 없었다. 그를 가까이하며 비밀보고를 받는 일이 얼마나 위험한지 가야바는 잘 알았다. 가까이하면 가야바 자신도 그에게 노출될 수밖에 없다. 또한 상황에 따라 그를 내치고 싶을 때 언제든지 내치려면 늘 일정 거리를 유지해야 한다. 적당히 끈을 당기고 늦추면서 정보 책임자를 조정할 수 있는 방법을 가야바는 터득하고 있었다. 쓰기에 따라 야손은 독이 될 수도 있고 약이 될 수도 있는 사람이었다.

야손이 거침없이 대제사장 앞에서 쏟아낸 말에 사람들은 깜짝 놀랐다. 첫째는 그가 한 말의 내용이 놀라웠고, 둘째는 그의 태도가 더욱 놀라웠다. 대제사장이 말을 막고 중단시켰는데도 못 들은 척 거역하고 나서며 말을 쏟아낸 경우는 좀처럼 볼 수 없는 놀라운 일이었다. 그것도 그들 두 사람만 있는 자리가 아니라 많은 사람들이 모여 지켜보고 있는 중에 대제사장의 집에서 일어난 일이니 더욱 놀라웠다. 방안에 팽팽한 긴장이 감돌았다.

"허어."

"흡!"

모두 입을 다물었다. 윗사람의 심기를 거스르면서 아랫사람이 나선다면 그건 바로 도전이다. 야손이 대제사장에게 도전하려는 듯 나서다니, 믿을 수 없는 일이 벌어진 셈이다. 도전을 받았으면 대제사장은 곧바로 대응해야 한다. 더구나 누가 그렇게 대들고 나서는 것을 참고 넘어갈 가야바가 결코 아니다.

집 안에서 가족 사이에 나누는 대화를 제외하고 남자들이 밖에서 나누는 모든 대화는 늘 상대와 명예를 겨루는 일이다. 물건이나 땅을 사고파는 거래, 심지어 상대에게 선물을 주거나 자기 집 잔치에 초대하는 일도 언제나 명예와 체통에 관련된 일이고, 때로는 그런 제안이나 초대를 상대방은 도전으로 받아들인다. 사람 관계란 서로 주고받을 만한 관계가 있고 그렇게 하면 도전으로 받아들일 수밖에 없는 관계가 있다. 사람들이 누리는 신분이나 명예의 차이 때문이다.

사람이 누리는 명예는 경쟁을 통해서 얻거나, 가문이나 혈통에 따라 상속받는다. 재물이나 기술, 어떤 공적 지위는 명예를 얻는 수단일 뿐이다. 재물을 얻기 위해 명예를 잃는 일은 상상할 수도 없으며, 혹 그런 사람이 있으면 어리석은 사람이라 부른다. 사람들은 명예를 지키기 위해 목숨을 건다. 명예를 잃으면 나라나 왕실이나 가문이나 개인이 머리를 들고 살 수 없는 수치를 당했다고 여긴다. 그만큼 체면과 명예가 가장 중요하다고 믿고 살았다. 명예를 누리고 있는 상대방에게 도전하면 상대방은 그 도전에 적절하게 대응해야 한다. 도전과 응전은 늘 주위 사람들이 어떻게 받아들이느냐 하는 평가에 따라 그 승패가 결정된다.

대제사장의 제지에도 불구하고 여러 사람이 모인 자리에서 아랫사람이 거듭 문제를 제기하면 그건 누가 보아도 대제사장에 대한 명예도전이다. 원래 명예도전으로 간주하기 위해서는 도전하는 사람이나 도전을 받는 사람이 비슷한 정도의 명예를 누려야 한다. 제사장 야손은 대제사장에게 도전할 수 있는 신분이 아니다. 그러나 그 광경을 본 사람들이 명예도전으로 받아들일 수밖에 없게 된 것은 그가 순식간에 주위 사람들 주목을 한 몸에 끌어모았기 때문이다. 관심과 주목을 바탕으로 상황의 주도권을 그가 쥐었다. 가야바는 그 도전에 대응할 수밖에 없게 됐다. 그냥 무시하고 회의를 끝내기에는 그가 쏟아 놓은 말들이 너무 엄청나고 충격적이다. 좀더 자세한 보고를 받고 그 자리에 모인 사람들과 상의하여 대응방안을 마련하는 외에는 다른 방법이 없게 됐다. 도전하고 나선 야손에게 적절하게 대응하지 않으면 대제사장의 체면이 손상될 형편이 됐다.

"야손 제사장은 잠시 물러나 기다리시오."

쇳소리처럼 강한 힘과 대제사장의 권위가 가야바의 목소리에 실려 있었다. 야손은 고개를 깊게 숙여 예를 표하고 뒷걸음으로 자리로 물러났다. 방안에 있던 모든 사람들이 자기도 모르게 안도의 한숨을 쉬었다. 잔뜩 긴장해 추어올렸던 어깨를 내렸다. 일단 대제사장이 무난하게 첫 장면을 이끌었기 때문이다.

"예루살렘 성전 대제사장인 나 가야바에게 가장 중요한 일은 유월절을 맞아 도성으로 들어오는 로마총독을 맞이하는 일이오. 더구나, 황제 폐하게 바치는 물자의 품목과 수량 금액을 때맞추어 마련해서 총독이 카이사레아로 귀환할 때 가지고 갈 수 있도록 준비하는 일이 제일 큰일이었소."

그 말은 이미 그가 한번 했던 말이었다. 그런데도 되풀이해 말하는 동안 방안에 있는 사람들은 자연스럽게 로마황제, 로마총독 그리고 예루살렘 성전 대제사장이라는 큰 틀의 관계를 다시 생각하게 됐다.

그는 그런 중요한 일을 모두 책임지고 있는 사람이다. 유대인의 대표이며 성전의 대제사장이다. 예복은 입지 않았지만 대제사장 예복을 갖추어 입었을 때와 다름없이 그는 유대 땅에서는 최고의 위엄과 권위와 거룩함의 상징이다. 그는 그 지위에 있는 사람으로 상황을 이끌기 시작했다.

"우리 동족의 안위를 위해 황제 폐하에게 어떻게 충성하느냐, 로마 총독과 어떤 관계를 유지하느냐 하는 일보다 더 중요한 일이 나에게는 없소. 지극히 높으신 분을 대신하여 동족을 돌보는 일이기 때문이오. 이 시대에 대제사장에게 맡겨진 무거운 임무요."

그는 천천히 말을 이었다.

"따라서, 이번 유월절과 무교절 명절 기간에 제사드리러 나오는 동족의 안전을 돌보는 모든 조치를 차질 없이 수행해야 할 의무가 나와 여러분 모두에게 있소."

그리고 그는 허리를 꼿꼿하게 펴고 가슴을 앞으로 내밀었다.

"이제 야손 제사장의 보고를 듣고 보니 우리가 예상하지 못했던 불온한 공기가 퍼지는 듯하오. 그동안 그런 움직임을 어렵게 파악하고 조사한 야손 제사장에게 사의를 표하는 바요."

역시 가야바다. 단번에 분위기를 바꾸었다. 야손 제사장의 노고를 적절히 치하함으로써 그 역시 대제사장 휘하에 있는 사람이라는 사실을 주지시키면서 논의의 주도권을 되찾았다.

"자. 그럼, 야손 제사장은 과장하지 말고, 축소하지도 말고, 있는 대로 나 대제사장 가야바와 여기 계신 여러분들에게 보고하시오."

말을 마치자 그는 몸을 뒤로 깊숙이 젖혀 앉았다. 아무리 야손이 엄청난 말을 쏟아냈더라도 일단 들어보고 태도를 결정하겠다는 자세다. 대제사장이라는 자리에 걸맞은 일에만 관여하겠다는 표현이다. 그는 유대 땅에서는 로마총독만 자기 상대가 될 뿐 그 밖의 누구도 말을 섞을 상대가 아니라고 늘 생각하는 사람이다. 아무리 남모를 은밀한 정보를 가졌다고 야손이 우쭐대도 그는 겨우 제사장 반열에 있는 사람이다. 감히 누구도 현직 대제사장의 권위를 무시하고 정면으로 맞설 수 없다. 무엇을 그가 불편하게 생각하는지 야손이라면 금방 깨달을 수 있는 일이다. 가야바는 턱을 조금 쳐들고 야손을 멀찍이 바라보았다. 방안에 있는 모든 사람들이 그 광경을 보았다. 그 짧은 순간에 누가 승자인지 금방 드러났다.

대제사장이 보고하도록 허락하자 야손은 습관대로 오른쪽 옷자락을 휙 돌려 왼쪽 어깨를 감쌌다. 자기 뜻대로 일이 진행될 때 늘 보였던 모습이다. 대제사장과 방안에 있는 모든 유력자에게 보고할 수 있는 기회를 잡았다는 사실로 그는 만족했다. 과정이 어찌되었든 이야기를 막으려는 대제사장의 마음을 바꾸었으니 원하는 대로 되었다.

야손은 천천히 방 가운데로 걸어 나왔다. 그의 보고가 중요하다고 판단하면 다음 날 열리는 대산헤드린 회의에 공식적으로 보고하도록 대제사장이 기회를 줄 것이다. 보고를 시작하기 전에 야손은 방 뒤쪽 한구석에 조용히 서있는 성전 경비대장을 힐끔 바라보았다. 눈길이 마주치자 경비대장은 고개를 끄덕였다. 그날 밤 계획이 차질 없이 잘 진행되고 있다는 신호였다. 야손이 입을 열었다. 그는 서두르지 않고 신중했다.

"우선 말씀드리자면, 예수라는 자는 갈릴리에서도 가장 하층 천민에 속하는 사람입니다. 어릴 적부터 아비를 따라 목수 일도 하고 공사장에서 돌도 다루던 사람입니다."

"그러면 부정한 사람 아닌가요?"

듣고 있던 어느 바리새파 출신 서기관이 별것 아니라는 투로 얘기에 끼어들었다. 그는 바리새파 사람이기는 하지만 사두개파 제사장들 틈에 끼어 한자리를 차지한 사람이다. 가야바가 곱지 않은 눈으로 그 사람을 바라보자 그는 곧바로 몸을 낮추었다. 하기야 깨끗한 것과 부정한 것을 엄격하게 구분하는 바리새파 기준으로 본다면 집을 떠나 여기저기 돌아다니는 직업은 더러운 사람들이나 맡는 일이다. 그런 사람은 정결한 곳과 더러운 곳을 가리지 않고 드나들기 때문이다. 더구나 목수나 석수는 가장 하층민이다. 자기 앞으로 밭 한 뙈기도 없는 사람들이 생계를 위해 남의 집 뒤치다꺼리를 해주는 일이었기 때문이다. 야손은 다시 말을 이었다.

"그자는 사람들이 예언자라고 부르던 세례자 요한, 각하도 기억하시겠습니다만 요단강을 따라 유대 지방과 갈릴리 지방을 오르내리며 세례를 주던 그 요한 말씀입니다, 나중에 갈릴리 분봉왕에게 처형당한 그 요한의 제자가 되어 한동안 선생을 따르며 같이 지냈습니다."

"그래서요?"

"얼마 동안 요한의 제자로 지내다가 선생이 처형당하자 그는 갈릴리로 달아났습니다. 그리고 갈릴리 호수에 있는 가버나움이라는 마을에 숨어 어부로 살아가다가 주위에 있는 다른 어부들을 모아 선동하기 시작했습니다."

"그럼 이제 어부가 된 셈이군."

"요한의 제자가 되기 전에도 오랫동안 고깃배를 탔으니 어부긴 합니다. 하여튼 어부들 무리에 몸을 숨기고 지내면서 무리를 모았습니다."

"무리를 얼마나 모았소?"

"예, 각하. 처음에는 뭐 무리라고 말하기도 민망한 정도, 그저 대엿 명 모아서 호숫가 마을 여기저기 돌아다닌 모양입니다. 어부들은 원래 낮에는 빈둥빈둥하다가 밤이 되면 배를 몰고 나가는데, 예수도 밤에는 어부들과 고기를 잡으러 나갔다고 합니다. 낮에는 그 어부들을 끌고 이웃마을 농사짓는 사람들을 찾아가서 일도 거들어 주면서 선동했습니다. 몇 달 만에 제자라고 몰려든 사람들이 모두 쉰 명 정도가 됐습니다."

"그리 큰 문제를 일으킨 건 없구먼."

"갈릴리 분봉왕 측 얘기를 들어보면 그가 선동하는 내용이 위험해서 세력이 더 커지기 전에 싹을 자르려고 여러 번 체포하려 뒤를 쫓았답니다. 그런데 그때마다 배를 타고 분봉왕 빌립이 다스리는 호수 건너편으로 달아나거나, 때로는 저 위쪽 페니키아 지방 시돈이나 두로 쪽으로 내뺐답니다."

"그리고 다시 갈릴리로 돌아왔다?"

"예, 그렇게 숨바꼭질을 하면서 삼사 년 세월이 흘렀는데 이제는 마을마다 동네마다 그를 따르는 사람들이 꽤 늘어났습니다. 아마 다 합해 셈하면 천 명 넘는다는 사람도 있고 2천 명도 훨씬 넘는다는 사람도 있습니다. 그러나 제가 생각하기로는 아마 5백 명에서 7백 명 정도 될 것으로 봅니다."

별로 특별할 것 없는 보고내용이었다. 어디서 사람을 죽인 것도 아니고, 갈릴리 분봉왕 안티파스의 왕성을 쳐들어간 것도 아니고, 그저 갈릴리를 들락날락 떠돌아다닌다는 사람과 그를 따르는 무리 애기일 뿐이다. 무슨 엄청난 일이라는 듯 나서더니 야손은 핵심을 벗어난 애기만 하고 있었다. 처음 그가 떠들고 나선 애기와 지금 말하는 내용이 어떻게 상관이 있는지 도무지 종잡을 수 없는 지루한 애기였다. 그런 생각을 읽었는지 갑자기 야손의 목소리가 바뀌었다.

"그런데 말입니다. 대제사장 각하!"

야손은 혀를 내밀어 입술에 침을 발랐다. 수염으로 온통 뒤덮인 입에서 붉은 혀가 잽싸게 나와 입술을 더듬고 다시 입안으로 쏙 사라지는 것을 보면서 주위에 둘러섰던 사람들이 모두 숨을 죽였다. 무슨 말이 그의 입에서 쏟아져 나올 것인가?

"그자는 남의 아내 된 여자들까지 유혹해서 남편과 자식을 버리고 무리에 합류시켜 끌고 다닙니다. 떼를 지어 춤추며 손뼉 치며 돌아다닙니다. 하느님 나라가 왔다고 떠들면서 가난한 사람들이 주인 되는 세상이 왔다고 선동하면서 돌아다닙니다."

"저런, 저런."

"여자들이 외간 남자들과 눈이 맞아 남편과 자식들을 버리고 떠돌아다니다니. 미쳤군요. 나쁜 귀신에게 사로잡힌 것이 분명하네요. 돌로 쳐 죽일 일입니다."

사람들이 웅성거리기 시작했다. 그렇게 술렁거리는 사람들을 진정시키려는 듯 가야바가 입을 열었다. 야손이 노린 대로, 애기를 빙빙 돌리며 가야바의 궁금증을 키웠는데 드디어 대제사장이 못 참고 나섰다.

"그런 애기야 여기서 크게 따질 일이 못되고. 아까 애기했던 그 몇 가지 하느님을 모독하고 이 성소를 모독하는 참람한 내용들은 도대체 무슨 얘기요?"

기다리던 기회가 왔다. 야손은 방안에 있는 모든 사람들, 위엄을 부리던 대제사장과 잘난 척 거들먹거리던 제사장들을 모두 이미 한 손에 움켜쥐었다. 그는 숨을 고르는 듯, 집중된 주목을 즐기는 듯 다시 낮은 목소리로 천천히 말을 이었다.

"예, 대제사장 각하. 제가 조사한 대로 말씀드리겠습니다. 대부분 갈릴리에 내려갔던 율법학자나 바리새파 선생들, 그리고 성전에서 보낸 관리들이 파악한 내용이라 모두 틀림없습니다. 갈릴리 지방에서 십일조와 성전세를 거두어 오라고 성전에서 내려 보낸 그 사람들 말입니다. 그 지방 사람들과 분봉왕의 왕궁 사람들하고 접촉하면서 꾸준히 파악한 내용을 제가 정리했습니다."

그는 얘기의 핵심을 비켜 다시 주변을 더듬었다.

"대제사장 각하도 아시는 것처럼 갈릴리 지방은 성소가 있는 이곳에서 멀리 떨어진 지방이라 십일조를 징수할 수 있는 권한이 성전에 없습니다. 오로지 갈릴리 지방을 다스리는 분봉왕의 궁정과 협조해야 가능합니다. 또한 농부들에게 믿음의 열심이 있어야만 그 지방 담당들이 할당된 십일조와 성전세를 받아올 수 있습니다. 그리고 각하도 아시는 것처럼 성전에서 내려간 사람들은 현지 선생들과 함께 고르반 제도를 활용하여 주민을 설득해서 십일조를 걷습니다."

가야바가 헛기침을 하더니 입을 열었다.

"그래서요!"

마치 모두가 다 아는 얘기를 왜 장황하게 다시 늘어놓느냐는 질책

같았다.

"예, 대제사장 각하! 그래서 말씀인데 ⋯."

갑자기 야손이 목소리를 다시 낮추었다. 사람들은 더부룩한 수염 속에서 그의 입이 씰룩씰룩 움직이는 것을 보았다. 그가 무언가 중요한 말을 하려고 한다는 표시다. 더구나 그가 목소리를 낮추니 사람들이 바짝 긴장하며 귀를 기울였다.

야손은 우선 대제사장과 방안에 둘러서 있는 모든 사람들을 충격에 빠뜨려야 한다는 점을 잘 꿰뚫어 보고 있다. 이제 더는 우물쭈물 그렇고 그런 보고로 시간을 끌 필요가 없는 시점이 되었다.

"예수라는 자는 자기가 메시아라고 스스로 떠들고 다닙니다."

그 말에 갑자기 사람들이 움찔했다.

"뭐요? 뭐라 했어요?"

"예, 메시아랍니다."

"아니! 그런 참람한 말이 어디 있어요!"

"그자가 스스로 메시아라고 말했다는 보고도 있고, 제자들이 그를 그렇게 부르고 따르는데, 그런 체하면서 말리지 않고 듣기만 했다는 말도 있습니다."

"무슨 말이 그래요? 이것이면 이것이고 저것이면 저것이지!"

"예수의 말이 하도 종잡을 수 없이 이리 뛰고 저리 뛰기는 합니다."

"아니, 아무리 허풍쟁이라도 그렇지! 제까짓 갈릴리 가난뱅이 떠돌이 일꾼 주제에 무슨 메시아란 말이오?"

"이자를 당장 잡아다가 혼을 내줍시다. 산헤드린 재판에 넘깁시다. 그런 소리를 마음대로 지껄이면서 백성을 격동하면 안 됩니다. 그런 말을 하는 자는 아예 처음부터 싹을 잘라야 합니다."

"그래야 됩니다. 단호하게 처벌해야 합니다. 이제까지 스스로 메시아라고 떠들었던 거짓 예언자, 거짓말쟁이에게 미혹돼서 얼마나 많은 사람들이 죽고 다쳤습니까? 대제사장 각하가 다스리시는 이때에 다시 또 그런 일이 일어나서는 안 됩니다."

"그런 자는 도성 안에 못 들어오게 미리 조치해야 하지 않겠습니까? 만일 시끄러워지면 … ."

이 사람 저 사람이 모두 떠들고 나서는 바람에 잠시 좌중이 소란했다. 그때 야손이 다시 얘기를 이어갔다.

"그렇지 않아도 내일쯤 예루살렘에 나타날 것입니다. 그자는 여기서 동쪽으로 육칠십 리쯤 떨어진 여리고에 묵고 있습니다."

"여봐요, 야손 제사장! 그렇게 토막토막 답답하게 말하지 말고 예수라는 자가 어떻게 자칭 메시아라고 그랬는지 자세히 얘기해보세요."

오고가는 얘기를 듣고 있던 가야바가 입을 열어 야손에게 차근차근 정리하여 보고하라고 명령했다.

"예, 알겠습니다. 대제사장 각하!"

야손은 조사한 내용을 차근차근 보고하기 시작했다.

"요한을 따라다니던 제자였지만 그는 요한과는 다른 얘기를 퍼뜨립니다. 요한은 임박한 하느님의 심판을 피하려면 죄를 회개하고 새 삶을 살겠다는 작정의 표시로 세례를 받으라고 가르쳤습니다. 예수 자신도 요한에게서 세례를 받고 선생을 따라다녔습니다."

"그래서 … ."

"그런데 예수는 심판이 두려워 회개하는 것보다는 하느님을 아버지로 모시고 서로 사랑을 베풀며 한 가족으로 살아가야 한다고 가르칩니다. 그자는 병든 사람들을 고쳐주고, 치료비도 받지 않고, 신기하게 병은 잘 고칩니다. 병에서 나은 사람들이 음식을 가져오면 따르는 무리 모두를 끌고 어울려 같이 먹고 마시고 노래 부르며 떠들썩한 잔치를 벌입니다. 갈릴리 분봉왕에게 쫓겨 도망다니는 중에도, 분봉왕 빌립의 영지에서도, 페니키아에서도 끝없이 같은 짓을 되풀이하며 사람들을 모았습니다."

"얘기만 들어서는 크게 문제될 일이 아니군!"

"그렇지 않습니다. 위험해 보이지 않지만 자세히 들여다보면 대단히 위험한 것을 알 수 있습니다."

"예를 들자면?"

"토라는 모든 유대인들은 1년에 세 번 성전에 나와 예배드리고 제사드리라고 가르칩니다. 그런데 그자는 예루살렘 성전을 찾아 제사를 지내야 하는 명절 절기에 갈릴리 벌판이나 언덕에 수많은 사람들을 모아 놓고 음식을 나누어 먹으면서 예언자 모세가 하느님에게서 받은 계명을 선포하듯 새 계명을 선포하는 의식을 치렀습니다."

"뭐요?"

"예, 마치 예수 자기가 예언자 모세나 된 듯, 예언자 엘리야, 엘리사라도 된 듯 새 계명과 새 이스라엘 건설을 선포했습니다. 새 이스라엘이 하느님 나라라고 합니다."

야손의 얘기를 들으면서 가야바를 비롯하여 방안 가득 있던 사람들은 조금씩 무엇이 문제인지 알아듣기 시작했다.

"토라와는 다른 내용을 가르친다고?"

"예, 각하! 바로 그 점입니다. 그러면서 무리를 이끌고 들로 산으로, 마을마다 우르르 몰려 돌아다닙니다. 그리고 병든 사람들을 찾아다니며 고쳐주고 귀신들린 사람에게서 귀신을 쫓아냅니다. 그러니 무식한 사람들은 그를 메시아라고 떠받들고 따라다닙니다."

예수가 병을 고쳐주고 귀신도 쫓아낸다는 말보다 메시아라고 불린다는 말이 더 충격적이었다. 무슨 일을 하느냐, 무엇을 가르치느냐보다 그가 누구인지를 성전에서는 더 중요하게 생각하기 때문이다.

"아니, 갈릴리에서 무슨 예언자가 나오고 더군다나 메시아가 나온다는 말이오?"

"그러게 말입니다."

"가만, 가만. 엉뚱하기는 하지만 그래도 그가 메시아라면?"

"에이, 그게 말이 됩니까? 기록을 잘 살펴보세요!"

"메시아는 유대에서 나오게 돼 있습니다. 모든 기록이 다윗의 자손 중에서 메시아가 나온다고 예언하고 있습니다."

"맞아요! 갈릴리는 사실 이스라엘이라고 부를 수도 없는 땅입니다. 이방신을 섬기는 지역과 맞닿아 있을 뿐만 아니라 역사적으로 그런 이방인들과 섞여 살았습니다. 그 땅에서 이스라엘의 메시아가 나올 수는 없습니다."

"그렇지요. 이스라엘 12지파라고 합니다만 우리 유다 지파와 시므온 지파를 빼면 사실 북쪽에 살던 이스라엘 10지파는 모두 사라졌지요. 북쪽에 무슨 이스라엘의 지파들이 남아 있겠습니까?"

가야바가 개입했다.

"자, 자! 이 자리가 지파 얘기까지 꺼내 이러쿵저러쿵 할 자리는 아닙니다. 시간도 많이 늦었으니 야손 제사장은 이제 내용을 좀 간추려서 보고해 주세요. 얘기를 들어보고 내일 산헤드린에서 다시 다룰지 말지 결정하겠소."

흥분해서 중구난방으로 떠들다 보니 가장 민감한 문제라 할 수 있는 이스라엘 12지파 얘기까지 나왔다. 가야바는 그 문제로 더 이상 얘기가 번지지 않도록 정리했다. 그랬다. 북쪽에 살다가 사라진 지파를 입에 올리는 일은 유대인들에게는 가슴 아픈 일이고 부끄럽고 수치스러운 일이다. 마치 제대로 건사하지 못해 뿔뿔이 흩어진 가족 얘기 같기 때문이다. 역사적으로 북쪽 옛 10지파에 대하여는 분열하여 떠나갔다는 괘씸한 마음도 있지만, 한편으로는 빚을 진 듯 미안한 생각을 하는 유대인들도 있었다.

"각하! 예수가 주장하는 또 하나의 중요한 내용은 희년禧年을 당장 실시해야 한다는 것입니다."

"뭐요? 희년!"

"예, 희년을 실시하자고 떠듭니다."

"어허허! 저런 철없는….”

희년은 민감하기 그지없는 일이다. 희년은 고사하고 7년마다 한 번씩 돌아오는 안식년 제도마저 토지를 많이 가진 부유한 사람들에게는 불편하기 짝이 없었다. 매 7년마다 경작하던 자기 토지를 1년간 묵혀야 하기 때문이다. 어떻게 보면 토지 소유권을 1년 동안 정지시키는 제도가 안식년이다.

땅은 원래 하느님 소유라고 모든 기록에 선언됐다. 농부가 아침부터 밤까지 밭에 엎드려 일하는 것만으로는 양식을 얻을 수 없다. 비가 오고 햇볕을 쬐고 곡식이 익을 만큼 시간이 지나야 추수할 수 있다. 땅도 하느님 소유이고, 비와 햇볕을 내려주는 분도 하느님이고, 시간도 하느님이 주재하기 때문에 농사는 결국 하느님에게 달린 일이다. 안식년이 되면 땅을 나눠 받은 농부들은 밭에서 물러나고 하느님 혼자 농사를 짓는 셈이다. 지난 추수 때 땅에 떨어졌던 밀알에서 싹이 나오고 골고루 내리쬐는 햇볕을 받아 그 싹이 자라서 곡식이 익으면 땅을 갖지 못한 가난한 사람들, 농사를 지을 수 없는 과부나 고아들이 밭에 들어가 곡식을 거둔다. 그해 농사는 그래서 하느님이 마음 쓰는 가난한 사람들의 몫이 된다. 결국 안식년은 땅을 하느님에게 돌린다는 의미다. 땅의 주인이 하느님이라는 사실을 7년 만에 한 번씩 되새긴다.

안식년 제도는 자기 소유로 알고 경작하던 땅주인들이 원래 주인이었던 하느님에게 땅을 돌려드리고, 마을에 같이 살면서도 땅이 없어 아무것도 손에 쥘 수 없던 사람이 하느님이 마련한 결실을 걷어 간다는 제도다. 안식년이 되면, 그동안 갚지 못한 모든 부채가 탕감되어 가난의 악순환 고리를 끊을 수 있었다. 빚 때문에 종살이하는 사람들도 안식년이 되면 못 갚은 빚이 무효가 되어 그로 인한 종살이에서 풀려나고 가족에게 돌아갈 수 있었다.

안식년이 일곱 번 지난 다음의 해, 50년째 되는 해를 희년이라 했다. 희년은 땅 위에 세워졌던 모든 제도를 흔들어 새롭게 시작하라는 하느님의 명령이라고 사람들은 받아들였다. 사람들이 땅 위에 세운 어떤 권리 의무관계도 희년이 되면 모두 무효가 된다. 그중에 가장 중요한 제도가 토지소유제도다. 최소한 토지에 관해서는 어떤 소유권 제도라도 50년 이상 지속되면 안 된다는 선언이다. 희년에는 하느님에게서 처음 분깃으로 토지를 받았던 원 소유자에게 돌려주어야 한다. 매 일곱째 날이 안식일, 매 일곱째 해가 안식년, 그리고 안식년이 일곱 번 지난 다음이 바로 희년으로, 이 제도는 사람이 사람답게 살아갈 수 있는 틀을 만들고, 틀을 유지하고, 잘못 짜인 틀은 바로잡아 회복하라는 제도다. 얽어매는 것이 아니라 풀어주는 제도다. 모아 굳히지 말고 흩어 부드러워지라는 제도다. 그러나 희년은 한 번도 실시되지 못한 채 이름만 기억되는 제도였다.

희년 얘기가 나오자 모든 사람들이 아주 심각한 표정을 지었다. 사실 가야바나 다른 대제사장 가문 사람들, 제사장들, 서기관과 율법학자들은 대부분 희년을 기다리는 사람이 아니라 희년을 회피하고 싶은 사람들이었다. 희년을 시행하면 자기들이 누리던 것을 당장 포기할 수밖에 없는 사람들이기 때문이다. 그러나 뜰에서 방안 얘기에 귀를 기울이던 사람들에게 희년은 기다리던 소식이었다.

"으흡⋯."

들이쉰 숨을 도로 내쉴 수 없을 만큼 충격이 깊었다. 그건 땅을 원래 분배받았던 사람에게 돌려주라는 얘기를 넘어 모든 제도를 허물고 새로 시작하라는 얘기였기 때문이다. 예수가 주장했다는 희년은 근본적으로 사회체제를 뒤엎자는 요구였다.

"아니, 제까짓 것이 무엇인데 감히 희년 어쩌고 한단 말이오?"

"겨우겨우 성전을 지키며 안정을 유지하고 있는 이 형편에, 희년이라니 가당하기나 합니까?"

"희년의 뜻을 그 시골사람이 제대로 알기나 하고 그런 말을 한답니까?"

세상 모든 체제의 기본인 땅을 흔들면 그 위에 세워진 제도와 절차가 와르르 무너질 수밖에 없다. 희년은 결국 땅을 기초로 세워진 제도가 50년을 넘기지 말라는 원칙이었다. 처음으로 돌아가라는 명령이었다. 따라서 경제적 조치라기보다는 정치적 조치였다.

뜻이 없는 사람들에게는 희년이든 안식년이든 실시할 수 없는 이유를 찾는 일은 쉬웠다. 다른 대제사장 가문 사람이 입을 열었다.

"우리가 세금을 걷어 로마에 바쳐야 하는데, 토지소유제도 그 자체가 바뀐다면 큰 혼란이 일어날 것이 분명합니다. 해마다 세금을 걷어 제때 제대로 로마에 바치는 일에 큰 차질이 빚어질 것이 틀림없습니다. 그 책임은 누가 집니까?"

"그 떠버리, 예수라는 그자는, 이런저런 복잡한 사정을 한 번도 생각한 적 없을 겁니다. 그럴 만한 사람이 아니지요. 더 이상 이 자리에서 왈가왈부할 이유가 없습니다. 희년을 실시하자는 얘기는 천 년 넘는 지난 세월의 역사를 당장 확 뒤집자는 얘기, 애써 지킨 이 나라를 엎자는 얘기나 마찬가집니다. 이런 작자가 예루살렘 성전 뜰 안으로 들어오면 큰 소동이 일어나고 말 것입니다. 뜬금없이 희년 어쩌고 떠들고 선동하는 말에 아무것도 모르는 저 무지한 군중은 틀림없이 홀리고 빠져들게 될 겁니다. 누가 그 소란을 감당합니까? 그건 악몽입니다. 그런 일이 벌어지면 우리 성전이 가진 병력만으로 소란을 제압하기에 부족할 것이고…."

"아이구! 옛날도 아니고 지금, 더구나 그것도 유월절 명절에 힘으로 군중을 진압해서야 되겠습니까? 성전에 그런 병력이 있냐 없냐 그런 문제가 아니라, 대제사장이 유월절에 무력을 행사한다는 일은 일찍이 역사에 없던 일입니다."

"그래서 말입니다. 결국, 로마군이 개입하게 될 상황이 분명 벌어집니다. 바로 성전과 주변에 엄청난 피가 흐르고, 아주 끔찍한 일이 될 것입니다."

"그러게요. 힘을 가진 사람은 가끔 그 힘을 휘둘러보고 싶은 유혹에 빠지는 법입니다. 더구나 총독 빌라도 그 사람은 몇 년 전에 이미 백성의 피로 유월절 명절을 더럽힌 적이 있지요. 잔인무도한 사람입니다."

"그럼, 그럼. 그랬지요. 물 끌어오는 수로 놓을 다리를 세운다고 성전 재물에 손을 대 가지고 ⋯ ."

"그만, 그만!"

가야바는 손을 내저어 서둘러 얘기를 막았다. 얘기가 두서없이 이리저리 번지기도 했지만 성전 재물 얘기가 나왔기 때문이었다. 그 얘기라면 가야바도 속으로 은근 켕기는 점이 있다. 돈이 모자라다면서 빌라도가 성전 돈을 좀 끌어 쓰자고 나섰을 때, 고르반으로 걷었던 돈을 쓰도록 못이기는 체 그에게 응했기 때문이었다. 그 얘기는 다시 생각하기 싫은 얘기였다. 저들이 불쑥 지난 얘기를 다시 끄집어내는 속셈은 대제사장에게 한번 이런 기회에 오금을 박아두자는 뜻일 게다.

희년 얘기는 돌고 돌면서 성전 재물 얘기, 총독이 저지른 유혈진압, 그리고 무슨 일이 생기면 로마군이 개입할 거라는 얘기까지 번져 나갔다. 생각하기에도 끔찍한 일이다. 방안에 모인 사람 모두 마음속에 무겁게 자리 잡은 로마에 대한 두려움을 떨쳐버릴 수 없다. 로마의 통치 아래 살아가는 사람으로, 그 통치에 빌붙어 자기 자리를 차지한 사람으로 누구도 로마가 목줄을 쥐고 있는 현실을 외면할 수는 없다.

제국은 원래 의도적으로 종종 무력을 행사한다. 계기만 있으면 아주 난폭하게 무력을 과시한다. 현실적으로 제국이 지배하고 있다는 사실을 사람들에게 확인시키는 일이다. 로마총독이 예루살렘 성안에서 무력을 행사한 지 3년이 지났다. 지난번 유혈사태야 총독이 계기를 만들었기 때문에 그 비난이 빌라도에게 집중됐지만, 만일 희년 문제로 성전 경내나 도성 안에서 소동이 일어나고 그걸 기화로 로마군이 무력진압에 나선다면 이번에는 성전에 책임이 돌아갈 수밖에 없다. 지난해 방패 철거 사건으로 위엄과 명예에 크게 손상을 입은 빌라도는 추락한 명예를 회복하는 기회로 삼아 즉각 군대를 풀고 나설 것이 분명했다. 소란을 빌미로 거침없이 예루살렘을 피로 물들이면서 총독이 아직 건재하다고 힘을 과시하는 기회로 삼을 것이다. 빌라도에게 빌미를 주어서는 안 될 일이다.

"그렇게 얘기를 이리저리 두서없이 하지들 말고, 희년 문제에 집중합시다."

희년은 천근만근 무거운 덩어리다. 사람들 가슴속에 철렁 그 덩어리가 떨어져 가라앉았다. 현기증처럼 어찔어찔 덮쳐오는 낭패감을 떨쳐 버릴 수 없었다. 귀를 막고 멀리멀리 달아나고 싶은 생각이 들 뿐이었다.

그때, 가야바는 자기도 모르게 몸을 부르르 떨었다. 번쩍 번개 치듯 어떤 생각이 떠오르더니 불쑥불쑥 가슴을 밀어젖히고 올라오는 것을 느꼈다. "아!" 깊은 숨을 내쉬었다.

충격을 받아 그런 줄 알고 사람들은 근심스러운 표정을 지었다.

"대제사장 각하, 괜찮으십니까?"

가장 가까이에 서 있던 야손이 한 걸음 가야바 쪽으로 다가섰다.

"아니오! 괜찮소. 계속하시오."

가야바는 몸이 부르르 떨릴 만큼 강렬한 생각에 사로잡혔다. 순식간에 벌어진 일이다.

"그래서 …. 으음, 그래서!"

뜻 모를 말이 그의 입에서 흘러나왔다.

"예?"

"아니오, 별일 아니니 그냥 계속 하시오."

가야바 가슴속에 번쩍 어떤 생각이 떠올랐다. 다시 몸이 부르르 떨렸다. 이런 중요한 시기에 누가 성전을 지킨단 말인가? 하느님께 드리는 제사 연기가 끊어지지 않고 하늘로 올라가도록 하는 일, 그건 자기에게 맡겨진 일이라고 생각하기 시작했다. 천둥 치듯, 번개 치듯 그런 생각이 마음속에 들어오니 모든 일이 또렷해졌다. 오랫동안 침묵하던 하느님, 그분이 이런 때를 대비해서 자기를 대제사장 자리에 앉혔음이 분명하다고 믿었다. 그건 하느님의 섭리였다. 앞으로 벌어질 엄청난 일을 수습하는 일에 대제사장 가야바를 들어 쓰려고 하느님이 그를 세웠음이 분명했다. 로마군의 칼에 맞고 창에 찔려 피 흘리며 쓰러졌던 군중의 모습이 떠올랐다. 그 일을 막는 일, 바로 이 시대에 대제사장 가야바에게 주어진 소명이다.

사람들을 둘러보니 모두 큰 충격을 받아 망연한 표정이다. 이제 가야바는 그들과 달라졌다. 그는 점점 차분하고 냉정해지는 것을 느낀다. 경쟁 가문을 누르고 대제사장 자리에 오른 이후, 정말 오랜만에 다시 전의가 불타오르고 묘한 흥분이 몸을 감싼다. 한평생 수단 방법

가리지 않고 오직 한 길만 바라보고 살았고, 대제사장 자리에 오른 후에는 오랫동안 자리 지키는 것을 목표로 삼고 지냈다. 그런데 이제는 사라진 줄 알았던 야망이, 젊은 시절 줄기차게 자신을 끌고 외길로 줄달음쳐 오던 야망이 다시 불뚝불뚝 일어난다.

그는 자기도 모르게 중얼거렸다.

"그렇지!"

"예? 각하! 무어라 하셨습니까?"

"아, 아니오!"

앞으로 벌어질 일이 눈앞에 훤히 보였다. 대제사장이 할 일도 환히 보였다. 소요가 발생하면 총독이 개입하기 전에 가야바가 즉시 주도적으로 나서서 진압하고 치안을 안정시켜야 한다. 대제사장의 권위가 당연히 크게 올라가고 자리를 오래 유지할 수 있는 절호의 기회가 될 것이다. 지위와 권한을 강화할 수 있을 뿐만 아니라 성전체제를 유지하고 계명과 율례와 장로들의 가르침을 지켰다는 칭송을 받게 되리라. 위기는 바로 기회라는 것은 젊은 날부터 그가 확실히 경험하고 깨달은 사실이다.

사람들은 보통 위기가 닥치면 위기에서 도망가거나 모든 방법을 다해 위기를 회피하려 한다. 가야바는 달랐다. 그는 위기상황이 오면 늘 정면으로 대응했다. 남다른 용기와 배짱이 있었다. 정면대응이 어려울 만큼 너무 심각한 위기일 때는, 그 위기의 가장 핵심적인 흐름의 방향을 슬쩍 옆으로 틀었다. 그리고는 미친 듯 날뛰는 위기에 올라타서 핵심에 가장 빨리 접근하여 해결했다. 경험은 언제나 훌륭한 선생이었다.

그런 엄청난 얘기를 듣고 나니 오히려 전의가 불탔다. 자신이 해결할 수 없는 위기란 없다는 것이 그의 생각이었다.

"그래, 그다음에는 또 어떤 문제가 있나요?"

가야바는 침착하고 위엄 있는 대제사장의 모습을 보였다. 목소리 하나 떨리지 않는 대제사장. 그래서 더욱 위엄이 넘쳤다. 배에 힘을 주고, 목을 꼿꼿하게 바로 세운 후 낮고 굵은 목소리로 말을 던졌다. 그러더니 의자 깊숙이 몸을 빼 뒤로 젖혀 앉았다. 그는 알고 있다. 지도자가 이런 때에 어떤 모습을 보여주어야 하는지. 누구에게 배운 것이 아니라 경험으로 깨우쳤다.

방안에 있던 모든 사람들은 가야바의 흔들리지 않는 자세에 마음이 놓였다. 속으로 역시나 대제사장이라고 생각하면서 경탄과 함께 존경하는 마음까지 들었다. 조금도 흐트러지지 않는 대제사장을 볼 때 잘만 대응하면 성전이 이번 사태를 무난하게 수습할 수 있겠다는 생각이 들었다.

야손은 말을 이었다.

"희년 문제뿐만 아닙니다. 예수는 놀랄 만한 얘기를 지껄입니다. 이스라엘의 하느님, 가장 거룩하신 그분만 주님으로 부르라는 계명이 있는데 성전이 계명을 어기고 로마황제를 주님으로 부르면서 하루에 두 번이나 황제를 위한 제사를 드린다고 비난했습니다. 로마황제에게 바치는 세금과 공물을 성전이 스스로 앞장서서 걷어 바치며, 성전이 오히려 황제의 수족이 되어 이스라엘을 억압한다고 비난했습니다. 지극히 거룩하시고 오직 한 분이신 그분의 진노가 성전에 가장 먼저 임하리라 떠들었습니다."

"이제는 그자가 하느님의 성소까지 모욕합니까?"

"아니, 저런 망종이 어딜 감히 … !"

"돌을 들어 그를 치는 사람이 갈릴리에는 아무도 없었습니까?"

"오! 주님!"

"그 예수라는 작자는 어느 지파 소속입니까?"

"갈릴리에 무슨 지파가 남아 있습니까? 모두 이방인의 피가 섞였거
나, 아예 북쪽 이방인들의 후손이지요."

방안이 순간 다시 소란스러워졌다. 저마다 한마디씩 떠드니 마치
시장골목처럼 시끄러웠다. 야손은 그렇게 두서없이 떠들고 나서는 사
람들을 하나하나 의기양양한 표정으로 둘러보았다. 그가 말을 끊고
가만히 서 있으니 사람들 떠드는 소리도 잦아들었다.

그동안 가야바는 한 마디도 하지 않았다. 그까지 나서서 더 이상 무슨
말을 보탤 필요가 없었다. 다만 그는 속으로 예수를 잡을 방법, 절차,
그리고 그 이후 일을 생각하고 있었다. 이미 나름대로 유월절까지 남
은 기간을 혼자 계산하고 그 기간에 처리할 일의 순서를 생각했다. 냉
정해야 한다고 속으로 여러 번 다짐했다. 실수 없이 이번 일을 처리하
는 데 모든 능력과 연줄과 생각을 집중하기로 했다. 많은 사람이 와글
와글 떠들어서는 아무 일도 할 수 없다. 아들 마티아스와 심복 몇 사람
을 뽑아 일을 맡기고 직접 지휘하기로 마음먹었다. 한편으로는 갈릴리
분봉왕과 긴밀히 협력하겠다는 마음을 굳혔다. 마티아스라면 총독이
나 분봉왕으로부터 원만한 협조를 끌어낼 수 있으리라 생각했다. 이미
오래전부터 생각해 두었던 듯 계획이 술술 떠올랐다.

야손은 보고를 이어갔다. 그의 입에서 한 마디 한 마디가 나올 때

마다 사람들은 한숨을 쉬고, 머리를 흔들고, 분개하고, 점점 더 흥분했다.

가야바는 성전이 예수에게 내릴 처분과 로마총독이 내릴 처분을 뚜렷하게 구분하여 생각했다. 그렇게 하기 위한 절차를 정하고, 그 절차에 합당한 증인과 증거만 확보하면 의외로 쉽게 일이 정리될 수 있다는 생각이 들었다. 예수가 떠들고 다녔다는 일들의 죄목이 너무 뚜렷했기 때문이다. 메시아를 자칭하는 것, 그리고 성전을 부정하는 것은 성전 자체의 판단만으로도 충분히 예수를 처형할 수 있는 죄목으로 충분했다. 게다가 로마에 바치는 세금과 황제를 위해 드리는 제사를 문제 삼았다면 예수를 총독에게 넘길 수 있다. 다만, 증인을 확보하거나, 증인만으로 부족한 죄목은 예수 스스로 예루살렘에서 다시 그런 말을 내뱉도록 유도할 방법을 찾기로 마음먹었다.

밤은 점점 깊어지고 시간도 많이 흘렀다. 감당할 수 없는 낭패감, 두려움, 압박감에 방안에 모인 사람들도 지쳤다. 그처럼 무거움에 한동안 짓눌리면 어느 때부터는 눈앞에서 벌어지는 일들이 먼 옛날에 겪었던 일인 듯 아득하게 보이기 마련이다. 현실이 아닌 것처럼 가물가물, 멀어졌다 가까워졌다 일렁이는 촛불을 바라보며 어느 먼 곳에 끌려간 듯 느끼게 된다. 방안 분위기가 어느 순간부터 그렇게 흐트러졌다. 팽팽하게 감돌던 기운이 어느 순간 갑자기 끈이 탁 풀어지듯 느슨해졌다. 정신을 모을 수 없을 만큼 충격을 받았다는 증거였다.

그때, 마티아스가 나섰다. 이왕 얘기가 나왔으니 야손 제사장이 제기한 문제에 대해 방향을 결정해야 한다고 믿었다.

"야손 제사장이 대제사장 각하와 여러 어른들께 자세히 보고드린 내용은 제가 알고 있는 사실과 거의 똑같습니다. 특별히 제가 직접 나서서 조사해 본 일은 아닙니다만, 오늘 저녁 갈릴리 분봉왕의 사자로부터 대충 들은 얘기도 바로 그런 내용이었습니다. 야손 제사장께서 오랜 시간 애써서 정확하게 정보를 모으고 분석하시느라 노고가 많으셨습니다."

마티아스는 말끝에 예수는 생각했던 것보다 훨씬 더 위험한 인물이라는 점, 그리고 그의 활동과 가르침은 결국 로마의 무력행사를 불러올 것이라는 자기 의견도 덧붙였다.

"분봉왕도 예수가 겉보기와 달리 얼마나 위험한 인물인지, 그리고 그자가 일으킬 파장이 어떠할지 충분히 알고 있기 때문에 총독에게 사람을 보낸 것입니다. 우리와 긴밀하게 협력하여 그런 상황을 미리 방지하고, 만일의 사태에 공동으로 대응하자는 제안을 받았습니다."

"예, 말씀을 듣고 보니 오늘저녁 총독 각하께 갈릴리 분봉왕이 무슨 얘기를 전달했을지 대충 짐작할 수 있겠네요."

"예, 그런 보고였을 겁니다."

그때, 늘 냉철하게 사태를 분석한다는 소리를 듣는 사람이 나서서 한마디 했다.

"각하, 예수라는 작자와 그를 따르는 무리들이 갈릴리 사람들이기는 하지만 소란을 피우고 나설 장소는 바로 여기 예루살렘입니다. 갈릴리 분봉왕이 일을 제대로 처리하지 못해 도성 예루살렘까지 소란스럽게 되었습니다. 책임은 어디까지나 분봉왕에게 있습니다. 설사 분봉왕이 긴밀하게 협력하자고 말하더라도 분봉왕이 예루살렘에서 할 수 있는 일은 별로 없습니다. 거의 모두 우리 성전이 맡아 처리해야 할 일입니다. 말로는 협력하자 어쩌자 하면서 사실 우리에게 모두 미루어 놓은 형국입니다."

맞는 말이었다. 그러나 가야바는 미동도 하지 않고 의자 안쪽에 깊숙이 몸을 뒤로 기댄 채 듣고 있었다. 이미 그의 마음속에는 커다란 계획이 세워졌다. 보통 같았으면 방안에 있는 다른 사람들에게 의견을 묻고 대책을 세우도록 지시했을 일이다. 그러나 이 일은 달랐다. 그는 입을 다물었다. 사건을 키우거나 굴리거나 뉘거나 세우거나 이제 자기의 손에 달렸다. 모르고는 당할 수 있어도 일단 자기가 알고 난 이상에는 결코 당하지 않을 자신이 있었다. 마티아스는 입을 다물고 있는 가야바의 얼굴을 슬쩍 쳐다보았다. 눈치 빠른 그는 즉각 알아챘다. 그도 입을 다물고 뒤로 물러섰다.

마지막으로 야손은 갈릴리에서 내려온 또 다른 무리, 폭력으로 소동을 일으키려는 하얀리본 히스기야의 무리에 대해서 보고했다. 그의 입장에서 결코 가볍게 다룰 수 없는 위협이기 때문이다. 그러나 다른 사람들에게는 예수라는 사람이 일으킬 문제가 너무 엄청나고 심각해서 하얀리본은 상대적으로 별것 아닌 일로 보였다. 폭력으로 거사하겠다는 무리, 하느님을 섬기는 열정에 불타는 폭도들은 명절 때마다 늘 있었다. 그런 불순한 무리를 효과적으로 제압하는 방안은 이미 성전에 다 마련돼 있어 그리 큰 문제는 아니었다. 다만 히스기야 무리와 예수 무리가 결합하면 걷잡을 수 없는 사태로 발전할 가능성이 크다는 위험성에 대해서는 모든 사람이 동의했다.

"이런 상황이라면 우리가 해야 할 일은 분명합니다. 성전이 관할하고 책임지는 영역 밖에서 이런 일이 일어난다면 안으로 번져오지 못하도록 막는 일이 최우선 방책일 것입니다. 그러나 예루살렘 성전이 관리하는 영역 안으로 이미 번져 들어왔거나 예루살렘 안에서 발생한다면 성전이 나서서 적극 대응할 수밖에 없습니다. 따라서 어느 영역에서 위험한 일이 발생할 것인지 명확하게 확인하는 일이 필요할 것입니다."

마티아스가 차분하게 입을 열었다. 그 말을 듣는 사람들은 그가 내심 하려는 말을 짐작할 수 있었다. 그는 갈릴리에서 시작된 일이라는 점을 말하고 싶은 것이 분명했다.

"또 한 가지 생각할 일은 우리에게 어떤 영향을 미칠 위협이냐, 그 정도에 관한 문제입니다. 그 위협이 별것 아니라면 더 이상 커지지 않도록 관리하거나 아예 무시할 수 있을 것입니다. 또 성전이 감당할 수 있을 만한 위험인가 감당할 수 없는 위험인가에 따라 대응을 달리해야 할 것입니다. 성전이 감당할 수 없을 경우에는 로마총독이 개입하도록 미루어야 할 것입니다. 우리 성전은 최종 책임기관이 아니기 때문입니다. 그런데 총독이 최종 처리자로 전면에 등장할 경우 우리 성전과 대제사장 각하가 의무를 다하지 못했다는 비난을 받게 됩니다. 우리 모두 한꺼번에 책임을 지는 일이 뒤따를 것입니다."

성전의 지도부 모두 함께 무너진다는 의미다. 그가 한 말은 차분하게 생각하면 그 자리에 참석한 사람 정도면 누구라도 알 수 있는 일이다. 그런데 그가 나서서 조목조목 정리한 것을 듣고 보니, 사람들은 무섭고 두렵고 피하고 싶은 일이라고 자기 한 사람 빠져서 될 일이 아니고 적극적으로 함께 대응해야 한다는 점을 깨닫게 됐다.

따지고 보면 이 문제는 예수를 무시하거나 피하거나 예루살렘에 들어오지 못하게 막는 것으로 해결될 일이 아니다. 그는 이미 성전이 나서서 대응할 수밖에 없는 영역으로 들어왔다. 그리고 드리운 위협은 성전이 나서거나 총독이 직접 대응해야 할 수준으로 커졌다. 로마총독에게서 책임을 추궁당하지 않으려면 성전이 나설 수밖에 없는 형편이 됐다. 그런 상황을 마티아스가 명확하게 설명한 셈이다.

마티아스는 현실을 분석했고, 대응의 큰 방향을 제시했으며 성전의 단합을 강조했다. 가야바는 아들의 판단에 동의한다는 듯, 머리를 크게 끄덕이며 다른 사람들을 둘러보았다.

제사장 한 사람이 큰 목소리로 자기 의견을 얘기했다

"좋은 의견이십니다. 저는 역시 마티아스 제사장의 판단이 정확하다고 봅니다. 그러면 우리가 어떻게 대응하고, 무엇을 준비해야 할까요?"

마티아스가 대답했다.

"예, 우리가 선제대응을 해야 합니다. 벌어질 일을 예측하고 그에 맞추어 준비해야 합니다."

"그러자면 … ?"

"제 생각으로는 한 가지가 남아 있습니다."

다른 사람이 물었다.

"한 가지요?"

"예. 한 가지 … , 야손 제사장이 보고한 내용을 살펴보면 예수라는 자가 성전을 겨냥하고 무도하게 비난하고 감히 도전한 것은 분명한데 … , 그런데 말입니다. 갈릴리에서 어떤 말을 했고 어떤 짓을 했다는 소문만으로, 성전이 나서서 그를 처벌하기에는 좀 부족합니다."

그때, 야손이 한마디 하겠다는 듯 다시 한 걸음 앞으로 나왔다. 사람들은 그가 마티아스의 말에 반박하려는 줄 알았다.

"맞아요. 아직 그가 예루살렘에서 무슨 일을 저지른 것은 아니지요. 비난받을 일을 저질렀다고 해도 마티아스 제사장이 지적한 대로 그건 여기 예루살렘이나 우리 유대 지방에서 한 일이 아니고, 모두 분봉왕이 다스리는 갈릴리에서 벌인 일이지요."

뜻밖이었다. 야손이 마티아스의 의견에 전적으로 동조하고 나섰다.

"예, 잘 보셨습니다. 제가 바로 그 점을 말씀드리고 싶었습니다. 그자가 갈릴리에서 저지른 일, 율법에 어긋나는 가르침을 펴고 엉뚱한 하느님 나라를 선포했다는 소문만으로 섣불리 그를 단죄할 수 없습니다. 그가 위험한 사람이라는 이유만으로 그를 처벌할 수는 없습니다. 때가 유월절 명절이기 때문에 더욱 그러합니다. 자칫 성전이 스스로 분란을 일으켰다는 비난을 피할 수 없을 것입니다."

다른 사람이 나섰다.

"그러면 어찌해야 하나요?"

"제 생각으로는 좀더 기다려야 합니다. 우리 성전이 관할하는 영역 안에서 그자가 스스로 자기 모습을 드러낼 때까지 기다려야 합니다. 잠재적 위협이 실제적 위협으로 전환되는 계기를 우리가 잘 관리할 수 있는 방법으로 안전하게 마련해야 합니다. 좋기로는 무작정 그자의 도발을 기다릴 게 아니라, 그자가 먼저 자기 정체를 드러내도록 우리가 계획을 짜는 것이 좋겠습니다."

그러자 다시 야손이 나서서 마티아스에게 물었다.

"마티아스 제사장, 계획이라고 하셨습니까? 그렇다면 저에게 생각이 있습니다."

"예, 바로 야손 제사장이 나서 주신다면 틀림없이 우리 생각대로 이끌어 갈 수 있을 것 같습니다."

생각이 비슷한 사람이라 그런지 마티아스와 야손은 미리 말을 맞춘 듯 주고받는 말에 척척 죽이 맞았다. 야손과 마티아스는 서로 뜻이 통했다. 야손은 자기가 해야 할 일이 무엇인지 이미 충분히 알고 있다. 본디 그는 사전에 일일이 보고하고 지시받고 승인을 얻은 후에 일을 처리하는 사람이 아니다. 책임을 맡은 사람이면 그 위임받은 범위 안에서 어떤 일이든 능동적으로 신속하게 처리하고, 그 결과에 대해 책임지면 될 뿐이라는 생각을 가진 사람이다. 그 점이 바로 사람들이 야손을 두려워하며 싫어하는 이유다.

가야바는 마티아스가 나서서 야손과 함께 상황을 주도하는 광경을 보면서 무척 마음이 흡족했다. 대제사장이란 모름지기 다른 사람보다 넓은 시야를 가져야 한다. 그리고 다른 사람이 보다 깊게 보아야 한다. 어떤 일을 대할 때 다음, 그리고 그다음에 이어질 일까지 예상하고 대비할 수 있는 능력이 있어야 한다. 성전을 보위하고 예루살렘 주민들과 유대인들이 피 흘리지 않고 무사히 위기를 넘기려면 그에 맞는 그릇이 대제사장을 맡고 있어야 한다.

눈앞에 보이는 상황이 바로 그러했다. 그가 마침 대제사장 자리를 맡고 있고, 아들 마티아스가 상황을 치밀하게 관리할 능력을 보여 주고 있다. 가야바는 자신들이 유혈사태와 유대의 비극을 막은 아버지와 아들로 훗날 평가되리라고 믿게 되었다.

'흠, 흠. 그렇게 돼야지.'

고개를 연신 끄덕이며 가야바는 흡족해 했다. 그런 가야바를 눈여

겨보는 사람이 있다. 바로 대산헤드린 의원 니고데모였다. 그로서는
오고가는 모든 얘기를 주의 깊게 들어야 할 이유가 있었다.

"야손 제사장, 수고했어요."

그렇게 얘기를 마무리하면서도 대제사장은 혼자 깊은 생각에 빠져
들었다. 사람들은 예수가 일으킬 소용돌이가 자기에게 미칠 위험을
부지런히 계산하며 속으로 끙끙댔다.

"예, 대제사장 각하! 명하신다면 내일 대산헤드린에서도 똑같이 보
고 올리겠습니다."

"그건 좀더 생각해 본 후에 결정하겠소."

"각하의 분부에 따르겠습니다."

야손은 긴 보고를 마쳤다. 그러나 그가 밝히지 않은 내용이 두 가지
가 더 있었다. 그가 운영하는 정보조직이 관련된 일이었다. 사실 야손
이 구축해 놓은 정보망은 예루살렘과 유대 구석구석 어디에나 뻗쳐 있
다. 그가 만들어 놓은 정보조직에 대하여 그 말고는 성전에서는 아무
도 제대로 아는 사람이 없다. 어찌 보면 그는 모든 사람에게 공포였
다. 공식적으로 그는 대제사장 휘하에 속했고 대제사장의 명령을 받
아 활동하고 대제사장에게 직접 보고하는 직책에 임명된 사람이다.
그 직책 자체가 대제사장의 신임에 달려 있다. 그러나 그를 대제사장
사람이라고 부르기에는 어딘가 석연치 않은 점이 많이 있다. 사람들
이 생각하는 것보다 훨씬 더 많은 정보를 쥐고 있고, 행적 또한 대단히
은밀해서 드러나지 않는 부분이 상당하기 때문이다. 심지어 야손이
대제사장과 성전에 충성하는 건지, 아니면 총독부와 예루살렘 주둔
로마군 위수대에 충성하는 건지 알 수 없을 때가 많았다. 무슨 일을 하

고, 어디까지 알고 있고, 어떤 일을 어떻게 처리하는지 그 스스로 나서서 보고하기 전에는 아무도 알 수 없기 때문이었다.

야손이 보고하지 않고 감춰둔 내용 중 하나는 그 밤 안으로 하얀리본 히스기야 무리를 한꺼번에 체포하기 위해 은밀하게 벌이는 작전이었다. 예수가 드리우는 위험은 크고 깊고 심각하기는 하지만 장기적이다. 그리고 그는 유월절에 스스로 나서서 민중봉기를 일으킬 사람은 아니었다. 그러나 하얀리본을 이끌고 무력봉기를 일으키려고 예루살렘에 잠입한 히스기야는 직접적이고 임박한 위험이다. 예수가 예루살렘성에 나타나 히스기야 일당과 연합하기 전에 하얀리본 지도부를 모두 체포하기로 계획을 세웠다. 증거를 더 모아야 하는 예수와 달리 도적떼 하얀리본은 즉시 체포하여 처형하기에 충분할 만큼 증거를 모아 두었다.

야손은 히스기야가 얼마나 위험한 인물이 되었는지 분명히 인식하고 있었다. 갈릴리 나사렛 출신이 어떤 연고로 이투레아에서 활동하던 비적 무리와 처음부터 어울렸는지 아무리 행적을 조사해도 알 수 없었다. 그저 나사렛에서 살다가 사라졌다는 것만 알려졌다. 잘 모르는 사람들은 그를 '이투레아의 산적'이라고 부르거나 심지어 갈릴리의 옛 의적 히스기야가 다시 살아났다고 말하는 사람까지 있었다. 처음 히스기야에 대해 보고받을 때는 야손마저 혼란스러웠다.

"갈릴리의 의적 히스기야?"

"예! 야손 제사장님."

"아니, 히스기야가 죽은 지가 언젠데 다시 살아나? 옛날 헤롯왕이

젊었을 때 사로잡아 처형했잖아?"

"이 히스기야는 유다의 아들 히스기야입니다."

"뭐야? 옛날에 처형한 히스기야의 아들 이름이 유다였잖아! 헤롯왕 죽었을 때 세포리스에서 반란을 일으켰던 그자…."

"이름이 묘하게 똑같습니다. 갈릴리의 의적이라 부르던 히스기야의 아들 유다가 세포리스에서 반란을 일으켰고요, 그때 세포리스 반란군에 끼었던 나사렛 사람 유다라고 다른 유다가 있었는데, 하얀리본 히스기야는 그 유다의 아들입니다. 말하자면 히스기야와 그 아들 유다가 있고, 유다와 그 아들 히스기야라는 부자가 따로 있습니다."

"어허! 참 헷갈리네! 그럼 '하얀리본 히스기야'는 '나사렛 히스기야'라고 불러! 내가 혼동돼서 안 되겠어!"

그도 그럴 만했다. 약 80여 년 전, 갈릴리 일대와 그 북쪽을 휩쓸고 다니던 도적떼의 두목이 있었는데 그 이름이 히스기야였다. 그때 안티파터의 아들, 훗날 로마가 유대의 왕으로 세운 젊은 헤롯이 갈릴리 총독으로 있으면서 히스기야를 잡아 처형했다. 히스기야를 의적이라 부르며 동조하던 갈릴리 사람들이 히스기야의 어머니와 함께 예루살렘에 올라와 재판 없이 그를 처형한 헤롯을 대산헤드린에 고소하며 소란을 떨었다. 그 일로 헤롯은 갈릴리 총독 자리에서 물러나게 되었고 결국 시리아에 있던 안토니우스 휘하에 들어가 한동안 몸을 의탁하며 지낼 수밖에 없었다.

80년 전 역사를 잘 알고 있는 야손은 같은 이름을 가진 나사렛 히스기야에 대해 남다른 관심을 기울였다. 이투레아에서 내려온 나사렛 히스기야가 갈릴리를 중심으로 무리를 끌어모아 하얀리본을 조직했고, 사람들이 그를 의적 히스기야라고 부른다는 사실이 그로 하여금 남다른 관심을 가지게 만들었다. 사람들은 나사렛 히스기야의 이름을 듣게 되면 80년 전의 갈릴리 의적 히스기야를 떠올리게 마련이었다.

야손은 나사렛 히스기야의 활동을 언제나 철저하게 파악하고 추적했다. 패거리 숫자는 점점 늘어나고 활동반경도 유대 지방까지 뻗어내려왔다. 하얀리본은 그냥 강도가 아니고 떼강도였다. 히스기야 무리에 합류하는 무리의 숫자가 불어난다는 사실은 결코 우연한 일이 아니라고 야손은 생각했다. 히스기야가 가진 무엇이 무리를 끌어들이는지, 무리를 이끌고 그가 무슨 짓을 하려는지 분석했다. 그리고 궁극적으로 예루살렘 성전이 목표라는 사실을 간파했다. 몇십 년 전 헤롯왕이 죽을 무렵 예루살렘에서 바리새파 선생들이 이끈 유명한 저항운동이 있었다. 그 일에 앞장섰던 바리새파 사람의 아들 바라바가 히스기야와 함께 하얀리본을 조직하고 부두목 역할을 하고 있다는 사실을 알게 되었기 때문이었다. 예루살렘에서 거사하기 위해 하얀리본과 나사렛 히스기야가 오래 계획을 세웠듯, 제사장 야손도 함정을 파고 차근차근 올가미를 설치해 놓고 기다렸다.

그날 초저녁, 대제사장 저택 회의에 참석하기 전, 야손은 경비대장을 따로 만나서 계획을 하나하나 점검했다. 하얀리본 무리에 대한 대책이 당장 급하기 때문이었다. 이미 히스기야를 위시한 하얀리본의 우두머리급이 몸을 숨기고 있는 장소를 파악해 두었다. 시시각각 그들의 동정을 파악할 수 있는 끄나풀도 심어 두었다. 히스기야와 핵심 무리는 이미 손안에 들어온 셈이었다.

"경비대장! 두목급들은 그리 조치하더라도, 따로따로 예루살렘으로 몰려 들어오는 패거리들이 만만치 않을 텐데요? 그 숫자가 몇백 명은 족히 되겠지요?"

"걱정 마십시오! 두목들을 먼저 잡아들이면 나머지야 그저 우르르 몰려다니는 패거리에 불과합니다. 해마다 명절 때, 특히 유월절에 성 안에서 소동을 일으키던 무리와 별로 다르지 않습니다."

"그래요? 용의주도하기로 소문난 히스기야의 꼬리를 경비대장이 잡아낸 일이 참 대단하오."

"그건 야손 제사장의 공로 아닙니까? 어디쯤에 그들이 몰려 있다는 것을 수시로 알려 주시지 않았습니까? 마침 바라바의 얼굴을 기억하는 부하가 있어 뒤를 밟을 수 있었지요. 그러다 보니 숨어 있던 꼬리가 하나씩 보이더군요. 바라바뿐만 아니라 하얀리본의 두목 히스기야까지 함께 모인다는 것을 알게 됐고요. 또, 아직 말씀드리기에는 이르지만 숨은 공을 세운 사람이 별도로 몇 명 더 있습니다. 일이 잘 끝나면 크게 보상해야 할 사람들입니다."

"잘했습니다. 실수 없이 꼭 다 잡아들이세요."

치밀하게 계획을 점검하고 또 점검했다. 한 사람도 놓치지 않고 모두 사로잡을 계획이었다.

"그런데, 야손 제사장님, 그들이 성전으로 몰려든다면 그 속셈이 무엇일까요?"

"도적이니까!"

"그 말씀은? 성전 재물을 털려고?"

"도적이니까, 사람들은 그들을 그저 도적으로만 생각하지요. 그러니 누구도 그들이 성전을 털자고 성안으로 숨어 들어온다는 생각은 못하지요. 어떻게 감히 도적이 성전 재물을 털 생각을 하겠어요?"

"그러니 말씀입니다."

"허허! 도적은 도적이지요. 내 생각으로 도적질은 껍데기요. 목적을 감추려고 일부러 헛손질 하는 셈이라는 말입니다."

"그러면?"

야손은 히스기야의 움직임을 철저하게 분석했다. 하얀리본이 성전으로 몰려온다면 그건 바로 성전 재물이 목적이 아니고 다른 속셈이 있으리라고 생각했기 때문이다. 사실 감히 누구도 소란을 피울 엄두가 나지 않을 만큼, 명절 기간에 성전에 배치되는 병력은 엄중했다. 로마군은 성전 북쪽에 붙어 있는 안토니오 요새에서 성전을 감시하고, 성전의 바깥뜰을 둘러싼 주랑건물 위에도 로마군 병력이 촘촘히 늘어서서 성전 뜰을 내려다보며 감시한다. 그리고 평소보다 증강된 성전 경비대 병력도 성전 안팎으로 쫙 깔린다. 어느 누구도 감히 성전 재물 창고를 털겠다고 생각할 수도 없을 지경이다.

게다가 성전에는 무기를 반입할 방법이 없다. 예루살렘 성안으로 들어오는 모든 성문에 로마군과 성전 경비대가 합동으로 경비초소를 설치하여 철저하게 수색하고, 성전 입구에서 다시 한 번 경비대가 샅샅이 검색한다. 그런 경비망을 뚫고 혹 무기를 숨겨 들여온다면 전투용 칼이나 창이 아니고 고작 단도나 비수일 수밖에 없다. 단도나 비수를 들고 성전을 습격해서 경비대를 제압하고 재물창고를 털어 달아날 수는 없다. 성전 문을 벗어나자마자 모두 로마군에 사로잡힐 것이 분명하다.

"결론은 오직 한 가지요."

"무엇입니까?"

"재물이 아니라 성전 지도부입니다."

"예에?"

"대제사장, 제사장 등 성전 지도부를 공격하려는 게요."

가슴에 단도 한 자루가 콱 꽂히면 아무리 고귀한 신분의 사람이라도 단박에 고꾸라질 수밖에 없다. 이제까지 하얀리본이 사람은 한 명도 살해하지 않는 전략을 펼쳤다면 이번에는 성전에 피를 뿌리는 살육잔치를 벌일 계획임이 분명했다. 그렇다면 가장 충격적인 대상을 선택하여 공격하리라고 야손은 생각했다.

"대제사장 각하가 목표요. 제사장이든 누구든 그 자리에 함께 있는 사람은 모두 순식간에 칼 한 자루씩 가슴에 받을 거요."

"어허허! 으흠!"

"경비대장!"

"예, 야손 제사장!"

"이건 우리 두 사람만 알고 비밀로 합시다. 이런 소리를 들으면 저 겁쟁이들이 모두 벌벌 떨면서 당장 성전 제사도 나 몰라라 집에 꽁꽁 숨고 아예 성전에는 올라오지도 않을 테니 ⋯."

"그래야지요. 그렇게 생각하니 두목과 무리를 사전에 빨리 체포하는 일이 굉장히 중요하군요."

"그렇습니다. 안식일이 지났으니 날이 새면 도성 안으로 순례자들이 밀려들 텐데, 늦어도 그 전에 잡아들여야 합니다."

"예, 예!"

"뒷일은 내가 책임지겠소. 내가 나중에 보고하리다. 그때가 되면 대제사장 각하도 크게 꾸중하지는 않으실 거요."

"알겠습니다. 차질 없이 하겠습니다."

하얀리본 일당과 히스기야를 체포할 때까지는 일절 비밀에 부치기로 두 사람은 단단히 약속했다. 체포작전 때문에 엉뚱하게 부수적 피해를 당할 사람들이 있기에 더욱 조심하기로 했다. 어떤 사람이 마음속에 감추고 있는 진정한 목표를 간파하기는 언제나 어려운 일이다. 수많은 가설을 세워보고, 상대의 입장에서 상황을 분석해야 한다. 상대가 생각하듯 어떤 일을 바라본다는 점이 바로 야손이 가진 뛰어난 장점이다. 히스기야와 하얀리본의 속셈을 짐작해낼 수 있었기 때문이다.

마찬가지로 예수에 대해서도 야손은 남다른 분석을 했다. 성전 경비대장만 해도 예수보다는 갈릴리 무리에 대해 더 관심을 기울였지만 야손은 예수라는 사람 자체에 더 주목했다. 알렉산더로부터 처음 예수에 대하여 경고를 받은 무렵부터 그러했다. 조사하면서 그는 나사렛 사람 예수가 얼마나 위험한지 깨달았다. 처음에는 그저 제거하는 것이 좋을 사람이라는 정도로 예수를 생각했는데, 조사하다 보니 나중에는 반드시 제거해야만 할 대상으로 바뀌었다. 야손은 기회를 노렸다. 이제 때가 왔다.

야손이 판단하기로, 예수는 사람들이 생각하듯 단순한 허풍쟁이가 아니다. 치밀한 계획에 따라 북쪽 땅 갈릴리라는 주변에서 시작하여 한 걸음 한 걸음, 이스라엘의 중심인 예루살렘으로 걸어 들어오는 사람이다. 날이 밝으면 여리고를 떠나 드디어 예루살렘에 모습을 드러낼 사람. 그는 덤덤하게 길을 걸어온 사람이 아니다. 길을 걸어오면서 말은 점점 깊어졌고, 무리는 커졌고, 그 뜻은 높아졌다. 예수는 점점 예언자의 풍모를 갖추었다. 예언자 전통, 수백 년 전에 끊어진 그 전통을 이은 사람이 틀림없다는 소문도 돌았다.

야손의 면밀한 조사에 따르면, 예수는 이스라엘의 역사에 있었던 예언자 전통을 그대로 이어받은 사람이 아니었다. 그가 쏟아내는 말, 그가 하는 짓, 그가 걸어온 길을 보면 그는 이스라엘이 알고 있던 어떤 예언자와도 달랐다. 만일 그가 정말 예언자라면 새로운 형태의 예언자라고 부를 수밖에 없었다.

남왕국 유다나 북왕국 이스라엘에서 활동했던 과거의 모든 예언자들은 이스라엘이 죄에서 돌이켜 야훼 하느님 앞으로 돌아오면 하느님의 정죄와 처벌을 피할 수 있다고 외쳤다. 왕조시대에는 예언자가 왕들에게 독한 예언을 쏟아냈고, 성전이 부패했을 때는 성전 지도자들에게 비난을 퍼부었다. 그러나 그들은 왕조나 성전, 그 체제를 부정하지는 않았다.

그러나 예수는 성전 자체를 인정하지 않는 독설가였다. 그는 기존의 어떤 권위도 인정하지 않는 사람이다. 일찍이 갈릴리의 알렉산더가 경고했던 일이 눈앞에 서서히 현실로 나타나고 있음을 야손은 깨달았다. 알렉산더가 슬쩍슬쩍 통보해준 일을 되짚어 곰곰이 생각해보면 그도 이미 예수가 치명적 위험이라는 사실을 처음부터 파악하고 있었던 것이 분명했다.

가끔씩 알렉산더가 전해 주는 어떤 내용은 예수 무리 속에 깊숙이 들어가 있는 사람이 아니고서는 도저히 알 수 없는 일도 있었다. 알렉산더가 첩자를 심어 항상 예수 일행을 늘 감시했던 모양이었다. 그러나 무슨 이유에서 그랬는지 모르겠지만 알렉산더는 정보를 제공하면서도 그 정보를 분석한 내용, 그리고 전후 사정과 예상되는 결과는 알려주지 않았다. 예루살렘 성전에 경고는 보내되 자기들은 깊이 관여하지 않겠다는 생각이었음이 분명했다. 그 점이 야손의 호기심을 더욱 자극했다. 아니, 호기심뿐만 아니라 특별한 예감을 떨칠 수 없었다. 예수라는 사람이 분명 그 이전에도 없고 이후에도 없을 무슨 일을 저지를 사람이라는 느낌이었다. 그 일을 막거나 아니면 휩쓸려 떠내려가거나, 분명 자기와 관계된 일이라 느꼈다.

알렉산더가 예루살렘에 올라올 때마다 슬쩍슬쩍 알려준 내용만 가지고는 예수라는 사람을 파악하기 어려웠다. 사람은 그 출생 가문이나 지방, 그리고 직업에 따라 거의 틀림없이 어떤 정형으로 파악할 수 있는 법인데, 예수는 전혀 그 틀에 맞지 않는 사람이었다. 사람들이 알고 있는 정형으로부터 벗어난 사람이었다. 갈릴리 사람, 나사렛 시골 사람이라는 틀만 가지고는 알 수 없는 일을 예수가 벌이고 있었다. 게다가 그는 출생부터 아리송했다. 그런 점을 놓칠 야손이 결코 아니었다. 이상하다는 생각이 들자 부지런히 갈릴리에 사람을 보내 예수가 태어났다는 갈릴리 베들레헴과, 그가 자랐다는 나사렛 마을에 들러 철저하게 조사했다.

야손은 예수가 성전에서 문제를 일으키며 소란을 피우기 시작하면 출생에 관한 일을 꺼내 단박에 그를 궁지로 몰아넣을 계획을 세웠다. 그런 출생 이야기야말로 사람들이 그에게 등을 돌리게 만들 가장 효과적인 무기가 될 수 있기 때문이다. 사실이든 아니든 상관없었다. 언제든지 적당한 때 끄집어내면 될 일이다. 예수에 대해 조사한 내용을 야손은 그날 밤 보고 내용 속에 넣지 않고 감추었다. 가장 강력한 수단은 결정적인 때에 갑자기 꺼내야 유리하다는 점을 잘 알고 있기 때문이었다. 나사렛 히스기야와 나사렛 예수를 무너뜨리기 충분한 준비를 마치고 야손은 예수를 기다렸다. 예수는 함정에 빠져 허우적거리는 한 마리 양이 될 뿐이다. 예수를 사로잡을 장소와 시간은 자기가 결정한다는 생각에 야손은 남몰래 미소지었다.

다른 사람들은 더 이상 무엇을 새로 생각하지 못하고 거듭거듭 같은 생각의 한 언저리만 계속 맴돌았다.

야손이 보고를 마치고 뒤로 물러서자, 그때까지 말없이 한구석에 조용히 서 있던 제사장 한 사람이 입을 열었다.

"지금 이 시대에 지극히 높으신 분을 제대로 섬기는 일만큼 중요한 일은 없습니다. 생명을 내신 분이 그분이십니다. 그런데 … ."

그는 말을 끊고 방안에 모인 사람들을 둘러보았다. 이어 하려는 말에 그들도 동의할 것이라는 점을 확인하는 표정이다.

"생명, 우리 모두의 생명, 이스라엘의 생명은 분명 그분에게서 받았습니다. 그러나 로마는 어느 때고 그 생명을 거두어 갈 수 있는 현실적 힘을 가지고 있습니다. 그건 부인할 수 없습니다. 억지로 현실에 눈감는 일이 올바른 믿음이라고 말할 수는 없습니다. 이런 시대에 지극히 높으신 분께서 성전에 맡기신 일이 분명 따로 있습니다."

그가 무슨 말을 하려고 그렇게 빙빙 돌려 말을 꺼내는지 모두 의아하게 생각했다. 생명을 내신 분이 하느님이고 거두어 가시는 분도 야훼 하느님이라고 입으로 고백하며 살았던 사람들이 유대인이었다. 그러나 따지고 보면 현실은 그렇지 않았다. 하느님이 그분의 뜻대로 사람의 부모 몸을 빌려 생명을 내듯, 제국의 손을 빌려 생명을 거두어 간다는 사실을 부인할 수 없었다. 그런 생각은 특히 사두개파 사람들이 중심이 된 성전 지도자들 사이에 널리 퍼져 있었다.

"황제의 요구에 부응하고, 총독에게서 위임받은 일을 성전이 제대로 수행하면 적어도 유대의 생존은 당분간 보장받을 수 있습니다. 성전 제사도 이어갈 수 있습니다. 제사가 끊어지지 않고 계속될 수 있다면 언젠가 지극히 높으신 하느님이 그 팔을 들어 올려 세상을 심판하실 때 우리는 그분에 의해 들려 올라갈 수 있습니다. 그때까지 모든 것을 참고 모든 것을 이기며 소망을 가지고 기다려야 합니다."

야훼 하느님께 매일 성전 제사를 드린다는 사실만큼 성전에게 더 중요한 존재 이유나 명분은 없었다. 성전 제사는 하느님 섬기는 일의 상징이었다. 다른 일은 하느님의 뜻에 달려 있다 하더라도 성전에서 제사를 드리는 일은 사람에게 맡겨진 일이었다. 성전의 존재 이유를 그렇게 생각하면, 중단 없이 맡은 일을 수행하고 있다는 사실은 그들 스스로 대단히 자부심을 가져도 좋을 만한 일이 된다. 그는 다시 말을 이었다.

"셀레우코스제국, 그 가증스러운 안티오코스 에피파네스 황제 때 일, 그 일은 다시 입에 올리기 참람하지만, 그런 일이 다시 벌어지지 않도록 조심하고, 인내하며 때를 기다려야 할 것입니다."

'안티오코스 에피파네스'라는 이름이 그 제사장의 입에서 나오자마자 방안에 있던 모든 사람들은 갑자기 번쩍 제 정신이 드는 듯 몸을 가다듬었다. 두 손을 펼치고 하늘을 우러러 기도하는 사람, 몸을 부르르 떠는 제사장도 있었다. 참으로 무서운 기억이었기 때문이다. 성전의 거룩한 제단 위에서 돼지를 잡아 셀레우코스제국의 에피파네스 황제가 믿는 신에게 제사드렸던 일, 야훼 하느님께 드리는 성전 제사가 금지됐던 2백 년 전 일이 모두 떠올랐다.

이미 모임에서 할 얘기는 거의 다 나온 끝 무렵에 갑자기 그 제사장이 나서서 입에 올린 옛일로 해서 사람들은 다시 한 번 무서운 생각에 빠졌다. 지금 유대가 얼마나 엄중한 위기에 처하게 됐는지, 성전이 무엇을 중요하게 생각하고 대처해야 하는지에 대해 깊이 생각할 수밖에 없었다.

"아니 뭐 지금 갑자기 그 얘기는 … ."

"아닙니다. 역사가 가르쳐 준 교훈을 되새겨야 합니다."

"그래도 안티오코스 에피파네스 황제 얘기는 여기서 오늘 … ."

제사장들 몇 명이 서로 주거니 받거니 말을 이어갔다. 그들의 말을 들으면서 가야바는 또 다시 깊은 생각 속에 빠져 들었다. 다른 사람은 몰라도 유대를 위해, 눈 못 뜬 어린애 같은 동족을 위해 적어도 대제사장을 맡은 사람은 세상을 읽을 수 있는 눈, 역사를 바로 해석하는 눈이 열려 있어야 한다고 그는 믿고 있었다. 받아들이고 싶지는 않지만 바로 로마가 역사를 주관하는 시대에 살고 있기 때문이었다. 다른 사람들이야 예수라는 사람이 성전을 흔들고 덤빌 위험만 생각했겠지만, 이 시대에 예루살렘 성전 대제사장을 맡고 있는 가야바에게는 그 일을 빌미로 로마가 무력을 행사하며 펼칠 폭력이 제일 큰 문제였다.

역사에서 교훈을 찾는다는 말은 결국 역사를 해석한다는 말이다. 누가 언제 어디서 무엇을 어떻게 했다는 역사적 사실을 바탕으로 왜 그렇게 했는지 밝히는 일이 해석이다. 해석이란 바로 해석하는 사람이 세상을 보는 눈이다.

그런 점에서 가야바는 하스몬 왕조를 세운 마카비 유다가 2백여 년 전에 로마를 이스라엘의 정치에 끌어들인 역사에서 큰 교훈을 끌어내는 사람이었다. 비록 그 동맹을 체결한 지 백여 년 지난 후, 그러니까 지금부터 백 년 전에 로마 장군 폼페이우스가 무력으로 유대를 점령하며 예루살렘 성전을 약탈했지만, 그리고 그때부터 유대는 더 이상 로마의 동맹국이 아니라 속국이 되었지만, 그때까지는 로마라는 동맹국 덕분에 셀레우코스 제국의 압제에서 유대가 벗어날 수 있었다고 그는 믿고 있었다.

안식일이 시작되기 전날 열렸던 예루살렘 대산헤드린 회의에서 일부 의원들이 대제사장과 성전이 로마에 너무 굴종한다고 강하게 불평을 터뜨렸다는 보고를 받았다. 특히 경건한 바리새파 사람이라고 불리는 샤마이파 의원들은 성전과 대제사장에 대하여 그렇지 않아도 늘 불만을 표시했다. 성전이 이스라엘의 전통보다 로마의 이익을 지켜주는 일에 더 열심인 것처럼 보였기 때문이었다.

"도대체 왜, 정말 알 수 없네. 왜 성전은 늘 로마를 일방적으로 편들고 나선다는 말이오?"

"아니 그럼, 다른 방법이 있어요? 성전이 할 수 있는 일이 선생들 생각처럼 그렇게 많이 있는 줄 아시오?"

"찾아야지요!"

"찾기는요! 오로지 외길인데 … ."

"이 불쌍한 동족은 눈에 보이지도 않는답니까, 대제사장 각하는?"

"그래서 각하가 노심초사 걱정하시지만 다른 방법이 없어요. 로마는 칼집에서 칼을 뽑아 들고 우리를 눈 부릅뜨고 지켜보고 있습니다.

언제 마음이 변해 백성을 도륙하고 성전을 불사르며 나설지 알 수 없는 형국이지요. 그 상황은 모두 다 잘 알고 있지 않습니까? 우리에게 무슨 다른 대안이 있고 방책이 있다는 말입니까? 우리가 군대를 가질 수 있습니까? 하다못해 성전 경비대라고 해도 시시콜콜 로마군 예루살렘 위수대장의 지시를 받아야 하는 형편에 무얼 어쩌라고 자꾸 대제사장 각하를 추궁합니까?"

"어이구! 내 참….."

다그치는 바리새파 의원이나 성전을 대표한 의원들 사이에 벌어지는 결론 없는 공방은 예루살렘 대산헤드린에서 흔히 볼 수 있는 광경이었다. '어쩔 수 없다, 할 수 없다'라는 말이 나오면 몰아치던 의원이나 듣는 사람 모두 답답하기는 마찬가지였다.

"말이야 바로 하자면 우리가 언제 나라다운 나라였습니까? 바빌론 포로생활에서 풀려난 것도 페르시아 고레스왕이 덕을 베풀어 우리 조상들을 돌려보내 준 덕이었고, 바빌론에서 돌아와 불타고 파괴된 성전을 새로 건축한 것도 페르시아의 후원이 없었으면 될 법이나 했습니까? 페르시아의 왕은 그래도 바빌론의 느부갓네살왕이 성전에서 싹 쓸어갔던 금 대접, 금 촛대, 기물을 모두 돌려주지 않았습니까? 프톨레마이오스, 셀레우코스 두 제국이 번갈아 유대를 압제하는 것을 참다못해 일어난 마카비 하스몬 왕조에서도 대제사장들이 성전을 지키려고 얼마나 노력했습니까? 성전을…."

그런 보고를 듣고 나서 마음 같아서는 버럭 소리를 지르고 싶었지만 가야바는 마음을 가라앉히고 차분하게 제사장들에게 자기 생각을 설명했다. 소리만 지른다고 될 일이 아니었기 때문이었다.

"내가 하스몬 왕조의 마카비 문서를 읽고 또 읽어 보니, 그때 당시 마카비 유다가 로마와 동맹을 체결하여 셀레우코스의 압제에서 벗어난 일이야말로 정말 뛰어난 결단이었습니다."

"예, 각하! 오죽했으면 마카비 유다가 로마와 동맹 맺을 생각을 했겠습니까? 그 방법밖에는 없었습니다. 저도 그 마카비 문서를 읽어본 적이 있습니다."

마카비 문서에는 로마와 동맹을 맺은 전말이 자세하게 담겨 있었다. 그 동맹은 2백여 년 전, 셀레우코스 제국에 저항하여 유대가 하스몬 왕조를 세우면서 하루도 쉴 새 없이 전쟁을 치를 때 맺어졌다. 위험과 고통 속에 빠진 유대를 지원할 수 있는 나라, 믿을 만하면서도 우호적이고 군사력으로 도움이 될 수 있는 세력을 찾던 마카비 유다는 로마를 생각해냈다. 로마는 동맹을 맺은 나라에게는 언제나 호의를 베풀었고 돈독한 관계를 유지한다는 소문을 들었기 때문이었다. 지중해의 강자로 떠오르는 로마의 강력한 군사력에 감히 대항할 수 있는 나라는 땅 위에는 없다고 알려져 있었다. 더구나 로마는 왕이나 황제가 아닌 시민들이 뽑은 원로원 의원들과 두 명의 집정관이 다스리는 공화정을 유지하고 있었다. 지도자들이 밤낮으로 시민의 안전과 행복을 위해 일한다고 알려진 꿈의 나라가 바로 로마였다. 바다 건너 멀리 떨어진 로마와 동맹을 맺을 수만 있다면 오랜 세월 괴롭히던 주변제국들을 견제할 수 있으리라고 마카비 유다는 기대했다.

이웃에 있는 강력한 적국을 견제하기 위해 멀리 떨어진 다른 강력한 나라와 손잡는 일은 어제 오늘의 일이 아니었다. 외교의 기본이 언제나 그러했다. 지리적으로 멀리 떨어져 있기 때문에 동맹국은 절대로 자기 나라 영토에 야심이 없을 것이라는 소박한 믿음과 그 동맹 때문에 이웃 적국이 함부로 위협하고 덤벼들지 않으리라 계산했기 때문이었다. 이리 떼 우글거리는 험한 세상에서 힘 없는 나라는 목숨을 부지하겠다고 힘 있는 동맹국을 보통 먼저 찾아 나서기 마련이었다. 동맹을 맺은 강대국이 쇠망하면 다른 나라를 찾고, 그 나라 역시 사라지면 또 다른 나라를 찾았다. 제국이 무너지면 다른 제국이 그 자리에 다시 일어서고 그도 무너지면 또 다른 제국이 그 뒤를 이었다. 제국의 뒤는 제국이 잇고, 약소국의 뒤는 약소국이 잇는다는 역사를 이스라엘은 잘 알았다. 땅 위에서 제국이 일어나고 스러지는 현실의 역사가 하느님 야훼가 관장하는 역사와 서로 일치하지 않는다는 사실을 인정하지 않으면 나라를 지키며 살 수 없었기 때문이었다.

마카비 유다는 아코스의 손자이며 요한의 아들인 유폴레모스와 엘리아잘의 아들 야손을 대표로 뽑아 로마에 파견하여 동맹을 청했다. 로마 원로원은 기꺼이 이스라엘이 내민 손을 잡았다. 로마 원로원의 결정에 따라 동맹은 곧바로 체결됐다. 더구나 그 동맹을 통하여 로마도 나름대로 얻는 것이 있었다. 바로 유대가 차지하고 있는 전략적 위치가 중요했기 때문이었다. 첫째로는 셀레우코스제국의 배후에 위치한 유대와 손을 잡으면 필요할 경우 유대가 셀레우코스를 뒤에서 협공할 수 있기 때문에 전략적 유연성을 확보할 수 있어서 좋았다. 둘째로는 소아시아에서 이집트에 이르는 길목이 바로 유대였다는 점이다. 이집트 나일강 유역에서 풍부하게 생산되는 식량이야말로 모든 제국들이 가장 먼저 손에 넣으려고 노렸기 때문이었다.

로마 원로원은 유대로서는 더 이상 바랄 것이 없을 만큼 확실한 동맹을 약속하고 그 내용을 문서로 만들어 유대 사절의 손에 들려 보냈다. 그 동맹문서를 받아 든 마카비 유다는 유대 장로들을 예루살렘에 모았다. 그리고 동맹조약을 자랑스럽게 읽어 내려갔다. 그런 내용들이 마카비 문서에 자세히 기록되어 있었다.

"우리는 로마인과 유대인 두 민족이 바다와 육지에서 영원히 번영하기를 빈다. 두 민족에게는 서로 간에 전쟁이 없고 원수로서의 침략이 없을 것이다. 그리고 만일 로마나 로마 영토 안에 있는 로마의 동맹국 중 어느 하나에게 먼저 전쟁이 일어났을 경우에 유대 민족은 로마의 요청이 있으면 동맹국으로서 기쁜 마음으로 참전해야 한다. 유대인은 로마의 적국에게 식량이나 무기나 돈이나 선박 등을 주거나 보급해서는 안 된다. 이것은 로마의 결정이다. 유대 민족은 아무런 보상을 생각하지 말고 이 협정을 지켜야 한다."

유대가 로마에게 지게 될 의무였다.

"이와 마찬가지로 만일 유대 민족에게 먼저 전쟁이 일어났을 경우에 로마인들은 유대인의 요청이 있으면 동맹국으로서 기꺼이 참전해야 한다. 그리고 로마인들은 유대 민족을 공격하는 적국에게 식량이나 무기나 돈이나 선박을 주어서는 안 된다."

로마가 유대에 대하여 약속하는 의무였다. 대단히 만족스러운 내용이었다. 어느 나라도 이제껏 유대에게 이만큼 확실한 안전보장 동맹을 약속해준 나라는 없었다. 유다는 계속 문서를 읽었다.

"이것은 로마의 결정이다. 로마인들은 이 협정을 지킬 것이며 이 협약을 어기지 않을 것이다. 이것이 로마인과 유대 민족 사이에 맺은 조약문이다. 만일 이 조약이 발효한 후, 양쪽이 여기에 무엇을 첨가하거나 삭제하려면 양쪽의 합의하에 그렇게 할 수 있으며 그렇게 첨가하거나 삭제한 것도 조약의 효력을 갖는다."

여기까지 읽은 유다가 자랑스러운 얼굴로 사람들을 둘러보았다. 이만하면 훌륭하지 않느냐는 태도였다. 이제까지 유대를 짓누르던 제국의 압력, 즉 대대로 겪어온 페르시아제국, 프톨레마이오스와 셀레우코스 쌍둥이 헬라 제국의 압제에서 일거에 벗어날 수 있게 됐다는 생각이 들었기 때문이었다.

무엇을 더 요구할 말이 없을 정도로 훌륭한 동맹조약이었다. 그 문서를 읽던 유다나 듣고 있던 장로들 모두 크게 만족스러워 했다. 로마와 유대가 맺은 조약은 형식으로는 상호방위의 대등한 동맹이었다.

그러나 따지고 보면, 2백 년 전에 마카비 유다가 자랑스러워 하던 그 동맹조약 문서, 2백 년 후 예루살렘 성전 대제사장 가야바가 나서서 뛰어난 결정이었다고 찬양했던 그 동맹은 언젠가 유대가 로마의 속국이 될 씨앗을 품은 동맹이었다. 그 동맹조약 속에 두 번이나 '이것은 로마의 결정이다'라는 말이 들어가 있었다. 유대가 지게 될 의무, 로마가 유대에게 지는 의무 그 모두 로마의 결정으로 이루어졌다는 말이었다. 대등한 위치에서 맺은 동맹이 아니고, 일방적으로 로마가 유대에 베푸는 시혜임을 분명히 선언한 문서였다. 더구나 유대는 로마에게 조약의 준수를 강제할 아무런 실질적 수단을 갖지 못했다. 그 동맹 약속을 로마가 언제나 지키기를 바랄 수밖에 없었다. 그리고 그 약속을 지키리라고 믿었다. 훌륭한 나라 로마는 제국이 아니라 공화정을 운영하는 모범적인 나라였고 다른 제국들과는 확실하게 다른 나라였다. 그야말로 닮고 싶은 나라, 부러운 나라, 유대인들이 오랜 세월 꿈꾸던 나라였다. 그런 로마가 유대와 맺은 동맹을 배반하리라고 누구도 생각하지 않았었다.

역사에는 늘 기대를 배반한 기록이 가득했다. 동맹을 맺은 이후, 로마는 두 번 세 번 연거푸 이스라엘을 무력으로 점령했고 성전을 약탈했고 유대 주민을 학살했다. 그건 공화정일 때나 제국으로 바뀐 이후에나 매양 마찬가지였다. 동맹의 한 당사자는 처절하게 정복돼 속국이 됐고, 한 당사자는 주인이 됐다. 로마와 유대 그 어느 쪽도 옛 동맹 조약의 내용을 입에 올리지 못하고 살았다. 오로지 예루살렘 성전이, 특히 대제사장 가야바가 가끔 옛 동맹 얘기를 꺼내 로마에 대해 쌓인 유대인의 불만을 잠재웠다. 동맹의 한쪽 당사자인 로마에게는 주장하지 못하고 오직 유대인을 설득하는 내부 문서로만 남아 있었다.

셀레우코스제국의 안티오코스 얘기까지 나오는 얘기를 눈 감고 듣고 있던 가야바가 좌중을 둘러보며 입을 열었다.

"우리는 현실에 눈감을 수 없습니다. 유대가 어려움에 처했을 때 도움을 주었던 유일한 동맹이 바로 로마였습니다. 로마가 아니었으면 유대는 훨씬 더 오랫동안 프톨레마이오스나 셀레우코스, 그 무도하고 잔학한 제국들의 통치를 받았을 것입니다. 로마가 그 제국들을 정복했기 때문에 제국의 압제에서 벗어날 수 있었습니다."

그 말을 듣고 누구도 반론을 내놓지 않고 그저 고개를 끄덕였다. 그건 가야바와 경쟁하는 다른 대제사장 가문도 마찬가지다. 유대에게 다른 대안이 없기 때문이다. 그럴 때면 으레 한 발 더 나가는 제사장 몇 사람이 빠지지 않고 말을 이어 받았다.

"독립국가를 세우려던 마카비 유다가 왜 로마를 동맹으로 삼았을까요? 그야말로 유다의 현명한 선택이었습니다. 더구나 동맹은 로마가 필요해서 먼저 제안한 것이 아니고, 궁지에 몰렸던 유대가 먼저 사절단을 로마에 보내 체결된 사실을 잊으면 안 됩니다. 그건 우리가 로마에게서 받은 은혜였습니다. 사람과 사람 사이도 마찬가지지만 나라와 나라 사이에도 은혜를 저버리면 안 됩니다."

"물론, 동맹을 맺었던 그때로부터 시간이 흘러 세상이 바뀌었습니다. 아우구스투스 황제, 그 뒤를 이어 티베리우스 황제가 세상을 통치하고 있지만, 지금도 우리는 로마의 보호를 받고 있다는 사실을 잊으면 안 될 것입니다. 로마황제를 섬기기 때문에 우리는 로마가 세상에 가져온 평화를 누리며 삽니다. 더구나 로마는 세계 문명의 중심입니다. 헬라 문명이 로마로 넘어가 역사상 가장 찬란한 문명이 되지 않았습니까? 우리 유대는 로마 문명과 직접 연결돼 있어서 그 문명의 혜택을 톡톡히 보고 있다는 사실은 누구도 부인하지 못할 것입니다."

다른 제사장이 나섰다.

"작은 나라는 큰 나라에 의지해서 살아야 합니다. 큰 나무 밑에 사는 작은 나무는 큰 나무 가지 사이로 떨어지는 햇빛, 조금씩 쏟아지는 빗물만으로도 살아가는 방법을 터득해야 합니다."

어차피 주변 어느 제국의 지배를 받으며 살 수밖에 없는 유대가 독립을 추구하고 독자적인 생존수단을 확보한다는 말은 애초부터 공허한 구호로 취급받았다. 세상물정 모르는 잠꼬대 같은 소리, 피를 불러오고 적국의 말발굽을 초대하는 말이 독립이라고 믿었다. 유대는 한 번도 이 길이냐, 저 길이냐를 스스로 선택할 기회를 가져 본 적이 없었다. 그저 주어진 상황을 수용했을 뿐이었다. 마카비 유다가 세운 하스몬 왕조가 무너지고, 헤롯이 왕이 되고, 헤롯의 아들이 쫓겨나고, 총독이 다스리는 나라로 바뀌는 동안 제국에 편입된 속국이기는 마찬가지였다.

"아버지! 이제 밤이 너무 깊었습니다. 계속 의논한다고 해서 이 밤 안으로 어떤 결론을 낼 수는 없을 것으로 봅니다. 오늘은 이만 마치고 내일 다시 의논하시는 것이 어떨지요?"

마티아스가 제안했다. 너무 놀라운 얘기를 들었던 터라 사실 모임에 참석한 모든 사람들도 이제는 진이 빠질 대로 빠진 셈이었고, 자꾸 두서없이 이 얘기 저 얘기 나오는 것으로 보아 모임을 마쳐야 할 시간이라고 느꼈기 때문이다.

"그러자!"

가야바도 고개를 끄덕였고, 모임에 참석했던 사람들도 다른 얘기 없이 자리를 뜨기 시작했다.

"아, 잠깐!"

가야바가 제사장 한 사람을 불러 세워 다음 날 일을 지시했다.

"날이 밝아 산헤드린 회의가 열리면, 다른 얘기는 말고 예수인가 그 누구인가 하는 사람 얘기는 간단하게 보고해 두시오."

사람들은 각자 다른 생각을 하며 가야바의 집을 나섰다. 어떤 사람은 자기에게 닥칠 위험만 생각했고, 어떤 사람은 성전에 몰려오는 불길하고 어두운 구름을 생각했다. 끝날 무렵 제사장 한 사람이 얘기했던 것처럼, 제국의 통치를 받는 유대로서는 다른 길이 없었다. 성전이 맡아서 해야 할 일은 성전이 하고, 하느님이 하실 일은 기다리는 수밖에 없었다. 성전을 세우기 위해서, 그리고 세워진 성전을 지키기 위해서 예루살렘 성전 지도자들은 언제나 제국 식민통치의 보조기관 역할을 마다하지 않았다. 질서와 치안을 유지하는 임무, 그리고 제국이 할당한 세금과 공물을 걷어 바치는 징수기관 임무를 떠맡았다. 다른 방법이 없기 때문이었다.

"어쨌든, 무슨 수를 쓰고 어떤 짓을 해서라도 유대의 일에 로마가 무력으로 개입하는 일은 막아야 합니다. 그리고 총독에게 잘 협조해서 절대로 어떤 빌미도 주지 않아야 합니다. 그건 이 시대 예루살렘 성전에 주어진 소명입니다."

성전에 속한 모든 사람들이 한가지로 동의하는 말은 로마총독에게 빌미를 주지 않아야 한다는 말이다. 총독의 개입을 사전에 예방한다는 것이다. 성전은 불온한 모임이나 움직임을 모두 사전에 막을 수밖에 없었다. 평화를 누리고 성전을 섬기며 유대가 살아갈 수 있는 유일한 길은 로마에게 철저하게 복종하는 길밖에 없다는 논리를 폈다. 사람들은 고통스럽지만 그 말을 받아들일 수밖에 없었다. 성전에서 일하는 사람이라면 가야바를 비난하든 옹호하든 현실을 인정할 수밖에 없었다.

"누가 이때에 대제사장 각하와 성전을 비난하고 나설 수 있습니까? 로마에게 복종하며 사는 일이 나쁘다고 말하기는 쉽지만 다른 대안, 다른 세상이 있습니까? 현실을 모르고 잠꼬대 같은 엉뚱한 얘기로 백성을 미혹하여 혼란을 부추기는 사람은 그가 누구이든 용납할 수 없습니다. 이스라엘의 생존, 유대인의 생명이 달린 일입니다."

대제사장은 예루살렘 성전의 최고 지도자지만, 한편으로는 현실 정치가였다. 그렇기에 하느님이 아니라 로마에 의지하여 이스라엘의 생존을 도모할 수밖에 없었다. 날마다 열심히 제사는 드리지만 하느님 야훼가 역사한다는 믿음이 제일 적은 사람이 바로 대제사장일 수밖에 없었다. 현실에 눈을 뜨고 가르침에 눈을 감되 말은 그 반대로 해야 하는 역할을 맡은 사람이 대제사장이었다. 그가 주관하는 제사나 찬양이나 기도는 그저 의식일 뿐이었다.

대제사장에게는 그가 누구였든 어떤 제사장이었든 남들이 갖지 못한 중요한 명분이 있었다. 그건 전통이 부여한 권위였다. 역사 해석의 기준이었다.

"하느님은 늘 선택하신 사람에게 백성을 맡긴다. 하느님이 세운 지도자에게 저항한다면 그건 바로 그 사람을 들어 세우신 분에게 저항하는 것이다."

이스라엘에서는 오래전부터 사람들이 믿고 받아들인 말이었다. 그리고 대제사장은 하느님이 세운 지도자로 불렀다. 헤롯 왕실이 임명했든 로마총독이 임명했든, 하느님이 불러서 대제사장으로 세운 것이라고 사람들은 믿었다. 하느님의 뜻은 언제나 해석이 필요했다. 오래전부터 직접 백성 앞에 나서지 않는 신이 되었기에 더욱 그러했다. 신의 뜻을 해석하고 백성에게 선포하는 권위는 오로지 성전만 가졌다. 이스라엘을 위해 없어져야 할 사람을 선택하는 일도 하느님의 뜻을 받들어 성전이 결정하는 일이었다. 성전이야말로 하느님의 뜻을 해석하고 집행하는 기관이라고 불리기 때문이었다.

따라서 공식적으로 대제사장은 잘못을 저지를 수 없는 사람이고, 누구도 대제사장의 말에 다른 의견을 내세울 수 없었다. 왕이 내리는 결정에 저항하면 불충이고, 아버지의 뜻을 거스르면 불효였고, 대제사장의 뜻에 반대하면 하느님의 법을 어기는 일이었다.

"하느님의 뜻이 이러합니다."

그 한 마디 말에 이스라엘 백성은 머뭇거리지 않고 자기 권리를 왕이나 성전에 기꺼이 맡겼다. 안보, 삶의 평온, 경제적 권리를 지켜준다는 그 말을 믿었기 때문이었다. 현재 손에 쥔 것을 지키려고 눈에 보이지 않는 미래를 포기했다. 잠시 맡겨 둔 셈 치라는 말에 홀려서, 넘기면 안 되는 권리마저 넘겼다. 통치자는 넘겨받은 칼로 백성을 강제했다. 빼앗긴 것을 돌려받는 일은 어떤 경우에도 불가능하다는 사실을 사람들은 전혀 예상하지 못했다. 먹고사는 일에 하루가 바쁜 보통 사람과 오로지 권력을 획득하고 유지하는 일밖에 생각하지 않는 지배자 사이에 벌어지는 싸움에서 백성이 이길 수 있는 방법은 전혀 없었다. 그건 역사가 잘 보여준다. 기록된 역사는 그 싸움에서 이긴 지배자들의 얘기였기 때문이다. 역사는 지배자들에게 정당성을 부여했고 백성에게는 낭패감을 심어주었다. 뒤늦게 깨닫고 권리를 돌려달라고 요구하는 사람에게 지배자는 이미 오래전에 준비해둔 대답을 내놓는다.

"역사상 한 번도 그대가 요구하는 그런 일은 일어난 적이 없소. 있을 수 없는 일이오."

미래가 아니라 오직 과거로 눈이 열린 사람에게 역사와 전통보다 더 합당한 명분은 없다. 오늘은 미래의 첫날이 아니고 항상 과거의 마지막 날이었다. 지배자들은 언제나 과거에서 정당성과 정통성의 근거를 찾는다. 그들이야말로 신이 미래를 포함한 시간의 주재자라고 믿지 않는 불不신앙, 비非신앙의 사람들이다. 그들 성전 지도자들이 신 앞에 무릎을 꿇고 가장 경건한 표정으로 하늘을 우러를 때, 그들에게는 믿음과 믿는 행위가 같아야 한다는 생각은 없었다.

"한 사람이 없어져서 열 사람이 살 수 있다면 그 일은 신이 관여하시는 일이다."

지배자들은 열 사람을 위해 한 사람이 희생돼야 한다는 말로 사람들이 발 디디고 선 한 뼘 땅마저 빼앗았다. 마지막에는 자기 생명을 넘기는 일도 받아들일 수밖에 없게 될 뿐이었다. 언젠가 열 사람이 한 사람을 위해 죽는 사회로 바뀔 줄 아무도 생각하지 못했다.

성전 지도자들은 더도 말고 덜도 말고 지금 세상 같기만 바랐다. 물이 언제나 아래로 흘러내려 깊은 웅덩이에 고이듯 모든 물자는 성전으로 흘러들었다. 사람들은 자루에 담고 광주리에 채워 곡식과 과일을 가져오고 첫배 짐승은 가슴에 고이 안고 와서 바쳤다. 술 담근 날과 지역으로 분류하여 성전에 있는 항아리마다 포도주를 가득가득 채웠다. 농사지은 사람 입으로 들어갈 먹거리가 성전 관리의 배에 들어가도 백성들은 하느님의 뜻이 그렇겠거니 체념하며 받아들이며 살았다.

차고 넘치는 물자를 보관하고 관리하기 어려워지자 성전은 금과 은으로 바꿔 관리했다. 그런 일을 '물자의 관리와 처분'이라고 불렀다. 물자를 처분할 수 있는 권한과 물자에 접근하여 관리하고 이용할 수 있는 권한은 단지 몇 사람에게만 주어졌다. 대제사장 가문 사람들이나 그 가문과 결탁한 사람들이 성전의 재물을 이용해서 개인적으로 또는 집단적으로 부를 늘렸다. 어떤 제사장은 성전으로부터 돈을 빌려 그 돈을 다시 유대인들에게 빌려주었다. 율법에서 금지한 이자를 교묘하게 받아내는 방법을 찾아냈다. 90을 빌려주며 100을 빌렸다는 차

용증을 받고 이자를 먼저 떼는 수법이었다. 하루를 넘기기 어려운 사람들은 조건이 아무리 불리해도 받아들일 수밖에 없었다. 그렇게 해서라도 돈과 곡식을 빌릴 수 있다면 성전의 덕을 톡톡하게 본 선택된 사람이었다. 성전 관리, 하다못해 친척 중에 성전과 연결된 사람이 있어야 돈을 빌리고 곡식을 꿀 수 있었다. 그렇게 빌린 돈을 형편이 더 나쁜 사람에게 더 나쁜 조건, 그러니까 더 높은 이자를 먼저 떼고 빌려주는 사람도 있었다. 유대에서 경제주체는 오로지 성전뿐이었기에 가능한 일이었다. 예루살렘에서 살면서 그들이 누리는 특권을 유지하며 살아가려면 경건한 유대인이든, 성전과 협력하며 생계를 유지하는 바리새파 사람들이든 모두 성전에 의지할 수밖에 없었다.

☩

니고데모는 모임을 마치고 가야바 대제사장 집을 나서면서 깊게 한숨을 쉬었다.

"어허!"

쇳덩어리를 달아 맨 듯 마음이 천근만근 무거웠다.

몇 걸음 걷다가 걸음을 멈추고 방금 나온 가야바 저택을 뒤돌아보았다. 왠지 그 집이 무섭게 느껴졌다. 어둠속에 웅크린 집이 불길해 보였다. 가지 말았어야 할 곳을 다녀온 듯 갑자기 오소소 소름이 돋는다. 서쪽으로 많이 기울어진 달이 떨구는 푸르스름한 달빛이 섬찟 옷깃을 파고든다. 달이 푸르면 이미 무언가 손에 움켜잡은 악령이 소리 없이 웃는다는 말이 생각났다.

니고데모는 예수의 온화한 얼굴을 떠올렸다. 맑고 순한 눈을 가졌던 사람, 그 눈 속에 갈릴리 호수를 떠도는 밤구름이 조용히 흘러갔었다. 그와 나누었던 대화가 모두 생각났다. 무슨 말을 하든지 사람 가슴속에 한 마디 한 마디 꼭꼭 심어 넣듯 조곤조곤 말하던 사람, 그에게 닥칠 험한 운명을 생각하니 몸이 떨렸다. 끝없이 낭패감이 몰려든다.

"예수!"

그의 이름을 불러봤다. 가슴속에서 묘하게 메아리치더니 그 이름이 주는 따스함이 점점 온몸으로 퍼져 나갔다. 무슨 주문을 외우듯 예수의 이름을 거푸거푸 부르며 집으로 발걸음을 옮겼다.

"아, 예수 선생!"

"예수 선생님!"

어두운 밤길, 니고데모는 발걸음을 옮기며 1년쯤 전에 예수를 처음 만났던 일을 떠올렸다.

니고데모가 예루살렘 대산헤드린을 대표하여 안티파스의 갈릴리 도성 티베리아스 왕궁을 방문한 길이었다. 그때도 밤이었다. 산헤드린 의원이자 예루살렘의 유력자 신분으로 공연히 예수를 만나는 것이 꺼려져 어두워진 시간에 예수를 찾아갔었다.

오래전부터 기회가 되면 예수를 한번 만나보고 싶었다. 예루살렘에서도 언뜻언뜻 그의 소문을 들었고, 새롭게 하느님 나라를 가르친다는 얘기도 들었기 때문이었다. 사람들이 오래 기다리던 분이 바로 그인지 알아보고 싶었다. 궁금한 것도 많고 물어보고 싶은 일들도 많았다.

티베리아스에 도착한 날부터 니고데모는 여러 사람에게서 예수 이야기를 들을 수 있었다. 자기들끼리 소리 낮춰 수군수군 나누는 말이라도 멀리 떨어진 그의 귀에 이상하게 쏙쏙 들어왔다. 안티파스 궁정에서 일하는 사람들은 거의 모두 그를 허풍쟁이, 가난한 떠돌이 설교가, 죄인에 가까운 사람이라 평했다. 어떤 사람들은 아예 대놓고 예수를 죄인이라고 불렀다. 그러나 예루살렘에서부터 동행한 동료 바리새파 의원은 예수를 달리 평가했다.

"어두운 밤, 멀리서 반짝이는 불만 보아서는 누가 켜 든 불빛인지 알 수 없지요. 농사꾼인지, 어부인지, 도망가는 죄인인지, 잃어버린 물건을 찾아 나선 아낙인지 결코 알 수 없지요. 다만 누가 불을 켜 들고 거기 있다는 것밖에는 아무것도 알 수 없지요."

"그건 무슨 소리요?"

"만나보지 않고 얘기해보지 않고는 모른다는 말입니다."

놀라운 말이었다. 그는 불을 들고 서 있는 존재를 얘기하고 있었다.

"죄인이 도망간다면 불을 켜 들고 달아나지야 않겠지."

"그러게 말입니다."

"불을 켜 든 것은 맞습니까?"

"그러니 저렇게 말들 하겠지요."

"불은 불인가요?"

"여기 사람들이 이러쿵저러쿵 수군거리는 것으로 보아서는 관심을 가질 만한 사람인 것은 틀림없겠지요."

"왜들 그럴까요?"

"자기들에게 어떤 영향이 있지 않겠습니까? 이 사람들이야 자기가 손해 보는 일 아니라면 조금도 관심을 보일 사람들이 아니지요."

"손해라, 어떤 … ?"

"이 사람들이 자기들 마음속 깊은 말이야 하겠습니까? 그런데 예수라는 그 사람에 대해 말하는 것을 들어봐서는 좀 짚이는 것이 있습니다. 죄인이니 불결하니 하는 것을 보아서는 죄인들과 어울리는 사람 같고, 허풍쟁이라 부르는 것을 봐서는 무슨 대단한 것을 가르치는 것 같고, 떠돌이라 부르는 것을 봐서는 무리를 끌고 여기저기 다니면서 불을 지르는 것 같고."

"한번 만나 볼까요?"

"니고데모 선생으로서는 체통이 안 서는 일 같지 않습니까?"

"밤에 슬쩍 … ."

"그렇게요?"

"어디로 불러 만나 볼까요? 여기는 눈이 많아 불편하고."

"오라 한다고 오겠습니까? 찾아가 만나면 몰라도."

"내가, 이 니고데모가, 예루살렘 대산헤드린 의원이 찾아간다? 오라고 불러서 만나면 몰라도."

"불을 보았다면 불빛 있는 곳으로 가보는 것이 좋지 않겠습니까?"

"같이 찾아볼까요?"

"아이고, 저는 아닙니다. 니고데모 선생이나 가보세요. 저는 끼어들고 싶지 않습니다."

"아니 불빛이라느니, 가보아야 한다느니 먼저 얘기를 꺼내 놓고서 그렇게 슬쩍 빠지면 어째요?"

"말하자면 그렇다는 얘기지요."

"허허."

그렇게 얘기만 나누고 그날은 그냥 넘어갔었다.

그 이튿날, 안티파스 궁전에 생선을 댄다는 사람을 통해 예수를 만날 수 있었다. 궁정 시종들끼리 얘기하는 중에 '예수의 제자들이 잡은 물고기'라는 얘기가 언뜻 들려 그들에게 말을 걸은 일이 시초가 됐다.

"그게 무슨 소리요?"

니고데모는 그 시종에게 물었다.

"예, 다른 날은 그저 그런 생선이 들어옵니다. 그런데 오늘은 특별히 좋은 생선이 들어왔습니다."

"그런데요?"

"예? 무엇이 궁금하신지요?"

"방금 예수의 제자 무어라 얘기들 하기에 ⋯."

"여기 갈릴리 호수 일대에서는 예수의 제자들이 잡는 생선은 어딘가 늘 조금 특별하다는 얘기입니다. 언제나 좋은 물고기를 잡더라고요."

"그럼 그들이 잡은 생선을 직접 궁정에 보냅니까?"

"웬걸요. 좋은 생선 잡으면 시원치 않게 잡은 사람들 불러서 다 나눠준답니다. 자기들 일행 먹을 만큼만 남겨 두고요."

"그런데 어떻게 여기에 그 좋은 생선이?"

"궁정에 생선을 대는 사람이 있는데, 그 사람이 예수라는 사람 무리와 좀 알고 지낸답니다. 좋은 물고기가 생기면 그 사람은 자기가 먹지 않고 궁정에 보냅니다. 가끔 우리가 그 사람 편의를 봐주거든요."

"어떻게 예수의 제자들은 그렇게 좋은 물고기를 잡는답니까?"

"모르겠습니다. 물고기 잡는 거야 그 사람들 일이니까요."

"물고기 가져온 사람 갔나요?"

"아직 안 갔습니다. 요리청에서 뭐 얻어갈 생각인가 봅니다. 저쪽에 앉아 기다리고 있습니다."

시종들이 가리키는 쪽을 바라보니 꽤 단단하게 생긴 사람 하나가 건물 뒤쪽 계단에 앉아 있었다. 그 사람에게 예수에 대해 물어보고 싶어졌다.

"저 사람이 예수를 잘 압니까?"

"그럴 겁니다. 그 제자들과 잘 어울린다고 들었습니다."

시종들은 인사하더니 총총히 건물 안으로 사라졌다.

뜨거운 햇볕이 정통으로 머리 위에서 내리쬐고 있었다. 주위를 돌아보니 다른 사람은 아무도 없었다. 니고데모는 무심한 척, 슬슬 그 사람이 앉아 있는 계단 쪽으로 걸어갔다. 계단에 앉아 있던 사람은 그를 보자 벌떡 일어나더니 두 손을 앞으로 가지런히 모아 잡고 공손하게 인사했다. 순간적으로 그런 자세를 취하는 것으로 보아 궁정에서 만나는 모든 사람에게 그렇게 인사하는 사람인가보다 생각했다. 더구나 니고데모는 대산헤드린 의원이기 때문에 행세깨나 하는 사람 복장이었다.

니고데모는 그냥 고개를 끄덕하여 인사를 받으며 그 앞을 모르는 척 지나쳤다. 그 사람은 공손히 손을 모은 자세로 그가 지나갈 때까지 그대로 서 있었다. 니고데모는 몇 발자국 걷다가 갑자기 생각난 듯 몸을 돌려 물었다.

"어디서 무엇 하는 누구요?"

갑작스러운 질문에 깜짝 놀란 듯 그는 몸을 움찔했다. 햇빛을 정통으로 받고 서 있는 그 사람은 당황한 표정이었다. 입을 조금 벌린 상태로 그저 니고데모를 바라보았다. 무엇을 묻는지 잘 모르겠다는 표정을 읽을 수 있었다. 니고데모가 몸을 돌려 여전히 자기를 바라보자 그는 엉거주춤 대답했다.

"예, 어붑니다."

"어찌 어부가?"

"물고기를 가져왔습니다. 아주 좋은 생선이라서 ….."

"왜 잡은 사람이 먹질 않고?"

"제가 잡은 것 아닙니다. 얻은 겁니다."

그는 조금씩 말이 풀리는 것 같았다.

"좋은 물고기를 그냥 얻었어요?"

"예, 그 사람들은 늘 그럽니다."

"누구?"

"예에, 저기 호수 북쪽에 있는 가버나움 마을 어부들인데 이 부근에까지 내려와 고기를 잡으면 여기 사람들에게 나누어줍니다."

"자기들이 안 가져가고요?"

"자기들 먹을 만큼 조금 내놓고는 다 나누어줍니다."

"흠, 그래요."

'그래요' 하는 말이 평소의 습관대로 느리고 길게 나왔다. 그 사람은 니고데모의 어투가 바뀌자 무언가 불안한 듯 얼른 다음 말을 이었다.

"예수와 그 일행은 자기들 몫 챙기는 일은 잘 안 합니다."

"예수요?"

"예, 나사렛 사람 예수 말입니다."

"나사렛 사람이 여기 호수에 와서 어부를 해요? 거기는 서쪽 어딘가 산골마을 아닌가요?"

"나사렛을 아십니까? 어부라도 그분은 선생님입니다. "

"선생님이라고요?"

"예 훌륭하신 분입니다. "

"어떻게요?"

그는 어떻게 말해야 좋을지 몰라 잠시 생각하면서 말을 머뭇거렸다. 나사렛 사람이 멀리 떨어진 이곳 호수에 와서 그물질하며 고기 잡는 어부가 됐는데 그 어부는 훌륭한 선생이라는 얘기는 앞말과 뒷말이 서로 맞지 않고 이상하다고 그도 생각한 모양이었다. 자기 고향을 떠나 다른 지방으로 이사 간다는 일도 대단히 드문 일이고, 어부가 선생님이라 불린다는 것은 더욱 있을 수 없는 일이었다. 그것도 훌륭한 사람이라는 평가까지 받는 것은 누구도 생각할 수 없을 만큼 놀랍고 뒤집히고 꼬이고 말이 안 되는 내용이었다.

"어떻게요?"

이제 니고데모는 예수에 대한 실마리를 잡은 것 같아 관심을 가지고 다시 물었다.

"그분은 하느님 나라는 저희같이 못 배우고 불쌍하고 미천한 사람들의 나라라고 가르치십니다. "

놀라운 말이었다. 자기 말대로 갈릴리 호수 가난한 어부가 자기 입으로 미천한 사람들에게 허락된 하느님 나라, 그리고 그 나라가 자기들의 나라라고 말하고 있었다. 비록 예수에게 들어 배운 말이겠지만 그 말이 얼마나 불경하고 참람한 말인지 모르는 듯했다. 이 무식한 갈릴리 어부가 천하를 뒤집어엎는 혁명을 말하고 있었다.

"그 말을 믿어요?"

"예!"

"정말로?"

"예. 원래 그랬답니다."

"원래 그랬다?"

"예, 원래부터 … ."

니고데모에게 예수를 반드시 만나야 할 중요한 이유가 한 가지 더 생겼다.

"내가 예수라나 그 선생이라는 사람을 좀 만나야겠는데 … ."

"예? 제가 뭐 잘못했나요?"

"아니오."

"저는 들은 대로만 말씀드렸는데요? 혹 무슨 잘못이?"

갑자기 그 사람은 큰 걱정이 생긴 표정을 지었다. 마치 자기가 무슨 말을 잘못 옮겨 이 높은 분이 화가 난 것 아닌가 염려하는 표정이 얼굴에 스쳤다.

"저는 잘못한 게 없는데 … ."

채 말을 끝내기 전에 얼른 그를 안심시켰다.

"나도 그 선생을 만나서 배워보고 싶어서요."

"아, 예."

자기가 말을 잘못해서 큰일이 벌어지는 것은 아니라는 생각에 그 사내는 일단 안심하며 고개를 끄덕끄덕했지만 긴가민가 미심쩍은 표정은 아직 남아 있었다. 그는 니고데모의 얼굴을 바라보았다. 높은 사람임에는 틀림없어 보였다. 그런데 표정이 남달리 온화하고 자세가 신중하고 점잖은 사람이었다. 그는 조금 경계를 풀었다.

사실 니고데모는 대산헤드린의 의원으로 있지만 정치에는 크게 관여하지 않고, 기록을 열심히 연구하는 바리새파 학자였다. 언젠가 대산헤드린 의원을 그만두면 제자들을 모아 가르치는 일만 하려고 마음먹고 있었다. 존경받는 선생이 되는 것이 대산헤드린 의원으로 대접받고 행세하는 일보다 훨씬 더 값진 일이라고 그는 생각했다.

"그 선생님은 어디 계시오?"

두려움이 풀어진 듯 그 사람은 망설임 없이 대답했다.

"내일까지는 여기서 멀지 않은 마을에 머물면서 고기도 잡고 가르치기도 하실 겁니다. 여기에서 북쪽으로 한 20리쯤 올라가면 조그만 마을이 있습니다. 열댓 집 정도가 호숫가에 붙어 있습니다. 지금은 거기 머물고 계십니다."

"거기를 가려면 어떻게 가야 하오?"

"성문을 나가신 다음 첫 번째 큰 거리에서 왼쪽으로 꺾어 쭉 그 길을 한 5리쯤 걸으시면 호숫가로 빠지는 길과 그 위로 계속 올라가는 큰길로 갈라집니다. 호숫가로 빠지는 길을 한참 따라가시다가 첫 번째 마을 지나고 10리쯤 올라가시면 두 번째 어촌 마을이 나옵니다. 거기에서 예수 선생님이 어느 집에 묵고 있는지 물으시면 누구라도 알려드릴 것입니다."

"내가 그냥 불쑥 찾아가면 만나주실까요?"

"누구든 찾아오는 사람은 내치지 않으십니다. 가르침을 받고 안 받고는 사람마다 다르겠지만."

"언제 가야 만날 수 있나요?"

"늦은 밤부터 새벽까지 고기 잡으러 가십니다. 그러니 해 떨어지고 한밤 되기 전에 오시면 만나 뵐 수 있습니다. 엊그제부터 부근 마을에서 많은 사람들이 찾아왔었습니다."

"부탁 좀 하나 합시다. 내가 오늘밤에 가면 예수 선생님에게 나를 소개해줄 수 있겠지요?"

"아니, 저같이 미천한 사람이 어떻게 … ."

"괜찮아요. '다만 가르침을 받고 싶다 해서 안내했습니다' 하는 정도로 소개하면 돼요."

"그래도 … ."

"괜찮아요. 그리 합시다."

"예, 그럼 밤에 그리로 오시면 제가 기다리고 있겠습니다."

"그럽시다."

그리고 니고데모는 휘적휘적 그 자리를 떠났다. 주위를 둘러보아도 그 사내와 자기 외에는 아무도 없었다. 누가 어떤 사람을 다른 사람에게 소개하여 인사시킨다는 것은 그 세 사람 신분이 비슷할 때나 가능한 일이다. 처음 만난 그 사내에게 소개를 부탁한 것이 그로서는 참으로 파격적인 생각이었다. 체면과 명예를 모두 내던진 얘기였다. 더구나 예수를 만나기 위해 처음 만난 사람에게 소개를 부탁한다는 생각은 이전 같으면 정말 상상할 수 없는 일이었다. 그의 위치에 있는 사람이라면 사람을 시켜 예수를 부르는 일이 보통일 것이었다. 게다가 주위 알 만한 사람들을 불러 참석시킨 다음 예수에게 이것저것 궁금한 것 물어보고 예수가 예의를 갖추어 그 물음에 대답해야 대산헤드린 의원의 신분에 맞고 합당한 절차였다. 무엇 때문에 그 짧은 순간에 예수보다 아랫사람, 찾아가야 할 사람의 위치로 자기를 낮추었는지 모를 일이었다. 무엇인지 알 수 없는 어떤 느낌 한 줄기가 니고데모의 가슴속으로 흘러들어 왔다. 그것이 무엇이든 일부러 그 흐름을 거스르고 배척할 생각은 없었다.

해가 무척 뜨거웠다. 궁성이라지만 사방은 조용했다. 궁성이 텅 비어 있다는 생각이 들 정도였다. 궁정 관리들과 약조한 시간이 얼추 다 된 듯했다. 그는 뒷짐을 진 채 서두르지 않고 약속 장소로 천천히 걸음을 옮겼다. 생각해 보니 참으로 이상했다. 바리새파 선생, 대산헤드린 의원의 지위로 생각할 때 예수의 얘기에 극도로 분개하고 반감을 가져야 할 텐데, 웬일인지 그가 했다는 말이 그럴듯하게 생각되기 때문이었다. 무엇이 가슴속에 스며들어와 그리 말랑하게 만들었는지, 그런 얘기를 듣고도 펄쩍 뛰지 않게 됐는지 알 수 없었다.

날이 어두워지기를 기다려 니고데모는 슬그머니 티베리아스 궁성을 빠져나왔다. 일부러 평상복으로 갈아입은 채였다. 치렁치렁 너펄거리는 옷을 입고 밤길 걷기가 거추장스럽기도 했지만 입은 옷으로 그의 신분을 다른 사람들이 알 수 있기 때문이었다. 예루살렘에서 같이 내려온 동료와 동행하고 싶었지만 마음을 바꿨다. 같은 바리새파 의원이지만 대산헤드린에서 잘 어울리는 사람은 아니었다. 니고데모는 이스라엘의 율법을 연구하며 그 정책을 다루는 일을 맡았고, 그는 재정을 담당하는 사람이었다. 그는 갈릴리 지방에서 성전세, 십일조, 헌물을 거두어들이는 일로 안티파스 궁정과 협조하려고 내려왔고, 자기는 갈릴리 지방에 회당들을 세우는 문제를 상의하러 내려온 터였다. 더구나 자기 신분으로 예수를 만난 일이 문제가 될 때 한 사람이라도 그런 일을 아는 사람이 있으면 거북할지 모른다는 생각도 들었다.

니고데모는 겨우겨우 예수가 머문다는 마을에 이르렀다. 낮에 만난 사내는 아주 쉽게 설명했지만 밤길, 더구나 호숫가 길을 혼자 걸어 낯선 마을을 찾는 일이 생각처럼 그리 쉽지 않았다. 마을을 찾아 들어가자 예수가 머문다는 집을 금방 알 수 있었다. 많은 사람이 모여 웅성거리는 집이 쉽게 눈에 띄었다.

그가 목을 빼고 방안을 살피자 사람들이 그에게 길을 터주었다. 예수로 짐작되는 사내가 나이 먹은 사람을 길게 눕혀 놓고 그의 가슴에 손을 얹어 가볍게 두드리고 있었다. 때때로 누운 사람의 이마를 수건으로 닦아주었다. 누운 사람은 몸을 부들부들 떨었다. 가슴도 심하게 오르락내리락 했다. 시간이 조금 지나면서 숨결이 한결 가라앉았다. 예수는 누운 사람 머리맡에 놓아두었던 주먹만 한 크기의 단지를 열어 수건을 조금 적셔서 그 사람 코에 대주었다. 그리고 크게 숨을 쉬라고 일렀다. 그 목소리는 나직하면서도 부드러웠다. 치료가 끝나간다 싶어 니고데모는 방으로 들어갔다.

그 남자에게 그대로 좀 누워 있으라 이른 다음 예수는 몸을 돌려 방안에 들어온 니고데모를 맞았다. 낮에 궁성에서 만난 어부도 문밖에서 있다가 얼른 따라 들어왔다.

"선생님, 오늘 낮에 만난 분입니다. 선생님 뵙고 싶다고 해서 제가 오시라 했습니다. 예루살렘에서 내려오신 분이랍니다."

어부는 예수에게 니고데모를 소개하는 입장이었지만 사실 니고데모에 대해 아는 것이 별로 없어서 어정쩡하게 설명할 수밖에 없었다. 눈치는 빠른 사람인 듯, 어디에서 어떻게 만나게 됐는지 입에 올리지는 않았다. 갈릴리 호수 어부가 안티파스의 궁정에 드나들며 어떤 거래를 한다는 사실은 누구라도 내놓고 밝히고 싶은 일은 아닌 것이 분명했다. 그렇게 애매하게 소개를 하고 그는 뒤로 물러났다.

"예수 선생님, 저는 니고데모라 합니다."

그는 예수를 선생님이라고 불렀다. 어쩐지 그래야 할 것 같은 생각이 들었기 때문이었다. 소개한 어부가 예루살렘에서 온 사람이라고 그를 소개하자 주위에 있던 사람들이 금방 비상한 관심을 보이며 흥미로운 눈으로 그를 쳐다봤다. 그중 어떤 사람은 귀에 들릴 만큼 콧방귀를 뀌며 적대감을 표시했다. 예수의 제자로 보이는 사람이 목소리를 낮추어 다른 제자에게 소곤거렸다.

"와! 우리 선생님도 이제 유명해지셨네. 예루살렘에서까지 찾아오는 것을 보니 … ."

그런 소리를 한 귀로 흘리면서 그는 선 채로 예수에게 다시 목례를 보냈다.

"어서 오세요."

예수는 자리에 앉은 그대로 따뜻한 눈으로 니고데모의 인사를 받으며 그를 맞았다.

"선생님 말씀을 듣고 꼭 한 번 뵙고 싶어서 이렇게 찾아왔습니다."

"잘 오셨습니다. 어디 앉으시지요."

사실 방안에는 사람들이 그득 앉거나 서 있어서 그가 비집고 들어갈 자리가 없었다. 그때 앉아 있던 한 사람이 얼른 일어나더니 자기 자리에 니고데모를 앉혔다. 생긴 모습은 우락부락한데 슬쩍 미소 지으며 앉으라고 권하는 모습이 그야말로 순박한 어부 같았다.

246

"고맙습니다."

니고데모는 사양하지 않고 앉았다. 예수는 앉은 자리에서 올려보고 자기는 선채로 내려다보면서 얘기를 나눌 수는 없기 때문이었다. 아직은 자기가 누구인지, 왜 만나고 싶었는지 밝히고 싶은 생각은 없었다. 자기를 밝히지 않는다고 찾아온 사람을 물리칠 예수는 아니라고 생각했다. 원래 누구를 처음 만나면 자기가 누구라는 것을 상세히 밝히는 법이다. 어디에 살고, 누구의 아들인지, 무슨 일을 하는 사람이고, 어떤 지파에 속한다는 것을 밝혀야 그에 맞추어 합당한 대접을 받는다.

"선생님, 선생님이 가르치시는 내용을 이전부터 전해 들었고, 오늘도 또 그런 얘기를 들었습니다. 얘기를 들을 때마다 선생님은 정말 훌륭하신 분이라는 생각을 하게 됐습니다."

예수는 그가 하는 말을 조용히 듣고 있었다.

"하느님 나라가 가장 가난하고 미천한 사람들의 나라라는 말씀이 저에게는 큰 감동입니다."

"그 말을 받아들일 수 있던가요?"

"예, 선생님."

니고데모는 잘 알았다. 누구와 얘기를 깊게 나누려면 우선 그 사람이 하는 얘기를 잘 듣고 그가 하는 말에 동조해주어야 한다. 그건 살면서 깨달은 일이다. 비록 예수가 자기에게 직접 말한 내용은 아니지만, 낮에 만난 어부가 예수를 소개할 때 입에 올린 말의 핵심이 하느님 나라였다. 그는 주저 없이 우선 그렇게 말을 건넸다. 그의 태도나 건네는 말이나 모여 있던 사람들에게는 뜻밖이었다. 이따금 가버나움에서 만난 예루살렘 사람은 으레 다짜고짜 따지거나 시비를 걸어왔기 때문이었다. 예수의 가르침을 일단 받아들이면서 얘기를 시작한 예루살렘 사람은 그가 처음이었다. 방안에 모인 사람들은 찾아온 사람이 좀 특별하다는 것을 깨달았다. 하기야 그런 사람이니 혼자 밤길을 걸어 찾아왔으리라는 생각이 들었다. 경계하던 마음을 풀고 그를 다시 보게 됐다.

"그런데 선생님, 하느님 나라라고 하시면 그 나라가 언제 이루어지는지요?"

지극히 평범한 질문이었다. 그러나 그건 예수를 따르고 가르침을 받아들인 사람들과 예수 사이에 아직 건널 수 없는 간극으로 남아 있던 문제였다.

"이미 하느님 나라는 이루어졌지요. 여기에 지금!"

제자들은 선생님이 역시 그렇게 대답할 줄 알았다는 표정을 지었다. 이미 하느님 나라는 이 땅에 이루어졌다는 예수의 가르침은 아직 제자들도 선뜻 받아들이기 어려운 말이었다. 예수에게 중요한 것은 하느님 나라와 그 하느님 나라에 들어갈 사람이었다. 그런데 대부분의 사람들에게는 언제 하느님 나라가 이루어지는지 그때가 중요했다.

예수는 니고데모의 눈을 바라보았다. 사실 누가 자기 눈을 똑바로 들여다보면 보통 사람은 눈을 깜박이거나, 눈길을 돌리거나 불편스러워 한다. 그러나 니고데모는 조용히 예수의 눈길을 받아내며 예수의 얼굴을 마주 바라보고 있었다.

"예루살렘에서 내려오셨다고 했지요?"

"예! 선생님."

예수는 니고데모의 자세로 보아 선생이라 불릴 만한 사람이라는 것을 단박에 알아보았다. 겨뤄 보겠다거나 어디 한번 시험해 보자는 빛 없이 정말 알고 싶다는 간절함을 그 눈에서 보았다. 세상에는 오랜 시간에 걸쳐 기회가 될 때마다 조금씩 깨우쳐주어야 할 사람이 있다. 마음이 무딘 사람은 손에 쥐여주어도 깨닫지 못한다. 그러나 니고데모는 오직 한마디 말만으로도 크게 깨달을 사람이라는 것을 알아보았다.

"다만 깨닫지 못하고 찾아 헤매거나 기다릴 뿐이지요."

"선생님! 하느님 나라 말씀이시지요?"

"예. 우선 하느님 나라는 따로 있는 것이 아니고, 그 마음 안에 하느님을 모시고 하느님의 마음으로 살아가는 사람에게 이루어진 나라지요. 하느님이 그 마음 안에서 역사하면 그것이 이 땅 위에 이루어진 하느님 나라라고 할 수 있지요."

"그런데 선생님, 모든 사람이 그 나라를 기다리지 않습니까? 어느 날 이루어질 나라라고…."

"그렇지요. 눈으로 볼 수 있는 새 세상이 나타나리라 믿고 기다리지요. 어떤 사람이 천둥소리와 함께 벼락 치듯 나타나 나라를 바꾸고 세상을 바꿀 것으로 믿고 기다리지요. 그런데…."

그들은 예수의 다음 말을 기다렸다. 하던 말을 끊고 한발 물러서니 듣는 사람이 조바심이 났다.

"우선, 사람들이 기다리는 그런 하느님 나라는 오지 않습니다."

"예?"

"하느님 나라가 이미 여기 와 있기 때문이지요. 다만 누가 그 하느님 나라의 백성이 되느냐 하는 일만 남아 있습니다. 사람들이 잘못 생각하는데 '나는 하느님 나라가 오면 반드시 들어갈 사람'이라고 스스로 생각하거나, '나는 아예 그 나라에 들어갈 자격이 없는 죄인'이라고 생각합니다. 자기는 당연하다고 생각하거나 미리 포기합니다."

니고데모는 한 마디 한 마디 귀 기울여 들었다.

"언제 오느냐고 그 시기를 묻는 것은, 자기에겐 이미 들어갈 자격이 있으니 그 나라가 오기만 하면, 그때가 되면 자기는 당연히 그 나라에 들어갈 사람이라는 생각에 젖어 있는 사람들의 질문입니다."

예수는 계속 말을 이어갔다.

"또 어떤 사람, 언제 오느냐고 묻는 사람은, 자기는 이 세상에서 이렇게 죄인으로 사는데 그날이 오면 하느님의 심판을 받고 처벌받을 일을 두려워하는 마음이 있기 때문입니다."

"예에."

니고데모나 방안에 있는 사람들에게는 무언가 알 듯도 하고 모를 듯도 했다.

"그러나 …."

예수는 방안에 있는 모든 사람을 천천히 둘러보았다. 사람들은 예수가 무언가 중요한 얘기를 하려 한다는 것을 알 수 있었다. 모두 귀 기울여 들어야 할 말이 분명했다.

"나는 누구든 새롭게 태어나는 사람은 하느님의 아들딸이라 말하겠습니다."

"새롭게 태어난다면? 다시 태어나라는 말씀인가요?"

"그렇지요."

"사람이 이미 어머니의 모태에서 한번 나왔는데 어찌 다시 태어날 수 있다는 말씀이신지요?"

"눈을 뜨면 다시 태어날 수 있습니다."

"그것이 어찌 가능하겠습니까? 선생님!"

"내가 비유를 들어 설명하겠습니다."

쉽게 알아듣도록 예수는 언제나 비유를 들어 설명했다. 그는 듣는 사람 누구라도 알아듣고, 오래오래 잊지 않고 기억할 수 있도록 그 밤에도 비유를 들어 설명했다.

"요단강은 어디에서 시작하나요?"

아주 평범하고 누구나 대답할 수 있는 질문이었다. 그러나 예수가 묻는 뜻을 알지 못해 서로 얼굴만 쳐다보았다.

"어려울 것 없어요. 누가 대답해보세요."

"헤로몬산 작은 샘에서 시작한다고 들었습니다."

"맞습니다. 거기가 강의 근원입니다. 거기에서 시작된 강이 구불구불 돌기도 하고 힘차게 흐르기도 하면서 여기 갈릴리에 와서 호수가 되어 멈춥니다."

특별할 것도 없는 얘기를 하는 예수가, 무슨 뜻을 그 비유에 실어 얹으려는지 궁금해 모두 눈을 반짝였다.

"물은 이 호수에만 머물지 않고 들어온 만큼 다시 또 저 아래로 흘려보냅니다. 강은 그렇게 흐릅니다. 들으세요. 호수가 있고, 강이 있어도 내가 그 강물 속에 몸을 담그지 않으면 강은 나와 상관없이 그냥 흘러갑니다. 시간도 그러합니다. 하늘 아버지의 사랑도 그러합니다."

무언가 중요한 이야기가 나올 순간이 됐다고 사람들은 기대했다. 예수의 말 속에서 흐르던 강이 갑자기 시간과 결합되더니 하느님 사랑과 연관을 맺었기 때문이었다.

"사람들은 강가에 앉아서 흘러가는 강을 바라봅니다. 저만치 출렁이며 흘러가는 강물을 그저 바라만 봅니다. 강이 거기 흐르고 있으니 언제든 자리에서 일어나 걸어 들어가면 강물에 몸을 담글 수 있습니다. 강물에 몸을 담그면 이제 그 강은 그저 흘러가는 물이 아닙니다. 그 사람 가슴으로 흘러들어옵니다. 따로 흐르던 강물과 따로 앉아 있던 내가 이제 하나가 됩니다. 우리는 흘러가는 강을 바라보면서 시간이 흘러간다고 말합니다. 그런데 그 강물에 몸을 적시고 들어가 서 있으면 내 온몸을 휘감으며 강이 내가 되고 내가 강이 됩니다. 여러분이 시간을 내 것으로 만들고 내가 그 시간이 됩니다. 그러면 이제까지 나와 상관없던 것들이 내 것이 됩니다. 시간과 하나가 됩니다. 하느님은 강물입니다. 하느님은 시간입니다. 내가 그 강물에 몸을 담글 때 나도 그 시간 속에 포함됩니다. 하느님과 하나 되는 일이 가능합니다."

쉬운 말, 누구나 알아들을 수 있는 말이었지만 내용은 어려웠다. 예수는 보통 그렇게 말하는 사람이 아니었다. 늘 쉬운 말로 누구나 금방 알아들을 수 있게 말했다. 그러나 그날 밤은 달랐다. 쉬운 말 속에 깊은 뜻을 실어 니고데모를 깨우쳤다. 사람들은 강물이나 호수 속에 들어가 있을 때의 느낌을 떠올렸다. 물은 얼마나 충일하게 몸을 감싸주고 채워주었던가? 물은 내 몸을 언제나 있는 그대로 받아준다. 오목 들어가고 불쑥 튀어나오고 뾰족하게 삐져나오고 구부러진 그 어느 부분도 물은 거절하지 않고 생긴 대로 내 몸을 받아준다. 물과 나 사이에는 빈틈이 없다. 내가 물속에 몸을 담그면 편안하게 받아주고 감싸주고 채워주고 부드럽게 어루만지며 나와 하나가 된다. 어머니 뱃속에서 어머니와 하나 되어 있던 원초적 기억을 일깨워준다.

"그분이 하느님입니다! 그처럼 하느님은 우리를 편안하게 감싸고 받아주고 안아주시는 분입니다."

사람들이 각자 이런저런 생각을 하면서 기억을 되살리고 옛 느낌을 끌어올릴 때, 예수가 단호하게 선언했다. 그렇게 우리를 감싸 안고 있는 분이 하느님이라고.

"이제 물에서 나와도 됩니다. 사람은 물고기가 아니기 때문입니다."

"그것이 ⋯ ."

"다시 태어나는 것입니다. 물을 경험하고, 하느님이 역사하는 시간을 경험하고, 하느님이 주시는 위로와 평안을 경험하고 그 경험을 안고 살아가야 합니다. 다른 사람들을 물로 이끌어야 합니다. 물속에서 지나가는 사람 소리쳐 부르지 말고 물 밖으로 나와 그 사람 손을 잡고 물속에 들어가 그도 똑같이 그런 경험을 하도록 인도해야 합니다."

예수의 목소리는 점점 열기를 띠면서 조금씩 더 커졌다.

예수의 얘기는 그야말로 혁명적인 얘기였다. 그동안 이스라엘이 섬기던 하느님과는 다른 하느님이다. 높은 곳에 위엄을 떨치고 계신 분이 아니라 사람 살아가는 일상을 관통하며 흐르는 강물 같은 분이라는 가르침이었다.

"하느님은 물처럼 흐르십니다."

갑자기 예수의 얘기가 다시 한 번 방향을 틀었다. 고여 있던 물이 흐르는 물이 되었다.

"헤르몬산 조그만 샘에서 물이 흘러나왔다고 해서 그 샘이 물을 만들었다고 할 수 없고, 이 갈릴리 큰 호수에 물이 가득하다고 해서 세상 물이 여기 다 모여 있다고 할 수 없습니다. 다만 여러분이 눈을 들어 볼 수 있는 물이 여러분이 만나는 물입니다. 이 물은 물이고 저 물은 물이 아니라고 말할 수 없습니다. 물이 무엇이냐, 어디에서 시작했느냐, 나와 무슨 상관이냐 하는 물음이 하느님과 나의 문제라면, 물이 어떻게 흐르느냐 하는 문제는 나와 내가 살아가는 세상의 문제입니다."

그러더니 예수는 부드러운 목소리로 말을 이었다.

"물은 낮은 곳에서 높은 곳으로 거슬러 흐르는 법이 없습니다. 물은 어디에서 출발하든 언제나 낮은 곳으로만 흐릅니다."

모두가 다 알고 있는 일이다. 구태여 다시 그런 얘기를 꺼내는 이유가 무엇일까? 예수와 대화를 나누는 일은 그래서 언제나 상상의 벽을 넘을 수 있고, 한없이 자유로워질 수 있는 모양이었다.

"가장 낮은 곳, 그곳이 물이 흘러드는 곳입니다. 아무리 그 흐름을 막으려 해도 안 됩니다. 아무리 물을 막고 가두어도 낮은 곳으로, 더 낮은 곳으로 흘러서, 언젠가는 가장 낮은 곳에 이릅니다. 흘러내리다가 깊은 웅덩이가 있으면 급하다고 그 웅덩이를 피해 돌아가지 않고 웅덩이를 끝까지 채운 다음 다시 흘러갑니다. 하느님은 우리에게 물처럼 흐르라 하십니다."

하느님을 물과 같은 분으로 비유하더니 누구나 알고 있는 물을 예로 들어 하느님의 운행과 하느님의 역사를 설명했다. 쉽지 않은 얘기를 누구나 알아듣기 쉽게 얘기하는 것이 예수의 특징인 듯했다. 니고데모가 평생 기록을 읽고 공부해도 깨닫기 어려웠던 내용을 예수는 거침없이 펼쳐 보인다.

"가장 깊은 곳, 거기가 하느님께서 마음 두시며 흐르는 곳입니다.

그곳, 가장 낮은 그곳에서 고통받고, 가슴 치며 슬퍼하고, 배고파 굶주리고, 돌보아주는 사람 없이 혼자 괴로워할 때, 내가 선언합니다, 그곳에 하느님이 계십니다. 하느님께서 그런 사람들과 함께하십니다. 그들이야말로 바로 하느님의 아들이고 딸입니다. 그 일은 이미 이루어진 일입니다. 하느님의 마음은 이미 그 자리에 이르렀기 때문입니다."

여기까지 얘기하더니 예수는 조용히 자리에서 일어섰다. 가슴이 고통스러워 치료받은 뒤 누워 있던 사람도 벌써부터 일어나 앉아 예수의 가르침을 듣고 있었다. 자리에서 일어선 예수는 세상을 끌어안는 듯 두 팔을 벌렸다. 그리고 엄숙하게 선언했다. 어떤 권위가 행사될 때에는 몇 가지 형태가 있다. 말하는 사람의 바람을 얘기하는 기원일 수 있다. 또 앞으로 일어날 일을 미리 알려주는 예언일 수도 있다. 그런데 예수의 선언은 바로 그 자리에서 이루어지는 실현의 선언이었다. 마치 혼인식에서 집례자가 신랑 신부를 부부로 선언하는 순간 두 사람이 부부가 되는 것처럼, 재판관이 무죄라고 선언하면 그 순간부터 죄 없는 사람이 되는 것처럼, 그 순간부터 그 이전과 완전히 다른 삶이 시작된다는 선언이었다. 예수는 그런 권위를 가진 사람처럼 두 팔을 벌리고 선언했다.

"하느님은 '아빠 아버지'입니다. 여러분은 그 하느님의 사랑하는 아들딸입니다. 여러분이 어릴 때 '아빠, 아빠' 하고 부르던 그런 아빠, 그런 아버지입니다."

이제까지 누구도 그 자리에 모여 앉은 미천한 사람들이 하느님의 아들이라고 얘기한 적은 없었다. 이스라엘 민족을 전체적으로 일컬어 하느님의 아들로 부른 적은 있었고, 하느님이 사랑하던 다윗이나 그 후손들을 개별적으로 아들이라 부른 적은 있었다. 오리라고 예언된 메시아를 하느님의 아들로 믿고 사람들은 기다렸다. 그러나 갈릴리 어촌 조그만 마을에 모여든 어부들, 햇볕에 그을릴 대로 그을려 새카맣게 된 저 초라한 한 사람 한 사람을 하느님 아들로 불러준 사람은 없었다. 제사장도 아니고, 왕가의 후예도 아니고, 예언자로 부름받은 이도 아닌 사람들, 아무도 거들떠보지 않는 그들이었다. 아무것도 아닌 이들, 누구도 돌보지 않고 그저 제 손으로 힘들게 벌어먹고 살아야 하는 가장 낮은 사람들, 그들을 하느님의 아들이라 부르다니. 예수의 얘기를 듣던 모든 사람들에게는 하늘이 땅이 되고 땅이 하늘 되는 놀라운 선언이었다.

하느님을 '아빠 아버지'라고 부르는 사람을 그들은 처음 보았다. 이제까지 그들은 무섭고 위엄 가득한 하느님, 높은 하늘 자리에 앉아 계신 분만 생각했지, 갓 태어난 자식을 품에 안고 빙글빙글 기뻐 춤추는 그런 하느님을 생각해 본 적 없었다. 펄펄 끓도록 불덩어리처럼 열이 오른 자식, 끙끙거리는 어린 자식을 안고 안타까워하는 아버지라고 생각해 본 적이 없었다.

"아버지는 열 자식이든 다섯 자식이든 모두 똑같이 사랑하십니다. 손가락 하나하나 깨물어보세요. 열 개의 손가락 중에 깨물어도 아프지 않은 손가락 있습니까? 아버지의 마음이 그렇습니다. 태어난 자식을 가슴에 품고 빙글빙글 돌면서 기뻐하던 그 아버지이십니다. 특히 몸이 아프거나 어디가 부실하거나 약하거나 뒤떨어지는 자식을 부모는 언제나 더 마음에 두고 안타까워합니다."

모두 '그렇지, 그렇지' 하며 고개를 끄덕였다.

"우리는 하느님을 아버지라고 부릅니다. 그런데 나는 차라리 할 수 있으면 어머니라고 부르고 싶습니다. 그게 어색하니 우선 그냥 아버지라고 부릅시다. 무서운 아버지가 아니고 '아빠'라고 부르던 그 아버지를 생각하세요."

아버지라는 말은 보통명사다. 그 말에 자기가 겪은 아버지를 연결하여야 비로소 아버지는 '내 아버지'가 된다. 가정이라는 말도 보통명사다. 아버지 어머니가 있고, 같이 뛰어놀던 형과 동생과 누이들이 연결되고, 별 가득한 밤하늘에 떠 있는 달을 보며 컹컹 맥없이 짖어 대던 강아지까지 연결돼야 비로소 '내가 경험한 가정'이 된다. 마찬가지로 하느님을 자신의 아버지와 연결해야 그분을 아버지라고 부를 수 있게 된다. 그런데 대부분의 사람들에게 아버지는 언제나 무섭고 엄숙하고 꾸짖고 가르치는 아버지였다. 기억 속에 그런 아버지가 남아 있기 때문이다. 경험했던 아버지는 경험해야 할 아버지를 밀어낸다. 아무리 '아빠'라는 어릴 적 호칭으로 불러 봐도 무섭고 거북한 존재일 뿐이다. 그럴 경우 차라리 '어머니'라고 불러 보라는 말은 참으로 다른 면에서 하느님을 생각할 수 있게 해주었다.

"하느님의 사랑은 여러분을 열 달 동안 배 안에 품었던 어머니의 사랑과 같습니다. 하느님의 사랑은 자식을 위해 걱정하면서 오장육부가 다 문드러질 정도로 걱정하는 아버지의 사랑과 같습니다."

아빠 아버지, 엄마 어머니, 하느님이 바로 그들 기억 속에 자리 잡고 있는 그분이었다.

"그 아버지 어머니가 어떤 자식은 내치고 싶고, 어떤 자식은 끌어안고 싶겠습니까? 자식이면 모두 다 걱정되고 사랑스럽습니다. 하느님에게 그렇게 귀한 자식이 바로 여러분입니다. 하느님 아버지, 하느님 어머니의 사랑과 보살핌을 받으며 그분이 마련한 집에서 온 가족이 오순도손 정답게 살아가는 가정, 상상해 보십시오."

말을 끊고 예수는 방안에 있는 사람 모두의 얼굴을 하나씩 바라보았다. 그 눈길을 받은 사람은 누구라도 가슴이 울렁거렸다.

"그런 하느님의 사랑이 언제 올 것입니까? 내일 올 것입니까? 내달에? 내년에? 아니지요."

다음 얘기는 사람들을 이끌고 껑충 하늘로 뛰어오르는 말이었다.

"그 나라는 들어가는 나라가 아니고, 기다려야 오는 나라가 아니고 이미 여러분이 그 나라 안에 들어 있는, 그런 나라입니다. 그 나라에 내가 들어 있다는 것을 깨달으면 그 하느님 나라는 내 나라가 되는 것입니다. 이미 태어났으니, 부모님의 자식으로 이 땅에 태어났으니 하느님의 나라는 여기 이미 우리가 살고 있는 세상입니다. 여러분이 세상에 태어난 순간에 누군가의 자식, 아버지의 자식, 어머니의 자식이 되었듯 여러분은 처음부터 하느님의 자식이었습니다."

그리고 예수는 방안에 있는 사람들을 초대한다는 듯이 손바닥을 위로 향해 양손을 쭉 앞으로 내밀었다. 한 사람도 빼놓지 않고 초대한다는 표시 같았다.

"그래서 나는 여러분에게 말합니다. '다시 태어나라'고. 하느님의 자식이라는 것을 깨닫는 것이 바로 '다시 태어나는 일'입니다."

니고데모는 그 밤을 결코 잊을 수 없었다. 예수를 만나고 돌아오던 밤길, 하늘 가득 빼곡하게 자리 잡은 별들이 기분 좋게 그에게 다정한 말을 걸었다. 별도 유난히 반짝였다.

'반짝반짝'

'예, 예. 알겠습니다.'

'반짝반짝'

'예, 그리 살겠습니다.'

'반짝반짝'

'제가 무엇이관대 …. 감사합니다.'

호숫가 나무에 잠들었던 새들이 인기척에 깨어 호로로 호로로 호수 위로 날아가는 소리가 그렇게 듣기 좋았다. 호수 건너 불어온 바람이 슬쩍 옷자락을 휘감고 돌 때 운명의 손이 몸뚱어리를 건드리는 듯 느꼈다. 마음속으로 예수와 대화하며 밤길을 걸었다.

'아직 깨우치지 못했습니다, 선생님.'

'깨우침은 거리를 없애는 거요. 하나가 되는 겁니다.'

'하나라면?'

'너와 내가 없지요.'

'그러면?'

'모두 받아들이지요. 받아들인다는 말도 맞지 않지요. 이미 하나가 돼 있으니까!'

무더기로 반딧불이가 앞길을 밝히고, 이름 모를 곤충들이 호숫가 풀숲에서 흐드러지게 노래를 불렀다. 눈으로 보고 귀를 들으라는 하느님의 가르침처럼 느껴졌다. 한 번도 생각해본 적 없는 신비가 손에 잡힐 듯 가까웠다. 캄캄한 밤길에 문득 예수가 나타나 손에 등불 하나 쥐여준 것 같았다. 그 등불을 들고 길을 걷는 한 언제나 따스하고 밝은

빛 안에 살아갈 수 있겠다고 니고데모는 느꼈다.

'사람을 만나면 등불 하나 나누어주고 ─ .'

자기도 모르게 마음에 떠오르는 대로 생각을 가락에 실어 노래했다.

'사람 하나 만나면 등불 나누어주고,

길 잃은 여우 만나면 등불 나누어주고,

천년만년 그 자리에 있었던 바위 만나면

등불 하나 켜서 틈에 꽂아주고.'

어둠이 세상을 무겁게 덮고 있어도, 등불 하나 손에 들고 길을 걸으니 세상이 그 불빛 안으로 들어왔다. 그날 밤, 그는 보지 못하던 존재를 보았고, 듣지 못하던 음성을 들었다.

"야훼 하느님, 이스라엘의 하느님, 기록된 바 아브라함의 하느님, 이삭의 하느님, 야곱의 하느님, 그분이 내 하느님, 내 아버지, 아빠 아버지, 내 엄마 어머니라니 ─ ."

어두운 밤길을 더듬거리지 않고 숙소로 돌아왔다. 세상에 둘도 없는 보물을 캐서 가슴에 품은 사람처럼, 두 다리가 공중에 둥둥 떠 있는 마음으로 안티파스 궁전으로 돌아왔다. 작은 어촌 마을, 그 자리에서 니고데모뿐만 아니라 여러 사람이 꺼지지 않고 영원히 어둠을 밝히는 등불 하나씩을 예수에게서 받았다.

그날 이후, 니고데모는 다시 태어난다는 예수의 말을 마음속에 늘 깊이 간직했다. 하느님이 내 아버지고 내가 그 아버지의 자식이라는 생각에 젖었다. 열 손가락을 입으로 깨물면 모든 손가락이 똑같이 다 아프다는 말은 니고데모의 생각을 바꾸어 놓았다. 나 혼자만 하느님의 자식이 아니고, 법을 열심히 지키며 사는 사람뿐 아니라 숨을 쉬는 모든 사람이 다 그분의 자식이라는 생각에 눈을 떴다. 가르고 나누고, 정해진 계명의 안에 있는 사람과 그 밖에 내쳐진 죄인이 모두 하느님의 자식이라는 생각은 그날 이후 강렬하게 니고데모의 삶을 바꾸었다. 그 자리를 떠나기 전에 예수가 던져준 말이 더욱 깊게 남아 있었다.

"니고데모 선생, 가장 중요한 것은 세상 모든 사람은 아기로 태어난다는 사실입니다. 선생이 만나는 어떤 사람도 원래 모두 아기로 태어났던 사람들입니다."

"예, 선생님. 그건 사실이지요."

"어느 아기를 미워할 수 있겠습니까? 어느 아기가 태어나면서부터 죄인으로 태어나겠습니까?"

"예에? 선생님! 그 말씀은 참으로 … ."

"받아들이기 어렵지요? 거기에서부터 시작해야 합니다."

이스라엘의 전통을 송두리째 뒤흔드는 말이었다. 악인은 악인으로 태어나고, 죄인은 죄인의 자리에 태어난다. 그 구분을 넘을 수 없다고 생각하며 살아온 이스라엘이었다. 그 구분은 거룩함을 명령한 하느님의 명령이라고 믿고 살아온 유대인이었다.

'내가 거룩한 것같이 너희도 거룩해라!'

그것이 하느님의 명령이었다. 거룩함은 하느님이 정해준 틀에 따라 시간, 장소, 물건, 사람을 구분하는 일이었다. 하느님께 바칠 만한 것과 바쳐야 할 것을 지정해주는 틀이었다. 그런데 예수는 모든 사람이 아기로 태어났다고 했다. 이방인, 종, 죄인의 구분이 아기에게는 적용되지 않는다는 말이었다. 즉, 그런 구분은 처음부터 없었다고 선언한 셈이었다. 종의 자식은 종이고, 죄인의 자식은 죄인이고, 이방인의 자식은 이방인이라는 가르침을 무너뜨렸다. 누구를 이방인이라고 내칠 수도 없고, 어떤 사람을 더럽다고 죄인이라 손가락질 할 수도 없다는 말이었다. 그런 구분 위에 세워진 모든 가르침과 제도와 의식이 뿌리 없는 가지라고 말하는 셈이었다. 그런 구분 없는 세상에 돌아가는 일이 다시 태어나는 일이라는 가르침이었다. 생각하면 생각할수록 새로운 가르침이었고, 이스라엘이 그 하느님을 새로 만나고 새로 언약을 세워야 할 것 같았다. 그 예수, 새로 태어나라고 가르치던 예수, 모든 사람은 아기로 태어났다고 밝혀 주던 예수가 아직 예루살렘에 모습을 드러내기 전부터 그를 두려워하는 사람들은 벽을 쌓기 시작했다.

예수와의 만남을 떠올리다 문득 정신을 차리니 밤공기가 싸늘하다. 하늘에는 별이 가득하다. 갈릴리 어촌에서 예수를 만나고 돌아올 때, 걷듯 춤추듯 경중경중 티베리아스 왕성으로 돌아오던 그 밤에도 하늘에 별이 그렇게 많았다. 그 이후, 별을 올려다보면 언제나 예수 생각이 났다. 가슴을 서서히 채워 올라오던 그 감동이 언제나 생생하게 다시 느껴졌다. 그날 밤 본 예수의 모습도 생각난다. 크지도 않고 작지도 않은 보통 키, 약간 마른 듯 보였던 그였다. 표정이 그렇게 온화하고 따사로울 수가 없었다. 지혜롭고 시원스러워 보이던 이마, 깊고 잔잔했던 눈, 무엇보다도 모든 사람을 가슴에 안는 듯한, 큰 소리로 말하지 않고도, 단호하게 말하지 않고도, 부드럽고 따스하고 평안하게 들리던 목소리가 생각났다. 성전과 마주서는, 옷자락 펄럭이며 두 팔 벌려 성전을 꾸짖는 모습은 그에게서 전혀 상상할 수 없었다. 그는 결코 이스라엘의 옛 예언자 모세와 닮지 않은 사람이었다.

니고데모는 뒤늦게 후회하는 마음이 들었다. 괜히 예수에게 사람을 보내 유월절에 예루살렘에 올라오라고 초청한 일, 성전에서 순례자들과 관광자들에게 새로운 가르침을 베풀라고 권한 일은 잘못 판단한 일이었다. 성전과 부딪치기는 하겠지만 목숨까지 위험하리라고는 전혀 생각하지 못했다. 자기가 권했다고 예루살렘에 올라올 그가 아니겠지만 그래도 니고데모는 자기 책임이 크다 싶어 후회하는 마음이 들었다. 그가 가르치는 내용이 얼마나 위험한지 한 번만 더 깊이 생각했더라면 그에게 닥칠 위험을 당연히 예측할 수 있었을 텐데 그렇지 못했으니 그저 안타까운 마음뿐이다. 아직 때가 이르지 않았다는 사실을 자기만 깨닫지 못했다는 것이 가슴을 아프게 후벼 팠다.

야손의 보고를 들으면서 니고데모는 자신도 예수에 대해 잘 몰랐다는 것을 깨달았다. 하느님 야훼를 섬기는 문제는 이스라엘에서는 언제나 논쟁거리였다. 섬긴다는 목적은 같아도 방법이 다르기 때문이었다. 성전을 장악한 사두개파든, 엄격하게 율법을 지키자는 바리새파든, 유대 광야 동쪽 험한 협곡에 둥지를 틀고 나름대로 새로운 길을 찾는 에세네파든 모두 하느님을 섬긴다는 목적은 같았다. 에세네파는 성전을 비난하면서 자기들이 대안성전이라고 내세우지만, 그들도 대제사장과 제사장 등 성전 지도층을 비난할 뿐 성전 자체를 부정하지는 않는다는 점에서는 다른 파벌과 차이점이 없었다.

그러나 예수는 성전을 정면으로 부정하는 사람이었다. 그는 성전이 모시고 섬기는 야훼 하느님과 다른 하느님의 사람으로 예루살렘에 나타날 것이다. 그는 절대로 이스라엘의 가르침과 더불어 살아갈 수 없는 사람이 되었다. 하느님을 부정하는 참람한 사람으로 규정될 뿐이었다. 역사와 이스라엘 민족을 뒤집고 소동케 하는 사람으로 불릴 사람이 됐다.

유월절 명절행사에서는 절대로 넘어서면 안 되는 한계선이 있다. 그건 예루살렘에 사는 사람이라면 누가 말 안 해도 모두 다 아는 얘기였다. 번갈아 이스라엘을 점령하고 지배했던 이민족 앗시리아, 바빌론, 페르시아, 쌍둥이 헬라 제국 셀레우코스와 프톨레마이오스, 그리고 로마제국에 이르기까지 어느 시대 어떤 제국도 한결같이 유월절 명절에 대하여는 똑같은 제약을 부과했다. 철저하게 제사의식으로만 치러야 한다는 점이었다. 그건 이스라엘 민족이 세웠던 남왕국 유다와 북왕국 이스라엘 시대에도 그랬다. 그저 조용히 모여 제사드리고 양고기 나눠 먹고 시끄럽지 않게 흩어지는 명절이었다. 제국에 예속된 속주의 왕들이었든, 예루살렘 성전이었든 오직 허락받은 범위 안에서 명절을 치렀다. 아무 일 없었다는 듯 익숙하게 제사드리고 떠나는 명절이었다.

그렇게 천 년 동안 지켜왔던 한계를 무너뜨리려는 사람이 이제 예루살렘에 나타난다. 어린 양을 잡아 문설주에 피를 바르고 재앙을 면했다는 전설 얘기가 아니라 진정한 해방을 얘기하는 사람이 나타난다. 종살이하던 히브리를 이집트에서 불러내 해방했다는 과거의 하느님이 아니고, 억압자 아래 사는 노예를 해방하는 현재의 하느님을 얘기하는 사람이 나타난다. 진정한 해방을 히브리는 아직 경험하지 못했다고 선언하는 사람, 본디 의미의 해방으로 돌아가야 한다는 사람이 예루살렘에 들어온다. 까마득하게 먼 옛날 일, 역사에 한번 있었던 일이 아니라 현재에도, 그리고 언제나 반복해서 일어나야 하는 해방을 얘기하는 사람이 나타난다.

그가 나타나면 엄청난 소용돌이가 일어날 것이다. 성전 누구도 감당할 수 없는 엄청난 일이 벌어지게 된다. 예루살렘 성전이 대답할 수 없는 요구를 그가 내세우기 때문이다. 그 요구는 성전이 주인으로 모시는 로마가 힘으로 대답할 일이다. 그는 로마를 성전 뜰 안으로 불러들이는 사람이다. 나사렛 예수, 갈릴리 시골뜨기 예수가 어쩌자고 로마에 맞서는가? 어쩌자고 성전이 대답할 수 없는 문제를 끌고 성전 뜰로 들어오는가?

니고데모는 예수를 위험에서 구해주고 싶다. 지금 당장 제거되기에는 아까운 사람이라는 생각이 든다. 그렇게 끝나서는 안 될 사람이다. 그가 예루살렘에 들어오기 전, 사람을 내려 보내 발길을 돌리도록 설득하기로 마음먹었다. 그러나 그는 이미 알고 있다. 예수는 예루살렘으로 걸어오다가 홀연 뒤돌아갈 사람이 아니다. 어차피 예루살렘에 모습을 드러낼 수밖에 없는 사람이다.

'아, 어찌한다?'

'예수 선생님, 예수, 예수 …. 아! 어찌할꼬?'

밤은 더 깊어진다. 어쩌면 깊어지는 것이 아니라 점점 엷어지는 듯 느껴졌다. 닭 우는 소리가 들린다. 깊은 생각에 발길 닫는 대로 걸었더니 어느덧 집 앞에 이르렀다. 주인을 기다리며 하인들이 밤 내내 문을 열어 놓고 서성였던 모양이다. 등불을 좌우로 흔들며 하인들이 눈앞에 나타났다.

"선생님!"

익숙한 집사의 목소리가 들렸다.

"됐다. 아침에 동이 트면 사람을 보내자."

"예?"

"들어가자!"

니고데모는 하인들에 둘러싸여 집으로 들어섰다.

두 운명의 갈림길

———·———

예루살렘 성벽 바깥쪽에 기대 죽 늘어선 움막들은 작고 허름하고, 가난의 짠 냄새가 배어 있다. 왜 유독 가난한 집에서만 그런 냄새가 나는지 알 수 없지만, 그 속에서 사람들은 얼굴을 마주보고 살을 맞대고 서로 땀 냄새를 맡으면서 살아간다. 모로 몸을 세워야 겨우 몇 사람 누울 수 있을 만큼 작고 초라한 움막들이다. 집과 밭을 잃고 뿌리마저 뽑힌 채 떠돌다가 도시로 흘러온 사람들에게 한 칸 움막은 삶의 마지막 터전이었다. 그곳은 더 밀려날 곳 없는 사람들이 두 발을 디디고 선 땅끝이다.

예루살렘 성안에 사는 사람들에게는 움막이 참 못마땅했다. 더러운 움막에서 우글대며 거룩한 성 예루살렘에 들고 나는 움막 사람들은 모두 같은 하늘 아래 설 수도 없는 부정한 사람들처럼 생각했다. 움막은 더러운 사람들끼리 엉겨 붙어 살아가는 더러움 덩어리라고 여겼다. 그러나 저러나, 그 더러운 사람들이 예루살렘이 쏟아내는 더러움을 맡아

치웠다. 마치 땅에 떨어진 오물을 순식간에 먹어치우는 벌레 같았다.

움막 바로 앞은 흰놈 골짜기다. 움막 사람들은 그저 휙 골짜기로 내던지면 될 쓰레기나 버려야 할 물건이라도 한곳에 모아 태운다. 골짜기는 언젠가 자기들이 떠밀려 내려갈 삶의 자리이기 때문이다. 그곳만은 더럽히지 말자는 말없는 약속을 마을 사람들 모두 지켰다. 그들은 성안에 들어가 사는 꿈을 꾸지만 현실은 골짜기나 그 너머로 밀려나지 않고 살 수 있다면 그것만으로도 다행이다. 어느 집에 누가 사는지 그 마을 사람들을 빼고는 아무도 알지 못한다. 성안에 사는 사람 누구도 그들을 이름으로 부르지 않는다. 모두 이름이야 가지고 있지만 알 필요도 없고 이름으로 불러 달라고 말할 수도 없는 사이다.

"어이! 거기!"

"예, 저 말씀입니까?"

성안 사람이 고개를 끄덕이면 그걸로 됐다. 움막마을 사람들은 그것이 자기를 부르는 소리인 줄 안다. 그저 '어이!' 불러도 되는 사람으로 산다. 이름으로 부른다는 말은 다른 사람과 구별한다는 말이다. 구별이 사라지면 거룩함의 밖으로 밀려난다. 이름이 사라진 사람은 그래서 부정한 사람의 부류에 속할 수밖에 없다.

저녁이 되면 그들이 사는 집은 늘 캄캄하다. 아침에 성문이 열리기 무섭게 일찍 성안에 들어가 일거리를 찾아야 하는 사람들이라 해지기가 무섭게 잠자리에 들 수밖에 없다. 이레마다 돌아오는 안식일은 아침부터 하루 종일 자고, 해가 진 뒤에도 자고, 밤에도 자고, 그렇게 밀린 잠을 몰아 자면서 뼈마디마저 욱신거리는 피로를 누워서 푸는 날이다. 칭얼거리던 아기들도, 골짜기로 건너 산등성에까지 올라가 뛰어다니며 놀던 아이들도 웬일인지 안식일에는 모두 드러누워 하루 종일 잠만 잔다.

올리브산 중턱에 서서 아픈 마음으로 건너편 움막마을을 한참 돌아본 히스기야는 곧 여리고 길을 재촉했다. 가고 오기가 산길로 백 리 길이 넘는 길이다. 보통 사람에게는 하룻길이 넘지만 그는 날이 밝기 전에 그 밤 안으로 돌아오겠다고 움막마을에 몸을 숨기고 있는 하얀리본 동지들에게 약속하고 떠나왔다. 이투레아에서 단련한 그였기에 가능한 길걸음이다.

산간지방에 자리 잡은 예루살렘에 비해 여리고는 무척 낮은 지대에 자리한 오아시스 도시다. 예루살렘에서 여리고로 내려가는 길은 그래서 아주 가파르다. 제대로 몸을 가누기 어려울 만큼 급경사인 길도 있고 어떤 곳은 산등성을 타고 빙 돌아야 한다.

여리고로 내려가는 길로 접어들면서부터 히스기야는 예수 얼굴이 자꾸 떠오른다. 걷는 길은 달라도 늘 같은 곳을 보고 있다는 생각으로 살았다. 말하지 않아도 생각을 알 수 있고, 듣지 않고도 하려는 말을 들을 수 있었다. 그건 나사렛에 살던 어린 시절부터 지금까지 만나고 헤어지며 살던 내내 언제나 그랬다. 예수 속에 히스기야가 들어 있고, 히스기야 속에 예수가 들어 있었다. 둘이면서 한 사람이고, 한 사람이면서 두 몸이라는 생각을 히스기야는 한 번도 버린 적이 없었다.

여리고에 내려가서 별도로 시간이 난다면 예수를 붙잡고 오래 얘기 나누고 싶다. 나사렛 독수리바위 앞가슴에 나란히 앉아 묻고 답하던 대로 가슴 깊은 자리, 가장 아래쪽에 옹이처럼 단단히 박힌 질문을 꺼내 놓고 예수의 말을 듣고 싶다. 그러나 그는 곧 고개를 흔들었다. 그가 묻고 싶은 것은 사람이 대답할 수 없는 질문이다.

'하느님, 당신은 사람의 일에 관여하시는 분입니까? 갈릴리 가난한 사람들, 유대 땅 산간 마을 여기저기 흩어져 사는 헐벗은 사람들이 매일 겪으며 사는 사연을 알기는 하십니까? 이집트에서 종살이하던 히브리 울음소리를 들으신 하느님! 가슴을 쥐어뜯던 어머니의 하소연과 저의 울음소리도 들으셨습니까? 때맞춰 명절제사 드리고 십일조, 성전세 잘 바치는 사람이 드리는 기도뿐만 아니라 땅에 엎어진 사람, 하느님을 만나러 성전에 올라갈 형편도 안 되는 사람의 신음 소리도 들으십니까?'

그 질문에 어떻게 예수가 대답할 수 있겠는가? 히스기야에게 하느님은 무심하기 짝이 없는 분이었다. 사람들 살아가는 세상일에는 관심 없는 분이었다. 그렇다고 자기 백성 이스라엘이 세운 왕국에 관심 있는 분도 아니었다. 온갖 일에 일일이 간섭했던 그분이 어느 날부터 꿈쩍하지 않았다. 봄 개울에 나온 개구리처럼 울며 호소해도, 갈고리에 찍혀 이방 제국에게 끌려가도, 굶은 어미가 자식을 삶아 먹어도 눈 하나 깜짝하지 않고 외면했다. 하느님은 마치 이렇게 말씀하시는 것 같았다.

'내가 이제부터는 아예 너희의 울부짖음을 듣지 않겠다.'

하느님 야훼는 눈 감고 귀 막고 가슴마저 닫았다. 선지자, 예언자들이 외치는 말은 공허하기 그지없었다. 그들은 하느님께 지은 죄에 합당한 징벌을 받고 있음이라고 모진 말만 던졌다.

몇 년 전, 예수를 만났을 때였다. 그가 물었다.

"예수! 백성이 지고 사는 죗값이 너무 무겁지 않아? 이건 불공평하지 않아?"

예수는 그의 눈 속을 들여다보았다. 그리고 흔들림 없는 조용한 눈으로 물었다.

"죄?"

"죄!"

"누구 죄?"

"백성이 지었다는 죄."

"몸뚱이 하나밖에 없는 백성이 무슨 죄를 지어?"

"그러면?"

"그건 백성이 지은 죄가 아니고, 세상을 지배하는 악의 문제라네."

"악?"

"그렇지. 악!"

"그게 그거 아닌가?"

"지배자들이 만들어낸 악이 왜 백성의 죄가 되나?"

그때 마침, 다른 사람이 예수를 찾아 더 이상 대화를 계속하지 못했다. 예수가 한 말을 혼자 곰곰 되씹어 생각하다가 깨달았다. 뜻밖으로 깊은 충격을 주는 말이었다. 백성들에게 죄를 뉘우치라고 외쳤던 예언자들은 손가락으로 대상을 잘못 짚었다. 돌이켜야 할 사람은 백성이 아니라 지배자들이었고, 잘못된 것은 굳어 있는 제도였다. 매일 궁정 잔치를 벌여 호의호식하는 왕실과, 얼굴에 기름기 번지르르 흐르는 성전 지도층과, 수단 방법을 가리지 않고 긁어모은 재물 늘리기에 바쁜 지배자들이 쳐놓은 거미줄이 보였다. 백성은 그 거미줄에 걸려 허우적거리면서 땀을 빼앗기고 피를 흘리고 나중에는 몸뚱어리마저 먹혔다.

나중에, 히스기야는 더 깊은 하느님의 뜻을 깨달았다. 하느님은 말씀하시는 분이 아니고 듣는 분이라는 것을 알았다. 무엇을 듣는가? 이집트에서 노예로 살면서 울부짖던 히브리인들의 신음 소리를 들었다. 그때는 하느님이 귀를 열었다. 왜 그랬을까? 히브리는 하느님 외에는 달리 의지할 곳이 없는 막다른 길에 몰린 사람들이었다. 오직 그때만 그분은 귀를 열고 울부짖음을 들었다. 다른 때에는 언제나 외면했다. 마치 '너희가 해결해라!'라고 말하는 것처럼.

그건 분명했다. 사람 사는 세상에서 사람이 해결할 수 있는 길이 남아 있는 한 하느님은 개입하지 않는 분이었다. 그것이 히스기야의 깨달음이었다. 기록으로 전설로 숱하게 전해진 하느님의 개입은 사람들이 그렇게 믿고 싶었던 희망의 표현이었다. 하느님이 정말 개입했다면 그렇게 허술하게 처리하지 않았을 것이었다. 이집트 왕을 철저하게 굴복시키고 히브리에게 광야 길을 열어준 일, 거기까지 하느님이 한 일이었다. 그 이후부터는 사람에게 맡겨졌다. 사람이 해야 할 일에 하느님은 절대로 개입하지 않는다는 깨달음으로 그는 이스라엘의 역사를 다시 생각했다.

인간 역사는 흐르는 강물 위에 떠내려가는 배와 같다. 흐르되 그 앞길을 알지 못한다. 골짜기를 만나 파선할 수도 있고, 강줄기를 돌자마자 갑자기 나타난 폭포에 떨어져 부서질 수도 있다. 그런 재앙을 만나지 않으려면 강가에 배를 대어야 한다. 노가 없으면 맨손으로 물살을 헤쳐야 한다. 사람의 노력이 그 끝에 이르는 날, 하느님의 개입이 일어난다. 사람의 힘이 다하는 날, 하느님의 손길이 나타난다. 하느님은 하루하루 사람의 손을 이끌어 걸음을 떼게 하는 분이 아니다. 양 떼를 끌고 푸른 풀밭을 찾아 옮겨 다니는 분이 아니다. 그런 하느님은 왕실이나 지도층에서 꾸며낸, 존재하지 않는 하느님일 뿐이다.

"하느님이 여기까지 인도하셨던 것처럼, 앞으로도 우리를 인도하실 것이다. 구름기둥과 불기둥으로 그분은 우리를 광야에서 인도하셨다."

지도층은 그렇게 말하곤 했다. 그러니 오늘 벌어진 잘못에 대하여 지도층은 책임을 질 일이 없다. 내일 잘못되는 일에 대해서도 책임이 없다. 하느님이 인도하고 주관하기 때문이다. 이제까지 거리낌 없이 모든 사람에게 머릿수대로 골고루 나눠 지웠던 죄와 벌을 하느님과도 나눌 수 있는 방법이었다. 하느님의 섭리는 오묘하고 신기해서 사람이 들여다볼 수 없는 신비의 영역이라고 말하면 됐다. 신비의 문은 늘 하느님에게서 허락받은 사람에게만 슬쩍 열렸다가 곧 닫힌다고 설명해주면 됐다. 사람들은 그 말에 따라 하느님은 그렇게 역사하시는 분으로 믿고 살았다. 그러나 하느님의 신비가 선택받은 사람에게만 열린다는 말은 가장 교활한 거짓말이라고 히스기야는 생각했다.

이스라엘이 생각하기로 하느님 야훼는 오랫동안 귀를 닫았다. 입을 다문 것이 아니라 귀를 막은 셈이었다. 처음에는 모두 당황했으나 시간이 흐르면서 당연한 것으로 느끼기 시작했다. 그런 침묵과 귀 막음은 임박한 세상의 종말, 처절한 심판의 날을 암시한다고 믿었지만 그런 해석으로 백성이 겪는 오늘의 고통을 경감시켜주지는 못했다. 세상

끝날 날이 곧 올 테니 그때까지 묵묵히 참고 기다리라는 말은 사람의 목을 꺾으며 죄어오는 현실의 질서를 받아들이고 기다리라는 속삭임이다. 기다리며 인내하자는 말이 아니라 원수의 손에 맡겨져 타작마당에서 도리깨질을 당하고, 키질로 들까불려도 받아들이라는 말이었다.

그런 생각을 할 때마다 히스기야는 나사렛 언덕을 내려오던 그날을 떠올렸다. 목울대를 치고 올라오는 울음을 애써 참으며 나사렛을 떠날 때, 히스기야가 갈 수 있는 땅은 어디에도 없었다. 온 천지가 모두 아버지를 처형한 로마제국이기 때문이었다. 왜 유독 자기에게만 가혹하냐고 하늘을 향해 주먹이라도 내지르고 싶었지만, 따지고 보면 자신의 고통 역시 하늘 아래 살아가는 모든 사람이 겪는 고통의 일부였다. 나사렛뿐만 아니라 눈이 닿는 모든 마을이 다 마찬가지로 무너지고 있었다. 눈물 젖은 눈으로 바라보니 어떤 마을, 어느 언덕이고 다 같았다. 신음하며 비틀거리는 사람들이 눈에 띄었다. 오늘 남보다 조금 형편이 나아 보이는 사람도 결국은 모두 한 우리에 갇힌 양이기는 마찬가지였다. 주인에게 새끼 낳아주고 털 깎아 바치지만 언젠가는 한 마리도 예외 없이 도살될 운명이었다. 젖도 내주고 털도 깎이며 살다가 마지막에는 제 몸을 고깃덩이로 내주기 위해 양은 하루하루 살았다.

20여 년 전 그때, 나사렛을 떠나자마자 히스기야는 바로 갈릴리 호수를 찾았다. 아는 사람이나 기다리는 사람이 있어서가 아니었다. 다만 어부들은 배곯지 않는다는 소문을 들었기 때문이었다. 호숫가의 마을들을 기웃거렸다. 겉보기에 평온한 호수마을도 어렵기는 마찬가지였다. 물길 깊은 곳까지 지배자의 손길이 미치지 않는 곳이 없었다. 왕성에서 보낸 관리인들이 있었고, 그 뒤에 안티파스가 있고, 그 뒤에 로마제국이 있었다. 밤을 꼬박 새우며 그물질한 어부에게서 물고기를 빼앗는 사람들 숫자가 하늘에서 기회를 노리는 새들보다도 훨씬 더 많았다.

갈릴리고 나사렛이고 다시는 안 돌아보리라 마음 단단히 먹고 북쪽 눈 덮인 산으로 그는 걸어 들어갔다. 새 세상이 산속에서 움트고 있다는 얘기를 듣자마자 굶으며 앓으며 먼 길 걸어 거기에 갔던 일이 뒤돌아보니 아득한 옛일이 됐다.

이투레아 산속에서 훈련을 마치고 내려와 가버나움으로 예수를 찾아갔을 때였으니 오래전 일이었다. 오랜만에 마주 앉은 두 사람은 나사렛 독수리바위 앞가슴에서 그러했듯 지난 얘기를 나누었다. 나사렛을 떠난 시기는 달랐지만 처음 며칠 동안 걸어간 길은 이상하게 똑같았다. 마치 그들이 갈 수 있는 길이란 오직 한 가지뿐이었던 듯 느껴졌다.

"그때, 나사렛을 떠난 후, 갈릴리 호수마을을 찾았지. 어부라도 시켜 달라고 누구라도 붙잡고 사정해볼 셈으로."

"어, 그래? 나도 그랬는데."

"아벨산 북쪽 절벽에 동굴이 많이 있지 않아? 거기 들어가 앉으면 호수도 보이고, 위쪽 게네사렛 들판도 보이고. 그 동굴 속에 하루 종일 꼼짝 않고 처박혀 그냥 호수만 내려다보았네."

"허허! 나도 그랬네."

"밤 호수에 호롱불 매달고 고기잡이하는 배들이 왜 그리 외롭고 서럽게 보였던지 … ."

"그래. 밤이 되니 고깃배가 하나하나 따로 떨어져 흐르더라고."

"달도 없고 별도 숨고 캄캄한 밤중, 배에 탄 사람들에게 세상은 오직 자기들만 남은 듯 한없이 외롭겠다는 생각이 들더군."

"오직 불빛이 미치는 곳, 거기가 그 배에게는 세상 끝이라는 듯 말이지."

"나도 호숫가에서 얼마동안 고기잡이하다가 저 북쪽으로 떠났지."

"나는 꽤 오랫동안 여기서 일하고 있는 중이네. 나사렛 식구들을 돌보아야 하거든."

"어떻게 참고 일하나?"

"모든 사람이 그리 사는데 뭘 ….."

예수야말로 자기보다 훨씬 더 잘 참으며 세상을 산다고 히스기야는 생각했다. 무엇을 위해 참았을까? 무엇을 기다리며 뱃전에 서서 호수에 그물을 던졌을까? 가슴 저 아래쪽 늘 딱딱하게 굳은 채 가라앉아 있던 응어리에 생각이 미쳤다. 예수에게는 있고 그에게는 없는 것이었다.

"그렇지! 예수 자네에게는 돌보아야 할 가족이 있지. 동생들이 있지. 자네를 끔찍하게 아끼고 사랑하는 아버지 어머니가 계셨지. 아마자네 성품이 그렇게 한없이 부드러운 이유가 바로 …, 그….."

히스기야는 말을 잇지 못했다. 갑자기 가슴이 먹먹했다. 생각이 말이 되어 입 밖으로 나오지 않았다. 나사렛을 떠나던 무렵 생각이 났다. 세상에 혼자 남게 된 날이었다.

히스기야는 어머니를 땅에 묻은 후 며칠 동안 먹을 수도 없고 잠들수도 없었다. 그저 빛이 싫어 집 안에만 틀어박혀 있었다. 근심스러운 표정으로 조심스럽게 들여다보는 윗집 예수네 식구들에게도 아무 말 없이 그저 돌아가라고 손만 저었다. 알 수 없는 일도 많았고 혼자 더 버티고 살아야 할 이유가 없는 날이었다. 쌀쌀했던 동네 사람들의 눈빛이 무엇을 의미했는지, 아직 밀린 품삯을 받아오지 못했는데 어머니는 어떻게 아들에게 먹을 것을 차려주었는지 알 수 없었다. 그런 일을 알기에는 그는 아직 어렸고 세상을 몰랐다. 그러나 그 모든 일들이 서로 어찌어찌 연결되어 있을지 모른다는 생각도 들었다. 그렇지만 더 알아보고 싶은 생각도 없고, 알아볼 이유도 없게 됐다.

어머니는 뽕나무에 마지막 날과 몸을 걸어 놓고 떠났다. 이제 더 이상 누군가의 눈치를 볼 일도 없고, 자식의 눈길을 피하지 않아도 될 길로 어머니는 떠났다. 빵 조각을 서로 밀어 놓거나 소금에 절인 올리브 한두 알을 서로 먹으라고 눈짓하지 않아도 되는 곳으로 어머니는 떠났다. 피곤하고 지친 새 한 마리는 그렇게 히스기야만 남겨 놓고 날아갔다. 히스기야는 혼자 있는 작은 집이 얼마나 크고 썰렁한지 알게 됐다. 어머니가 누웠던 침상이 너무 휑했다. 어머니가 쓰던 칼과 도마가 을씨년스럽게 덩그러니 배를 드러내고 누워 있는 것을 보면서, 어머니에게는 참으로 긴 날들이었으리라는 생각이 들었다. 삶의 무게를 여자 혼자 어찌 감당했을까? 무슨 생각을 하며 살았을까? 어머니에게 마지막까지 간직해야 할 중요한 것은 무엇이었을까? 벌렁 드러눕고 다시 일어나며 아무리 이리저리 생각해도 모두 부질없는 일이었다. 더는 나사렛에 머물 이유가 없게 됐다. 배고픔을 참아가며 허덕허덕 돌아오던 그 언덕길은, 더 이상 걸어 올라올 이유가 없는 곳이 됐다. 머물 곳도 아니고 돌아올 곳도 아니고 마음에 담아 끌고 가고 싶지 않은 곳이 됐다. 그는 그렇게 낯설어진 나사렛을 떠나기로 마음먹었다.

히스기야는 며칠 그렇게 지내다가 예수를 찾아갔다. 말없이 맞이하는 그를 보면서 갑자기 엉뚱한 생각을 했다.

'도대체, 이 애는 언제 어른이 되었는가?'

알 수 없었다.

'예수 속에 무엇이 들어 있어서 이처럼 가라앉혀 조용하게 만들었을까?'

사람들이 예수 속에 나이 먹은 늙은 사람이 하나 들어앉아 있다고 말하는 이유를 알 수 있었다. 두 사람은 늘 같이 올라갔던 독수리바위 앞가슴으로 올라갔다. 예수는 말없이 뒤를 따랐다. 그들은 마을을 내려다보았다.

바람이 아무리 세차게 불어도 그곳은 언제나 조용했던 곳이었다. 무작정 어디로든 뛰쳐나가고 싶을 때 그곳에 올라앉으면 들끓던 마음이 가라앉던 장소였다. 다시는 올라와 앉아 있을 일이 없다는 생각을 하니 무심히 보아왔던 뾰족뾰족 바위도 새로웠다. 마을과 언덕 아래 들판이 한꺼번에 눈에 들어왔다. 마을은 물색없이 평안해 보였다. 들과 밭에서 일하는 사람들이 한가로이 느릿느릿 움직였고 무언가 태우는 연기가 흔들흔들 하늘로 올라갔다. 세상이 무너진 듯한 슬픔도, 가슴이 절반 너머 베어져 나간 고통도 마치 꿈처럼 아무것도 아니라는 생각이 들었다. 그냥 풍경 속에 조금씩 녹아내렸다.

한참 만에 히스기야가 입을 열었다. 더 이상 그 말을 미룰 수 없었다.

"나는 떠난다."

"어디로?"

"어디든!"

겨우 한두 마디 말을 나눈 끝에 둘은 다시 깊은 침묵 속에 빠져 들었다. 눈을 마주치지 않고 그냥 언덕을 내려 보았다. 기다려 보자는 말도, 그래 볼까 하는 말도 할 수 없었다. 나사렛에서 그들이 할 수 있는 일이란 정말 아무것도 없었다. 농사지어 밀 한 자루 거둘 땅도 없기 때문이었다.

떠나는 날 아침, 해뜨기 전에 일을 나간 요셉을 빼고 예수네 식구 모두 히스기야를 도우려고 내려왔다. 예수의 어머니 마리아는 빵을 세 덩어리나 싸왔다. 그녀는 히스기야를 가슴에 품어 안고 등을 쓰다듬어 주었다. 야고보는 연신 방안을 들락거리며 도울 일이 있는지 살폈다. 야고보 바로 아래 여동생 마리아는 늘 히스기야를 너무 따라 마음속으로 부담스럽기까지 했는데 그날은 그가 한 번이라도 쳐다봐주기를 바라는 듯 옆에서 서성였다. 맨 아래 어린 여동생 요한나는 마당 끝 살구나무에 기대 훌쩍이며 울었다. 그가 잠깐 마당에 나가면 예수 아래 어린 동생들이 쪼르르 달려와 손을 잡고 얼굴을 올려다보았다.

떠나는 그보다 남아 있는 예수가 더 고통스러워했다. 멀지 않은 날에 예수도 어쩔 수 없이 마을을 떠나리라는 것을 이미 서로 알고 있었다. 그건 두 사람만의 일이 아니었다. 결국 모든 사람이 차례차례 나사렛을 떠날 것이었다. 사연은 서로 다르지만 커다랗게 뚫린 가슴을 안고 떠나는 날이 온다는 것은 분명했다.

그가 손을 잡아주자 예수의 어린 동생들은 곧 울음을 터뜨렸다.

"형!"

"오빠!"

그 얼굴을 하나씩 찬찬히 바라보았다. 마치 마음속에 꼭꼭 새겨 놓으려는 것처럼. 그러다가 가슴속에서 큰 떨림이 울컥 일어나는 것을 느꼈다. 빨리 자리를 벗어나야 했다. 아니면 그 자리에서 무너질 것 같았다.

"잘 가거라. 몸조심해라!"

"예, 아주머니. 감사했습니다."

"어느 때고 집에 오고 싶으면 주저하지 말고 꼭 오너라. 우리는 언제든지 네가 돌아오기를 기다리고 있겠다."

억지로 굳게 닫은 입이 씰룩씰룩 했다. 히스기야는 마리아에게 깊게 고개 숙여 인사했다.

'집. 돌아오라. 기다리고 있겠다.'

예수 어머니의 그 말이 토막토막 가슴속으로 들어오더니 바닥 깊은 곳으로 가라앉았다. 정말 그곳으로 돌아올 일이야 없겠지만, '집에 돌아오라'는 말은 그의 가슴에 오래오래 남아있게 됐다.

그는 길을 내려오는 내내 마지막 산모퉁이를 돌 때까지 일부러 한번도 뒤돌아보지 않았다. 돌아볼 수 없었다. 예수가 언덕에 서서 망연히 그를 바라보고 있으리라. 예수네 식구 모두 그의 뒷모습을 바라보며 살구나무 옆에 서서 손을 흔들고 있으리라. 그중에서도 여동생 마리아는 뒤돌아선 채 손으로 얼굴을 가리고 어깨를 들썩이며 울고 있으리라.

마지막 비탈 모퉁이를 돌기 전, 다시 볼 수 없는 집, 어머니와 둘이 살던 언덕 집을 뒤돌아 올려 보았다. 하늘 무너지는 사연을 가슴속에 안고 어머니 혼자 히스기야를 낳고 키운 집이었다. 그가 아랫마을에 일 나간 어머니를 해 떨어질 때까지 살구나무에 기대앉아 기다리던 집이었다. 햇볕 들지 않는 컴컴한 방안에서 아들 몰래 침상을 붙잡고 어머니가 소리 죽여 울던 집이었다. 집은 사람과 마찬가지다. 사람이 집을 닮는지, 그 안에 사는 사람을 집이 닮는지, 사람이 슬프면 집도 슬프다. 빈집은 더 슬프다. 사연이 많이 쌓인 빈집은 그 슬픈 얘기 풀어놓을 사람을 기다린다. 사람이 떠나 텅 빈 집은 길게 한숨도 쉬고 누구라도 들어보라는 듯, 방안에 대고 밤새 웅얼웅얼 말을 건다. 그러기를 며칠 몇 달, 인기척이 없으면 쥐가 들끓는다. 벽이 무너지고, 마당에 풀이 가득하고, 어느 날 지붕이 폭삭 내려앉는다.

뿌연 눈으로는 집을 더듬는데 마을 사람들 얼굴이 뜻 없이 떠오르고 사라졌다. 그들은 히스기야와 어머니와 세포리스에서 십자가에 매달려 죽어간 아버지 유다를 입에 올리지 않고 살아갈 수 있는 사람들이었다. 입을 비죽비죽했든 눈을 흘겼든 모든 일이 부질없었다. 애초부터 마을에 존재하지 않던 사람들이 사라졌기 때문이었다. 그는 휙 몸을 돌려 달음질로 모퉁이를 돌았다.

아버지 유다를 생각하면, 배 불러오는 아내를 남겨두고 세포리스로 떠난 것에 분노가 치솟았다. 왜 아내와 곧 태어날 자식을 뒤로하고 돌아올 수 없는 길로 떠났을까? 어머니는 캄캄한 밤에 언덕길을 비틀비틀 걸어 내려가 뽕나무 밭 안쪽으로 들어갔다. 왜 아들만 홀로 남기고 뽕나무에 몸을 걸어 놓고 떠났을까? 그건 아마 하늘에 이르는 외길이기 때문이었을 것이다. 떠나는 사람의 뒷모습은 남은 사람의 운명이다. 언덕길을 걸어 내려가 떠난 사람은 다시 걸어 올라오지 않는다. 그건 언덕마을 나사렛뿐만 아니고 갈릴리 모든 마을, 어디에서나 사람이 사는 곳이면 마찬가지다. 어제 겪은 일처럼 20년 전의 일이 히스기야에게 늘 생생했다. 나사렛 마을은 잊으려고 하면 할수록 더욱 깊은 주름으로 기억 속에 파고들었다.

예수가 광야에서 수행을 마치고 갈릴리 가버나움으로 돌아와 사람들을 모아 가르치기 시작한 지 몇 달 지났을 무렵, 히스기야가 예수를 찾아갔었다. 밀이 막 패기 시작하고 유월절이 가까워졌을 때라 갈릴리에 사는 경건한 유대인들은 짐을 꾸려 예루살렘으로 올라갈 준비에 바빴다. 귀신을 쫓아내고 병든 사람을 잘 고친다고 예수의 소문이 갈릴리 지방에 널리 퍼져 있었다.

예수가 사는 집 앞에 이르니 수십 명이나 되는 사람들이 안팎에 가득 모여 있었다. 안으로 들어가지 못한 사람들은 마당에 눕거나 앉거나 서서 자기 차례를 기다리고 있었다. 그중에 한 사람이 번들번들 벌겋게 부풀어 오른 상처에 고인 누런 고름을 드러내 보이면서 고통을 호소했다. 그런데 분위기가 정말 놀라웠다. 원래 고름이 흐르면 절대로 사람이 모인 곳에 나올 수 없는 것이 법이었다. 더구나 상처를 누구에게 내보이면 안 되었다. 부정한 사람이기 때문이었다. 가족이나 친척은 그런 병자가 있으면 누구 눈에 띌까 봐 쉬쉬 감추든지 집 밖으로 환자를 내보내 격리했다. 환자를 떼어 놓고 돌보라는 것이 아니라 돌봄에서 손 떼고 접촉을 중단하라는 규정이었다. 병에 들거나 낫거나 모두 하느님의 뜻이었다. 사람이 할 수 있는 일은 없었다.

그런데 가버나움 그 마당은 달랐다. 격리되고 내쳐져야 할 병자들이 모여 들었다. 아픈 사람을 가족과 친척이 업거나 떠메고 나왔고,

그렇게 마당에 모인 환자들은 서로 상처를 보여 주며 아무렇지도 않은 듯 얘기하면서 자기 차례를 기다렸다. 나중에 온 병자 중 심하게 몸을 떨며 신음하는 사람에게 먼저 온 병자가 차례를 양보했다. 어디에서도 그런 광경을 히스기야는 본 적도 없고 들은 적도 없었다. 무슨 일이 일어나고 있는가? 눈 돌리지 않고 고름 고인 상처를 들여다보도록 누가 그들을 변화시켰을까? 누가 그들에게 웃음을 돌려주었을까? 예수였다. 나사렛 사람, 친구 예수였다. 예수가 그들 얼굴에 빛을 돌려주었고 웃음을 돌려주었다. 그들은 예수가 병을 낫게 할 줄로 믿었다. 예수를 만나러 온 것만으로도 이미 그들은 병이 낫고 귀신에게서 벗어난 사람으로 변화하고 있었다. 치료를 받고 집 안에서 나온 사람은 너나 할 것 없이 하느님을 찬양했다. 예수에게 감사하지 않고 그에게 능력을 부어주신 하느님을 찬양했다. 예수가 자신을 찬양하거나 칭송하지 말고 오로지 하느님을 찬양하라고 일렀기 때문이라 했다.

예수를 찾아오는 병자들은 다른 의원이나 이적을 행하는 사람들을 만나러 갈 때와 달리 치료비를 들고 오지 않았다. 그 대신 할 수 있는 만큼 정성껏 준비한 음식을 예수와 제자들에게 내놓았다. 미리 준비해 온 사람도 있고, 돌아가서 마련해오는 사람도 있고, 아무것도 내놓지 못하는 사람도 있었다. 예수는 병 고치러 온 다른 사람들과 가르침을 청하는 사람들, 그리고 제자 모두와 함께 많으면 많은 대로 적으면 적은 대로 그 음식을 조금씩 나눠 먹었다. 결코 한자리에 앉아 음식을 나눠 먹을 수 없는 사람도, 그러면 안 되는 사람도 함께 모여 거리낌 없이 손을 잡고 그 손으로 빵을 떼어 나누고 고마운 마음으로 받아 입에 넣었다. 음식은 조촐하지만 마음은 기쁨으로 가득 찬 잔치마당이 되었다. 빵 한 덩어리면 한 덩어리를 가지고 골고루 한 입씩 나눠 먹었다. 사람들은 한 조각 빵을 소중하게 받아먹었다. 어떤 사람은 빵조각을 받아 들고 흐느껴 울었다. 그렇게 나눠 먹는 빵이 목구멍을 넘어갈 때 그들은 새로운 세상의 희망을 나눈 셈이었다. 그렇게 나누며 살 수 있는 세상에 대한 희망을 보았다. 세상에 태어난 후 처음으로 어깨에 손 얹고 형제라 부르며 등 쓰다듬어 주는 사람을 만났기 때문이었다. 고름 흐르는 상처를 연민의 눈으로 들여다보는 사람들을 처음으로 만났기 때문이었다. 예수와 한 마당에 서 있기만 해도 위로를 받았고 마음을 가라앉힐 수 있었다. 들로 산으로 헤매며 따로 떨어져 나돌던 마음이 가슴속 있어야 할 자리에 자리 잡게 됐다. 무엇을 해야 할지 알게 됐고, 누구에게 눈길 주어야 할지 깨달았다.

히스기야의 가슴 가장 깊은 곳, 아래로부터 뭉클뭉클 가슴 뻐근하도록 감격이 치솟아 올라왔다. 세상을 뒤엎으려고 이슬 맞으며 밤길 돌아다니는 것보다 예수처럼 세상 흐름을 조용히 바꾸는 일이 더 중요할지 모른다는 생각마저 언뜻 들었다. 그러나 그는 곧 마음을 다잡았다. 그건 예수가 걸어가는 길이었다. 자기마저 그렇게 느릿느릿 천천히 그 길을 걸을 수는 없었다. 곳곳에서 들리는 사람들 신음 소리가 너무 컸기 때문이었다. 당장 굶어 죽어 가는 사람에게 쥐여주는 빵 한 덩어리는 고통을 그 빵 덩어리만큼 연장하는 일이라고 생각했다.

가버나움에서 만난 예수는 달라져 있었다. 예전에 느껴본 적 없는 힘이 그에게서 은은하게 번져 나왔다. 부드럽고 따스한 기운이었다. 원래부터 그와 함께 있었던 힘인 듯 조금도 어색하지 않았다. 그저 바라보는 것만으로도 한없이 온화하고 따뜻한 느낌이 가슴속에 스며들었다. 햇빛을 등지고 서 있어도 얼굴에 그늘이 지지 않을 듯한 사람이 되어 있었다. 눈부시게 빛나는 얼굴이 아니라 부드럽게 은은한 얼굴, 마치 모든 사람의 어머니 얼굴 같았다. 음성에는 조용한 울림이 실려 있었다. 듣는 사람의 마음을 감싸고 어루만지는 소리였다. 구태여 입을 열어 무엇을 말할 필요가 없었다. 이미 그는 말하지 않은 모든 말을 알아듣는 사람이었다. 말하지 않으면서도 깊은 위로를 건네는 사람이 돼 있었다. 예수가 가진 것을 그는 갖지 못했음을 깊게 느꼈다. 그러나 시대는 예수의 길이 아니라 자기가 걷는 길을 요구하고 있다고 히스기야는 굳게 믿었다.

그날 저녁, 예수와 제자들, 그를 찾아왔던 사람들이 한 마당 가득 모여 빵을 나누었다. 시끌벅적 빵을 나눠 먹고 얼마 안 되는 포도주를 한두 모금씩 마셨다. 예수의 제자 중에는 그가 얼굴을 익혔던 사람도 몇 명 끼어 있었다. 모여든 사람들 대부분 갈릴리 호수에서 물고기를 잡는 어부거나 그 부근에 사는 사람들이었고, 히스기야도 나사렛을 떠나온 후 처음 얼마 동안은 호수에서 일했기 때문이었다. 예수는 누구나 알아들을 수 있도록 쉬운 말로 가르쳤다. 매일 눈으로 보고 귀로 듣는 일이었지만 그의 입에서 그 말이 나오면 금방 전혀 새로운 색깔을 입었다. 호수에서 막 끌어 올린 물고기처럼 싱싱하게 퍼덕였다. 둘러앉은 무리 모두 그의 얘기를 들으며 고개를 끄덕였다. 쉽고 평범한 얘기였지만 사람들은 태어난 후 처음으로 스스로 교훈을 건져 올릴 수 있었다. 재치로 번득이는 얘기가 아니라 매일 곱씹고 되새기고 목에 넘길 수 있는 가르침이었다.

그때였다. 시몬이 입을 열었다.

"선생님은 말씀예요. 아 참, 저는 시몬이라고 합니다. 원래 벳새다 사람인데 가버나움으로 옮겨와서 어부로 살다가 선생님을 따르게 됐습니다. 원래 이름은 시몬인데 선생님이 새 이름, 예, '게바'라고 새 이름을 지어주셨습니다. 바위 같은 사람이라는 뜻입니다. 저보고 바위 같은 사람이라고 하시는 건지, 바위 같은 사람이 되라는 건지 아직 잘 모르겠습니다."

그가 입에 올린 선생이라는 말이 영 어울리지 않았다. 어부란 새벽 호수에 어느 물줄기 쪽으로 고기가 더 많이 모이더라는 얘기, 그물을 쫙 펴지게 잘 던지는 얘기, 배를 빨리 저으려면 노를 어떤 각도로 비틀어 물속에 넣어야 한다는 얘기, 그런 얘기라면 몰라도 선생이라는 호칭은 입에 올릴 일 없이 사는 사람들이기 때문이었다.

"여기 가버나움에 좀 큰 집을 짓고 병든 사람들이 찾아오게 하자고 말씀드렸더니, 아 글쎄, 병자들 있는 곳을 찾아 이곳저곳 마을을 돌아다녀야 한다는 거예요."

게바가 된 시몬은 그 일이 불만인 모양이었다. 한곳에 붙박이로 머물러야 더 많은 사람들이 모여드는 것은 당연한 이치다. 훨씬 더 많은 병자들을 치료해줄 수 있고, 멀리 사는 사람들이 언제라도 찾아와 예수를 만날 수 있기 때문이다. 멀리서 어려운 걸음으로 가버나움에 찾아왔다가 예수가 다른 마을에 가고 없으면 그냥 돌아가야 되니 얼마나 낭패스럽겠냐는 말도 그는 덧붙였다. 말하자면 가버나움에 뿌리를 내리자는 생각이었다. 다른 제자들도 그 점에서는 시몬과 같은 생각인 듯 고개를 끄덕였다. 예수가 가버나움 한곳을 정해 놓고 머물면 제자들에게도 여러 가지 좋은 일이 될 수 있었다. 한곳에 정착하면 모든 일에 순서가 정해지고 제자 각자에게 해야 할 일, 몫이 생길 터였다. 달리 말하면 제자들이 누릴 수 있는 몫을 예수가 허용하지 않는다고 시몬과 제자들은 불평하는 셈이었다.

제자들의 바람은 아랑곳하지 않고 예수는 가버나움을 근거지로 삼아 끊임없이 갈릴리 농촌 마을을 누볐다. 병자들이 자기 마을을 떠나 가버나움으로 예수를 찾아온다는 것은 현실적으로 대단히 큰 어려움이 있다는 것을 잘 알기 때문이었다. 찾아올 수 없는 사람을 찾아간다는 생각이었다. 갈릴리 지방에만 마을이 2백여 개가 있는데 한 곳도 빼놓지 않고 모두 돌아다니겠다는 계획을 세웠다. 불평하면서도 제자들은 예수를 잘 따랐다.

"그런데요 … ."

시몬이 말을 이었다.

"우리는 선생님 말씀을 따를 수밖에 없어요. 제 의견을 내세우며 고집부릴 수가 없어요. 허, 참!"

예수는 거역할 수 없는 강력하고 이상한 힘을 가진 사람은 결코 아니었다. 알 수 없는 부드러운 힘으로 사람들 마음을 끌어당겼다. 어찌 보면 그는 불러 모으는 사람이 아니고 찾아가 만나는 사람이었다. 가버나움으로 돌아올 때 두 팔 가득 무슨 소득을 안고 돌아오지 않고 자기를 다 내주고 잠시 쉬러 온다는 얘기였다. 예수가 돌아왔다는 소문이 돌면 잠시도 쉴 틈 없이 그를 기다리던 주변 마을 사람들이 몰려왔다. 제자들은 모두 놀랐다고 말했다. 귀신 들리거나 병이 들어 마을 밖으로 밀려 나가 살아야 하는 사람이 갈릴리에 그렇게 많다는 사실을 이전에는 알지 못했기 때문이었다. 건강한 사람에게는 병자가 눈에 들어오지 않았던 모양이었다.

시몬 게바가 말을 마치자 그 뒤에 있던 작은 시몬이 시침 뚝 떼고 나섰다.

"저도 시몬입니다. 우리 중에 시몬이라는 이름을 가진 사람이 둘이나 있어서, 참, 야고보도 두 사람입니다, 저는 작은 시몬이라고 불립니다."

그러면서 그는 히스기야에게 한쪽 눈으로 신호를 보냈다. 히스기야가 눈으로 묻자 그는 고개를 흔들었다. 하얀리본 조직에서 심어 놓은 또 한 사람의 동지 유다는 오늘 이 자리에 없다는 뜻이었다.

그때는 히스기야와 하얀리본이 안티파스나 예루살렘 대제사장 가문, 제사장들이 갈릴리에 가지고 있는 장원들을 털어 가난한 사람들에게 나눠주기 시작한 지 얼마 되지 않았을 때였다. 히스기야는 몇 가지 장기적 목적을 가지고 예수 곁에 하얀리본 동지 두 사람을 몰래 심어 두었다. 예수가 막 시작한 하느님 나라 운동을 은밀하게 뒤에서 돕겠다는 뜻도 있지만 혹 훗날 하얀리본 결사와 예수가 이끄는 운동이 연합하거나 협력할 경우를 대비하고자 하는 생각이었다. 그러나 어떤 경우라도 하얀리본과 예수 운동이 손을 잡았다는 소문이 나지 않도록 세심하게 주의를 기울였다. 심지어는 예수 본인도 알 수 없도록 유다와 작은 시몬을 철저하게 단속하며 그는 때를 기다려왔다.

이번 유월절 예루살렘 성전에서 일으킬 거사는 어떤 형태로든 예수와 손을 잡는 일이 무엇보다 중요하다고 히스기야는 생각했다. 그는 계획이 뜻대로 이루어지지 않을 경우를 대비하여 여러 대안을 세워 두었다. 예수가 처음부터 전면에 나서는 경우, 하얀리본이 거사를 일으킨 이후에 자연스럽게 합류하는 경우, 그리고 어떤 경우에도 앞에 나서지 않고 잠재세력으로 남는 경우를 구상했고, 가장 바람직하기로는 거사 처음부터 예수가 힘을 합하여 나서는 것이었다. 거사를 일으키기 하루 전 마지막 날 밤, 예수와 최종 담판을 할 때가 됐다.

여리고에 들어섰을 때, 예수가 머문다는 삭개오의 집을 찾기는 생각보다 쉬웠다. 마당에 모닥불을 여럿 피워 놓고 많은 사람들이 아직 모여 있기 때문이었다. 사람들이 흩어질 때까지 그 집 뒤에 있는 동산에 올라 마당을 내려다보았다. 삭개오의 집 마당 불빛으로 멀리서 보아도 마리아가 분명한 여자의 모습을 발견했다. 그러자 옛일이 떠올랐다.

"마리아가 여기 있는데 만나 보시려나?"

하얀리본을 조직해서 갈릴리를 돌아다닐 무렵 가벼나움으로 예수를 찾아갔을 때였다. 그날도 많은 병자들이 그를 찾았다. 병자 여러 명을 치료하다가 잠시 숨을 돌리던 예수가 입을 열었다. 손등으로 쓰윽 이마에 맺힌 땀을 쓸고 난 후 히스기야의 눈을 빤히 바라보며 건넨 말이었다.

"마리아?"

"응!"

"누군데?"

"자네가 보면 알 만한 사람!"

예수가 빙긋이 웃었다. 갑자기 무슨 말인지 그는 어리둥절했다. 여자가, 마리아라는 이름을 가진 여자가 예수 주변에 있다니. 예수의 어머니도 마리아고, 그의 여동생 중에 히스기야를 유난히 따르던 마리아가 있었지만 그들은 아닌 것 같았다. 만나 보겠느냐고 묻는 것으로 보아 히스기야도 아는 사람인 듯했다.

"그래?"

도저히 가늠을 할 수가 없어서 그냥 궁금한 표정만 지었다. 그러자 예수가 옆에 있던 제자에게 마리아를 불러오라고 말했다.

곧 마리아라고 짐작되는 여인이 방안으로 걸어 들어왔다. 치렁한 검은 머리에 얼굴이 단정한 여인이었다. 히스기야는 깜짝 놀랐다. 가슴이 후들후들 떨렸다. 괜히 눈 주위가 갑자기 씰룩 씰룩해지면서 도저히 안정이 안됐다. 여기서 만나다니, 예수의 여자가 되어 있다니 믿기지 않았다. 20여 년 전에 한 번 마주친 이후, 아무리 잊으려 해도 그 모습이 마음에서 사라지지 않던 그 사람이었다.

"아니?"

히스기야는 순간적으로 벌떡 일어나며 말을 잇지 못했다.

"아!"

순간 탄성을 내뱉었다.

"기억하시겠는가?"

예수가 미소를 띠고 그에게 물었다. 무어라 대답할 수 없었다.

마리아라는 여인은 예수와 히스기야 앞에 오더니 두 손을 모으고 목례를 했다. 그녀 얼굴에도 반가운 기색이 역력했고 얼굴에 홍조마저 띠었다.

"세포리스…."

자기도 모르게 세포리스를 입에 올렸다. 마리아가 그를 수줍게 바라보면서 입을 열었다.

"오래 못 뵈었습니다. 그동안 잘 계셨는지요?"

그 음성. 잊을 수 없는 목소리였다. 물을 담아 두던 세포리스 저수조, 채찍을 휘두르던 잘생긴 남자, 그 남자를 말리던 음성, 하늘하늘 푸른색 옷, 그리고 살풋 맡은 기분 좋은 향수 냄새. 그 이후로 푸른색만 보면 늘 생각나던 여인이었다.

그도 엉거주춤 인사했다.

"아, 예! 안녕하셨어요? 그런데 어떻게?"

"선생님이 거두어 주셨어요."

그때 예수가 말했다

"우리와 같이 지내네!"

그는 갑자기 소년이 된 듯했다. 가슴이 두근거리다 울렁거렸다. 눈앞에 벌어진 이 일이 현실이 아니고 그저 언젠가 꿈속에서 보았던 옛일 같았다. 얼굴이 화끈거렸다. 귓불이 뜨끈뜨끈해졌다. 여기서 만나다니, 그 여자를 만나다니, 어질어질했다.

"그날, 세포리스에서 만난 이후 처음으로 세 사람이 이렇게 모였네!"

무엇이 그리 재미있는지 예수는 싱글싱글 웃으면서 말을 이어갔다. 예수의 말이 귀에 잘 들어오지 않았다. 그저 햇볕 쨍쨍하던 세포리스 공사장, 돌 쪼는 소리, 우물가, 하늘거리는 푸른 옷, 기분 좋은 향수 냄새의 기억이 줄지어 나타났다가 사라지고 사라졌다가 다시 나타났다.

주변에 앉아 있던 제자들은 무슨 일인지 궁금한 듯 서로 얼굴을 쳐

다보기도 하고, 눈을 크게 뜨거나 꿈쩍꿈쩍하거나 알 수 없는 신호를
주고받았다. 침묵이 흘렀다. 히스기야는 크게 숨을 쉬어 보고 괜히 손
가락을 폈다 오므렸다 안절부절 못했다. 한 번도 그처럼 짓궂었던 적
이 없던 예수가 아주 재미있다는 듯 웃음 띤 얼굴로 두 사람을 지켜보
았다. 무슨 말이든 한 마디 해야겠는데 그는 아무 말도 할 수 없었다.
무언가 쿵쿵 큰 소리를 내며 가슴속을 굴러가는데 생각은 하얗게 비워
져 아무것도 남아 있지 않았다. 마리아가 먼저 입을 열었다. 그런 면
에서는 나이를 몇 살 더 먹은 그녀가 히스기야보다는 나았다.

　"이렇게 건강하신 모습 뵐 수 있어서 반가웠습니다. 저는 일이 있어
서 이만…."

　그녀는 히스기야에게 목례를 하고 물러나려는 듯한 몸짓을 보였다.

　"잠깐만요."

　히스기야는 황급히 입을 열었다. 물러나려던 마리아가 그를 쳐다봤
다. 마주친 그녀의 눈이 많은 말을 건넸다. 그 눈이 하는 모든 말을 그
는 한 번에 다 알아들었다. 철렁 그녀 마음이 그의 속에 들어와 깊숙이
가라앉았다.

　"언제부터?"

　꼭 묻고 싶은 중요한 말은 아니었다. 다만 물러나려는 마리아에게
무슨 말이라도 빨리 건네야 할 것 같아 엉겁결에 그렇게 말했을 뿐이
었다.

　"예, 좀 됐어요."

　언제부터 예수의 제자가 됐느냐고 물은 것이고, 예수의 제자가 된
지 이미 오래됐으니 언제든 예수를 만나러 오면 자기를 볼 수 있다는

뜻이 담겨 있는 짧은 대화였다.

"막달라 마리아는 병자들이 모여들면 늘 누구보다 앞장서서 선생님을 거듭니다."

어색한 분위기를 누그러뜨리려는 듯 시몬 게바가 한 마디 거들고 나섰었다. 그녀를 '막달라 마리아'라고 부른 것으로 보아 예수의 여자가되었거나 어떤 사람의 아내가 된 것은 아니라는 생각이 들었다.

"좋게 만난 사람들이니 이렇게 자주 만나세!"

히스기야는 예수의 말을 듣고 나니 그가 일부러 마리아와의 만남을주선했다는 것을 알 수 있었다. 잊지 못하고 늘 가슴에 품고 살았던 그녀를 만나고 돌아가던 날, 마치 다리는 허공을 걷는 듯 경중거렸었다. 모든 것 내던지고 그녀와 손잡고 어디 멀리 떠나고 싶다는 생각도 불쑥불쑥 들었었다.

삭개오의 집 마당에 모여 있는 사람들 중 불빛에 비친 그녀 모습을보고 나니 가슴이 두근거렸다. 다음 날 예루살렘 성전에서 벌일 거사에 생각을 집중하려고 해도 마음과 달리 한번 그녀 생각이 떠오르자그리움과 아픔이 한 덩어리가 되어 가슴속을 헤집고 돌아다녔다.

"마리아!"

그녀 이름을 불러보았다.

"마리아!"

이름을 불러볼수록 가슴이 옥죄는 듯 아팠다. 때로는 날카로운 못으로 사정없이 냅다 그어댄 듯 쓰리고 아프다. 그 상처에 피가 고이듯그리움이 고인다. 예수를 만나 담판하는 것보다 어느덧 마리아를 만나보는 일이 더 중요한 일처럼 느껴졌다. 한 번 이름을 부를 때마다 그녀도 한 걸음 그의 곁으로 다가오는 듯 느껴졌다.

"마리아!"

"오! 마리아!"

그녀에게 기다려 달라고 부탁할 수도 없다. 무엇을 어떻게 해보자고 말할 수도 없다. 그녀를 생각하면 배가 불러오는 아내를 뒤로하고 나사렛 언덕마을 어두운 그 길을 내려가던 아버지의 마음을 알 수 있을 것 같다. 세포리스성 앞에 이를 때까지, 얼마나 여러 번 돌아설까 주저하고 망설였을지 아버지의 발걸음이 가늠되었다.

세포리스에서 그녀를 처음 만났을 때부터 히스기야의 가슴속에 마리아는 크고 깊게 자리 잡았다. 시원스럽고 아름다운 그녀의 눈이 생각났고 그때마다 새로운 힘이 솟아났다. 삭개오의 집 마당 모닥불 빛에 얼핏 비친 모습만으로도 그는 마리아를 알아볼 수 있었다. 마음속에 늘 그녀가 자리 잡고 있었기 때문이다.

예수를 만나러 모였던 여리고 사람들이 흩어지기를 기다렸다가 예수를 찾아 들어갔다. 갑작스럽게 그가 나타나자 같이 모여 있던 제자들은 어색한 표정이었다. 마리아는 그 자리에 없었다. 그러나 예수는 그를 반갑게 맞았다.

"어떻게 여기 있는 줄 알고…."

"예수 선생님 계신 곳을 내가 모를 수 있나?"

"잘 오셨네. 그렇지 않아도 한동안 소식이 뜸해서 궁금했었네. 별일 없을 줄은 믿었지만…."

바깥 차가운 밤기운과 달리 건장한 사내들이 모여 앉아 내뿜는 뜨거운 기운으로 방안은 후끈거렸다. 늦은 밤에 불쑥 찾아왔으니 긴요한 얘기가 있을 것이라 생각했는지 제자들은 호기심 가득한 눈으로 히스기야가 먼저 입 열기를 기다렸다. 그중 눈에 익었던 사람은 그에게 먼저 눈인사를 보냈고, 어떤 사람은 드러내 놓고 거북한 표정을 지었다. 히스기야는 그중 예수의 제자 므나헴과 눈이 마주쳤다. 그는 고개를 약간 수그리며 아는 체했다. 갈릴리 가버나움에서 처음 만났을 때 어떻게 예수와 알게 된 사이인지 물으며 유난히 관심을 보였던 사람이었다. 주위에 있는 사람 다 물리치고 예수와 단둘이 얘기하고 싶었지만 방안 분위기로 보아 그렇게 말할 형편이 아니었다.

햇볕에 그을린 검붉은 얼굴, 귀 아래와 코 아래를 모두 덮은 검고 더부룩한 수염, 불붙듯 이글거리는 눈. 히스기야는 조금도 주눅 들지 않은 태도였다. 둘러앉은 사람들의 얼굴을 한 사람 한 사람 훑어보다가 그가 먼저 얘기를 던졌다.

"예수, 아침에 해가 뜨면 총독 빌라도가 군대를 이끌고 유대의 도성 예루살렘성에 들어오네."

예수는 조용히 고개만 끄덕였다.

"성전 대제사장과 더러운 무리가 예루살렘 주민들을 동원해서 총독을 성대하게 환영할 준비를 마쳤네. 성안에 사는 사람들 모두 길에 늘어서서 입성하는 로마군을 맞이한다네."

"해마다 해오던 일 아닌가? 그리 들었네만…."

"이번에 빌라도가 이끌고 내려오는 군대 숫자가 다른 해보다 반으로 줄었네."

"어허! 그래?"

왜 그가 빌라도 군대 숫자 얘기를 하는지 이미 그 뜻을 미루어 아는 사람도 있고 갸우뚱하는 사람도 있었다.

"내가 좀 손을 써서 빌라도 군대를 분산시켰지."

그는 앞으로 하려는 말을 미리 암시하는 듯 천천히 말을 이어갔다.

"빌라도는 이번에 대제사장에게서 로마에 바치는 세금과 공물 나머지를 받아 채우면 바로 로마로 띄울 생각으로 카이사레아에 배를 대어 놓고 있었네. 배에 이미 실려 있는 세금과 공물을 노린다고, 우리가 소문을 좀 흘렸지. 그랬더니 군대의 반을 카이사레아에 남겨 놓아 지키게 하더군."

그래도 예수는 말이 없다. 그는 예수에게 똑바로 눈길을 보내며 말을 이었다.

"그래서 말인데 … ."

그는 방안의 사람들을 쓰윽 둘러보더니 천천히 또박또박 한 마디 한 마디 힘을 주어, 하고 싶었던 말을 했다.

"예수, 이제 시간이 없으니, 게다가 자네와 나 사이에 말을 빙빙 돌릴 이유가 없겠지. 이제 힘을 합치세. 드디어 때가 왔네."

예수가 조용히 대답했다.

"나도 그래서 이렇게 예루살렘에 내려왔네."

사람들은 보통 예루살렘에 올라간다고 말한다. 그러나 예수는 언제나 내려온다고 말한다. 그가 한 말은 듣기에 따라서는 히스기야의 제안에 동의한다는 뜻으로 들릴 수도 있었다. 그러나 히스기야는 그 말이 동의한다는 뜻이 아니라는 것을 알고 있다. 조금 더 바짝 조였다.

"내가 준비는 다 했네. 예수 자네의 결심만 남았네."

"하느님이 이 백성의 울부짖음을 들으셨으니 손을 벌려 안아주시겠지."

"그전에 여러 번 자네에게 얘기한 대로 이번에는 결단코 거사를 하려 하네."

"피를 흘려야 한다면 한 사람의 피, 그 피로 끝내세. 그러면 족하네."

"아니, 그 얘기가 아닐세."

서로 무슨 말을 나누는지 다른 사람은 알아듣지 못하지만 예수와 히스기야는 마치 산봉우리와 산봉우리를 건너짚고 뛰어넘어 가듯 말을 이었다. 접점을 찾지 못하고 다시 겉돌기 시작하는 대화가 마음에 거슬리는 듯 그는 몸을 앞으로 수그리면서 예수의 눈을 바라보았다. 그때 그는 보았다. 예수의 눈가에 잔잔하게 번져가는 물기를. 예수는 속으로 울고 있었다. '히스기야, 히스기야!' 그를 부르며 울고 있었다.

그때 헛기침을 하면서 예수의 제자 한 명이 입을 열었다.

"선생님, 그의 말은 그게 아니고요."

"유다! 이 일은 그대가 나설 일이 아니오."

예수는 단호하게 제자를 제지했다.

"선생님, 우리가 무엇을 두려워한단 말입니까? 선생님이 앞장서면, 예, 선생님이 이끌면 그까짓 성전 경비대와 로마 군병은 아무것도 아닙니다. 저희는 죽기를 각오하고 선생님을 따라 여기까지 내려왔습니다."

우렁우렁 큰 목소리로 시몬도 나섰다. 히스기야는 이미 시몬 게바를 여러 번 만난 적이 있었고 성격 또한 대충 파악했다. 처음 가벼나움에서 만났을 때부터, 예수의 제자로 지내기보다는 하얀리본 동지로 끌어들이는 것이 훨씬 더 알맞을 사람이라고 생각했었다.

"게바, 아직도 모르겠소? 힘으로, 많은 사람의 피로, 세상이 바뀐 적 있었나요? 제국이 무너지면, 앞 제국의 뒤를 이어 언제나 새 제국이 일어나고, 성전을 둥지 삼은 무리는 가문이 바뀌더라도 대를 이어 성전에서 노략질하는 것을? 힘을 정의로 삼는 무리는 세상 첫날부터 이제까지 끊임없이 있었어요. 피가 강물처럼 흐르고, 시체가 산을 이룬다 해도 세상은 그렇게 피로는 바뀌지 않아요."

얘기가 이렇게 흘러가서는 예수를 설득할 수 없다는 것을 히스기야는 잘 안다. 부드럽고 한없이 온화하던 예수가 때로는 이처럼 도저히 움직일 수 없는 큰 바위 같은 사람이 되었다. 무슨 일이 일어났는지, 히스기야가 광야를 떠난 다음 혼자 남았던 예수가 어떻게 광야보다 더 큰 사람이 되었는지 알 수 없는 일이었다. 마치 시나이산에서 야훼를 만나고 내려온 모세가 변했듯 예수도 변해 있었다. 광야에서 벌어진 일에 대하여 예수는 한 번도 히스기야에게 말한 적이 없었다.

"어떻게 하실 생각인가? 예수!"

"하늘 아버지 팔에 모두 안길 날이 오네!"

"그렇다면 무엇 때문에 지극히 높으신 그분께서 이제까지 이 지경이 될 때까지 가만히 계셨단 말인가? 우리는 그분이 팔 벌릴 때까지 죽은 척 엎드려 있어야만 한단 말인가? 그분께만 맡기고 우리는 그냥 처분만 기다리고 있어야 한단 말인가?"

"그래서 내가 왔네."

갑자기 그는 울컥 치밀어 오르는 격한 감정을 느꼈다. 어쩌면 거사

합류를 거절하는 예수가 서운하기도 했고, 한편으로는 하느님의 뜻을 자기는 알고 있다는 듯 말하는 태도에 묘한 반발심이 생겼기 때문이다. 단 한순간도, 그에 대하여 그런 서운한 마음을 가져본 적이 없었다. 언젠가 때가 되면 당연히 그와 합칠 것으로 믿었다. 그런데. 이 늦은 밤, 먼 길 찾아온 동무에게 알 듯 모를 듯 모호한 말로 속내를 드러내지 않은 채 뒤로 빠지는 예수가 야속하고 당혹스럽고 서운했다. 사람이 무엇을 위해 산다는 말인가? 더 이상 잃을 것이 무엇 있다고 뒷걸음질 친다는 말인가? 결정적 순간에 그럴 듯한 말, 여전히 태평스러운 말만 내뱉는 예수가 원망스러웠다. 미운 생각마저 들었다. 그는 거침없이 격한 말을 쏟아내기 시작했다. 이미 강을 건너기 시작했는데 물살 센 곳에 이르렀다고 뒤돌아갈 수는 없다.

"그래, 자네 말대로라면 이제까지 그분은 어디 계셨나?"

"그래서 내가 왔네."

"예수, 나는 깨달았네. 하느님이 역사하실 때까지 기다릴 일이 아니고 우리가 먼저 움직이고, 최후의 순간까지 우리가 마지막 한 방울의 피까지 다 쏟아서라도 우리 힘으로 이루려고 나서야 한다는 것을. 사람이 더 이상 감당할 수 없는 고통의 그 끝에 도달할 때, 나라가 처절하게 패망하며 그 끝에 이르렀을 때, 시간이 더 이상 어디로 흘러갈 곳 없이 막다른 골목에 이를 때까지, 그때까지 사람이 감당하면 그 이후에 그분이 오신다는 것을 나는 알게 됐네. 시간이 그분의 것이라지만 시간의 끝이 되어야 그분이 역사하신다는 것을 알았네. 그렇게 그분이 역사하시는 시간이 될 때까지, 그분이 오실 길을 평탄하게 하는 일, 그 일에 나는 목숨을 걸었네. 우리에게 아직 힘이 조금이라도 남

아 있는 한 그분은 '그건 너희가 해야 할 일이다' 하시며 개입하지 않으
실 것이네. 내가 철저하게 깨지고 부서진 이후라야 개입하시는 분이
지. 나는 그리 믿고 있네."

"그럴 수도 있지."

"그러니 자네와 내가 나서서 손잡고 저 마지막 언덕을 같이 넘어보
세."

"그걸 피로, 여러 사람이 피를 흘려야 이룰 수 있는 일이라고 자네
는 생각한단 말인가?"

"흘려야 한다면!"

"그것으로는 안 되네!"

"아니, 우리 결사 동지들 몇백 명과 갈릴리에서 자네를 따라 내려온
사람들, 예루살렘에서 이런 때를 기다리던 사람들, 각지에서 몰려오
는 유월절 순례자들이 있는데, 그들을 하나로 묶을 수만 있다면, 그
일에 자네가 나선다면 … ."

예수가 히스기야의 말을 막았다.

"그래서 내가 여기 왔네. 하늘 아버지 뜻에 나는 순종할 뿐이네. 아
버지는 하시고자 하는 일을 아버지의 방식대로 하시네."

"그게 무언가?"

"아버지가 마지막 순간까지 인도하실 걸세."

"자네 한 사람만으로?"

"하늘 아버지는 희생제물을 불살라 드리는 제사를 받으시는 분이 아
니네."

히스기야는 예수를 달리 더 설득할 말을 찾을 수 없었다. 그는 히스

기야의 계획을 들어보려는 마음조차 없다. 그 나름대로 알 수 없는 그 무엇을 단단히 결심한 사람처럼 보였다. 그건 하얀리본이 계획하는 거사와 다른 방식의 일이 분명했다. '그래서 내가 왔다'고 예수는 같은 말을 반복했다. 그는 어떤 힘에 이끌리어 자기의 길을 걷고 있다. 흔들림 없는 그의 태도는 하느님이 동행한다는 확신에 뿌리를 두었음이 분명했다.

"그러면?"

"때가 되면 자네도 알게 될 걸세. 분명 그러하이."

벼랑 끝에서 매달렸던 밧줄을 탁 놓아야 하느님을 만날 수 있다고 믿는 히스기야와 하느님이 늘 함께 한다는 믿음을 가진 예수는 서로 다른 길을 걷고 있었다.

"그때가 지금이라는 말일세, 예수!"

"그때가 이루어지는 방식이 다르다네. 그러나 그때가 되면 자네도 문을 열게 될 걸세. 그건 들어가는 것도 아니고 나가는 것도 아니고 ⋯."

히스기야는 도저히 예수가 하는 말을 알아들을 수 없었다. 문을 열고서도 들어가거나 나가는 것이 아니라는 말을 받아들이기에는 서로 말하는 층위가 확실히 다르기 때문이다. 더구나 여러 사람이 피를 흘리지 않고서도 이룰 수 있는 길을 예수는 알고 있는 것처럼 보인다. 그럴 수만 있다면 그보다 더 좋은 길은 없을 것이다. 역사를 돌이켜 보면 얼마나 많은 사람이, 부족과 민족이 피를 흘렸던가? 그 많은 피를 흘렸다고 무엇이 달라졌던가? 예수의 말처럼 무너진 제국은 언제나 새로 일어난 제국이 뒤를 이었고, 폭군 다음에는 더 악한 폭군이 뒤를 따랐다.

히스기야는 그동안 예수에 대해서 모든 것을 알고 있다고 생각했었다. 자기가 왼쪽을 보고 있을 때 설령 그가 오른쪽을 본다 하더라도, 어느 때가 되면, 어느 지점에 이르면 결국 둘이 하나로 합쳐질 것을 의심하지 않았었다. 극심한 고통 속에서도, 죽는 것이 차라리 나을 만큼 철저하게 외로웠을 때도 예수가 옆에 있겠거니 생각하며 견뎠다. 나사렛 독수리바위 앞가슴에서 우정을 다짐한 동무가 있다는 사실이 그에게는 마지막 버티는 힘이었다. 그에게는 예수가 몸 밖에 있는 자기 반쪽이었다.

그런데 그 예수가 변했다. 야속하게 변했다. 한없이 부드럽고 따스하지만 때로는 하늘이 무너져도, 세상 마지막 날이 닥쳐도 꿈쩍하지 않을 사람으로 바뀌었다. 그를 붙잡고 있는 힘은 커다란 산처럼 그윽하게, 땅속 깊이 뿌리박은 바위처럼 단단하게 그를 떠받치고 있다. 그래서 그는 그처럼 흔들림 없이 고요할 수 있다.

히스기야는 새삼 예수를 다시 바라보았다. 그는 결코 영웅이나 혁명가처럼 뜨거움을 내뿜는 사람이 아니다. 화끈한 뜨거움이 펄펄 끓는 사람이 아니고, 가슴에 오래오래 품고 싶은 부드러운 따스함을 가진 사람이다. 그에게서는 혼돈을 가라앉히고 새 질서를 세우는 본원적 힘을 느낄 수 있다. 그건 흐트러진 질서를 바로잡는 힘이다. 거친 파도에 당당히 맞서는 거대한 힘이 아니라 파도를 잔잔하게 가라앉히는 힘이 예수 안에서 조용히 운동하고 있다. 그가 일으키는 바람은 갈릴리 호수를 온통 뒤집는 거친 폭풍이 아니고, 큰 고기도 품고 작은 고기도 함께 살아가는 호수 위를 부드럽게 불어 어루만지는 바람이다.

히스기야는 참으로 낭패스러운 일을 당한 셈이다. 더구나 예수가 걸으려는 길을 전혀 알 수 없어 더욱 난감했다. 아마 선생님이라 부르며 그를 따르는 제자들도 그가 하려는 일을 모르기는 마찬가지라는 생각이 들었다. 만일 그들도 예수가 걸으려는 길을 안다면 표정이 저리 마냥 태평스러울 수는 없을 일이다. 누구에게도 말하지 않고 예수가 혼자 걷는 길, 히스기야는 그가 걷는 길에는 자기가 동행할 수 없고 더구나 그 길을 바꿀 수도 없다는 사실을 깊게 깨달았다.

처음 하얀리본을 이끌고 거사하겠다는 계획을 세울 때만 해도 예수를 끌어들일 생각이 없었다. 그러나 그를 큰 계획 속에 포함시켜 생각해보니, 그는 거사의 성공을 위해서라면 무슨 수를 써서라도 참여시켜야 할 사람이라는 점을 깨달았다. 하얀리본 결사만으로는 전체를 아우를 수 없고, 일이 벌어진 이후를 도저히 감당할 수 없다는 판단을 내렸다. 하얀리본이 가지고 있지 않은 부분, 부족한 부분을 채울 수 있는 유일한 대안이 예수였다. 거사 이후를 수습할 능력이 없다면 봉기 이후에 이스라엘은 더 큰 불행에 빠져들 수밖에 없다. 마치 양 우리의 문을 활짝 열어 놓고 목동이 사라진 셈이 될 뿐이다.

"예수, 뚜껑은 내가 열어젖히는데, 자네가 그 이후를 … ."

히스기야는 더 이상 말을 계속하지 못한다. 예수의 눈과 마주쳤기 때문이다. 그 눈은 늘 보아왔던 친구의 눈이 아니다. 뽕나무에 몸 걸어 놓고 떠난 어머니의 눈빛이다. 배부른 아내를 남겨 놓고 언덕을 내려가던 아버지의 눈빛도 그러했을 것이라고 순간 느꼈다. 그 눈에 안타까움이 절절히 묻어 있다. 가슴 후비는 애달픔을 그 눈에서 보았다. 말없이 그를 와락 끌어안고 싶었다. 옛날처럼 그를 끌어안고 꺼이꺼이 실컷 울고 싶었다. 그는 히스기야 마음에 문 닫은 사람이 결코 아니다. 너야 죽든 말든 내 상관 아니라고 외면하는 사람이 아니다. 이미 네 마음을 다 안다는 눈이다.

'히스기야, 히스기야.'

그가 부르는 목소리를 가슴으로 들었다. 팽팽하던 끈이 갑자기 탁 풀어져 느슨해진 듯 느껴졌다. 예수가 자기 마음을 어루만져 주고 있기 때문이다.

예수는 끝까지 그의 계획에 동조하지 않았다. 대신 자기가 걷는 길에 대한 생각을 더욱 굳힌 듯 보였다. 그의 계획을 알지 못하니 히스기야는 아무 말도 할 수 없었다. 설득하려고 찾아왔지만 철저하게 실패한 셈이다. 어찌 한단 말인가? 다음 날 당장 예루살렘, 성전 뜰에서 그와 마주하게 될 텐데 어떻게 해야 한단 말인가? 히스기야는 망연히 앉아 있었다. 아무 말도 할 수 없었다. 그렇다고 벌떡 일어나지도 못했다.

그때 유다가 히스기야에게 은밀한 눈짓으로 그만 밖으로 나가자는 신호를 보냈다. 시몬 게바를 비롯한 다른 제자들도 선생이 참으로 답답하다는 듯 머리를 흔들거나 돌아앉아 입맛을 다셨다. 뭉칠수록 힘은 커지는 법, 뭉치는 조건만 잘 조절하면 얼마든지 큰 세력을 만들 수 있는데, 그런 제안을 거절하는 선생을 이해할 수 없기 때문이었다.

히스기야는 알게 됐다. 예수는 제자 어느 누구에게도 그의 계획을 알리지 않았음이 분명하다. 방안 가득 사람들이 들어차 있지만 전혀 그를 알지 못하는 사람들에 둘러싸인 예수는 철저하게 외로운 사람이다. 그를 따른다는 무리는 예수의 뜻이 아니라 자기들 원하는 방향으로 끌고 가려는 사람들이다. 따지고 보면 히스기야 자기도 그런 사람 중 하나로 예수를 가장 외롭게 하는 사람이리라. 나사렛 마을 뒷산, 드물게 독수리바위 앞가슴까지 거꾸로 불어 올라오던 찬바람이 옷깃을 파고들 때처럼 가슴이 몹시 시렸다.

그러나 당장 내일로 계획한 거사를 생각해보면 아무 소득 없이 빈손으로 예루살렘 움막마을에 돌아갈 수는 없는 노릇이다. 그와 마주 앉고 보니 예루살렘에서 여리고 길을 걸어 내려오며 준비했던 모든 말이 하나도 소용없다. 그를 설득하려고 준비했던 모든 말은 차라리 침묵만도 못한 말이었음을 그는 깨달을 수밖에 없다. 무력감을 뼈저리게 느꼈다. 설득하기는 고사하고 거사계획만 불쑥 먼저 밝힌 꼴이 됐다. 예수는 그렇다 치고 방안에 모여 앉은 그의 제자들 앞에서 하얀리본의 거사 계획을 입에 올린 일이 마음에 걸리기 시작했다.

"예수, 나와 둘이서 잠시 이야기를 좀 나누세."

히스기야가 어렵게 말을 꺼냈다.

그러자 예수는 웃음 띤 얼굴로 조용히 고개를 가로저었다.

"그럴 필요 없네!"

예수의 말은 간단하고 조용했다. 그러나 돌이킬 수 없는 단호한 대답이다. 둘러앉은 사람들 얼굴이 일렁이는 등잔불에 따라 각각 다른 표정으로 흔들려도 마주 앉은 그의 표정은 밝고 조용하고 부드러웠다. 그러나 더 이상 어떤 시도도 허락하지 않는 범접할 수 없는 위엄을 히스기야는 느꼈다. 한없이 부드러우면서도 때론 거역할 수 없는 깊은 위엄, 예수는 그런 사람으로 변해 있었다.

히스기야는 예수의 얼굴, 눈, 입 그리고 수염 가닥들을 눈길로 하염없이 거듭거듭 더듬었다. 다음 말을 잇지 못하고 그저 앉아 있을 수밖에 없었다. 예수도 말없이 히스기야의 얼굴을 바라보았다. 그러면서 둘은 마음속으로 긴 대화를 나눈다.

'히스기야, 그러지 마시게.'

'예수, 이 일을 위해 지금까지 내가 모진 목숨 이어오며 견뎠네.'

'그런다고 폭압적인 지배자들이 사라지지 않아. 원래 그들의 본성은 폭력이야.'

'그래서 그 지배자들을 쓸어버리려 하네.'

'폭력으로는 폭력을 이길 수 없네.'

'다른 방법 없지 않은가? 더럽혀진 성전을 먼저 청소하고 로마와 한판 대결하세.'

'대제사장, 제사장, 율법학자 모두 제거한다고 세상은 바뀌지 않아. 대제사장과 그 가문, 제사장들, 억압하고 약탈하는 사람들 그 개인의 문제가 아니고 더 근원적인 세상 지배체제의 문제일세.'

'그러니 먼저 그 하수인들부터 해치우고 야훼께서 세우셨던 그 나라를 회복하세.'

'시작부터 잘못되어서 회복하거나 갱신할 여지가 없네.'

'하나님이 주신 법이 있지 않은가?'

'그 법이라는 것부터 무너뜨려야 하네.'

'법을?'

'하나님의 뜻은 그것이 아니었어.'

'그렇다 치고, 그러니 예수 자네가 동참해서 우리를 이끌어 주시게.'

'다시 얘기하지만 폭력으로는 하나님의 뜻을 이룰 수 없네.'

히스기야가 자기도 모르게 불쑥 입 밖으로 큰 소리를 냈다.

"예수, 어차피 세상은 폭력인 것을, 어차피 성전도 제국도 폭력인 것을, 폭력에 굴종하면 다음에 오는 폭력은 더 커지는 것을!"

방안에 있던 사람들은 깜짝 놀랐다. 히스기야가 갑자기 밑도 끝도 없는 소리를 입 밖으로 크게 내뱉었기 때문이다. 방안의 분위기도 순간 출렁했다.

그래도 예수는 가만히 히스기야를 바라만 보고 있었다.

"예수, 폭력은 끊임없이 악순환하도록 되어 있네."

그렇게 말해도 예수는 말이 없다. 그저 그의 얼굴을 바라본다. 본다는 것은 마음으로 듣는다는 말이다. 이왕 말이 나온 김에 히스기야는 자기의 생각을 정리해서 모두에게 얘기하기로 마음먹었다. 예수의 마음은 돌리지 못해도 듣고 있는 제자들의 호응이라도 기대해볼 수 있기 때문이다.

"폭력의 고리를 끊을 수는 없어. 그것이, 그렇게 폭력의 굴레 속에 살아가는 것이 인간 세상이라. 다만 어느 상황에서 어느 단계를 앞당기거나 단축하거나 뛰어넘기는 하지만 그 폭력의 고리는 끝없이 반복될 뿐이지."

히스기야는 방안의 모든 사람들도 알아들으라는 듯 생각을 정리해서 조리 있게 말하기 시작했다. 스스로 생각해도 깜짝 놀랄 만큼 말에 설득력이 실려 있음을 느꼈다. 히스기야가 '폭력의 고리'라는 말을 입에 올리자 뜻밖이라는 듯 예수는 갑자기 앉은 자세를 고쳐 앉는다.

"폭력?"

"그렇다네, 폭력!"

"자네 말을 들어보세."

"나도 그 고리 하나를 굴리는 사람이겠지만, 그리고 예수 자네도 폭력은 멀리하자고 생각하겠지만, 어쩔 수 없이 그 돌고 도는 고리에 갇혀 있다는 말이네."

"고리라, 폭력의 고리라!"

"폭력은 그저 제멋대로 왈칵 덮치는 것이 아니네. 단계적으로 점점 커지게 되어 있지."

"폭력의 단계?"

"그럼, 크게 보자면 그렇다는 말이네. 대개 다섯 개 정도의 단계가 있다고 … . 앞 단계에서 뒤 단계로 이어지고 마지막 다섯 번째 단계에 이르면 다시 첫 단계로 돌아가네. 그리고 끊임없이 되풀이된다는 말이네. 그걸 나는 깨달았네."

"흐음!"

"지배자들이 행사하는 폭력, 그건 지배자가 로마황제든 성전이든 우리가 살던 갈릴리 안티파스든 모두 마찬가지. 지배자들이 백성들을 억누르며 착취하는 폭력이지. 백성은 돌봐줘야 할 상대가 아니고 세금 걷고, 강제로 동원해서 부려먹고, 전장으로 끌고 나가 죽음으로 몰아넣어도 되는 대상. 그러니 그 세상은 곧 불의의 세상이라고 말할 수 있겠지."

"그리고?"

"견디다 못한 백성이 지배자의 폭력에 대항하여 들고 일어나지. 백성들이 들고 일어날 때는 거창하게 정의를 실현한다, 세상에 평화를 가져온다, 그런 고상한 말을 내걸지 않고 불쑥 일어나네."

"그럴 수도 있겠지."

"굶어 죽게 생겼으니 먹을 것을 달라고 일어나지. 가장 흔한 일이지. 그러니 지배자들은 백성을 착취하고 억누르더라도 백성들이 들고 일어나지는 않을 만큼, 최소한 백성이 먹을 만큼은 남겨두지. 그러면 백성은 그런 정치를 선한 정치라고 생각하지. 백성이 있어야 농사지을 수 있고, 그래야 농사지은 곡물로 왕의 곳간을 채우고 병사들을 먹일 수 있고, 성전 입장에서도 그래야 계속 성전세든 십일조든 걷을 수 있단 말일세. 양을 키우며 털을 깎는 수준에서부터 새끼 양을 빼앗아 삶아 먹는 수준까지 교묘한 수탈이지."

그럴듯했다. 히스기야가 그런 생각을 한다는 사실에 예수도 놀라고 방안에 있던 다른 사람들도 놀랐다.

"그런데, 때로 전쟁이 나거나 기근이 들어 백성이 먹고살 수 있는 최소한, 마지막 한 끼 먹을 것도 남기지 않으면 봉기가 일어나게 되어 있을 뿐이네."

"그렇지."

어느덧 예수는 히스기야가 내세우는 주장에 동조했다. 그의 반응을 보고 난 히스기야는 조금씩 목소리를 높이기 시작했다.

"그래서 백성이 들고 일어나면, 먹고살 수 없어 백성이 봉기하면 지배자는 그걸 진압하고 억압하려 나서지. 그걸 세 번째 단계라고 볼 수 있네."

"당연히 진압하려고 나서겠지, 지배자들은."

"그렇지. 그런데 그렇게 일어나는 봉기는 농민이나 도시에 사는 가난한 사람들이 일으키기 때문에 봉기를 조직하고 이끄는 지도자가 없어. 사람들이 와 하고 모여들고 일은 갑자기 크게 벌어지지만 조직이 안 돼 있어."

"이제까지 그런 일이 많았지."

"예수! 지배세력은 들고 일어난 농민과 도시의 가난한 사람을 모두 붙잡아 처형할 수 없으니 가장 앞장선 사람을, 그가 누구이든 본보기로 잡아 잔혹하게 처형하네. 그렇게 봉기를 가라앉힐 수 있다고 믿지. 실제 그렇기도 하고."

"처형한다?"

"그렇지. 세 번째 단계에는 반드시 잔혹한 처형이 뒤따르고 처형을 본 사람들은 공포에 벌벌 떨며 달아나지. 모두 숨죽이고 달아나고 숨을 수밖에 …."

"숨겠지. 보통 사람이 그런 공포를 어찌 견딜 수 있겠는가?"

"그런 공포스러운 일을 겪으면, 그 잔인한 처형을 보고 봉기가 주춤하다가 다음 단계로 넘어가네. 바로 대대적 반란이나 혁명이 일어나는데, 이때에는 지도세력이 나타나서 혁명이나 반란을 조직적으로 이끌게 되지. 이렇게 반란이나 혁명이 일어나면 그 지역의 지배세력만으로는 진압할 수 없고 지배세력의 뒤에 버티고 있는 제국이 개입하게 되지."

그는 자기 식견을 자랑이나 하는 사람이 아니다. 예수는 히스기야가 얘기하는 목적을 이미 깨달았다.

"제국이 개입하여, 예를 들어 로마가 직접 나서서 반란이나 혁명을 진압하는 단계를 마지막 다섯 번째라고 볼 수 있네. 제국이 엄청난 무력으로 진압하고 나서니 반란이든 혁명이든 무너질 수밖에 없지. 즉시 반란은 평정되고 가라앉게 돼. 피로 물든 평화시대가 오고. 세상에 평화를 가져왔다고 로마황제 아우구스투스에게 칭송을 바치지 않았던

가? 그런 평화, 피로 이룬 평화!"

"음! 그렇군!"

"그런데 말이야. 무력에 의한 평화가 지속되는 동안에 다시 첫 번째 단계, 지배자들이 폭력을 일상으로 행사하는 불의한 세상인 첫 번째 단계로 돌아가게 된다는 말이야. 지배자들은 거침없이 불의와 착취를 일삼고, 다시 차곡차곡 쌓인 불만이 언젠가 터지고, 그러면 폭력의 고리가 다시 굴러가기 시작한단 말이야. 평화라는 말은 폭력의 첫 번째 고리를 이미 포함하고 있는 말일 뿐이야."

누구도 히스기야가 말하듯 조리 있게 세상 돌아가는 내용을 설명한 사람이 없었다. 누르면 누르는 대로, 내몰리면 쫓기면서 살아왔기 때문이다. 그런데 히스기야의 설명을 듣고 보니 궁금증이 생겼는지 시몬 게바가 묻고 나섰다.

"그래서 어째야 한다는 말이오?"

시몬에게 대답하는 대신 히스기야는 예수에게 말했다.

"예수, 내 말을 잘 들으시게. 자네도 그렇고 나도 그렇고, 일이 어찌되든 우리는 세 번째 단계에서 잔혹하게 처형될 사람일세. 그것이 우리 운명이네. 지극히 높으신 분이 손을 편다 해도 그 일만은 피할 수 없네. 말하자면 그분이 개입할 때 이미 우리는 제단 위에서 불타 없어진 제물일세."

히스기야는 거침없이 제물이라는 말을 입에 올렸다. 순간 방안은 크게 다시 한 번 출렁 흔들렸다. 걷잡을 수 없는 충격이 휩쓸었다.

"대제사장 가야바와 로마총독 빌라도는 예수 자네가 예루살렘에 입성하는 날 자네를 체포해서 봉기를 진압하려는 계획을 세우고 있을 것이네. 왜냐면 이번 유월절에 틀림없이 민중봉기, 가난한 사람들의 소요가 일어날 수밖에 없는 상황이란 말이야. 이미 쌓이고 쌓인 불만과, 풀리지 않고 엉긴 모순이 터질 수밖에 없는 때가 된 것이지. 다른 길은 없네. 자네가 폭력을 피하려고 해도 이미 눈앞에 시작됐고, 자네는 그 속으로 걸어 들어가고 있네. 불 속에 던져진 나무는 그게 어떤 나무라도 불붙어 탈 수밖에 없지. 안 그렇던가?"

히스기야가 던진 마지막 말은, 그동안 여러 차례 예수가 제자들에게 던진 경고와 정확하게 일치했다. 그는 자신이 성전 세력에 의해 체포되고 로마에게 넘겨져 처형되리라고 미리 얘기했었다.

제자들은 등골이 서늘해지는 것을 느꼈다. 무엇에 잡힌 듯 머리끝이 쭈뼛쭈뼛 당겨졌다. 벌린 입도 다물지 못했다.

"예수, 내 계획은 우리가 가만히 앉아서 폭력이 눈앞에서 한 단계씩 차례로 벌어지기를 기다리지 말고, 이번에 크게 뭉쳐 일어나 로마와 한판 겨루어 보자는 얘기일세. 되풀이되는 고리를 우리 손으로 끊지는 못하더라도 적어도 저들 맘대로 고리가 굴러가지 않도록 우리가 바꿔 보자는 말이네. 그리고 자네나 내가 제단에서 불타 없어진다 해도 하느님께 바친 제물이었으니, 하느님이 그 일로 개입하시게 된다면 그 일대로 만족할 만하지 않은가?"

그 말에도 예수는 대답 없이 히스기야를 바라만 본다. 설명하는 동안 한두 마디 예수가 동감을 나타냈을 때 가슴 한구석에 비집고 들어왔던 희망이 다시 서서히 마르고 있음을 그는 느낀다.

"예수, 로마가 이스라엘에서 힘을 전면적으로 행사해보고 싶은 때가 됐네. 제국은 언제나 무력을 과시할 기회를 노리지. 그래야 그 지배 아래에 있는 다른 정복지에서 싹트는 봉기나 반란을 사전에 차단할수 있으니까. 무슨 꼬투리를 잡든 채찍을 한번 휘익 내두르며 겁박하고 싶겠지. 그런데 ⋯ ."

말을 끊고 그는 예수를 쳐다본다. 그를 가늠하기 위해서다.

"그러나 나는 올해는 아니고 내년쯤 로마가 나서리라고 생각하네. 때는 됐으나 빌라도 총독은 준비가 덜 됐지. 더구나 총독은 작년부터 로마황제의 신임을 잃었기 때문에 어쩌면 금년에는 조용하게 넘어가는 것을 목표로 했겠지. 군대를 반이나 넘게 카이사레아에 남겨 놓고 예루살렘에 들어온다는 것이 그 증거일세. 로마군이 지금 카이사레아와 예루살렘 양쪽에 나뉘어 있어서 마음껏 힘을 발휘할 수 없는 형편이네. 그러니 전면적으로 무력을 행사하는 대신, 아무나 짚어 내서 잔인하게 처형하면서 올해를 넘기려고 하겠지. 백성을 겁주는 정도로. 즉, 내가 얘기한 세 번째 단계로 삼겠다는 생각을 하겠지. 이럴 때 우리가 백성을 동원하고 조직화된 힘으로 기선을 잡아 저들이 생각 못한 허를 찔러보세. 우리에게 기회는 이번 유월절뿐이네. 내년에는 저들이 모든 준비를 할 것이기 때문에 늦다네."

듣고 있던 예수가 히스기야를 바라보며 조용히 입을 열었다.

"그러나 폭력이 이길 수 없는 것이 있다네. 마당 한가운데에 두 기둥이 있었네. 한 기둥은 세상 모든 제도를 일컫는 정치라는 기둥, 다른 하나는 모든 사람이 살아가는 가장 원초적 사랑의 기둥인 가정이라는 기둥이지."

"가정이 기둥?"

"그렇지. 가정이 다른 가정을 연결하여 이웃이 되고, 한 마을, 한 지방, 한 백성을 이룬다네. 말하자면 세상 살아가는 데 가장 중요한 바탕이지."

"그런데?"

"정치라는 기둥보다 더 오래된 기둥. 뿌리가 깊고 굳건한 가정, 가정 공동체라는 기둥을 다시 세워야 하지. 정치가, 로마제국이 아무리 무너뜨리려 해도 다시 살아 일어서는 가족의 기둥, 그 기둥을 다시 일으켜 세워야 하네. 지금은 가정이 모두 무너졌거든."

"그런다고 세상이 바뀌나?"

"폭력이, 폭력을 독점하고 맘대로 휘두르는 정치와 제국이 결코 가정을 이길 수는 없지. 가정은 어떤 경우에도 완전히 해체될 수 없어. 아무리 흩어 놓아도 끝에는 다시 모이거든. 왜 그런지 아나?"

"글쎄?"

"사랑 때문이지!"

"사랑? 사랑으로 제국을 대항할 수 있는 기둥을 삼는다고? 그렇게 나약한 소리 하지 마시게."

"사랑은 생명을 살린다네."

"폭력이 지금 당장 생명을 죽이는데?"

"왜 모든 제국이 새로 일어나고 강성해지고 늙고 무너지는가?"

"때가 되어서 그렇겠지."

"그래, 그 '때'라고 부르는 시간, 생명과 시간은 한 짝을 이룬다네."

"그래서 태어나고 죽고 …."

"생명은 죽지 않아."

"죽어 조상 곁에 묻히잖아?"

"그건 몸일 뿐이지."

"누가 죽으면 그 사람 생명이 끝났다고 하지 않는가?"

"하느님께서 사람에게 불어넣어 주신 그 귀한 생명이 어찌 죽음을 맛볼 수 있겠는가? 우리 조상으로부터 대대로 이어지고 이어져 오늘 자네나 나에게 이르렀고, 그래서 우리가 여기 이렇게 앉아 있지 않은가?"

"그래도 … ."

"요단강을 보게나. 시작했던 작은 샘으로부터 흘러내려오면서 실개천이 되고 큰 내가 되고 강이 되고, 우리가 잘 아는 갈릴리 호수가 되고, 흘러내려 소금호수에 이르지."

"그렇지."

"소금호수. 사람들은 죽은 바다, 죽은 소금바다라고 부르지. 어떤 물고기도 살 수 없는 소금호수. 왜 그럴까?"

"바다로 흐르지 못했기 때문이지."

"그래! 그것이 제국의 운명일세."

두 사람이 주고받는 얘기를 들으면서 제자들은 커다란 혼란을 느낄 수밖에 없었다. 요단강이 소금호수로 흘러든다는 사실은 모두 잘 알고 있지만 그 강과 당장 세상을 억누르는 로마제국이 무슨 상관이 있단 말인가? 그런 생각을 알았는지 예수가 다시 말을 이었다.

"생명을 살리는 일을 포기한 제국은 모두 소금호수, 죽음의 바다로 흘러드는 요단강과 마찬가지일세. 바다로 흐르지 않는 강, 세상에 평화를 가져오지 않는 폭력의 제국, 모두 같은 운명일세. 하느님은 생명이시기 때문에 그렇지. 생명을 내신 분, 생명이 끊임없이 이어질 수 있도록 돌보시는 분, 그분이 하느님이시라면 제국은, 폭력을 휘두르는 제국은 하느님 반대편에 서 있는 죽음일 뿐이네. 더구나 서쪽에서 일어난 죽음의 제국 로마는 소금호수가 될 수밖에 없는 운명이네."

"아니, 어느 천년에 그 일이 일어난다는 말인가? 이 백성은 지금 죽어가고 있는데 ….."

"폭력이 땅을 지배한 만큼 세월이 흘러야 이뤄지겠지. 우리가 앞당길 수도 있고."

"여보게, 예수! 지금 당장이 문제인데 …. 자네는 천년 얘기를 하시나?"

"강은 물을 담은 그릇이지."

그러더니 예수는 말을 이었다. 그는 다른 세상, 시간 저 너머를, 알 수 없는 어느 곳을 보고 있음에 틀림없다. 현실을 벗어난 모습이 아니라 현실에서 뻗어 올라간 어느 세상을 보고 있는 듯했다.

"몸을 죽이는 자를 두려워 마시게. 몸은 그릇이거든."

"죽음은 두렵지 않네."

"몸은 그릇이지. 하느님의 뜻, 바로 생명을 담은 그릇. 그릇이 깨진다고 하느님 뜻이 사라지겠나? 하느님 나라에는 소멸이란 있을 수 없지."

히스기야가 예수의 눈을 바라보니 그는 말한 내용보다 더 많은 얘기를 눈으로 던지고 있었다. 그 눈은 서로 다른 길을 걷고 있음을 깨우쳐 주었다. 히스기야가 아직은 알 수 없는 그 길을, 예수는 혼자 걷고 있었다. 그의 눈길은 여전히 부드럽고 깊었다. 가슴속 깊은 곳을 어루만져 주는 눈이었다. 칼로 에인 듯 쓰리고 아프던 상처가 조금씩 나아지는 것을 느꼈다.

그는 깨달았다. 앞에 앉아 있는 예수, 어릴 적 동무였고, 인생길의 친구였고 아직도 친구지만 그는 이미 폭력으로 꺾을 수 없는 세상에 들어간 사람, 폭력보다 더 깊고 큰 무엇을 가진 사람이다. 제국이 가진 것이 폭력뿐이라면 제국도 그를 멈출 수 없으리라고 느껴진다. 그가 준비한 것이 무엇일까? 폭력의 고리에서 벗어나지 못하고 처절하게 제거되리라는 사실을 알면서도 성전에 나가려는 그는 무엇을 안고 예루살렘에 올라가는가? 알 수 없다. 무릎 맞닿을 거리에 그가 앉아 있지만 도저히 이해할 수 없는 그처럼 먼 거리에 있는 사람이라는 사실을 히스기야는 깊게 깨닫는다.

히스기야는 더 이상 무어라 설득할 말이 도무지 생각나지 않았다. 한순간, 무거운 침묵이 내려앉았다. 방안이 갑자기 더 어두워졌다. 그때, 그는 움막마을에 생각이 미쳤다. 그를 기다리는 하얀리본 동지들 얼굴이 떠올랐다. 그러자 마음이 급했다. 빨리 돌아가 거사계획을 다시 조정해야 한다는 생각이 들었다. 되짚어 올라가려면 시간이 없다. 그로서는 하얀리본이 세운 봉기계획을 예수에게 세세하게 밝히지 않은 것이 그나마 다행이다. 예수를 따르는 제자 무리 중에 믿을 수 없는 사람들이 섞여 있다는 것을 알고 있기 때문이다.

하얀리본은 단순한 도적떼가 아니다. 사람들이 '의적'이라고 부르는 것도 이유가 있었다. 우두머리격인 히스기야도 히스기야지만, 결사의 살림을 총괄하면서 모든 실행계획을 구체적으로 세우며 차근차근 점검하는 역할을 맡은 바라바도 있기 때문이다. 바라바는 하얀리본에서 히스기야 다음의 자리를 차지하는 사람이다. 유월절에 봉기하자는 큰 계획은 히스기야가 세웠지만 계획을 수행하는 구체적 방법은 바라바가 주도하여 마련했다.

바라바는 예전에 있었던 예루살렘 군중봉기가 반란으로 발전하는 과정을 남달리 주의 깊게 연구했다. 그에게는 남다른 사연이 있기 때문이었다. 군중봉기의 역사적 교훈을 반영하여 그는 차근차근 하얀리본의 유월절 봉기계획을 세웠다.

헤롯왕이 죽기 바로 얼마 전, 유다와 마티아스라는 두 유명한 바리새파 선생의 제자들이 로마의 상징 황금독수리 상을 찍어 내려 불태운 사건이 있었다. 성전 정문에 직접 올라가 황금독수리 상을 도끼로 찍어 내렸고, 체포되어 죽는 순간까지 조금도 굴하지 않고 헤롯을 꾸짖은 사람이 바로 바라바의 아버지였다. 이에 격분한 헤롯왕은 유다와 마티아스, 그리고 바라바의 아버지를 비롯한 제자들을 산 채로 불에 태워 죽였다. 유대인들, 특히 바리새파 사람들은 그렇게 처형된 사람들을 순교자로 떠받들었다. 말하자면 바리새파 사람들이 모두 자랑스럽게 생각하는 순교자의 아들이 바라바다.

헤롯왕이 죽은 후에 일어났던 세 차례의 군중봉기는 이스라엘의 미래를 결정할 만한 중요한 사건이었다. 왕의 장례식을 끝내고 헤롯의 아들 아켈라우스는 유대인 장로들과 선생들을 초청하여 장례식을 성대하게 치를 수 있도록 협조한 일을 치하했다. 그 자리에서 유대인 지도자들은 헤롯왕이 죽기 전에 내렸던 가혹한 조치를 취소하고, 그가 임명했던 대제사장을 폐하여 새로운 대제사장을 세우고, 감옥에 가둔 정치범을 석방하라고 요구했다. 아켈라우스가 그 요구를 거부하자 봉기가 시작됐다. 유대 군중은 바리새파의 선생 유다와 마티아스, 그리고 제자를 잔인하게 처형한 일에 관여한 사람들을 모두 처벌하라는 요구도 내걸었다. 그때가 바로 유월절이었다. 아켈라우스는 성전에 모여 항의하던 유대인을 3천 명이나 살해했고 명절제사마저 중단시키며 봉기를 진압했다. 사람들은 그 봉기를 보통 1차 봉기라고 불렀다.

1차 봉기를 유혈 진압한 후 아켈라우스는 아우구스투스 황제로부터 아버지 헤롯 왕의 뒤를 잇는 유대왕의 자리를 공식 확인받으려고 곧 로마로 떠났다. 그가 자리를 비운 사이 유대지방에서 다시 폭동이 일어났다. 예루살렘에 내려온 시리아의 재정관리 사비누스 때문이었다. 그는 시리아 총독 휘하에 있는 사람으로 황제의 지방재정을 관리하는 책임자였다. 그는 시리아 총독 바루스가 일찍이 예루살렘에 남겨둔 로마군 1개 군단 병력을 동원하고 자기 소유의 노예들까지 무장시켜 강제로 헤롯왕이 남겨둔 재산을 찾아내고 예루살렘 성채를 접수하려고 나섰다.

사비누스의 탐욕스러운 요구에 저항하여 추수절 축제에 모인 유대인들, 갈릴리 사람들, 이두매 사람들, 그리고 베뢰아 지방 사람들까지 들고 일어났다. 추수절은 유월절로부터 50일 후에 열리는 축제였다. 로마군 정규 병력과 노예 병력만으로는 군중을 진압할 수 없어서 밀고 밀리는 전투가 계속되는 동안, 사비누스는 성전에 보관중인 재물 400달란트 훨씬 넘는 돈을 강탈하고 성전 일부 건물에 불을 질렀다. 군중은 예루살렘성 북쪽, 남쪽 그리고 서쪽을 봉쇄하고 로마군을 압박했다. 꼼짝없이 성안에 갇힌 로마군은 안디옥에 머무르고 있는 바루스 총독에게 구원을 요청하며 버텼다. 그런 중에도 이기적이고 기회주의적이던 예루살렘 주민들은 군중의 봉기에 참여하지 않았다.

오히려 자기들은 봉기와 상관없다고 선언하며 등을 돌렸다.

바루스 총독은 시리아에 남아 있는 로마군 2개 군단을 이끌고 예루살렘에 고립된 사비누스와 로마군단을 구원하기 위해 내려왔다. 그때, 갈릴리에서도 히스기야의 아들 유다가 이끄는 농민 반란군이 세포리스를 점령하고 기세를 올리고 있었다. 바루스는 우선 세포리스를 점령하고 주민들과 농민군을 사로잡아 노예로 팔아 버리거나 처형한 후 서둘러 예루살렘으로 진격했다. 결국 예루살렘에서 일어난 봉기는 바루스에 의해 진압되고 2천 명이나 되는 사람들이 십자가에 처형됐다.

하얀리본은 이번 유월절 거사를 계획하면서 2차 봉기의 초기 진행 과정에 주목했다. 사비누스가 지휘한 정규 로마군 1개 군단 5천 명 병력과 노예군 병력까지 포함한 대병력을 유대, 갈릴리, 이두매에서 몰려온 가난한 농부들이 효과적으로 봉쇄할 수 있었다는 점으로부터 많은 것을 배웠다. 더구나 그건 군중을 조직하고 지휘하는 중심 세력도 없이 자발적으로 몰려든 군중이 이뤄낸 성과였다.

만일 하얀리본이 2차 봉기처럼 상황을 이끌고, 예루살렘 주민들이 등을 돌리지 않도록 관리할 수만 있다면, 그리고 유월절 명절에 모여든 순례자들을 끌어들일 수 있다면 빌라도 총독이 이끌고 내려온 겨우 1천 명 조금 넘는 로마군 병력을 효과적으로 봉쇄하고 패퇴시킬 수 있다고 믿었다. 성전 경비대 몇백 명이 있다지만 군중의 기세가 올라가면 오히려 그들도 군중 편에 합류할 가능성이 있었다. 봉기 초기부터 각 지방 군중을 동원할 수는 없겠지만 하얀리본은 단계적으로 그들을 봉기에 끌어들일 수 있는 확대전략을 세웠다. 불만을 해소할 길이 없던 사람들을 끌어들일 수 있는 방안도 마련했다.

그것은 바로 히스기야와 바라바가 예루살렘 봉기의 역사적 교훈에서 끌어낸 회심의 전략이었다. 첫째로 할 일은 대제사장 가야바를 가장 먼저 제거하는 동시에 지난 70여 년 동안 번갈아 대제사장을 맡았던 사두개파 네 가문을 일거에 처단하는 계획이다. 그들은 원래 대제사장을 맡을 수 있는 가문이 아니었다. 헤롯이 왕위에 오르면서 하스몬 왕조의 후손들을 견제하려고 제멋대로 끌어들인 이름 없는 가문이었다. 그렇기 때문에 언제나 정통성 시비가 뒤따랐다. 정통성 약점이 있는 그 가문 출신 대제사장들은 자기를 대제사장으로 발탁해 준 헤롯 왕실이나 로마총독 등 지배자에게 절대적으로 복종했다. 사두개파 네 가문을 몰아내고, 정통 사독 가문 사람 중에서 제비를 뽑아 대제사장을 새로 세운다면 모든 유대인들이 호응하고 새 대제사장을 따를 것이 분명하다. 특히 사두개파에 눌려 겨우 선생이나 율법학자 그리고 성전의 서기관 자리나 맡을 수밖에 없어서 은근히 불만이 많던 바리새파 사람들은 절대적으로 개혁을 찬성하고 지지할 것이라 믿었다.

　　히스기야와 바라바는 성전을 장악하고 취할 가장 우선적이고 중요한 조치로 문서고에 보관해둔 모든 빚문서를 완전히 소각하는 일을 계획했다. 예루살렘 성전이 유대 지방과 이스라엘의 모든 경제활동의 중심이었기 때문에 성전과 대제사장 계급 사람들이 유대의 부를 움켜쥐고 있었다. 따라서 거의 모든 사람이 많든 적든 성전에 빚을 지고 사는 형편이었다. 성전에 보관 중인 빚문서를 태워 빚을 무효화하면 모든 사람이 빚의 굴레에서 풀려날 수 있었다. 그렇게 빚에서 풀려난 사람들을 봉기에 끌어들여 성전 개혁의 혜택을 누리도록 유도할 계획을 세웠다. 그리고 성전 창고를 열어 예루살렘성 주민들과 유대 지방 사람들에게 곡식을 풀어 나눠줄 계획을 세웠다.

성전을 장악하고 새 대제사장을 세운 다음, 모든 사람이 억압에서 벗어나 자유를 누리는 세상을 만든다고 선언하기로 했다. 예수가 주장하던 희년을 전격적으로 실시하기로 했다. 개인이나 공동체 또는 집단이 누리는 자유가 그들이 각각 주장하는 권리와 서로 충돌하는 것만은 아니라고 보았기 때문이다. 가정에서 가족 구성원이 누리는 권리와 자유, 그리고 가족 공동체가 누리는 자유가 가족 윤리와 질서 안에서 공존 가능한 것과 마찬가지라고 생각했다. 그것이 바로 하얀리본이 주장하는 희년의 지향 목표였다.

순서대로 말하자면 성전을 장악하고 예루살렘성에 이미 들어와 있는 로마군을 봉쇄한 후 그 틈을 타 전광석화처럼 개혁을 실시하려는 계획이었다. 그러나 희년을 선언한다고 즉각 효과가 발생하지 않는다는 점이 문제였다. 지속적으로 추진해야 할 일이고 실질적으로 희년을 실시할 수 있는 시간을 벌고 추진할 수 있는 힘을 확보해야 했다. 사람들은 하얀리본이 그런 힘을 가지고 있다는 확신이 들 때까지 결코 움직이지 않을 것이 분명했다. 사람들의 마음을 움직이는 가장 큰 계기는 성전이 보관한 모든 빚문서를 소각하고 창고를 열어 곡식을 나눠주는 일이 될 것이다.

또 하나 중요한 일은 예루살렘에 갇혀 있는 로마 병력을 구출하려고 몰려올 시리아 군단 병력에 맞서는 일이다. 하얀리본이 병력을 지휘하고 전투를 치르는 일은 앞장설 수 있다. 그러나 순례자, 예루살렘 주민, 빚에 눌려 사는 빈농들을 봉기에 끌어들여 로마군의 배후를 압박하고 하얀리본이 지휘하는 병력을 지원할 힘이 필요했다. 가장 중요하기로는 희년을 실질적으로 실시할 수 있는 지도자, 군중이 믿고 따를 만한 지도자를 하얀리본 측에서 내세울 수 있어야 한다. 히스기야 판단에 가장 적합한 지도자 중 한 사람이 바로 예수였다.

히스기야는 두 사람의 메시아를 구상했다. 메시아라는 말은 다윗왕이 전형으로 보여준 왕이자 군사지도자로서의 역할뿐만 아니라 엘리야처럼 하느님의 뜻을 선언하는 예언자 역할을 겸하는 사람을 의미한다. 지도자 모세와 여호수아 이후로는 그런 사람이 끊어졌지만, 히스기야와 예수의 연합이면 충분히 이스라엘을 회복할 수 있다고 그는 믿었다. 두 사람의 메시아가 한 시대에 나타나 서로 협력하여 새로운 이스라엘을 세운다면 군중은 환호하고 따를 것이 분명했다. 그 두 사람의 메시아가 히스기야 자신과 예수라면 두 메시아 사이에 꼭 필요한 협력은 전혀 걱정할 일이 없다. 다만 어떻게 예수를 봉기에 끌어들이고 언제 그를 메시아로 선포할 것인지 하는 문제가 남아 있다. 성전을 장악하면 대산헤드린을 움직여 그들 두 사람을 메시아로 선포할 수 있으리라고 생각했다. 그 큰 계획에 따르자면 예수를 거사에 합류시키는 것은 어떤 대가를 치르더라도 성사시켜야 한다.

그 계획까지 예수에게 털어놓을지 말지 망설이다가 히스기야는 그냥 자리에서 일어났다. 거사를 진행하는 중에도 예수를 설득하여 참여시킬 기회가 있으리라고 믿었기 때문이다.

"여하튼 내일 성안에서 다시 보세! 자네도 때가 되면 알게 될 걸세."

히스기야는 한 마디 던졌다. 예수의 가슴속에 묵직한 돌덩어리 하나 쿵 내려놓는 듯한 어조였다. 나는 나의 길을 갈 테니 자네가 알아서 결정하라는 말이었다.

"밤길이 어두우니 살펴 가시게."

"하여튼 내일 보세."

"한치 앞도 내다볼 수 없을 만큼 세상에 어둠이 가득하네. 그러나 어둠에게는 어둠의 때가 있고, 나에게는 나의 때가 있네. 나의 때가 어둠을 이기는 그날, 자네도 나와 함께 있을 것이네."

의미심장한 말이다. 어둠의 때와 그의 때를 맞대응시키고 보니, 그는 빛의 때를 나타내는 사람이라고 말하는 듯 들렸다. 그는 어둠을 이긴다는 말로 표현했지만, 그가 나타남으로써 어둠이 물러간다는 말이나 마찬가지다. 빛과 어둠이 시간을 교대로 지배했는데, 어둠을 이긴다면 다시는 어둠이 없게 된다는 말인가, 어둠도 빛의 일부가 된다는 말인가? 그러나 그 문제를 가지고 더 이상 묻고 답할 시간이 없었다.

"정말 그럴까?"

"그렇게 될 걸세. 다시 보세."

두 사람의 눈길이 마주쳤다. 나사렛을 떠난 이후, 같은 듯 때로는 다른 듯, 알 수 없는 어떤 힘이 두 사람을 각각 이끌었다. 만났다 헤어지고 헤어졌다 다시 만나면서 서로 많이 달라졌다는 것을 알게 됐지만 더욱 비슷하거나 같아진 부분도 많아졌다. 예수는 두 갈래 길에서 이쪽 길을 걸었고, 히스기야는 저쪽 길을 걸었을 뿐이었다. 그건 아마 갈림길에 이른 시간이 서로 달랐기 때문이리라. 그의 때였다면 예수도 히스기야의 길을 걷고, 예수의 때였다면 그도 예수의 길을 걸었음에 틀림없다. 예수는 하느님을 만났고, 그는 세상을 불태우는 분노를 만났다. 길에 박힌 돌부리를 보면 기어코 뽑아내야 직성이 풀리는 사람, 히스기야가 걸어갈 길은 어쩔 수 없이 처음부터 저쪽 길일 수밖에 없었다.

예수가 던진 말을 들으면서 히스기야는 어떤 신비 속으로 예수와 함께 들어가리라는 예감이 들었다. 그 신비가 아직 자기에게는 닫혀 있고 예수에게는 열려 있지만 그건 바로 때의 문제라는 말이다. 광야에서 지내 본 사람이면 안다. 저녁 무렵, 해가 붉어질 때가 되면 가끔 회오리바람이 일어난다. 조그만 풀포기 하나를 한들한들 흔들던 바람은 거친 들과 언덕을 경중경중 뛰어넘다가 곧 모래와 먼지를 하늘 가득 휩쓸어 올리는 거센 회오리가 된다. 그처럼 풀포기를 흔들며 맴도는 바람은 하늘을 가득 채운 회오리를 예고한다.

마지막 질긴 줄 하나씩 붙잡고 예수와 히스기야는 광야에 바람을 일으킬 것이다. 경중경중 뛰는 바람이든 풀포기 어루만지는 부드러운 바람이든, 그건 곧 광야를 채울 것이다. 히스기야는 그렇게 믿었다.

"어?"

방을 나서던 히스기야는 자기도 모르게 신음소리를 냈다. 방안의 동정을 살피던 마리아도 나무기둥이 된 듯 망연히 그 자리에 서 버렸다. 얼굴도 똑바로 마주 쳐다보지 못한 채 서로 고개를 숙여 인사했다. 그녀가 뒤로 물러섰다. 그는 갑자기 마음이 급해졌다. 허둥지둥 그녀를 불러 세웠다.

"저기!"

"예?"

그녀가 돌아섰다.

"안녕하셨어요?"

"예? 예에!"

그녀는 고개를 숙이며 짧게 대답했다.

"내일, 예, 내일 … , 내일 예루살렘에 오시지요?"

뜬금없는 질문에 그녀도 엉겁결에 대답했다.

"예? 예에!"

"내일 … ."

"예, 저도 선생님 따라 예루살렘에 갑니다."

무슨 말이라도 하기는 해야 하는데, 언제 또다시 만날지 알 수 없는
데, 눈앞이 하얗고 아무 생각도 할 수가 없고, 아무 말도 입 밖으로 나
오지 않았다.

뒤따라 나오던 유다가 그와 그녀를 번갈아 쳐다보며 묘하게 웃었
다. 나쁜 짓을 하다 들킨 사람들처럼 두 사람 모두 갑자기 무안해졌
다. 그녀는 다시 고개를 숙여 인사한 다음 황급히 안채 쪽으로 걸어갔
다. 만나면 할 말이 많았는데, 마리아의 뒷모습만 눈으로 쫓았다. 아
픔이 가슴속에서 머리를 들고 올라왔다. 세포리스 저수조, 하늘하늘
파란색 옷을 입었던 그녀의 모습이 다시 보인다. 파란색은 꿈속에 나
오던 그녀의 색깔이다. 언제 어디서나 늘 그녀를 마음속에서 불러내
던 색이다. 머리를 흔들고 심호흡을 했다. 모든 것을 떨치려는 듯, 잊
으려는 듯.

"아, 마리아!"

속으로 긴 한숨을 쉰다. 그녀와 어디로 떠나 가정을 꾸려 둘이 살아
가는 생각을 했던 적이 있었다. 할 수만 있다면 정말 그렇게 하고 싶었
었다. 모든 것을 내려놓고 그렇게 한번 살아 보고 싶었다. 그녀를 가

슴에 안고 슬픔을 어루만져 주고 싶었다. 서로 얼굴만 붉히며 말도 못 꺼냈지만, 허공에서 엇갈려 비껴간 눈길이었지만, 분명 그 눈길이나마 어딘가에서 만날 수 있는 날이 오리라고 믿었다.

"히스기야, 선생님 고집은 누구도 못 꺾어요. 그냥 확 일을 저질러 버립시다. 그러면 선생님도 어쩔 수 없이 끌려 들어올 거요."

유다가 등 뒤에서 속삭였다. 그가 무겁게 숨을 내쉬며 말했다.

"그렇게 해서는 … ."

그 말이 채 끝나기 전에 유다가 다시 속삭였다.

"일을 꾸며 보자고요. 어쩔 수 없는 형편이 되면 선생님도 별 수 없겠지요. 방법은 내가 찾을 테니 … ."

"그렇게 생각처럼 쉽지 않을 거요."

"나에게 맡겨 주세요. 길이 있습니다."

유다의 목소리에는 나름대로 깊은 확신이 배어 있었다.

히스기야는 한숨처럼 긴 숨을 내쉬며 유다에게 은밀하게 말했다.

"잘 살펴보고 무슨 일이 있으면 꼭 연락하시오! 우리도 일을 시작하기 전에 신호를 보낼 테니. 내일부터 동지 한 사람을 옆에 더 붙여 주리다. 그 사람 편에 연락하시오."

그때 한 사람이 따라 나왔다. 하얀리본이 예수 제자 중에 심어 둔 사람이었다. 예수 제자들 사이에서는 '게바'라고 불리는 시몬과 구분하기 위해 그를 '작은 시몬'이라고 불렀다. 그가 곁으로 다가오자 소곤소곤 얘기하던 유다는 얼른 말을 바꾼다.

"그런데, 동지! 늘 같이 다니던 그 동지는 밖에서 기다리나요?"

"혼자 왔어요."

"저런! 무슨 일이 생기면?"

"나는 괜찮아요. 내일 봅시다."

작은 시몬은 무언가 히스기야에게 하고 싶은 말이 있는 눈치였다. 그러나 유다는 눈짓으로 그냥 떠나라는 신호를 보냈다. 작은 시몬이 마음에 걸렸으나 그는 시간을 지체할 수 없어 삭개오의 집을 나섰다. 문에까지 따라 나온 두 사람을 작별하고 돌아서려는데 언뜻 므나헴이 눈에 띄었다. 그는 그들의 뒤를 곧 따라 나왔는지 뜰 한쪽에 서서 히스기야, 유다, 그리고 작은 시몬을 지켜보고 있었다.

차가운 달빛 속을 걸어 예루살렘 올라가는 산길에 들어섰다. 밤길은 언제나 혼자 걷는 길이다. 일행이 있더라도, 어둠은 늘 한 사람 한 사람 따로 감싸기 때문에 철저하게 혼자일 수밖에 없다. 그렇게 히스기야는 혼자 예루살렘 길을 걸었다.

마지막 고개턱을 넘으면 바로 예루살렘성이 보이는 올리브산 중턱 조금 못 미친 곳에 이르렀을 때였다. 갑자기 누구를 다급하게 부르는 소리, 울부짖는 소리가 산 너머에서 들렸다. 창백하던 서쪽 새벽하늘에 붉은 빛이 출렁출렁 너울거렸다. 단숨에 산 중턱으로 뛰어올라 갔다. 숨이 턱 막혔다. 움막마을에 불이 났다. 내려다보니 마을 전체가 길게 뻗친 커다란 불덩어리가 돼 있었다. 성문 앞 빈터에 많은 사람들이 보였다. 불 속에서 겨우 몸을 뺀 마을 주민들이 분명했다.

움막이 다닥다닥 붙은 마을이라 어느 한 집에서 불이 시작되면 걷잡을 수 없이 옆으로 퍼지고 곧 마을 전체로 번진다. 더구나 예루살렘 성벽에 기대 늘어선 움막과 그 앞 힌놈 골짜기 사이에는 아슬아슬 좁은

길 하나뿐이다. 움막 앞 그 좁고 위험한 길에서 불을 꺼 보겠다고 우왕
좌왕하면 그건 스스로 죽음을 부르는 일이다. 불을 피해 성문 쪽으로
내달려야 겨우 목숨이라도 부지할 수 있다. 만일 성문 쪽 움막에서 불
이 시작되면 피신할 길마저 막혀 버린다. 움막 아래 골짜기로 내려가
는 급경사 좁은 길이 마을 남쪽 끝에 하나 있긴 하지만 젊은이도 제대
로 내려가기 힘든 길이다. 나이든 사람, 여자들과 어린애들은 불을 피
하지 못하고 그대로 끔찍한 참변을 당할 수밖에 없다. 몇 년 전 불이
났을 때 그런 일이 벌어졌었다.

성문 앞 빈터에 사람들이 몰려 있는 것으로 보아 불은 마을 아래쪽
에서 시작된 모양이었다. 물이나 불이나 무섭기는 마찬가지다. 물이
들어오면 물에 닿지 않는 곳으로 피해 목숨을 부지할 수 있지만, 불 앞
에서는 그저 멀리멀리 달아나는 수밖에 없다. 뜨거운 열기도 열기지
만 바람 부는 대로 불길이 너울대며 춤추기 때문이다. 물이 없는 움막
마을이라 애당초 불이 나면 집들이 모두 타고 쓰러지는 것을 두 손 놓
고 그저 바라볼 수밖에 없다. 골짜기 아래 멀지 않은 곳에 연못이 있긴
하지만 아슬아슬하게 비탈길을 오르내리며 겨우 먹을 물만 길어 쓰는
처지였기 때문에 그 물을 끌어 불을 끈다는 것은 애당초 불가능했다.

히스기야는 정신없이 올리브산을 달려 내려갔다. 기드론 골짜기 바
닥에서 힌놈 골짜기 쪽으로 달리다가 골짜기를 벗어나 길을 타고 올라
성문 앞에 이르니 그 사이에 벌써 태울 것 다 태우고 불은 기세가 수그
러지기 시작했다. 불길 속에서 겨우 몸만 빠져나온 수백 명 넘는 사람
들이 성문 앞 넓은 터에 엉키듯 모여 서로 끌어안고 울부짖고 있었다.
움막살이에 변변한 세간이 원래 있을 턱이 없지만 그나마 그것 하나라

도 끌고 나온 사람은 아무도 없었다. 어떤 아이는 공포에 질려 정신이 나간 듯 턱을 덜덜 떨면서 입을 비죽이며 터지는 울음을 참고 서 있었다. 어린 자식, 늙은 부모를 불길 속에서 미처 피신시키지 못했다면서 옷을 찢고 머리를 풀어 움켜쥔 채 땅바닥에 뒹구는 사람도 있었다.

그들에게 새 세상을 열어주겠다고 밤낮 돌아다녔지만 이미 그들이 사는 세상은 기다리지 못하고 무너지고 불타 쓰러지고 있었다. 재앙은, 불행은 왜 언제나 세상 끝에 몰린 사람에게 먼저 찾아오는지 알 수 없는 일이다. 사람들을 헤집고 불에 타 무너진 움막마을 쪽으로 좀더 가까이 다가갔다. 동지들이 걱정되어서였다. 동지들이 머무르던 집을 눈어림으로 찾아보지만 알 길이 없다. 기둥 하나도 제대로 서 있지 않았다. 연기 속에 언뜻언뜻 보이는 성벽이 시커멓게 그을려 있었다. 그 소란에도 예루살렘 성문은 굳게 닫혀 있다. 성안 사람은 아무도 내다보지 않았다.

"어어!"

무슨 소리가 들리는가 싶었는데 누가 히스기야의 뒷덜미를 우악스럽게 잡아챘다. 갑작스러운 공격에 그는 뒤로 벌렁 나자빠졌다. 다른 때라면 절대로 그렇게 당할 그가 아니다. 그러나 눈앞에 벌어진 참담한 현장에 정신이 팔려 있었고 울부짖는 마을 사람들 틈에 끼어 있던 중이라 꼼짝 못하고 당했다.

뒤로 넘어지는 그 짧은 순간, 이투레아 산속에서 만난 현인이 생각났다. 눈 덮인 산길에서 길을 잃고 홀로 헤매던 일도 생각났다. 지난 날 험난한 삶이 그 순간 눈앞에 나타났다 사라졌다. 뽕나무에 매달린 어머니는 아침 바람에 치마를 펄럭 날리며 아들을 내려다보고 있었다.

"아!"

저절로 짧은 신음이 터져 나왔다. 이 일이 무엇을 의미하는지 알아차리지 못할 그가 아니다. 낭패감이 온몸을 훑으며 채 지나가기 전에 거친 숨소리와 함께 사내 두세 명이 달려들어 그를 꼼짝 못하게 찍어 누른다. 양쪽 어깨를 우악스럽게 무릎으로 찍어 누르면서 목에 올가미를 씌우고, 휙 몸을 뒤집자마자 두 팔을 뒤로 꺾어 묶기 시작했다. 무릎으로 버티며 상체를 일으키려는데 한 사내가 그의 명치를 걸어찼다. 숨이 꽉 막혀서 다시 푹 쓰러졌다. 그들은 두 팔을 뒤로 젖혀 팔뚝을 엮어 묶고, 두 손목도 단단히 묶었다. 일으켜 세우는가 싶은데 벌써 입에 헝겊뭉치를 밀어 넣었다. 그리고 머리부터 어깨 높이까지 거친 자루를 푹 덮어씌웠다. 단단히 뒤로 젖혀 결박한 팔에 짧은 봉 두 개를 가로 세로 끼워 넣었다. 봉 한쪽 끝을 잡아 젖히면 다른 쪽 끝이 사정없이 등 뒤를 파고들었다. 순식간에 제압당했다. 눈 깜짝할 사이에 일어난 일이었다. 히스기야를 제압하고 결박하는 솜씨가, 그런 일에 여간 숙련된 사람들이 아니었다.

입안 가득 거친 헝겊 뭉치가 물려 있어 겨우 코로 숨을 쉴 수밖에 없다. 머리에 덮어씌운 자루에서는 무어라 말할 수 없는 더럽고 고약한 냄새가 났다. 도저히 숨을 쉴 수가 없을 정도로 고약했다.

"비켜요! 비켜!"

팔과 뒷등에 끼워진 나무 봉을 양쪽에서 하나씩 젖혀 잡은 사내들이 울부짖으며 엉켜 있는 움막마을 사람들 사이로 그의 등을 밀고 끌고 갔다. 등에 가해지는 극심한 고통 때문에 꼼짝 못하고 그들이 끄는 대로 끌려갈 수밖에 없었다.

"이놈이 불 지른 놈이오. 비켜요. 데리고 가서 조사해봐야 돼요."

일행을 이끄는 듯한 사람이 큰 소리로 외치며 사람들을 헤쳤다.

"이 나쁜 놈. 죽여라! 이놈 죽여!"

몇 사람이 흥분해서 그를 덮쳤다. 어떤 사람은 제지를 뚫고 주먹질을 하고, 발길질도 했다. 그때였다.

"모두 비켜라!"

철거덕거리는 쇳소리가 들리더니 성전 경비병인 듯한 무리가 나타나 밀려드는 군중을 헤치고 일행을 둘러싼다. 히스기야는 조금씩 사태를 파악했다. 성전 경비대에서 화재를 조사한다는 명목으로 출동해서 그를 방화범으로 지목해 끌고 가는 것이라 판단했다.

그렇다면 화재는 그를 잡아들이기 위한 음모였음이 분명했다. 한편으로 불을 지르고, 다른 한편으로는 화재 조사를 한답시고 나섰음이 분명하다. 잘 짜인 음모다. 그런데 그를 덮친 무리가 아무 말도 묻지 않고 다짜고짜 체포한 것으로 보아 어떤 사람이 그를 지목한 것 같았다. 게다가 그때까지 동지 중 아무도 만나지 못했으니 그들도 모두 체포되었음이 틀림없다.

백 걸음쯤 비스듬한 비탈길을 질질 끌려 올라갔다. 어디로 끌려가는지 가늠하려고 애썼다. 거리나 비탈로 미루어 생각할 때 성문 쪽인 것 같다. 무어라 서로 묻고 외치는 소리가 들리더니 삐걱삐걱 성문 열리는 소리가 들린다. 안으로 끌려 들어가자마자 히스기야는 곧 짐짝처럼 수레에 실렸다. 던져지듯 실려질 때 덜컹 수레가 움직였다. 아마 성문에서 성전 언덕까지 짐을 실어 나르는 나귀수레 같다.

수레는 삐거덕거리며 한참 올라갔다. 웅성웅성 몇 사람이 모여 있는 곳에 멈추었다. 소리를 들어보니 아마 대여섯 명이 모인 듯했다.

"잡아왔습니다."

"끌어내려!"

곧 우악스러운 손이 엎어져 있는 그의 두 다리를 수레 밖으로 질질 끌어내렸다. 수레를 끌던 나귀가 갑자기 앞으로 몇 발짝 움직이는 바람에 그와 끌어내리던 사람들이 기우뚱 땅바닥으로 같이 넘어졌다.

"이런! 젠장!"

화가 난 한 사내가 꼼짝 못하게 묶여 있는 그를 발길로 걷어찼다. 앞뒤로 세 사람이 붙어 그를 끌고 밀면서 한참 걷더니 계단을 내려갔다. 계단을 내려가서도 왼쪽 오른쪽으로 몇 번을 꼬부라졌다. 그는 끌려가면서도 길을 가늠하려고 왼쪽 몇 걸음 오른쪽 몇 걸음, 계단이 몇 개인가 세다 그만두었다. 아마 목숨이 붙은 채 벗어날 수 없으리라는 생각이 들었기 때문이다. 이제까지 겪었던 일 중 가장 고약하고 치명적인 일이 벌어지고 있었다.

곧 육중한 철문이 열리는 소리가 나고, 그는 방안으로 끌려들어갔다. 뒤집어쓴 자루를 통해 불빛이 눈에 들어왔다. 사내들은 그를 의자에 눌러 앉히더니 그의 머리에 씌웠던 자루를 벗겼다. 불빛에 눈이 부셨다. 사면 벽에 끼워 넣어 켜 놓은 횃불이 눈에 들어왔다. 정신을 차리려고 머리를 흔들었다. 눈앞에 아주 큰 사람이 버티고 서 있다. 보통 사람보다 머리 하나는 더 크고 몸집이 우람한 그 사내는 채찍을 둘둘 말아 손에 감아 들고 있었다. 벗어부친 상체가 불빛에 번들거리고, 벌리고 선 두 다리는 마치 쇠기둥 같았다. 금방 휘갈겨 후려치겠다는 듯, 손에 감아 쥔 채찍을 앞뒤로 흔들어 댔다. 히스기야는 곧 고문이 시작되겠구나 생각하며 마음을 다잡았다.

고문은 무섭지 않다. 아무리 심한 고문이기로 이투레아 눈 덮인 산속을 헤매 현인을 찾아갔을 때 당했던 그 무지막지한 고문보다 더하겠느냐 싶다. 그 고문을 견딘 후, 몸이 겪어야 할 고통이라면 얼마든지 참을 수 있게 되었다. 무서워하면 무서워할수록 고문은 더 무서워지는 법이다. 어떤 고문일까, 어떻게 견딜까, 그 고통을 미리 가늠해 보려 할수록 더 공포스럽게 느껴질 뿐이다. 그 공포를 이겨내야 한다. 고문을 받으면 어차피 몸뚱어리는 다시는 추스를 수 없을 만큼 걸레처럼 너덜너덜해진다. 어느 순간 끈이 탁 풀어지듯 정신이 가닥가닥 흐트러지고, 뒤죽박죽 얽히고설키다가 가뭇 사라진다. 아무것도 생각할 수 없이 막막하고 깜깜하고 바닥이 없는 듯 깊은 어딘가로 한없이 까마득 떨어진다. 고통의 감각은 호숫가에 밀려드는 파도처럼 둥실둥실 비현실적으로 떠밀려왔다 물러가고 다시 밀려온다. 결국 고문하는 사람과 고문당하는 사람의 대결이지만 숨결을 놓으면 그 대결에서 이길 수 있다.

히스기야는 누구에게 어디로 끌려왔는지 가늠해보려고 다시 애썼다. 생각으로는 성전에 끌려온 것이 분명했다. 끌려와 갇힌 그 방은 성전 맨 아래층이란 생각이 들었다. 한 가지 걱정스러운 일은 체포돼 끌려온 것을 동지 누구도 모른다는 사실이었다. 동지들은 그가 여리고에서 돌아왔는지 아직 예수와 함께 그곳에 있는지 알지 못할 것이다. 그의 행방을 동지들도 모르고 예수도 모를 것이다. 그는 소식도 없이 사라진 사람이 될 뿐이다. 갑자기 모든 관계의 끈이 끊어진 채 혼자가 됐다. 혼자 성전 지하감옥에서 고문을 받으며 죽어갈 것이다.

건들건들 채찍을 감아 흔들던 사내가 그의 머리채를 확 잡아 뒤로 젖혔다. 그리고 훅 숨을 내뿜었다. 역한 술 냄새가 났다. 채찍 자루로 히스기야의 양쪽 뺨을 철썩철썩 두세 번 때리더니 갑자기 목젖이 다 보일 정도로 웃어젖혔다. 그리고 히스기야의 귀에 입을 대고 속삭이 듯 말했다.

"겁먹지 마라, 애기야. 천천히 시작하자!"

히스기야는 알고 있다. 고문하는 사람은 고문을 정말 즐긴다는 사실을. 맡은 일이 고문이라서 할 수 없이 그 일을 하는 것이 아니다. 처음에는 아마 그랬겠지만, 세월이 지나면서 고문을 즐기기 시작한다. 마치 어린 양 한 마리 물어다 놓고 침 바르며 어르는 사자처럼, 말 한 마디 한 마디, 동작 하나 하나를 통해 고문의 상대를 데리고 즐기는 것이다.

감방으로 끌고 오자마자 곧바로 무엇을 알아내려 서두르지 않는 것으로 보아 저들은 이미 많은 것을 알고 있음이 분명했다. 그가 누구인지 알고, 하얀리본이 무엇을 하려는지 모두 알고 있음이 분명했다. 그렇다면 일이 참으로 고약하게 됐다. 아주 깊은 낭패감이 몰려왔다.

히스기야의 머리를 세차게 뒤로 젖혔다가 앞으로 당겨 가슴에 닿도록 우악스럽게 꺾은 그는 아무 일 없다는 듯 돌연 채찍 자루로 그의 가슴을 툭툭 건드리고 물러섰다. 그러더니 뚜벅뚜벅 방을 걸어 나간다. 철문이 쾅 닫혔다. 온 세상이 갑자기 어디로 사라진 듯 조용하다. 혼자 남았다. 사방 벽에 켜 놓은 횃불만 일렁인다. 그을음 때문에 목이 매캐하다. 아무 생각도 할 수 없다. 그저 눈앞이 하얗게 변하더니 다시 깜깜해진다.

"이렇게 끝나는가!"

혼자 중얼거렸다. 그 말은 소리가 되어 입 밖으로 나오지 않고 입안을 맴돌다가 다시 목구멍을 넘어갔다.

"겨우 이렇게 ….."

긴 여정의 끝 치고는 참 허무하다는 생각이 들었다.

겨우 정신을 차리고 방안을 다시 둘러보니, 벽 움푹 파인 곳에 끼워 넣은 횃불이 지직지직 소리를 내며 너울댔다. 방인지 고문실인지 처박아 놓고 아무도 들여다보지 않았다. 덩그러니 혼자 놓인 자신의 모습이 커다란 그림자가 되어 벽에 일렁였다.

"아!"

붙잡힐 때 발로 차인 명치가 숨을 쉴 수 없을 정도로 아팠다. 손을 뒤로 돌려 젖혀 묶고 그 사이에 끼운 나무 봉이 등허리 가장 아픈 곳을 누른다. 어떻게 해놓은 것인지 몸을 조금만 움직여도 나무 봉이 등을 찌른다.

"겨우 … 이게 끝인가?"

방에는 무어라고 말로 표현하기 어려운 냄새가 온통 배어 있었다. 마치 고깃덩어리 썩는 냄새, 오래된 시궁창에 반쯤 처박혀 죽은 쥐 냄새, 응달에서 말리는 생선 냄새 같았다. 머리가 지끈거릴 정도로 고약한 냄새는 어두컴컴한 구석에서 풍겨 나왔다. 시선을 모아 구석을 더듬었다. 어두워 보이지 않던 구석에 뚫린 공간이 보였다. 사람 키의 반 정도 높이, 그리고 몸을 옆으로 돌려 세워야 겨우 들어갈 만한 넓이의 구멍이 있다. 고약하고 구역질나는 냄새는 분명 그곳에서 풍겼다. 그곳에서 물 흐르는 소리도 들렸고 가끔 쏴아쏴아 직직 무엇이 스쳐 지나가는 소리도 들렸다. 숨을 들이쉴 때마다 참을 수 없이 지독한 냄새가 몸속으로 빨려 들어왔다. 곧 냄새가 몸속에 가득 차 결국 그가 더러운 그 냄새에 절여질 것 같았다. 세상에서 그가 제일 싫어하는 냄새가 생선 비린내, 그중에서도 소금에 절여 비틀비틀 말린 생선 냄새다. 응달에서 말리는 생선에 생각이 미치자 몸이 오그라들 만큼 싫었다.

"푸푸! 내가 생선이 되다니⋯."

아직 아무런 인기척이 없다. 차라리 손톱 발톱을 하나하나 뽑는 고문이 이런 침묵 속에 내던져진 것보다 낫겠다는 생각을 했다. 문밖에 누가 숨어 감시하는지 떠볼 요량으로 쿨럭쿨럭 기침을 하고 코를 킁킁거렸다. 아무 반응이 없다. 고문을 받는 것보다 기다리는 일이 더 견딜 수 없다. 그건 아직 구체화되지 않은 고통이기 때문이다. 막상 고문을 당할 때면 한순간도 견디기 어렵고, 무슨 말을 해서라도 당장의 고통을 멈추게 하고 싶겠지만, 고문을 기다리는 일은 더 고통스러운 고문이다.

"결국, 결국 이렇게밖에 될 수 없는 일이었던가⋯."

숨을 쉴 때마다 살 썩는 것처럼 고약하고 비릿한 냄새가 몸 안으로 들어왔지만 숨은 쉬어야 했다. 어머니의 차가운 몸을 침상에 뉘었을 때 그랬던 것처럼, 결박당한 채 갇혀 있는 지금의 현실이 언젠가 꼭 경험했던 일이라는 생각이 들었다. 성문 앞에서 체포되어 끌려와 갇힌 후, 아무도 들여다보지 않았고, 그새 시간은 흘렀다.

많은 일들이 눈앞에 나타나고 사라진다. 겹쳐서 나타나고 순서 맞추어 나타나고, 그러다가 빙글빙글 휘돈다. 눈앞에 조그만 점 하나가 나타나더니 점점 커지고 입을 벌린다. 커다란 동굴이 된 입안으로 그는 빨려 들어간다. 까마득하게 잊고 살았던 옛일들이 눈앞에 주르르 불려 나온 듯 떠올랐다.

옛일을 생각하면 왜 즐거웠던 일, 기쁜 일 대신 늘 춥고 배고프고 외로웠던 일만 생각나는지 모를 일이다. 이제 그 길고 멀었던 길 끝, 아스라이 보이던 길 끝에 이른 듯했다. 억지로 의연해지려고 몸을 곧추세웠다. 그런데 갑자기, 생각과 달리 볼을 타고 뜨거운 눈물이 주르르 흘러내린다. 손이 뒤로 묶여 있어 눈물을 닦을 수도 없는데 눈물은 한번 나오기 시작하더니 부끄럽게도 계속 흘러내린다.

눈물에는 알 수 없는 힘이 숨어 있다. 눈물은 어머니를 불러낸다. 돌담 쌓아 올리듯 차곡차곡 단단히 세웠던 마음을 단숨에 무너뜨린다. 꼭꼭 닫아걸고 떠났던 기억의 문을 열어젖힌다. 부서지듯 몸이 힘들고, 갈가리 찢기듯 마음이 고통스러워도 어머니를 떠올리지 않겠다고 작정했는데, 참 알 수 없는 일이다. 20년 전 떠난 어머니 모습이 떠오른다. 아들을 바라보는 그 얼굴에 미소가 스쳐 지나간다. 그보다 더 슬픈 미소는 아마 세상에 없으리라. 물결처럼 일렁일렁 미소 한 자락을 끌고 어머니는 사라진다. 뽕나무에 몸을 걸어 놓고 떠났던 어머니는 희미한 저쪽으로 천천히 사라진다. 눈물 속으로 사라진다.

나사렛 집은 어둡고 칙칙했다. 모든 것이 암담했다. 가난의 냄새에 묻혀 살았다. 그 냄새는 예루살렘 움막집 어디에서나 맡을 수 있는 냄새와 같았다. 찌든 냄새, 퀴퀴한 냄새, 비린내와 찝찔한 냄새가 늘 섞여 있다. 가난의 냄새는 어디나 비슷했다.

언덕 위, 히스기야네 집에는 조그만 마당이 있었다. 병아리 떼를 거느린 어미 닭은 늘 마당을 파헤쳤다. 햇빛은 언제나 마당에 가득했지

338

만 집 안은 어둡고 답답했다. 어머니는 늘 집 안에서 살았다. 마당에서 잠들면 밤이슬에 입이 비뚤어진다고 어머니는 성화였지만 그는 철이 들면서부터 늘 마당에서 살았다. 구멍이 숭숭 뚫린 오래된 멍석에 누우면 그에게 말을 걸어주는 별이 밤하늘에 여럿 박혀 있었다.

가슴 미어지는 답답함을 안고 아버지 없는 집에서 어머니와 둘이 살았다. 마을에서 아버지 없는 아이는 그 혼자뿐이었다. 남자 어른끼리 모여 마을 일을 의논할 때, 히스기야네는 늘 예외였다. 아직 어려서 그것이 무엇을 의미하는지 잘 모르기도 했지만 뒤돌아 생각해보면 마을 사람들에게 그네는 존재하지 않는 사람들이었다. 마을의 어떤 일에도 참여할 권리가 없는 것처럼, 어떤 일에도 의무가 없었다. 존재하지만 존재하지 않는 이웃이었다.

아버지가 있는 아이들이 그렇게 부러울 수가 없었다. 동네 마당에서 어울려 놀던 아이들은 밭이나 들에서 아버지가 돌아올 때면 놀던 것 다 던져두고 아버지를 쫓아갔다. 떠들썩하게 뛰고 어울려 놀던 동무들이 사라진 공터에 혼자 서서 가만히 아버지라는 말을 입속으로 불러봤다. 참 불러보고 싶지만 낯설고 어색한 말이었다. 그래도 아버지라는 그 말을 잊어버리면 안 될 것 같아 가끔 혼자 불러보곤 했다. 쑥스러워도 그렇게 부르면 어디서 듣고 있을 아버지와 한 가닥 끈이 연결되는 것 같았다.

혼자 남은 어머니가 아들을 낳았을 때 그 나이가 열다섯 살 조금 넘었다고 하니 지금 히스기야 나이 절반도 채 안 되는 젊은 여자였다. 왜 친정으로 돌아가지 않고 나사렛에 남아서 어머니는 그를 혼자 낳고 키웠을까? 무엇이 어머니로 하여금 그렇게 끈질기게 버티도록 만들었을까?

어머니는 오직 줄 하나에 매달려 산 모양이었다. 아비 없는 자식으로 아들을 키울 수 없기 때문이었다. 아들에게 자랑스러운 그 아버지를 만나게 해주어야 한다는 고집스러운 결심으로 나사렛을 떠나지 않고 버텼다. 돌아오지 못할 남편이지만 남겨둔 끈을 놓지 않고 아들에게 넘겨줄 그날을 기다렸다. 곱고 가냘픈 어머니 몸속에 그런 당찬 결심이 자리하고 있었다. 그건 어미 된 여자의 힘이었다. 하기야 떠난다고 해도 어디로 갈 곳도 없었다. 과부가 된 여자는 자기를 지켜줄 보호자 없이 내팽개쳐진 사람이었다.

"엄마, 왜 나는 아버지가 없어요?"

그럴 때마다 어머니는 히스기야를 꼭 끌어안고 말없이 등을 쓸어주었다. 그는 깨달았다. 아버지 얘기를 물으면 어머니가 슬프고 아프다는 것을. 아무 말 없이 끌어안아 주던 어머니는 나중에 보면 어두운 방 깊은 구석에 머리를 대고 혼자 울고 있었다.

"엄마, 다시는, 엄마, 정말 아버지 얘기는 절대 안 물어볼 테니 울지 말아요. 물어봐서 미안해요."

들썩이는 어머니 어깨를 손으로 다독이며 말을 붙이면 어머니는 아들을 으스러질 만큼 끌어안았다. 말이 더 필요 없었다. 어머니는 푸념을 한 적도, 불평을 늘어놓은 적도 없었다. 절망스러운 한숨을 아들 앞에서는 한 번도 내쉰 적이 없었다.

다시는 아버지 얘기 묻지 않기로 마음먹었다. 곱고 예쁜 어머니에게 참을 수 없는 고통과 슬픔을 아버지가 남기고 사라졌다는 것을 깨달았다. 어머니는 세상에서 제일 예뻤다. 못하는 일이 없었다. 그리고 어머니는 참으로 강했다. 솜씨 좋은 어머니에게 동네 사람들은 옷을 꿰매고 수선하는 일이나 빨래를 맡겼다. 어머니가 빨래하여 햇볕에 말린 옷들은 햇볕보다 더 환했다. 하도 신기해서 어떻게 그렇게 하얗게 빨래를 할 수 있느냐고 물었다. 잔잔하게 웃으며 아들을 바라보던 어머니, 한 손으로 슬쩍 흘러내린 머릿결을 쓸어 넘기던 어머니는 참 예뻤다.

"빨래는 옷에 햇볕을 담는 거란다."

알쏭달쏭한 대답을 하면서 어머니가 곱게 웃을 때 가지런하게 드러난 이가 그렇게 정갈할 수 없었다.

동네일을 나갔다가 먹을 것을 얻어 돌아올 때 어머니는 혼자 기다리는 아들을 생각해서 날아오르듯 순식간에 언덕길을 올라왔다. 살구나무에 기대 동네를 내려다보며 어머니를 기다리다가 저 아래 퍼뜩 어머니의 모습이 나타나면 히스기야는 손을 흔들고 깡충깡충 뛰면서 어머니를 불렀다.

비록 동네에서 음식을 얻어 와 아들과 같이 먹기는 해도 어머니는 절대로 그가 동네에 내려와 다른 사람들 틈에 섞여 앉아 음식 먹는 것을 허락하지 않았다. 어머니의 그런 뜻을 알 수 있을 것도 같았지만 왜 꼭 그래야 하는지 궁금하기도 했었다. 나사렛 같은 시골 마을에서는 어느 집에서 특별한 일로 음식을 장만하여 이웃들과 나누어 먹는 날이면 동네 사람들이 모두 그 집에 모여 같이 음식을 먹었다. 특히 아들을 낳아 할례를 치르면 그 집에서 음식 대접을 했다. 그런 날은 마을 잔칫날이었다. 그러나 그는 그런 잔칫집에 가서 다른 아이들과 어울려 음식을 먹어본 적이 없었다. 어머니는 고집스럽게 그런 일을 싫어했다.

여자는 동네를 벗어나는 일이 없다. 시집을 때 친정을 떠나 남편의 동네에 들어오면 한평생 그 안에서 살다가 죽는 것이 보통이다. 어머니도 나사렛을 벗어나지 않고, 무슨 일이든 동네에서 할 수 있는 일을 얻어 할 뿐이었다. 동네 사람들은 추수할 때 밭 귀퉁이 곡식은 일부러 남겨 두었고, 포도나무나 올리브나무 몇 그루는 손도 안 댔다. 그렇게 사람들이 남겨 둔 곳을 어머니는 용케 잘 찾아다니면서 어떤 날은 한 망태도 넘는 과일, 또 어떤 날은 꾹꾹 눌러 담아 한 자루도 훨씬 넘을 만큼 곡식을 걷어 어깨에 메고 올라왔다.

"엄마! 내가 좀 나눠 들고 올라갈게요."

"아서라 아서. 무겁다. 어서 올라가자."

쫓아 내려온 히스기야를 앞세우며 어머니는 자루를 등에 메고 헐떡이며 언덕을 올랐다.

그런데, 단단하게 못질했던 기억의 방, 다시 들여다보지 않겠다고 다짐했던 그 방문이 다시 스르르 열렸다. 아스라이 먼 옛날 어릴 적 기억으로 걸어 들어간다. 마치 영혼이 몸 밖에 나와 그 자리를 지켜본 듯 뚜렷하고 생생하게 보인다. 풀밭에 주저앉아 손으로 풀을 뜯어가며, 손가락으로 땅을 후벼 파며 오열하던 어머니가 보인다. 어머니는 온몸 마디마디 끊어질 듯 절절하게 운다. 그 옆에 콧물 눈물로 뒤범벅된 어린 히스기야가 서 있다.

일곱 살인가 여덟 살쯤 된 어느 날, 어머니는 아침부터 유난히 부산을 떨었다. 어쩐지 흥분한 것 같았고, 무언가 큰 결심을 한 사람 같았다. 늘 조용조용하던 어머니가 그날은 무척 허둥댔다. 히스기야는 어머니 손을 잡고 집을 나섰다. 거칠어진 어머니의 손에 땀이 촉촉했다. 어머니는 늘 입던 옷이 아니라 아껴 간수하던 옷을 입었다. 가끔 꺼내 냄새도 맡고 손으로 쓰다듬던 옷이었다. 그에게는 아주 깨끗하게 빨아 손질한 옷을 입혔다. 어머니 손을 잡고 동네로 내려갔다. 그렇게 좋을 수가 없었다. 저만큼 달음질쳐 내려갈 때면 조심하라고 어머니가 불러 세웠다. 언덕길을 내려오는 어머니는 누구라도 불러 자랑하고 싶을 만큼 예뻤다. 어머니와 특별한 길을 나선 것이 너무 좋아 그는 동네 사람을 만날 때마다 씩씩하게 아침인사를 했다.

언덕을 내려와 산비탈을 돌고 골짜기를 건너고 다시 언덕을 넘고 큰길을 따라 걸었다. 그렇게 십 리도 넘게 걸어 큰 도시 부근에 이르렀다. 세포리스였다. 날아갈 듯 좋았던 기분도 너무 오래 걸어서 그런지 시들해졌고 걸음은 점점 힘들고 처질 무렵이었다. 그런데 어머니의 얼굴이 심상치 않았다. 입을 꼭 다물고 있었다. 꽤 가파른 산등성 위에 자리 잡은 도시 쪽 언덕, 그 어딘가에 시선을 꽂고 무엇에 이끌린 듯 어머니는 허둥허둥 걸었다. 마치 터지는 울음을 애써 참는 듯 보였다. 도시로 들어가는 길 옆, 언덕에 도착했다.

"올라가자."

"저기 저 성에 가는 것 아니었어요? 여기 올라가면 뭐 있어요?"

"올라가자!"

단호하게 말을 자르고 어머니가 앞장서서 비탈을 올라갔다. 그도 어머니 뒤를 따라 길도 없는 언덕 비탈을 엉금엉금 기어 올라갔다. 생각보다 넓은 평지가 나타났다. 군데군데 바위들이 널려 있고, 잡풀이 무성했다.

어머니는 어느 자리에 꼼짝 않고 멈추어 섰다. 마치 돌기둥이 된 듯 숨을 멈춘 듯 어머니는 꼼짝하지 않았다. 아들의 손을 꼭 잡은 어머니는 와들와들 떨었다. 어머니를 부축해야 한다는 생각이 들었다. 무엇인지 알 수 없지만 무섭고 불안한 일이 벌어질 듯했다. 그 자리를 피하고 싶은 생각이 들었다.

"여기, 여기가 네 아버지 유다, 네 아버지 … 자리다."

한참 만에 어머니가 입을 열었다. 히스기야를 쳐다보지도 않고 혼잣말처럼 말했다. 마치 열에 들뜬 사람이 헛소리하듯 알 수 없는 말을 입 밖에 냈다. 무슨 소리인지, 말뜻을 알아들을 수 없어 어머니를 쳐다보니 그제야 어머니가 아들을 내려다봤다.

"여기가 네 아버지 자리란 말이다."

"예? 그게 무슨 소리예요?"

"네 아버지가 여기에서 숨을 거두었다. 이 자리가 바로 네 아버지가 십자가에 매달려 숨진 자리다."

"십자가요?"

몽둥이로 머리를 얻어맞은 듯 쿵 충격이 왔다. 십자가 처형 장면을 한 번도 본 적은 없지만 그것이 얼마나 무섭고 끔찍한지는 가끔가끔 나사렛 마을 어른들끼리 나누는 대화를 들어 알고 있었다.

"그래, 네 아버지는 여기에서 십자가에 매달려 죽었다. 로마 군인들이 네 아버지를 죽였다. 2백 명이나 되는 사람들이 여기에서 십자가에 매달려 죽었다. 네 아버지는 여기에서 … ."

어머니는 더 이상 말을 못 하고 몸을 심하게 떨었다.

"나는 오늘 … 너, 너에게, 여기를 … 꼭 보여주려고 … ."

토막토막 끊어지는 말로 힘겹게 무언가를 애기하려 했다. 그 한 마디 한 마디는 어머니의 아주아주 깊은 곳에 갇혀 있다가 조금씩 문을 열고 치밀어 올라오는 신음이었다.

"내가 지금까지 살아온 것은 … ."

한 번도 생각해 본 적 없던, 꿈에도 상상해 본 적 없던 무서운 일이 눈앞에 펼쳐지는 듯 느껴졌다. 땅에 깊게 묻어두었던 항아리를 꺼내 뚜껑을 여는 순간이었다. 과거 어느 때 먼 옛날 일을, 뜨거운 햇빛 가득 쏟아지는 이 자리, 널찍하게 텅 빈 자리에 불러내는 일이었다.

햇빛은 참 밝고 따가웠다. 마치 햇빛 한 줄기 한 줄기 셀 수 있을 것 같았다. 쏟아지는 그 한 가닥 붙잡아 손가락으로 튕기면 통통 맑은 소리를 낼 것 같았다. 쏟아지는 햇빛 말고는 모두 꿈처럼 흐릿하고 멍멍하게 느껴졌다.

"오늘이 네 아버지 생일이다. 네 아버지 생일에 … 너는, 아버지가 하려던 일. 십자가에서 마지막 숨 거두며 안타까워했을 그 일, 네가 이어가라. 그러면 네 아버지는 … 다시 살아난다."

그러더니 어머니는 무너지듯 그 자리에 주저앉았다. 마치 햇빛에 녹아내린 밀랍처럼 힘없이 무너졌다. 그리고 소리도 못 내고 울었다. 어깨가 출렁거렸다. 그도 주저앉았다. 그리고 어머니 무릎에 얼굴을 묻었다.

"아버지!"

가슴이 뻐근했다.

"아버지가, 그런데 아버지는 … 아, 십자가! 어머니가 … 지금 나를 … ."

뒤죽박죽 머리도 없고 꼬리도 없는 생각이 벌렁벌렁 가슴을 두드리더니 불쑥불쑥 튀어 오르고 부글부글 끓었다. 머리가 뜨끈뜨끈해졌다. 그러더니 와락 부풀다가 갑자기 줄어들기를 반복했다. 날카로운 침으로 머릿속을 콕콕 찌르는 듯 통증이 몰려왔다. 엄청난 힘이 그를 번쩍 들어 올려 캄캄하고 아찔한 방안에 던져 넣고 철커덕 문을 잠근 것 같았다.

어머니는 곧 목 놓아 울기 시작했다. 참고 참았던 울음이, 깊은 골 짜기에 숨어 있던 한이, 실개울같이 흐르던 슬픔이 거칠게 휘감아 도는 강물이 되어 어머니를 거세게 흔들었다. 껙껙 숨 막히는 소리를 내며 어머니는 울었다. 손바닥으로 땅을 훑어가면서, 마치 그 땅이 아버지의 가슴이기라도 한 듯, 그렇게 땅을 손으로 더듬으며 손가락으로 땅을 후벼 파며 울었다.

눈길 닿는 먼 곳까지 어머니 울음이 가득했다. 그 얘기를 가슴에만 묻어두고 살았던 어머니가 한없이 불쌍했다. 남편 없는 여자와 아버지 없는 아들은 존재하지 않는 사람으로 살 수밖에 없는 세상이었다. 그렇게 내팽개쳐진 채 있는 듯 없는 듯 살아 온 어머니와 아들이었다. 두 손을 벌려 어머니 양쪽 어깨를 감싸 안았다. 그러자 어머니는 어린 히스기야의 가슴에 머리를 비벼대며 울음을 멈추려고 애썼다. 눈물로 콧물로 범벅이 된 얼굴을 들어 아들을 바라보다가 입을 열었다.

"앉아봐라."

어머니는 그를 가슴에 안았다. 어머니의 가슴은 아직도 출렁이며 떨렸다.

"네가 태어나던 해, 그러니까 태어나기 세 달 전이었다."

어머니는 그날로 거슬러 올라갔다.

"저 앞에 보이는 세포리스성에서 싸움이 있었다. 나쁜 왕이 죽고,

사람들이 모두 들고 일어나 저 성안으로 쳐들어갔다. 성안에서 나쁜 일을 하던 사람들을 모두 몰아냈다."

그 일은 먼 옛날 일이 아니었다. 어머니에게는 바로 어제였다.

"그랬는데 저 북쪽에서 엄청나게 많은 군대가 쳐들어왔다. 로마 군대였다. 그 군대는 성안에 있는 사람들은 물론이고 이 갈릴리에 살고 있는 사람들은 모두 죽이고 잡아갈 것이라는 소문이 파다했다. 그때 아버지는 성안에 있는 사람들과 어울려 성을 지키고 있었다. 이래 죽으나 저래 죽으나 죽기는 마찬가지라면 로마군과 싸우는 쪽에 서야 한다면서 도망가지 않고 성에 남았다. 마을 사람들은 모두 도망쳐 돌아왔는데 …."

얘기를 시작한 어머니는 점점 마음을 가라앉히고 얘기를 이어갔다. 악하고 잔인하고 독하고 거친 폭군이었던 유대 왕 헤롯이 죽었다는 소문이 퍼졌다. 나사렛에서 북서쪽으로 시오 리쯤 떨어진 세포리스에도 소문이 전해졌고, 순식간에 갈릴리 지방 모든 마을로 퍼졌다. 갈릴리 지방에서는 거의 모든 사람이 헤롯에 대해 뿌리 깊은 반감을 지니고 살았다. 로마 원로원에 의해 유대의 왕으로 임명 받고 돌아온 후, 로마 군대의 지원을 받아 3년에 걸쳐 갈릴리를 정복하면서 수많은 사람을 그가 학살했기 때문이었다. 그 헤롯이 죽었다는 소문이 퍼지자 히스기야의 아들 유다가 가난한 농민들을 이끌고 반란을 일으켜 세포리스를 공격했다. 히스기야는 헤롯이 왕이 되기 전 갈릴리 총독으로 있을 때 사로잡아 처형한 의적이었다. 그의 아들 유다가 반란을 일으키자 사람들은 서슴지 않고 세포리스로 모여들어 농민군에 합류했다.

"네 아버지 유다는, 네 이름을 히스기야라고 지어주고 떠났다. 아들이 태어나면 히스기야라고 이름 짓고, 딸이 태어나면 그 자리에 엎어 놓으라고 했다."

그때는 무슨 소리인지 알 수 없었지만 나중에 생각하니 엎어 놓으라는 말은 키우지 말고 죽이라는 말이었다.

"네 아버지는 말했다. '나는 히스기야의 아들 유다를 따르러 떠나지만, 내 아들은, 유다의 아들 히스기야는 반드시 내 뒤를 이어 새 나라를 세우리라! 그 말을 내 아들에게 꼭 전하라'라고 부탁하고 떠났다."

"그래서 제 이름이 히스기야가 된 거예요? 그런데 왜 사람들은 남들처럼 '유다의 아들 히스기야'라고 부르지 않고 그냥 '히스기야'로 불러요?"

"그들은 미안했겠지. 네 아버지의 이름을 입에 올리기 부끄러웠겠지!"

"예에!"

"떠나던 날 낮에 큰 자루에 밀을 가득 채워 짊어지고 집에 올라온 네 아버지가 마지막 남긴 말이 지금도 어제 일처럼 생각난다."

세포리스로 떠나기 전 아버지는 밀 한 자루 가득 짊어지고 집에 올라왔다. 그리고 그 밀을 다 먹기까지 아버지가 돌아오지 않으면 마을을 내려가 친정으로 돌아가라고 말했다. 어머니 혼자 하루 한 끼 먹으면 넉 달은 먹을 식량이었다. 세 달이 지나면 아기를 낳게 될 때였다.

아버지는 세포리스로 달려가 농민군이 되었다. 히스기야의 아들 유다는 무리를 이끌고 세포리스성을 점령하자마자 무기창고를 털어 모여드는 농민군을 무장시켰다. 그리고 창고에 그득 쌓여 있던 곡식을 갈릴리 농민들에게 나눠 주었다. 원래 그 곡식은 갈릴리 사람들 입에 들어갈 식량이었다. 단숨에 농민군의 숫자는 크게 늘어났고, 어떤 사람은 유다를 메시아라고 믿고, 어떤 사람은 그를 왕으로 부르며 따랐다. 유다가 이끈 농민군 기세는 대단했다.

역사를 기록한 사람들의 눈에는 갈릴리 농민이 일으킨 반란으로 보였다. 그러나 갈릴리 사람들에게는 정의를 회복하려는 치열한 싸움이었다. 압제자를 무너뜨리자는 운동이었고, 헤롯 왕실을 앞잡이로 내세운 로마제국으로부터 벗어나려는 해방전쟁이었다. 사람들은 반란을 일으킨 유다가 바로 그들이 기다리던 메시아라고 믿고 따라나섰다. 희망으로 가슴이 벅찼다. 로마를 몰아내고 억압의 질곡에서 벗어나는 일뿐 아니라 새 세상을 세우려는 비전을 꿈꿨기 때문이었다.

시리아에 주둔한 로마군 총독 바루스가 반란을 진압하려고 쳐내려왔다. 유다가 이끄는 세포리스 농민 반란군을 먼저 진압하고 이어 예루살렘으로 진격할 목적으로 3개 군단 1만 5천 명이나 되는 병력을 이끌고 바람처럼 몰려왔다. 세상 어떤 군대도 로마군을 대적할 만큼 강한 군대는 없다. 더구나 갈릴리 농민군으로서는 아무리 의기가 높아도 정예 로마군 군단병력을 당해낼 수 없었다. 로마군이 쳐들어온다는 소문을 듣자 세포리스에 몰려 있던 농민군은 급격하게 무너졌다. 나사렛 마을에서 농민군에 합류했던 사람들이 슬금슬금 빠져 달아날 때 아버지는 그 틈에 끼지 않았다. 유다의 농민군에 남아 로마군에 끝까지 저항하며 세포리스를 지키겠다고 남았다.

무슨 이유였을까? 뱃속에 들어 있는 자식과 만삭의 아내를 버리고 아버지는 왜 세포리스 성벽에 올라 밝은 달 아래 보초를 섰을까?

"나는 평생 그 밤을 잊을 수가 없었다. 동네 사람 모두 돌아왔는데,

살구나무에 등불 걸어 놓고 밤새 기다린 네 아버지 유다는 아무리 기다려도 돌아오지 않았다. 그 밤 내내 마당에 나가 기다렸다. 달빛 환하던 그 밤이 그렇게 창백하고 춥고 외로울 수 없었다. 이 세상에 단한 사람 믿고 살았던 네 아버지가 나를 남겨 놓고 떠났고, 돌아오지도 않았다. ”

“왜요?”

“나도 모르겠다. ”

나이 들어가면서도, 나사렛에 사는 동안에는 그 의문에 대한 대답을 얻을 수 없었다. 무엇이 아버지를 사로잡고 있었을까? 왜 아버지는 스스로 생명을 버렸을까? 가망 없는 일에 아버지가 몸을 던진 이유가 무엇이었을까? 왜 아버지는 스스로 자기를 소멸시키고 싶었을까?

그러나 훗날, 하얀리본을 이끌고 밤길을 걸으면서, 예루살렘 봉기를 계획하면서, 히스기야는 아버지의 뜻을 깨달았고 아버지를 알 수 있게 됐다. 자기소멸을 통해 역사의 끈을 잡아당기려던 아버지였다. 사람이 할 수 있는 끝에 서야, 그래야만 야훼가 나선다는 사실을 그가 깨닫게 되었을 때였다. 아버지도 분명 그랬음에 틀림없다고 믿게 되었다. 야훼의 뜻이 그러하다면 그도 아버지처럼 세포리스 성벽 위에 올라 달빛 아래 보초를 섰을 것이었다. 산 너머, 언덕 너머 나사렛 마을에 배가 잔뜩 불러 온 아내가 기다리고 있지만 그 아내와 뱃속에 든 자식을 위해 아버지는 서슴지 않고 성벽에 올랐음이 분명했다.

로마 정예군 3개 군단의 공격을 받은 세포리스는 곧 함락됐다. 나이 먹은 사람들은 모두 학살됐다. 세포리스와 주변 가까운 마을에서 1만명이나 되는 사람들이 사로잡혀 로마에 노예로 팔려갔다. 남자는 남자대로, 여자는 여자대로, 어린애들은 어린애대로 각각 다른 목적으로 다른 배에 실려 따로따로 팔려 나갔다. 그리고 히스기야의 아버지와 함께 2백 명쯤 되는 남자들이 성문 앞 큰길가 언덕에서 본보기로 십자가에 매달려 처형됐다. 그들은 모두 끝까지 극렬하게 저항하던 농민군이었다. 세포리스를 진압한 후 예루살렘으로 진군하기에 바쁜 바루스는 나사렛까지 쳐들어오지는 않았다. 세포리스를 초토화하고 바로 예루살렘으로 지쳐 내려갔다. 예루살렘에서의 봉기도 대단한 기세여서 용병으로 구성된 헤롯 왕실 군대나 예루살렘에 주둔한 로마군만으로는 도저히 진압할 수 없었기 때문이었다.

"애야, 나는 네 아버지 숨이 끊어질 때까지 아버지의 마지막을 저 아래 길가에 서서 지켜보았다."

"아버지 … ."

히스기야의 가슴이 벌렁벌렁 떨렸다.

"그래, 네 아버지는 여기 이 자리에서, 그날도 이때쯤 됐었다, 여기에서, 십자가에 … 몸을 끝없이 부들부들 떨고, 마지막엔 그저 몸을 나무에 걸어 놓은 것처럼 축 늘어지고 스르르 무너지고 … ."

십자가 처형, 그 고통이 얼마나 극심할지 생각만 해도 온몸이 와들와들 떨리고 뼈 마디마디가 저렸다.

십자가에 매달리면 갈비뼈가 하나하나 빠질 정도로 몸은 아래로 길게 늘어져 처진다. 가슴을 위로 추스를 수 없어 숨을 쉴 수도 없다. 소리도 지를 수 없다. 소리를 낼 만큼 숨을 쉴 수 없기 때문이다. 가슴이 늘어지고 허리가 분리돼 아래로 빠지는 고통을 느끼면서 움직일 수도 없는 지옥 같은 시간을 겪으며 천천히 죽어간다.

십자가에 매달린 채 죽는다는 말은 매달린 순간부터 날짐승, 들짐승의 먹이가 된다는 말이다. 심지어 아직 숨이 붙어 있을 때도 들과 산을 배회하던 배고픈 들개 떼가 껑충껑충 뛰어오르며 뜯어먹고 머리 위에서 맴돌던 새도 순식간에 날아내려 눈알을 쪼고 피 흘린 상처를 날카로운 부리로 찢어 먹는다. 처형장을 지키는 로마 군인들은 포도주를 마시면서 그 광경을 즐긴다.

로마는 언제나 사람들 눈에 잘 띄는 성밖 큰 길목이나 언덕을 골라 십자가 처형 장소로 삼았다. 매달려 있던 주검이 하루하루 조금씩 사라지는 광경을 사람들이 눈으로 볼 수 있었다. 팔이 떨어져나가고 다리가 축 처졌다가 사라지고, 점점 형체가 없어지는 광경을 매일 눈으로 보면서 사람들은 무력감과 절망감에 빠져들 수밖에 없었다. 들개 떼는 뼈마디 하나씩 입에 물고 언덕을 넘어 사라지고, 나중에는 아무것도 남지 않은 빈 십자가 주변을 어슬렁거렸다. 십자가 처형은 시체를 남기지 않기 때문에 산 채로 불태우는 화형만큼 사람들이 두려워하는 형벌이다.

세포리스 성문 앞 큰길가 언덕, 어머니는 십자가에 매달려 죽어가던 아버지를 끝까지 지켜보았다. 옆에 있던 어떤 사람이 꽉 붙잡고 막아 쫓아 올라가지는 못하고 저 아래에 있는 바위 위에 까치발로 서서 꿈틀거리는 아버지를 지켜보았다. 까무러쳐 그 자리에 쓰러지기를 거듭했다. 그러다가 아버지가 더 이상 몸을 꿈틀거리지 않게 되자, 어디서 그런 힘이 났는지 더 이상 뒤도 돌아보지 않고 어머니는 나사렛으로 돌아갔다. 뱃속에서 아기는 세차게 꿈틀거리며 발길질을 하는데, 횡하니 집으로 돌아갔다. 그리고 때가 되자 혼자 아이를 낳았다. 아버지가 짊어 올려 준 밀 한 자루가 다 떨어져도 친정마을로 돌아가지도 않았다. 친척 한 사람 없는 나사렛 마을에 남아 아들을 키웠다.

가끔가끔 동네 어른들에게서 들었던 십자가 얘기가 바로 아버지 얘기였다. 어떤 사람의 얘기가 아니라 아버지 얘기였다. 어른들이 십자가 얘기를 할 때마다 왜 애써 그의 눈을 피했는지 이유를 알 수 있게 되었다. 동네 사람들이 일부러 아버지를 빼놓고 도망 나왔다는 사실은 누구도 알려주지 않았지만, 히스기야 스스로 나중에 깨달을 수 있었다. 우르르 같이 몰려갔다가 한 남자만 남겨 놓고 도망쳐 온 사람들이 그 남자의 예쁜 아내를 바라보는 눈, 그 눈이 생각났기 때문이었다. 그들의 눈이 바로 십자가 얘기를 담고 있었다.

일을 해야 먹고 산다는 것을 히스기야는 또래 아이들보다는 무척 일찍부터 깨달았다. 그의 형편을 너무나 잘 아는 요셉이 예수와 함께 그를 데리고 다니며 일을 가르쳤기 때문이다.

"일머리를 깨치는 것이 중요하다."

그때는 그 말이 무슨 뜻인지 제대로 알아듣지 못했다. 시간이 지나면서 그 말이 얼마나 중요한지 깨달았다. 사람 살아가는 이치를 일깨워 주는 가르침이기 때문이었다. 어떻게 일을 잘 하는지에 대해서라기보다 더불어 일하는 법에 대한 가르침이었다. 더불어 일은 하되 각자에게는 맡겨진 일, 맡은 일이 있고, 그건 누구도 대신할 수 없다는 점도 배웠다.

"혼자 하는 일보다 여럿이 함께 하는 일에서 사람 됨됨이가 나타난다."

일을 깔끔하게 잘 하는 것만큼 일터에서 만난 사람들과 어떤 관계를 맺어야 하는지 깨우쳐주는 일을 요셉은 게을리하지 않았다. 예수나 히스기야가 때가 되면 일거리를 스스로 찾아 일할 수 있도록 준비시켰다.

"사람 됨됨이요?"

"그래 사람 됨됨이. 사람이 사람답다는 말이다."

"우린 사람이잖아요? 아저씨나, 예수나, 저나…."

그렇게 말하다가 마지막 말이 입 밖으로 나오지 못하고 목에 턱 걸렸다. 요셉이 하려는 말을 깨달았기 때문이었다. 한없이 억울하고 분하고 답답했던 일들이 결국 사람대우를 받는 일이었다. 목수나 석수, 지붕 고치는 사람 등, 그런 직업을 가지고 살아가는 일을 얘기하는 듯했는데, 그 말이 아니었다. 사람됨, 그건 그저 자기 자리를 찾고 자기 몫을 챙기는 일이 아니라 다른 사람의 몫과 자리를 생각하는 사람을 얘기했다. 한 사람 한 사람이 모두 귀한 존재인 만큼 사람 사이의 관계를 귀하게 여기는 것이 얼마나 중요한지 가르치는 말이었다.

"예, 아저씨! 감사합니다."

"감사하긴. '사람이란 무엇인가? 나는 누구인가?' 하는 것을 잊지 말고 살아라!"

그 후, 일거리를 찾아 때로는 혼자 세포리스를 드나들었다. 그 무서운 자리, 아버지가 십자가에 매달려 숨을 거둔 세포리스 그 자리는 그에게 피할 수 없는 자리가 됐다. 일거리를 찾아 들어갈 때나 지친 몸으로 그림자를 길게 앞세우고 걸어 나올 때면 으레 그 자리를 지났기 때문이었다. 어떤 때는 매일 그 앞을 지나야 했다. 세포리스에 극장을 새로 짓는 일이 시작됐기 때문이었다. 그곳을 지나노라면 땅이, 흙이, 길모퉁이에 널브러져 있던 돌덩어리가 부스럭거리며 말을 했다. 그건 얼굴 한번 본 적 없는 아버지가 말 걸어오는 방식이었다. 아버지 음성은 나지막하면서도 놀랍도록 부드러웠다. 어머니를 피울음 속에 내던진 사람답지 않게 아버지의 목소리에는 깊은 울림이 있었다.

처음에는 알아듣지 못했지만 날이 지날수록 아버지가 하는 말을 조금씩 알아듣게 됐다. 아버지는 어머니에 대하여 묻지 않았다. 아들이 어떻게 살아가는지도 묻지 않았다.

'로마군이 어디까지 왔나?'

'로마군이 언제쯤 들이닥칠까?'

'내 잘못만은 아니란다.'

아버지는 로마군에 대해서만 물었다. 아마도 그 말은 성을 지키며 보초를 서던 마지막 밤 묻고 또 물었던 말이 분명했다. 십자가에 높이 매달려 마지막 숨을 거둘 때에도, 그렇게 로마를 입에 올렸을 것이었다. 피와 공포로 휩쓸고 지나간 땅에 로마는 제국의 질서를 그렇게 다시 세웠다. 아버지는 그 땅에 펼쳐지는 제국의 질서에 대해 물었다. 몸으로 저항하며 아버지는 숨을 거두었고 로마는 파도처럼 밀려오고 또 밀려왔다. 갈릴리와 유대와 온 이스라엘을 큰 바다 물결로 완전히 덮어 버렸다. 그는 아버지에게서 로마제국에 대하여 배웠다. 당장 먹고 사는 일이 그에게는 가장 중요했는데 아버지는 로마에 대해서만 묻고 또 물었기 때문이었다.

세포리스를 드나들 때마다 아버지의 목소리를 듣고, 아버지의 일깨움을 받으면서 몇 년 동안 히스기야는 날로 자랐다. 먹고사는 것보다 더 중요한 것이 있다는 것을 알게 됐다. 나중에 어머니가 혼자 훌쩍 떠나지만 않았더라면 더 오랫동안 나사렛에서 세포리스를 드나들며 살았을 터였다. 언덕마을 나사렛을 떠나야 할 일은 예상치 않게 빨리 일어났다. 뜻밖의 일이 벌어졌다. 모든 일이 엎어지고 넘어지고 무너지는 일이 생겼다.

"아니 글쎄, 어떻게 한 동네에서 …."

"그러게 말이우. 이제 아주 펴놓고 그 짓을 한대요."

"부끄러운 줄도 모르고, 다 큰 아들도 있으면서 …."

"그나저나 동네 남자들 중 몇 사람 말고는 다 드나든다니, 이런 원!"

끌끌 혀를 차는 소리도 들렸다. 물 긷는 우물이나 마을 가운데에 있는 빵 굽는 공동화덕 부근에 모여 낮지 않은 목소리로 얘기를 나누던 동네 아주머니들이 히스기야를 보자마자 입을 다물고 고개를 돌렸다. 묘한 표정을 지으며 곁눈으로 흘겨보고 입을 비죽거렸다. 생각해 보니 얼마 전부터 동네 사람들의 태도가 눈에 띄게 달라졌다. 무언가 자기들끼리 얘기하다 그가 나타나면 얼른 얘기를 끊고 어색한 표정으로 자리를 뜨는 것을 여러 번 보았다. 날이 지날수록 아예 눈길에서 싸늘한 적의와 경멸을 느끼게 됐다. 나쁜 일이 일어나고 있음이 분명했다.

못 들은 척, 못 본 척 천연덕스럽게 그들 곁을 지나 언덕길을 걸어오를 때 머리 뒤통수가 뜨끈뜨끈했다. 돌아보지 않아도 그의 뒷모습에 꽂히는 눈총을 알 수 있었다. 오르막길이 마치 십 리 길이나 되듯 멀고 길었다. 등으로 받은 햇빛은 초라하게 그의 그림자를 언덕길에 앞세웠다. 형체가 있는 듯 없는 듯 흐늘흐늘 부서지고 다시 나타나면서 힘겹게 그를 끌고 그림자는 언덕길을 앞장서 올라갔다.

그럴 때면 고래고래 소리를 지르고 싶었다. 무언가 분하고, 한없이 외롭고, 벗어날 수 없는 암담한 기분을 떨쳐버릴 수가 없었다. 마을 분위기가 이상해지면서 그렇지 않아도 외톨이로 살아가는 히스기야네는 점점 동네에서 더 멀어질 수밖에 없게 됐다.

대부분 농촌 마을이 그렇듯, 나사렛도 친족끼리 모여 사는 마을이었다. 마을 사람들과 친척관계가 아닌 집은 오직 히스기야와 예수네 두 집뿐이었다. 대대로 살아온 동네 사람이 아니고 어찌어찌 다른 곳에서 흘러 들어왔다는 얘기였다. 나사렛 마을 사람 숫자라야 어린애까지 다 합쳐도 2백 명 남짓 되었다. 이즈르엘 벌판이 내려다보이는 그리 높지 않은 산 중턱에 모여 살았다. 비가 오기 시작하면 벌판은 온통 진흙 구덩이가 돼서 여섯 달 동안은 사람들이 그리로 통행할 수 없었다. 그 탓에 나사렛 사람들은 주로 언덕을 내려가 북쪽으로 나가 세포리스나 더 북쪽 가나와 교통하면서 살았다.

위 갈릴리 아래 갈릴리에 모두 2백여 마을이 있는데 나사렛도 다른 마을들과 마찬가지로 농사지을 만한 땅을 피해 산 중턱과 언덕에 자리 잡았다. 마을 군데군데 마당이 있고, 대여섯 집이 벽을 맞대고 붙어 마당을 같이 썼다. 그렇게 스물 남짓한 집들이 동네 가운데 모여 살고, 그보다 좀 떨어진 아래쪽, 그리고 언덕을 올라가는 길 옆쪽에 대여섯 집이 드문드문 떨어져 있었다. 마을 뒤로 가파른 비탈이 산으로 뻗어 있었다. 그 비탈로 5백 걸음쯤 걸어 오르면 좁은 둔덕에 히스기야네 집이 있고, 그보다 더 위 2백 걸음쯤 올라간 곳에 예수네 집이 있었다. 친족 마을에 들어와 사는 외지인은 마을 사람들과 데면데면하게 지낼 수밖에 없고 마을 공동행사에서 배제되기 일쑤였다. 워낙 마을 일에 스스로 나서서 힘을 보태는 요셉의 얼굴을 보아 예수네 집은 마을과 좀 어울리며 지냈지만, 히스기야네 집은 있어도 없는 사람 취급을 받았다.

동네일에 참여하는 것은 언제나 어른 남자들뿐이다. 설령 아버지가 살아 있더라도 마을에서 외지사람 취급을 받을 형편인데 남자라고는 나이 어린 히스기야 혼자뿐인 집이라 두말할 나위 없었다. 그래도 동네 분위기가 바뀌기 전까지는 예쁘고 싹싹한 어머니가 동네일을 다니며 먹고 살았다. 무슨 일이든 마다하지 않고 집집마다 다니며 거들어주고 곡식이며 음식을 조금씩 받아오는 것으로 먹고 살았다. 그러나 그것으로는 늘 부족했다. 추수할 때가 되면 사람들이 밭 귀퉁이에 남겨둔 곡식이나 과일 한두 그루가 잠깐의 도움은 되지만, 그래도 먹는 일이 늘 가장 큰 문제였다. 동네 분위기가 바뀌기 전에는 가난하지만 부끄럽다는 생각은 들지 않았다. 어머니는 몸으로 동네일을 거들어주고 곡식이든 음식이든 받아왔지, 아무리 어려워도 결코 대놓고 구걸하지는 않았기 때문이었다.

20년 가까이 세월이 흘렀지만 히스기야는 그날을 결코 잊을 수 없다. 늦은 비가 그친 봄날, 일거리가 유난히 시원치 않았다. 하기야 그 즈음에는 하루 종일 한 가지 일거리도 못 찾는 날이 점점 많았다. 얼마 전까지만 해도 세포리스성에 들어가면 짐을 옮기거나, 무너진 담을 다시 쌓거나, 비가 새는 지붕을 수리하는 소소한 일거리는 언제든지 있었다. 그런데 알게 모르게 그런 일마저 줄어들었다. 농사철이 시작됐는데도 막일꾼이 눈에 띄게 도시로 몰려들었기 때문이었다. 일 하나라도 맡으려면 아침 해가 뜨기 전에 집을 나서야했다. 세포리스에 들어가면 하루벌이 일꾼들이 일거리를 기다리는 장소가 있다. 도착한 순서에 따라 길모퉁이에 늘어 앉아 하염없이 기다리다가 일꾼을 찾아 나온 사람 뒤를 줄렁줄렁 따라가는 일로 하루 일이 시작됐다.

큰 일거리가 생기면 요셉이 그도 챙겨 주지만 그 무렵에는 요셉과 예수 두 사람이 맡는 일거리마저 거의 끊어졌다. 하기야 안티파스가 일으킨 세포리스 극장 건설공사도 끝났고, 새로 수로를 하나 더 건설한다는 일은 마냥 연기되어 언제 시작될지 요원한 형편이었다. 그러니 요셉도 특별히 좋은 일을 맡을 수는 없었다. 그런 형편을 뻔히 알면서 자기 일까지 챙겨달라고 예수에게 부탁할 수가 없어 그즈음에는 거의 매일 혼자 세포리스를 드나들었다. 아침나절에 어느 집 하수구 치우는 일거리 하나를 겨우 맡았다. 다음 일거리를 기다리다가 일찍 집에 돌아가기로 했다. 집 뒤 언덕에 일구어 놓은 조그만 텃밭에 무엇이라도 심어보겠다는 생각이었다. 그렇지 않아도 지난밤에 어머니와 상의했었다. 그러나 어머니는 한참 생각하더니 텃밭 일은 혼자서도 충분하다며 그를 세포리스로 내보냈었다.

한나절 걸어 나사렛에 돌아왔다. 일손이 될 만한 사람은 모두 나와 밭일을 하고 있었다. 늦은 비 때마저 놓치면 더 이상 곡식이든 채소든 뭐든 씨를 뿌릴 수 없게 된다. 며칠 부슬부슬 내린 비에 흙이 검붉고 싱싱했다. 기분 좋은 흙냄새가 훈훈하게 풍겼다. 다른 사람들이 모두 밭에 나와 일하는 모습을 보자 갑자기 마음이 급했다. 괜히 일거리 찾아 세포리스에 나가서 보낸 시간이 아까웠다. 부지런히 언덕길을 걸어 올랐다. 집 가까이 이르렀을 때였다. 집 밖으로 걸어 나오는 어머니 모습이 보였다.

"어머니!"

채 부르지 못하고 입을 다물었다. 넘어질 듯 비틀비틀 겨우 몸을 가누며 어머니는 마당 끝으로 걸어 나와 쓰러지듯 살구나무를 끌어안았다. 그러더니 마치 실성한 사람처럼 무어라 큰 소리로 외치며 울었다. 주먹으로 살구나무를 치다 손바닥으로 쓰다듬으며 울었다. 갑작스러운 광경을 멍하니 바라보다가 단숨에 언덕길을 달려 올라가 마당에 들어섰다. 그때까지 어머니는 쉴 새 없이 알아들을 수 없는 말을 외쳐 댔다. 쾅쾅 가슴을 치다가 살구나무를 붙잡고 흔들고, 하늘을 우러러 호소도 했다. 늘 단정하던 머리는 온통 풀어 흩어져 얼굴을 덮고 가슴까지 흘러내렸다. 앞가슴이 다 보이도록 옷도 풀어 헤쳐졌다. 왼쪽 얼굴이 퉁퉁 부어 있었다.

"왜 그래요? 어머니! 누가 어머니를 이렇게 만들었어요?"

어머니는 눈이 홱 돌아가 있었다. 온통 눈 흰자위만 보였다. 숨이 막히는지 자꾸 가슴을 쥐어뜯고 가쁜 숨을 내쉬며 쿨룩거렸다. 풀어 헤쳐 가려진 머리카락 속에서 눈물 콧물로 온통 뒤범벅이 된 얼굴이 부들부들 떨고 있었다. 거친 숨을 몰아쉬더니 칵 피를 뱉어 냈다.

"어머니! 어머니!"

히스기야는 어머니를 끌어안고 흔들었다. 무엇을 어떻게 해야 할지 알 수 없었다. 밭에 나와 일하던 동네 사람들 중 아무도 쳐다보는 사람이 없었다. 알 수 없는 예감이 들었다. 끝이구나, 이것으로 끝이구나. 하늘이 빙그르르 돌더니 저쪽 끝에서부터 둘둘 말려 내려왔다.

"어머니! 어머니! 엄마⋯."

어머니는 팔을 허우적거렸다. 팔을 붙잡아 어깨에 둘러 부축해서 집 안으로 들어갔다. 침상에 뉘였다. 나무로 만든 조그만 침상이 매우 어지러웠다. 방 한구석에 놓인 찌그러진 나무탁자 위에 먹다 남은 빵 한 덩어리, 소금에 절인 올리브와 말라 비틀어져 시커먼 무화과 몇 개가 나무 그릇 위에 덩그러니 놓여 있었다. 급히 항아리에서 물 한 잔을 떠 입에 대주었다. 손을 내젓는 바람에 물이 다 쏟아졌다. 목을 감싸 안아 일으켜 앉힌 다음 물잔을 다시 입에 대주자 벌컥벌컥 단숨에 다 마셨다. 눈을 감고 다시 침상에 픽 쓰러졌다.

"무슨 일이에요? 왜 그래요?"

어머니는 도리질을 하면서 입을 열지 않았다. 히스기야는 가슴이 두근거리고 현기증마저 일어나는 것을 느꼈다. 어깨를 잡고 흔들며 이것저것 물었지만 어머니는 눈을 꽉 감고 입을 무섭게 다문 채 아무 말도 하지 않았다. 계속 도리질만 했다. 어찌할 바를 모르고 엉거주춤 웅크리고 앉아 있자니 가슴이 메슥메슥, 눈앞이 깜깜해졌다. 히스기야는 걸터앉았던 침상에서 일어섰다.

"잠시 바람 좀 쐬고 들어올게요. 좀 쉬세요."

어머니는 눈을 꼭 감고 있었다.

마당은 어른 큰 걸음으로 댓 걸음쯤 넓이다. 마당 끝에 서면 아랫마을이 다 내려 보였다. 마당 끝에는 살구나무가 서 있다. 아버지 때부터 거기 있었다는 나무였다. 아버지보다 어머니보다 훨씬 나이가 많다는 살구나무는 집 안팎에서, 그리고 마당에서 벌어진 모든 일을 보았겠지만 오랜 세월 그저 그 자리에 서 있을 뿐이었다. 나무 밑에는 서

너 사람 앉아도 될 만큼 넓적하고 납작한 바위가 있다. 어머니가 아버지와 나란히 앉아 바람을 쐬며 마을을 내려 보았다는 바위다. 몸을 던지듯 털썩 바위에 주저앉았다. 그 바위 위에 앉아 밤하늘의 별도 세어 보고, 옛날 옛적 하느님과 동산에서 같이 살았다는 조상들 얘기도 듣는 일을 그는 늘 마음속에 그렸다. 아버지 어머니와 함께.

"엄마…, 도대체 왜 그래! 엄마 왜….."

무척 서럽고 외로웠다. 아무것도 알 수 없지만 모든 일을 알 수 있을 것 같았다. 굳이 물어보지 않았고, 굳이 알아보지 않았지만 분명 나쁜 일이 일어나고 있다고 느끼기 시작한 지는 이미 오래됐다. 그것이 무슨 일이었든지 알면 더 나빠질 것 같아 일부러 모른 체했는지도 몰랐다. 지금보다 더 나쁠 일이 무엇이 남아 있을까 하는 생각도 들었지만, 그래도 그 일만은 알면 안 될 일 같아 눈을 돌렸다.

일거리를 찾아 내려가고 해질 무렵에 올라오던 언덕길이 눈에 들어왔다. 아침에도 먼 길이고 저녁에 올라올 때면 더욱 멀고 힘든 길이었다. 돈을 좀 벌면, 재산을 모으면, 나사렛을 벗어나고 싶었다. 벌판 마을에 내려가 조그만 밭을 사서 어머니와 살아보겠다는 야무진 생각을 해본 적도 있었다. 그건 이루어질 수 없는 꿈이라는 것을 그도 알았다. 몸이 부서져라 아무리 일한들 땅을 마련할 수 없고, 장가들 가능성이 없었다. 아버지도 없고, 친척도 없고, 후원해 줄 사람이 아무도 없는 그에게 딸이나 누이를 내어줄 사람은 부근 마을 어디에도 없기 때문이었다.

사람들은 보통 태어난 동네를 벗어나지 않고 평생 그 동네에 산다. 죽으면 마을 뒷산에 묻힌다. 그러나 언덕마을 나사렛은 오래전부터 히스기야가 몸 붙여 살고 싶은 마을이 아니었다. 보통 나이가 좀 많든 적든 아이들은 모두 동무가 되어 몰려다니며 논다. 어느 집 마당이든 뛰어들어 놀고, 누구네 집이든 제집처럼 들락거리며 논다. 그러나 그렇게 할 수 없는 아이 둘이 있었다. 히스기야와 예수였다. 동네 가운데에서 어울려 놀다가 동무를 따라 누구 집에 들어서면 그 집 어른들, 대부분 나이 먹은 여자들이 손을 저어 막았다. 처음에는 왜 그러는지 몰랐다. 그저 서운했을 뿐이었지만 나이가 들면서 무슨 뜻인지 깨달았다. 동무네 집이 두 사람에게는 허락되지 않는 공간이었다. 그러다 보니, 같이 놀 동무가 모두 떨어져나가 예수밖에는 아무도 없었다. 이유는 알 수 없지만 그게 현실이었다.

살구나무에 기대앉아 지난날을 생각하다 보니 시간이 꽤 흘렀다. 어느덧 마을 아래 골짜기에서 산그림자가 올라오기 시작했다. 한번 기어오르기 시작하면 늘 생각보다 빠르게 언덕을 올라왔다. 언제나 히스기야의 집에 먼저 찾아오고 조금 지나면 언덕 위 예수네 집에도 찾아갔다. 점점 다가오는 산그림자를 보자 이제 모두 끝난다는 예감이 들었다. 이렇게 몸 붙이고 살던 일도 이제 끝난다는 생각이 훅 스며들었다. 그림자가 예수네 집까지 올라간 얼마 후, 예수가 아버지를 따라 거무스레한 어둠 속을 걸어 올라왔다. 요셉은 나무 지팡이를 짚고 앞에서 걷고 그는 연장통을 덜그럭거리며 올라왔다. 예수네도 형편이 어려워져서 나귀마저 팔고 직접 연장통을 메고 다니기 시작한 지 꽤 오래됐다. 그렇게 아버지를 따라 일 다니는 그가 늘 부러웠는데, 그날은 눈물이 왈칵 날 만큼 더 부러웠다.

"히스기야, 오늘은 일찍 왔구나?"

마당 옆을 지나가며 예수가 말을 걸었다.

아무 말도 않고 손만 들어 아는 체를 했다. 평소답지 않은 태도에 그가 멈칫 하더니 다가왔다. 그는 그냥 올라가라고 손짓했다.

"왜? 무슨 일이 있니?"

예수의 관심이 귀찮아졌다. 갑자기 아무 말도 하기 싫고, 힘이 빠져 꼼짝하기도 싫었다. 기어이 그가 곁에 와 섰다.

"왜 그래? 어디 아프니?"

"아니야, 어머니가 편찮으셔서 ….."

"저런, 내가 좀 들어가 볼까? 우리 어머니에게 내려와 보시라고 할까?"

"아니야, 그러지 마. 싫어하실 거야."

그런 어머니 모습을 누구에게도 보여주고 싶지 않았다. 아무리 예수라도, 예수 어머니라도 그러고 싶지 않았다.

"그래? 그럼 ….."

한 발짝 뒤로 물러나 몸을 돌려 가려던 예수가 다시 돌아서서 물었다.

"저녁은? 먹을 것 있니?"

"괜찮아, 있어. 걱정 말고 올라가."

예수는 서둘러 아버지 뒤를 따라 올라갔다.

그 밤, 어머니가 사라졌다. 문득 이상한 생각이 들어 자다가 눈을 뜨고 방안을 들여다보니 어머니 자리가 비어 있었다. 어머니가 누워있던 자리는 희미한 등잔불 아래 원래 그랬던 것처럼 텅 비어 있었다. 빈 자리는 공간이 비었다는 사실만 의미하지 않는다. 그 자리에 있어야 할 어머니라는 존재가 없다는 사실이 불길했다. 이 밤중에 어디 가셨을까? 허둥지둥 어머니를 찾아 나섰다.

"어머니! 어머니! 어디 가셨어요?"

그 밤중에 어머니가 갈 곳이란 아무데도 없었다. 답답하면 고작 살구나무 밑 바위에 걸터앉아 마을을 내려다보는 것이 전부였던 어머니였다. 단숨에 예수네 집까지 뛰어올라 가 봤지만 불이 꺼진 채 조용했다. 어른들을 깨워볼까 생각했지만 한밤중에 깨우기 미안해서 다시 집에 내려왔다. 집 안을 한 바퀴 둘러보았다. 그리고 허둥지둥 마을 어귀까지 내려가며 어두운 밤길을 살폈다. 어머니는 없었다. 그동안에 혹시 집에 돌아와 있을지 모른다는 생각에 다시 넘어지며 엎어지며 집으로 돌아왔다. 어머니의 빈 자리를 보는 순간 가슴 한가운데 무엇으로도 메울 수 없는 커다란 구멍이 생겼다. 그 구멍에서 불길한 생각, 암울한 느낌이 꾸역꾸역 밀려 나왔다. 벽의 등잔불은 끄물끄물 꺼져가고 있었다.

"엄마, 엄마!"

망연히 문턱에 서서 방안을 들여다보고 있자니 목이 메었다. 마당 끝에 나와 동네 아래쪽을 살펴봤다. 밤은 깊고 어두웠다. 아무것도 보이지 않았다. 마음이 급했다. 동네 사람들 잠 깨는 것 상관 않고 큰 소리로 어머니를 불렀다.

"어머니! 어머니! 어디 가셨어요? 어머니! 엄마! 엄마!"

조용하던 마을 위로 그의 목소리가 유난히 크게 멀리 퍼져 나갔다. 그 소리는 건너편 언덕에 부딪쳐 울음이 되어 돌아왔다. 털썩 넙적한 바위 위에 무너졌다. 주체할 수 없는 서러움과 외로움, 그리고 말 못할 불안이 그를 짓눌렀다. 머리를 무릎 사이에 파묻은 채 웅크리고 앉아 울었다. 캄캄한 밤이었다. 혼자였다.

그때 갑자기 인기척이 났다. 어머니인가 얼른 고개를 들어보니 요셉과 마리아 그리고 예수가 마당에 들어섰다. 호롱불을 들고 내려온 품으로 보아 그의 울음소리를 듣고 서둘러 내려온 듯했다.

"왜, 왜, 히스기야! 무슨 일이니?"

와락 히스기야의 손을 잡는 예수의 어머니 마리아는 와들와들 떨고 있었다. 듣기에도 이상할 만큼 목소리마저 잠겨 있었다.

"어머니가, 엄마가 … ."

너무도 슬프고 걱정돼서 말이 나오지 않았다.

"으응? 무슨 소리야? 아프시다더니?"

그녀는 얼른 방안을 들여다보았다.

"안 계신데? 어디?"

입안이 바짝 말라 말이 나오지 않는 소리였다.

"어머니가 어디로 사라졌어요."

마리아는 요셉을 쳐다보았다.

"아주머니, 어머니 어디 갔는지 아세요? 짐작 가는 일이라도 있으세요?"

"아니!"

그녀는 차마 더 말을 할 수 없었다. 동네에 퍼진 소문을 들어 알고 있었기 때문이었다. 짐작할 수 있는 일이 벌어졌음이 분명했다. 이런 처지에 여자가 어찌 얼굴을 들고 살 수 있단 말인가? 요셉도 아무 말 없이 침통한 표정만 짓고 서 있었다. 예수가 다가와 걱정스러운 표정으로 그의 팔뚝을 붙잡았다. 마리아가 히스기야에게 무척 조심스럽게 말을 건넸다.

"히스기야, 들어가서 눈을 좀 붙여라. 날이 밝으면 어머니를 같이 찾아보자. 지금은 너무 어두워 코앞도 안 보이니 어디 헤매고 돌아다니며 찾을 수나 있겠니? 집 안에 안 계신 것으로 보아 스스로 걸어 나가신 것이니 아침에 찾아도 늦지는 않을 게다."

그러더니 무슨 생각이 들었는지 마리아는 히스기야에게 물었다.

"우리 집에 가서 예수와 같이 있으련?"

"아니에요. 저는 집에 있을게요. 어머니가 돌아오실지도 모르니까요."

"그러렴."

예수네는 호롱불을 앞세우고 더듬더듬 집으로 올라갔다. 자꾸 뒤돌아보느라 예수는 발걸음을 제대로 떼지 못했다. 요셉이 예수 어깨를 감싸 돌려세웠다. 날카로운 칼로 가슴을 에듯 아픔이 몰려왔다. 예수에게는 있고 그에게는 없는 것을 분명히 알 수 있었다. 다시 혼자 남았다. 갑자기 더 어두워진 것 같아 뒤돌아보니 방안에 켜 두었던 등잔불이 꺼졌다.

세상이 온통 캄캄했다. 사방이 조용했다. 하늘 가득 박혀 있던 별이 모두 사라졌다. 별이 사라진 캄캄한 밤하늘이 내려와 그를 덮었다. 빛은 결코 다시 돌아오지 않는 곳으로 떠나갔다. 어둠 속, 어머니가 멀리멀리 떠나고 있었다. 눈 꼭 감고 입 굳게 다물고 어머니는 걸어 들어가고 있었다. 어머니는 돌아오지 않으리라. 다시는 볼 수 없고, 다정한 목소리를 들을 수 없고, 그 깊고 따스했던 가슴에 얼굴을 묻을 수 없으리라.

캄캄한 밤과 혼자 남겨진 일과 멀리 떠나가는 어머니. 먼 옛날 언젠가 겪었던 일 같았다. 아무것도 생각할 수 없었지만 정신을 차려 보면 모든 지난 일들이 뒤죽박죽 가슴속에 들어오고 나가고 있었다. 지나온 시간이 순서 없이 토막토막 끊어지더니 제 멋대로 순서를 맞추었다. 어제의 일이 먼 옛날로 옮겨지고 갑자기 한 번도 돌이켜 생각해 본 적 없던 어린 날이 눈앞에 나타났다. 그 모든 일들이 다 지나갔다는 생각이 들었다. 길의 끝에 다다랐다. 모든 것은 끊어졌다. 이런 결말은 이미 오래전에 결정되어 있었고, 그저 때가 되었으니 떠나보내는 일 외에는 아무런 방법이 없었다.

"엄마, 엄마! 잘 가세요."

다른 말은 할 수 없었다. 그 밤을 하얗게 지냈다.

어둠이 채 물러가기 전 새벽부터 히스기야는 언덕을 오르내렸다. 어머니가 어디에 쓰러져 있을 것이란 생각이 들었기 때문이었다. 그러다 퍼뜩 짚이는 생각이 있어 길가 뽕나무 밭 안쪽으로 조심조심 발걸음을 옮겼다.

어머니가 거기 있었다. 길에서 떨어진 안쪽 깊숙한 곳, 늙은 뽕나무에 어머니가 있었다. 매달려 있었다. 차디찼다. 밤이슬을 맞아 흠뻑 젖은 옷도 차갑고, 어머니 몸도 차디찼다. 정신없이 어머니를 끌어내렸다. 얼굴은 몹시 일그러지고 시퍼런 색깔로 굳어 있었다. 무섭다는 생각은 조금도 들지 않았다. 어머니를 등에 업고 언덕길을 걸어 올랐다. 눈물이 나지 않았다. 울음소리도 목을 넘어오지 않았다. 그런 일마저 언젠가 겪었던 일처럼 느껴졌다. 어머니가 그렇게 가벼운 줄 몰랐다. 안고 살았던 한과 슬픔은 세상 모든 것을 합친 것보다 무겁고 컸을 텐데, 몸은 그럴 수 없을 만큼 가벼웠다. 옷자락 아래 드러난 어머니 다리가 거칠거칠하고 가늘어서 더욱 슬펐다. 집에 거의 다 올라왔을 무렵 요셉과 예수가 쫓아 내려왔다.

아무도 입을 열지 않았다. 어머니를 침상에 눕혔다. 지난밤 따스했던 어머니가 차디찬 몸으로 누워 있다. 무엇을 어떻게 해야 할지 아무 생각도 할 수 없었다. 아득히 먼 어느 곳에서 일어난 듯 느껴졌다. 문밖에 서서 방안을 들여다보는 듯, 마치 다른 사람 일처럼 느껴졌다.

그날 어머니를 묻었다. 뒷산 너머 바위 동굴무덤 옆 상수리나무 밑에 땅을 파고 묻었다. 원래 누가 숨을 거두면 한마을 사람들이 모두 나서서 자기 일처럼 슬퍼하며 장례를 치렀다. 그런데 어머니의 죽음에는 동네 사람 누구도 얼굴을 내밀지 않았다. 언제나 그랬던 것처럼 히스기야네는 나사렛에는 존재하지 않는 사람이었다. 요셉과 마리아, 그리고 예수 세 사람만 그의 곁에 있었다.

나사렛 동네 사람들은 대대로 이어 내려오는 가족 동굴무덤에 장사를 지내지만 히스기야네는 그런 무덤이 있을 턱이 없었다. 요셉은 아무 말도 하지 않고 묵묵히 땅을 팠다. 예수가 거들려고 나서면 손짓으로 물리치고 혼자 땅을 팠다. 붉게 충혈된 요셉의 눈에 눈물이 가득했다.

히스기야에게도 짚이는 일이 아주 없지는 않았다. 시원치 않은 벌이 때문에 하루 한 끼 먹기도 빠듯할 텐데 어머니는 아들에게 아침일 나가기 전, 그리고 저녁에 일에서 돌아왔을 때 먹을 것을 챙겨주었다. 빵 덩어리도 커졌고 올리브기름은 빵을 듬뿍 적실 만큼 많았다. 빵 덩어리를 집어 드는 아들을 바라보는 어머니 눈은 늘 알쏭달쏭 애틋했다. 그 무렵부터 마당에도 잘 나오지 않고 어머니는 하루 종일 집 안에만 머물렀던 듯했다.

어머니를 땅에 묻고 난 후, 마을을 떠나면서 그는 단 한 번 뒤돌아 언덕마을을 올려다보았다. 모든 것을 내려놓고, 다시는 돌아오지 않을 곳이기 때문이었다. 깊은 아픔, 외로움, 가난의 기억을 심어준 동네 나사렛이었다. 갈릴리의 조그만 언덕 마을, 떠나버린 어머니, 마당 끝에 서서 손 흔들던 예수와 그 가족, 눈으로 몸짓으로 그를 밀어내던 마을 사람들에 대한 기억이 얽혀 있는 한 시절이었다. 그 장소에 엉겨 붙어 있는 시간이었다.

기억은 언제나 장소를 배경 삼아 긴 그림자를 끌고 뒤따라오기 마련이다. 산모퉁이를 돌아 시야에서 사라져도 시간 속을 걸어 살아가는 한 기억 속의 그곳은 없어지지 않는 장소다. 그 장소에 살던 사람이 사라져도 나무, 바위, 산그늘, 길에 박힌 돌부리에도 경험과 기억은 깊게 배어 숨 쉰다.

히스기야에게 나사렛은 그런 곳이다. 아무리 잊고 살고 싶어도 어머니 생각을 하면 한 타래로 꼬인 실처럼 나사렛이 따라 나온다. 캄캄한 어둠은 별이 모두 숨어 버린 그날 밤을 떠오르게 하고, 천 길 절벽에 떨어진 듯 절망적인 상황이 되면 비틀비틀 뽕나무 밭으로 걸어 들어갔을 어머니가 생각난다.

히스기야는 먼 옛날, 나사렛 어린 시절을 꿈꾸듯 헤매다 문득 현실로 돌아왔다. 옛일을 생각하다가 현실로 돌아오면 늘 마음이 허전했다. 마치 소중한 무엇을 뒤에 남겨 놓고, 훌쩍 길 떠나온 느낌이다. 풀어보지 못한 보따리가 방 한가운데 덩그러니 놓여 있는데 그냥 나온 느낌이다. 다시는 뒤돌아보고 싶지 않은 나사렛이었지만 이리저리 헤매던 마음은 이상하게 언제나 그곳으로 발을 옮긴다. 그건 성전 지하 감옥에 갇혀 있어도 마찬가지였다.

세상 가장 낮은 곳을 향해

———·———

예루살렘에서 북동쪽으로 육칠십 리, 오아시스 도시 여리고에도 안식일 해가 진다. 그날따라 여리고에서 바라본 석양 노을이 유난히 붉어 섬뜩했다. 곧 어둠이 땅을 덮을 시간이다. 밤은 짙은 어둠이 무겁게 위에서 내려앉는 것이다. 아니면 땅에서 어둠이 안개처럼 피어올라 점점 짙어지면서 빛을 조금씩 삼키는 것일지 모른다. 낮이 밤이 되고 밤이 낮으로 바뀌는 시간이 가장 애매하다. 그때는 빛과 어둠, 세상의 지배자가 바뀌는 시간이기 때문이다. 바로 다음 지배자에게 자리를 넘기기 전 숨을 고르는 순간이다. 그리고 언제나 똑같이 반복해서 일어난다. 한 번도 순서를 바꾸거나 빛이 어둠을 완전히 이겨본 적이 없다.

그러나 예수에게는 밤과 낮이 바뀌는 일이 달리 보인다. 생명이 꽃을 피우는 빛이고, 생명이 쉬면서 다음 생명의 움을 트이게 하는 어둠이다. 모든 일이 생명과 관계가 있다. 생명은 제각각 주어진 시간의 줄을 잡고 앞으로 나아간다.

여리고에서 남서쪽을 멀리 바라보면 예루살렘 가는 길은 아스라한 산길이다. 언덕을 오르고 산을 넘은 그곳 예루살렘에는 야훼 하느님을 모신 성전이 있다. 성전에서만 하느님께 드리는 제사를 드릴 수 있다. 제사를 드리려고 사람들이 여리고를 거쳐 예루살렘에 모여드는 때가 됐다. 유월절이다.

이스라엘의 해방명절인 유월절은 니산월 열나홀 해질 무렵에 시작된다. 유대 달력으로 니산월은 한 해를 시작하는 첫 달이고, 해마다 밀 이삭이 팰 무렵에 시작된다. 처음으로 초승달을 본 사람은 예루살렘 성전 대산헤드린에 보고하고, 그 보고를 증거할 두 번째 사람이 나타나면 대산헤드린은 니산월이 되었음을 선포한다. 지난달의 크기에 따라서 초승달이 보인 전날 혹은 그 전전날을 초하루로 결정한다. 그리고 이스라엘 전역에 밤 횃불 신호로 니산월이 시작되었음을 알린다.

니산월 첫 안식일이 지난 다음 날부터 유월절을 준비한다. 집 안을 모두 뒤져 누룩을 찾아내 불에 태우고, 니산월 열홀에는 유월절에 잡을 양을 가려 놓는다. 열나홀 해질 무렵에 그 양을 잡고 해가 지면서 시작되는 열닷새 유월절에 그 밤 안으로 양고기와 쓴 나물, 누룩이 들어가지 않은 빵을 먹는다. 그리고 지방에 따라 이레 혹은 여드레 동안 누룩이 들어가지 않은 빵을 먹는 무교절이 이어진다.

사람들은 여전히 양을 잡고, 피를 뿌리고 야훼 하느님에게 제사를 드린다. 그건 하느님의 명령을 따르는 일이고 제사는 하느님을 섬기는 믿음이라고 말한다.

믿음이란 무엇인가? 하느님의 뜻을 따른다는 말은 무엇인가? 무엇이 하느님의 뜻인가? 그런 일을 생각할 때마다 예수는 결코 잊을 수 없

374

는 어릴 적 경험이 떠올랐다. 조상들이 끝없이 자손들에게 들려주었던 얘기를 아버지도 예수에게 들려주었다. 이스라엘의 조상 아브라함과 그의 아들 이삭의 얘기였다. 아슬아슬했던 그 얘기를 끝맺을 때 아버지는 눈으로 하늘 저쪽을 더듬었다. 그리고 한 마디 한 마디 천천히 끊어가면서 이야기를 마쳤다.

"사흘 길을 걸어 아브라함과 이삭은 집으로 돌아갔다. 이삭은 아무 말도 하지 않고 아버지의 뒤를 따라 걸었다."

예수는 그 얘기를 받아들일 수 없었다. 아브라함의 믿음을 시험하기 위해 사랑하는 아들 이삭을 잡아 불에 태워 제사드리라고 하느님이 명령했다는 말을 믿을 수 없었다. 그보다 더 속상한 일은 제물을 불사를 나뭇짐을 짊어지고 아버지를 따라 허덕허덕 모리아산에 오른 이삭에게 하느님이 눈길조차 주지 않았다는 얘기였다. 하느님에게 이삭은 아예 눈에도 안 띄는 존재였을까?

모리아산 꼭대기에서 벌어진 일을 예수는 눈으로 본 듯 생생하게 그려낼 수 있었다. 헐떡거리며 쫓는 아브라함의 숨 가쁜 소리와 이삭이 놀라 외치는 비명이 귀에 들렸다.

"아버지! 아버지! 왜 이러세요? 왜요?"

"가만히 거기 서라!"

"아버지, 왜요?"

"가만히 좀 있어라! 거기, 거기 서라!"

제단을 빙빙 돌며 피하는 아들과, 핏발 가득한 눈으로 뒤를 쫓는 아버지의 모습이 보였다. 아버지 혼자 놔두고 산 아래로 후닥닥 내달려 달아날 수는 없던 아들의 얼굴은 공포와 슬픔으로 크게 일그러져 있었다. 아들은 아버지에게 왜 그러느냐고 거듭거듭 물었고, 아버지도 하느님도 그 물음에 대답하지 않았다.

"아버지! 아버지 제발! 왜 그러세요?"

한낮 뜨거운 햇빛이 정수리에 사정없이 내리꽂히는 산꼭대기, 겨우 몇 그루 나지막한 잡목이 서 있는 민둥산 꼭대기, 아들은 제단을 끼고 돌며 달아나고, 아버지가 힘겹게 그 뒤를 쫓을 때 풀썩풀썩 마른 먼지가 피어오르던 모리아산 꼭대기. 그건 인류가 경험한 가장 큰 단절이었다. 사람이 그보다 더 멀리 하느님으로부터 떠났던 적이 있었을까? 아들을 붙잡으려고 끝까지 헐떡이며 쫓아다니는 아브라함의 모습만 하느님의 눈에 보였을까?

"얘야! 이삭아! 거기 서라!"

칼을 꼬나들고 줄을 휘두르며 아브라함은 이삭의 뒤를 쫓았다.

"어이쿠! 아이구!"

갑자기 아브라함이 비명을 지르며 나뒹굴었다. 그가 신었던 가죽 샌들은 벗겨져 저 아래로 작은 돌멩이들과 함께 굴러 떨어졌다. 아브라함은 발이 접질려 넘어졌고 그 바람에 머리가 돌 제단 모서리에 부딪혀 깨졌다. 눈썹 부근에서 붉은 피가 흘러내리기 시작했다. 검붉은 피가 눈 안쪽을 타고 흐르다가 왼쪽 볼을 적시며 흐르더니 허옇게 센 수염으로 흘러 들어갔다. 밭은 숨을 헐떡이며 아브라함은 제단에 몸을 기댔다. 가슴이 불쑥불쑥 거칠게 오르내렸다. 숨소리는 사막 모래 바람이 천막을 훑으며 지나갈 때 내는 소리 같았다. 그가 움켜쥐었던 칼도 옆자리에 나뒹굴었다. 마른 나무뿌리 같은 손가락이 하얗게 빛바랜 흙 속에 박혀 벌벌 떨었다.

"아이구, 아버지, 아버지 괜찮으세요?"

"끙!"

아브라함은 어지러운 듯 계속 고개를 흔들었다. 그건 무엇에 저항하듯 고개를 내젓는 모습이었다.

"아버지!"

이삭은 얼른 다가가 아브라함을 부축했다. 생각보다 아버지는 가벼웠다. 그가 아브라함 양 겨드랑이에 손을 넣어 일으켜 세우자 아버지는 아들에게 몸을 맡기고 겨우 일어섰다. 핏빛 벌겋던 아브라함의 눈에 눈물이 고이기 시작했다. 허연 흙가루가 묻은 나뭇등걸 같은 손으로 이삭의 머리를 쓰다듬었다.

"내 아들아! 이삭아!"

"예, 아버지! 괜찮으세요? 걸으실 수 있겠어요?"

"이삭아! 내 아들아!"

"예! 아버지!"

그때, 갑자기 아브라함이 한 손에 들고 있던 줄로 이삭의 목을 감았다. 어디에서 그런 힘이 났는지 정말 눈 깜짝할 순간에 두 번 세 번 이삭의 목을 감더니 그 줄을 잡고 이삭 뒤로 돌아가 사정없이 잡아채기 시작했다. 감긴 줄을 붙잡고 버둥거리던 이삭은 목을 파고드는 줄 때문에 숨을 쉴 수 없었다. 허우적거리는 손을 잽싸게 뒤로 잡아 젖힌 후 목을 감았던 줄 한쪽 끝으로 아브라함은 이삭의 두 손을 꽁꽁 묶었다. 평생 광야를 떠돌며 양을 치고 염소를 기르던 아브라함에게 이삭을 묶는 일은 펄펄 뛰는 양을 잡아 묶는 일보다 훨씬 쉬웠다. 그리고 아브라함의 손이 이삭의 등을 돌 제단 쪽으로 밀었다. 꼼짝 못하고 이삭은 제단에 엎어질 수밖에 없었다. 이삭은 숨을 쉴 수조차 없었다. 억센 숫양을 잡아 묶던 솜씨로 아들을 묶어 제단에 엎어 놓은 아버지는 이미 아버지가 아니었다. 아브라함은 저 멀리 나뒹그러진 칼에 손이 닿지 않자 허리춤에 차고 있던 작은 칼을 빼들었다. 양을 잡을 때는 반월형 날카로운 칼로 목을 따기도 하고, 아니면 뒷목을 깊숙이 찌른다. 앞에서 목을 따면 숨이 넘어갈 때까지 오래오래 소리 지르며 피를 쏟지만, 목 뒤를 정통으로 잘 찌르면 아무리 큰 양이라도 힘없이 픽 쓰러진다. 아브라함은 이삭의 목 뒤, 머리와 뒷목이 연결된 그곳을 겨냥하여 칼을 높이 들었다.

그때 하느님이 개입했다. 그 하느님이 바로 예수가 만난 하느님이다. 그것이 예수가 해석한 하느님의 뜻이다. 그 순간에 예수는 이제까지 이스라엘이 얘기한 하느님이 아니라 사람을 사랑하는 하느님을 처음 만났다. 예수의 귀에는 그날 다급하게 외치며 말리는 하느님의 음성이 들렸다. 아브라함의 거동을 마지막 순간까지 침묵으로 지켜보며 그의 충성을 시험하는 하느님이 아니었다. 세상을 창조하던 그 마음으로 하느님은 개입하고 나섰다.

"멈추어라!"

아브라함은 그 소리를 못 듣고 칼을 쥔 손을 높이 들었다. 하려던 일을 멈추라는 소리는 원래 안 들리는 법이었다.

"아브라함아! 네 손을 멈추어라! 이 미련한 놈아!"

어리둥절한 아브라함은 뜻밖의 말을 듣고 당황했다.

"내가 대신 숫양 한 마리를 준비했다. 너희를 위해 …. 제발 눈 좀 떠라, 이놈아!"

제단 옆 덤불 속에 제물로 쓸 만한 숫양 한 마리가 걸려 있었다. 가시덤불에 걸린 숫양은 하느님이 이삭 대신 마련한 제물이었다. 버둥거리며 비명을 길게 지르는 숫양의 뒷목에 아버지 아브라함은 아들을 잡으려던 칼을 깊게 박았다. 평소보다 더 깊게 꽂았다. 눈을 감지 못한 채 마지막 숨을 길게 쉬더니 양은 다리를 뻗었다.

아버지는 헐떡거리며 자꾸 헛손질을 했다. 아버지에게서 칼을 받아든 이삭이 숫양의 배를 갈랐다. 내장을 꺼냈다. 소름 끼치도록 따뜻하고 미끄러웠다. 살아 꿈틀거리듯 번들거리는 내장을 먼저 제단에 올려 불살랐다. 껍질을 벗기고 각을 뜨고 한 덩어리, 한 덩어리 살을 발라 하나씩 조심스럽게 불에 올렸다. 새로 고깃덩어리를 올릴 때마다 부지직 멈칫하던 불길은 다시 지글지글 맹렬하게 타올랐다. 하늘에는 독수리가 낮게 떠돌고 있었다.

산꼭대기에서 벌어진 그 광경이 어린 예수의 눈에 똑똑히 보였다. 눈으로 본다는 말은 이미 가슴에 들어왔다는 말이고, 마음에 새겨졌다는 말이다. 예수의 생각이 됐다는 뜻이다. 고기 타는 냄새와 하늘로 올라가는 연기에 감싸인 모리아산 봉우리는 그때부터 이스라엘 역사에 특별한 장소가 됐다.

"아버지! 이삭은 이를 악물고 참았어요, 그 무서움을… 불 위에 던져져 지글지글 타는 고기 덩어리를 보면서 마치 자기 몸이 제물이 되어 탄다고 생각했을 거예요."

"그랬겠지."

"아버지! 왜 제사를 드려요? 그렇게 피를 흘리고, 짐승을 잡고…."

요셉은 대답하지 못했다. 대신 아들 어깨를 잡아당겨 예수의 머리를 가슴에 안았다. 예수는 그 얘기의 끝맺음을 오래오래 기억했다.

"아브라함은 아들 이삭을 데리고 다시 사흘 길을 걸어 집으로 돌아 갔다. 이삭은 말없이 아버지의 뒤를 따라 걸었다. 그래서 아브라함은 믿음의 조상이 되었다. 백 살에 낳은 귀한 아들인 이삭마저 하느님의 명령에 따라 제물로 바칠 만큼 하느님의 뜻에 순종했기 때문이었다."

공포스러운 이야기의 끝은 정말 다행스러웠지만 의문은 커졌다. 사 흘을 걸어 집으로 돌아가는 길에 아브라함은 이삭에게 무어라 얘기했 을까? 다행이라고 했을까? 미안하다고 말했을까? 아브라함은 그렇다 고 하더라도 아들 이삭의 마음은 어땠을까? 아버지의 뒤를 따라 말없 이 집으로 걸어갔다. 올 때와 마찬가지로 사흘 거리를 걸었다. 밤이면 모닥불을 피웠을 것이었다. 모닥불을 보면서 제단 위에 피워졌던 불 을 생각했을 것이다. 그 불에 고기를 구울 때 무슨 생각을 했을까?

"하느님은 이삭에게는 아무 얘기도 안 하셨나요?'

"안 하셨지. 오직 아브라함에게만 명령하셨단다. 네 아들을 바치라 고…."

"나뭇단을 지고 사흘 길을 걸어 모리아산에 올라가면서 이삭은 한 번도 아버지에게 안 물어보았나요?"

"물었지. '제단은 산 위에 쌓으면 되고, 제물을 불사를 나무는 등에 메고 가는데, 제사드릴 제물은 어디 있나요?'"

"그랬더니요?"

"하느님이 준비하신다'라고 말했단다."

"그런데 제물은 결국 이삭이었고요."

"그렇지. 제물이 스스로 제 몸을 불태울 나무를 지고 제사드리러 모리아산으로 올라간 셈이지. 아마 제사 지낼 제단도 이삭이 아브라함을 도와 같이 쌓았겠지."

"제물이 스스로 나뭇짐을 지고 올라가다니 …. 왜 하느님은 미리 이삭에게 얘기해주지 않았을까요?"

"아브라함에게 이미 명령해 두었으니까!"

"그래서는 안 되는 일 같은데요?"

그래서는 안 되는 얘기였다. 어린 예수였지만 그 얘기를 그대로 받아들일 수 없었다. 나이 들어가면서 이삭 얘기는 커다란 걸림돌처럼 그의 가슴속에 자리 잡았다. 얘기의 끝마무리가 어찌 되었든, 이삭은 이미 그날 산꼭대기 제단에서 죽은 사람이었다. 왜 하느님은 산꼭대기 거기에서 그런 비극이 일어나도록 했단 말인가? 하느님은 거기에서 무엇을 보고 있었는가? 왜 아브라함에게만 눈길을 주었는가? 이삭은 하느님의 눈에는 거기 없는 사람이었는가?

그 후로도 아버지에게서 그 얘기를 여러 번 들었다. 나중에 요한의 제자로 합류했을 때도 암송하는 사람에게 부탁해서 그 부분을 다시 들어보고 또 들어보았다. 하느님이 이삭에게 그 일로 어떤 말을 걸었다거나 위로했다는 얘기는 없었다. 이삭은 마치 아브라함과 야곱을 이어주는 징검다리라는 듯 성경에는 이삭에 대한 기록이 별로 없었다. 나이 사십에 장가들어 쌍둥이 아들을 두었다는 이삭 이야기는 서둘러 그의 아들 야곱 얘기로 넘어갔다.

하느님의 뜻에 따라 어떤 결단을 했을 때, 아니면 커다란 사건을 겪고 새로운 사람으로 태어났을 때 하느님은 새로운 이름을 지어주었다. 아브라함도 원래 이름은 '아브람'이었는데 하느님이 직접 새 이름을 지어주었다고 기록돼 있다. 하느님은 나중에 야곱에게 '이스라엘'이라는 이름을 새로 지어주었다. 자식에게 이름을 지어주고, 할례를 베풀고, 자기 아들이라고 선언하는 것은 아버지의 권리이며 의무였다. 그런 전통에서 보자면 아브라함, 아브라함의 아들 이삭, 이삭의 아들 야곱으로 이어지는 세 족장 중 이삭에 대하여 하느님은 한없이 소홀했다. 아버지 아브라함과 아들 야곱 사이에 이삭은 외롭게 끼어 있다. 모리아산에서 산 제물이 되었던 경험을 했던 이삭에게 하느님은 매정했다. 하느님은 이삭에게는 새로운 이름을 주지 않았다. 나중에는 늙고 눈이 어두워 쌍둥이 작은아들 야곱이 쌍둥이 형인 에서처럼 꾸미고 맏아들의 축복을 가로채 갈 때, 속절없이 속아 넘어가는 불쌍한 노인네로 기억될 뿐이었다. 아브라함의 자손이 많아지도록 하느님이 내려준 축복의 징검다리였을 뿐, 그 자신은 잊힌 사람이 되었다.

"하느님께서는 '아브라함의 하느님, 이삭의 하느님, 야곱의 하느님'이라고 늘 밝히셨다."

경전에 그렇게 기록돼 있다지만 하느님 스스로 어떻게 이삭의 하느님이라고 부를 수 있다는 말인가? 이삭은 그 이후에도 평생 양을 잡고, 염소를 잡고, 고기를 불에 태워 제사를 지내며 살았다. 그때마다 이삭은 무엇을 생각했을까? 살아서 모리아산을 내려왔지만 이미 그 산 제단 위에서 자신은 불살라 태워 없어졌다고 생각하며 살았을 것이다. 이삭은 살아 있는 사람이 아니었다. 죽은 사람의 삶을 살았을 것이다.

예수는 아버지에게 수많은 질문을 던졌다. 그러나 아버지는 아무 대답도 못하고 그저 아들의 얼굴을 빤히 바라보았다.

"그래서는 안 되는 일 같은데요?"

예수가 다시 말했다.

"그러게 말이다!"

그것이 예수가 기억하는 요셉의 대답이었다.

예수는 나중에 나이가 들면서 깨달았다. 거기에는 하느님의 뜻을 잘못 알고 저지른 아브라함의 실수 얘기를 넘어 사람을 깨우치려는 하느님의 뜻이 담겨 있음을 알았다. 모리아산 봉우리에서 벌어진 그 얘기는 사람들이 믿는 것과 정반대의 뜻을 감추고 있었다. 아들 대신 하느님이 준비해 둔 제물, 숫양을 잡아 바칠 수 있었다는 행운의 얘기가 아니었다. 믿음의 조상으로 이스라엘이 받드는 아브라함의 이야기가 아니고, 제물로 바쳐질 뻔했던 이삭의 얘기도 아니었다. 그건 바로 하느님 얘기였다. 모리아산 위에서 아브라함과 이삭이 공포에 부들부들 떨면서 한 덩어리 한 덩어리 제단에 올려 불태웠던 숫양의 고깃덩어리가 사람이 하느님께 드리는 마지막 제사여야 했다. 고깃덩어리 타는 냄새를 즐겨 받는 하느님이 아니라고, 그것을 마련하기 위해 더 이상 흠 없는 짐승을 고르고 도살하고 각을 뜨지 말라고, 하느님은 제물이 되었던 이삭에게 타일렀던 것이다. 제물이 되어본 이삭은 생명을 바쳐 제사지내는 일이 하느님 뜻이 아니라는 것을 깨달았어야 했다.

무엇이 부족해서 하느님이 제사를 받는다는 말인가? 토기장이라도 진흙으로 정성스레 빚어 구운 항아리를 함부로 깨뜨리지 않고 이리저리 쓸모를 찾는다. 마찬가지로 땅에 태어난 생명 하나라도 하느님은 모른 체하지 않는다. 피가 생명이라면 제사를 위해 피를 흘려서는 안 된다. 어떤 명분이든 누구에게 바치는 제사이든 생명을 바치는 희생제사는 모두 잘못이다. 마땅히 폐기돼야 할 잘못이다. 이렇게 예수는 믿게 됐다. 하느님은 생명이기 때문이다.

'하느님은 생명이시다.'

그런 생각이 들자 바로 더 큰 깨달음에 들었다.

'생명이 하느님이시다.'

오랫동안 그 끈을 붙잡으려고 매달렸다. 나사렛 언덕을 오르내리면서, 아버지를 따라 돌을 타고 앉아 망치질을 하면서, 거울처럼 잔잔한 갈릴리 호수 위에 그물을 던지면서 잡힐 듯 말 듯 눈앞에 맴도는 깨달음을 붙잡으려고 애썼다.

하느님 뜻을 깨닫지 못한 조상들은 늘 흘러내리는 붉은 피, 생명이 깃들어 있다는 피로 하느님과 사람을 연결하는 다리를 삼았다. 하느님을 인간의 욕망에 초대하는 부적이 피였다. 유월절 문설주에 바른 어린 양의 피가 히브리 사람의 집과 이집트 사람의 집을 구별하는 부호였다. 그건 아마도 카인에 의해 살해된 아벨이 땅에 뿌린 첫 피로부터 사람에게 주어진 저주였는지도 모른다는 생각마저 들었다.

또 한 가지, 예수가 광야 수행을 통하여 깨달은 일이 있었다. 억압에서 해방하는 일은 두려움에서 풀려나는 일이라는 것이었다. 사람들은 도저히 감당할 수 없는 엄청난 일을 당하면 신의 뜻을 묻는다.

"이 일의 뜻이 무엇인지요? 왜 이런 일을 허락하셨는지요? 왜 저희에게 이런 일이 일어났는지요?"

하느님은 대답할 수 없었다. 그건 하느님의 뜻이 아니기 때문이었을 것이다.

"왜 뜨거운 아라비아 사막에서 바람이 불어와 땅에 엎드려 애써 땀 흘리며 가꾼 곡식을 모두 말려 죽이는지요? 왜 하늘 가득 메뚜기 떼가 몰려와 추수를 앞두었던 밀과 보리를 모두 먹어치웠는지요? 왜 지난 늦가을 이른 비를 주지 않으셨고, 왜 봄에 늦은 비를 내려주지 않으셨는지요? 왜요?"

하느님이 대답하는 대신, 통치자들이 대답했다. 황제나 왕이나 지배자들이 대답했다. 성전에서 하느님과 가깝게 지내는 사제들이 대답했다.

"그건 죗값이니라. 하느님이 내린 벌이니라."

제국이 쳐들어와 온통 약탈과 살육을 벌여도 신의 뜻이고, 심지어 신전마저 불에 타도 신이 내린 벌로 믿었다. 신과 교통하고 신의 뜻을 해석한다는 사제들이 그렇게 가르쳤다. 모두 죄를 회개하고 신에게 용서를 빌자고 말할 때 거부하고 나설 수 있는 사람은 없었다.

"하느님에게 죄를 고백하고 용서를 빌기 위해 제사를 드려야 한다."

사제들은 그렇게 말했다. 제사란 무엇인가? 하느님의 마음을 돌리기 위해서 무엇인가 준비해서 하느님께 바치는 행사다. 두려워서 바치든, 감사해서 바치든, 황제에게 청원하듯 무엇을 부탁하기 위해 바치든 제사로 하느님의 마음을 움직일 수 있다고 생각했기 때문에 사람이 궁리해낸 수단이었다. 그렇게 하느님을 설득하거나 유인하거나 눈을 가리거나 유혹하거나 애걸하는 것은 하느님에 대한 오해에서 비롯됐다는 점을 예수는 깨달았다.

사람이 하느님의 뜻을 살피는 것은 그럴 수 있으나, 사람의 생각대로 하느님의 뜻을 새기는 것은 잘못이라고 예수는 생각했다. 사람이 생각하듯 하느님도 생각한다고 믿는 것은 잘못이었다. 사람이 그러하듯 하느님에게도 더 사랑하는 사람 덜 사랑하는 사람이 있고, 하느님이 어떤 사람을 미워한다고 생각하는 것은 하느님을 잘못 알고 있는 일이라 생각했다. 사람이 싫어하는 것을 하느님도 싫어하고 사람이 좋아하는 것을 하느님도 좋아한다고 생각하는 일은 잘못이라고 생각했다. 하느님이 생각하시는 기준이 사람이 생각하는 기준과 같으리라는 오해는, 하느님을 사람처럼 생각하기에 벌어졌다.

신을 대리한다는 사람들은 그들이 사제였든 통치자였든 늘 똑같은 말로 사람들에게 강요했다.

"신을 섬기는 일은 입으로, 말로 끝낼 수 없다. 섬김은 순종이다. 순종은 끝없는 헌신과 봉사를 통해 실현해야 한다. 신이 선택한 대리자를 통하여 전달된 신의 명령을 거역하면 철저한 파멸이 기다릴 뿐이다."

경전에 기록됐다는 하느님의 모든 명령은 신이 세운 대리자를 통하여 전해졌다는 사실을 예수는 깨달았다. 신은 동의가 아니라 언제나 복종을 요구했다. 축복은 신으로부터, 저주와 징벌도 대리자를 통해 신으로부터 내려왔다. 다른 어떤 해석도 용납되지 않았다. 그리고 예스는 한 가지 결론에 이르렀다.

'지금까지 이스라엘이 섬긴 하느님은 지배자들의 뜻을 하늘에 비추어 그려낸 그림자였다.'

왕이 휘둘렀든, 성전이 내질렀든 백성들의 몫을 빼앗기 위한 수단이 폭력이었다. 폭력은 늘 사람에게 가해졌다. 시간을 빼앗든, 농사지어 거둔 곡식을 빼앗든 그건 사람의 생명을 빼앗는 일이나 마찬가지였다. 지배자들이 빼앗아간 곡식은 땀 흘려 일한 농부의 노동, 하느님이 베풀어 준 바람, 물, 햇빛, 기다림의 시간, 땅의 자애로움이 모두 합쳐져 이루어진 결정이었다. 농부와 자식의 입에 들어가야 할 마지막 한 자루 식량마저 걷어 가는 제국과 성전은 햇빛을 훔쳐가고, 바람을 훔쳐가고, 때맞추어 내렸던 비를 훔쳐가고, 땅이 채워주었던 생명의 힘을 훔쳐가는 도둑이었다. 황제와 왕과 대제사장이, 제국과 성전이 무슨 권한으로 하느님이 내려준 은총과 축복을 채간다는 말인가?

지배자들은 하느님의 이름으로 폭력을 행사할 뿐만 아니라 사람들이 직접 하느님을 만나는 길마저 막고 있었다. 감히 하느님을 독차지하려고 한다는 사실을 예수는 용납할 수 없었다. 갈릴리에서 제자들을 모아 가르칠 때, 호숫가에 모여든 사람들에게 예수가 물었었다.

"여러분, 하느님을 어디에서 만납니까?"

그들은 한목소리로 대답했다.

"명절에 예루살렘 성전에 올라가 제사드릴 때 만납니다."

예수는 고개를 흔들었다. 그는 늘 하느님을 물 같은 분이라고 생각했다. 흐르는 물을 억지로 가두려는 성전, 이미 지배체제가 되어버린 성전의 둑을 하루 속히 허물어야 했다.

유대 광야에서 예수는 성전이 내세우는 하느님, 토라가 가르친 야훼와 전혀 다른 하느님을 만났다. 만났다는 말보다 깨달았다는 말이 더 정확했다. 무섭게 벌을 내리는 분이 아니라 인간과 함께 아파하는 하느님이었다. 사람이 어깨에 진 무거운 짐을 내려주는 하느님이었다. 지배자들이 휘두르는 일방적 위협에 무릎 꿇지 않도록 일으켜 세우고 해방의 광야로 이끌어 내는 하느님이었다. 어느 장소에 붙박이로 머물면서 제사나 받는 하느님이 아니고, 사람이 사는 곳 어디든 물처럼 스며드는 하느님이었다. 불러 모으지 않고 흩어지라고 말하는 하느님, 직접 권능을 휘두르지 않고 사람을 통해 하나씩 이루는 하느님이었다.

하느님은 토라를 통해 오직 한 가지만 믿으라면서 폭력을 내세워 강제한 분이 아니었다. 그렇게 보자면 예루살렘 성전은 애초부터 아무런 의미가 없는 건물일 뿐이었다. 봄이 되면 산봉우리에 쌓였던 눈이 녹아내리듯 때가 되면 저절로 사라질 허상이었다. 어떤 형상도 만들지 말라고 명령한 하느님이 장막과 성전을 만들면 그 안에 머물겠다고 할 리는 없다. 그건 형상 속에 신을 가두듯, 성전 속에 하느님의 권능과 역사를 제한하는 일이다. 성전에서 드리는 모든 제사와 의식은 지배자와 사제들이 벌이는 한바탕 연극이다. 연극에서 신의 역할을 맡은 배우는 있지만 그가 바로 신은 아니다.

예루살렘 성전체제도 예수에게는 신을 연기하는 배우일 뿐이다. 예수는 무대 위에서 벌어지는 역할극에 빛을 비추려고 나섰다. 어둠은 언제나 빛을 먼저 알아보는 법이다. 그가 성전에 나타나면 벌집 건드린 듯, 웅크리고 있던 땅벌, 말벌, 왕벌이 독침을 앞세우고 쏟아져 나올 것이다. 그래도 예수는 예루살렘 성전에 나가기로 마음먹었다. 하느님의 뜻을 밝히는 길이 그 길이었다.

갈릴리 가버나움에서 예루살렘으로 가는 길은 남자 걸음으로는 닷새면 충분한 거리였다. 비록 일행 중에 길을 걷기에 서툰 여자 제자들이 끼어 있긴 하지만 예수는 거의 한 달 전부터 제자들을 이끌고 길을 나섰다. 예루살렘까지 가는 일만 아니라 길을 걸어가는 일도 그에게는 중요했기 때문이었다. 목적지에만 마음을 빼앗기면 길을 걸으며 배울 수 있는 많은 것을 포기할 수밖에 없다. 길을 걷는다는 말은 수행을 한다는 말과 같았다. 갈릴리 호숫가를 떠나 길을 걸으면서 들를 수 있는 마을과 도시들은 거의 다 거쳤다. 싱싱하고 푸른 밀밭 옆을 따라 걷고, 들판을 가로질러 걷고, 강가를 따라 걸었다. 길을 걸으면서 만난 사람들은 봄 가뭄 만난 사람들처럼 모두 가르침에 목말라 있었다. 병자가 없는 마을은 하나도 없었다. 그는 들르는 마을마다 병자들을 고쳤고, 소식 듣고 몰려드는 사람들에게 하느님 나라를 가르쳤다. 그러나 갈릴리의 도성 티베리아스는 들르지 않고 우회했다. 도시 일부가 옛 공동묘지 터라면서 시몬을 비롯한 모든 제자들이 길을 돌아가자고 주장했기 때문이었다.

"선생님! 티베리아스는 왜 안 들르시는지요?"

제자 중 한 명인 므나헴이 예수에게 물었다. 얼핏 그가 실망한 빛을 보이는 것을 예수도 마리아도 놓치지 않고 보았다. 그때, 시몬이 나서서 대답했다.

"에이! 거기는 부정한 곳이라서 우리가 그런 곳에 들르면 안 되잖아요? 더구나 예루살렘 성전에 올라가야 하는데?"

"아! 예, 알겠습니다."

므나헴은 뒤로 물러났고, 예수는 말없이 고개를 끄덕였다. 그리고 뒤를 따르는 제자들을 둘러보았다. 그들도 각자 서로 다른 목적을 가슴속에 품고 따라나섰기 때문이었다. 예루살렘 길에 오른 예수의 마음은 아랑곳하지 않고 거의 모든 제자들은 으쓱거렸다. 특히 가버나움에서 처음부터 따라다닌 야고보와 요한 형제, 시몬 게바와 안드레 형제가 더욱 그러했다. 선생을 칭송하며 따르는 사람들 숫자가 늘어나면 늘어날수록 그들 어깨가 올라갔다. 한 번도 어디 대놓고 고개 똑바로 세워본 적 없던 그들은 예수 선생의 가까운 제자가 됐다는 사실 하나만으로도 으스대고 뻐겼다.

제자들의 그런 모습을 볼 때마다 예수는 광야 수행을 마련해 준 세례자 요한이 고마웠다. 때로는 그도 제자들에게 같은 수행과정을 마련해볼까 생각했지만 곧 마음을 돌렸다. 직접 이끌고 다니며 훈련하고 가르치는 길을 택했다. 예수가 겪은 광야 수행은 참으로 혹독했다. 세례자 요한은 이미 알고 있었다. 수행 과정을 설명해주고 난 후 그는 마지막 말을 덧붙였다.

"결국 거기에서 무엇을 보고 무엇을 듣느냐가 수행의 성패를 결정한다오. 그건 사람마다 달라서 무슨 일들을 겪을 것이라고 미리 얘기해 줄 수 없소."

무슨 말인지 알 수 없었다. 의아한 표정으로 바라보니 그는 껄껄 웃으면서 그저 고개만 끄덕였다. 수행하도록 마련은 해주지만 그 이후의 일은 모두 예수에게 달린 일이라는 태도였다.

원래 어느 사회에서나 이제까지 살아온 삶을 건너뛰어 새로운 삶으로 들어가기 위해서는 거쳐야 하는 의식이 있기 마련이다. 예수가 광야에서 치른 수행은 나사렛 언덕마을 요셉의 아들, 징을 들고 돌을 쪼거나 대패로 나무를 다듬던 석수, 목수의 삶, 갈릴리 호수에서 밤배에 몸을 싣고 고기를 쫓던 어부의 삶을 뒤로하고 한 번도 가본 적 없는 새로운 세상으로 나가는 의식이었다. 경계를 건너는 일이었다. 한번 그 경계를 넘어서면 결코 다시는 예전의 삶으로 돌아갈 수 없다. 결혼 예식을 치르고 나면 다시는 총각이라고 부를 수 없는 것처럼, 어머니 모태에서 태어나는 것처럼, 숨을 놓고 죽는 것처럼 그 의식을 거치면 다른 신분이나 존재로 바뀌는 일이다. 말하자면 요한은 그런 의식을 주선해준 사람이었다.

사람이 오지 않는 광야 외딴 곳, 그곳에서 그동안 몸담고 살았던 낮과 밤, 하루, 이레, 달을 정해 구분하는 시간을 건너뛰어야 했다. 사람과 장소와 연관되고 시간과 연결되었던 삶으로부터 탁 풀어져 내던져진 셈이었다. 요한이 마련해 준 몇 덩어리 빵과 두 주머니 물, 그리고 추울 때 걸치거나 덮을 수 있는 겉옷 한 가지만 들고 광야로 나갔다. 요한의 배려로 히스기야와 함께 광야 수행을 시작했지만 그나 예수나 각자 따로 굴에 들어가 앉으니 혼자이기는 마찬가지였다. 추위, 배고픔 그리고 자기 밑바닥을 깊이 들여다보며 외로움과 싸워야 했다. 아무리 조금씩 아껴 먹어도 빵덩어리는 날마다 야금야금 줄어들더니 닷새가 지나기 전에 떨어졌다. 그나마 다행인 것은 멀지 않은 웅덩이에 봄에 내린 빗물이 고여 있어 이틀에 한 번쯤 물주머니를 채울 수 있었다는 점이었다.

푸른 보름달이 차갑게 내려다보는 밤에 히스기야는 떠났다. 푸른 달 귀신에게 붙잡힌 사람처럼 꺼이꺼이 울고, 늑대처럼 소리 지르며 이리저리 날뛰더니 그는 떠났다. 화살 맞은 짐승처럼 풀풀대며 헤매다 예수가 들어앉은 동굴을 쭈뼛쭈뼛 기웃거리더니 휙 떠났다.

예수는 혼자 남았다. 철저하게 홀로 남았다. 혼자라는 생각이 그처럼 절절했던 적이 없다. 히스기야가 떠나서가 아니었다. 자신의 존재,

그 바닥을 들여다보면 볼수록 처절하게 엄습하는 외로움과 마주해야 했다. 외로움은 묘하게도 배고픔과 같았다. 뱃속을 채운다는 말은 허기짐을 면한다는 말뿐 아니라 외로움을 벗어나는 일과 마찬가지라는 생각이 들었다. 창자 끝에서 꿈틀거리고 올라오기 시작한 배고픔은 곧 몸을 흔들었다. 허덕허덕 견뎌보려고 애쓰던 몸뚱이는 곧 어찔어찔 어지러움에 빠지고, 그저 발 오그리고 그 자리에 눕고 싶어졌다.

"배고픔을 면하려고 먹을 것을 찾아다니면 하루 종일 광야를 다 헤매고 더듬어도 주린 배를 채울 수 없을 거요."

떠나올 때 요한이 이른 말이었다. 배고픔은 이겨야 하는 것이지, 채우려면 끝이 없다는 경고였다. 요한 자신이 겪은 경험에서 우러나온 충고라는 점을 그는 나중에 깨달았다. 그렇게 어지러운 중에, 눈앞에 있는 모든 사물이 출렁출렁 춤을 추다가 아스라이 멀어지기를 반복하더니 순간 끈이 탁 끊어진 것처럼 어딘지 모를 먼 곳으로 떠밀려가는 것을 느꼈다. 붙잡을 것은 아무것도 없는데 몸이 빙글빙글 돌았다. 떠밀려가는 건지 빠져들어가는 건지, 어둠인지 밝음인지 알 수 없는 곳으로 천천히 흘러갔다. 그저 몸을 맡길 수밖에 없었다. 맡겼다기보다는 아무것도 할 수 없었다는 말이 정확했다. 손가락 하나 움직일 수 없고, 눈을 뜰 힘도 없었다.

하루가 지났는지 한 달이 지났는지 전혀 분간할 수 없는 시간이었다. 시간이 마치 공간처럼 느껴지는 어느 지점에서 눈을 떴다. 요한이 던진 말이 생각났다.

"한 고개를 넘으면 전혀 다른 고통이 기다린다오."

배고픔과 추위와 외로움이 어느덧 사라졌다. 몸을 추스르고 일어나 앉을 수 있었다. 시간이 공간인지 반대로 공간이 시간인지 모르게, 여러 개의 칸막이 위를 몸이 떠도는 것 같았다. 칸 안마다 사람이 있었다. 두 다리를 바짝 오그리고 입을 벌린 채 누워 있는 사람, 엉금엉금 기어가 문을 두드리는 사람, 조그만 방안을 수없이 맴도는 사람이 보였다. 모두 갇힌 사람들이었다. 칸막이는 벌집처럼 옆에 또 옆에 끝없이 붙어 있었다. 세상 모든 사람이 갇혀 산다는 생각이 들었다.

가슴속으로 바람이 불어 들어왔다. 찰랑찰랑, 갈릴리 호숫가에 잔물결 밀려들듯 아리아리한 아픔이 잘름거리며 가슴을 따라 차올랐다. 바로 칸막이가, 나누고 가르는 칸막이가 고통의 원인이라는 생각이 들었다. 그 칸막이 속으로 사람이 쫓겨 들어갔는지, 아니면 그들 위에 덥석 씌워졌는지 알 수 없었다. 칸에 벽에 구분에 갇힌 사람 얼굴이 하나하나 똑똑히 보였다. 나사렛 동네 사람 모습이, 갈릴리 호수에서 배를 타던 어부들 얼굴이 보였다. 시리아에서 들어온 가죽 샌들을 뚫어지게 바라보던 가버나움 장터거리 눈 까만 어린애도 보였다.

세상이 당하는 고통을 바라볼 수 있게 된 일이, 요한이 말한 대로 더 큰 고통이 됐다. 자신과 아무 상관없는 일이 아니라 사람들 위에 덮어 씌워진 칸막이를 들어내고 갇힌 사람을 풀어주라는 부름을 받았다고 믿기 시작했기 때문이었다. 이제까지 굴속에 앉아 겪은 추위와 배고픔과 외로움은 자기가 이겨내면 될 고통이었다면 칸막이 속에, 벽 속에 갇힌 사람을 보게 된 일은 그 많은 사람과 하나가 되는 경험이었다. 그들 위에 씌워졌던 고통이 모두 예수 위에 쌓이고 그 위에 또 덧붙여졌다. 그 한 사람 한 사람이 겪는 고통이 예수의 핏줄을 당겼다.

그건 놀라운 경험이었다.

그 틈으로 욕망이 집요하게 파고들어 왔다. 그를 한없이 높이기도 하고, 키우기도 하고, 고귀한 자리에 올려세웠다. 거룩한 분, 가장 높으신 분의 아들이라고 추켜세우며 그를 까불렀다. 세상을 뒤엎을 힘을 부어주겠다고 속삭였다. 그는 충분히 그럴 자격이 있는 사람이라고 부추겼다. 아주 정당한 일을 하기 위해서는 그에 걸맞은 힘이 필요하다고 그를 설득하려 덤볐다.

"예수! 이제 되었소. 그대는 수행을 성공적으로 끝냈소. 이제 이스라엘의 예언자로 하느님의 뜻을 가르칠 수 있게 되었소."

그가 마련한 세 가지 시험을 이겨내자 요한은 대견한 눈으로 예수의 등을 두드렸다. 요한의 동료라는 사람들도 예수가 시험을 얼마나 잘 이겨냈는지 서로 얘기하면서 흐뭇해했다.

"아닙니다."

"아니라니요?"

"저는 아직 제가 생각한 그분을 만나지 못했습니다."

"그게 무슨 소리요? 이제 시험과정은 끝났소. 그대는 제대로 그 과정을 마친 거요. 내려갑시다."

"아닙니다. 아직 못 만났습니다."

단호한 그의 모습에, 꼼짝 않고 앉아 눈을 다시 감는 그를 보고 요한과 시험자들은 고개를 흔들며 떠나갔다. 광야에서 몇 날 몇 밤인지 몇 달인지 알 수 없는 날을 더 머물렀다. 보일 듯, 잡힐 듯 가까워지다 멀어지는 깨달음을 쫓았다. 막 그 깨달음에 손이 닿으려 할 때였다.

그때 하느님이 슬쩍 말을 건넸다.

"세상을 혼자 구하려느냐?"

충격이었다. 그리고 알게 됐다. 요한과 시험자들이 마련한 시험에 대하여 전혀 다른 대답을 내놓을 수 있게 됐다. 하느님과 어떤 관계를 맺어야 할지 분명해졌다. 다른 사람과 어찌 연대해야 하는지 보였다. 하느님은 예수에게만 권능을 허락한다고 약속하지 않았다. 그에게 허락된 일은 모든 사람에게도 열린 일이기 때문이었다.

"모든 사람과 함께 해야 한다."

하느님이 홀로 행사하는 권능으로는 새 세상을 이루지 못한다. 하느님이 굳이 사람에게 손 내미는 이유다. 그렇다고 권능을 행사할 대리인을 찾는 분도 아니다. 저녁 밥상 차리듯 다 마련하고 사람을 불러들이는 분도 아니다. 사람 사는 세상을 사람이 스스로 이루도록 맡긴 분이다.

하느님이 역사에 개입하는 방식을 예수는 알게 됐다. 하느님은 왜 역사에 개입하는가? 울부짖음을 듣는 귀가 유난히 큰 분이기 때문이다. 매개자랍시고 하느님을 뒤로 숨기고 온갖 억압과 수탈을 자행하는 성전을 통하지 않고 직접 그분을 만나야 한다. 그 귀에 호소해야 한다. 하느님과 예수는 깨달음의 그 광야에서 서로 통했다.

굴에서 나온 그 밤, 광야의 하늘 가득한 별들은 모두 축복이었다. 환희에 젖어 두 팔 벌리고 자리를 맴돌며 춤출 때 하늘에서 신비가 비처럼 내렸다. 땅이 가슴을 열더니 박 넝쿨 같은 것이 솟아오르고 그 줄기마다 세상 사람들이 모두 먹을 수 있을 만큼 많은 빵이 매달렸다. 온 이스라엘이 기쁨에 겨워 부르는 노래가 들렸다. 노래는 광야를 가득 채웠고, 마을로 골짜기로 언덕을 넘어 퍼졌다. 그날 이후 예수는 무엇에도 매이지 않았고, 무엇도 찾지 않았다. 이미 다 주어졌기 때문이다.

'하느님을 찾는다고 하지 마라!

어디 따로 계신 분 아니다.

하느님을 따른다 하지 마라!

어디 가시는 분 아니다.

하느님을 맞아들인다 하지 마라!

이미 내 안에 계신 분이다.'

광야 수행을 마치고 나온 예수는, 만나는 사람의 가슴 떨림을 그의 가슴에 일어나는 울림으로 느낄 수 있게 됐다. 울림은 한소리에 같이 떠는 일이다. 자기를 버리고 다른 존재가 되는 일이 아니고, 자기로 남아 있으면서도 다른 존재와 함께 떠는 행위다. 고통받고 굶주리고 아픈 사람이 하느님을 직접 만나고, 울타리 밖에서 울고 있던 사람이 바로 하느님의 아들딸이라는 사실은 서로 같이 떨려 울리는 공명을 이룰 수 있는 바탕이었다. 사람이 갇혀 있던 방에서, 나뉘어졌던 벽에서 벗어나도록 그 위에 씌워진 칸막이를 걷어내자 울림이 일어났다. 예수가 전한 복음은 떨림과 울림의 소식이었다. 가장 낮은 곳, 가장 더러운 곳에 하느님의 사랑이 흘러든다는 소식이었다.

예수는 광야 수행을 통하여 깨달은 일과 겪은 일에 대해 아직 제자들에게 얘기해주지 않았다. 세례자 요한의 제자였던 빌립 정도만 그가 광야 수행을 했다는 사실을 알았고, 나머지 제자들은 그저 빌립이 간간히 전해준 얘기로 그런 일이 있었다는 것만 알고 있었다. 그러나 때가 되면 제자들에게 얘기해줄 생각이었다. 그건 예수 혼자를 위한 깨달음이 아니고 결국 모든 제자들이 거쳐야 할 길이기 때문이다. 그는 수행을 마련해 준 세례자 요한에게 그가 만난 하느님을 전해 주지 못한 것이 늘 마음에 걸렸다. 광야 수행을 통해 깨달음을 얻고 요한이 세례를 베풀던 곳에 돌아왔을 때, 요한은 마케루스 감옥에 갇혀 있었고, 그 얼마 후 처형됐기 때문이었다.

예루살렘에 가까워질수록 하느님이 그에게 맡긴 일이 점점 더 또렷해졌다. 때가 가까워질수록 광야 수행의 뜻을 더욱 깊게 새길 수 있었다. 이제 여리고에서 마지막 밤이 지나면 새 해가 뜨고, 마지막 산을 넘으면 발톱으로 세상을 움켜쥔 독수리가 날개를 접고 기다리는 예루살렘 성전에 이른다.

예루살렘에 가까워질수록 제자들이 한없이 마음에 걸렸다. 무어라 그들을 나무랄 일도 아니었다. 그들이 들고 살아온 항아리는 그들이 채우려는 욕망의 항아리였기 때문이었다. 그들은 항아리 밑바닥에 조금 담긴 욕망을 예수를 통해 가득 채우고 싶어 했다. 버리라고 한들 아직 버릴 수 있는 그들이 아니었다. 그들은 음험하지도 못해서 예수를 따르는 이유가 어떻다는 것을 숨길 줄도 몰랐다. 때로 아직 이루어지지 않은 욕망의 날을 두고 서로 경쟁도 했다. 그들은 마치 소풍 나선 사람들처럼 들떠서 예루살렘 길에 올랐다. 갈릴리를 벗어나 유대 땅 지경에 들어오자 곧 눈앞에 실현될 영광에 더욱 집착했다.

며칠 전 아직 여리고에 이르기 전에 있었던 일이다. 예수는 앞장서서 걷고 제자들은 몇 걸음 뒤에 무리를 지어 따라오고 있었다.

갑자기 제자들이 한목소리로 누군가를 책망했다.

"에에이!"

무언가 못마땅해서 여러 사람이 불평을 터뜨리는 소리였다. 돌아보니 예수와 눈이 마주친 요한이 두 손을 앞으로 벌려 펼치더니 고개를 뒤로 슬쩍 제치면서 어깨를 으쓱했다.

'내가 뭘? 선생님, 저는 잘못 없습니다.'

그런 몸짓이었다. 그 모습을 보면서 다른 제자들도 같은 몸짓을 하더니 설레설레 고개를 가로저었다.

"그랬잖아?"

제자들은 모두 불만을 표시했다. 예수는 걸음을 멈추고 그들을 기다렸다.

"무슨 일이오?"

"아니, 선생님 글쎄, 이 야고보와 요한이 … ."

시몬의 동생 안드레가 불만스러운 얼굴로 무슨 말을 하려는데, 시몬이 동생을 슬쩍 밀어 제지했다. 대충 어떤 분위기인지 알 수 있을 것 같았다. 요한은 나이가 제일 어리기도 하지만 총명하고 민첩해서 예수는 그를 다른 제자들보다 더 가까이했다. 가까이했다는 말보다 요한이 늘 옆에 바짝 붙어 있었다는 말이 더 정확했다. 그는 끝도 없이 말을 걸고 질문하고 혼자 떠들었다. 무리를 지나쳐 휙 앞으로 먼저 걸어가는가 싶으면 어느새 뒤처져 터덜터덜 따라오고, 누가 무슨 말을 하면 꼭 끼어들었다. 제자 무리 안에서 일어나는 모든 일에 안 끼는 데 없이 휘젓고 다녔다. 그리고 아는 대로, 느끼는 대로 무슨 일이든 형 야고보에게 다 얘기하는 듯 보였다. 야고보는 워낙 신중한 사람이었다. 요한이 무슨 말을 한다고 듣자마자 즉시 반응하는 사람은 아니었다. 그렇지만 때로는 두 사람이 다른 제자들보다 너무 앞선다고 예수는 생각했다.

이번에는 유다가 입을 열었다.

"선생님이 영광스러운 자리에 오르시면 야고보와 요한 형제가 틀림없이 그 왼쪽 오른쪽 자리를 차지할 것이라고 하도 자랑을 해대서 좀 말이 있었습니다."

유다까지 나서서 말하는 것으로 보아 일행이 매우 불편하게 생각했던 모양이었다. 예수는 야고보와 요한을 웃으면서 바라보았다. 두 사람은 당연히 그런 것 아니냐는 태도로 약간 턱을 앞으로 내밀어 쳐들고 예수를 마주 바라보았다.

"내 왼쪽과 오른쪽?"

좀 쑥스러운 듯 형제는 고개를 끄덕였다.

"내가 마시려는 잔을 그대 두 사람도 마실 수 있겠어요?"

"예. 그 잔, 마땅히 저희가 받아 마셔야지요. 걱정 마세요, 선생님, 그럼요."

야고보와 요한은 이제 예수의 결심을 받아내야 할 때라는 듯 머뭇거리지 않고 즉시 대답했다. 그 마시려는 잔이 무엇인지 전혀 생각도 없고, 알려고도 하지 않았다. 그들은 당연히 영광을 의미한다고 받아들였기 때문이었다. 남보다 더 큰 영광을 차지하기 위해 좀더 열심히 일하고, 큰 그릇을 준비하고, 심지어 고생을 더 한다고 해도 그건 당연한 일이라고 생각하는 그들 형제였다.

"내 왼쪽 오른쪽 자리는 내가 결정할 일 아니더라도, 내가 마시는 잔을 두 사람도 마실 것입니다."

된다, 안 된다는 말이 아니고 애매해서, 다른 제자들도 모두 서로의 얼굴을 바라보며 뜻을 새기려고 고개를 갸웃거렸다. 그들을 물끄러미 바라보다가 예수는 몸을 돌려 다시 걷기 시작했다. 늘 생각했던 것처럼 사람은 듣고 싶은 것만 듣고 보고 싶은 것만 본다. 그러나 그들을 나무랄 수는 없다. 아직 때가 되지 않았으니 그럴 만했다. 강가에서 물길을 따라 걸어오지만 아직 강물 속에 몸을 담근 사람들은 아니기 때문이다. 그러나 곧 가장 놀라운 순간을 맞게 될 것이다. 모두 물속에 뛰어들어 가는 시간이 다가오고 있다.

예수를 만나는 사람은 거의 모두 그에게 물어보고 싶어 했다.

"오실 그분입니까?"

그렇게 묻는 사람은 성경에 기록된 예언을 어렴풋이 알고 있는 사람들이었다. 더구나 지난 몇백 년 동안 번갈아 이스라엘을 짓밟고 능욕하며 지나간 잔인한 제국의 통치를 겪으면서 은연중 형성된, 세상 마지막과 하느님의 심판에 대한 예언을 귀로 들어 알고 있는 사람들, 특히 에녹의 예언을 기억하는 사람들은 반드시 예수에게 그렇게 묻고 싶어 했다. 그러나 그렇게 질문하는 사람들이라고 해도 반드시 예수에게서 긍정의 대답을 기대하고 묻는 것은 아니었다. 그들이 기다리는 사람은 예수 같은 사람이 아니었다. 예수는 그 사람일 수가 없었다. 그저 지나가는 말로 물었을 뿐이었다.

"혹시 …! 아니지요?"

그렇게 물었다고 보는 것이 더 정확했다.

사람들은 예수의 가르침이나 한 일들을 보지 않고 누구인지 자꾸 따져 물었다. 즉, 예수에게 그런 자격이 있는지, 예수가 병자를 고치고 사람들을 가르치도록 허락받았는지 물었다. 바리새파 사람들이 특히 그러했다. 하기야 그건 당연한 일이었다. 허가받지 않은 사람이 병자를 치유하는 것은 불법이었다. 병이란 지은 죄에 대해 하느님이 내린 벌이거나, 운 나쁘게 귀신에게 사로잡힌 것으로 믿기 때문이었다. 하느님께 죄의 용서를 청원할 수 있는 자격을 가진 사람, 귀신을 쫓아낼 권능을 부여받은 사람만 병자를 다룰 수 있다고 생각했다. 병을 치유하고, 병이 나았다고 선언하는 일은 죄가 용서받았다고 선언하는 일과 마찬가지였다. 죄의 용서에 관한 자격과 권능은 언제나 성전과 사제들에게만 허락되었다고 믿었다. 성전과 아무런 연고가 없는 갈릴리 삯품 일꾼 출신 예수가 병을 고친다고 나선 일은 그래서 마땅히 비난받아야 할 일이었다.

가르치는 일도 마찬가지였다. 선생이 될 수 있도록 훈련을 거치고 자격을 허가받지 않은 사람이 누구를 가르친다면 그건 바로 불법 가르침이었다. 가르친다는 말은 예로부터 토라를 가르친다는 말이었다. 토라에는 모세가 야훼 하느님에게서 직접 받아 기록한 경전이 있고, 선생에게서 다음 선생으로 입으로 전해 내려온 가르침, 바로 기록되지 않은 가르침과 경전 해석이 포함돼 있다. 토라를 연구하고 해석하고 실제 살아가는 일에 적용하는 일은 율법학자와 바리새파 선생들이 맡은 일이었다. 글을 읽을 줄도 모르고 쓸 줄도 모르는 갈릴리 촌구석 예수가 제멋대로 토라를 가르친다는 말은 가능하지도 않고, 있을 수도 없는 일이었다.

갈릴리의 목수, 석수 출신이 감히 병자를 고친다고 나서고, 제자들을 모아 가르친다는 일은 결코 그대로 넘어갈 수 있는 일이 아니었다. 하느님이 정해 준 직업과 역할은 어떤 경우라도 지켜야 할 법이기 때문이었다. 목수는 목수의 일을 하고, 가르치는 사람은 가르치는 일을 하도록 정해져 있었다. 목수가 사람을 가르친다고 나서는 일은 하느님이 구분하고 정한 역할을 부정한다고 비난받을 일이었다.

더욱 놀라운 일은 예수가 사람들에게 죄가 용서받았다고 선언한 일이었다. 어찌 감히 예수에게 죄인들을 용서할 수 있는 권능이 있단 말인가? 깨끗함과 더러움을 가르고 그 경계를 넘을 수 있는 사람은 오직 성전에서 일하는 제사장뿐이었다.

죄인을 다루거나, 병자를 다루거나, 부정한 것을 다루는 일은 특별히 더 엄격하게 경계가 구분된 일이었다. 허가된 사람만 경계를 넘을 수 있는 일이다. 더러운 그 영역으로 들어가거나, 더럽다고 정해진 일에 관여했다가 바로 정결의 영역으로 나와야 한다. 범죄자를 다루는 사람이나 환자를 다루는 의사가 그러하듯, 부정한 곳에 들어가거나 부정한 사람을 만지도록 허락된 사람은 반드시 다시 정결의 영역으로 물러나 몸을 깨끗하게 씻고 정해진 시간 동안 정결규정을 지켜야 한다. 그가 다루었던 더러움이 깨끗한 구역으로 넘어오지 못하도록 철저하게 분리하고 격리하고 관리해야 한다. 그것이 법이었고 율례였고 장로들의 가르침이었다.

그런데 예수는 아무런 자격도 없으면서, 아무 허가도 받지 않았으면서, 제사장도 아니면서, 전문적 훈련과 교육을 받지 않았으면서 그런 일을 할 수 있다고 나선 사람이었다. 하느님에게서 그런 권능을 받았다고 주장했다. 거리낌 없이 경계를 넘어 부정한 영역을 드나들면서도 정해진 정결의식을 치르지 않았다. 따지고 보면, 예수라는 사람은 이미 정결한 사람들과 어울릴 수 없는 사람, 부정한 사람이 되었다. 그가 율법에 기록된 정결의식을 치렀다는 말을 사람들은 들어보지 못했기 때문이었다. 게다가 그는 부정한 사람을 아무 거리낌 없이 정결의 영역으로 끌고 넘어오는 사람이었다.

예수의 눈은 오직 하느님에게 향했다. 하느님이 지켜보고 있는 곳을 자기도 지켜본다고 말했다. 예수는 바리새파 선생들과 전혀 달랐다. 토라를 차근차근 풀어 설명하지 않았다. 육백열세 가지나 되는 토라 규정을 줄줄 읊어대며 윽박지르지도 않았다. 토라를 잘 지키면 하느님이 내려준다는 복에 대해 전혀 모르거나 아니면 염두에 두지 않는 사람처럼 보였다. 그는 하느님의 사람, 가장 위대한 예언자로 온 이스라엘이 떠받드는 지도자 모세의 이름조차 거의 입에 올리지 않았다. 가르침을 전해준 모세 대신에 가르침을 내려준 하느님을 얘기하는 사람이었다.

"여러분, 예언자 모세가 위대하다고 찬양하기보다 그를 들어 쓰신 야훼 하느님을 찬양하세요."

"선생님, 그럼 모세는 위대하지 않다는 말입니까?"

"하느님이 들어 쓰시기로 마음먹으면 타다가 만 부지깽이, 모닥불을 쑤석거리던 부지깽이로도 큰 일을 이루실 수 있습니다."

"그래도 모세를 통해 우리 이스라엘 사람이라면 모두 지켜야 할 토라를 내려주시지 않았습니까?"

"여러분, 수레가 사람보다 큽니까? 물 위에 뜬다고 배가 사람보다 위대합니까? 사람을 태우라고, 태우고 강을 건너라고 배를 만듭니다. 사람이 배를 탑니다. 바로 여러분이 배를 탄 셈입니다. 여러분이 어디로 가느냐, 어느 땅에서 내려 배를 버리느냐 그걸 먼저 생각하십시오. 하늘에 떠 있는 달을 가리키는 손가락보다 손가락이 가리키는 달을 보십시오. 수단이나 방법은 목적지에 가려고 여러분이 올라탄 배와 같고, 수레와 같고 나귀와 같습니다."

제자들은 고개를 갸웃갸웃했다. 마리아는 그 말을 듣자마자 가슴 서늘해지는 두려움을 느꼈다.

"여러분, 어제도 만났고 오늘도 만나는 사람들의 눈을 들여다보세요. 그 눈이 뭘 말하는지 들으세요!"

"그 사람들은 …."

"예, 여러분. 물속에서 발뒤꿈치를 들고 겨우 버티는 사람들입니다. 이미 목을 넘어 코끝까지 물이 찼습니다. 그 사람에게는 내일이 아니라 지금이 문제입니다."

"어찌 보면 내일도 오늘, 지금이라 말할 수 있지 않습니까?"

"그렇지요. 그래서 오늘이 중요하지요. 오늘과 잇대어 있지 않은 내일은 까마득한 먼 훗날입니다. 오늘 숨이 끊어지는 사람에게 내일도 해가 뜬다고 말하는 것은 영원히 오지 않는 미래를 내세우며 눈을 속이는 겁니다."

예수는 잘 알았다. 사람들이 그에게 묻는 것은 오늘 한 끼 식사와 잠자리였다. 돌보아주는 사람 하나 없는 세상에서 어떻게 오늘 하루를 견뎌낼지 물었다. 예수가 얘기하는 새 세상은 먼 훗날 구름 타고 내려온 하느님의 사람이 땅에서 헐떡이다 숨 거둔 사람을 하늘 왕국에 불러들인다는 훗날의 새 세상이 아니었다. 춥고 배고프고 온몸이 시리도록 외로웠던 광야 수행을 거치고 나니 결국 배고픔과 고통이야말로 사람이 겪는 가장 원초적이며 궁극적인 문제라는 것을 깨달았다. 무엇으로 먹여주고 어떻게 추위에 떠는 몸을 덮어줄 것인가? 누가 그 옆에 있어줄 것인가? 하느님은 바로 그 일에 가장 큰 관심을 가진 분이라고 생각했다. 그 일을 위해 스스로 드러내고, 예언자를 세우고, 법을 내린 분이었다. 그리고 그 끝에 언제나 배반을 경험한 분이었다. 예수는 그 하느님을 사람들에게 가르쳤다.

예수는 안 먹어도 배부른 방법을 가르치는 사람이 아니었다. 고픈 배를 누가 채워주어야 하는지 말하는 선생이었다. 예수는 식량이 하늘에서 떨어진다고 가르치지 않았다. 조상들이 이집트 종살이에서 풀려나 40년 동안 광야에서 헤맬 때 날마다 하늘에서 만나가 떨어지고 메추라기가 날아와 식량이 됐다는 얘기는 희망이 담긴 전설일 뿐이었다. 예수를 따르는 무리들은 잘 알게 됐다. 자기들에게 필요한 하루 양식은 부자들이 움켜쥐고 있었다. 부자들 곳간에 내 아내와 자식의 입으로 들어갔어야 할 빵과 고기와 올리브기름과 포도주가 차고 넘쳤다. 그것을 나누지 않고 누가 어디에서 새로 먹을 것을 만들어 나눠준다는 말인가? 빼앗아간 사람에게서 내 몫을 다시 찾아오지 않고, 그건 그냥 놔두고 새로 식량을 마련해준다는 말은 전혀 정당한 말이 아니었다. 그렇게 말하는 사람이야말로 예루살렘 성전체제, 현재의 제도를 그대로 유지하자는 사람들이었다.

성전보다는 그래도 좀 낫다는 바리새파 사람들은 성전을 개혁하고,

토라를 제대로 지켜 하느님이 약속한 복을 받자는 사람들이었다. 그때까지 기다릴 수 없는 사람들, 턱 밑 코 밑까지 차올라 잘름거리는 물속에서 까치발 들고 겨우 버티는 사람들에게 예수는 마지막 기대였다.

사람들은 알고 있다. 왕이나 제사장에게 아무것도 기대할 수 없다는 것을. 어느 시대에도 왕이 백성들 입에 빵을 넣어준 적은 없다. 어느 시절에도 제사장이 자기 먹을 몫을 백성에게 넘겨주고 자기는 하느님이 내려주는 하늘 양식만 먹고 살지 않았다. 농사지은 사람에게서 세금을 걷고, 십일조를 걷고, 성전세를 걷고, 제사 제물을 걷는 것도 모자라 빚으로 땅을 빼앗고, 아내와 딸을 첩으로 여종으로 데려가고 아들은 병졸로 삼아 전장으로 끌고 가거나 종으로 삼는 사람들이 바로 지배자였고 성전 지도자였다.

위험하기 짝이 없는 예수의 가르침을 듣다 보면 마리아의 등에서는 식은땀이 흘렀다. 금방 쓰러질 듯, 어지럽고 몸은 떨렸다. 그러나 다른 제자들에게는 예수의 가르침이 달리 들렸다. 천 마리 양을 가진 사람에게서 빼앗은 양을 한 마리도 갖지 못한 자기들에게 골고루 나눠준다는 약속으로 들렸다. 다른 사람이 먼저 자기 몫을 뚝 떼어가던 빵덩어리에서 제일 먼저 자기 몫을 뗄 수 있도록 해주겠다는 말로 들렸다.

사람들은 예수를 따르는 제자 무리를 갈릴리 도당, 예수 도당이라고 불렀다. 무엇이라 불리든 그들에게는 상관없었다. 어차피 손에 쥔 것은 아무것도 없고, 지켜야 할 명예나 체면도 없는 사람들이었다. 새로운 세상이 오고, 남보다 먼저 자기 몫을 차지할 수 있다면 그런 이름은 모욕이나 비난이 아니고 영광스러운 이름이 될 뿐이었다. 일이 잘못되면 걸어 온 길을 돌아 남의 눈에 띄지 않게 조심조심 갈릴리로 내려가면 될 사람들이었다. 호수에서 배를 타고 그물 내려 고기 잡고 살아가면 되는 사람들이었다.

예수는 제자들 손에 들려줄 상급이 아니라 사람들에게 돌려줄 희망을 생각했다. 무엇부터 잘못되어 이집트에서 하느님이 이끌어낸 히브리가 해방을 실현하지 못했던가? 그런 일을 두고 하느님에게 질문하다가 그분을 만났다. 나사렛에서 어린 마음밭에 심은 씨가 광야에서 싹이 텄다.

문제는 압제와 억압이었다. 이집트의 압제를 벗어난 후 히브리가 세우려고 했던 새로운 세상은 이스라엘이라는 민족을 이루면서 잘못된 길로 들어섰고, 왕을 세우면서 포기한 셈이었다. 해방도 사라지고, 새로운 세상도 꿈처럼 사라졌다. 그건 새 민족 이스라엘 건설에 실패한 것이 아니라 자기들이 히브리 사람이라는 것을 잊었기 때문이었다. 누구에게도 기댈 곳 없이 종살이에 허덕이는 히브리가 아니고 이스라엘이라 불린 민족이었다면 하느님은 이집트에서 결코 개입하지 않았고 해방도 가능하지 않았을 것이다. 고난당하고 신음하며 울부짖는 노예였던 히브리가 아니고 뭉쳐서 쳐들어가고 점령하고 빼앗는 이스라엘을 하느님은 해방할 수 없기 때문이었다.

해방은 더 이상 기댈 곳 없는 사람들에게 주어지는 하느님의 개입이다. 해방은 역설이다. 아직 가득 차지 않은 잔에 더 부어 채워주는 해방이 아니다. 해방은 잔에 가득 찬 물에 무게와 부피가 없는 한 방울을 더 부어 포도주로 바꾸는 일이다. 해방은 박제된 기념물로 궤짝 속에 잘 보관했다가 1년에 한 번 꺼내 손질하고 마치 새로운 발견처럼 내놓고 감상하는 물건이 아니다. 경험을 통해 하느님과 만나는 일이다. 기록에 그 이름이 나오든 나오지 않든, 이스라엘이라는 민족을 이루려고 했던 모든 지도자들이 해방의 실현을 가로막은 사람들이었다. 예루살렘 성전 대제사장, 제사장, 관료들, 그리고 예루살렘에 진주하는 로마군, 그 뒤에 버틴 제국과 황제, 그들이 바로 새로운 해방의 길을 가로막는 자들이다.

예수는 그가 서 있는 자리를 가늠해본다. 그리고 거대한 힘과 제도에 맞서야 한다는 현실을 다시 깨닫는다. 상대는 세상이 섬기는 신이다. 법을 만드는 자들이고, 사람들을 무릎 꿇게 하는 자이다. 가난한 사람 부유한 사람 모든 사람의 주인 노릇하는 사람들이다. 그들은 신이고, 그들이 사는 곳은 신전이고, 그들이 만들어 놓은 제도는 신성神聖이다. 눈앞에 서 있는 제국은 로마지만 예수의 눈에는 고대로부터 이어져온 수많은 제국들이 보였다. 세상을 삼킬 만큼 커다란 입과 오로지 한 가지만 바라보는 외눈박이의 얼굴을 한 제국이었다. 그 신들에게 시중드는 사람은 거룩한 옷을 입은 대제사장과 제사장, 성전 관리, 그리고 지방마다 임명된, 금빛 찬란한 수를 놓은 비단옷을 휘감은 분봉왕들이다. 그들은 가능하면 백성들과 먼 거리를 유지할 수 있는 제도를 만든다. 거리는 권위의 척도이기 때문이다. 일반인들의 접근이 어려운 곳에서 신비를 얘기하고 거룩함을 지킨다며 휘장을 내려 가린다.

갈릴리에서 내려오는 길에 예수가 제자들에게 물었다. 예루살렘 성전에 들어가면 다른 사람들처럼 예수도 희생제물을 바치고 유월절 제사를 드릴 것으로 제자들은 생각했기 때문이었다.

"유월절 명절을 어떻게 생각합니까?"

제자들은 제각기 자기가 생각하는 유월절에 대해 얘기했다. 그들이 알고, 이해하고, 기억하고 지키는 유월절이었다. 이집트에서 종살이 한 일, 양의 피를 바른 문설주, 죽음이 이스라엘의 집은 건너뛰고 이집트 땅 이집트 사람의 모든 첫 자식을 찾아간 일, 들어 아는 대로 누구에게 뒤질세라 앞다투어 얘기했다. 예수에게 인정받으려면 잠자코 있으면 안 된다는 듯 빠짐없이 나서서 한 마디씩 말했다. 예수는 그들이 한 마디 할 때마다 고개를 끄덕였다. 얼굴에 미소까지 띠었다. '그렇지, 그렇지' 하는 표정이었다. 한참 지나니 그들이 아는 얘기, 할 수 있는 얘기들이 거의 다 나왔다. 그때 예수는 제자를 한 명씩 천천히 돌아보며 물었다.

　"다 말했습니까?"

　"예, 선생님."

　"그래요, 다 옳은 말을 했습니다. 그런데 한 가지 더 생각해봅시다."

　그것이 예수가 제자들을 깨우치는 방법이었다. 예수는 결코 모든 것을 한꺼번에 제자들의 입에 넣어주는 사람이 아니었다. 스스로 다시 생각하고, 궁금한 점을 다시 묻고 대답하면서 한 걸음씩 깨달음으로 나아가도록 기다렸다.

　"예, 무엇인지요?"

　늘 그렇듯 제일 나이 어린 요한이 먼저 나서서 물었다.

　"왜 하느님께서는 이집트 땅을 우리 조상에게 주시지 않고 그 땅에서 이끌어내셨는지요? 왜 지금 우리가 사는 이 땅으로 우리 조상을 이끌어내셨을까요?"

"하느님이 조상에게 약속하신 땅이니까요."

역시 요한이 또 나섰다.

"그래요, 그런데 왜 하느님은 우리 조상 히브리가 이집트의 주인이 되어 그냥 그 땅에 눌러 살도록 하지 않으셨을까요?"

누구도 생각해 보지 못한 얘기였다. 하느님은 주인이었던 이집트 사람을 히브리 사람의 종으로 삼고, 종이었던 히브리 사람이 주인이 되어 이집트 땅을 차지하고 살도록 만들 수 있는 분이었다. 이스라엘이 알고 믿고 섬기는 하느님은 그런 능력을 가진 분이었다.

갑자기 생각지도 못한 질문을 받고 제자들 모두 무어라 대답할 말을 찾지 못했다.

"생각해보세요. 그 대답을 스스로 찾아보세요. 그 대답이 바로 우리가 무엇을 해야 하는지 알려주는 길잡이가 됩니다. 언젠가는 모두 깨닫게 될 겁니다."

예수는 마리아를 바라보았다. 마리아가 무슨 생각이 있다는 듯한 표정을 지었기 때문이었다. 예수는 조용히 미소 지으며 고개를 끄덕였다. 그녀는 늘 다른 제자보다 먼저 깨달았다. 그러나 결코 앞에 나서서 아는 체하며 대답한 적이 없었다. 요한은 남보다 먼저 깨닫게 되면 참지 못하고 우쭐대며 입을 열었다. 시몬 게바는 눈만 껌벅거리며 다른 제자들이 깨달은 것을 뒤따르기에 바빴다. 야고보는 무엇을 아는지 무엇을 모르는지 도무지 표를 내지 않는 사람이었다.

제자들은 예수를 알면 알수록 마음속에는 놀랍다는 생각만 들었다. 나이와 상관없는 지혜를 그에게서 발견하기 때문이었다. 그들은 갈릴리 호수를 처음 찾아왔던 나사렛 예수를 떠올렸다. 배 타는 것이 영 서

툰 그에게 그들이 나서서 고기 잡는 법을 가르쳤다. 그랬던 그가 호수를 떠나 세례자 요한의 제자가 되고 1년 후 다시 돌아왔을 때, 그들은 그 앞에 무릎을 꿇고 선생님으로 부를 수밖에 없었다. 놀랍도록 변했고 한없이 깊어진 예수가 그들에게는 경외였고 신비였다.

그들은 깨달았다. 예수 앞에 서면 아무것도 숨길 수 없었다. 예수는 잔잔한 눈으로 사람을 들여다보는 사람으로 변했다. 하느님 한 분 외에는 아무도 사람의 마음을 알 수 없다는데 그는 그들의 마음을 알았다. 사람들이 속으로 생각하는 말을 알아듣고 왜 그렇게 생각하느냐고 물을 때 깜짝깜짝 놀랄 수밖에 없었다. 그는 사람 마음, 그중에서도 가장 깊은 속마음을 알아보는 사람이었다.

누구든 처음 예수와 일행을 만나면 마치 갈릴리 거지 떼를 만난다는 생각이 들었다. 행색은 초라했고 더구나 20여 명이나 되는 사람들이 떼를 지어 다니기 때문이었다. 불한당이 아니면 남자와 여자들이 그렇게 떼를 지어 돌아다니는 일은 있을 수가 없었다. 무얼 먹고 사는지 어디서 잠은 자는지 도무지 알 수 없는 사람들이었다. 그런데도 무엇이 그리 즐거운지 늘 떠들썩하고 기분 좋아 보였다. 굶어도 즐거운 사람들 같았다.

예수 무리와 한번 어울려 지내다보면 모든 것이 변할 수밖에 없었다. 그동안 애써 지키려 했던 법과 율례들이 아무 의미 없는 속이 빈 허상이라는 것을 단박에 깨달았다. 예수는 이스라엘 전통이 이리저리 금을 긋고 구분하여 차별하던 관습을 한순간에 뛰어넘은 사람이었다. 철저하게 남편이나 가문의 남자에게 속한 재산으로 취급받던 여자들에게 그건 더욱 놀라운 일이 될 수밖에 없었다. 여자도 남자와 마찬가지로 하느님이 귀하게 여기는 사람이라고 예수는 가르쳤다. 어린아이들도 마찬가지였다. 어린아이들이 천하보다 귀한 사람, 하느님의 아들딸이라 귀하게 여겨야 한다고 그는 가르쳤다.

예수 무리와 어울리면 추문에 휩싸이게 됐다. 추문은 이제까지 몸담고 살았던 마을이나 공동체에서 더 이상 어울려 살 수 없는 사람으로 밀려나는 일이었다. 다른 사람들과 다르다는 말은 다른 사람들이 힘써 지키는 관습과 법에서 벗어났다는 말이었다. 그런 사람은 더불어 살아야 할 세상을 흔들어 무너뜨리려는 사람, 세상을 혼란케 하는 사람, 사회를 위해 제거돼야 할 사람으로 지목되는 일이었다. 점잖은 사람은 예수 소문을 들으면 고개를 돌렸지만 호기심 많은 사람들은 구경거리 없는 세상에 별 사람 다 있다는 듯 호기심으로 눈을 반짝였다.

예수가 여리고에 이르기 전에 이미 소문이 먼저 퍼졌다.

"예수가 온대요."

"예수? 누군데?"

"아이, 그 갈릴리에서 이름을 떨친다는 사람. 병도 고쳐주고, 귀신도 쫓아낸다는 용한 사람. 그 사람이 온대요, 여기 여리고로."

"여리고에는 왜 온대요?"

"예루살렘 가는 길에 들른답디다."

"어디 그 사람 얼굴이나 보러 나갑시다."

여리고는 예루살렘으로 가는 길목이다. 갈릴리에서 예루살렘에 가려면 사마리아를 통과하지 않는 한 반드시 여리고를 거쳐야 했다. 황량한 주변과 달리 여리고는 오아시스 도시다. 몇 군데 물이 나는 샘이 있고, 도시 가까운 곳에 비가 올 때 물이 흐르는 와디가 있어서 거기에서 물을 끌어들여 채워 놓은 저수조에는 특별히 가물 때를 빼고 언제나 물이 가득 담겨 있다. 도시를 빙 둘러싼 야자나무가 싱싱했다. 여리고 야자는 옛날부터 유명했다. 예루살렘의 왕족이나 귀족 대부분 여리고에 커다란 저택을 지어 놓고 왕래하는 휴양도시였다. 그곳 여리고에 예수가 들른다는 얘기였다.

안식일 전전날, 해가 하늘 가운데를 훨씬 지나 서쪽과 더 가까울 시간쯤 예수 일행이 여리고성 앞에 이르렀다. 대략 20명쯤 되는 무리를 이끌고 예수가 천천히 걸어왔다. 많은 사람들이 여리고 성문 앞에 나와 그를 기다렸다. 어디 얼마나 대단한 사람인지 구경이나 하자는 사람도 있고, 병 고침을 받을까 나온 사람들도 있었다. 병을 앓는 사람들은 좀 떨어진 곳에 따로 모여 있었다. 병자는 사람들로부터 떨어져 있어야 하기 때문이었다.

예수는 여리고에서 며칠 묵어갈 계획을 세웠다. 이틀 지나면 안식일이고, 예루살렘성에 들어가기 전 제자들과 마지막으로 조용히 시간을 보내고 싶었기 때문이었다. 갈릴리에서 내려오는 동안 제자들에게 여러 가지 당부하고 가르쳤지만 그들은 아직 깨닫지 못했다. 알아듣기에 더딘 제자들을 보면서 예수는 때를 기다렸다. 그들은 듣고 싶은 것만 듣기 때문이었다. 무슨 말을 하든, 심지어 예루살렘에서 겪게 될 고난을 얘기해도 그들은 한 귀로 듣고 한 귀로 흘렸다. 그저 경거망동 말라는 경고로만 생각했다.

여리고 성문 밖에 많은 사람들이 모여 일행을 기다리는 광경을 보자 제자들은 모두 신이 났다. 가슴을 펴고, 우쭐우쭐 다가갔다.

"선생님!"

성문 앞에서 기다리던 사람 중에 한 사람이 예수 앞에 나서며 인사했다. 그 사람에게 미소로 인사한 다음 예수는 한쪽에 따로 떨어져 모여 있는 병자들 쪽으로 걸어갔다. 그는 늘 그랬다. 병자들에게 먼저 다가갔다. 제자들과 따르는 사람들, 그리고 구경나온 사람들이 항상 그를 둘러싸고 있어서 병자들은 그의 곁에 접근할 수 없기 때문이었다.

죄 때문이든 나쁜 귀신에 들렸든 병자들은 사람들로부터 격리돼야 했다. 병자를 집 안에 두고 가족이 간호할 수 있는 병이 있고, 반드시 마을이나 도시 밖으로 내보내 격리시켜야 하는 병이 있었다. 병이 나았다고 제사장이 선언할 때까지 식구들도 스스로 격리시키고 마을 사람들과 접촉할 수 없었다. 결국 가족 중에 병자가 있다는 말은 병자와 가족이 마을로부터 격리된다는 말이었다. 격리는 배제였다.

예수는 그런 병자들 곁에 언제나 스스로 다가갔다. 제자들은 선생을 따르지 않고 멈칫거렸다. 병자를 위로하고 만지고 병을 다스리는 선생과 거리를 두고 떨어져 그저 바라보았다. 다만 한 사람, 마리아는 예수가 가까이 오지 말라고 특별히 이르기 전에는 항상 그를 따라 옆에서 거들었다. 가버나움으로 예수를 찾아 가기 전까지 그녀 자신도 막달라에서 철저하게 소외된 채 살았다. 남자들이 만들어 놓은 세상의 틀 속에 뛰어든 이후, 죄인이라 불리며 일곱 귀신이 들렸다고 손가락질 받고 아무도 곁에 가까이 오지 않던 여자였다. 사람들로부터 배제된다는 것, 세상이 정해 놓은 틀 밖으로 밀려나는 아픔을 그녀는 철저히 경험한 사람이었다. 그녀는 여리고 성문 앞에서도 병든 사람 모인 곳으로 예수를 따라갔다.

예수는 모여 있는 병자들을 둘러보았다. 깨끗이 씻지 못한 그들에 게서는 특유의 거북스러운 냄새가 났다. 그중에 우선 몸에 상처가 난 사람부터 돌보았다. 마리아는 물주머니를 기울여 예수의 손에 물을 조금 부었다. 손을 씻은 그는 상처를 싸맨 더러운 헝겊을 조심조심 풀었다. 상처에서 나온 고름과 피가 헝겊에 엉겨 붙어 있었다. 드러난 상처에는 고름이 노랗게 고였고, 상처 주변은 벌겋게 부어 있었다. 마리아는 늘 들고 다니는 보따리를 풀어 올리브기름, 박하향, 몇 가지 약초를 섞어 만든 물약과 향수, 곱게 짠 세마 천을 꺼내 손에 받쳐 들었다. 예수는 고름이 고인 상처 위에 먼저 올리브기름을 붓고, 깨끗한 세마 천으로 조심조심 닦았다. 움찔움찔하며 신음소리를 내면서도 상처를 내맡긴 채 그 사람은 예수의 얼굴을 바라보고 있었다. 무릎을 꿇고 허리를 구부려 상처에 얼굴이 곧 닿을 만큼 몸을 기울인 예수는 조심조심 고름을 짜냈다. 그 상처에 다시 올리브기름을 부어 천으로 깨끗이 씻어낸 다음 올리브기름을 듬뿍 부은 후 깨끗한 천으로 여러 겹 싸매주었다. 그런 일은 거의 예수 혼자 했다. 특별한 경우 마리아도 옆에서 거들었다. 고름을 짜고 상처를 씻어낼 때 쓰리고 아파 고통스러운 신음을 흘리면 마리아가 그 옆에 무릎을 꿇고 앉아 병자의 두 손을 꼭 쥐거나, 때로는 눈을 들여다보며 조용한 목소리로 위로의 말을 건넸다.

대부분 병자들은 예수가 자기에게 다가와 손으로 만질 때 깜짝 놀라 긴장한다. 이제까지 그런 일은 없었기 때문이다. 살갗이 부풀어 오르면서 하얀 반점이 생기고 시간이 지나 환부가 헐어 문드러진 환자를 만나기도 한다. 경전에서는 그런 병을 '문둥병'이라고 이름 붙였다. 예수는 우선 상처를 박하향으로 깨끗이 씻는다. 그리고 올리브기름을 듬뿍 발라 천천히, 오래오래 문지른다. 때로는 가지고 다니던 올리브기름병을 손에 쥐여주며, 앞으로 자주 상처에 바르고 문지르라고 일렀다.

가족들도 만져주지 않던 상처, 문둥병이라 부르는 상처를 만져주고 쓰다듬어 줄 때, 그들은 눈물을 흘렸다. 예수의 손을 잡고, 어떤 사람은 옷깃 한쪽을 붙잡고 흐느꼈다. 마을 사람들에게서 버림받고 동네 밖으로 쫓겨 나왔던 그들에게 예수는 하느님이 보낸 사람일 수밖에 없었다. 널브러진 환자를 그저 서서 내려다보며 이래라저래라 말만 하는 사람들과 달리 예수가 무릎 꿇고 옆에 앉아 상처를 씻어주고 싸매주고 위로할 때 눈물을 흘리지 않는 사람이 없었다. 어깨 아래쪽으로 반쯤 벗겨진 옷을 다시 잘 입혀주고, 꼼꼼하게 옷깃을 여며주고, 어깨에 손을 얹어 끌어안고 다정한 음성으로 위로하고 기도하는 예수는 더러움과 죄의 구분을 넘어선 사람이다. 그 광경을 바라보는 다른 병자들 눈에도 금방 쏟아질 것처럼 눈에 눈물이 가득 고였다.

예수는 병자들을 치유했다. 그들의 아픔에 공감했고, 그들이 겪고 있는 고통을 덜어주었다. 예수가 손을 대고 직접 상처를 어루만져 주면 이제까지 내팽개쳐졌다고 생각하던 병자들은 흐느껴 울며 예수의 품에 안겼다. 더 이상 외롭지 않고, 더 이상 죄인이라고 손가락질 받지 않기 때문이었다. 병자를 치료하고 난 후, 예수는 그의 죄가 용서받았다고 선언했다. 그건 그가 이제까지 앓았던 병과, 앞으로 어떤 병을 앓게 되더라도 죄 때문이 아니라는 선언이었다. 그 선언은 우선 병자에게 일어설 수 있는 용기를 주었고, 가족에게는 집으로 병자를 데려갈 수 있는 명분을 주었다. 그 치료를 지켜본 가족들은 예수가 했던 것처럼 병자를 치료하고 돌보게 된다.

여리고 성문 앞에서 예수와 마리아는 거의 두 시간쯤 병자들을 돌보았다. 얼마 떨어진 곳에서 바라보던 사람들 마음속에 알 수 없는 따사로움이 퍼져 나갔다. 그 유명한 예수가 병자를 치료하는 것을 보니 자기들도 그런 정도는 할 수 있다는 생각이 들었다. 병이야 앞으로 시간이 지나면 대부분 낫겠지만 병자들이 느끼며 살던 고통은 그 순간 사라졌다. 끊어졌던 관계가 이어지고 다시 가족과 마을 공동체에 복귀할 수 있게 되었다. 갇혀 멈추어 있던 물은 둑을 허물면 다시 흐른다. 이스라엘이 힘들여 지키던 법, 율례, 장로들의 가르침이 이루지 못했던 일, 전혀 다른 일이 일어나는 셈이었다. 예수가 베푸는 치료는 다른 의사들의 치료와 달랐다. 병에 따른 증상을 치료한 것이 아니고, 병에 따라붙었던 사회적 소외, 배제를 해소해준 치유였다. 병자를 배제했던 사회적 관계를 바로잡아주고 회복시키는 일이었다.

병이란 사회적 개념이었다. 그래서 예수가 개입하면 모든 병이 치유될 수 있었다. 원래 치유할 수 없는 병이란 없다. 그리고 어떤 병이고 완전히 치료하는 방법은 있을 수 없다. 다만 증상에 따르는 고통을 완화해주는 치유가 있을 뿐이다. 예수는 치료와 치유가 다르다는 점을 잘 이해하는 사람이었다. 그러나 사람들이 치유라고 부르든 치료라고 부르든 그는 상관하지 않았다. 병자에게도 다르지 않았다. 그들은 고통을 덜었고 가정에 돌아갈 수 있게 되었다.

여리고 성문 옆에 따로 모여 있던 병자들 한 사람 한 사람 모두 정성스럽게 돌본 다음, 예수는 몸을 일으켰다. 오랫동안 땅에 무릎을 꿇고 앉아 허리마저 굽힌 채 엎드려 병자를 돌보아서 그런지 일어나면서 비틀거렸다. 그러자 방금 예수에게서 치료를 받은 병자가 얼른 예수를 잡아주려고 손을 내밀었다.

"고마워요. 괜찮아요."

예수가 그 병자의 어깨를 두드리며 감사의 말을 했다. 고마운 마음 가득 담은 눈으로 병자를 바라보았다. 병을 고쳐준 사람이 병자에게 고맙다고 인사하는 그 모습을 보면 누구라도 마음이 움직였다.

"지극히 높으신 분 감사합니다. 주님 감사합니다."

병자는 감사의 말을 끊임없이 중얼거렸다. 다른 병자들도 모두 하느님을 찬양했다. 예수와 마리아가 정성스럽게 싸매어준 상처를 소중하게 손으로 받치거나 감싸는 사람도 있다. 그 순간 모두 하나가 됐다. 특별한 기운이 그 자리를 가득 채워 흘렀다. 예수를 통하여 사람들에게 전달된 기운이었다.

기다리던 병자들을 한 사람도 빼놓지 않고 돌본 다음 예수는 모여 있는 무리 쪽으로 걸어갔다. 그가 병자를 돌보는 동안 한 사람도 자리를 뜨지 않고 예수를 지켜봤다. 그들 마음속에도 무어라 말할 수 없는 미묘한 움직임이 일어났다. 오히려 예수가 병자를 치료하는 광경을 수없이 보아왔던 제자들만 무덤덤했다. 예수와 마주서자 여리고 사람들은 자기도 모르게 예수에게 허리를 굽혀 인사했다. 누가 시킨 것도, 누가 먼저 한 것도 아니고, 자연스럽게 일어난 일이었다. 예수도 그들 모두에게 인사했다. 두 손을 모아 가슴까지 올리고 천천히 허리를 굽혔다. 예전에 그렇게 인사하는 사람을 한 번도 본 적 없지만 자기들과 깊게 교통하려는 인사라는 것을 그들은 즉각 알아챘다. 더할 수 없을 만큼 진지함과 조용하고 따스하고 깊은 마음이 배어 있는 인사였기 때문이었다.

예수는 모여든 사람 모두에게 충격이었다. 그렇게 조용하고 잔잔하고 부드러울 수가 없었다. 예수의 행동 하나 하나에서 그들은 예수의 진정성, 깊은 곳에서 배어 올라온 큰 울림을 느낄 수 있었다. 그는 자기들이 만나보았던 어떤 선생과도 달랐다. 떠돌아다니며 가르치고 병을 고쳐주는 사람은 많았다. 그런 사람들은 대부분 무언가 내세우려 했고, 큰 소리로 일부러 목소리를 이상하게 떨며 하늘을 우러러 기도했고, 자기가 하는 일을 드러내놓고 자랑했다. 그러나 사람들은 예수에게서 꾸밈없는 잔잔함을 느낄 수 있었다. 깊게 그리고 천천히 흐르는 강 같았다.

그들은 모두 예수를 따라 성안으로 함께 걸어 들어갔다. 어떤 사람이 예수의 제자 중 가장 나이가 어려 보이는 요한에게 물었다.

"선생님은 언제까지 여리고에 머무실 작정인가요?"

"모르겠습니다. 아무래도 유월절 명절 지내려고 예루살렘에 가는 중이니 이번 안식일 지나면 바로 떠나지 않겠습니까?"

"여리고에서는 누구 집에 묵기로 돼 있습니까?"

"그것도 모르겠습니다. 미리 정해 놓고 어느 집으로 간 적은 이제까지 별로 없었습니다."

"그러면 선생님을 저희 집에 모시면 어떨까요? 제가 사람들을 풀어 이 여리고에 있는 병자들을 다 데려오도록 할 수 있습니다. 그런데 선생님과 함께 오신 모든 분들 한꺼번에는 좀 어렵겠네요. 저희 집에 다 모시기가 … ."

"예, 이따 시몬 게바와 얘기해보겠습니다."

"시몬이 누군가요?"

"저기 앞, 선생님과 얘기하며 걸어가는 사람입니다."

"그런데 아까 병자를 치료해주고 돈은 안 받으시네요?"

"예, 안 받으십니다."

"조금이라도 받아야 될 것 아닌가요?"

"그러면 좋은데 선생님은 절대로 돈을 받지 않으십니다."

"그런데,"

그 사람은 무슨 말을 할 듯하더니 입을 다물었다.

"예?"

"아, 예. 그런데 저 여자들은 다 누구예요? 그리고 저 여자는 선생님 아내인가요?"

"아뇨! 모두 선생님을 따르는 제자들입니다."

"아까 성밖에서 저 여자가 선생님 곁에 바짝 붙어서 거들기에 궁금해서요."

"저 여자는 일곱 귀신에 붙들렸던 사람인데, 선생님이 귀신을 쫓아내셨어요. 그다음부터 선생님을 모시고 따라다닙니다."

"아하!"

그는 일곱 귀신에 붙잡혔다는 것이 무슨 얘기인지 알아들었다. 그건 사람들이 어떤 여자를 비난하기 위해 붙여주는 이름이었다.

그때 앞서 가던 사람들이 재미있다는 듯 떠들썩하게 웃는 소리가 들렸다. 요한이 바라보니 일행이 모두 걸음을 멈추고 나무 하나를 둥그렇게 둘러싼 채 웃고 있었다. 그는 부지런히 앞으로 나가 무리를 헤치고 들어갔다.

"삭개오, 삭개오."

여리고 사람들이 나무를 올려보며 어떤 남자를 조롱하고 있었다. 삭개오라 불리는 사람은 얼굴이 빨개진 채 오래된 뽕나무에서 내려오고 있었다. 서둘러 내려오느라고 버둥거리는 모습이 더욱 우스꽝스러웠다. 나무에서 내려와 비실비실 예수 앞에 나서는 그 사람은 참 볼품 없어 보였다. 나이는 꽤 들었는데 키가 자라다 만 듯 아주 작았다. 그의 가슴에 구리로 만든 둥근 세리 패찰이 매달려 있었다. 급하게 나무에서 내려와서 그런지 헐떡헐떡 숨을 쉴 때마다 패찰도 가슴에서 불쑥불쑥 따라 움직였다.

"선생님, 저는 삭개오라 합니다."

그가 손을 모으고 예수 앞에 섰다.

무리 중 누군가가 손가락으로 삭개오를 가리키며 얘기했다.

"세금쟁이입니다."

"여리고 세관 우두머리입니다."

"보통 악질이 아닙니다."

"이 여리고에 사는 모든 사람이 가장 싫어하는 사람입니다."

"얼마나 악질로 세금을 걷어 가는지 ….."

"빼앗아간 우리 집 내놔!"

"내 야자나무도 돌려줘! 이 나쁜 놈!"

둘러선 여러 사람들이 한꺼번에 이런저런 말로 그를 비난하자 삭개오는 점점 더 위축됐다. 그는 고개도 들지 못하고 땅만 내려다보았다.

"선생님이 지나가신다는 소문을 듣고 나무에 올라가서 모습이라도 한번 보려고 ….."

얼굴이 빨개진 그가 겨우 한 번 고개를 들어 예수를 바라보며 힘들게 몇 마디 하더니 다시 고개를 푹 숙였다.

"삭개오."

예수가 그를 불렀다.

"예, 선생님."

"많이 힘들었지요?"

뜻밖에 예수가 그에게 부드러운 목소리로 말을 걸었다. 아무 말도 하지 않고 그는 땅만 내려다보았다. 그러면서 오른발로 자꾸 땅바닥을 문질렀다. 그는 한참 고개를 숙이고 있었다. 그때, 사람들은 보았다. 그의 어깨가 가볍게 떨리고 있었다. 그가 울고 있었다. 그는 땅에 떨어지는 눈물을 발로 문질러 지우고 있었다. 그가 울고 있는 것을 알아차린 사람들은 갑자기 조용해졌다. 그도 눈물을 흘리는 사람이다. 그도 울 수 있는 사람이다. 부끄러움도 아는 사람이다. 그건 놀라운 일이었다.

예수의 다정한 한 마디가 삭개오를 무너뜨렸다. 그가 살아온 삶 전체를 꿰뚫어 본 위로였다. 세상에 슬픔과 고통이 없는 사람이 어디 있겠는가? 누구에게나 여린 속살이 있게 마련이다. 속살은 누구의 살이든 따뜻할 뿐이다. 속살은 상처받기 쉽고, 가장 민감하게 아픔을 느낀다. 속살을 내보인 사람은 따뜻한 위로의 말을 들으면 울음을 터뜨리기 일쑤다. 비록 단단한 껍질을 쓰고 있었더라도.

그 짧은 시간에 삭개오는 자기의 긴 인생을 뒤돌아보았다. 처음으로 자기 모습을 돌아보았다. 억지로 단단해지고 이를 악물고 독해졌는데 예수는 벌써 삭개오의 속사람과 만났다. 예수가 문을 열어젖히자 사람들도 삭개오를 들여다볼 수 있게 됐다. 무슨 말이 더 필요 없었다. 설명하지 않아도, 듣지 않아도 그가 살아온 험한 길을 알 수 있다. 지금 어떻게 살아가는지 알 수 있다. 말하지 않아도 지금 이 순간 그가 무엇을 후회하고 아파하는지 알 수 있다. 둘러선 사람들 가슴속으로 그의 아픔이 떨림이 되어 조용히 전달됐다. 걸어온 길이 얼마나 고통스러웠는지 땅만 내려다보며 흘리는 눈물로 그는 말하고 있다. 한없이 그를 미워하던 사람들에게도 그 눈물은 말없는 말이 되어 가슴 깊이 파고들었다.

"삭개오, 오늘 그대 집에서 묵어도 되겠어요?"

예수가 물었다.

"예? 예! 예! 선생님!"

뜻밖의 말에 어리둥절하며 당황하던 그가 황급히 대답했다.

"예, 선생님. 예, 선생님, 모시겠습니다."

삭개오는 믿을 수 없는 일을 겪은 듯한 표정이었다.

"모두 모시겠습니다. 선생님과 같이 오신 손님 다 모시겠습니다. 이 자리 모든 사람을 삭개오가 전부, 정말 다 … 모시겠습니다."

그는 예수를 초청했고, 제자도 초청했고, 조금 전까지 자기를 비난하고 욕하고 조롱하던 사람들도 모두 초청했다.

"감히 세리가 유대인을 자기 집으로 초대하다니!"

둘러서 있던 사람 중 하나가 같잖다는 듯 면박을 주었다. 삭개오가 그 자리에 있는 모두를 초청한다는 말을 듣고 여리고 사람들이 부르르 분을 못 참고 나섰다.

유대인은 원래 세리와 교제하지 않는다. 더구나 세리의 집에 찾아가는 일은 결코 있을 수 없는 일이다. 사람들은 세리를 모두 죄인이라고 부른다. 통행세를 받는 사람, 토지와 재산과 사람 머릿수에 따라 통치자들이 걷어 가는 세금을 걷는 사람, 외국에서 들어오는 물자나 다른 나라로 나가는 무역통상에 따른 세금을 걷는 사람, 누구에게 바치는 세금이든 누가 명령을 내려서 걷는 세금이든 구분 없이 그 일을 맡은 사람은 모두 죄인이라 부르고 경멸했다.

세리들은 정해진 임금을 받는 것이 아니고, 세금을 걷어 자기 몫을 챙겼다. 세금을 걷는 권한은 돈을 주고 사들이는 권리였다. 왕이나 통치자는 자기 가장 친한 친구에게 그런 권한을 주거나 입찰에 붙여 가장 큰 액수를 제시하는 사람에게 넘겨준다. 그렇게 통치자에게 조세권을 불하받은 사람에게는 명예로운 일이었으니 그 권한이 아래로 내려갈수록 명예는 깎이고 비난은 올라간다. 그런 권한을 낙찰받은 사람은 다시 자기 아래에 있는 사람들에게 같은 방법으로 경쟁을 시켜 넘겨준다. 백성들과 얼굴을 맞대며 직접 세금을 걷는 말단 세리들은 그 윗단계에서 얹어진 모든 금액을 다 감당하면서 자기 몫까지 걷어야 하기 때문에 사람들과 마찰을 빚을 수밖에 없고 사람들은 그런 세리를 증오하며 죄인이라 부르고 세리 자신도 스스로 죄인으로 자처한다.

죄인은 부정한 사람을 말한다. 이스라엘 사람에게 가장 중요한 일은 죄인과 부정한 것으로부터 스스로 멀리하는 것이다. 멀리할 뿐만 아니라 그렇게 더러운 사람이나 물건이 주변 가까이 있지 않도록 멀리 떼어 놓는다. 죄인이라 불리는 사람과 교류한다면 그건 스스로 자기를 더럽히는 일이다. 세리의 집에 발을 들여놓고 같이 어울려 음식을 먹는다는 일은 생각할 수도, 결코 용납할 수도 없다.

그들에게는 삭개오의 초대가 모욕이었다. 초대할 수 없는 사람이 초청한다는 것은 상대에게 공개적으로 큰 모욕을 안겨주는 일이기 때문이었다.

"삭개오! 보자보자 하니, 어찌 감히 우리를 초대하니 어쩌니 입을 놀린다는 말인가? 위아래도 모르고, 법도 모르고, 가려야 할 일도 모르는 더러운 사람 같으니 ….".

"어허! 고얀 ….".

여리고 사람들 몇이 나서서 돌아가며 삭개오를 비난하자 예수가 그들을 말없이 바라보았다. 분에 못 이겨 씨근씨근 나섰던 사람들이 주춤주춤 뒤로 물러섰다. 예수는 그들을 나무라지 않았다. 그가 한 마디 더 하면 삭개오가 한 짐 더 짊어지게 될 것을 알기 때문이다.

"삭개오! 고맙소. 그대 집으로 갑시다. 빛을 보면 어둠에 있는 사람이 스스로 모이는 법이오."

"예에, 선생님!"

그는 옆에 있던 자기 아래에 있는 사람에게 서둘러 세관 문을 닫으라고 말했다.

"얼른 닫고, 자네도 어서 오시게. 세관에 앉아 있던 다른 사람 다 데리고 와요."

앞장서서 걸어가면서 그는 연신 뒤를 돌아보았다. 예수와 눈이 마주칠 때마다 마치 어린아이처럼 좋아했다. 걷는 듯, 뛰는 듯, 춤추듯 경중경중 기뻐하며 예수를 집으로 안내했다.

20명 가까이 되는 예수 일행 모두를 자기 집에 맞아들이면서 삭개오는 서둘러 큰 잔치를 벌이려고 준비했다. 집 안에 들어온 제자들은 모두 눈이 휘둥그레졌다. 고개를 빼고 여기저기 살펴봤다. 그렇게 크고 화려한 저택을 본 적이 없기 때문이다.

"여리고 세관 우두머리라더니 … ."

시몬이 혼자 중얼거렸다.

"이 정도로 살아보겠다고 그 짓을 한 모양이네요."

무언가 심사가 뒤틀린 듯, 요한이 툭 말을 뱉었다. 그때, 유다가 짐짓 자기는 무엇을 좀 안다는 듯 나섰다.

"새 세상이 되면, 이거저거 다 소용없어. 새로 판을 짜야 할 테니까!"

그때 저만치 떨어져 있던 예수가 그들을 바라보았다. 마치 그들이 하는 말을 다 알아들었다는 표정 같았다. 유다가 어깨를 움찔하며 물러나고, 요한은 마음을 들켰다는 듯 마리아를 쳐다보며 혓바닥을 쏙 내밀었다. 시몬만 무덤덤했다. 예수에게는 참 특별한 능력이 있다. 그는 묻지 않고도 누가 마음속으로 무슨 생각을 하는지 알고, 듣지 않고도 대화 내용을 안다.

저녁이 됐다. 식사자리에서 가장 행복한 사람은 시몬이었다. 차려 내온 음식을 보자마자 그는 눈을 크게 떴다가 가느스름하게 오므렸다 하기를 여러 번 반복하면서 너무 좋아했다. 예수를 따라 나선 이후 늘 배가 고팠던 그였다. 시몬이 열심히 먹고 마실 때 제자들이 서로 눈을 찡긋거리며 그를 바라봤다.

"아이구, 게바! 몇 번을 씹더라도 좀 제대로 씹은 다음 삼켜요. 그냥 꿀떡꿀떡 넘기지 말고. 그 앞에 놓인 빵은 누가 안 빼앗아가요."

언제나 그렇듯 요한이 나서서 짓궂게 시몬을 놀렸다.

"허허, 게바가 제일 좋아하네요. 이왕 내온 음식이니 마음 놓고, 먹을 수 있는 만큼 맘껏 천천히 드시오."

예수까지 한 마디 거들고 나서자 입안 가득 빵을 넣고 우물거리던 시몬이 쑥스러운지 눈을 껌벅거리며 주위를 둘러본다. 그 모습이 하도 우스워서 모두 큰 소리로 웃었고, 그는 어깨를 으쓱하더니 또 한 덩어리의 빵을 집어 들어 꿀을 듬뿍 찍었다. 꿀이란 보통 사람은 1년에 한 번도 먹어보기 어려운 귀한 음식이다. 시몬은 늘 입안에 들어 있는 빵을 다 씹어 삼키기 전에 다른 한 조각을 입안에 넣는 사람이다. 그리고 언제나 제대로 씹지도 않고 눈 한 번 껌벅하면 한 덩어리가 목구멍을 넘어간다. 그 모습을 보는 사람은 자기 몫이라도 덜어주고 싶은 생각이 날 정도다. 그는 맛있게도 먹고 빨리도 먹고 많이도 먹는 사람이다.

풍성한 식사가 끝났다. 동료 세리들이 모두 떠날 때까지 삭개오는 기다렸다. 밤늦은 시간, 예수와 제자들만 모인 자리가 되자 그가 예수에게 물었다.

"선생님, 예루살렘에서 어떤 일을 시작하실 계획인지요?"

"일을 시작한다?"

"예, 이번 유월절에 선생님께서 하시는 일에 제가 도움이 되고 싶습니다."

예수와 제자들만 있는 자리인데도 그는 목소리를 갑자기 낮추고 진지하게 물었다. 예수는 그냥 그를 바라보았다. 그 질문 내용은 사실 제자들에게도 궁금하기는 마찬가지다. 이미 갈릴리에 이름이 알려졌는데 굳이 예루살렘에 내려올 때는 특별한 계획이 있기 때문이리라 그들은 믿었다. 갈릴리에서 했던 일보다는 훨씬 더 크고 중요한 일이 틀림없고, 그러니 큰 위험도 따를 것이 분명했다. 예루살렘에 오는 도중 예수가 여러 번 제자들에게 경고한 이유도 그러리라 생각했다. 그래도 미리 계획을 자세하게 귀띔해주지 않는 선생이 제자들은 은근히 불만스러웠다. 미리 오금을 박아두려는 듯 예수는 제자들에게 여러 번 말했다.

"성전이 나를 핍박하고, 이방인들에게 넘겨줄 것이오."

"나는 십자가를 질 것이오."

앞으로 닥칠 위험에 대하여서는 미리 알려주었지만 그럴 때 예수가 어떻게 하겠다는 계획은 전혀 입에 올리지 않았다.

"그대들 모두 턱을 덜덜 떨며, 샌들을 벗어 들고 허둥지둥 어둠 속에서 흩어질 것이오."

그런 일이 벌어지더라도 결정적이고 궁극적이며 최후 승리라고 부를 수 있는 일이 기다리고 있으리라고 제자들은 믿었다.

예수는 벌어질 일의 반만 얘기하고 있음이 분명했다. 신비에는 언제나 반전이 숨겨져 있기 마련이다. 나머지 반, 감추어진 신비가 드러나면, 비 온 뒤에 맑고 푸른 하늘이 구름을 불어내고 나타나듯, 하느님 나라가 오리라 믿었다.

예수가 준비한 결정적 반전을 미리 조금이라도 알고 있어야 만일의 사태에 대비할 수 있을 터인데 답답하리만치 선생은 그 일에 대해서는 입을 다물었다. 아무런 기여도 하지 않고, 어떤 위험도 감당하지 않고 그저 덜렁덜렁 선생님 따라다니다가 제자였다는 명목으로 한자리 차지하기에는 너무 면목이 없었다. 사실 그들로서는 선생을 따라다닌 것 외에는 크게 한 일이 없었다. 따라나선 일도 큰일이라면 큰일이었지만 그들이 앞으로 맡게 될 일에 대하여서는 아직 예수가 자세히 말해준 적이 없기 때문이었다. 아무 역할도 못하는 제자라면 왜 자기들을 끌어모아 가르치고 훈련했겠는가? 제자들에게 원하는 것이 무엇인가? 하려는 일도 알 수 없지만 그가 제자들에게 기대하는 일도 알 수 없었다. 마침 자기들 모두 궁금하게 생각한 점을 삭개오가 먼저 물었으니 이때다 싶어 눈을 반짝이며 귀를 기울였다.

예수는 아무 말 없이 조용히 삭개오를 바라보았다. 그 눈길을 받으면서 삭개오는 그의 의중을 가늠하려고 애썼다. 아마도 자기가 먼저 제안하도록 기다리는 모양이라고 생각했다. 그가 살아온 인생에서 사람과 사람 사이 관계는 늘 그러했다. 큰 거래에서는 언제나 그랬다. 한쪽이 먼저 제안하고 상대는 그 제안에 대해 수정제안을 하고, 그렇게 몇 번 제안이 오고 가면서 점차 수렴되어 어떤 결정을 내리는 것이 보통이었다. 여리고 세관의 세리장 자리를 놓고 흥정할 때도 바로 그런 일이 있었다. 자기가 생각해도 놀랄 만큼 큰 금액의 세금징수를 제안하여 마지막 경쟁자들을 물리치고 세관을 맡았던 일이 두고두고 잘한 일로 기억됐다. 여리고성에 커다란 저택을 장만하여 잘살 수 있는 것도 제대로 승부를 걸었기 때문이었다. 예수와 거래를 성사시키면 아마 일생에 가장 큰 거래가 될 것이 분명했다. 그는 어느덧 세리장 삭개오 본래의 모습으로 돌아가 있었다. 예수가 생각하는 금액을 짚어내느라 부지런히 이것저것 계산했다. 계산만 하고 있으면 일이 되지 않는다. 던져야 한다. 물러설 수 없는 큰 금액, 예수가 덥석 물고 나설 금액을 제시하기로 마음먹었다.

"예, 선생님. 무슨 일을 하든 경비가 필요하지 않겠습니까? 제가 집이나 토지는 금방 처분할 수 없더라도 당장 마련할 수 있기로는 한 달란트 조금 넘는 돈은 바로 내놓을 수 있습니다.”

“한 달란트가 넘는?”

신중하기로 제일가는 야고보가 깜짝 놀라 물었다. 장정 한 사람이 하루 일을 해서 받을 수 있는 삯이 잘 받아야 한 데나리온이다. 6천 데나리온이 대개 한 달란트였다. 6천 명 일꾼이 한꺼번에 받는 하루 품삯을 내놓겠다는 말이었다. 예수를 따라 갈릴리에서 내려온 제자들에게는 들어본 적도 없고, 꿈도 꾸어본 적 없는 큰돈이었다. 그들로서는 20년 가까이 먹지도 않고 쓰지도 않고 쉬지도 않고 일해야 벌 수 있는 액수였다. 더구나 그 돈을 당장 내놓을 수 있다는 얘기를 듣고 보니 입이 다물어지지 않았다. 말하는 것으로 보아 부족하면 집도 팔고 땅도 팔아서 대겠다는 것으로 들렸다.

예수는 그저 덤덤했고 제자들은 술렁거리기 시작했다. 자기들이 모시는 선생님이 최소 그만한 가치가 있는 사람이라는 것이 드러났기 때문이다. 자기들은 예수에게 무엇을 바쳤던가? 가족을 떼어 놓고, 하던 일 던져 놓고 그를 따라나섰다. 그에게 여기저기서 무리를 끌어모아 주었다. 그렇게 해서 세력을 형성할 수 있었다. 자기들이 제자라고 옆에 붙어 있었기 때문에 선생은 그 정도 이름을 얻을 수 있었다. 부자 세리장 삭개오가 상상할 수 없을 만큼 큰 금액을 제안했다는 말은 늦게 제자로 끼어드는 대신 그만큼 돈을 내겠다는 얘기였다. 적어도 제자들이 바친 노력과 시간과 기여가 최소한 그만한 값어치는 된다는 평가를 받은 셈이었다. 별로 한 일이 없다고 생각했던 제자들은 삭개오가 제시한 금액을 듣자마자 자기들이 큰 역할을 했다는 생각을 하기 시작했다.

그중에 가버나움에서 예수의 제자가 되어 따르기 시작했던 레위 마태는 좀 다른 생각을 했다. 그도 세관의 세리를 맡았던 사람이었기 때문이다. 예수가 세리 레위 마태를 부른 것이나 여리고 세리장 삭개오 집에 들른 것은 그들이 가진 것 때문이 아니라 잃고 사는 것 때문이라고 그는 믿었다. 예수가 했던 말이 생각났다.

"나는 상처받은 사람, 아픈 사람, 슬픈 사람, 밖으로 내쳐진 사람을 위해 온 사람이오."

세리장 삭개오나, 가버나움의 세리 레위나 상처받은 사람, 아픈 사람, 슬픈 사람, 내쳐진 사람이었기에 예수의 마음이 그들에게 미쳤다는 것을 그는 깨닫고 있었다.

가늠도 할 수 없는 어마어마한 금액을 입에 올린 후 삭개오는 예수와 제자들의 반응을 살폈다. 추가로 이리저리 주선하고 집을 팔고 땅을 팔면 한 달란트 조금 못 될 정도는 더 마련할 수 있겠지만 그건 흥정을 위해 남겨 두었다. 그는 예수가 반드시 예루살렘에 있는 어떤 세력과 연결되어 있으리라 믿었다. 이렇게 몇십 명 제자를 이끌고 초라하게 예루살렘 길에 오른 것은 철저한 위장이라 판단할 수밖에 없었다. 예수가 은밀하게 뒤로 손잡은 세력이 누구든, 자기가 예수에게 직접 확실한 재정 후원자 역할을 맡는다면 자기 공로도 가볍지 않다는 계산까지 했다. 뜻하지 않게 예수와 가까워질 기회를 잡았으니 기회를 잘 살려야 한다고 단단히 결심했다. 예수가 자기 집에 묵는 이 좋은 기회를 절대로 놓치지 않겠다는 생각이었다. 기회가 생겼을 때 쓰려고 그렇게 악착같이 재산을 모았던 것 아닌가?

그는 여리고 세리장을 하면서 돈을 모았고, 그 돈을 밑천 삼아 예루
살렘에 돈깨나 만지는 사람들과 알음알음 왕래하고 있었다. 그들도
돈밖에는 가진 것이 없는 사람들이라 잘 설득해서 예수의 후원세력으
로 끌어들인다면 그도 꿈에 그리던 일을 이룰 수 있는 기회를 잡을 수
있겠다는 생각이 들었다. 로마의 앞잡이, 배신자, 더러운 사람, 죄인
이라고 무시하고 조롱하고 배척하던 유대인들에게 세상이 뒤집히는
광경을 똑똑히 보여주고 싶었다.

보통 사람들은 돈을 풀어 친구를 사귀고 명예를 얻는다. 얼마나 돈
을 많이 가지고 있느냐는 조금도 존경받는 일이 아니다. 오히려 돈을
많이 가졌다는 것은 명예롭지 못한 일이다. 돈을 모을 수 있는 방법이
란 대개 사람들 손가락질을 받는 일이기 때문이다. 그러나 삭개오는
돈을 벌었더라도 할 수 있는 일이 아무것도 없었다. 오로지 돈 버는 일
밖에, 그 돈으로 여기저기 토지를 사들이는 일밖에 할 수 있는 일이 없
었다. 아무리 돈을 풀어도 다른 사람들처럼 친구를 사귈 수 없었다.
아무리 돈을 풀어도 명예를 얻는 길은 막혀 있었다. 세리는 죄인이었
고, 누구도 죄인의 친구가 되려는 사람은 없기 때문이었다. 그러니 더
욱 돈을 모았고, 그럴수록 점점 더 배척받았다. 비난을 받든 말든 돈
을 버는 일에 악착같았다. 그런데 이제 돈을 풀어 친구를 사귀고, 돈
을 풀어 명예를 얻을 수 있는 길, 불가능해 보이기만 했던 길이 열릴
듯 보였다. 예수를 통하면 가능할 것처럼 보였다.

깊은 숨을 들이쉬면서 삭개오는 다시 예수에게 말을 붙였다.

"선생님, 선생님께서 저에게 새로운 삶에 대해 눈을 뜨게 해주셨습
니다. 멸시받고 조롱받고 누구도 가까이하려 하지 않는 더러운 죄인

취급받던 저에게 일생에서 한 번 의미 있는 일을 할 수 있는 기회를 열어주셨습니다. 무엇이 중요한지 이제 알게 됐습니다. 저는 제가 할 수 있는 방법으로 선생님을 따르겠습니다."

"내가 무슨 일을 할 거라고 생각하오? 삭개오!"

"선생님은 이스라엘이 오랫동안 기다리던 메시아라고 믿습니다."

"메시아라면 무슨 일을 해야 한다고 생각하오?"

"오랜 세월 기다렸습니다. 사람들이. 메시아를⋯."

"사람들은 메시아가 오면 모든 어려운 일들이 해결되리라 믿고 있지요? 메시아가 다윗왕처럼 새로운 왕국을 세우고 로마를 몰아내고."

그렇게 말하면서 예수는 둘러앉은 제자들을 한 사람씩 천천히 둘러보았다. 예수와 눈이 마주친 사람들은 어쩐 일인지 당혹스러움을 느꼈다. 무언가 자기들이 듣고 싶었던 말, 기다리던 말이 아닌 다른 뜻밖의 말이 나올 듯한 예감이 들었기 때문이다. 그때 역시 입이 빠르고 행동이 민첩한 요한이 나섰다.

"예, 선생님. 다른 나라와 이방인들이 예루살렘 성전을 찾아와 제사 드리고 이스라엘의 왕에게 조공을 바치는 날이 언젠가 온다고 믿고 기다립니다."

요한의 말이 떨어지자마자 예수는 단호하게 선언했다.

"나는 메시아가 아니오."

"선생님!"

"예? 선생님!"

삭개오뿐만 아니라 그 자리에 있던 제자들 모두 몸을 움찔했다. 가슴이 철렁했다. 하느님의 뜻을 받들어 나타난 메시아가 바로 자기라고 예수 스스로 당당하게 밝힐 날을 기다렸는데 막판에 일이 틀어졌다. 그럼 예수는 누구란 말인가? 밤이슬에 몸 뒤척이며 한뎃잠을 잤고, 배곯으며 따라다녔는데, 곧 좋은 날이 온다는 믿음 하나로 따랐는데, 아니라니, 메시아가 아니라니, 모두 망연할 수밖에 없었다. 그럼 이 땅에 이루겠다는 하느님 나라는 무엇인가? 제자들의 바람을 예수는 전혀 눈치도 못 챘다는 말인가?

"누가 메시아인가, 언제 그 메시아가 나타날 것인가 그건 전혀 중요한 일이 아니오. 사람들이 믿고 기다리던 메시아는 결코 오지 않을 것이오. 왜냐하면 그런 메시아는 처음부터 아예 없었기 때문이오."

"그럼, 그러면, 도대체 선생님은 누구…?"

요한은 항의하듯 볼멘소리로 묻다가 입을 다물었다. 예수의 눈과 마주쳤기 때문이었다.

예수에게는 남은 시간이 별로 없다. 이제는 분명하게 제자들을 깨우쳐야 할 시간이다. 예루살렘성에 들어가기 전에, 더 늦기 전에 그들에게 말해주어야 한다. 비록 충격적인 말일지라도 예수는 그 밤에 제자들 마음속에 씨를 뿌려야 한다. 씨가 아직 한 자루나 손에 들려 있는데 그걸 놔두고 떠날 수는 없다. 비록 깨닫기는 더디어도 그들이야말로 언젠가는 뿌린 씨가 싹을 낼 땅이다.

"씨를 뿌리면 싹이 나는 법이지요. 때가 되면 여러분들도 깨닫게 될 일입니다. 새로 나라를 세우는 일보다 더 큰 일, 그 일을 맡은 사람들이 바로 여러분입니다."

그들이야말로 이스라엘이라는 체제로부터 가장 적게 받은 사람들이다. 이제까지 누구도 갈아보지 않은 생땅이다. 그들 중에는 씨가 뿌려지면 금방 싹이 나올 만큼 아픈 상처를 가진 사람들도 있다. 가르침은 상처 위에 뿌려지면 바로 상처를 아물게 하면서 싹을 틔우는 신비한 힘을 가지고 있다. 찢기고 갈라져 피 흐르는 상처, 노랗게 곪고 커다랗게 부어오르는 상처, 그 상처가 아물고 고름이 잦아들고 부기가 가라앉으면서 그 자리에서 한 줄기 싹이 터 오르는 신비, 그 일은 하느님의 역사다. 씨 뿌리는 일은 예수의 일이다. 그들은 씨도 되고 땅이 될 사람들이다. 싹이 그들 속에 담겨 있다.

"이 자리에 모인 여러분들 중에 세상을 바꿔보자는 생각을 한 번이라도 해본 사람 있나요?"

그때 안드레가 고개를 절레절레 저었다. 요한의 형 야고보도 눈을 동그랗게 뜨고 머리를 흔들며 헛웃음을 웃었다. 세상을 바꾸는 일은 자기들이 할 수 있는 일이 아니기 때문이었다.

"없지요? 그건 말도 안 되는 소리지요? 내로라하는 장군이나, 왕이나, 헬라의 알렉산더왕이나, 로마황제쯤 돼야 세상을 어찌해 볼까 생각하지, 어찌 우리 밑바닥 사람이 그런 생각을 할 수 있냐고 생각했지요?"

"예, 선생님. 사실 그렇지 않습니까?"

"하느님이 특별히 가려 뽑으신 사람, 능력을 부어주신 사람, 그런 사람이 나서고, 우리는 그저 그렇게 바뀐 세상에서 하루하루 살아갈 사람이라고 생각했지요?"

"예, 그렇습니다."

"땅 위의 모든 역사가 그랬으니, 앞으로도 그러리라 믿고 기다리지요?"

예수는 제자들을 끌고 가려고 애썼다. 묻고 대답하고, 한 번도 걸어 본 적 없는 길로 그들을 이끌었다. 닫혀 있는 생각의 문을 열면 한없이 높고 푸른 하늘이 보이는 법이다. 그러나 그들은 조금 전 예수가 던졌던 충격적인 말 때문에 아직 얼떨떨했다. 아무 말도 들리지 않았다. 그때, 요한이 다시 나섰다.

"선생님! 그런데 메시아가 아니라는 말씀은, 듣기에 좀 …."

"나는 메시아가 아니오!"

그는 역시 단호했다. 켜 두었던 모든 등불이 갑자기 꺼진 듯 어둠 같은 깊은 침묵이 순간 방안을 채웠다. 세상 모든 빛이 갑자기 사라진 듯 어두워졌다. 어둠과 침묵은 원래 그렇게 무거운 물질이었나 보다. 마리아는 자기도 모르는 사이 한 걸음쯤 당겨 앉았다. 그녀가 그렇게 남자 제자들 틈에 바싹 끼어 앉아 예수의 가르침을 받기는 처음이다.

"누군가를 꼭 메시아로 부르고 싶다면 여러분 모두 메시아입니다."

숨이 턱 막혔다. 시몬이, 안드레와 야고보가, 요한이, 그리고 집주인 삭개오, 심지어 여자인 마리아까지 메시아로 부를 수 있다니, 그건 세상이 뒤집어졌다는 얘기다. 뜨거운 방안 열기에 취한 듯 모두 정신이 몽롱했다. 예수는 멈추지 않고 거침없이 한 걸음 더 내딛는 말을 던졌다.

"하느님께서 누군가 들어 쓰셔야 한다면 여러분이 그 사람입니다."

가늠할 수 없는 무게가, 호수 바닥에 내리는 닻처럼 방안에 철렁 떨어지더니 깊게 가라앉았다.

둘러앉은 제자들을 바라보면서 광야에서 들었던 하느님 음성을 예수는 되새겼다.

'너 혼자 세상을 바꾸려 하느냐?'

'너 … 혼자 … 세상을 … 바꾸려 하느냐 … ?'

그 말 한 마디 한 마디를 잊을 수 없었다. 하느님의 뜻을 깨달았다고 생각한 예수 한 사람, 갈릴리 나사렛 예수, 목수 일도 하다 때가 되면 돌도 쪼며 살던 요셉의 아들, 언덕마을에 앉아 멍하니 아랫녘 들판을 바라보던 젊은이. 그 한 사람 예수에게 맡기기에 세상은 너무 무겁고 크고 넓다. 땅 위에 예수 혼자 살지 않기 때문이다.

그 이후, 그는 그 물음을 늘 되뇌었다. 그 물음이 그를 바꿨다. '너 혼자'라는 말은 '우리'와 '그들'로 확장되어야 할 말이었다.

'혼자, 혼자 … 혼자!'

사람이 어찌 혼자 세상을 살아갈 것인가? 나누어 먹지 못할 때 이웃집을 생각해서 미안한 마음에 문이라도 닫고 소리 죽여 빵을 떼는 사람들이 살아가는 세상. 그건 내 배가 고프면 다른 사람 배도 고프다는 것을 알기 때문이다. 배고픔을 공감한다면, 슬픔을 같이 나눈다면, 늦은 봄비 내렸을 때 서로 얼싸안고 덩실덩실 같이 춤을 췄다면 아직 포기하기에는 이르다. 누구나 세상은 혼자 살아가는 것이 아니라는 것을 알고 있다.

'세상을 바꾼다'는 대목에서 예수는 가슴이 콱 메어오는 것을 느꼈다. 아버지 생각이 났기 때문이다.

"어느 하늘 저 산 너머 슬픔이 없고,

어느 하늘 저 산 너머 행복이 있나."

앞장선 나귀 뒤를 따르면서 아버지는 때로 그런 노래를 읊었다. 그건 그냥 노래가 아니었다. 아버지의 삶이, 어머니의 삶이, 꺼덕꺼덕 그 언덕을 오르고 내리며 살아갈 자식들의 삶이 가슴 절절한 아비의 노래였다.

"예수야! 사람들이 너무 슬프게 산다. 이건 하느님 뜻이 아니다."

그때는 알아듣지 못했던 아버지의 말을 광야에서 예수는 깨달았다.

죄라고 부르는 짐을 지고 살아가는 사람들은 슬플 수밖에 없다. 알 수 없는 온갖 죄가 가득 들어 있는 짐을 지고 비척거리며 살아가는 사람들은 너 나 할 것 없이 얼굴이 거칠거나 부석부석했다. 사람들 등에 죄의 짐을 가득가득 올려놓으면서 지배자들은 서로 의미 있는 눈웃음을 지었다. 예수는 보았다. 무거워 휘청거릴 만큼 사람들 등에 죄를 한 보따리씩 얹어주는 악을 보았다. 죄가 죄 아님을 보았다. 아버지 요셉은 이름 없는 목수요 돌장이였지만, 죄로 불리는 것들이 죄가 아니라고 가르쳐준 선생이었다.

"여러분! 메시아가 홀연히 나타나 혼자 일하는 것이 아닙니다. 우리 모두 그 일을 해야 합니다. 혼자 세상을 바꾸는 메시아는 없습니다. 오래 기다린 메시아 한 사람이 아니라 수백, 수천, 수만 명의 메시아가 세상에 나올 때가 되었습니다. 그 사람들이야말로 지극히 높으신 하느님의 자식들이지요."

예수가 자리에서 일어났다. 그리고 손을 벌렸다. 일렁이는 불빛 따라 그의 그림자도 벽을 가득 채우고 일렁였다.

"하느님은 메시아를 통하지 않고 그분 뜻에 따라 사는 사람들, 그 한 사람 한 사람을 통해 역사하십니다. 하느님 나라는 그 사람들 사이에 세워지는 나라입니다. 나라라고 생각하니 왕도 있고, 신하도 있고, 성전도 있고, 제사장도 있고, 장군도 있고, 부하 병졸도 있고, 높은 장관도 있고, 심부름하는 관리도 있으리라 생각하지요? 아닙니다. 내가 나라라고 불렀지만 그건 가족입니다. 아버지와 어머니, 형제들이 서로 아끼고 돌보며 살아가는 집입니다."

멍한 얼굴로 눈을 껌벅껌벅하는 제자도 있고, 당혹스러운 표정을 짓는 사람도 있고, 그 말의 줄거리를 짚으려고 골똘한 사람도 있다. 모르는 사이에 예수의 말투가 점점 바뀌었다. 처음에는 마주앉아 대화하듯 편안하게 말하더니 어느 순간부터 한 마디도 허투루 흘릴 수 없을 만큼 엄숙해졌다.

"내가 여러분에게 말합니다. 어떤 사람이 나는 맏아들이니까, 나는 부모가 가장 사랑하는 막내아들이니까 가만히 있어도 유산을 상속받으리라고 생각합니다. 말하자면 아버지가 사랑하는 아들이라는 관계를 앞세웁니다. 그러나 아버지는 맏아들이 아니더라도, 막내아들이 아니더라도 형제를 돌보고 누이를 아끼는 자식을 눈여겨봅니다. 그 집에 들어와 밭일, 들일 도맡아 하던 이방인을 상속자로 내세울 수도 있습니다. 그가 집안 모든 사람을 섬기고 돌보았기 때문입니다. 들으십시오. 내가 누구라고 앞에 내세우지 말고, 무슨 일을 해야 할지 생각하십시오. 하느님을 아버지로 모신 가정이야말로 서로 섬기는 하느님 나라입니다."

하느님의 뜻 안에서 서로 섬기며 살 때 하느님 나라가 이루어진다는 말이다.

"그건 제각각 떨어져 홀로 있는 존재가 아니고, 서로서로를 귀히 여기는 관계입니다. 때가 되면, 그대들 모두 깨닫게 됩니다. 이 방안에 모였던 모든 사람이 천하보다 더 귀한 내 형제였다는 사실을 알게 될 겁니다. 귀 있는 사람은 들으십시오. 하느님이 생명을 내신 모든 사람이 내 형제요 자매입니다."

서로 어깨 나란히 하고 살아가는 옆사람, 그와 나 사이에 맺어지는 관계가 더 중요하다는 말이다. 관계는 한두 사람 사이에만 열리어 있거나 의무지워진 일이 아니고 모든 사람이 모든 사람과 맺어야 할 일이라는 말이다.

"선생님!"

복받치는 울음을 억지로 참는 듯한 목소리로 마리아가 예수를 불렀다. 마리아는 깨달은 것 같았다. 이제부터 그녀는 혼자 놔두어도 제 길을 걸어 갈 사람이 되었다.

"그렇기 때문에 … ."

예수가 숨을 고르더니 말을 이었다. 삭개오도 무언가 어렴풋하게 눈에 보이기 시작하는 것을 느꼈다.

"이번 유월절에 예루살렘에 우리가 가면 무슨 일을 일으켜 세상을 뒤집어엎을 것 아닙니다. 사람들이 떼로 모여 무엇을 무너뜨리고 빼앗는 일이 아니고, 자기를 내놓는 일을 해야 합니다. 모으려 하지 않고 흩어야 하고, 움켜쥐지 않고 내려놓아야 합니다. 가르고 나누었던 모든 벽을 허물어야 합니다. 따로 구별해 놓는 일을 거룩함이라고 한다면 그 거룩함과 정면으로 부딪쳐야 합니다. 그런 데에 생명을 내놓아야 할 일입니다."

한 제자가 물었다.

"왜 그 일이 그렇게 생명을 내놓아야 할 정도로 어렵고 힘든 일입니까?"

"어렵고 힘든 일이 아니고 위험한 일이지요. 바로 세상의 틀이 거룩함 위에 잘못 세워졌기 때문이오."

"선생님, 잘 모르겠습니다."

"잘 들으십시오. 이제까지 세상은 힘을 가진 지배자들의 세상이었습니다. 그들은 그 힘으로 사람들을 억누르고, 다른 사람이 가진 것을 빼앗고, 강제로 끌어가서 자기를 위해 사람들을 부려먹습니다. 그리고 그런 일이 정당하게 보일 수 있도록 제도와 틀을 만들었습니다. 그리고 그 제도, 틀, 법, 무엇이라고 부르든 그것을 지켜야 한다고 강제합니다. 그리고 그걸 거룩함이라고 이름 붙입니다."

"그렇지만 그들은 그렇게 할 수 있도록 허락된 사람들 아닙니까?"

"허락된 사람은 아무도 없습니다. 하느님은 그런 일을 누구에게도 허락하지 않으셨습니다."

"그래도 대제사장이나 왕들에게는 … ."

"그들은 하느님의 이름을 제멋대로 끌어 붙여 자기들 하는 일을 하느님이 맡긴 일이라고 주장하는 사람들입니다. 하느님을 성전에 모신다고 말합니다. 그러나 하느님은 성전에만 머무시는 분이 아닙니다. 사모하는 마음을 가진 사람이면 그가 누구든 그 마음속에 깃드시는 분입니다. 그러하신 하느님께서 왜 특별히 누구를 뽑아 대리인으로 삼겠습니까?"

성전 사람이 들으면 큰일 날 말이다. 야훼 하느님을 성전에만 모시고, 그 하느님은 오직 예루살렘 성전에서만 제사를 드릴 수 있었다. 오직 한 가지 가르침이라는 토라가 하느님 섬기며 사는 길이라고 사람들에게 가르친 내용이었다. 그러나 예수는 땅이 하늘이 되는 엄청난 애기를 선언한 셈이다. 마음속에 깃드는 하느님이란, 결국 모든 사람이 성전이 될 수 있다는 새로운 선언이다.

"하느님을 경외한다는 말은 무슨 뜻인가요? 말 그대로 존경하고 두려워한다는 뜻이겠지요? 그러니 특별한 곳에 모시고 특별한 때에 찾아뵙고, 특별하게 제사를 드려야 할 분, 다른 신들과 구분되는 분, 오직 한 분 하느님, 그렇지요? 그렇게 여러분은 가르침을 받았고, 그렇게 그분을 모셨지요? 하느님에게 이름이 있습니까? 세상 모든 신이 이름을 가졌지만 그분에게는 이름을 붙인다는 것이 불경한 일이고, 이름으로 불릴 수 없는 분이지요?"

밤은 점점 차갑게 깊어졌다. 그러나 방안에 앉아 있는 모든 사람의 얼굴은 마치 술에 취한 듯 벌겋게 달아오른다.

"하느님에게 이름이 없다는 말은, 따로 그분을 이름 부르지 않아도 된다는 말입니다. 왜 그럴까요? 그분은 바로 여러분과 함께 계시기 때문입니다. 누우나 앉으나 서나 언제나 여러분과 함께 계신 분이기 때문에 따로 이름 부르며 하소연할 필요가 없습니다. 이미 그분이 알고 계시기 때문입니다. 이미 내 안에 계신 분을 만나러 어디를 찾아간다는 말입니까?"

예수는 삭개오를 똑바로 쳐다보며 손을 내밀었다. 마치 그에게 일어나라는 몸짓 같았다. 자기도 모르게 그는 벌떡 자리에서 일어나 한 걸음 예수 앞으로 나섰다.

"내 안에 그분을 모셨는데, 어찌 내가 죄인이 될 수 있습니까? 내 안에 그분을 모셨는데, 내가 갈 수 없는 곳, 먹을 수 없는 음식, 아무것도 할 수 없는 시간, 만나면 안 되는 사람이 어찌 있을 수 있단 말입니까?

그럴 수 없습니다. 어느 때고, 어느 자리고, 어떤 음식이든, 그가 누구든 내 안에 모신 하느님이 가자면 가야 하고, 만나자면 만나야 합니다."

그러면서 예수는 삭개오 앞으로 다가서더니 어깨를 끌어안았다.

"나는 여러분에게 얘기합니다. 죄인은 없습니다. 오직 사람들에게 죄를 둘러씌우는 악이 있을 뿐입니다. 삭개오! 하느님의 마음을 품으면 그대는 죄인이 아니고, 하느님의 사랑을 가장 깊고 크게 받은 사람이오. 그동안 그대가 가슴 치며 울던 밤에 하느님은 그대 안에서 같이 우셨소. 그러니 삭개오! 그대는 죄인이 아니오! 그대 몸은 하느님이 깃드신 성전이오. 하느님과 한마음이 되면 사람이 성전이오. 예루살렘 성전은 하느님을 가리는 휘장이오."

모든 사람이 숨도 제대로 못 쉬고 예수의 말에 귀를 기울였다.

"이 자리에 있는 여러분 모두, 그 가슴속에 모신 하느님 따라서, 하느님이 말씀하신 그 일 이루며 살 때, 여러분도 하느님의 아들입니다. 여러분이 바로 그토록 기다린 메시아지요. 어느 날 갑자기 구름 타고 하늘에서 내려오는 메시아를 기다렸지만 그런 메시아는 결코 오지 않습니다. 왕이자 대제사장이자 전쟁을 승리로 이끄는 장군이 아니고, 하느님 나라를 이 땅에 이루려고 나서는 사람이 바로 메시아입니다. 그리고 여러분이 바로 그 사람입니다."

예수의 말을 이제는 알아들었는지 사람들이 고개를 끄덕였다. 그는 하던 말을 이어 나갔다.

"그래서 삭개오! 내가 예루살렘에서 하려는 일은 그대가 기대하는 일이 아니오. 내가 하려는 일은 나를 내어주는 일이오. 사람을 나에게 모으는 일이 아니고, 모든 사람을 위해 내 자신을 내어주는 일이오.

그러니 그대의 그 많은 재산이 나에게는 필요 없소. 그러나 그대가 가진 재산이라면 수많은 사람들이 깊은 골짜기, 마른 우물가에서 목말라 신음할 때 그들을 구해낼 수 있소."

삭개오는 예수의 눈을 바라보았다. 그의 눈은 따뜻했다. 이를 악물며 살아왔던 지난날을 어루만지는 눈이었다. 마음속 갈피갈피 엉기고 맺혔던 한과 설움이 스르르 녹아내리듯 사라진다. 무슨 일인들 못 하랴, 선생님의 말씀을 따르는 일이라면. 가슴 가장 깊은 곳, 아래쪽에서 간헐적으로 분출하던 열기가 이제 때를 만난 듯 위로 치솟아 오르더니 온몸을 휘감는다. 몸마저 부들부들 떨린다. 입이 바싹 말라 컥컥거렸다. 겨우 말을 하려고 하는데 목으로 침이 꿀꺽 넘어갔다.

"선생님! 선생님!"

"말하시오, 삭개오."

"선생님, 제가 살아오면서 …, 손가락질 받고 살아오면서 … ."

살아온 길이 그러했듯 말은 토막토막 쏟아져 나왔다. 크게 숨을 들이쉬고 내쉬고, 가슴을 진정한 다음 말을 이었다.

"선생님, 저는 한 번도 사람다운 일을 하지 못했습니다. 사람들이 저를 죄인이라 부를 때, '오냐, 그래 나는 죄인이다. 그래서 어쩌란 말이냐' 오기로 버티고, 눈 감고 버티고, 귀 막고 살았습니다."

"그랬겠지요. 많이 아팠겠지요. 그러나 그건 그대만의 잘못이 아니오."

"선생님, 이제 저는, 말씀을 듣고 깨달았습니다. 감고 살았던 눈을 떴습니다. 마음속에서 억지로 밀어내고 눈감고 살아왔던 제 모습을 보았습니다. 그건 제 모습이지만 저에게 세금으로 집을 뺏긴 사람의 모습이기도 합니다. 울면서 등을 돌리고 걸어가던 과부의 모습도 보았고, 까만 눈으로 저를 빤히 쳐다보던 어떤 집 아이의 모습이기도 했습니다. 그 눈을 못 잊겠고, 그 울음 때문에 이제는 더 이상 귀 막고 눈 돌릴 수 없습니다."

세리란 원래 그렇다. 세금도 원래 그렇다. 한쪽은 일방적으로 정해진 액수를 때맞추어 내야 하고, 다른 쪽은 사정이 어떠하든 그 금액을 거둬들여야 하는 일이었다. 삭개오가 한 마디 한 마디 입에 올리는 말이 세리였던 레위 마태에게는 커다란 울림이 되어 가슴속으로 들어왔다. 뜨거운 눈물이 레위의 볼을 타고 흘러내렸다.

"선생님, 결심했습니다. 제가 쌓은 재산의 반을 가난한 사람들을 위해 내놓겠습니다. 당장 나눠주겠습니다. 그건 모두 어떤 사람에게서 빼앗은 것입니다. 그리고 강제로 빼앗았거나 더 걷은 세금은 그 네 곱절, 예, 선생님, 네 배로 돌려주겠습니다."

모두 놀랐다. 그건 예수도 마찬가지였다. 예수는 팔을 벌려 그를 다시 안았다.

"선생님!"

키도 작고, 몸집도 유난히 작은 그가 눈물 가득한 눈으로 품에 안긴 채 예수의 얼굴을 올려보았다. 눈이 마주쳤다. 눈으로도 거짓말을 태연하게 할 수 있는 사람이 있으랴? 눈은 몸 밖으로 통하는 마음이다. 두 마음이 눈길을 통해 서로 연결됐다. 말없이 등을 쓸어주는 손길을 느끼면서 갑자기 이대로 그 품 안에서 죽어도 좋겠다는 생각이 들었다. 아득한 옛날, 오래 잊고 살았던 어머니 품과 닮았다.

덜덜 떨리던 마음이 점점 진정됐다. 삭개오는 예수의 가슴에서 품어 나오는 뜨거운 열기를 받아들였다. 자기를 안아준 이 사람은 누구인가? 스스로 메시아가 아니라고 선언한 이 사람은 누구인가? 정녕 누구인가? 누구의 품에 안겨 있는가? 한 번도 느껴본 적 없던 뜨거운 열기가 몸을 감쌌다. 이제 예수가 메시아였든 아니든 아무 상관이 없게 됐다. 그의 말대로 사람과 사람 사이에 맺어진 관계가 중요했다. 손 내밀고 안아준 사람, 살아갈 길을 밝혀주며 삶에 어느덧 깊숙이 들어온 선생, 그것으로 충분했다.

"오늘 그대와 이 집에 하느님의 사랑이 자리 잡으셨소."

예수는 말했다. 그 말에 위엄과 권위가 실려 있었다. 그 말은 빈말이 아니다. 그 말은 그냥 공허한 축복이 아니다. 그 말은 미래 어느 때에 그렇게 될 것이라는 희망을 기원하는 말이 아니다. 지금 그 일이 일어났다는 선언이다.

제자들은 눈으로 보았다. 삭개오가 어떻게 변화하는지 보았다. 알 수 없는 기운이 방안을 가득 채우고 출렁거렸다. 깊은 곳에서 일어나 일렁이며 호수를 건너오던 파도 같았다. 삭개오의 얼굴은 구름 걷힌 하늘처럼 편안하고 맑았다. 다시 가난해질 것을 조금도 걱정하지 않는 사람의 얼굴이었다. 말대로 한다면 남는 재산이 없겠지만 그는 마치 다른 사람이 된 듯 고요하고 편안했다.

큰 정신과 마주하게 되면 사람들은 갑자기 어린애 같아진다. 설명이 필요 없고, 왜 그래야 하느냐는 질문이 필요 없다. 그저 끌려 들어간다. 예수를 처음 만나던 날, 제자들이 그랬다. 그 짧은 순간에 알 수 없는 큰 교감이 일어났었다. 왜 그랬냐고 묻는다면 그냥 그랬다고 대답할 수밖에 없었다. 설명할 수 없는 일에 자기 몸을 던지는 일이, 설명할 수 있고 명백하게 이해하는 일에 자신을 던지는 것과 크게 다르지 않았다. 이해란 어차피 이해할 수 없는 모든 일들 중 아주 작은 부분에 손이 닿았다는 말과 같다.

사람이 살아간다는 것은 캄캄한 밤에 횃불 하나 들고 길 떠난 것과 마찬가지다. 불빛은 어둠 속에 나를 둘러싸고 조그만 원 하나를 만든다. 불을 들고 걸어가면 불이 만들어낸 둥근 원도 나를 따른다. 불빛 닿았던 곳도 지나고 나면 다시 캄캄한 어둠 속에 잠긴다. 내가 방금 지난 그 자리에서 지금부터 일어나는 일은 다시 알 수 없는 어둠이다. 불빛 비친 곳이라도 방금 전까지 차지하고 있던 어둠의 흔적을 알 수 없다. 내 눈이 닿는 범위, 내가 알 수 있는 범위는 지금 불빛 비치는 범위까지의 영역이다. 그 밖은 신비이고 두려움이다. 과거와 현재와 미래라는 시간 구분이 의미 없는 곳, 시간과 공간이 섞여 구분할 수 없는 곳, 바로 하느님의 영역이다. 그 하느님의 영역에 잇대어 선 존재가 예수다. 그 영역으로 사람들이 들어갈 수 있도록 신비의 휘장을 젖혀 붙잡고 서 있는 사람이 그다. 제자들에게 그 순간 그런 생각이 들었다. 삭개오도 점점 예수에게 젖어들었다. 어린 아기에게 시간과 공간을 구분하는 일이 아무 의미 없듯, 예수를 만나고 그를 알게 된 순간 누구나 갑자기 그렇게 된다.

그러나 그 밤, 잠자리에 누워 제자들은 알 수 없는 예수와 알 듯한 예수를 붙잡고 씨름을 할 수밖에 없었다. 눈떠 보면 밤새 붙잡고 씨름했던 그가 누구인지, 상대를 알 수 없었다. 얍복 강가에서 밤새 하느님 붙잡고 씨름했다는 옛 조상 야곱을 닮지 못해서 그런 것이 아니고,

큰 정신에 몸을 담그지 못한 누구나 그럴 수밖에 없다. 때가 이르지 않았기 때문이다. 제자 중에는 예수를 따라 나선 지 벌써 4년이나 되는 사람도 있고, 겨우 몇 달된 사람도 있었다.

현실은 끈질기게 꼭뒤를 잡아끈다. 제자들 중 많은 사람이 그랬다. 뜨거웠던 순간이 지나고 나면, 아내에게, 가족에게, 늙은 아버지에게 집을 떠나면서 남겨두었던 약속이 다시 가슴을 차지한다. 집에서 기다리는 가족과 마을 친척들을 생각하면 늘 마음이 바빠지고 답답하고 무겁다. 가끔 며칠 말미를 얻어 집에 들르기는 했지만 결국 다시 가족을 떠나 예수를 따를 수밖에 없었다. 때로는 들떠서, 때로는 할 수 없이 무리를 따라다녔다.

알 듯도 하고 모를 듯도 한 하느님 나라. 깜짝 놀랄 만큼 좋은 일이 기다리는 것 같기도 하고, 한 발 다가가면 한 발 멀어지고 희미해지는 일이 하느님 나라였다. 거기에 이르게 될 시간과 거리를 가늠할 수 없었다. 그들은 예수가 늘 얘기하던 그때라는 시간이 오기는 오리라고 생각했다. 내 몫을 챙길 확실한 기회가 분명했다. 그 기회의 자리에 빠질 수 없어서, 빠지면 그동안의 모든 수고가 허사로 돌아갈 것 같아서 몸으로 예수를 따랐다. 예수가 예루살렘 성전에 들어가 삭개오의 집에서 했던 것처럼 가르침을 펴고 선언한다면 자기들이 느꼈던 감동처럼 듣는 무리들이 틀림없이 감동하리라고 믿었다. 그러면? 가늠할 수는 없지만 어떤 큰일이 벌어지고, 자기들이 손에 쥘 수 있는 몫이 생길 것은 분명했다. 선생은 그럴 만한 능력을 가진 사람이라고 믿었다.

여리고까지 따라와서 빈손으로 돌아갈 수는 없다. 장사 밑천을 다 털린 사람처럼 터덜터덜 갈릴리로 되돌아갈 수는 없다. 그 밤 예수의 가르침은 제자들에게는 다시 마음을 다짐하는 기회가 됐다. 직접 눈으로 본 삭개오의 변화가 그 징조였다. 그는 평생 모은 재산을 내놓는다는데 제자들은 무엇을 더 내놓아야 하나? 예수를 처음부터 따라다녔다는 것만으로 충분하다고 말할 수 있을까? 아무래도 삭개오가 내놓은 것이 더 커 보였다. 감동이 한 차례 휩쓸고 지나간 자리에, 흔들거리는 촛불처럼 제자들 마음도 흔들렸다. 여리고 첫날 밤, 제자들 중 편안한 마음으로 잠자리에 든 사람은 삭개오뿐이었다.

그 밤, 삭개오의 집에서 예수는 다시 실패했다. 아직 때가 되지 않았기 때문이다. 몸이 따르지 않으면 알아들었다는 말은 아무 의미 없이 공허할 뿐이다. 예수의 말이 끝나자 제자들은 모두 각자의 생각에 빠졌다. 선생의 말을 다 알아들은 제자는 마리아 외에는 없었다. 다른 사람들은 듣고 싶은 말만 듣고, 가슴에 담아두고 싶은 말만 담아두기 때문이다. 한 자리에 앉아 있어도 세상 이 끝 저 끝에 서로 떨어져 있는 것처럼 거리가 멀 수 있다. 제자들이 그랬다.

오랜만에 제자들은 굶지 않고 하루에 두 끼나 먹을 수 있었다. 배를 여러 척 부리는 세베대의 두 아들 야고보와 요한, 그리고 벳새다에서 넘어와 갈릴리 호수에서 어부생활을 하던 시몬과 안드레에게는 굶으며 예수를 따라 다니는 것이 가장 힘든 일이었다. 그를 따르기 전에는 배를 타고 호수에 나가 그물만 던지면 가족이 하루 먹을 물고기는 언제나 잡을 수 있었기 때문이었다.

제자들은 삭개오 집에 머문 이틀 동안 편히 쉬었다. 한편 예수는 예루살렘 올라가는 산길을 여러 번 혼자 눈으로 더듬었다.

예수가 묵은 지 벌써 이틀이 지났다. 다음 날이면 예루살렘으로 떠난다. 안식일 해가 지고, 어둠이 내려앉기 시작하면서 니산월 초아흐레가 됐다. 모든 정성을 다해 일행을 대접했지만 삭개오는 그래도 뭔가 부족한 듯 느꼈다. 세관에서 일하는 부하들도 매일 식사자리에 불렀다. 예전 같으면 그런 자리는 예수 이름을 빌려 자기를 높일 기회라고 생각했겠지만 요즈음은 부하들에게 한 번이라도 더 예수를 만나게 해주고 싶었을 뿐이다.

이제 하룻밤 지나면 예수가 떠난다는 사실을 여리고 사람들도 알고 있으니 그날 밤에는 꽤 많은 사람들이 몰려오리라고 삭개오는 믿었다. 세리, 죄인의 집이라고 발길을 멀리했지만 마지막 날 밤에는 문안으로 들어올 수밖에 없음을 그는 알고 있었다. 마당을 깨끗하게 쓸고, 문을 활짝 열어 놓고 모닥불을 더 많이 피우고, 멍석이란 멍석은 모두 꺼내 마당에 펴 놓았다.

자기 집에 예수를 모신 후, 삭개오는 새 세상을 사는 기쁨을 느꼈다. 그 유명한 인물이 자기 집에 머문다고 생각하니 그동안 허전했던 마음이 보람으로 가득 채워졌고, 영원히 손에 잡을 수 없었던 기회를 만난 듯 가슴이 벅찼다. 막혀 있던 샘이 열리고 물이 솟아나오는 듯 떠오르는 생각마다 새 기쁨을 끌어냈다. 이제까지 못 보던 모습들이 보였고, 못 듣던 소리도 들렸다. 가끔 가슴이 벅차고, 시큰시큰하다가 뜨거운 눈물이 주르르 볼을 타고 흘렀다. 남이 볼까 무서워 얼른 손바닥으로 닦지만 그래도 기뻤다. 여리고 성안, 이 길 저 길 막 달리며 무슨 말이든 큰 소리로 외치고 싶었다.

'여기 와 보시오! 내게 빛을 주신 분이 있소.'

'그분이 내 집에 머물고 계시오.'

'우리 모두, 나 같은 죄인까지 하느님의 아들이랍니다.'

그러나 먼 하늘을 바라보며 혼자 무언가 골똘히 생각하는 예수의 모습을 볼 때면 알 수 없는 불길한 그림자가 그의 마음을 덮었다. 구름이 슬쩍슬쩍 해를 가릴 때처럼.

밤하늘에 별들이 나타나기 시작했다. 예수가 머무는 마지막 밤이다. 갈릴리와는 달리 유대 지방에서는 해가 지면 새 하루가 시작된다. 마당에 제자들이 웅성웅성 둥글게 모여 앉고, 삭개오의 집 식솔들도 마당이나 뜰에 나와 앉기도 하고 서기도 했다. 예측한 대로 날이 어두워지기를 기다린 듯 여리고성에 사는 사람들이 모여들기 시작했다. 꽤 넓은 마당과 뜰에 곧 사람이 들어찼다. 제자들 빼고 족히 50명 넘는 사람들이 모였고, 한 명 두 명 사람들이 계속 문안으로 들어섰다.

삭개오는 지난 며칠 동안 대문을 아예 활짝 열어 놓고, 낮이건 밤이건 사람들이 맘대로 드나들도록 했다. 예수가 그 집에 머물지 않았더라면, 그는 대문을 열어놓을 사람이 아니었다. 이웃 사람들도 결코 그 집 안으로 들어오는 일은 없었을 것이다. 담을 둘러치고 대문을 굳게 걸어 닫는다는 것은 접근과 소통을 거부한다는 표시다. 문을 닫고 산다는 것은 스스로 마을 공동체에 속하지 않겠다는 얘기다.

지난 며칠 동안 대문을 활짝 열어 놓은 삭개오의 마음을 예수는 이해할 수 있었다. 그가 겪었을 아픔을 생각하면서 가슴이 짠하고 시큰했다. 누구를 배제하는 마음은 결국 스스로를 소외시키는 것과 마찬가지다. 눈에 보이는 높은 담은 삭개오가 쌓았겠지만, 허물 수도 없고 넘을 수도 없는, 눈에 보이지 않는 높은 담이 이미 그 집을 둘러싸고 있었다. 세상에는 아무 생각 말고 그저 지켜야 하는 전해 내려온 규칙이 있었다. 그는 그런 규칙의 희생자였다. 나사렛 마을에서 문밖으로 밀려나 본 경험을 가진 예수는 삭개오가 스스로 쌓아 둘러친 담과, 닫아건 문이 그가 여리고에서 겪은 소외와 배제의 결과라는 것을 알 수 있었다. 닫힌 문은 경험한 사람만 느낄 수 있는 아픈 기억의 문이다.

얼마 지나지 않아 조금만 흔들어도 우수수 쏟아질 만큼 하늘에 별이 가득해졌다. 여드레 상현달도 점점 더 가까이 올라왔다. 아직은 밤기운이 차서 마당 여기저기 피워 놓은 모닥불 가에 사람들이 둘러앉았다.

예수에게 남은 시간이 이제 별로 없다. 세상에 남겨 두어야 할 제자들은 아직 꿈속에 머물고 있다. 길을 걸어 갈릴리에서 유대 땅에 들어왔지만 그들은 그저 몸만 걸어왔을 뿐이다. 귀가 있어도 듣지 못했고, 눈이 있어도 보지 못했다. 그러니 보이지 않는 것을 보고, 들리지 않는 것을 듣기를 기대할 수는 더욱 없다. 아마 그들을 깨우칠 수 있는 마지막 기회가 될지도 모를 밤이다. 둘러앉은 제자들의 눈길을 마주하니 가슴속 깊은 곳에서 아픔이 번진다. 저들은 아직 제대로 깨닫지 못하고 있지만 이미 위험 속으로 깊숙이 걸어 들어왔다. 그들에게 닥칠 고난을 이기고 인도하는 일은 하느님이 할 일이다. 요즈음 하느님의 침묵은 그냥 침묵이 아니다. 그 침묵을 통해 예수에게 다시 한 번 약속을 확인하는 침묵이다.

'너에게 맡겨진 일은 네가 하고 나머지 일은 내가 맡아 처리하마.'

사람들 앞에 나선 예수가 입을 열지 않고 조용히 그들을 바라보며

서 있자 웅성거리던 무리가 갑자기 조용해졌다. 조바심을 참지 못한 시몬 게바가 성격대로 먼저 입을 열었다. 무슨 말이라도 그가 먼저 꺼내야 할 것 같은 생각이 들었기 때문이다.

그는 갈릴리에서 유대로 내려오던 길 얘기를 꺼냈다. 그저 생각나는 대로 하는 말이 아니고 며칠 동안 마음속에 담아두었던 말이다. 한편으로는 여리고 사람들에게 선생은 사마리아 사람들에게 벌을 내릴 능력을 가진 분이라는 사실도 드러내고 싶었다. 말 주변이 없는 시몬은 평소처럼 두서없이 입을 열었다.

"선생님, 저번에 여기 올 때요, 그러니까 그때 우리가 사마리아 지방으로 못 오고 다시 갈릴리로 올라가서 요단강 쪽으로 내려가서 강을 따라 돌아오지 않았습니까? 그런데 왜 선생님은 그 못된 사마리아 사람들을 싹 쓸어버리지 않으셨습니까? 저는 때때로 선생님이 참으로 답답하고, 아이구, 알 수가 없습니다. 정말…. 제가 선생님이라면 큰 벌을 내릴 텐데요."

시몬은 입에서 나오는 대로 걸쭉하게 말을 내뱉었다. 주위에 앉아 있거나 서 있거나 나무에 비스듬히 기대앉은 사람들 모두 그의 얼굴을 바라보았다. 말을 들어보니 무슨 내용인지 더 들어보지 않아도 알 만했다. 사마리아 지방을 거치면 훨씬 편하게 빨리 유대에 올 수 있는데 그 사람들이 가로막는 탓에 강 쪽으로 내려가 구불구불 요단강 줄기를 따라 걸어와야 하는 불편을 모두 알고 있다. 여리고에 들른 갈릴리 사람치고 그런 불편을 입에 올리지 않는 사람은 하나도 없었다. 그런 사정을 잘 알고 있어 누구도 시몬이 내뱉은 거친 말을 나무라지 않았다.

하늘에서 불을 내려 싹 쓸어버리자고 말했다가 단단히 꾸지람을 들었던 야고보와 요한은 시몬이 나서서 그 얘기를 먼저 꺼내자 옳거니 귀를 기울였다.

"허허, 게바! 그대도 그렇게 싹 쓸어버리고 싶던가요? 그런 일로?"

"예! 선생님. 싹! 모두 싹요!"

그는 오른손으로 무언가 싹둑 자르듯 손바닥을 눕혀 단호하게 자르는 시늉을 했다.

"내가 얘기 하나 하리다. 모두 들어보세요."

그때 제자 무리 속에 섞여 있는 므나헴과 눈이 마주쳤다. 그는 멋쩍은 표정으로 예수에게 가볍게 머리를 숙였다. 예수는 잔잔한 미소를 띠고 그를 바라보았다. '너에게는 너의 일이 있고, 나에게는 나의 일이 있다'고 말 건네는 것 같았다. 므나헴은 흠칫 놀랐다. 그는 몸을 가볍게 떨었다. 예수가 말을 이었다.

"우리는 지금 여기 여리고에 있지요?"

그 말은 여리고와 관련 있는 얘기를 하겠다는 신호다. 먼 옛날 얘기가 아니라 누구나 알 수 있는 얘기를 시작할 듯 보였다.

"어떤 사람이 예루살렘에서 여리고에 내려오고 있었지요. 그 사람은 예루살렘에 사는 사람인데 자식은 여럿이고 양식이 떨어졌어요. 하는 수 없이 여리고에 사는 친척을 찾아 다만 며칠 먹을 식량이라도 좀 꾸어 보려고 내려오는 중이었지요. 친척이라는 사람은 여기 여리고에 제법 큰 집을 지니고 있고, 아내도 있고 첩도 있고 자식들도 여럿 있는 부유한 사람이었어요. 절기마다 빼놓지 않고 예루살렘 성전에서 제사도 드리고, 재산의 일부를 성전에 맡겨 이자놀이를 하는 사람이었지요."

예수가 말하는 사람, 여리고에 살고 있는 친척이라는 사람은 사실 여리고에 사는 사람들 거의 모두에게 해당되는 얘기였다. 자기들과 비슷한 사람 얘기라고 생각해서인지 예수의 얘기에 더 바짝 관심을 보였다.

"그런데 예루살렘에서 여리고 내려오는 산길 중간에, 아주 사나운 강도가 길목을 지키는 곳이 있지요. 강도는 거기에 숨어 있다가 지나가는 사람들의 물건을 강탈했습니다. 길목, 그래요, 그 길목은 강도가 출몰하는 무서운 곳이었지만 거기를 통하지 않고는 올 수도 갈 수도 없는 그야말로 길목이지요. 모르긴 몰라도 여러분도 아마 그 길목을 어쩔 수 없이 여러 번 오고가고 했을 겁니다."

사람들은 그 길목이 어디쯤인지 충분히 알 수 있었다. 세상 어디에도 꼭 지나가야 하는 길목은 있게 마련이다. 그 길목에는 피하고 싶은 악운, 불행, 사자만큼 무서운 강도가 늘 기다리고 있다. 누구나 살아가면서 겪는 일이다. 그러나 그 길을 피할 수는 없다. 사람들은 남몰래 한숨을 쉬었다.

예수는 참으로 구수한 이야기꾼이다. 예수가 이야기를 꺼내기 시작하면 사람들은 곧 그 얘기에 빠진다. 그리고 그 이야기가 곧 자기들이 겪는 이야기, 자기들이 누군가에게 하소연하고 싶은 얘기라는 것을 곧장 알아챌 수 있다.

"그 사람은 혼자라서 두려워 조심조심 길을 걸었지요. 그러다가 강도가 자주 나온다는 길목에 이르렀을 때, 아니나 다를까 바위 뒤에서 몸을 숨기고 기다리던 강도가 불쑥 튀어나왔습니다."

길목에 숨어 있던 강도를 자기가 직접 만난 듯 얘기를 듣던 사람들은 그 순간 움찔했다.

"가난한 그 사람은 강도의 험상궂은 얼굴을 보자마자 정신이 아득해 졌습니다. 어찌 이런 불운이 또 자기에게 닥쳤는지 하늘이 노랬습니 다."

그 얘기를 듣는 사람들 마음속에 동정의 마음이 일어나기 시작했다.

"그 사람이 아무것도 가진 것이 없다는 것을 알게 된 강도는 아주 화 가 났습니다. 사흘 동안 일이라도 시켜 먹자는 생각에 그 사람을 소굴 로 끌고 가려고 했습니다. 가난한 사람은 무릎을 꿇고 강도에게 사정 했습니다. 먹을 것이 없어 벌써 사흘이나 맹물만 먹고 버틴 자식들 생 각해서 머리를 조아리며 간절하게 부탁했습니다. 여리고에 내려가 양 식을 꾸면 되짚어 예루살렘에 올라가 굶주린 자식들 죽이라도 쑤어 먹 여야 한다고, 제발 보내 달라고 … ."

예수는 얘기를 끊고 사람들을 둘러보았다. 여러 사람이 고개를 가 로저었다. 한 사람이 불쑥 말을 내뱉었다.

"아이구! 내참, 그렇게 사정한다고 들어줄 강도가 세상 천지에 어디 있을까요?"

"예, 강도 소굴에 끌려가 일하는 동안이면 어린 자식들과 아내는 굶 어 죽을 형편입니다. 그 사람은 시골에서 조그맣게 농사짓다가 빚으 로 땅을 빼앗기고, 세상천지 어느 한 곳 기댈 곳이 없어 몸도 아픈 아 내와 어린 자식들 데리고 예루살렘에 올라온 사람이었습니다. 예루살 렘이 그래도 도성이니 무슨 일을 하든 아무려면 식구들 굶기기야 하겠 냐 생각했었지요. 그러나 연줄이 없어 성전에서 일거리를 맡을 수도 없고, 성안에는 어디에 손 벌릴 데가 하나도 없는 사람이었습니다."

예수의 얘기를 들으면서 사람들은 마치 그 현장을 눈으로 보는 듯 생생하게 느낄 수 있었다. 왜 예수가 그 애기를 꺼냈는지 사람들은 아직 알 수 없었다. 여리고 성안에 사는 사람들은 대부분 살림살이가 넉넉했다. 그중에서도 특히 부자들은 좁디좁은 예루살렘성이 갑갑해서 여리고에 널찍한 저택과 장원을 마련하고, 왔다갔다 하며 산다. 강도나 도적이 무서워 여럿이 모여 떼를 이루고, 앞뒤로 호위꾼을 붙여 올라가고 내려오면서 살았다.

예전에 하스몬 왕가에서도 여리고에 왕궁을 지었고, 헤롯왕도 여리고에 큰 궁을 지어 사람들을 불러내 연회를 즐겼다. 여리고에는 물이 있고, 시원한 그늘을 만드는 나무들이 있고, 줄지어 심어 놓은 야자나무가 숲을 이뤘다. 사람을 위해 하느님이 예비해둔 안식처였다. 여리고에 사는 사람들도 예루살렘 아랫구역에 한두 명쯤 아는 사람이 있거나 친척이 살고 있는 경우가 많았다. 그런 사람 중에 한 사람이 자기에게 양식을 꾸러 내려오다가 봉변을 당한다고 생각하니 불쌍한 생각에 마음이 움직였다.

"강도는 그 사람이 아무리 애원해도 들은 척도 않고 죽을 만큼 두드려 패고선 걸치고 있던 허름한 겉옷마저 벗겨 갔습니다."

"아니, 선생님. 지금은 그냥 지나가게 놔두고 여리고에서 식량 얻어 올라갈 때 털면 될 텐데 왜 하필 그때 강도가 미리 나왔을까요? 좀 미련하네!"

"그 강도도 며칠 기다릴 형편이 안 되는가 보지."

애기를 듣던 사람들끼리 서로 주거니 받거니 묻고 대답했다. 예수는 그들이 애기하도록 그냥 놔두고 지켜봤다. 듣는 사람들이 보이는 그런 반응이야말로 그들이 점점 애기에 빠져든다는 표시다. 예수가 조용히 있자 사람들은 다시 잠잠해지며 예수가 얘기하는 상황 속으로 빠져들었다.

"그렇게 될 줄 알았어. 나는…."

어떤 사람이 혼잣말을 했다. 강도를 당하는 일은 누구에게나 일어날 수 있는 일이다. 하소연한다고 그 말을 들어줄 강도는 세상 어디에도 없다. 강도는 아마 누군가에게 화풀이라도 해야 속이 풀릴 사람일지 모를 일이다. 그렇게 강도당한 사람이 할 수 있는 일은 아무것도 없다. 그런 소식을 듣는 사람도 마찬가지다. 자기에게 그런 일이 다시 일어나지 않도록 빌 뿐 누구에게도 도움을 청할 수 없다. 그런 일이 없으면 다행이고, 벌어지면 불운일 뿐이다.

총독이든 지방장관이든 성전이든 그저 효과적으로 세금을 거둬들이고 남의 재산을 빼앗아 모아 쌓는 일에 눈이 멀었다. 계명에 따라 가난한 사람을 먹이고 돌보아야 할 지배자들마저 눈감고 모른 척하는데 강도질이나 해서 먹고 사는 사람이 가난한 사람 사정을 들어줄 리 없다는 것은 누구나 아는 일이다.

"실컷 두드려 맞아 거의 죽게 된 그 사람은 옷마저 빼앗기고 기절한 채 길가에 널브러졌습니다. 뜨거운 햇살이 야속하게도 상처를 따갑게 파고들었고, 피 냄새를 맡은 파리, 쇠파리들이 상처를 핥았으며, 하늘에는 언제든지 덮치려고 사나운 새들이 맴돌고 있었습니다."

사람들은 한숨을 쉬었다. 그 가난한 사람은 불쌍하게도 곧 숨을 거두리라. 이미 그는 죽었는지도 모를 일이다. 그렇지만 자기들이 어떻게 손쓸 수 있는 일은 아니라 그저 얘기로 듣고 있다.

"그런데…."

'그런데'라는 말은 곧 상황이 달리 변할 것이라는 의미다. 그런데, 그렇다면 살 수 있는 일이 일어난다는 말인가?

"예루살렘 성전 제사장 한 사람이 여리고에 볼일이 있어 수하 몇 명을 거느리고 그 길을 지나가게 됐습니다."

예수는 사람들의 얼굴을 둘러보았다. 기대에 가득 찬 사람들 눈이 반짝했다. 예수는 종종 호흡을 조절하고, 얘기의 흐름을 당겼다 놓는다. 사람들이 그냥 얘기를 일방적으로 듣지 않고 다음 얘기를 미루어 짐작하거나, 중요한 맥락들을 다시 돌이켜 생각하거나 쉽게 만든다. 그러면 내용을 잘 이해하고 자기들 형편에 비추어 생각하면서 나름대로의 의견이 생기게 마련이다.

"어?"

짧게 깜짝 놀라는 소리 한 마디를 뱉더니 예수는 벌린 입을 다물지 않고 그냥 한동안 서 있다. 사람들은 그가 다음 말을 이어가기를 기다렸다. 그 순간 사람들은 그들이 바로 얘기 속에 나오는 제사장이라도 된 듯 눈앞에 쓰러져 있는 사람을 놀란 눈으로 바라보게 되었다. 얘기를 듣던 사람에서 그 광경을 직접 눈으로 본 제사장으로 바뀌었다. 마음이 불편했다.

"죽은 사람이 널브러져 있어요. 이미 파리들이 달라붙어 있는 것으로 보아 꽤 시간이 흐른 것 같아요. 아, 이 길목에 강도에게 당해 죽는 사람이 꽤 있다는 소문은 들었는데, 정말이네요. 햇볕은 뜨겁고, 눈앞 길가에 버려진 시체가 놓여 있고…. 아! 어쩐다?"

얘기가 묘한 방향으로 번져간다. 그들이라면 어찌했을 것인가?

"수하들을 끌고 오기를 잘했네! 만일 혼자 여기를 지나갔더라면 꼼짝없이 내가 저 신세가 됐겠네. 아이고, 하느님! 감사합니다. 제가 저렇게 안 돼서 감사합니다. 그런데 … ."

예수는 사람들 반응을 살피면서 '그런데' 하며 다시 말을 끊었다. 뭔가 바뀐다는 암시다.

"그런데, 내가 올해 성전에서 제사장 일을 맡은 사람인데 … 어쩐다? 내가 시체를 만져도 안 되고, 시체와 같은 그늘에만 있어도 부정해지는데, 그러면 성전 제사에 참예하지 못하는데 … ."

그러더니 예수는 길게 한숨을 쉬었다.

"아 … ."

그 한숨 소리를 들으면서 사람들은 다시 얘기를 듣는 사람으로 돌아왔다. 그 광경에서 한걸음 물러섰다. 당사자에서 구경하는 사람으로 바뀌었다. 제사장, 그해의 제사장, 부정하게 된다는 말이 예수 입에서 나오자 사람들은 벌써 얘기가 어떻게 풀려갈 것인지 짐작할 수 있게 됐다. 예수는 얘기를 이어갔다.

"그 사람이 이미 죽었으면 제사장 자기가 부정하게 되는 것이고, 아직 숨이 붙어 있고 살아 있다면 귀찮고 성가신 일이 뒤따르게 되는 것이지요. 옮겨 치료해주어야 하는데 그 사람이 누구인지도 모르고, 치료비도 들 것이고, 당장 여리고에 가서 처리해야 할 일마저 지체되겠다는 생각이 들었습니다. 겨우 얻은 말미인데, 시간 안에 성전으로 돌아가지 않으면 큰 낭패를 볼 형편이었습니다. 그해에 성전에서 일하는 제사장으로 뽑힌 사람이었거든요. 더구나 널브러진 모습을 보니 시체가 분명하고, 그래서 … ."

예수는 여기에서 다시 말을 끊었다. 사람들은 알 수 있었다. 그러면 그렇지, 지금 세상에 그런 일에 생각도 없이 선뜻 나설 제사장은 없기 때문이었다.

"그래서, 제사장과 일행은 그 죽은 듯 널브러진 사람으로부터 가급적 멀리, 조심하면서 고개를 반대로 돌리고 옷깃으로 입과 코를 가리면서 그 자리를 빨리 벗어나 떠나갔습니다."

'떠나갔습니다' 하는 소리를 들으면서 듣는 사람들이 고개를 끄덕였다. 자기들이라 해도 의당 그럴 일이다. 얘기를 듣는 사람이야 가난한 예루살렘 사람이 아직 죽지 않았다는 사실을 알지만, 그저 갑자기 현장만 본 사람이야 틀림없이 죽은 시체라고 믿었을 일이다. 그렇다면 부정한 것에서는 가급적 빨리 벗어나고, 더구나 시체는 멀리해야 한다는 법을 충실하게 따랐을 뿐이다. 더구나 그해에 성전 일을 맡은 제사장이라면 더욱 그렇다. 아무도 제사장과 그 수하들을 비난할 수 없다. 그는 율법의 가르침을 따랐을 뿐이다.

방금 전, 예수가 이끄는 대로 그 자리를 직접 눈으로 본 제사장의 처지가 되어 본 사람들로서는 다시 구경하는 사람으로 돌아온 것이 다행이었다. 곤란한 결정을 스스로 내리지 않아도 되기 때문이다. 무슨 일이 생기든 책임 없는 자리로 돌아왔기 때문이다. 비난할 사람 비난하고 칭송할 사람 칭송하면 되기 때문이다. 무슨 생각으로 여리고 사람들을 이끌고 예수는 슬쩍 그 길목의 당사자 처지에 들어갔다 나왔을까? 마리아는 고개를 갸웃하면서 예수의 이어지는 얘기에 귀를 기울였다.

"한참 지난 후에, 여리고 쪽에서 예루살렘에 올라가는 레위인이 그 길목을 지나게 됐습니다. 그 레위인은 명절 성전 희생제사에서 사람들이 희생제물로 바치는 짐승을 잡는 일을 맡게 되어 소집돼 올라가는 사람이었습니다. 그 자신 성전에 드릴 제물 살 돈을 가지고 있었고, 그리고 성전에 셈해야 할 돈도 가지고 있어서 그 길목을 들어서기 전부터 상당히 조심하며 길을 재촉하고 있었습니다. 강도에게 돈을 빼앗길 것을 염려해서 가능하면 빨리 그 길목을 벗어나려는 생각이었지요."

예수가 미리 설명해주는 분위기와 상황을 들으면서 사람들은 그 레위인도 그냥 그 자리를 빨리 벗어날 것이라는 것을 알 수 있었다. 제사장이나 레위인들은 성전에서 하나님을 섬기고 제사를 드리는 귀한 일을 맡고 있는 사람들이기 때문에 부정한 물건이나 부정한 일에 연결되는 것을 최대한 자제하며 살아야 했다.

"그 레위인도 나뒹구는 시체를 보았습니다. 걸음을 멈추지 않고 얼른 고개를 돌리고 옷깃으로 코를 막고 지나갔습니다."

그럴 일이다. 강도가 자기에게 덤벼들지 않은 것을 감사하며 연신 하늘 향해 기도하면서 빨리 비켜 지나가는 레위인의 모습이 얘기를 듣는 사람 눈에 선히 보였다.

"제사장도 그냥 지나가고, 레위인도 자리를 피하고, 이제 그 가난한 사람은 틀림없이 죽을 수밖에 없게 됐습니다. 예루살렘에 남아있는 아내와 자식들은 몇 날 며칠 더 맹물만 마시며 아비 돌아오기를 기다리겠지요. 그러다 며칠 후, 그 길목에서 그렇게 아비가, 남편이 허무하게 죽었다는 것을 알게 되겠지요."

예수의 얘기를 여기까지 듣던 사람들은 예수가 마지막 덧붙인 몇 마디의 말이 가슴에 와 쿡 박히는 것을 느꼈다. 남은 아내와 자식들, 맹물만 마시면서 성문에 나와 아비를 기다릴 모습이 어른거렸다. 무언가 가슴을 찌르르 울리고 지나갔다. 죽어가는 사람에게 가족이 있다는 사실에 새삼 마음이 아팠다. 성문 밖에 옹기종기 나와 앉아 아비를 기다릴 자식들 모습, 성벽에 힘없이 기대앉아 아비 돌아오기를 눈 빠지게 기다리는 가족이 보였다. 굶은 지 며칠, 힘없이 벽에 기대앉은 아이들. 가끔 이마에 손을 대고 올리브산 기슭, 여리고에서 넘어오는 언덕길을 하염없이 바라보고 있을 것이 분명했다. 어린 자식은 칭얼거리다가 엄마 품에 안겨 잠들고, 조금 큰 자식은 동생과 엄마를 위로한다고 서성서성하는 모습이 보였다.

얘기를 듣던 삭개오 집 여종 몇 명은 그 슬픈 사연에 가슴이 아파 벌써 훌쩍이기 시작했다. 얘기 속에 나오는 어떤 사람의 죽음이 누군가 자기들이 잘 아는 사람의 죽음으로 느껴졌기 때문이다. 이야기 속의 사람이 어떤 사람이었는데 이제는 그가 바로 누구라고 생각할 수 있을 만큼 관계가 바뀌었기 때문이다. 예수는 그래서 조금 전 제사장의 자리로 사람들을 이끌고 들어갔다 나온 셈이다. 다른 사람의 처지에 나를 위치시켜 보는 법을 가르치기 위해서 그랬다. 그렇게 다른 사람의 처지를 생각하다 보면 그저 얘기로만 듣지 않고 책임을 느낄 수밖에 없기 때문이다.

"그때, 웬 사람이 혼자 예루살렘 쪽에서 휘적휘적 걸어 내려오고 있었습니다. 나귀를 한 마리 끌고 오는 데, 그는 그 나귀를 타지는 않고 그냥 끌고 내려왔습니다. 하기야 가파른 내리막길에 나귀를 타고 내려오는 일이 위험하기도 하겠지만…."

사람들은 다시 긴장하기 시작했다. 새로운 상황이 벌어졌다. 전혀 예기치 않은 상황, 그러나 틀림없이 그 사람이 한 사람의 목숨, 한 가족의 생명을 살리는 일이 벌어질 참이다. 사람들은 이야기를 듣고 있다는 사실을 잊었다. 예수가 이끄는 대로, 그 길목, 따갑게 햇볕 쏟아지는 그 길목 한 옆에 비켜서서 벌어지는 상황을 직접 자기 눈으로 보는 사람이 되었다. 얘기를 듣는 사람이 되기도 하고, 직접 그 장면을 구경하는 사람이 되기도 하고, 그 장면 속에 들어가 당사자가 되어 보기도 했다.

사람들은 휘적휘적 걸어오고 있다는 웬 사람이 상황을 바꿀 것을 믿었다. 자기들이 나서서 무슨 일을 할 수는 없지만 그 웬 사람이 그 일을 하기 바랐다. 그 기대가 다시 한 번 물거품처럼 사라질지도 모르지만, 어떤 좋은 일이 일어나기를 사람들은 간절하게 바랐다. 자기들이라도 그렇게 할 것으로 생각했기 때문이다.

"휘적휘적 걸어오는 그 사람은 지팡이로 땅을 쿡쿡 짚다가 문득 휘휘 내두르기도 하고 그러다가 어깨에 척 걸쳐 메고 건들건들 걸어 내려오고 있었습니다. 그 사람 뒤를 줄렁줄렁 따라오는 나귀 등에는 꽤 묵직해 보이는 짐 보따리가 실려 있었습니다."

사람들은 그 사람이 떠돌이 장사꾼이 분명하다고 생각했다. 휘적휘적 건들건들, 말만 들어도 매이지 않고 떠돌아다니는 사람이라는 것을 알 수 있었다.

"그가 널브러진 사람을 보았습니다. 걸음을 멈추고 다가가 들여다봅니다. 조심스럽게 손을 대어 죽었는지 살아 있는지 확인했습니다. 아직 숨이 붙어 있는 것을 알았습니다. 얼른 자기 나귀에 매달고 다니던 물주머니를 내렸습니다. 거의 죽게 된 그 사람을 조심스럽게 일으켜 안고 물을 먹이기 시작했습니다. 콸콸 쏟아 붓지 않고 한 모금씩 한 모금씩 먹였습니다. 목으로 물을 넘긴 가난한 사람은 정신이 좀 드는지 실눈을 뜨고 '감사합니다. 하느님 감사합니다' 입을 열었습니다."

사람들이 잔뜩 세워 올렸던 가슴을 내렸다. 안도의 숨을 쉬는 사람도 있었다.

"미리 그런 일을 준비한 사람처럼, '말하지 마세요. 내가 도와드리리다' 하더니 보따리 짐 속에서 이것저것 꺼내더니 올리브기름 주머니를 찾아 상처 위에 듬뿍 발랐습니다. 그리고 깨끗한 새 천으로 천천히 상처를 싸매주었습니다. 그리고 그 사람을 번쩍 들어 안아 나귀 등에 태웠습니다. 짐 보따리에서 꺼낸 옷가지를 엎드린 그 사람 몸 위에 잘 덮어주었습니다. 아주 천천히 조심스럽게 나귀를 몰아 그 길목을 벗어났습니다. 다친 사람에게 기름 발라주고 상처를 싸매주고 나귀에 태워 데리고 가는 모습은 조금도 허둥대거나 어색하지 않고 늘 그런 일을 하는 사람처럼 자연스럽고 익숙했습니다."

이제 사람들의 관심은 자연스럽게 그 사람에게 옮겨갔다. 상처 입은 사람은 이제 생명의 은인을 만나 목숨을 구할 수 있게 됐는데 그 사람은 누구인가, 누가 이 세상에 남의 일에, 다른 사람은 부정하다고 외면하고 지나간 일에 기꺼이 나섰는가 궁금해지기 시작했다. 누군지 모르지만 그 사람이 고마웠다.

"다친 사람을 나귀에 태워 내려가다가 첫 마을에 이르자 길을 더 가지 않고 여인숙을 하나 잡았습니다. 다친 사람을 방안으로 옮겼습니다. 상처를 다시 찬찬히 살펴보며 기름 바르고 정성스레 싸매주었습니다. 다친 사람은 수없이 눈으로 입으로 '고맙습니다. 감사합니다'

인사를 건넸고, 그럴 때마다 그 사람은 말을 하지 말고 안정하라는 듯 이마도 짚어 보고 가슴도 쓸어주면서 위로하고 간호했습니다."

점점 더 궁금해졌다. 그는 하느님이 보낸 천사가 분명했다.

"다음 날 아침, 그 사람도 갈 길을 떠나야 했습니다. 여인숙 주인을 불러 다친 사람이 충분히 회복될 때까지 머무를 수 있도록 방값을 치러주었습니다. 그리고 얼마간 돈을 더 주면서 혹시 상처가 덧나면 동네 의원을 불러 치료해주도록 부탁도 했습니다. 돈이 더 들어가면 자기가 며칠 후 돌아와서 부족한 돈을 더 주겠다고 약속했습니다. 그리고 다친 사람에게는 여인숙 비용은 다 셈해 놓았으니 걱정하지 말고 있으라고, 정말 걱정하지 말라고 알아들을 수 있도록 여러 번 설명해주었습니다."

가슴을 쓸어내리며 안도하면서도 사람들은 다음 얘기에 귀를 기울였다. 예수가 얘기를 통하여 말하려고 하는 내용이 곧 나올 것 같았기 때문이다.

"'누구신데 이처럼 죽게 된 저를 살려주시고 돌보아주십니까?' 다친 사람이 물었습니다. 그때 그 사람이 웃으며 대답했습니다. '그저 떠돌이 장사꾼입니다.' 그러자 다친 사람이 다시 그 사람의 손을 잡고 물었습니다. '그래도 어디 사시는 누구신지 알려주십시오. 제 생명의 은인이십니다. 거룩하신 분, 지극히 높으신 분이 보내주셨음에 틀림없습니다.' 그러자 그 사람이 천천히 입을 열었습니다. '아마 알고 나면 후회하실 겁니다.' '아닙니다. 그래도 알고 싶습니다.' 그 사람은 할 수 없다는 듯 말했습니다. '저는 요셉이라 합니다. 유대 사람들이 모두 그렇게 싫어하고 경멸하는 사마리아 사람입니다.'"

일순, 사람들은 쇠망치로 머리를 얻어맞은 듯 멍해졌다. 있을 수 없는 일이다. 그 웬 사람이, 천사 같은 사람이, 겨우 사마리아 사람이라니, 생각하기도 불편한 결론이었다. 충격을 받기로 말하면 예수를 따라다니며 제자라면서 뻐기고 으스대던 무리도 마찬가지다. 유대인에게 사마리아 사람들은 모두 이방인, 이방의 개와 다름없고 상종할 수 없는 부정한 사람들이기 때문이다.

아무도 입을 먼저 열지 않는 침묵이 한동안 계속됐다. 예수도 더 이상 얘기를 이어가려 하지 않았다. 예수의 뜻은 분명했다.

"유대인들이 그렇게 싫어하고 경멸하는 사마리아 사람입니다."

그 말을 하기 위해 예수는 여리고 내려오는 길, 강도, 가난한 사람, 제사장, 레위, 맹물만 마시며 굶주리며 아비를 기다리는 아이들 얘기를 끌어들인 것임을 모두 눈치 챘다. 왜 그랬을까? 이제까지 알고 있었던 세계의 질서, 위와 아래가 통째로 엎어지는 일을 그가 계획하고 있다는 말인가?

제자들은 입이 바짝 마르는 것을 느꼈다. 요한은 속으로 깊은 신음을 낼 수밖에 없었다.

'아! 이건 아닌데 ⋯.'

예수가 일을 이렇게 벌이면 안 되고, 이렇게 나서서는 안 되는 일이었다. 천하를 적으로 돌려놓고 어떻게 예수가 왕이 된다는 말인가? 정말 선생은 모든 것을 완전히 포기한 사람인가? 며칠 전에는 세상 모든 사람이 메시아고 하느님의 자식이라고 말하면서 정작 자기는 메시아가 아니라고 얘기하더니, 이제 세상과 정면으로 대결하려는 사람으로 보였다.

아버지 세베대에게 약속해 놓고 떠나온 일이 생각났다. 돌아갈 때 한 아름 안고 가려고 생각했던 귀한 선물이 스르르 사라지는 것을 느꼈다. 요한뿐만 아니고 처음부터 따르던 제자들 모두 비슷하게 깊은 낭패감을 느꼈다. 꿈꾸던 일들이 와르르 무너지고 있었다.

귀가 있어도 못 듣는 사람은 못 듣는다. 눈이 있다고 손에 쥐여준 것을 다 보는 것은 아니다. 삭개오 집에 머물던 첫날 밤에 예수의 말을 들으면서 감동했던 제자들, 뜨거운 열기가 가슴속에서 올라와 몸을 휘감는 것을 느꼈던 제자들 중에 그 말을 아직 가슴에 담고 있는 사람은 없었다. 그 말이 그들을 바꾸지 못했고, 원래 갈릴리에서 마음에 담고 떠나왔던 생각만 남아 있기 때문이었다.

요한이 야고보에게 끔뻑끔뻑 눈짓하면서 재빨리 나섰다. 마치 자기가 이 사태를 수습해야 한다는 듯 예수의 말뜻을 모두 다 잘 알고 있다는 듯 짐짓 입가에 미소까지 띠고 나섰다.

"그러니까 선생님의 말씀은, 몇 마디 말로 정리한다면, 유대인이든, 갈릴리 사람이든, 사마리아 사람이든 앞으로 모두 서로 사랑하고 이웃으로 형제로 친구로 대하여야 한다는 말씀이지요?"

선생이 늘 얘기하던 이웃사랑 가르침이라는 울타리 안에 그 말을 몰아넣고 서둘러 봉합하려 나선 것이다. 예수의 긴 얘기를 요약하여 결론을 내고 그것을 여러 사람 앞에서 예수에게 확인받으려고 들이민 셈이다.

"요한, 그렇게 믿고 싶소?"

예수가 요한에게 던진 질문은 그 의도를 알 수 없는 뜻밖의 질문이다. 예수는 요한의 말이 옳다거나 아니라고 말하지 않고, 요한이 그렇게 말하는 의도를 묻는 것이다. 이미 요한의 말과 예수의 말은 접점을 찾을 수 없을 만큼 층위가 다른 언어가 됐다.

사람은 듣고 싶은 얘기만 듣고, 보고 싶은 것만 보고, 믿고 싶은 것만 믿는다. 사람 가슴에 달린 문은 작고 좁아서 그 문을 통해서 들어갈 수 있는 것만 가슴에 들어간다. 도시마다 성을 쌓고 망루를 세우고 성문마다 경비병을 세워 성안으로 들어가고 나오는 사람과 물자를 구분하고 감시하고 통제하듯, 사람이 몸 안에 들어가는 것과 나오는 것 그것들을 구분하여 허용하거나 거부한다. 깨끗한 것과 부정한 것을 구분하듯, 눈과 귀를 통하여 마음으로 들어가는 것은 모두 마음에 달린 문을 통해 걸러진다는 것을 예수는 알고 있다. 그것이 이스라엘을 떠받치는 기본이고, 그것이 이스라엘과 다른 민족을 구분하는 경계였다. 모든 개인적인 일은 이스라엘의 제도와 연결되어 있고, 제도는 가진 사람, 지배하는 사람, 힘 있는 사람들이 마음대로 쥐고 흔드는 통제 수단이라는 점을 예수는 꿰뚫어 보고 있었다. 개인이란 없다. 그저 제도, 체제, 집단에 꼼짝 못하도록 매인 종속물로 살아갈 뿐이다.

"요한!"

예수가 요한을 불렀다. 그 목소리에는 요한을 사랑하고 아끼는 그의 마음이 듬뿍 담겨 있다. 깨닫지 못하는 것이 죄일 수는 없다. 요한은 예수의 따스한 부름에 다시 정신을 차렸다. 그는 도무지 알아들을 수 없는 예수의 질문에 한순간 당황해서 멍하니 서 있었다.

"요한, 그대가 한 가지는 잘 알아들었군요. 그것은 시작이오. 시작을 알았으면 더 큰 문을 열고 들어갈 수 있다오."

"예, 선생님!"

가늠할 수 없는 큰 그릇에서 울려 나오는 깊은 소리에 요한은 그대로 무너질 수밖에 없었다. 동료 중에 제일 영리하고 선생님 사랑을 가장 많이 받는다는 자부심의 꺼풀을 벗고 예수를 가슴으로 만나는 날이 멀지 않다. 믿고 싶은 대로 믿지 않고 마음의 문을 열어야 할 날이 그에게 다가오고 있다.

"내 얘기를 어떤 가난한 사람, 강도, 제사장, 레위인, 그리고 여러분이 경멸하고 싫어하는 사마리아인, 그런 사람들에 대한 얘기로만 듣지 마십시오."

예수는 요한에게서 눈을 돌려 마당에 가득한, 그리고 뜰 안 여기저기 나무에 기대거나 서 있던 많은 사람들을 바라보았다. 그때였다. 문밖에서 마당과 뜰 안을 살피는 히스기야의 모습이 언뜻 눈에 띄더니 금방 사라졌다. 예수는 사람들을 둘러보며 말을 이었다.

"이것은 어떤 사람의 얘기가 아닙니다. 이스라엘 민족, 이스라엘 전체에 관한 얘기입니다."

그 순간 므나헴은 자기도 모르게 몸이 긴장되고 떨렸다. 무리 속에 섞여 있던 성전 첩자에게 눈을 꿈쩍하면서 신호를 보냈다. 이제부터 정신 차리고 잘 들으라는 신호다. 내가 이제까지 한 얘기가 거짓말 아니었다는 신호다. 그도, 성전의 첩자도 바짝 귀를 기울였다. 드디어 예수를 잡을 중요한 증거를 쥘 수 있겠다는 생각이 들었기 때문이다.

"사마리아 사람들을 언제부터 여러분이 미워하고 경멸하기 시작했는지 알고 있습니까? 여러분들 중에 실제로 사마리아 사람들을 자주 만나고 접촉하고 거래해본 사람이 있습니까? 여러분은 사마리아 사람들에 대한 얘기를 누구에게서 언제 처음 들어봤습니까?"

아무도 대답하지 않았다. 그러나 마음속으로는 부지런히 예수가 던진 질문에 대한 답을 찾아보려고 생각할 수 있는 먼 옛날의 기억까지 뒤적여 찾아봤다.

"누가, 어떤 목적을 가지고 그런 틀을 만들어 여러분에게 던졌습니다. 그것은 여러분을 얽어 맨 올무입니다. 작은 올무에 매이면 곧 더 큰 올무에 매이고, 결국에는 꼼짝달싹 못하고 끌려다녀야만 합니다. 그 올무를 만들고 던진 사람들, 그리고 여러분을 이리저리 자기 멋대로 끌고 다닌 사람들, 그들은 스스로 세상의 주인이라고 부르고, 유력자라고 부르고, 성전의 대제사장이라 부르고, 왕이라 부르고, 제국이라 부르고, 황제라고 부릅니다."

예수는 다시 지배자들을 공격하기 시작했다. 그들이 쓰고 있었던 가면을 벗기고 추한 맨얼굴을 드러내는 셈이다.

"여러분은 왜 여러분이 겪고 있는 고통의 근원이 무엇인지 물어보지 않고, 옆자리에 있는 여러분의 이웃을 원망합니까? 이웃은 여러분 옆에 있고, 고통의 근원은 여러분의 손에 닿지 않는 먼 곳에 있기 때문입니다. 지배자는, 체제는, 성전은, 왕국은, 제국은 여러분을 이리 나누고 저리 구분하여 서로가 서로를 향해 이를 갈도록 만들어서 여러분의 분노가 자기들을 향하지 못하도록 조작합니다. 날마다 좁아지는 물웅덩이에서 오글거리며 사는 물고기는 물이 줄어드는 이유를 생각할 수 없습니다. 그저 내 옆에서 퍼덕거리는 다른 고기가 미울 뿐입니다."

예수는 지배자의 조작을 폭로했다.

"내가 여러분에게 얘기합니다. 어떤 사람이 겪는 불행이나, 친족, 한 마을, 한 지방, 한 나라가 겪는 고통은 누군가의 죄 때문이 아닙니다. 불운에는 반드시 원인이 있고, 옆에 있는 다른 사람, 마을, 지방이 불운과 고통의 원인이라고 이제까지 생각했습니다. 그럴 수 없는 경우라면 하다못해 조상들이 지은 죄 때문이라고 믿었지요. 아닙니다! 그건 지배자들이 던진 그물입니다. 고통의 근원을 보려는 여러분의 눈을 다른 곳으로 돌리려는 악한 계획입니다. 미워할 만한 대상을 여러분 앞에 슬쩍 밀어 넣고, 고통의 원인을 제공한 지배자들이 교묘하게 빠져나갑니다. 여러분은 같이 살을 맞대며 사는 이웃, 함께 고통을 받는 이웃에게 책임을 돌리고 그들을 원수로 생각합니다. 옳은 일입니까?"

침묵이 흐른다. 산길에서 강도를 만난 사람의 얘기가 세상 고통의 원인까지 번졌다. 작은 겨자씨 하나에서 세상을 보듯, 그는 아주 평범한 얘기로 세상을 풀어내는 사람이다.

"내가 여러분에게 다시 얘기합니다. 들을 귀가 있는 사람은 들으십시오. 우리가 겪는 고통이 누구 때문인지 묻지 말고 무엇 때문인지 생각하십시오. 눈을 뜨면 보게 될 것입니다. 거대한 지배체제가, 성전이, 왕국이, 제국이 바로 여러분 불운의 근본임을 알게 될 것입니다."

듣는 사람들이 감당하기 어려운 무서운 말이 그의 입에서 쏟아져 나왔다. 제자들도 이제까지 예수가 이처럼 엄정하게 권위를 가지고 선언하는 모습을 본 적이 없고, 그처럼 단호한 목소리로 가르치는 말을 들어본 적이 없다.

"배척해야 할 사람과 친구로 사귀어야 할 사람을 누가 정해 주었습니까? 여러분이 대항하여 싸워야 할 악, 반대로 따라야 할 하느님의 명령을 누가 전해주었습니까? 세상에 이리 저리 선을 그어 놓고 그 저쪽 선을 넘으면 부정하고, 선 이쪽 안에만 머무르도록 여러분에게 강제하는 사람이 누구입니까? 형제와 이웃이 될 수 있는 사람과, 결코 사귀거나 접촉해서는 안 될 사람을 구분하는 그 일을 누가 합니까? 여러분이 미워해야 할 대상과, 복종해야 할 대상을 누가 정합니까? 누가 사마리아 사람들은 모두 부정한 죄인들이라고 처음 규정했습니까? 죄와 죄 아닌 것을 누가 정했습니까? 여러분은 날마다 죄와 죄 아닌 것 사이에서 방황합니다. 바리새인들이, 율법학자들이, 그 위에 성전이, 그리고 여러분을 지배하는 왕과 제국이 죄와 죄 아닌 것을 정해 놓고 여러분을 옭아맵니다."

사람들은 무엇인지 모를 새로운 빛 한 줄기, 가슴속으로 비추며 들어오는 빛 한 줄기를 느꼈다. 그 빛은 가슴속에서 파문을 일으키면서 반응하기 시작했다. 이제까지 분명하다고 믿고 살았던 일들에 대하여 '과연 그 일이 그런가' 질문하고 싶은 마음이 처음으로 들었다.

"여러분에게 감당할 수 없는 불운이 생겼을 때 왜 그럴까 궁금하지 않았습니까? 왜 나에게 이런 일이 생겼을까? 원인을 알고 싶고 그것에서 벗어나고 싶은 적이 없었습니까?"

예수는 질문을 던졌다. 사람들은 자기들이 겪었던 크고 작은 불운과 어려웠던 일, 고통을 떠올리며 고개를 끄덕였다.

"그때 여러분들은 그 고통과 불운과 아픔의 원인을 무엇이라 했습니까? 여러분은 바로 그 원인이 죄 때문이라고 듣고 배웠습니다. 여러분이 죄를 지었든지, 옛 조상이 죄를 지었든지, 여러분 자신이 알게 모르게 지은 죄, 자신의 주변 사람들이 지은 죄, 그 죄의 대가가 지금 여러분이 겪고 있는 지금 이 불운의 원인이라고 들었고, 그리고 그것을 의심 없이 받아들이고 괴로워했습니다. 죄 때문이라는 말을 듣는 그 순간부터 고개를 들고 살아갈 수 없게 됩니다. 여러분을 죄인이라며 떠밀어 내몰고, 문을 닫아걸고, 발길을 끊고, 눈을 돌려 외면할 때 누구에게 하소연할 수도, 엎드려 빌 수도, 울며 매달릴 수도 없었습니다. 여러분은 죄인이거나 죄인의 자손이 되었기 때문입니다. 때로는 알지 못하는 이유로 죄인이 되었습니다."

사마리아 사람, 강도 만난 사람 이야기는 끝없는 질문을 끌어내고 있었다.

"설사 죄인이라고 불려도 무슨 죄를 지었는지 여러분은 모릅니다. 왜 그 일이 죄가 되는지, 무엇이 무엇인지도 모를 수없이 많은 죄들, 일일이 열거하기도 어려운 그 많은 죄목에 꼼짝없이 걸립니다. 그물에 걸린 참새처럼 아무리 발버둥 쳐도 벗어날 수 없습니다."

예수는 조금씩 목소리를 높였다.

"그것이 죄인지 아닌지 누가 결정합니까? 율법학자들, 제사장들, 성전에서 일하는 높은 사람들이 무엇이 죄인지, 무엇이 죄 아닌지 결정해 줍니다. 그러면서 그런 일들은 모두 율법과 기록에 따랐다고 말합니다. 하느님이 이미 오래 전에 그렇게 정해주셨다고 말합니다."

얘기를 듣던 사람들은 침을 삼켰다. 엄청난 얘기이기 때문이다. 생각이 빠른 사람은 이런 예수의 말들이 올무가 되어 예수가 화를 당할지 모른다는 생각까지 들었다. 그를 따라다닌 지난날의 모든 수고가 물거품처럼 허무하게 사라지는 상황이 떠올랐다. 하얗게 거품을 남기고 물러나는 물결 같았다.

"설사 죄가 있다 하기로서니 원래 하느님을 모신 장막이나 성전에서 제사드리는 일을 맡은 제사장들이나 성전 관료들에게만 해당되었던 규례를 모든 사람들에게 다 적용하도록 확대한 사람이 누구입니까? 손과 발로, 몸으로 벌어먹고 살아야 하는 사람들에게 그 많은 죄를 짓지 말고 살아가야 한다고 윽박지르는 사람들이 누구입니까? 죄를 지었으니 성전에 속죄 제물을 바치고 용서를 받아야 한다고 가르치는 사람들이 누구입니까? 죄인이라고 여러분을 몰아붙이면서 이득을 취하는 사람은 누구입니까? 제사를 드리고 나면 제사장을 통하여 죄를 용서해주시는 지극히 높으신 그분 하느님이, 왜 여러분에게 직접 그 죄를 용서해준다고 말씀하지 않으신다는 말입니까?"

누구도 생각하지 않았던 문제들을 예수는 거침없이 지적했다. 죄라는 말 때문에 늘 주눅 들고 머리 숙이고 가슴 치던 일들이 누군가의 올무였다는 생각이 그들 마음속에 싹트기 시작했다.

"그러다가 … ."

예수는 말을 끊고 다시 주위를 둘러보았다. 그는 마치 다시는 자기에게 그런 기회가 없는 사람인 듯 말을 이었다. 이 자리가 마치 자기가 제자들과 무리에게 마지막 가르침을 베푸는 자리인 듯 그렇게 말을 쏟아냈다. 그의 말은 사람들의 가슴속으로 흘러들었다. 조용한 흐름으로, 소용돌이로, 때로는 폭포처럼 그렇게 흘러들었다.

"여러분이 겪는 고통이나 불운에 대하여 죄 때문이라고 몰아붙이기 어려운 형편이면 그때는 곧바로 악한 영靈이 들었기 때문이라고 합니다."

사람들은 그 말이 맞다는 듯 다시 크게 고개를 끄덕였다. 성전에서 파견된 첩자는 신이 났다. 예수가 세상을 뒤흔들고, 소란하게 하고,

이스라엘의 전통과 가르침, 법을 어기는 주장들을 거침없이 쏟아 놓기 때문이다. 눈을 깜빡, 머리를 기웃하면서 므나헴에게 신호를 보냈다. 모든 일에는 증인이 있어야 하기 때문이다. 최소한 두 사람이 증인으로 나서면 예루살렘 대산헤드린 법정에 예수를 세우고 처벌하는 것은 이제 아무 문제가 없다.

"누구에게 악한 영이 들어갑니까?"

사람들은 대답할 수 없었다. 악한 영이 들어갔다는 사람이 있기는 했지만 왜 그 사람이 악한 영에 사로잡히게 되는지 알 수 없는 일이기 때문이다. 그건 누구도 시원하게 설명해준 적이 없는 일이었다.

"여러분! 악한 영이 들었다는 사람들을 자세히 살펴본 적이 있습니까? 그들 곁에서 그들이 겪고 있는 일을 생각해본 적이 있습니까? 들으십시오! 내가 얘기합니다! 악한 영이 들었다는 사람은 바로 하느님 앞에 서서 울부짖는 증인입니다."

정신을 차릴 수 없었다. 제자들도 그러한데 여리고 주민에게는 더 말할 필요 없었다. 그러나 누구도 두 팔 걷어붙이고 예수에게 덤벼드는 사람이 없다. 예수가 삭개오 집에 들은 첫날 밤, 담장 넘어 돌을 던졌던 사람도 그날은 뜰 안에 들어왔지만 그도 그저 듣고 있을 뿐이었다. 이제까지 받은 가르침과는 달랐지만 예수의 말에 감히 대들고 나설 수 없는 권위가 느껴졌기 때문이다. 예수는 새 가르침을 선포하는 것으로 보였다.

"귀신 들렸다는 사람은 대부분 감당할 수 없는 무서운 일을 겪거나 본 사람들입니다. 꿈속에서라도 다시 겪기 두려울 만큼 무서운 일을 겪은 사람입니다. 그런 일을 당했거나, 보았거나, 들었거나 고통을

476

겪은 사람입니다. 남이 당하는 고통이더라도 내 고통으로 받아들인 사람입니다. 고통은 상처를 남기지요. 고통이 크면 큰 상처, 작으면 작은 상처를 남기는 것 같아도, 어떤 상처를 받는지는 그 사람이 끔찍한 그 고통을 어떻게 받아들였는지 그에 따라 각각 다릅니다."

그 말을 들으며 마리아는 침을 꿀꺽 삼켰다. 그녀 자신이 일곱 귀신 들렸다고 손가락질 받았던 기억이 떠올랐기 때문이다.

"그 사람이 받은 상처는 치유되지 않고 날마다 삶을 갉아먹습니다. 눈앞에 그 고통이 거듭거듭 나타나는데, 고통받던 사람의 아픔이 자기 아픔으로 생생하게 느껴지는데, 잠을 잘 수 있습니까? 음식을 먹을 수 있습니까? 아름다운 것이 아름답게 보이겠습니까? 그 사람은 다른 사람이 못 듣는 고통의 울음소리를 듣고, 다른 사람이라면 무덤덤하게 넘어갈 수 있었던 일이 예리한 칼이 되어 찌르고, 썩썩 베어 들어오는 아픔이 되고, 보았던 일, 들었던 일이 한시도 사라지지 않고 계속 눈앞에서 벌어집니다. 그래서 부르짖고 웁니다. 그래서 기절합니다. 그래서 호소합니다. 그래서 고래고래 외칩니다. 그래서 저 소리, 고통받으며 울부짖던 사람들의 소리 좀 들어보라고 외칩니다."

그것은 아무도 깨닫지 못했던 일이었다.

"그런 사람은 악한 영이 들렸다고 사회에서 따돌리거나 공동체 밖으로 몰아낼 것이 아니고 공동체가 끌어안고 다독이고 서로 치유해주어야 할 사람입니다. 그 사람이야말로 다른 사람이 애써 귀 막고 눈 감았던 공동체의 비참한 기억을 못 잊고 혼자 견디는 사람입니다. 그 사람을 붙잡고 공동체가 함께 울어야 합니다. 그는 살아 외치는 증인이기 때문입니다. 죄인이라 불리는 사람들, 악한 영이 들은 사람들, 그들은 마을 밖이나 성문 밖으로 쫓겨나 살아갑니다. 옛날에는 이스라엘이 진을 친 진문陣門 밖에 나가 살아야 했습니다. 불결한 영, 파괴하는 영에 사로잡힌 사람이라 불리며 사람들 사는 세상 밖으로 쫓겨났습니다."

예수의 말을 들으면서 결국 마리아는 속으로 통곡했다. 일곱 귀신에 사로잡힌 여자, 막달라 생선골목이 생각났다. 비린내 진동하던 비 오는 밤거리가 생각났다. 약초를 뜯으러 산으로 들로 헤매던 날들이 생각났다. 그녀의 손을 잡고 숨을 거두던 늙은 과부가 생각났다. 세상은 여자에게 허락된 일이 아니면 모두 악한 귀신에 붙잡힌 여자가 하는 일로 불렀다. 그런데 예수가 선언하고 있다. 그녀가 살아온 날들은 귀신에 붙잡힌 날이 아니고 하느님 앞에 하소연한 날들이었다고. 그건 죄가 아니고, 하느님에게 증언하는 일이었다고.

"여러분, 악한 영이 들렸다는 사람은 사실은 거의 모든 경우에 세상의 근본적인 문제를 깨달은 사람입니다. 시대의 문제를 눈 똑바로 뜨고 보았던 사람입니다. 사람들은, 제도는, 체제는, 그리고 성전과 왕국은 사회의 근본적 문제를 깨달은 사람을 용납하지 않습니다. 위험하고 불온하다고 봅니다. 그래서 배제하고 처벌하고 이 사회에서 몰아내야 할 죄인이라고 부릅니다. 공동체를 위협하는 죄인, 귀신 들린 사람이라고 부릅니다."

예수의 말은 거기에 머무르지 않고 더 나아갔다.

"여러분은 하느님의 명령을 듣고 배웠습니다. '나 야훼가 온전한 것 같이 너희도 온전하라', '나 야훼가 거룩한 것 같이 너희도 거룩하라'. 거룩함이 무엇입니까? 부정한 것과 깨끗한 것, 온전하지 못한 것과 온전한 것을 가리어 구분하라는 것 아닙니까? 온전한 것은 하느님에게서 온 것이고, 온전하지 못한 것, 부정한 것은 하느님에게서 온 것이 아니라는 얘기 아닙니까? 내가 이제 감히 하느님의 뜻을 받들어 선언합니다. 구분하고 나누고 가르는 거룩함을 찾지 말고, 하느님이 사랑이신 것같이 서로 사랑하라는 하느님의 새 계명을 여러분에게 전합니다."

그리고는 이어 말했다.

"공동체를 위한다는 명분은 사실 공동체를 조작하는 권력자의 이익을 보장한다는 말입니다. 그가 누구이든, 공동체로 하여금 무엇을 누구를 어떤 것을 미워하도록 가르치고 지도하는 사람이 있다면 그는 하느님을 미워하는 사람, 하느님의 사랑을 등진 사람이라는 것을 잊지 마십시오. 하느님을 섬기고 하느님의 뜻을 대리한다는 성전, 사실 그들이야말로 하느님을 등진 집단이라는 것을 잊지 마십시오."

마리아는 이제 확실히 보았다. 피할 수 없음을 깨달았다. 어느덧 등 뒤까지 다가와 그르렁거리며 서성이는 참혹한 죽음을 보았고, 피비린내를 맡았다. 세상은 반드시 선생을 거꾸러뜨리려고 나설 것이다. 그는 세상과 더불어 살아갈 수 있는 사람이 아니다. 그가 늘 말하던 대로 세상에 불을 지르는 사람이다. 그 불로 세상의 억압과 제도와 성전, 왕국을 활활 태우고 새로운 질서를 세우려는 사람이다. 그 불 속에 몸을 던져 스스로 타버릴 사람이다. 불타오르는 세상의 언덕에서 가장 처절하게 이름이 지워질 사람이다. 그 일을 자기가 맡은 일로 생각하는 사람이다. 불에 모두 타버려 잿더미로 변한 벌판에 봄이 되면 파란 새싹이 돋아나듯, 그렇게 새 세상이 열린다고 믿는 사람이다.

"여러분에게 끝없는 하느님의 사랑을 전합니다. 하늘 아버지는 누구도 버리지 않고, 외면하지 않습니다. 그분은 여러분 모두 다 사랑하십니다. 하늘 아버지는 여러분 모두를 보듬어 안고 계십니다. 힘내십시오. 하느님이 여러분과 함께 계십니다. 아버지 품 안에서 아들딸로 살아가는 여러분은 행복한 사람입니다. 그걸 잊지 마십시오. 그리고 여러분 자신을 잃지 마십시오. 세상을 주름잡는 악이 으르렁대며 여러분을 하늘 아버지 품 안에서 빼앗아가려고 덤빌 것입니다. 하늘 아버지는 그 자식 중 어느 한 사람도 내놓지 않고 지키실 것입니다. 여러분 한 사람 한 사람은 아버지에게 귀한 자식이기 때문입니다."

예수는 긴 얘기를 끝맺었다.

예수가 평소부터 생각한 대로 사람들은 각자 자기가 듣고 싶은 말만 들었을 것이다. 그러나 때가 되면 그들은 예수가 했던 말을 한 마디 한 마디씩 꺼내 곱씹으면서 자기들이 살아가고 있는 세상과 견주어볼 것이다. 마치 양이 푸른 풀밭에서 정신없이 풀을 뜯어먹고 밤에 우리에 들면 오물오물 되새기듯 언젠가 다시 새길 것이다. 그날이 언제든 분명 눈을 뜨고 깨닫는 날이 오리라. 그렇겠거니 당연하게 받아들였던 세상을 달리 보기 시작하면 그건 이미 겨울이 저만치 물러갔다는 얘기다. 생명의 봄이 이미 성큼 문 열고 들어올 때가 됐다는 얘기다.

이미 밤이 깊어졌다. 긴 꼬리 유성이 하늘을 가로질러 예루살렘 쪽으로 흐른다. 그도 그렇게 사라지는 유성이 될지, 새 날을 밝히는 빛이 될지를 가르는 싸움이 이제 벌어지리라. 말을 마칠 무렵부터 예수는 가슴이 메슥메슥해지는 것을 느꼈다. 가슴 한가운데 아주 무거운 추가 매달린 느낌이다.

어릴 적부터 그랬다. 피하고 싶은 일을 피할 수 없을 때 언제나 그 랬다. 되돌릴 수 없는 어떤 일이 일어날 때 그랬다. 그러면 세상이 빙 그르 도는 듯 어지러워 그 자리에 쓰러진 적이 여러 번 있었다.

"애야! 예수야! 애야! 내 아들아 ….."

정신을 차려보면 얼굴에 떨어지던 어머니 눈물이 뜨거웠었다. 아들 을 끌어안고 어머니는 소리 죽여 울었다. 갑자기 왜 어머니가 생각나 는지 알 수 없다. 돌아보면 참 먼 길 걸어왔다. 이제 되돌아설 수 없 는 문턱을 넘는다. 밤이슬에 젖어 걸친 옷이 눅눅하다.

삭개오가 조용히 예수 옆에 다가왔다. 그의 눈에 금방 쏟아질 듯 눈 물이 가득 고여 있다.

"선생님, 이제 안으로 드시지요. 밤이 깊습니다."

삭개오는 한없이 울고 싶다. 털썩 주저앉아 꺼이꺼이 울고 싶다. 애 써 곧추세우며 살아온 날들, 아프게 살아온 지난날이 눈앞에 나타나 고 사라진다. 재산은 모았지만 가슴에는 무엇으로도 채울 수 없는 깊 은 바닥이 도사리고 있었다. 그 바닥, 푸석푸석 메말랐던 가슴에 물이 가득 들어와 철렁거린다. 물은 가장 낮은 곳으로 흐르게 마련이다. 바 닥이 낮고 깊으면 더 많은 물이 고인다.

예수는 삭개오의 어깨를 감싸 안았다. 삭개오는 떨고 있다. 울고 있 다. 그 떨림이, 그 울음이 고스란히 가슴으로 느껴진다. 다시 한 번 힘을 주어 그를 끌어안았다. 이 사람은 이제 새로운 사람이 되어 살아 가리라. 한 사람의 영혼이 잠에서 깨어난 셈이다.

예수가 자리를 떠도 제자들과 동네 사람들은 흩어지지 않고 아직 마 당에서 웅성거리며 얘기를 이어가고 있다.

"어이, 그런데 선생님이 오늘 하신 말씀이 무슨 얘기여? 어떻게 하라는 말씀이여?"

시몬이 요한에게 물었다. 그가 선생의 얘기를 잘 정리해서 질문까지 했으니 혹 자기가 못 알아들은 무엇을 알아들었을 것으로 생각했기 때문이다.

"글쎄요, 평상시에 하시던 말씀과 비슷하기도 하고, 다르기도 하고, 하기야 아까 제가 선생님께 질문했더니 그것은 시작일 뿐이라 하셨으니 더 깊은 내용이 있다는 것은 분명한데 …. 예, 그건 분명해요."

제자들이 흘끔흘끔 쳐다보는데도 마리아는 말이 없다. 나무에 등을 기댄 채 미동도 않고 하늘만 올려다본다. 별이 가득한 하늘 때문에 요한도 그녀에게 말을 붙이기 어려웠다.

"그런데, 참 말도 안 되는 말을 하시네, 선생이라는 분이 …. 아, 사마리아 사람 중에 유대 사람에게 친절을 베푸는 사람이 있어? 그건 우리 유대 사람도 마찬가지고. 나는, 원, 그런 얘기는 평생 한 번도 못 들었네!"

여리고 사람 중 하나가 고개를 좌우로 까닥까닥 흔들면서 이죽거린다. 병을 잘 고치기로 소문난 사람이 삭개오의 집에 머문다고 해서 슬슬 마당에 들어온 사람이었다. 경건한 유대 사람이라면 결코 상종하지 않는 세리의 집까지 겨우 찾아왔는데 말도 안 되는 허황한 얘기만 들었다고 생각했다. 그는 혀를 끌끌 찼다.

"갈릴리 사람이 별수 있어? 에이! 몽땅 거지 떼구먼. 제집 제 식구 내팽개치고 돌아다니는 사람들이니 알 만하지. 내 그럴 줄 알았다니까!"

예수 귀에도 그 말이 들렸다. 못 들은 체 삭개오를 따라 그가 마련해준 방으로 발을 옮겼다. 하기야 사람들이 이상하고 불량하고 부정하게 보는 것도 무리가 아니다. 집을 떠나 가족, 친척, 마을 사람 다 뒤로하고 떠도는 사람은 말 그대로 부랑자나 비렁뱅이다. 경건한 유대 사람 눈에는 모두 부정한 사람이고 죄인이고 마을에 받아들이지 말고 쫓아낼 사람으로 보일 터였다. 그가 내뱉은 갈릴리 사람이라는 말이 가슴에 콱 박힌다. 예수는 갈릴리 사람이기 때문이다. 나사렛 사람이기 때문이다.

예수가 사마리아 사람 얘기로 시작한 것도 사실은 이유가 있었다. 시몬이 먼저 얘기를 꺼내기도 했지만, 사실은 여리고에 내려오면서 사마리아 사람들과 사마리아 지방에 대해 제자들이 가지고 있던 뿌리 깊은 적대감을 확인할 수 있는 일이 있었기 때문이었다. 요단강을 따라 유대로 내려오면서 요한은 제자들 앞에서 여러 번 투덜거렸다
"내가, 그 사마리아에서 당한 일을 생각하면 지금도, 아이구, 화가 치민다고!"
아마 먼 길 돌아 걷는 것이 못내 속상한 모양이었다. 갈릴리에서 예루살렘으로 내려오는 길은 여러 갈래가 있다. 사마리아를 통과하면 거리는 가장 짧지만 사람들 대부분이 그 길을 꺼려한다. 사마리아 사람들은 유대 사람이라면 언제나 드러내 놓고 적대감을 표시하기 때문이었다. 일단 사마리아 지방을 통과하는 길에 접어들면 중간에 다른 길로 빠질 수 없다. 오던 길 되짚어 갈릴리로 돌아가든지, 아니면 허옇게 드러내는 사마리아 사람들의 적대감과 시비를 뚫고 앞으로 계속 나갈 수밖에 없다. 그 지방 사람들은 유대를 찾아가는 모든 사람을 유

대인으로 간주한다. 갈릴리 사람은 원래 유대 지방을 찾는 일이 드물다. 있다면 유대에서 갈릴리로 이주한 사람들뿐이었다.

역사적으로 사마리아와 유대 사이에는 서로 지울 수 없는 적대감이 있었다. 천 년 전 다윗 왕가의 폭정에 못 이겨 북쪽 사람들이 여로보암을 앞세우고 떨어져 나가 세겜을 수도로 삼고 북왕국을 세웠다. 그리고 그 나라를 이스라엘이라고 불렀다. 옛 사울왕이 다스렸던 나라를 잇는다는 명분이었다. 나중에 오므리왕이 사마리아를 새 수도로 삼아 이전했다. 한 조상 이스라엘이라 불린 야곱의 열두 아들로부터 이어져 내려온 자손이라고 전설은 얘기했지만 북왕국 이스라엘이 2백여 년 만에 앗시리아제국에게 멸망당한 후 두 왕국에 각각 속해 살던 주민들은 8백 년 넘는 세월 동안 전혀 남남으로 살았다. 그러다가 유대에서 일어난 하스몬 왕가의 대제사장 히르카누스가 사마리아와 갈릴리를 정복하고 유대에 복속시킨 것이 겨우 140여 년 남짓 됐을 뿐이다. 유대 사람들은 자기들이야말로 이스라엘 민족의 정통을 이어받은 사람들이라 거들먹거리며 사마리아와 갈릴리를 제국에게 협력한 이방의 개처럼 취급했다.

역사적으로 북왕국 이스라엘이 남왕국 유다보다 더 강했고 번성했고 부유했다. 사마리아 사람들의 눈으로 볼 때 남왕국 유다야말로 남쪽 산간지방에 웅크려 살던 가난하고 빈약한 나라였을 뿐이었다. 게다가 유대도 페르시아, 프톨레마이오스, 셀레우코스, 로마로 이어진 제국의 속국이 되어 제국에 복종하고 협력하며 살았던 것은 마찬가지였다. 사마리아 사람들이 더 이를 가는 것은 히르카누스가 사마리아를 점령할 때 사마리아 그리심산에 세워졌던 성전을 허문 일이었다. 하느님이 모세를 통하여 내려주었다고 유대 사람들이 믿는 토라에 따라 오직 한곳 예루살렘 성전에서 제사드려야 한다는 강압이었다. 사마리아는 그 일을 잊지 않았다. 그때부터 유대는 동족이 아니라 원수가 되었다.

그런 역사를 알고 있었지만 예수는 갈릴리에서 내려올 때 사마리아를 거치려고 마음먹었다. 사마리아 지방을 들어서자마자 아니나 다를까 그 지방 사람들이 길을 막고 나섰다. 말재주 좋은 요한이 나서 이리저리 설득했고, 나중에는 야고보까지 나서서 부탁했지만 그들은 막무가내로 고개를 저었다.

"이분이 바로 그 유명한 예수 선생님이시오."

"누구라도 안 되오. 조상 아브라함이 왔다고 한들 길을 내어줄까?"

"우리는 갈릴리 사람이오. 유대인이 아니오."

"안 되오! 유대인이 아니면 왜 예루살렘에 간단 말이오?"

"길이란 원래 사람이 오고 가라고 있는 것 아닌가요? 앞을 터주시오."

"한번 당해보고 싶은가? 이 사람들이! 말을 하면 들어야지! 썩 돌아가지 못해?"

할 수 없이 돌아섰다. 왜 갈릴리 사람들이 명절 때마다 요단강 골짜기를 따라 먼 길 돌아 유대에 내려가는지 알고도 남을 일이었다. 설득하려고 나섰던 야고보와 요한 형제는 분을 못 참고 울근불근했다.

"선생님, 선생님은 하늘 군대를 불러 내릴 수 있으시지요?"

다시 오던 길을 돌아 갈릴리 쪽으로 올라올 때 요한이 예수에게 바짝 붙으며 턱을 쳐들고 말했다.

"하늘 군대?"

"예, 선생님. 하실 수만 있으면 많이 불러 내려서 … ."

"허!"

예수는 망연히 길 너머 너머로 시선을 돌렸다. 제자들은 예수의 시선이 먼 곳으로 돌려지는 것을 보고 할 수 없이 입을 닫았다. 그러면서도 분을 못 이겨 길을 걷는 내내 식식거렸다.

"어허!"

예수는 깊은 한숨을 내쉬었다. 나이는 어려도 남달리 영리해서 늘 앞서기를 좋아하는 동생 요한과 달리, 형 야고보는 행동이 신중한 사람이었다. 그리고 그들 형제는 평소에 모질거나 거친 말을 내뱉는 사람들이 아니었다. 야고보 형제 외에 다른 제자들도 나섰다. 그들 형제뿐만 아니라 다른 제자들까지 한 마디씩 거들고 나서는 것을 보면서 사마리아와 유대 사이의 골이 얼마나 깊은지 예수는 다시 한 번 깨달았다. 지배체제가 교묘하게 뿌리고 키워 놓은 뿌리 깊은 증오심, 나눠놓고 경쟁시키며 지배하는 정책의 폐해였다.

모든 사람의 욕구를 근본적으로 해소할 수 없기 때문에 지배자는 그중 몇 사람이나 계층에게만 눈에 보이는 특혜를 베풀어 욕구를 채워준다. 그러면 불공평한 제도를 바꾸려고 나서기보다 혜택을 볼 수 있는 범위에 끼어들기 위해 모두 경쟁한다.

특혜를 받는 대상을 그렇게 선정하듯 비난과 증오의 대상을 택하는 일도 마찬가지다. 증오의 대상도 지배자들이 선정하여 먹잇감으로 내던진다. 어느 민족, 나라, 지방, 계층, 계급, 출신에 대한 혜택과 증오는 늘 동전이 양면을 가진 것과 마찬가지 이치였다. 증오의 대상에게 보이는 노골적 폭력과 적대감은 결국 제국이나 통치자, 지배자, 지배세력이 심어 놓은, 분할지배라는 제도적 폭력에 뿌리를 두었다. 나눠 놓으니 유대는 서로에게 불붙는 적대감과 증오 때문에 고통의 근원을 보지 못했다.

"저놈들 때문에 우리가 지금 이 고생이라니까!"

"어떡하면 저놈들을 이 땅에서 쓸어버릴꼬?"

"저놈들이야 이방에게 꼬리를 친 개지."

"개? 아니야, 이방이야. 바로 이방이야!"

"그럼 원수네?"

"암, 원수지!"

제국은 이스라엘을 침략할 때마다 땅은 물론 백성을 철저하게 유린했다. 제국은 남쪽에서 올라가며 휩쓸고, 북쪽에서 내려오며 짓밟았다. 이방민족의 제국만 그런 것이 아니고 이스라엘이 세웠다는 남왕국, 북왕국도 그 점에서는 마찬가지였다.

근본적으로 이스라엘이 세웠다는 왕국들도 채찍을 휘둘러 백성을 부려먹고 땅은 갈퀴로 훑을 수 있는 재산으로 취급했다. 게다가 밀고 내려가고, 몰고 올라갈 때 내가 그 땅에 무언가 남겨두면 적이 차지할 것이 분명한 이상, 가장 효과적으로 적에게 타격을 주기 위해 그 땅을 철저하게 파괴하고 비웠다. 그건 역사에서 늘 있는 일이다. 적에게 빼앗길 식량은 모두 옮기고, 옮기지 못하면 한 곳에 긁어모아 불태운다. 적이 몸을 뉘일 수 있는 모든 지붕 있는 집들은 무너뜨리고 불을 질러 쓰러뜨린다. 적이 병졸로 뽑아갈 만한 모든 남자는 미리 사로잡아 끌고 가거나 죽여 없앤다. 그것이 소개疏開정책이다. 전쟁을 겪어본 사람은 안다. 전쟁은 전장에서 싸우고, 빼앗은 땅과 성읍에서 끝난다.

그럴 때 침략자는 바로 옆에 있던 이웃 지방, 이웃나라에게 증오의 방향을 교묘하게 돌리는 수법을 썼다. 열 마을 중 한 마을을 약탈에서 제외하거나 약간의 특혜를 주는 것만으로 나머지 아홉 마을의 적으로 만들 수 있었다.

지배자들은 영악하고 간교했다. 지배자들은 자기 얼굴을 감추거나 불평불만을 해소할 다른 방법이 없을 때는 언제나 증오의 대상, 원수를 손가락으로 가리킨다. 그럴 만한 대상이 없으면 새로 만들고, 이미 대상이 있을 경우에는 사람들 시선을 틀어 그 대상에게 향하도록 만든다. 유대 지방과 사마리아 지방이 그러했다. 두 지방 사이에 있었던 역사적 갈등을 들춰내어 적대감에 불쏘시개만 만들어 던지면 곧 미친 듯 증오의 불이 타오른다. 갈기털을 세우고 으르렁거리며 어느 한쪽이 쓰러질 때까지 물고 뜯고 엉켜 싸운다. 한 발 뒤로 물러선 지배자들은 그 광경을 보며 킬킬 웃고 안심한다. 제국은 이스라엘의 한 세력을 선택하여 혜택을 베풀고, 다른 세력을 증오의 대상으로 지목했다. 새롭게 지목하기보다, 역사적으로 존재하던 세력을 다시 지목하여 사그라진 불을 되살리기만 하면 충분했다. 유대 지방 사람들에게 사마리아와 갈릴리, 사마리아와 갈릴리에게는 유대가 언제나 손가락질의 대상이었다.

"사마리아는 이방, 그 땅 사람은 이방인."

"갈릴리는 이방이거나 근본을 알 수 없는 회색지대. 확실한 사람을 제외하고는 모두 비유대인."

"유대 사람들은 약탈자."

사람들 마음속에 이미 그렇게 이름 지어져 있다. 사마리아에 대한 적대감으로 옛 남왕국 유대 지방 사람들은 똘똘 뭉쳤다. 사마리아에서는 그들대로 피해자였다는 생각으로 유대에 대한 적개심을 불태웠다. 따지고 보면, 유대나 사마리아를 다스리는 이방제국 로마에 대한 증오보다 상대에 대한 증오가 더 크고 깊다면 그건 바로 정치적 조작의 결과일 뿐이다. 지배자들이 갖는 가장 효과적인 수단이 지배의 대상을 이리 나누고 저리 분리하는 일이다. 그러면 지배당하는 여러 세력은 지배계급과 이방제국에 대항하기 위해 하나로 뭉치는 대신 서로 물고 뜯으며 싸우기 때문이다.

조작의 대상이 되어 세뇌당하면 자기들이 겪는 비참한 현실의 근본적 원인 대신 눈앞에 제시된 대상을 증오하게 된다. 좁은 웅덩이에서 오글거리는 물고기 떼가 된다. 옆사람과 한번 싸우기 시작하면 상대에 대한 증오는 점점 더욱 커지고 깊어진다. 싸울수록 미움이 커지는 것은 정해진 이치였다. 제국이나 지배자는 증오의 확산을 막을 이유가 없다. 지배세력의 안녕과 질서가 통치지역 내부의 분열에 뿌리내리고 있기 때문이다.

예수는 어려서부터 여러 번 보고 듣고 겪었다. 어떤 집에 식량이 떨어져 식구들이 굶은 채 잠자리에 들었는데, 문 닫고 빵을 떼는 옆집은 원망의 눈초리를 받는 대상이 됐다. 가장 기초적 공동체인 마을과 이웃이 철저하게 파괴되었기 때문이었다. 지배자들에게는 기초 공동체를 파괴하고 모두 뿔뿔이 흩어지고 서로 증오하고 불신하도록 만들어야 할 충분한 이유가 있다. 모든 사람이 다른 이웃을 생각할 겨를 없이 오직 자기 한 목구멍만 생각하며 살 때, 지배자는 도전 받지 않고 안정적이며 막강한 권력을 누릴 수 있다. 로마도, 예루살렘도, 갈릴리 분봉왕 헤롯 안티파스도 그런 면에서 서로 다르지 않았다.

원망과 불평과 증오의 대상이 이웃으로 바뀐 현실을 보면서 예수는 가족과 마을 공동체를 회복하는 것이 가장 중요한 일이라는 생각을 더욱 굳혔다. 그것이야말로 가르고 나누는 것을 기본 속성으로 하는 모든 지배체제에 대한 가장 강력한 저항의 시작이었다. 크게는 이스라엘, 작게는 갈릴리, 사마리아, 유대 지방에서 벌어지는 문제의 근본 해결방안이다. 개인의 문제가 아니고 공동체의 문제고, 공동체의 문제로 끝나지 않고 공동체가 모여 구성한 사회체제, 지배체제의 문제다. 해체와 분리를 수단으로 삼아 지배하는 제국과 그 하부 통치기관에 관한 문제였다.

'하늘 아래 눈물 없는 곳이 어디 있느냐'는 아버지의 노래는 예수에게 눈물 없는 세상을 만들라는 부탁으로 들렸다. 죄를 지어 하느님으로부터 벌을 받아 고통을 겪는 것이 아니고, 하느님의 뜻을 거스른 악한 세력 때문에 백성이 눈물 흘린다는 생각이 들었다. 억누르는 제국과 지배세력을 허물고 옆사람에게 서로 손 벌리고, 벌린 손 잡아주는 공동체 회복, 그 길을 걷기로 했다. 제자들이 분노했던 사마리아 사람들이야말로 하늘 군대를 내려 벌주어야 할 증오의 대상이 아니고, 손 잡고 눈물 흘리며 화해해야 할 형제였다. 원수가 되었던 쌍둥이 형제 야곱과 에서가 수십 년 만에 들판에서 만나 서로 끌어안은 채 울었던 것처럼 형제의 가슴을 눈물로 적셔야 할 때다. 사랑 외에, 용서 외에 원수와 하나 될 수 있는 방법은 없다. 사랑의 가장 바닥에 가정이 있다. 아버지와 어머니, 형제, 누이가 있다.

가족이라는 말을 생각하면 예수는 늘 언덕마을 나사렛에 두고 온 가족이 떠올랐다. 그건 그리움이었다. 그리움은 늘 약간 배고픈 기억과 함께 찾아왔다. 그러면 가슴이 먹먹해졌다. 가족이라고 말하면 막연하지만, 그건 아버지와 어머니, 동생들의 얼굴이었다. 그 얼굴은 말 그대로 식구다. 한 사람 한 사람 목구멍으로 먹을거리를 무엇이든 넘겨야 할 입이다.

빵조각을 남겨 어린 동생들에게 밀어주고 아버지와 어머니는 배부르다며 늘 물러앉았다. 동생들은 항상 배가 고팠고, 예수도 배가 고팠다. 어머니 아버지 얼굴에는 핏기가 사라진 지 오래됐다. 배를 채울 수 있는 것이라면 무엇이든 먹어야 했다. 아버지의 직업은 말이 좋아 석수이자 목수였지, 일거리가 없으면 그야말로 거지나 다름없었다.

옛날에는 한 마을에 굶는 사람이 생기면 동네 사람들이 모두 수치로 생각했다. 이웃끼리 돌봄에 소홀했다는 말이기 때문이었다. 그러나 모두 가난하고 모두 배고프게 되면서 누가 누구를 돌봐줄 형편이 못됐다. 더구나 어느 한 집이 세금을 못 내고 공물을 제때 바치지 못하면 다른 집이 곤란을 겪기 시작했다. 마을 사람들이라도 대신 내야 하기 때문이었다. 그렇게 대신 떠안은 세금 공물 때문에 웬만큼 산다는 집 곳간도 어느 때부터는 비기 시작했다. 부담을 대신 짊어진 사람 앞에 서면 세금을 못낸 사람은 늘 고개를 들 수 없었다. 그건 꾸어준 사람과 꾸어 먹고 살아야 하는 사람 사이도 마찬가지였다. 원래 동등했던 이웃관계가 주인과 일꾼이 될 수밖에 없었다.

"예수야, 아랫동네 촌장 집에 가자. 할 일이 있다더라."

"예!"

그 집에 손볼 일이 생기면 늘 아버지가 일을 해주었다. 그럴 때면 예수는 두말하지 않고 아버지를 따라 나섰다. 어려울 때 부탁하려면 평소에 좋은 관계로 지내야 했다. 양식이 떨어졌을 때 보리나 밀을 꾸어 올 수 있는 유일한 집이 촌장네였다. 마을에서 자기 땅을 아직 지니고 사는 사람은 촌장 말고는 두세 집뿐이었다. 얼굴도 모르는 세포리스 지주 손에 마을 사람들 농사짓던 땅이 대부분 넘어간 지 꽤 오래됐다.

　"농사짓는 일도 쉬운 일은 아녀."

　"그래도 아버지는 밭 하나 있으면 좋겠다고 늘 말씀하셨잖아요?"

　"그렇지. 그런데, 예수야, 내 말 들어봐라."

　그렇게 말하면서 마을에서 제일 좋다고 알려졌던 밭을 아버지는 눈으로 더듬었다. 그 땅도 몇 년 전에 이미 다른 사람에게 넘어갔다.

　"소출이라고 해 봐야 별거 아녀. 풍년이 들어야 네 배, 보통은 씨 뿌린 종자의 세 배를 거두어들일 뿐이다. 뼈가 휘도록 일해서 세 배를 거두면 어찌 사누? 다음 농사에 쓸 씨앗, 거두어들인 것의 3분지 1을 종자로 남겨둘 형편도 안 되니 … 종자 빌린 것 갚고, 세금 내고, 공물 바치고, 십일조 내고, 성전세 바치면 농사지어서 식구 먹을 게 무에 남겠냐? 꾸어 오고 또 꾸고 해마다 빚을 내지. 누구에게 꾸어 오는지 아니? 세금으로 농사지은 것 빼앗아간 사람들에게 가서 손 벌리지. 그래야 먹고 살거든. 빚은 해마다 늘어가고, 그러다 보면 너 나 할 것 없이 땅을 넘길 수밖에 없게 된단다."

　"그렇군요."

　"저기 저 포도원을 봐라! 세포리스 사는 지주가 저 땅을 사더니, 옆에 있는 땅, 또 그 옆 땅 끌어모아 큰 덩어리를 만들고 울타리를 세우지 않던? 땅이 지주 손에만 넘어가면 더 이상 양식거리를 생산하지 않아. 더 큰 이익을 내겠다고 단일 작물을 심거나, 사오 년은 족히 기다려야 겨우 첫 열매를 딸 수 있는 포도원으로 만들거나. 휴! 마을 사람 양식이 나오던 밭이 도시 사람이 쓰는 작물 밭으로 변했지."

나사렛 사람들은 서로 양식을 꾸러 다녔다. 아니면 곡물을 꾸러 며칠마다 한 번씩 큰 마을에 가거나 세포리스를 찾아갈 수밖에 없었다. 그러다 보면 마지막엔 조상 때부터 농사짓던 땅을 내주어야 했다. 기를 쓰고 버티며 살던 사람들이 밭 가장자리 세워 둔 곡식 단 무너지듯 무너졌다. 땅을 거둬들이는 사람들만 신이 났다. 그런 사람이 마을에 드나들기 시작하면 얼마 지나지 않아 어떤 집 땅이 넘어갔다는 소문이 파다하게 퍼지곤 했다.

그나마 조상 때부터 내려오던 전통을 근근이 지키던 마을이 무너지고 이웃 관계가 녹아내렸다. 제일 먼저 사라진 것이 3년마다 십일조를 거둬 지방에 보관하면서 가난한 사람, 과부, 고아, 이방인을 돌보던 전통이었다. 최소한의 땅만은 지켜서 한 가족이 살아갈 수 있게 해준다는 가장 중요한 법도 속절없이 무너졌다. 그 법은 모든 가정이 동등해야 한다는 말이 아니라, 사람이 사람으로 살아가는 세상에 대한 꿈이었다. 갈릴리는 꿈을 잃은 땅이 됐다. 꿈을 잃고 정신이 사라지면 힘 있는 사람만 살아남는 세상이 될 수밖에 없었다.

한 사람의 족장 아브라함에게서 시작된 민족이 이스라엘이라고 사람들은 믿었다. 족장을 축복한 하느님은 이스라엘을 축복한 것이라고 얘기했다. 족장이 공동체를 돌보아야 할 의무를 지녔던 시절이기 때문에 그때는 그나마 그렇게 얘기할 수 있었다. 족장이 오래전에 사라지고 왕국이 세워졌을 때 하느님은 여전히 왕 한 사람을 축복했다고 전해졌다. 그 왕이 다윗이었기 때문이라고 했다. 다윗은 남쪽 유다 지파 목동 출신으로 유다 지파와 시므온 두 지파에 의해 머리에 기름부음을 받아 유다의 왕이 되었다. 베냐민 지파였던 사울왕이 죽고 난 후 그 아들을 따르던 북쪽 10지파까지 다윗을 왕으로 섬겨 통일왕국 유다를 이루었다.

그 이후, 나라는 무너지고 민족은 흩어지고 연달아 제국들의 통치를 겪으면서 사람들은 1천 년 전 기억을 불러냈다. 로마제국의 가혹한 통치를 받으면서 이야기로 전해져 내려온 다윗왕 같은 지도자, 메시아가 나타나기를 기다렸다. 머리에 기름부음을 받아 지도자로 세워진다는 메시아를, 전설처럼 꿈처럼 전해 내려온 과거의 어느 때를 다시 이룰 사람으로 기다렸다. 잃어버린 과거의 영화를 기억으로 불러내고, 무엇이 잘못되어 현재 비참한 상태가 되었는지 되돌아보고, 그 영화를 되찾기 위해 어떻게 해야 할지 길을 찾는다. 결국 과거에 대한 해석이 오늘을 결정한다는 말이었다.

다윗은 이스라엘이 기다리는 메시아의 전형이다. 다윗 왕조는 이스라엘이 회복해야 할 영광의 표상이 되었다. 하느님은 다윗 가문 유다 왕국이 영원히 번영하고 그의 자손이 대를 이어 왕국을 다스리도록 약속했다고 전해졌기 때문이다. 그 약속, 다윗왕에게 내려준 특별한 축복은 이스라엘에게는 회복해야 할 미래가 되었다. 다윗왕이 죽고 그 손자 시절에 왕국은 남쪽 왕국 유다, 북쪽 왕국 이스라엘로 갈라졌다. 지금으로부터 6백 년 전에 그나마 남쪽 왕국 유다마저 제국에게 멸망당한 이후 다윗 왕조의 후손들은 흔적 없이 사라졌다. 그 이후 제국들에게 번갈아 점령당해 압제에 시달리며 살아도 언젠가는 하느님이 다 윗과 맺었던 약속이 실현되리라 믿었다. 다윗왕 시절의 영화로웠던 그날이 다시 오리라 믿었다.

그러나 예수는 달랐다. 그 말을 믿을 수도, 받아들일 수도 없었다. 그에게 다윗왕은 부러워하거나 존경할 만한 사람이 아니라 새로운 눈 으로 비판해야 할 대상이었다. 그는 어릴 적부터 다윗왕 얘기라면 어 느 것 하나 허투루 듣지 않았다. 양떼를 몰고 들판을 헤매던 목동이 하 느님의 뜻에 따라 머리에 기름부음을 받은 왕이 되었다는 성공과 성취 의 얘기였다. 그러나 목으로 넘어가지 않고 턱 걸리는 느낌이 드는 얘 기였다. 꿀꺽 삼키지 않고 예수는 뱉어냈다. 목을 넘어가지 못한 그 얘기에서 음모와 술수, 하느님의 이름을 들먹인 조작과 속임수의 냄 새가 역겹게 풍겼기 때문이다. 얘기에는 왜곡된 모습과 번들거리는 뻔뻔한 민낯이 나란히 드러나 있다. 마치 누구도 들어가 본 적 없는 캄 캄한 동굴에 돌 하나 던지고, 그 돌이 굴러 떨어지는 소리를 들으며 굴 의 깊이를 가늠하는 것 같다. 이빨 썩는 냄새처럼 고약하고 기분 나쁜 냄새가 굴속에서 퍼져 나왔다. 아무리 하느님의 은혜와 축복으로 감 싸도 썩는 냄새는 무엇이 썩고 있다는 증거다.

"아버지! 그런데 '히브리'라는 말이 무슨 말이에요?"

"가난한 사람, 가장 낮은 곳에 사는 사람, 보잘 것 없는 노예 같은 사람이라는 뜻이란다. 그런데, 왜?"

요셉의 대답을 듣고 예수는 혼자 곰곰이 생각했다. 야훼 하느님이 왜 이스라엘의 조상 히브리 사람을 이집트에서 해방하여 이끌어냈는 지 궁금했기 때문이었다. 모세를 시켜 히브리를 이끌고 서둘러 이집트를 떠나도록 명령한 하느님에게는 특별한 계획이 있었음이 분명했다. 그런 생각 끝에 예수는 결론을 얻었다. 히브리와 제국은 서로 어울릴 수 없는 말이었다. 억압받아서도 안 되지만 히브리가 억압하는 제국이 되면 더욱 안 된다는 말이었다. 억압 없는 세상을 히브리가 이루라는 명령이었다. 깨달음이 거기에 이르니 역사가 달리 보였다.

벌써 백 년 가까이 로마가 이스라엘을 억압했다. 사람들은 제국의 압제에서 벗어나는 날을 기다렸다. 다윗왕 같은 메시아가 번뜩 나타나 제국의 압제에 시달리는 이스라엘을 해방할 것이라 믿고 기다렸다. 새로운 세상 건설이 아니라 다윗 왕국 회복을 꿈꿨다. 이집트와 마찬가지로 다윗 왕국이 또 하나의 굴레였다는 역사를 까맣게 잊었다.

그날이 오면 여러 나라의 왕과 백성이 예루살렘 성전에 올라와 야훼 하느님을 경배하고, 금은보화를 바치고, 이스라엘에 복속하리라 믿었다. 메시아가 이끌고 내려온 하느님 군대에게 악의 무리, 어둠의 왕자들이 패망하고 세상 마지막 날이 오리라 믿었다. 세상이 멸망하는 그날에 하느님의 아들이 세상의 심판자가 되어 모든 어둠의 자식들을 단죄하리라고 믿었다. 하느님 백성 이스라엘은 새 세상 새 왕국의 백성이 되리라 믿었다. 기다림의 뿌리에는 다윗왕에 대한 향수가 자리잡고 있었다. 다윗왕은 하느님의 사랑과 축복을 받은 임금으로 기억하고 추앙했기 때문이었다.

예수는 그런 기대야말로 잘못된 꿈이라고 생각했다. 그런 일은 애당초 있을 수 없는 일이었다. 권력을 잡으려고 전쟁을 하고 왕조를 세우고 왕성을 지은 사람이 하느님의 뜻에 따랐다는 말은 공존이 불가능한 두 말을 나란히 붙여 놓은 것과 마찬가지였다. 권력을 다투다가 패퇴하자 이스라엘의 적에게 붙어 거꾸로 이스라엘에게 창을 겨눈 사람, 다른 나라 용병을 끌어들여 동족을 압박한 사람, 어떻게 그가 하느님의 사람이 될 수 있겠는가?

"기록은, 선조들의 기록은 깊은 뿌리를 땅속에 깊게 내린 큰 나무의 한 가지일 뿐이다."

"나뭇가지요?"

"그래."

어느 날 일을 마친 후 석양을 등지고 집으로 돌아가는 길에 아버지가 뜬금없이 예수에게 말을 던졌다.

"그게 갑자기 무슨 말씀이에요?"

"이 애비도, 그리고 너도 글을 읽거나 쓸 줄 모르잖니?"

"예."

"그러니 우리가 무슨 일을 했든, 무슨 얘기를 나눴든, 너와 내가 기억하고 있는 동안만 얘기로 남지."

"아버지, 그건 당연한 것 아니에요?"

"그런가?"

"다른 방법이 없잖아요?"

"그렇지. 그런데 말이다. 나나 네가 글을 쓰고 읽을 줄 안다면, 그리고 너와 나의 얘기를 글로 써서 남긴다면 먼 훗날 우리 자손들이 아버지 요셉과 아들 예수에 대해서, 그야말로 까마득한 먼 훗날에도 알 수 있지 않겠니?"

"그렇겠네요."

"그렇다고 지금부터 글을 배우자는 얘기는 아니다."

"그런데 아버지, 훗날에 누가 아버지와 제가 나눈 이야기를 읽기나 하겠어요? 아버지나 저는 그냥 살아가는 사람이잖아요?"

"그래, 네 말이 맞다. 그런데 하느님이 평범한 사람들의 삶에는 관심이 없으신 걸까? 후세 사람들은 우리 얘기에 관심이 없을까? 우리는 그저 태어났다가 들풀처럼 한나절 살고 스러지는 것일까?"

그 질문에 대답하기 전에 왜 갑자기 아버지는 힘들게 하루 종일 일하고 집으로 걸어가는 지금 그런 얘기를 하는 걸까? 예수는 그것이 더 궁금했다. 그런 아버지가 좋았다. 다른 집 아버지처럼 명령하고 지시하고, 무섭고 엄격하고 거북한 아버지가 아니었다. 뜬금없는 얘기를 던져 놓고 아들과 대화를 나누는 아버지가 너무 좋았다. 아버지와 얘기하다 보면 마치 친구처럼 느껴질 때도 있었다. 대화를 나누는 시간에는 아버지의 경험과 생각이 고스란히 예수의 가슴 속에 흘러들었다.

"예수야!"

"예?"

"글공부를 하고 싶지는 않니? 네가 공부할 수 있는 곳으로 보내주련?"

"아니에요. 괜찮아요. 저는 아버지랑 이렇게 지내는 것이 좋아요."

"그래도 네가 읽고 쓸 줄 알게 되면 … ."

"아니에요. 그런 것 상관없어요."

예수는 단호하게 아버지의 말을 막았다. 어떻게 보면 아버지는 글을 읽고 쓸 줄 아는 사람들에 대하여 반감을 가지고 있었다.

"그건 그렇다. 에녹이라는 예언자도 그런 말을 했다."

아버지는 그동안 에녹 얘기를 많이 했었다. 하늘의 해와 달, 별이 어떻게 뜨고 지는지, 시간과 날과 달과 해를 어떻게 가르는지, 동서남북 방위를 어떻게 나누는지 그런 지혜를 에녹의 얘기라며 아버지는 예수에게 가르쳤다. 아버지는 나사렛의 평범한 석수장이, 목공이었다. 그러나 아버지가 전해준 말 한 마디 한 마디는 얘기 속에 나오는 위대한 예언자나 선생과 마찬가지로 지혜로웠다. 그런 얘기를 한 마디도 잊지 않으려고 예수는 꼭꼭 마음속 돌판에 새겨두었다. 그 돌판은 눈에 보이는 것들과 연결되어 연상으로 기억할 수 있었다. 그렇게 마음에 새겨두는 방식도 아버지가 가르쳐주었다. 나무를 보면 나무와 관련된 얘기, 돌을 보면 돌과 관련된 얘기, 높고 푸른 하늘을 보면 그 하늘과 관련된 얘기들이 즉각 떠오를 수 있을 만큼 차곡차곡 연결되어 있다. 그러다 보니 모든 내용이 줄줄이 이어졌다. 서로 연결하여 깨닫고 해석할 수 있게 됐다.

예수는 사소한 일도 그저 스쳐 흘려보내는 법이 없었다. 그럴 때는 꼭 아버지를 빼닮았다고 어머니 마리아는 늘 혀를 내둘렀다. 어느 광경을 한번 쓱 훑어보면 적어도 그 일이 언제 어떻게 왜 일어났는지를 알 수 있을 만큼 모든 일이 파악됐다. 어떤 물건이 있던 자리에서 조금 비뚤어져 있으면 즉시 알아차렸다. 아무 상관도 없이 무질서하게 흩어져 있는 일들이 예수에게는 각자 특별한 의미를 가지고 그 자리에 있는 것처럼 느껴졌다.

"들어봐라."

"예, 아버지."

"하늘에서 죄를 짓고 떨어져 나온 천사 페네무가 사람의 자식들에게 쓴맛과 단맛, 그리고 모든 지식의 비밀을 가르쳤다. 그리고 사람들에게 종이에 먹물로 글을 쓰도록 시켰다. 그래서 처음부터 지금까지, 앞으로도 영원히 많은 사람들이 죄를 짓게 되었다. 왜냐면 사람이란 붓과 먹물로 자기가 가진 올바른 믿음을 증명해야 하는 존재가 아니기 때문이다."

에녹은 쓰고 읽는 법을 가르친 일이 죄의 시작이라고 말했다. 글을 읽고 쓸 줄 알아야 한다는 것이 예수에게는 부질없게 느껴졌다. 눈에 보이는 모든 것은 이 땅 위에 하느님이 펼쳐 놓은 거대한 경전이기 때문이었다. 보고 듣는 모든 것이 신비를 풀어 해설하고 깊은 가르침을 주었다. 아버지가 말했듯 그처럼 하느님이 펼쳐 놓은 경전이 부족해서 특별히 글로 써서 보충해야 한다면, 하느님 뜻을 제대로 깨닫지 못했기 때문이라고 생각했다.

"애야."

"예, 아버지."

말을 더 잘 알아듣기 위해 아버지와 어깨를 나란히 서서 걸었다.

"글을 읽고 쓸 수 있는 사람은 숫자 전체로 보아 10의 1도 안 된다. 아마 백 명 중에 서너 명 될까 말까…."

"굉장히 적네요."

"아니, 내 생각에는 굉장히 많다. 허허."

아버지는 모처럼 소리 내어 웃었다.

아버지가 웃으니 예수도 덩달아 기분이 좋아졌다. 기분이 좋을 때 예수가 목을 뒤로 젖히고 목젖까지 보이도록 껄껄 웃으면 그것마저 꼭 아버지 닮았다고 어머니는 얘기했다. 여러 형제 중 큰아들이 가장 아버지를 많이 닮았다고 말할 때면 아버지는 흐뭇한 표정으로 예수를 바라보았다. 그런 말을 동네 사람들에게서 들을 때면 예수는 포근한 안도감을 느꼈다.

"지금보다 글을 아는 사람이 더 많아진다면 아마 우리는 이렇게도 못 살 것이야."

"왜요?"

"아니, 글줄이나 읽었다는 선생들이 얼마나 이것저것 복잡한 규칙을 읊어대는지 너도 알지 않니? 저번에 세포리스에서 만난 선생이라는 그 사람, 예루살렘 성전에서 무언가 맡고 있다는 그 사람이 떠들어대던 것 생각도 안 나니?"

"예, 그 사람 생각나요. 뭐 이래야 한다, 저래야 한다, 무엇은 된다, 무엇은 안 된다, 기억도 다 못할 만큼 수많은 규칙을 설명하고 가르치려고 나서던 사람이었어요."

"그 사람들은 그런 일로 먹고 산다."

"올리브 열매 하나도 자기가 따지 않고, 포도주 짜는 틀을 한 번도 자기 발로 밟아보지 않는 사람들이 바로 그 사람들…."

"그렇지. 그러면서 제일 좋은 것은 자기들이 먼저 먹어야 하는 사람들이지."

어느덧 얘기가 점점 깊어졌다. 얘기를 주고받다 보니 배고프고 피곤하다는 생각이 사라졌다. 긴 그림자를 앞세우고 부지런히 집으로 발걸음을 옮겼다. 그러면서 얘기는 세상 살아가는 일에서 중요한 부분으로 차츰 옮겨갔다.

"글을 쓰고 읽는 사람들은 자기들의 얘기를 글로 남긴다. 자기들의 생각을 글로 남긴다. 자기들이 속한 신분의 동료들, 그들의 이익에 관한 일, 그들이 생각하는 중요한 일들을 글로 남긴다."

"그들에겐 우리처럼 이렇게 하루하루 살아가는 사람들 얘기는 글로 남길 가치가 전혀 없고요."

"그렇지. 그렇게 하면 자기들 가치가 떨어지는 것처럼 생각하지. 게다가 그 사람들은 글이란 가치 있는 사람들 얘기만 기록해야 한다고 믿지."

"그런데 아버지, 사실은 그런 사람들이 우리 조상들에 대한 얘기를 글로 남겨서 우리가 그 일을 알 수 있잖아요?"

"그러니 문제지."

아버지는 단호했다.

"조상들의 피가 우리 몸속에 흐르는데 무얼 안다고 그 사람들이 우리 피를 설명할 수 있단 말이냐?"

나중에 돌이켜 보면 요셉의 그 말은 깜짝 놀랄 말이었다. 그때도 예수는 아버지가 무슨 말을 하려는지 조금은 알 수 있었다. 아버지는 실타래를 풀어가는 사람처럼 하찮은 끄트머리, 작은 얘깃거리 하나를 붙잡고 조금씩 풀어가면서 큰 의미에 도달했다. 얘기를 나누다 보면 얘기의 시작과 결론이 정말 놀랍도록 연결됐다. 평소에는 상상도 못 했던 결론에 이르게 되었는데, 따지고 보면 아주 당연한 얘기였고, 마디마디 얘기의 연결은 조금도 어색하지 않았다.

아버지는 늘 경이로웠다. 아버지는 깊은 지혜를 예수에게만 조금씩 내보였다. 어떻게 그런 지혜를 터득할 수 있었을까? 아버지가 하던 우스갯말대로 돌을 타고 걸터앉아 망치와 끌로 돌을 다듬을 때 지혜가 쌓이는 걸까? 돌을 보면 그 돌 속에 숨어 있는 형상을 볼 수 있다고 아버지는 말했다. 그리고 한 번, 두 번, 세 번 계속 끌로 쪼아 가면서 형상을 눈앞으로 끌어낸다고 말했다. 돌이 꽃이 되고, 돌에 시원한 야자나무 그늘이 생기고. 말하자면 생각이 형상으로 바뀐다고 했다. 예수에게 아버지가 그려내는 형상의 본모습은 신비였다.

"눈에 보이는 형상의 모습은 보는 사람에 따라 다를 수밖에 없다. 그 다름 속에서 네가 보아도, 내가 보아도 그렇겠다고 생각하는 본모습을 끌어내는 일은 본모습과 마음이 통해야 한다."

"다름 속에 있는 본모습 말씀이에요?"

"그래 그 다름에만 집착하면 글을 읽고 쓴다는 사람들처럼 본모습을 잃게 되지."

"그런가요?"

"그럼! 게다가 조상들이 살아간 걸음이 천에 천이라 한다면 기록으로 남아 우리에게 넘어온 것은 천에 한둘도 안 된다."

"그럼 우리는 조상들이 살아간 일의 거의 전부를 모르는 것과 마찬가지네요."

"그렇지. 천의 한둘만 기록이 됐는데, 그 한둘도 그 당시의 왕이나 예언자, 뛰어난 사람들에 관한 얘기를 글 쓸 줄 아는 사람들이 자기 생각대로 기록했을 뿐이지. 수많은 조상들이 살아가면서 겪었던 일은 기록되지 못했고, 설사 기록됐다 해도 글 쓰는 사람이 생각하는 대로 일부만 기록되었을 뿐이지."

"예에."

"기록할 때는 기록하는 목적이 있거든. 그러니 그 목적에 맞지 않는다면 바꾸거나, 빼거나, 목적에 맞도록 적당히 꾸며대지."

"그러면 기록에서 빠진 조상들을 만날 수 있는 방법은 없고, 그리고 설사 기록으로 남아 있다 하더라도 그 조상의 참모습은 영원히 알 수 없겠네요."

"아니지!"

"아니에요?"

"아니지. 아니고말고. 조상들도 우리처럼 이렇게 살았다고 생각해야지. 조상들이라고 뭐 특별히 달리 살았겠나?"

"예."

"사람이 세상을 살아간다는 것은 그만큼 중요한 일이란다. 먹고 자고 일하는 그 일이 전장에 나가 남의 땅 수백 리를 뺏어 의기양양하게 돌아오는 것보다 결단코 작은 일이 아니란다."

"그런가요?"

"해가 땅을 비추면 모든 것들이 드러나지. 그런데 바로 그 빛 때문에 그림자가 생긴단다."

"예, 그림자!"

"그림자는 본체의 상이다. 그림자 없는 본체가 있겠느냐? 햇빛 아래서 있으면서?"

"그렇지요."

"그런데 때로는 그림자 안에 다른 본체가 서 있을 수 있다. 큰 나무 아래 작은 나무처럼. 그림자가 생기지 않을 수도 있다."

"그렇지요."

"그래, 드러나지 않아도 작은 나무도 살아 있는 본체다."

"예."

"세상은 그림자를 만들 만큼 직접 햇빛을 받는 큰 본체도 있고, 그림자 같은 것은 관심도 없이 그저 살아가는 작은 존재도 있지 않겠니?"

"물론이지요!"

"드러난 것, 보이는 것, 기록된 것, 그림자를 드리운 것, 그것들 말고도 훨씬 더 많은 존재들이 살아가고 있지. 그러니 기록된 것, 기록될 만한 가치가 있는 것만 중요한 것이 아니다."

"예, 아버지."

"너와 내가, 네 어머니와 동생들이, 아랫집 히스기야, 그 애의 어머니, 나사렛 마을 사람들이 모두 중요한 존재란다. 그저 세상을 스쳐 지나가는 존재가 아니고 자기 세상을 살아가는 생명을 가진 귀한 존재들이다."

예수는 아버지에게서 존재와 생명을 처음 배웠다. 아버지는 큰 스승이었다. 그 가르침이 씨가 되어, 나중에 세례자 요한의 주선에 따라 광야에 머물며 수행하는 동안 싹을 틔울 수 있었다. 따지고 보면 광야에서 하느님을 처음 만난 것이 아니고 햇빛을 등지고 아버지와 걸어 올라가던 나사렛 언덕에서 만난 셈이었다.

씨는 때를 만나면 싹을 틔우기 마련이다. 삭개오의 집 마당에서 뿌린 씨도 사람들 가슴속에서 어느 날 눈을 틔우고 싹이 되리라는 것을 예수는 믿었다.

아버지와 나누었던 대화를 생각하니, 갈릴리에서 사람들을 가르칠 때 어떤 어부가 물었던 질문이 따라 떠올랐다.

예수가 갈릴리에 있을 때였다. 어느 안식일 아침, 호숫가에 모여든 사람들에게 예수가 가르치고 있었다. 방금 배에서 내린 어부가 물었다.

"선생님, 그런데 왜 꼭 예루살렘에 올라가서 제사를 드려야 한대요? 왜 그분은 성전에 계시나요?"

그것은 바로 예수가 어려서 아버지에게 물었던 질문이었다. 그 질문에 대답해야 했다. 왜 왕이 나서서 성전을 세우고 지극히 높으신 분을 모셔 들였는지 그는 사람들에게 차근차근 설명해주었다.

"기록된 이스라엘 역사에 특별히 중요한 두 사람의 왕이 있습니다. 하느님이 사랑한 다윗왕과 지혜롭다고 칭송받은 솔로몬왕 부자였습니다. 광야를 헤매던 민족이 땅을 차지한 백성이 되었으니 늘 이스라엘을 이끌고 앞에 서서 이동하시던 야훼 하느님도 자리를 잡을 때가 됐다고 다윗왕은 생각했습니다. 다윗이 죽자 아들 솔로몬이 왕위를 이어 받고, 아버지의 뜻에 따라 모리아산 위에 성전을 세웠습니다. 그 모리아산을 지금은 성전산이라고 부릅니다. 그리고 솔로몬왕은 왕궁도 세웠습니다. 새로 지은 성전에 하느님을 모셨습니다."

"아하!"

사람들은 고개를 끄덕였다.

"야훼는 하느님의 이름이 아닙니다. 기호입니다. 거룩한 하느님 이름을 부를 수 없어 이스라엘은 하느님을 기호로만 표시했습니다."

성전을 지어 하느님을 모시자 영원이 땅으로 내려와 현실이 되었고, 시간이 존재의 형상을 입었고, 이름 부를 수도 없을 만큼 거룩한 분이 땅에 자리 잡았다. 그리고 왕이 왕궁에서 신하와 시종들의 섬김을 받는 것처럼 하느님도 성전에서 계급과 직제로 잘 조직된 사제들의 섬김을 받았다. 왕의 자리가 궁성이듯 하느님 자리는 성전이 되었다.

산과 강과 들, 어디에서나 만날 수 있던 하느님이 관념의 자리에 존재하는 하느님으로 물러앉았다. 하느님은 상징이 되었다. 가장 깊숙한 곳, 거룩한 곳 중에서 가장 거룩하다는 지성소에 머무는 하느님으로 바뀌었다.

"왕이 된 목동 다윗이 더 이상 양떼를 몰고 언덕을 넘어 또 다른 언덕을 넘지 않아도 되었듯이 성전에 자리 잡은 하느님도 더 이상 사람들이 살아가는 장막 안을 들여다보거나, 물 긷는 우물가에 기대서서 물동이 이고 찾아오는 여자들을 기다리거나, 아이들과 함께 화덕 옆에서 빵이 구워지기를 기다리지 않았습니다. 광야에서, 들판에서, 골짜기나 언덕에서 만날 수 있던 하느님이 그때부터는 성전에 올라가야만 만날 수 있는 분이 되었습니다. 떨기나무 풀숲에서, 상수리나무 아래에서, 장막 밖 시원한 그늘에서 들을 수 있었던 그분의 말씀을 이제는 예루살렘 성전 대제사장을 통하여 전해 들어야 했습니다."

정말로 하느님이 성전에 거한다고 믿었다면 다윗이나 솔로몬은 결코 모리아산에 성전을 지으려 하지 않았을 것이라고 예수는 믿었다. 만일 하느님이 정말 그렇게 역사한다고 믿었다면 외진 곳, 먼 곳, 눈에 띄지 않는 곳에 성전을 짓고, 가능하면 멀리 떨어지려고 노력했을 것이다. 하느님을 바로 옆에 모셔 놓고 왕 노릇을 할 수는 없기 때문이었다. 결국 이스라엘 역사에서 가장 뛰어난 임금이라는 다윗과 솔로몬은 하느님을 두려워하거나 섬기거나 믿고 따르는 사람이 아니었다. 성전과 가까운 곳에 왕궁을 짓고 살아도 하느님은 왕 노릇하는 데 아무런 위협이 될 수 없는 존재라고 생각했음에 틀림없었다.

하느님이 히브리와 함께 하는 분이라는 것을 잊고, 왕국의 영광과 위엄, 왕조의 번영을 위해 하느님의 모습을 조작하거나 가릴 수 있으리라 왕들은 믿었다. 아무 위협이 될 수 없는 성전을 모리아산 위에 세워야 왕국은 안전하고 왕조는 계속될 수 있다고 믿었다. 왕들은 하느님을 성전에 모셨다지만 사실은 성전 깊숙한 곳에 유폐한 것이나 다름없었다. 하느님과 이스라엘이 맺은 언약을 담은 언약궤를 성전 가장 깊은 곳에 모셨기 때문이었다. 언약궤를 통해 하느님의 임재臨齋를 믿던 모든 사람들의 눈에서 언약궤를 빼앗아 감춘 셈이었다. 그때부터 하느님은 직접 만날 수 없는 분이 되었다.

성전의 역사를 설명한 끝에 예수는 사람들에게 물었다.

"여러분, 성전과 왕성의 역사를 뒤돌아 살펴보면 알 수 있습니다. 백성과 함께 웃고 울면서 백성이 먹는 것 같이 먹고 백성이 굶을 때 같이 굶었던 왕이 있었습니까?"

"아니오! 그런 일은 없었습니다."

"그런 제사장 있었습니까?"

"에이! 어느 제사장이 그럽니까?"

"그렇지요? 어느 임금이 백성을 보호한 적 있었습니까? 어느 임금이 백성의 밭을 갈았나요? 어느 임금이 궁성이 아닌 백성들 옆집에 살았습니까? 백성은 왕을 섬겨야 했고, 성전을 지키는 전쟁에 끌려 나가 산과 들에서 칼에 맞고 창에 찔려 쓰러져야 했습니다. 성전을 짓기 위해, 성전을 수리하기 위해 얼마나 많은 힘없는 농부들이 쟁기와 괭이를 밭에 남겨 둔 채 강제로 끌려갔습니까?"

그때, 제자 중 한 사람이 이상하다는 듯 말했다.

"선생님은 성전과 왕성, 제사장들과 왕을 똑같이 생각하고 계신 것 같습니다. ”

“맞아요. 사실 그 둘은 하나이면서 둘처럼 보이기 때문입니다. 결국 백성을 억누르기는 마찬가지입니다. 들으십시오. 우리가 원하는 것은 해방입니다. 우리가 세우려는 것은 하느님 나라입니다.”

그러면서 이스라엘에 처음 왕정이 도입된 과정을 설명해 주었다. 기록에 따르면 예언자 사무엘 시절에 백성이 하느님의 뜻을 어기고 왕을 세워 달라고 먼저 사무엘에게 졸랐다고 전해졌다.

“백성들이 예언자에게 왕을 세워 달라고 백성들이 졸랐습니다. 그때 하느님은 예언자의 입을 빌려 왕이 세워지면 어떤 일이 일어날 것인지 조목조목 알려주며 백성의 마음을 돌이키려 하셨습니다. 그러나 백성들은 거듭되는 외적의 침략, 이때 주로 쳐들어온 적이라고 하면 블레셋을 얘기합니다. 그 외적을 효과적으로 물리치기 위해서 다른 민족처럼 왕이 필요하다고 백성이 끈질기게 졸랐습니다. 하느님은 할 수 없이 왕을 세우도록 허락했다고 기록돼 있습니다.”

예수는 눈을 들어 호수 건너 고원지대를 바라보며 말을 이었다.

“왕을 세워 달라고 예언자에게 졸랐다고 기록돼 있다는 사실을 기억하십시오. 예언자는 왕을 세울 수 있도록 하느님에게 청할 수 있는 통로라는 얘기입니다. 왕을 세운 것은 결국 하느님의 허락에 따른 일이라고 기록돼 있습니다.”

왕을 세워 달라고 백성이 예언자에게 매달렸다는 기록을 예수는 믿을 수 없었다. 이미 세워진 강력한 왕조를 정당화하기 위해, 그리고 왕정을 미화하기 위해, 통치자에게 아부하기 위해 지어낸 거짓 얘기임이 분명했다.

기록대로 하자면, 그건 안보와 자유를 맞바꾼 역사였다. 안보를 위해 이스라엘 백성은 그들에게 주어졌던 자유를 왕에게 내주었다. 그렇게 넘겨준 자유는 따지고 보면 사람이 사람으로 살아가는 데 필요한 백성들 각자의 몫이었다. 백성들은 안보를 위해 자유와 권리를 포기했고, 안보를 위해 자기 몫을 지배자에게 넘겨주었다. 처음에는 모든 것을 잃지 않기 위해 가진 것 일부를 왕에게 맡긴다는 생각이었다. 그럴 만한 가치가 있는 일이라 생각했다. 스스로 왕에게 맡겨두었으니 언제든 다시 돌려받을 수 있으리라 믿었다. 그들은 하느님이 모든 사람을 동등하게 창조하셨다는 생각, 모든 사람들이 아담의 후손이라는 생각을 포기했다. 왕은 사람들이 입은 옷을 하나씩 차례로 벗겨갔다. 자신이 벌거벗은 몸으로 전제왕정 앞에 섰음을 깨달았을 때는 너무 늦었다. 사람들은 이제 자기를 보호하고 지킬 아무 수단도 갖지 못했음을 알게 됐다.

왕을 세우자마자 당연히 상비군이 운용되기 시작했다. 침입하는 외적을 물리쳐야 한다는 필요 때문에 왕을 세웠으니 왕이 상비군을 갖는 일은 누구도 반대할 수 없는 일이었다. 그런데 농사를 지을 수 있는 가장 숙련되고 뛰어난 노동력이 상비군 전력으로 빠져나가게 되자 일손이 근본적으로 부족하게 됐다.

농부들은 농토에서 땀 흘려 거둔 수확이자 자신들이 먹어야 할 식량, 그 가족을 부양해야 할 식량을 왕에게 바쳐야 했고, 상비군이 먹도록 내놓아야 했다. 더구나 왕궁에는 왕과 그 가족뿐만 아니라 수많은 관리와 시종과 하인, 노예가 득실거렸다. 그들을 농부가 먹여주어야 했다. 강제로 유출되는 것은 식량뿐만이 아니었다. 왕궁을 세우고 보수하는 일에 동원돼 노동력을 바쳐야 했다. 왕성으로 물자를 수송하기 위해 도로를 건설하는 일에도, 그 길을 보수하는 일에도 농민들은 동원됐다. 강제노역은 대가를 받지 못하는 무상의 노역이다. 대부분의 왕들은 씨를 뿌리는 시기나 곡식을 거두어들이는 때라고 해서 강제노역을 면제하지 않았다. 왕이 무엇을 더 중요하게 여기느냐에 따라 강제노역이 농사일보다 우선일 때도 잦았다. 또 늦은 비가 내리고 파종이 끝나면 왕은 으레 전쟁을 일으켜 백성들을 끌고 전장으로 나갔다.

"여러분, 왕을 모시고 사는 일은 새로 시작된 종살이였습니다. 이집트 종살이에서 벗어나 갖은 고생 끝에 하느님이 주셨다는 약속의 땅으로 겨우 들어온 히브리 사람들이 새로운 압제, 새로운 종살이를 겪어야 했습니다. 섬기는 대상이 이집트 왕이냐, 하느님의 허락을 받아 예언자가 처음 세웠던 왕 사울이냐, 하느님이 사랑했다는 다윗왕이냐, 성전을 세워 하느님을 모신 솔로몬왕이냐, 압제자의 이름만 달라졌을 뿐 압제는 계속됐습니다."

게다가 하느님은 다윗 왕조와 특별한 약속을 맺고 축복했다. 계명을 어겨도 돌이키면 왕조가 영원히 계속될 것이란 약속이었다. 이스라엘과 맺은 일반 언약에서 다윗과 맺은 약속은 예외가 됐다. 예외적 존재가 생겼다는 말은 왕조가 약속을 깨뜨렸다는 말이다. 그들이 약속을 지키지 않았지만 처벌할 수 없는 존재가 됐다는 말이다. 어쩌다한 번 실수한 일이 아니고 두 번, 세 번, 수도 없이 약속을 어겼고 왕조 대대로 계속됐다는 말과 같았다.

백성을 수탈하면서 정당성을 확보하기 위해 성전을 세우자는 생각은 그럴 필요에 눈뜬 다윗왕이 처음 준비했다. 다윗왕은 유대 광야 서쪽 산으로 둘러싸인 분지, 여부스 사람들의 도시 예루살렘을 점령하고 도성으로 삼았다. 분지 안 동쪽에 조상 아브라함이 아들 이삭을 제물로 바치려 했다는 모리아산이 있다. 솔로몬은 그 산봉우리를 깎아 평탄하게 하고 넓혀 성전을 세웠다.

때가 어떠하든, 장소가 어떠하든 신을 섬기기 위해 신전을 세우는 일에는 언제나 특별한 의도가 깔려 있기 마련이다. 신의 뜻을 내세워 통치자가 요구하는 내용이 있다.

"신은 예배만을 받으시는 분 아니고 헌신과 봉사를 요구하신다. 이건 신의 뜻이다."

헌신은 시간과 재물을 들여 신이 거주하는 공간을 마련하는 것까지 포함한다. 신전을 지어 바치면 눈에 보이지 않던 신이 형체를 갖추어 눈에 보이는 대상으로 구체화된다. 몸을 입은 셈이다. 신 앞에서 신의 일을 거들고, 신을 대리하는 사람들이 나타난다. 전담해서 신을 섬기고 봉사하고 신의 뜻을 살피는 사람들에게 신에 관한 일을 모두 떠맡기고, 다른 사람은 제각기 자기 방식대로 살아갈 수 있게 된다. 신전이 발달하면 할수록 신의 역할은 축소된다. 신전에 신이 갇혀 있기 때문이다. 신전 안이 신의 영역이고 그 밖은 세속이다. 교활한 왕들은 신전을 세우고 사제를 임명하고, 신의 이름을 빌려 자기 통치행위를 정당화한다. 대신, 신을 섬긴다는 명목으로 신전에 물자를 대주어 사제들이 농사를 짓지 않고도 살아갈 수 있는 토대를 만들어준다.

어느 세상이고 왕궁이나 신전은 오직 소비만 하는 곳이다. 생산은 오로지 농사밖에 없는 세상이었다. 생산하는 사람과 소비하는 사람이 확연히 구분된다. 왕은 농사를 보호해준다는 명목으로 농부에게서 세금을 걷고, 사제는 신에게 헌신한다는 말로 십일조, 헌물, 신전에서 쓸 제물, 신전을 운영하는 세금을 걷는다.

왕은 성전을 세우고, 성전 제사는 제사장에게 맡겼다. 당연히 성전과 제사장은 왕에게 복속됐다. 신을 섬긴다는 말은 성전을 섬긴다는 말과 같았다. 왕이 부유해지면서 성전도 따라서 부유해진다. 성전이 끌어모은 부는 금과 은 그리고 진귀한 보석의 형태로 바뀌게 된다. 금으로 된 대접, 은으로 된 접시, 금으로 된 촛대, 은으로 된 잔. 하느님도 왕도 제사장도 금과 은을 좋아하는 고귀하고 거룩한 신분이 되었다. 신도 금그릇, 은그릇에 잘 차려진 기름지고 좋은 음식으로 대접받았다.

왕조가 무너지면 백성은 소 끌려가듯, 그물에 잡힌 물고기 건져 올려지듯 그렇게 다른 나라에 끌려가고 살육을 당했다. 잡혀간 왕이나 제사장은 기록에 이름이라도 남겨졌지만 백성은 그저 몇만 명, 몇십만 명 숫자로만 남았다. 그 이름 없는 백성들 속에 아버지 요셉 같은 사람, 나사렛 어린 동생들, 늘 잔잔하고 아름다운 어머니 같은 사람도 있었을 것이다. 귀한 사람은 기록에 이름이 남고 힘없는 백성은 숫자로만 남는 세상을 예수는 도저히 납득할 수 없었다. 그것이 하느님의 뜻이라고 받아들일 수 없었다. 계명을 지키며 산 백성이 겪어야 할 운명이 그렇다면 계명에 의문을 가질 수밖에 없었다.

광야에서 예수가 만난 하느님은 경전이 얘기하던 하느님이 아니었다. 만났다고 말할 수도 있고, 깨달았다고 말할 수도 있고, 그의 마음속에 들어와 있던 하느님이 일어섰다고도 말할 수 있었다. 그 하느님과 하나가 되자 예수의 가슴은 무엇 한 가지도 부족한 것 없을 만큼 꽉 채워졌다. 채워졌다고도 말할 수 있고, 채우거나 비웠다는 말 이전의 근원에 닿았다고 말할 수도 있었다.

그날 그 밤, 텅 빈 광야에서 예수는 홀로 춤을 추었다. 깨달음은 그를 일으켜 세워 춤추도록 만들었다. 어쩌면 광야는 텅 빈 곳이 아니고 더 이상 무엇 한 방울도 더 채워 넣을 수 없을 만큼 꽉 채워져 있었던 모양이었다. 두 손을 양 옆으로 길게 쭉 펴고, 하늘을 올려보며 빙글빙글 돌았다. 발아래 땅이 빙글빙글 돌고, 머리 위에는 하늘이 따라 돌았다. 어둠에 덮인 광야에 하늘에서 별들이 나비처럼 내려앉았다. 별 하나가 내려온 그 자리에 별 하나가 새로 박힌 것처럼 하늘은 어디에 별 하나 더 꽂아 심을 수 없을 만큼 온통 별들로 꽉 찼다. 조금도 빈 틈이 없이 부풀고 스스로 채웠다. 하늘 한가운데로 흐르던 은하수도 출렁이며 흐르다가 광야 위로 쏟아져 내렸다. 그가 제자리 맴돌아 춤을 출 때 모두 그를 따라 빙그르르 돌며 춤을 추었다. 예수의 몸짓을 따라, 손끝을 따라 어둠도 휘돌아 출렁거리며 춤을 추었다. 잘 익은 올리브에서 짜낸 기름처럼 어둠은 매끄럽고 부드럽게 예수의 몸짓을 따라 흐르고 펼쳐졌다.

예수는 어둠에 갇혀 모습을 드러내지 않던 형체들을 보았다. 저만치 떨어진 곳에 웅크리고 있던 바위도 보였다. 천 년 넘는 세월 동안 이 시간을 기다리던 바위는 그냥 그 자리에 있는 바위가 아니라 하나의 존재로 예수에게 나타났다. 돌도 바위도 언덕도, 저쪽 둔덕에 홀로 서 있는 외로운 한 그루 나무도 보였다. 이미 그 자리에 있었지만 밤에는 보이지 않던 것들이었다. 예수는 보지 않고도 존재를 알 수 있게 되었다. 살아 있지 않은 것이라 해서 죽은 것은 아니라는 것을 알았다.

살아 있음과 죽음의 구분을 넘어 그것이 차지하고 있는 존재의 자리를 보기 시작했다.

"무엇이 될꼬 하니,"

예수가 노래했다.

"무엇이 될꼬 하니,"

어둠 속 저쪽 언덕이 예수를 따라 노래했다. 그건 예수를 휘감고 있던 어둠이 그의 말을 따라 외치는 것 같기도 했다. 만나본 적 없거나 상관없이 땅 위에 잠자고 있던 모든 생명이, 입을 가졌거나 안 가졌거나 모든 생명이 예수의 말을 따라 합창하는 것 같았다.

"이 골짝 저 들판 모두 채우는 강물이 되어,

흐르리라 하늘로, 흐르리라 땅 위에."

예수의 눈앞에 출렁이며 흐르는 강이 보였다.

"무엇이 될꼬 하니,

무엇이 될꼬 하니,

흐르는 강을 건너, 그 강을 건너,

내 백성 배에 태워 건너리라, 저 강을! 저 강을 건너리라!"

출렁이며 흐르는 강을 건너 저쪽 언덕에 배를 대는 그 자신의 모습을 보았다. 배에는 멍에를 벗어 기뻐하는 백성이 가득했다. 그들이 입은 누더기 옷, 다 떨어져 해진 옷이 헤르몬산 눈보다 더 하얀 새 옷으로 바뀌었다. 얼룩 한 점도 없는 하얀 옷이었다.

깨달음은 갑작스럽게 왔다. 실마리를 잡기 위해 두 손으로 더듬을 때는 보일 듯 말 듯 아물아물했다. 손끝에 만져질 듯하다 갑자기 사라지고, 눈앞에 어렴풋이 보이는가 하면 갑자기 캄캄해졌다. 그때마다 마음속에 들어앉아 있던 어둠이 조금씩 밖으로 흘러나가고 있음을 그는 느꼈다.

어둠은 매우 끈적끈적하고 미끌미끌한 물질이었다. 마치 살아 있는 것 같아서 조금이라도 몸에 닿으면, 정말 조금이라도 닿으면 그 닿은 부분을 통해 곧 몸 전체를 덮으며 기어오르고, 몸에 있는 여러 구멍을 통해 뱃속으로 들어간다. 눈으로 귀로 코로 입으로 항문으로 몸 아랫부분으로 흘러들고 미끄러져 들고 파고들었다. 몸 안에 들어온 어둠은 제멋대로 돌아다닌다. 가슴으로 천천히 흘러갔다가 갑자기 머리로 치솟고, 가장 부끄러운 아랫도리에 이르면 도저히 참을 수 없도록 뜨거운 불이 된다. 열병에 걸렸을 때 그렇듯 그 뜨거움은 아무리 입을 다물어도 턱이 덜덜 떨릴 정도로 강렬했다.

몸 안에 들어와 자리 잡은 어둠은 마치 제가 주인인 양 새로 들어오는 것이라면 모두 감시하고 검열한다. 입에 좋은 것, 눈에 좋은 것, 코에 좋은 것, 귀에 좋은 것, 부끄러운 그곳에 좋은 것은 용하게도 알고 받아들이고, 마음에 좋은 것, 정신에 좋은 것은 도저히 그 입구를 지나 안으로 들어올 수 없다. 눈을 막은 어둠은 눈 안으로 빛이 들어오지 못하도록 막는다. 귀로 들어오는 소리도 막는다. 온 세상에 빛이 가득해도 은총이 가득해도 그것들은 몸 밖에서 맴돌기만 할 뿐이다. 오직 어둠의 속성을 가진 것만 안으로 들어와 어둠과 합쳐진다.

하느님의 뜻을 생각하며 엎드려 있을 때, 뾰족한 돌 모서리도 아랑곳하지 않고 동굴 벽에 등을 기댄 채 떠오르는 아침 해를 바라보고 있을 때 무언가 조금씩 몸에서 빠져나갔다. 흘러나갔다. 서쪽 하늘 그 끝없이 깊은 아래로 사라지는 해를 바라보고 앉아 있을 때 몸속을 채

516

웠던 어둠이 조금씩 그 들어갔던 구멍을 통해 흘러나왔다. 가슴속에서 어떤 힘이 어둠을 밀어내고 있었다. 어둠은 그냥 흘러나오지 않고 밀려나왔다. 그건 방금 토해 놓은 오물처럼 더럽고 냄새 나고 끔찍했다. 몸속에, 자신 속에 어둠이 있었다는 것이 참으로 싫었다. 자신이 그 일부였음을 생생하게 보여주기 때문이다.

어느 순간부터는 밀려나오는 어둠이 점점 많아졌다. 때로는 덩어리로 울컥 목구멍을 넘어오고, 때로는 어릴 때부터 쐐 소리를 내며 귓속을 맴돌던 그 모든 소리를 합친 것보다 더 큰 소리를 내며 터져 나왔다. 그러기를 며칠, 온 힘을 다해 밖으로 그 끈적한 것을 밀어내는데, 갑자기 등짝을 누구에게 얻어맞은 듯 얼얼하고 아프다가 번쩍 그렇게 깨달음이 마음속에 들어왔다. 번쩍. 그 후 잠시 모든 것이 망연했다. 마치 문득 고개를 들어 하늘을 보니 별이 하늘 가득한데 땅만 보고 걸었던 것 같은 생각이 들었다. 더 이상 어둠은 끈적끈적 눌어붙는 물질이 아니었다. 그렇게 몸 밖으로 밀어내려고 애썼는데 모두 사라졌다. 더 이상 밀려나오거나 흘러나가지 않고 그냥 사라졌다. 한없이 따뜻하고 아주 편안한 부드러움이 대신 그 자리를 차지했다. 눈앞에 여러 형체들이 나타났다가 흐물흐물 녹아내리더니 천천히 원을 그리며 둥글게 휘돌기 시작했다. 모든 존재가 형체를 입기 전 원래의 상태로 돌아간 듯했다. 형체는 서로 다름의 표현이다. 그 다름은 본디 하나였던 듯, 녹아 흘러 원을 그리며 휘돌았다. 조금도 이상하거나 무섭거나 부자연스럽지 않았다.

그 휘돌이 안으로부터 소리가 들렸다. 아주 낮고 작고 부드러운 소리였다. 그 작은 소리가 귀로 들어오더니 곧 가슴속 제일 깊은 곳, 마음 바탕까지 이르는 질긴 소리가 됐다. 귓속을 헤집고 다니던 모든 소음을 타고 넘어 뚫고 들어온 부드러운 소리였다.

"땅에서 배로 기어 다니거나 두 발이든 네 발로 뛰거나 걷거나, 하늘을 날거나 그 날것의 등 위에 얹혀살거나, 물속에서 헤엄치거나 기거나 바위에 붙어 있거나, 그 모든 생명은 다 내 자식이다. 나무나 풀이나 물결에 따라 흔들리는 물풀도, 바람에 떠 날아다니는 들풀 씨앗도 내가 생명으로 세상에 낸 내 자식이다."

하느님이었다. 하느님은 계속해서 예수에게 말했다.

"바위도, 땅도, 흙도 내가 거기 그 자리에 펼쳐 놓은 것이다. 그것들이 거기 있어야 내 자식들이 살리라. 내가 그것들과 내 자식들 모두와 더불어 언제까지 거기 있으리라."

그동안 입으로만 천지를 지으신 하느님이라 찬송했다. 그렇지만 그 밤에 예수에게 말을 건넨 하느님은 하나하나 생명의 이름을 부르며 자식이라 말했다. 더불어 살아야 할 이유가 있는 존재라고 얘기했다.

"너는 내 사랑하는 막내아들이다!"

"내 막내아들은 가장 어리고 힘없고 낮은 자리에서 더 낮은 자리를 찾아 내려가야 하는 자이니라."

하느님은 예수를 외아들, 맏아들이 아니라 막내아들이라 불렀다. 사랑하는 막내아들, 그 말은 오래오래 예수의 마음에 남게 됐다. 낮은 곳에서 더 낮은 곳으로 내려가야 하는 아들, 그건 모든 사람, 모든 생명, 모든 존재를 섬기는 일이라 믿었다.

"내 백성을 굴레에서 해방하라!"

"강을 건너 압제와 수탈이 없는 땅으로 내 백성을 인도하라."

하느님은 예수가 해야 할 일을 명했다. 그 말은 사실 요단강에서 요한으로부터 세례를 받고 공동체에 합류했을 때 예수의 입에서 나온 말이었다.

예수의 마음속에서 조금씩 자라나고 있던 생각들은 하느님이 이미 오래전 그의 가슴속에 뿌려두었던 씨앗이었음을 깨달았다. 뿌려진 씨는 언젠가 싹이 나게 마련이다. 큰 씨가 큰 나무 만들고 작은 씨가 작은 나무 되는 것이 아니고, 본디 그 안에 숨겨져 있던 생명의 모습대로 새로운 생명이 싹튼다는 것을 그는 어릴 적부터 알고 있었다. 눈으로 보고 귀로 들었던 모든 것들, 그 냄새 그 느낌이 바로 하느님의 가르침이었다. 스스로 모습을 드러낸 하느님이었다.

"가라!"

그 밤에, 예수는 더 이상 무엇이 필요하지 않을 만큼 충만해졌다. 기쁨이 가득 찬 가슴으로 하늘에 흐르고 땅을 타고 넘는 노래도 들을 수 있었다. 온전히 예수에게만 들리는, 예수를 위한 노래였다.

"아버지! 가라 하시니 갑니다."

예수가 예루살렘 길에 나선 것은 하느님의 뜻에 따르는 일이었다. 동굴을 벗어나 들에 나가듯 몇 년 동안 활동하던 갈릴리를 떠나 예루살렘 길에 올랐다. 마치 호렙산에서 하느님의 명령을 받은 모세가 이집트 파라오 앞에 나아가듯, 이제 날이 밝으면 예수는 여리고를 떠나 예루살렘 성전 앞에 설 것이다. 산길 너머에 강고하게 버티고 서 있는 성전은 예수와 제자들을 단호하게 거부할 것이다. 성전이 거부한다는 말은 세상 어디에도 발붙이고 살아갈 땅이 없다는 말과 같다. 성전은 하늘 아버지뿐만 아니라 사람이 발 디디고 선 땅도 독점하고 있기 때문이었다. 두 발 디디고 설 만큼의 땅도 허용되지 않는 사람, 예수는 그런 사람으로 성전에 의해 밀려나고 제거될 것이다.

이날 낮, 예수는 자기들끼리 수군거리다 얼른 입을 닫는 제자들을 보았다. 입은 닫았지만 그들이 상의하던 내용을 예수는 알 수 있었다.

"우리는 언제쯤 이번 일을 마치고 갈릴리로 돌아갈 수 있을까? 한 달이면 될까?"

"한 달이 뭡니까? 얼마나 복잡한 일이 많을지 생각도 않으셨습니까? 모르기는 몰라도, 내 생각으로 반년은 꼬박 걸릴 일입니다."

"그러고 나면?"

"우리가 각자 바친 분량대로 모두 한 자리씩 맡는 거지요. 얼마만큼 내가 공헌했느냐? 그건 선생님이 판단하실 일이고요. 쉿! 저기 선생님이 오십니다. 자! 그만!"

제자들은 하느님 나라를 수고와 헌신의 대가로 받는 상급으로 생각했다. 그 나라에도 큰아들, 작은아들, 주인, 하인이 있을 것으로 믿었다. 그들의 경험이나 상식에 비추어 볼 때 당연히 그럴 수밖에 없었으리라. 윗사람과 아랫사람, 다스리는 사람과 다스림을 받는 사람의 구분은 어느 곳에나 있기 마련이고, 그들은 다른 세상을 알지 못하기 때문이었다.

예수가 처음 갈릴리 호수에 왔을 때부터 친구로 지내다가 나중에 선생으로 모시며 따른 시몬과 안드레 형제나 야고보와 요한 형제는 자기들이야말로 예수의 오른팔이고 왼팔이 분명하다고 믿었다. 두 쌍의 형제들 중 어느 형제와 더 가깝다고 판단 내리기 어려울 정도로 서로

520

선생의 신임과 사랑을 받고 있다고 자부했다. 그들 스스로 생각하기에 가장 사랑을 많이 받기로는 재주 많고 민첩하고 약삭빠른 요한이겠고, 아무래도 시몬은 제자 무리의 중심 역할을 맡았으니 공이 작지 않다고 믿었다. 시몬은 성격이 좀 굵고 거칠기는 했지만 모든 사람을 아우르는 큰 품을 가지고 있었기 때문이었다. 시몬이든 요한이든, 두 사람 중 하나가 제일 중요한 자리를 차지한다면 시몬의 동생 안드레나 요한의 형 야고보도 당연히 중요한 지위를 받을 것이 틀림없다고 그들은 자신했다. 하느님 나라가 이 땅에 이뤄지는 날, 모두 성공한 사람이 되어 고향에 돌아갈 수 있다고 제자들은 믿었다. 추위에 떨었고, 먹는 날보다 굶는 날이 더 많았지만 그런 일은 큰 성취를 앞둔 사람이 으레 겪는 고생이라고 생각했다.

예루살렘 길에서 예수는 여러 번 앞으로 닥칠 고난을 경고했다. 그 말을 들은 제자들은 긴장하고 두려워하다가 곧 잊었다. 아무리 큰 위험이 닥친다 해도 예수는 능히 헤쳐 나갈 선생이라는 믿음이 있기 때문이었다. 선생이 위험을 미리 예측했으니 분명 대비책까지 있으리라 굳게 믿었다. 고난이라고 하지만 그 고난은 분명 이겨낼 수 있는 수준일 것으로 생각했다. 통과의례라고 믿었다. 그 모든 일 이후에 허용될 상급을 생각하면 절대 중간에 포기하지 말고 어떤 어려움도 이겨내야 한다고 거듭 다짐하며 그들은 예수를 따랐다.

하느님 나라가 상급으로 주어질 때 그 나라에 들어갈 사람에게 순서와 자격이 매겨지고, 각자에게 맡겨질 일이 크든 작든 분명 구분될 수밖에 없으리라고 제자들은 생각했다. 처음 갈릴리에서부터 예수를 따른 제자들과, 아무런 공도 없고 수고하지도 않은 사람, 나중에 무리에 끼어든 사람 사이에는 하늘나라에서 차지할 자리에 분명 차등이 있을 것이 분명하다는 것이 그들 생각이었다. 예수는 제자들이 하늘나라에 들어가는 일을 눈으로 볼 수 있으리라고 얘기한 적이 있었다. 그렇다면 그건 바로 이번 예루살렘 여행길의 끝에 이루어질 일이 틀림없었다. 그들은 예수가 하는 말을 그들 듣고 싶은 대로 받아들였다.

"내가 얘기하는 하느님 나라는 뒤집어진 나라입니다."

뒤집어졌다는 말이 무엇인가? 그건 분명히 이제까지 모든 사람들이 생각하던 나라와는 다를 것이라는 말이었다.

"처음 된 자가 나중 되고 나중 된 자가 처음 됩니다."

예수가 늘 제자들에게 가르친 말이었다. 성전의 대제사장이나 제사장 관료들보다, 십일조, 성전세, 희생제사를 성전에 많이 바치는 사람보다, 갈릴리 호수에서 어부 생활을 하던 자기들이 우선권을 받는다는 말이 아니겠는가? 예수의 제자들 중 거의 모든 사람들이 세상의 밑바닥에 속하던 사람들이기 때문에 나중 된 자로서 하늘나라에 가장 먼저 들어갈 것이라는 확실한 언질로 들렸다. 예수가 말한 대로 분명 뒤집힌 기준에 자기들이 속했다.

그들이야 모두 하늘나라에 들어갈 사람의 자격을 이미 갖추었지만 다만 누가 윗사람이 되고 누가 먼저일지는 그때 가서 선생이 결정할 일이라고 제자들은 믿었다. 제자들 사이에 무슨 5부장, 10부장 같은 계급이 있지는 않았다. 비록 시몬이 제자들의 의견을 모아 선생에게 건의하는 역할을 맡았지만 그렇다고 그가 예수 다음 두 번째 높은 사람은 아니었다. 그래서 사람들은 그들을 '예수 도당'이라고 불렀다. 예수와 오로지 선생으로 따르는 예수와의 관계뿐, 그 관계가 얼마만

큼 가까운 관계인가의 차이만 있을 따름이고 조직이 갖추어야 할 지위
와 계급이 그들 내부에는 없었기 때문이었다. 결국 누가 얼마나 더 열
심으로 헌신했느냐, 그 결과가 무엇이냐 하는 기준으로 예수가 판단
할 것이라 그들은 믿었다. 세상에 기준이 없는 일이란 없고, 같은 기
준이라면 더 가까운 사람에게 더 좋은 자리를 맡길 것이 분명했기 때
문이었다.

큰 자리 작은 자리, 높은 자리 낮은 자리는 때가 되면 예수가 결정
하여 맡길 것이라 믿었기 때문에 제자들은 그때가 언제 올지 선생에게
묻고 또 물었다. 확인하고 싶었기 때문이었다. 그때가 너무 늦지 않아
야 자기들이 충분히 누릴 수 있었다. 집에 남겨두고 떠나온 아내와 자
식들을 한없이 오래 돌보지 않고 내팽개쳐둘 수는 없었다.

"선생님, 하느님 나라가 올 때, 그때의 징조는 무엇입니까?"

예수는 대답하지 않았다. 제자들은 속이 탔다. 왜 선생은 속 시원하
게 자기가 알고 있는 그때를 얘기해주지 않는가? 무슨 뜻인가? 그들은
하느님 나라가 올 그때를 일부러 예수가 애매하게 얼버무리는 것으로
생각했다. 때로는 이미 하느님 나라가 와 있다고 말하기도 하고, 때로
는 곧 올 것이라고 하고, 언제는 그때를 모른다고 하니 제자들로서는
혼란을 겪을 수밖에 없었다. 지난번에 제자들끼리 따로 모여 이리저
리 궁리할 때 생각이 빠르고 재주가 많은 요한이 말했다.

"선생님은 그때를 알고 계신 것이 분명해요. 다만, 아직 우리에게
얘기하지 않은 어떤 계획을 이룰 때까지 모른다고 하실 거예요. 당연
하지 않아요? 이미 그 나라는 여기 왔다고 하셨는데, 그렇다면 당장
우리에게 줄 상급이 마련되지 않았고, 그때가 어느 때인지 알 수 없을

만큼 먼 훗날이라면 우리가 지금처럼 선생님을 계속 따를 수 있어요? 잘 생각해 보면 뻔한 얘기예요."

그의 말에 모두 고개를 끄덕였다. 예수는 어떤 자리에서 정말 알 수 없는 말을 했다. 뜻밖의 말이었다.

"어린애 같은 사람이 하느님 나라에 들어갑니다."

제자들에게 중요한 것은 하느님 나라가 올 때였다. 그러나 예수는 하느님 나라에 들어갈 사람에 대해 얘기했다. 그 말을 듣고 제자들은 서로의 얼굴을 둘러보며 당연하다는 듯 말했다.

"우리야 순진하고 깨끗하기가 정말 어린아이 같지. 우리야말로 선생님 부름을 받자마자 모든 것 다 뒤로하고 따라나서지 않았던가?"

예수는 세상에서 가장 작은 사람을 얘기했지만 제자들은 순진하고 정직한 사람 얘기로 받아들였다. 어린아이는 어디에서나 사람의 축에 끼이지 못했다. 아버지를 따라 들이나 밭에 나가 일은 하지만 아직 사람대접을 못 받는 작은 존재일 뿐이었다. 세상에서 아무도 눈길 주지 않는, 무시당하는 존재들에게 하느님 나라가 열려 있다고 예수는 말한 것이었다. 때가 되면 어느 다른 곳에 세워져 있는 하느님 나라에 들어가는 것이 아니고 여기 이 땅에서 지금 이루어졌다는 말을 그들은 아직 깨닫지 못했다. 때가 되지 않았으니 손에 쥐여주어도 저들은 알아보지 못했다.

날이 밝으면 예루살렘에 들어간다. 예루살렘은 예수에게는 반드시 건너야 할 강이다. 그 강은 요단강보다 깊고 넓다. 예수를 거부하고 소용돌이치며 흐르는 강이다. 그 강은 다시 건너 돌아올 수 없는 강이다. 철부지 같은 제자들을 이끌고 예루살렘에 들어가는 일은 섶을 지고 불로 뛰어드는 일이다. 두려움에 벌벌 떨며 뿔뿔이 흩어지는 제자들의 모습이 눈에 보인다.

예수는 다시 마음을 단단히 가다듬었다. 세상에 불을 지르는 사람이 되어야 한다. 온 땅이 불에 활활 타는 꿈을 꾸지만 준비를 잘 한다고 이룰 수 있는 일이 아니다. 그건 하느님 몫이다. 광야에서 예수를 불러 일으켜 직접 말 건넨 하느님이 할 일이다.

"내가 너를 보내니 내 딸들과 내 아들들을 해방시켜라."

사람이 다시는 노예가 되어 살지 말라는 말이었다. 다른 누구를 섬기거나 그 누구를 위해 노동하지 말고, 가족 입에 들어갈 식량을 억압자에게 뺏기지 말라는 뜻이었다. 그 해방이 이루어진다고, 날이 이미 밝았다고 선언하라는 보냄이다. 사람을 묶은 사슬, 억압의 차꼬, 왕국과 제국과 성전의 억압 아래 고통 겪는 모든 사람을 해방시키는 일이다. 사람을 억압하는 예루살렘 성전을 무너뜨리고 그들이 성전 안 지성소에 모신 상상 속의 신은 하느님이 아니라고 선언해야 한다. 벌거벗은 채 하늘을 우러러 울고 있는 사람을 그대로 놔두고, 성밖에 내쳐진 사람 놔두고, 땅에 엎어져 일하는 사람 놔두고, 궁성과 성전 안에서 비단옷 입고 흔들흔들 걷는 사람을 축복하는 하느님이 아니라고 밝혀야 한다.

이미 밤이 깊었다. 제자들은 모두 잠들었다. 어떤 사람은 꿈속에서 갈릴리 호숫가를 맴돌고, 어떤 사람은 낯선 성전 뜰에서 용을 쓰는지 몸을 뒤척이며 잠꼬대를 했다. 예수는 조용히 방을 나와 삭개오의 집이 한눈에 내려다보이는 뒷동산으로 발길을 옮겼다. 발걸음을 뗄 때마다 잠들었던 땅이 눈을 뜨고 일어나 앉는다. 마치 그가 깨우기를 기다렸던 듯, 발걸음을 따라 일어선다. 땅이 하는 말만 제대로 귀담아들었더라도 세상은 많이 달라졌을 것이었다. 땅은 그냥 그 위에서 벌어진 일을 묵묵히 가슴에 간직하지는 않는다. 귀가 열린 사람에게는 보고 들은 많은 일들을 조용조용 전해준다. 듣는 사람은 사연을 알게 되고, 그렇지 못한 사람은 알지 못한 채 남겨진다. 그 말을 알아들으려면 마음이 땅에 닿아야 한다. 손과 발로 먹고살아 본 사람이어야 알아들을 수 있는 말이기 때문이기도 하지만, 땅은 유독 그런 사람에게만 마음을 열고 말을 건다.

땅은 품 안에 물을 안고 있다. 가슴 가득 물을 담아 철렁이는 호수도 있고, 굽이굽이 낮은 곳으로 흘러가도록 길을 터준 시내와 강도 있고, 철석이며 부딪쳐 오는 바다에게 가슴을 내준 해안도 있다. 흐르는 물이 하느님의 계시라면 가슴을 열어 받아들이는 땅도 하느님의 계시다. 예수는 땅이나 호수나 강, 그리고 동쪽에서도 불고 서쪽에서도 불어오는 바람, 그 바람에 살랑대는 풀까지 모두 그냥 보지 않는다. 그것들은 하느님의 신비를 소리로, 흐름으로, 몸짓으로 풀어내고 있다. 보고 듣고 만져지는 모든 것이 하느님의 계시다.

이스라엘에서 예언자의 목소리가 끊어진 지 오래됐다고 사람들은 한탄하며 걱정하지만, 눈에 보이는 모든 것이, 귀에 들리는 모든 소리가 예수에게는 계시고 예언이다. 하느님과 교통할 수 있는 통로, 모든 사람에게 열려 있는 문이다. 여러 통로가 열려 있다는 것은 누구도 그 교통을 독점할 수 없다는 말이다. 하느님과 이루어지는 교통은 어느 누구도 제약할 수 없다. 거룩함이라는 말로 하느님과 연결될 수 있는 시간과 장소, 사람, 물건을 구분하고 제한하는 일은 감히 하느님을 사람이 정한 틀 속에 가두려는 참람한 일이다. 신성모독이다. 예수는 그렇게 생각했다.

그 밤에 삭개오의 집 뒷동산을 걸어 올라가다 예수는 아버지와 어릴 적에 나누었던 또 다른 대화가 생각났다. 어떤 길이든 올라가는 길을 걷게 되면 언제나 나사렛 언덕길이 떠오르고, 그 길 위에서 있었던 일들이 생각난다. 하느님의 뜻을 어떻게 알 수 있느냐고 아버지와 대화를 나누던 끝에 예수가 물었다. 아버지는 '세상 모든 일에 하느님의 뜻이 스며들어 있다'고 얘기하던 중이었다. 예수의 질문에 아버지는 '하느님은 거친 파도로서가 아니라 메마른 땅에 물 스며들듯 그렇게 임한다'고 대답했다.

"아버지, 말씀하신 대로 그렇게 마음이 맑고 정신이 고요해지면 어떤 일이 일어나나요?"

"그리 되면 산 너머 산, 언덕 너머 저 언덕에서, 배고파 잠 못 드는 새끼들 때문에 깊은 밤에 먹을 것 찾아 이리저리 헤매는 여우의 발걸음 소리를 들을 수 있지. 땅에 떨어진 마른 나뭇가지가 어미 여우 발에 밟혀 똑 부러지는 소리도 들을 수 있지."

먼 산속 여우 발걸음 소리도 들을 수 있다니, 그 조용함이 마음에 와 닿았다.

"마음이 고요해지면 아주 세밀한 소리를 들을 수 있다. 천둥, 하늘을 뒤흔드는 폭풍 속에서도 하느님은 말씀하시지만, 때로는 들릴락말락 바람에 흔들리는 풀잎 소리를 통해서도 말씀하신다. 누군가의 아픔에 네 마음을 기울이라는 하느님의 말씀은, 그럴 때 사람 마음속에 들어온다."

과연 그랬다. 아버지의 말대로, 마음이 예민해지면 귀도 예민해지고, 그러면 모든 생명의 신음소리를 들을 수 있었다. 따지고 보면 고통 속에 사는 생명은 사람뿐이 아니었다. 전쟁터를 달리는 말도, 무거운 수레를 끄는 소도, 하루 종일 비탈 밭을 갈아야 하는 겨릿소도 각각 그 자리에서 고통의 신음을 내고 있었다. 그런 생각을 하면 예수에게는 잊지 못할 한 광경이 떠올랐다. 그건 충격이었다.

세포리스 부근 큰 길에서 입에 허연 거품을 물고 수레를 끄는 말을 보았다. 뜨거운 햇볕을 받아 나무들마저 시들시들 힘겨워하는 시간, 마부는 힘들어 풀풀거리는 말에게 사정없이 채찍을 휘둘렀다. 그는 말 임자가 아니고 잠시 빌린 사람이 틀림없었다. 그러지 않고서야 그렇게 독한 채찍질을 할 수 없었다. 얻어맞고 움찔하며 무언가 털어내듯 꿈틀거리던 말 옆구리에 작지 않은 상처가 생겨 피가 흘러나왔다. 붉은 피였다. 그 피가, 상처를 따라 번져 나오던 피가 오랫동안 예수의 마음속에 남았다. 왜 생명이 피 속에 담겨 있다고 말하는지 알 수 있었다. 그는 그 자신이 채찍에 맞은 듯 아팠다. 정말 무척 아팠다.

어디에나 눈에 뜨이는 불쌍한 사람들, 어디에도 기댈 곳 없고 손 벌릴 곳 없고 주저앉은 자리에서 다시는 일어설 수 없는 사람들, 그들이 시들어 사라진들 아무도 기억해 주지조차 않을 사람들, 그런 사람들을 생각하면 예수의 가슴은 너무 아리고 아팠다. 거의 모든 나사렛 마을 사람이 그런 형편이었다. 어린 예수의 눈에도 날마다 달마다 해마다 점점 초라해지는 사람들의 모습이 보였다. 초라해지면 우선 이웃과의 사이가 멀어졌다. 안쓰러운 마음에 동정을 베풀며 짐을 들어주던 사람들도 그 일이 앞으로 끝없이 이어져야 한다는 점이 분명해지면 점점 멀어지기 시작했다. 그건 그 사람이 특별히 나쁘기 때문에 그런 것이 아니었다. 당하면 그렇게 될 수밖에 없었다. 자기도 언젠가 맞닥뜨리게 될 불운이지만 아직 자기에게는 그 일이 일어나지 않은 것을 다행스럽게 여기고 다른 사람의 불운을 알게 모르게 멀리하고 싶어 했다. 앞으로 좋아진다는 희망도 없고, 좋아질 수 있는 방법은 아무것도 없는, 끝없이 이어질 답답함에 자신을 담그고 싶지 않다는 그 마음을 누구라 한들 욕할 수 없었다.

마지막까지 견디며 버텨보려던 사람들이 어느 날 세간살이라고 부를 수도 없는 초라한 살림, 그저 입던 옷가지며 깨져 금이 간 그릇, 물자루 기름 항아리 몇 가지 꾸려 어딘지 알 수 없는 먼 곳으로 떠나는 광경을 예수는 본 적이 있었다. 남은 사람들은 떠나야 하는 사람의 불쌍한 형편에 새삼스럽게 눈물 흘리며 다시 끌어안고 또 만나자고 다짐하며 보냈다. 사람이 떠나 불 꺼진 빈집이 마음에 걸리고, 바라볼 때마다 한숨이 나오다가도 시간이 지나면 일상으로 돌아왔다. 어느 때부터는 부담스러운 모습을 더 이상 보지 않게 되어 다행이라고 사람들은 느꼈다. 그럴 때면 그 일은 사람이 늙고 병들고 나중에는 숨을 거두는 일과 다르지 않다고 예수는 생각했다. 누구라도 늙어가고, 누구라도 어느 날 병이 찾아오고, 그리고 언젠가는 눈을 감는 날이 오지만, 오늘은 아직 아니라는 생각에 안심하며 잠자리에 드는 것과 다를 것이 없었다. 어떤 사람은 눈을 뜨지 않고 그대로 잠들고 싶어 하고, 어떤 사람은 아침에 눈을 뜨지 못할까 걱정하며 잠에 들었다.

특히 아랫마을 모서리집 아저씨가 생각났다. 언제나 예수에게 다정히 말 걸고, 어깨를 끌어안고 어루만져 주던 그 아저씨네 가족이 마을을 떠난 날이 생각났다. 사람들이 왜 이처럼 슬픈 일을 겪고, 점점 초라하게 변하는가? 그럴 때 누구에게 손 벌려야 하고, 누구에게 가슴을 터놓아야 하는가? 이웃집 식구들이 며칠째 굶으며 겨우 찬물만 마신 채 잠자리에 들 때, 죄짓는 마음으로 문 닫고 숨죽여 빵 조각 베어 무는 사람들에게 그건 안도가 아니라 슬픔이었다. 누구나 마음은 같았다. 그런 생각을 할 때마다 눈물이 났다. 슬펐다. 하늘을 쳐다보며 눈을 끔뻑거리면 아버지가 예수의 어깨를 가만히 감싸 안으며 말했다.

"애야! 울어도 된다. 눈물 흘려도 괜찮다. 울지 못하는 세상처럼 슬픈 세상은 없다. 흘리는 네 눈물 속에 하느님의 마음이 배어 있단다."

그러면 예수는 아버지의 크고 넓은 가슴에 머리를 묻고 한참 울었다. 아버지는 그럴 때는 말없이 등을 쓰다듬어 주었다. 그저 조용히 등을 쓸어주면서 그가 기댈 든든한 벽이 되어 주었다. '눈물 속에 하느님의 마음이 배어 있다'고 아버지는 말했다. 그건 정말일 것 같았다. 모든 사람들이 안쓰럽고 불쌍했다. 어느 한 곳 편한 곳이 없었다. 모든 사람들이 가슴앓이를 하고 살았다. 내 설움이 커서 다른 사람의 서러움을 못 보는 사람도 있고, 눈물을 통하여 모든 사람의 슬픔과 연결되는 사람도 있었다. 서러움은, 슬픔은 다른 사람을 안아줄 수 있는 씨였다. 마음은 그 뿌려진 씨를 받아들여 싹을 내고 가꾸는 밭이었다.

갈릴리 가난한 농부들은 '고르반'이라는 말에 늙은 부모를 봉양해야 할 식량을 성전에 먼저 바칠 수밖에 없었다. 네 부모를 공경하라는 계명과 하느님께 바친다는 고르반이 서로 충돌할 때 고르반을 택하여야 믿음이라고 예루살렘에서 내려온 선생들은 가르쳤다. 한 됫박 남은

밀가루와 기름으로 죽기 전에 마지막 한 끼 만들어 자식과 함께 먹으려는 사르밧 땅 과부에게 예언자 엘리야는 먼저 자기에게 그 한 끼를 만들어 달라고 부탁했다. 그 말을 따랐더니 항아리에서 밀가루가 떨어지지 않았고, 기름이 마르지 않았다는 옛 얘기는 그걸 듣는 사람에게는 잔인한 고문이다.

왜 극한상황으로 몰아넣고 믿음을 시험하는가? 믿음이란 시험받아야 할 일이 아니다. '그럼에도 불구하고 믿으라'라는 말은 나쁜 뜻을 가진 속삭임이다. 믿으면, 따르면, 복종하면 축복을 내리겠다고 거래하는 비열한 아버지는 세상에 한 사람도 없다. 한 끼 먹을 식량이 없어 굶게 된 사람에게 안식일을 거룩하게 지키라며 강요하고 율법과 정결의식을 멍에처럼 씌운다면 그건 하늘 아버지의 뜻이 아니다. 백성들이 겪는 고통이 각자의 잘못이나 조상들의 죄에 따른 벌이라고 을러대고, 그들이 겪는 고통이 바로 죄의 증거라고 평결한다면, 그런 판단은 거부해야 한다. 그것이 예수의 생각이다.

앞서 온 모든 예언자들이 이스라엘에게 돌이키라 했지만, 그러면 다시 하느님의 질서가 회복되고, 축복받은 다윗 왕조가 새롭게 들어설 것이라 했지만, 제국의 세력이 물러날 것이라 했지만 예수는 자기마저 똑같은 말을 할 수는 없었다. 이스라엘의 회복이 아니라 새로운 나라를 세워야 한다. 갱신이 아니라 새로 세우기 위해 무너뜨려야 한다. 모세가 받아온 하느님의 계명, 그 계명을 준수해야 한다지만 그렇게 복잡한 계명이 아니라 한 가족이 공동체 되어 살아가듯 간단하고 분명한 한 가지의 새 계명, 사랑, 그 하나만 붙들고 새 세상을 열어야 한다.

하느님은 군림하고 명령하며 다스리는 부족장 아버지가 아니고 사랑으로 가족을 돌보는 아버지다. 하느님은 성전에 사는 분이 아니다. 자식들이 먹고 마시며 자는 곳에 함께 기거하는 분이다. 하느님은 성전에서 제사 받는 분이 아니다. 가장 좋은 것으로 자식 입에 먼저 떠넣어 주시는 분이다. 하느님은 대제사장, 제사장을 통해서만 말씀하는 분이 아니다. 하느님은 듣는 분이다. 자식이 잠든 사이 머리맡에서 숨소리를 들으시는 분이다. 하느님은 이스라엘을 돌이키기 위해 제국을 일으켜 세우는 분이 아니다. 쓰러지며 엎어지며 제국에 끌려가는 자식들을 따르며 부축하시는 분이다.

올바른 믿음으로 이스라엘을 갱신하고 하느님의 사랑을 회복하자는 말에 예수는 동의할 수 없다. 하느님은 이스라엘을 버린 적이 없다. 무너진 터 위에 나라를 재건하는 것이 아니고, 무너지지 않을 단단한 반석, 바로 사랑 위에 새로 세워야 한다. 하늘나라라고 부르지만 실상 그에게 그 나라는 가족공동체, 가정을 의미했다. 가정을 하느님 나라라고 말하는 일은 가정을 무너뜨린 세상과 마주 서는 일이다.

밤하늘 아래 예수는 털썩 무릎을 꿇었다.

"아버지, 말씀하소서! 아버지! 아버지!"

깨어 있는 사람 아무도 없는 깊은 밤, 홀로 동산에 앉아 있으니 새삼 막막하고 외로운 생각이 든다. 퍼뜩 어떤 광경이 그림자처럼 스치고 지나간다. 결국 나무에 매달려 높이 들리고 사람들은 고개를 흔들며 눈을 내리깔고 지나가리라. 하얗게 어지럼증이 밀려든다. 메슥메슥한 기운이 가슴을 두드리더니 온 몸으로 퍼져 나간다. 을씨년스러운 낮잠에서 깨어난 듯 몸이 으스스 후들후들 떨린다. 감당하기 어려운 일이 생길 때 예감처럼 징조처럼 늘 찾아온 느낌이다.

제자들 중 몇 사람의 얼굴이 떠오른다. 늘 조용히 지켜보는 므나헴의 눈이 생각난다. 예수는 어떤 제자보다 그가 더 많이 깨달았다는 것을 알 수 있다. 그가 누구이고 무엇을 하려는지 잘 알고 있다. 그러나 그를 멀리하지 않았고, 설득하지도 않았고, 일행에서 내보내지도 않았다. 그에게는 그의 일이 있고 예수에게는 예수의 일이 있기 때문이다. 유다의 얼굴도 떠올랐다. 예수를 끌어들이려고 유다와 작은 시몬을 제자 무리에 심어 놓은 히스기야를 생각하면 마음이 한없이 안타까웠다.

생각은 몸을 떠나 하늘 저쪽을 건너 고향마을을 더듬기도 하고, 갈릴리 호수 위를 날기도 하고, 광야 위에 높게 날며 예수 자신을 내려다보기도 한다. 그렇게 떠돌던 생각이 여리고 삭개오의 집 뒷동산으로 채 돌아와 내려앉기도 전에 인기척이 들렸다.

"선생님."

마리아였다.

"왜 잠자리에 들지 않고. 늦었는데 … ."

뒤도 돌아보지 않고 그냥 앉아서 담담한 목소리로 말했다. 왜 그녀가 찾아 올라왔는지 미루어 짐작할 수 있기 때문이다.

"도저히 잠을 잘 수가 없습니다."

"그래도 잠을 좀 자두지 그래요."

"저는 선생님이 걸어가시는 그 길을 압니다. 저는 선생님이 마시려는 그 잔을 압니다."

"어허!"

그 여러 제자들 중 오직 마리아만 안다는 말인가? 그녀의 말을 듣고 나니 다른 제자들 생각이 나서 마음이 아프다. 저들은 손에 쥐여주어도 무엇인지 모르고, 눈앞에 들어 보여주어도 못 보고, 입안에 넣어주어도 삼킬 줄을 몰랐다. 서로 다른 공간에 정신이 머물러 있고, 다른 시간 속에 몸이 살고 있기 때문이다. 그러나 곧 그들도 알 때가 오리라. 그렇게 믿지만 예수는 그때까지 철저하게 혼자일 수밖에 없다.

"선생님, 정말 그 길밖에는 없는 겁니까?"

마리아의 목소리가 떨렸다. 제발 그러지 말라고 애원하는 듯, 말리는 듯한 말투다. 잠시 갈릴리로 물러가 있자는 얘기를 또 꺼내려는 듯, 그녀는 머뭇거리며 예수의 기색을 살핀다.

"마리아!"

"예, 선생님."

"깨닫는 것만으로는 충분하지 않아요."

뜬금없는 예수의 말에 마리아가 물었다.

"무슨 말씀이신지요?"

"위로해주어야 해요."

"위로라 하심은?"

"앞으로 살아가는 데는 지금의 깨달음이 길잡이가 되겠지만, 지난날 찢기고 할퀸 상처는 누군가 싸매주고 쓰다듬어 주어야 해요."

"그렇겠습니다, 선생님. 위로해주는 사람이 있어야…."

"그 일, 마리아가 맡아야 해요."

"선생님이 제 옛날을 어루만져 주셨습니다."

"잊으라 한다고 잊힐 일이 아니지요."

"예, 그렇습니다."

"지난날을 똑바로 바라볼 수 있는 용기가 필요하지요. 마리아는 그런 면에서 남다른 사람이었어요."

"지난 일 때문에 잃을 것이 없으면 가능하다고 봅니다."

"그렇겠지요."

"선생님을 만나기 위해 비 오던 밤에 막달라에서 가버나움까지 걸어가던 일이 생각납니다."

"그랬지요. 마리아는 참 먼 길 돌고 돌아 마침내 길을 찾았지요."

"선생님이 저를 물리치지 않으실 줄 믿었습니다."

"길을 찾는 사람을 어찌 물리칠 수 있겠소?"

같은 얘기를 하는 듯한데 조금 초점이 다르다. 이제 예수는 마리아가 하려는 얘기로 몸을 낮추어야 할 때가 됐다.

"저는 내팽개쳐진 여자였지요."

"그래요. 내 앞에 엎드리더니 '저는 일곱 귀신 들린 여자입니다' 하고 울었지요."

"예. 선생님은 '일곱 귀신에게 일흔 번 붙잡혔다고 하더라도 하느님의 사랑하는 딸'이라고 말씀하셨어요."

"하느님은 가장 깊은 곳에 빠져 허우적거리는 자식을 더 마음 아파하시지요."

"선생님이 저에게 베푸신 그 치유가 다른 사람도 치유할 수 있는 것을 보고 저는 참 놀랐습니다."

"악한 귀신을 쫓아내는 것으로 병이 낫는 것이 아니기 때문이지요. 증상이 아니라 원인을 보아야 해요. 귀신은 증상일 뿐이오. 사람들은 귀신이 병들게 했다고 믿지만."

"예, 선생님께서는 '병이 나으니 귀신이 물러났다'고 말씀하신 적이 있는데 사람들은 모두 '귀신을 쫓아내니 병이 나았다'고 알아들었습니다."

"같은 말이라고 생각했겠지요."

"예. 선생님이 따뜻하게 누군가를 어루만지면 그 사람은 일어나더라고요."

"정말로 마리아가 보고 경험했던 일들은 사람 마음속에 심어져 있던 하느님의 씨앗이 싹눈을 튼 것이지요. 나는 씨앗에서 싹이 트기를 기다리는 사람이었고."

아마 마리아도 예수에게 하고 싶은 말이 많았었나 보다. 예수 앉은 자리 두어 걸음 뒤에 앉아서 지난날을 뒤돌아보며 조용조용 말을 이어 갔다. 예수는 문득 뒤를 돌아보며 마리아에게 옆자리 와서 앉으라고 손짓했다. 그녀는 스스럼없이 그의 옆에 와 앉는다. 마리아에게서 그녀만의 냄새가 났다. 싫지 않은 냄새다.

"마리아!"

"예, 선생님!"

"히스기야 말이오."

갑자기 히스기야 얘기를 꺼내자 마리아는 순간 흠칫 놀랐다.

"아 ….."

짧은 한숨 속에 참 길고 긴 얘기, 절절한 마리아의 마음이 실려 있다.

"아마 …, 히스기야를 더 이상 만날 수 없을 거요."

"선생님! 그럼?"

"한때는 나도 그가 하려는 일을 생각해 본 적이 있어요. 그 이후로 그와 나는 서로 다른 길을 각각 걸어왔지만 이제 머지않아 길의 끝에서 만나게 될 거요. 히스기야는 아마 가장 비참한 최후를 맞이하게 될 거요."

"선생님, 선생님."

마리아가 짧게 그를 불렀다. 마치 예수가 그 일을 막아야 한다는 것처럼 그녀의 부름 속에는 간절한 다급함이 담겨 있다. 그러나 그녀는 길의 끝에서 히스기야와 예수가 만나게 될 것이란 말은 흘려들었다. 서로 다른 길을 걸었다는 말을 서로 다른 끝에 이른다는 말로 알아들었기 때문이다.

"그건 나도 어쩔 수 없소. 그것이 히스기야와 내가 걸어온 길이오."

예수는 히스기야가 계획하는 일이 성공할 수 없는 일이라는 것을 잘 알고 있다. 그렇게 뒤집어엎기에는 세상은 너무 강고하고, 잘 짜여 있고, 강포하기 때문이다. 그렇게는 세상을 바꿀 수 없다는 것을 예수는 잘 알고 있다.

"어떤 경우가 생기더라도 포기하지 않고 마리아가 맡아야 할 일이 있소."

히스기야 때문에 마음이 혼란스러운 마리아에게 예수는 부탁하듯 그녀가 맡아야 할 일이 있다고 말했다. 그 말은 눈앞에 나타난 몇 갈래 길 앞에서 전혀 생각지도 않았던 길로 접어들라고 말하는 것과 같다. 강 길을 따라 걸어왔는데 그 길을 버리고 산으로 올라가라는 말과 같다. 새벽잠 꿈결에서 깨어나 눈을 뜨라는 것과 같다

"선생님, 제가 무슨 일을…."

"같이 올라온 형제들 중에 굳은 사람도 있고 무른 사람도 있어요. 저들은 내가 이제까지 여러모로 얘기하고 가르쳐준 대로 세상 속에서 걸

어갈 길을 스스로 알게 될 날을 맞이할 거요. 어떤 사람은 빨리, 어떤 사람은 늦게. 저들이 지금은 아직 알지 못하지만 흩어졌던 병아리들이 어미닭 부르는 소리를 듣고 모여들듯, 하나둘 제자리로 돌아올 거요."

"예. 선생님, 알겠습니다."

"그런데 그들은 뼈대는 알지만 그 뼈를 채우는 살을 아직 몰라요."

"그 말씀은 무슨 뜻이시지요?"

"세상에 담대하게 나갈 용기는 세우겠지만 나가서 전할 내용을 아직 깨닫지 못했어요. 그것을 마리아가 맡아주어야 해요."

"시몬이나 야고보나 … ."

"그래요. 그들이 기둥이 될 거요. 집을 세우는 기둥. 그런데 집을 짓는다는 말은 그 안에 누군가 살도록 하자는 거지요. 그렇게 그 집에서 사람이 살 수 있도록 살림을 장만해주는 일은 집 짓는 것과는 다른 일이오."

"예."

예수가 하는 말을 알 수도 있을 것 같고, 모를 것 같기도 했다.

"집 짓는 일에 마음이 급한 사람은 집의 모양부터 그려 보지요."

"그 집 속에 사는 사람은?"

"그래요. 그 집 속에 사는 사람이 중요해요. 사람이 살자고 짓는 집이니."

마리아가 자리에서 일어났다. 그리고 예수 앉은 곳에서 앞으로 두세 걸음쯤 걸어갔다. 그 자리에 마리아는 무릎을 꿇고 앉았다.

"선생님, 말씀해주세요. 제가 듣겠습니다."

예수는 조용히 마리아를 바라보았다. 그 짧은 순간, 예수의 마음속에 여러 가지 생각이 떠오르고 사라졌다. 시간이 없다. 마리아에게 전해야 한다. 그러나 아무리 명석하고 지혜로운 그녀라도 남자 제자들에게 예수의 가르침을 전하고 이끌기에는 얼마나 어려운 일이 많을지 충분히 알 수 있다.

"마리아, 갈릴리에서부터 나는 나쁜 귀신이 들린 사람들을 많이 고쳐주었지요. 귀신을 쫓아냈지요."

"예, 선생님은 정말로 여러 더러운 귀신들을 쫓아내셨습니다."

"그런데 귀신들은 어떻게 반응하던가요? 처음 나를 만나면?"

"선생님을 만나자마자 선생님을 대번에 알아보고 저항했습니다."

"귀신은 사람의 몸 안에 자리 잡고, 그 몸을 통해 저항했지요. 말하자면 몸을 방패로 삼았지요."

"그렇습니다, 선생님"

"결국 귀신을 쫓아낸다는 말은 귀신 들린 사람과 그 귀신이 연합하여 저항하는 것을 제압해야 한다는 말이오. 기억해 두시오. 귀신 들린 사람은 귀신에게서 피난처를 찾은 사람이오."

"예에?"

"귀신에게 사로잡힌 것이 아니라, 귀신에게 몸을 의탁한 거요. 감당할 수 없는 자기 고통을 귀신의 손에 맡겨 둔 셈이오."

"선생님, 잘 모르겠습니다. 귀신이 사람 몸속에 들어온 것이라면 몰라도 …."

"귀신에게 몸을 의탁하면, 귀신의 그늘 속에 숨으면 귀신 들린 사람의 본모습은 간데없이 사라지고 귀신만 앞에 나타나지요. 그럴 때 어떤 모습의 귀신인지 우선 파악하고 난 후에 귀신과 귀신 들린 사람을 한번에 제압해야 해요. 귀신이 난폭하게 큰 소리 지르며 저항하면 그보다 더 큰 소리를 질러서 귀신과 귀신 들린 사람을 위축되게 해야 해요. 그렇게 되면 귀신과 귀신 들린 사람 사이가 벌어져요. 그 둘 사이에 틈이 벌어지기 시작하면, 다시 말해 귀신 들린 사람에게 조금씩 정신이 돌아오기 시작하면 그를 다시 세울 수 있어요. 기억해 두시오. 내가 하는 일은 귀신에게 속했던 사람을 다시 세우는 일이오."

"아하, 그래서 선생님이 거침없이 밀고 나가셨군요."

"그 사람 속에서 귀신이 그대로 함께 무너지면 결국 귀신 들린 사람이 상하게 돼요. 그러니 그 사람과 귀신을 분리해야 해요. 그 사람에게 귀신에게 의탁하지 않고도 안전하다는 것을 알려주어야 해요."

"그런데, 선생님. 선생님께서는 귀신에게 '그 몸에서 나와라' 명령하셨어요. 그 사람에게 '귀신을 떨치고 일어나라' 말씀하시지 않고요."

"그 사람을 위해서 그랬어요."

"예? 무슨 말씀이신지?"

"귀신이 그 사람을 붙잡고 있다고 말해야지, 그 사람이 귀신에게 들어갔다고 하면 그 사람은 이스라엘에서 살아갈 수 없어요."

"아, 예! 무슨 말씀이신지 알겠습니다. 이제 생각하니 모든 경우에 그 귀신들을 몸 밖으로 불러내셨고, 그걸 분리라고 말씀하신 것이겠지요, 선생님. 그리고 그 귀신들을 곧 완전히 제압하셔서 무력화시키셨어요."

"그 사람이 제정신 들었다는 얘기지요. 귀신 들린 사람을 놓고 몸에서 나온 귀신이 떠돌아다니도록 하면 안돼요. 그러면 그 귀신은 다시 누군가를 찾아 돌아다니게 되지요. 이 사람에게 들어온 귀신을 쫓아

다른 사람에게 들어가게 놔두는 것은 귀신을 쫓아내는 일이라 할 수 없어요. 완전히 소멸시켜야 해요."

"그때 귀신이 완강하게 저항하였습니다, 선생님."

"그랬지요. 내가 자기들을 완전히 파멸시킬 것이라는 것을 알아챈 것이었지요."

예수는 마리아에게 다시 차근차근 설명했다. 총명한 그녀는 예수의 말을 마치 가뭄에 쩍쩍 갈라졌던 땅이 떨어지는 빗물 받아들이듯 하나도 빠뜨리지 않고 모두 받아들였다.

"중요한 것은⋯."

"예, 선생님!"

"귀신은 사실 실체가 없어요. 귀신이 한 짓이라고 불릴 만한 증상만 있을 뿐이오."

"그 말씀은 어렵습니다. 저에게는⋯."

"귀신이라는 존재가 독수리처럼 하늘을 날다가 병아리를 보면 잽싸게 내려와 두 발로 채 가는 존재가 아니란 말이오."

"그런데 귀신이 있다고, 귀신에 들렸다고, 귀신을 쫓아낸다고 말하지 않습니까?"

"그건 귀신 들린 사람 속에 그가 가장 두려워했던 존재, 사건, 형상, 기억이 자리 잡기 시작하고 그 사람이 그 형상에게 자기를 넘겨주었기 때문이오. 사건이 귀신의 형상을 입는 경우도 있지요. 가장 충격을 깊게 받은 사건은 어떤 힘으로도 벗어날 수 없을 만큼 강력한 귀신으로 변하여 그 사람 속에 자리 잡게 된다오."

예수의 얘기는 반전되었다. 이제까지 귀신이라는 존재에 대하여 설명하다가 갑자기 그 존재를 부정하였기 때문에 마리아는 순간 혼란을 느꼈다.

"마리아. 귀신은 사람들 마음속에서 일어나고 사라지는 환영이오. 내 말을 기억하시오. 귀신 들린 사람은 귀신밖에 의탁할 곳이 없는 사람이었다고."

"너무 어렵습니다."

"좀더 시간을 가지고 찾아보시오. 마리아는 반드시 찾아낼 수 있을 것이오. 세상은 마리아를 귀신 들린 여자, 그것도 일곱 귀신에게 붙들렸던 여자라고 부르지 않던가요? 그러니 그대는 이 일을 할 수 있어요."

예수는 이제까지 누구도 걸어 본 적 없는 길을 마리아에게 걸으라고 말하는 것이다. 시간이 걸리는 일이라 했다. 일곱 귀신 들렸던 마리아는 할 수 있는 일이라고 했다.

"그런데 귀신들은 어떻게 선생님을 알아보았지요? 사람들은 알지 못했는데요?"

마리아는 다시 그녀가 알고 있는 층으로 얘기를 끌어내렸다.

"두려움은, 아 악한 영이라고 합시다. 그 악한 영은 하느님이 내게 부어주신 성령을 대적할 수 없었지요."

예수도 마리아가 말하는 그 층으로 내려왔다. 마리아가 깨달음을 얻을 때까지, 마리아가 이해하고 알 수 있는 얘기를 해야 하기 때문이다.

"저는 악한 영들이 성령, 바로 선생님에게 임하여 활동하는 하느님의 성령을 알아본 것이 참으로 신기합니다."

"때가 되었기 때문이지요."

"선생님께서 여러 번 '때가 되었다', '때가 찼다' 하고 말씀하셨는데 그 '때'가 무엇을 말씀하시는 건지 저는 잘 알지 못하겠습니다."

"그런데 마리아!"

"예, 선생님."

예수는 마리아에게 때에 대하여 설명하는 대신 귀신에 대하여 말을 계속했다. 그녀가 질문한 그 '때'라는 말은 겪어야 알 수 있기 때문이다.

"왜 예전에는 거의 없던 일, 귀신 들린 사람들이 그렇게 많이 생겼는지를 생각해보아야 해요. 그것을 알면 귀신을 쫓아내고 사람을 구할 수 있어요."

마리아는 그렇게는 생각해보지 않았다. 귀신 들린 사람들에게서 귀신을 쫓아내는 것만 생각했지 왜, 언제부터 귀신 들린 사람들이 갑자기 많아졌는지 생각해보지 않았다.

"귀신이 들린다는 것은 결국 자기 자신을 보호하고, 공동체를 보호하기 위한 것이에요. 내가 쫓아낸 귀신은 거의 모두 로마 군대가 저지른 엄청난 폭력을 경험한 사람들에게 들었던 귀신이었어요. 로마의 폭력 앞에 기절할 정도로 충격을 받은 사람들, 그 폭력 앞에 아무 저항도 하지 못하고 폭력을 받아들여야 했던 사람들. 그런 폭력이 일어났던 장소는 헤아릴 수 없이 많지요. 그런 곳에서 귀신에 사로잡힌 사람들이 몇 명씩 나타났지요. 이 말이 무슨 말인지 알겠어요?"

"저는 아직 … ."

"저항하지 못하고 폭력을 경험한 사람들에게 그 폭력은 귀신이 되어 몸 안으로 들어가 자리 잡지요. 폭력에 저항했으면 그 사람은 로마군에 의해, 제국의 폭력에 의해 철저히 파괴되었을 사람이에요."

"예."

"사람들은 그 한 사람이 귀신 들린 것으로 치고, 그 한 사람으로 안심하지요. 나머지는 아무 일 없다는 듯 일상으로 돌아갈 수 있고요."

"귀신 들린 사람은 희생자였군요?"

"그래요. 대표 희생자일 수도 있고, 가장 마음이 여린 사람일 수도 있고, 세상일에 가장 민감하게 반응하는 사람일 수도 있지요. 그 사람에게는 로마제국의 폭력이 귀신이지요."

"아하! 군대 귀신도 있었어요."

"그래요. 그 로마제국이 뿌리째 흔들리고 무너지는 비전을 보여주면 귀신은 패배를 인정하고 물러가지요. 그 말은 귀신 들린 사람이 더이상 로마의 폭력에 거칠게 노출되지 않으리라고 안심시켜준다는 말이에요. 로마제국은, 그들이 경험했던 폭력은 더 이상 현실 속에서 그를 해치지 않을 것이라는 안심, 그것이 치유의 시작이지요. 귀신이 없는 세상을 보여주어야 한다는 말이에요."

"제가 그 일을 감당할 수 있겠습니까?"

"집의 뼈대는 시몬 게바와 야고보, 요한, 그리고 다른 사람들이 각자 맡아 세울 것이오. 그 집을 채워 사람이 살 수 있도록 만드는 일은 마리아가 맡아야 해요. 내가 마리아에게 병을 고치는 방법과 기름 부어 치료하는 것, 그리고 귀신을 쫓아내는 것을 모두 가르쳤는데 그것을 이어받아 널리 전하는 일은 그대 마리아에게 주어진 일이오. 마리아는 내가 사람을 치유할 때 모두 두 눈으로 보았고, 거들었고, 배웠으니까요."

"선생님, 부탁이 있습니다."

"무엇인가요?"

"저보다는 요한에게 맡기시면 어떨지요? 저는 여자인데다 귀신 들렸던 사람이라고 워낙 소문이 나서요. 영리하고 총명한 요한이라면 ⋯."

"아니오. 귀신을 가장 잘 아는 사람, 아픈 마음을 가장 잘 아는 사람, 세상 밖으로 밀려났던 사람, 그대가 가장 적임자요."

예수는 마리아에게 몇 가지 중요한 말을 더 남겼다.

"마리아! 그대는 이제 하늘과 땅 사이에 서 있는 사람이 될 거요. 그대를 통하여 세상은 새로운 신비를 맛볼 것이오. 그대가 신비의 문을 열어 사람들에게 보여줄 거요."

제자들 중에 마리아만큼 병자 치유에 관해 예수의 가르침을 제대로 따르고 지켜낼 수 있는 사람이 없다. 나쁜 귀신들을 쫓아내는 일도 마리아만큼 해낼 수 있는 사람이 없다. 마리아만큼 예수가 이루려는 하느님 나라에 대한 비전을 이해하고 그려낼 수 있는 사람이 없다. 그런 일은 마리아이기에 가능한 일이다. 마리아는 그런 일을 몸으로 겪은 사람이기에 그렇다. 많은 사람들이 나쁜 귀신에 사로잡히고 병에 걸리지만 그 원인을 알아내는 일은 쉬운 일이 아니다. 그러나 마리아는 귀가 열려 있고 눈을 뜬 사람이다.

예수에게 나온 많은 병자들, 귀신 들린 사람들은 대부분 예수를 만나자마자 그런 불행의 원인을 스스로 드러내기 일쑤였다. 그런 불운이 자기의 잘못 때문이 아니라는 것을 그들도 모두 알고 있었다. 병자를 치료한다는 의원이라는 사람들이 있다. 그들은 병자를 만나면 토라에서 정해 준 목록에 따라 병명을 정한다.

"마리아, 의원이라는 사람들이 알고 있는 병은 대개 몸의 경계와 관련된 병이오."

"경계라 말씀하셨습니까?"

"그렇지요. 도시에 성벽을 쌓고 드나드는 성문을 만들어 경비병을 세워 감시하고, 그 문으로 들어갈 수 있는 사람과 물건, 그리고 때를 정해 두었듯 사람 몸도 똑같아요."

"그런데 병이 경계에 대한 것이라 말씀하신 뜻은 … ?"

"입과 귀, 손과 발, 눈, 그리고 살갗에 대한 병으로 크게 나누지 않던가요? 입과 귀와 눈 그리고 살갗이 바로 사람 몸의 경계지요. 특히 눈은 마음으로 직접 통하는 창문이지요. 눈이 안 보인다는 것은 마음에 가득 찬 어둠이 세상을 덮은 것이에요. 곧 공동체에 무엇이 위협이 될 것인지 미리 정해 놓고 위협이 확산되는 경로를 차단하려는 것과 같아요."

"선생님, 결국 사람에게 걸리는 병은 공동체가 접근을 거부하는 위협 목록인 셈이네요."

"마리아! 정말 잘 보았어요. 바로 그것이오. 그리고 경계에 대한 병에 따라 하느님이 벌을 내리셨다거나 나쁜 귀신에게 붙잡힌 것이라 보지요. 결국 공동체가 유지하려는 가치에 따라 병으로 진단하니, 그 병은 의원이 고칠 수 있는 병이 아니지요."

"아! 선생님, 알겠습니다. 얼마 전, 갈릴리에서 병자를 고치신 후 주위에 둘러서 있던 여러 사람들에게 자세히 가르쳐 주셨던 일을 이제 깨닫게 됐습니다. 그때, '병은 몸의 문제가 아니라 살아가는 공동체와 관계된 문제'라고 말씀하셨습니다."

"맞아요. 그러니, 병자를 고쳐줬다고 그 사람이 다시는 병에 들지 않는다는 법은 없어요. 언제든 다시 아플 수 있지요. 그러나 마을이나 가족에게서 떨어져 쫓겨나지는 않게 되었으니 고통은 사라진 셈이지요."

"선생님이 병을 고쳐주었다고 병자들은 고마워하는데 다른 사람들이 싫어했습니다."

"그건 선을 넘어갔다고 나를 비난하는 거지요."

예수는 율법이 그어 놓은 선을 넘어갈 뿐만 아니라 선 밖에 있는 병자를 안으로 끌어들였다. 그는 아무도 그 선 밖으로 내팽개쳐지지 않도록 하려는 사람이다.

그러나 사람들의 눈에는, 예수는 이스라엘이 지키는 율법으로는 선을 넘을 수 있도록 허가받은 사람이 아니었다. 선 밖에 있는 사람을 마음대로 경계를 넘어 선 안으로 끌어들일 수 있도록 허용된 사람이 아니었다. 새로운 선을 그을 수 있도록 부름 받은 사람도 아니었다. 더구나 천 년 넘게 이어져 온 전통의 선을 폐기할 권위를 부여받은 사람이 아니었다. 갈릴리 이름 없는 조그만 언덕마을 나사렛 출신이 그런 일을 한다는 것은 나쁜 귀신에게 붙들렸음이 틀림없다고 사람들은 믿었다. 더 큰 귀신, 귀신대왕의 힘을 빌려 작은 귀신을 조종하는 사람으로 보였다.

제자들 중에 철저하게 치유를 경험해본 마리아를 제외하고는 누구도 예수가 펼치는 치유가 어떤 역할을 하는지 제대로 이해하는 사람이 없었다. 세상 사람들이 일곱 귀신에 붙잡힌 여자라고 그녀를 배제할 때 그녀가 절절하게 원하던 것을 예수는 채워주었다. 가족이 없는 사람에게 가족을 만들어주는 것, 가족의 한 사람으로 받아들여주는 것, 돌아갈 곳 없는 사람에게 돌아갈 곳을 마련해주는 것, 돌아가야 할 곳 있는 사람에게는 온전히 돌아가게 해주는 것, 그것이 바로 예수가 펼치는 치유였다.

올리브기름을 상처에, 온 몸에 발라주고 천천히 그 몸을 쓸어줄 때, 병자를 끈질기게 붙잡고 있던 병이 그 사람을 놓아주었다. 예수의 치유는 병으로부터 놓임 받는 의식이었다. 그 의식을 받으면서 울지 않는 사람이 없었다. 예수를 통해 마리아는 기름 붓는 일을 배웠다. 예수는 기름 부음을 받는 사람이 아니라 기름을 붓는 사람이었다. 병들고 무너진 사람에게 기름을 부어 다시 일으켜 세우는 사람이었다. 그렇게 기름 붓는 행위는 왕을 세우는 의식이 아니라 사람을 일으켜 세우는 일이었다. 예수는 기름 붓는 일과 무너진 사람을 일으켜 세우는 일을 마리아에게 집중적으로 가르치고 훈련했다. 예수에게 가장 중요한 협력자가 그녀이기 때문이다.

예수는 마리아에게 하느님을 만나는 일을 가르친 셈이었다. 하느님의 딸이 되는 길을 열어주었다. 그것은 다른 제자들, 특히 남자 제자들에게는 아직 먼 길이었다. 병자가 겪고 있는 고통에 대한 예민한 감수성이 없이는 할 수 없었기 때문이다.

마리아는 점점 마음이 평안해지는 것을 느꼈다. 주어진 일은 무겁고 크지만, 마리아 혼자 하는 일이 아니라는 예수의 말에 의지하기로 했다.

"하느님이 나에게 '너 혼자 세상을 구하려느냐?' 질문하실 때 나에게 커다란 깨달음이 왔어요. 마리아! 결코 그대 혼자 외롭게 걸어가다가 쓰러질 일이 아니오! 우리를 따라 갈릴리에서 내려온 여자들부터 눈을 뜨게 하시오. 그들도 마리아의 협력자가 되도록 인도하시오."

마리아는 하늘을 올려다보았다. 하늘에 달도 있고 별도 있고, 어둠과 빛이 섞여 있다. 그중 어느 하나도 분리해내면 아무 의미가 없을 것처럼 느껴졌다. 마음속에서 소용돌이치던 히스기야에 대한 걱정은 이미 그녀 마음속에서 사라졌다. 그는 늘 아련히 그리운 사람, 생각할 때마다 가슴이 설레는 사람이다. 그러나 그에게는 그가 걸어갈 길이 있고, 그녀에게는 예수가 새로 맡긴 일이 있다. 조용히 지켜보며 이끌어주는 예수는 한없이 고맙고 따스했다. 나이로 보면 마리아보다 몇 살 아래지만, 그녀에게 예수는 아버지인 듯, 오라비인 듯 늘 따뜻하고 잔잔했다. 그는 남자일 수 없는 선생이다. 시기하는 눈길로 흘깃거리는 제자들 시선을 견딜 수 있는 것은 예수가 남자가 아니라 선생이기 때문이었다. 히스기야에게 흘러가는 마음 줄기와 선생을 따르는 마음 줄기는 서로 섞일 수 없는 다른 흐름이었다.

그녀는 자리에서 일어났다. 어느덧 여리고에도 밤이 엷어지고 있었다. 삭개오의 하인들이 모든 일을 다 한다지만 마리아로서도 아침 해가 뜨기 전에 준비해야 할 일이 많이 있다. 허리를 굽혀 예수에게 인사한 다음 천천히 언덕을 내려갔다.

마리아는 뒤돌아보지 않고 조용히 걸음을 옮기면서 며칠 전에 예수와 나누었던 대화를 되새겼다. 아직도 깨닫지 못한 신비가 숨어 있는 말이었기 때문이다.

갈릴리에서 예루살렘으로 오는 길이었다. 마리아가 예수에게 물었다.

"선생님은 누구이십니까?"

"들과 밭, 하늘 아래 온 땅에 심어지는 씨앗이요. 때로는 씨를 뿌리는 사람이기도 하고…."

"저는 선생님이 누구시냐고 여쭈었습니다."

"나는 내가 무엇이라고 대답했어요."

예수가 말을 이었다.

"농부가 밭에 정성스럽게 심듯, 하늘 아버지도 세상에 씨를 심었습니다. 씨는 큰 정신과 하나지요. 그래서 씨가 싹트면 정신이 눈을 뜨고 몸을 입습니다. 씨는 숨겨진 지혜라고도 불리고, 사랑이라고도 부를 수 있고, 아직은 애달픔이기도 합니다. 그 씨는 늘 고난을 통하여 눈을 틔웁니다. 하늘 아버지가 역사하시는 방식입니다. 사람들이 알지 못할 뿐이지요."

"알지 못한다면 그건 세상 죄 때문입니까?"

"아니오, 마리아! 그대도 게바가 묻던 말을 똑같이 묻는구려."

예수는 마리아를 길가에 있는 나무 아래로 데리고 가서 앉을 만한 돌을 가리키고 그 위에 앉혔다. 그녀는 예수를 올려다보았다. 그러자 그도 두세 걸음 떨어진 돌 위에 앉았다. 더 이상 마리아가 올려다보지 않아도 되었다.

"마리아! 내 말을 기억하시오."

"예, 선생님!"

"세상에 원래 죄는 없소. 사람이 죄가 있게 한다오. 죄는 어디 세상 밖에서 들어온 것이 아니고 사람이 죄를 짓는 것이오."

"선생님, 그럼 죄는 없고, 죄 짓는 죄인만 있단 말씀입니까?"

"죄가 없는데, 죄인만 있을 수는 없지요. 죄란 무엇이오? 우리가 부르는 죄가? 말대로라면 과녁을 벗어났다는 말인데, 과녁이 어디에 있소? 그대는 귀가 있으니 알아들을 것이오."

"그런데 세상에는 죄를 짓는 사람, 죄가 가득하다고 하지 않습니까?"

"그렇게 부르는 죄라는 말은 다른 층위에 있는 죄요. 구태여 죄라고 이름 붙일 만한 일이 있다면, 사람들이 살아온 대로 사는 것이, 자기가 걸어가야 할 길을 벗어나고 눈앞을 가린 허상에 매달리는 것이 죄라면 죄일까…? 말하자면 근원을 찾지 않는 것!"

"그러면 선생님은?"

"근원으로 사람들을 인도하는 일이 내 일이오. 그건 허상을 벗어난 여행이오. 여행은 몸에서 시작해서 혼을 지나 영을 거쳐 그 근원, 있으면서 없고 없으면서 있는 근원으로 들어가는 일이오. 시작으로 돌아가는 것이 아니고 근원을 향해 나아가는 거요."

"언제 여행이 시작됩니까?"

"거리도 없고, 시간도 없는 여행길은 근원을 알게 되면 이미 시작이고 끝난 거요. 씨가 싹을 틔우면, 내가 왜 애달프다고 말하는지 기억하시오, 정신이 몸을 입고 일어서지요. 그렇게 되면 여행을 시작했다고 말할 수 있고. 하느님 나라가 이루어지고 나면 여행을 떠나 근원에 이르러 하느님과 하나가 되고."

"선생님은 그곳에서 오셨습니까?"

"아까 말했듯 시작으로 돌아가는 것이 아니고, 온 곳으로 돌아가는 것이 아니고, 근원에 이르는 거요. 그러니 그곳에서 왔다고 말할 수 없지요, 오고 가는 일이 아니니까. 다만 나는 몸을 위해 사는 사람들을 근원으로 인도하기 위해 깨달음의 서로 다른 마당을 건넜을 뿐이오."

"어렵습니다, 선생님. 알 수 없어 혼란스럽습니다."

"씨가 싹을 틔우는 것이 그분의 뜻이오. 마리아는 싹을 틔우고, 그대에게 주어진 몫을 감당할 거요."

"그 일도 때가 되면 이루어집니까?"

"때는 우리가 거쳐야 하는 여러 마당 중 하나지요. 때가 장소를 만나 영역이 되면 마리아도 여행을 시작할 것이오. 다른 제자들을 이끄시오."

"선생님, 여자인 제가 어찌 … ."

예수는 제자들을 바라보며 말했다. 예수와 마리아가 나무 밑에 앉아있자 자기들도 각자 자그만 나무 그늘을 찾아들었다.

"아니오. 이건 그대에게 맡겨진 일이오. 저들 한 사람 한 사람에게는 다른 몫이 주어져 있어요. 그들은 그 일을 맡을 것이오."

"선생님께서 씨가 싹을 틔운다고 하셨는데 … , 꼭 고난을 거쳐야 하는 일입니까?"

"때와 장소가 어디에서 합쳐지느냐 그에 따라 다르지요. 그러나 내 때는 고난의 장소와 연결돼 있어요."

마리아는 씨가 고난을 통하여 눈을 틔운다는 말을 이해할 수 없었다. 굳이 캄캄한 고난의 굴을 통과하여야 새 빛 비치는 들판에 싹이 되어 들어설 수 있다는 말을 그녀는 아직 받아들일 수 없었다.

"선생님, 저는 … ."

"마리아! 받으시오. 그건 마리아가 받아 어깨에 지고 걸어야 할 멍에요. 마리아의 때와 장소가 그리 되어 있소."

"저에게 시간이 너무 짧습니다."

"시간은 그분의 것이오. 예루살렘에 들어가기 전, 더 해줄 말이 있으니 준비하고 기다리시오."

얘기는 거기에서 중단됐었다. 유다가 저쪽에서 어슬렁어슬렁 걸어 왔기 때문이었다.

이제 여리고 마지막 밤에 마리아는 예수에게서 커다란 당부를 받았다. 그건 그녀가 지고 가야 할 멍에고 그녀가 붙잡고 매달려야 할 밧줄이다. 아직 깨닫지는 못했어도 살아가면서 그녀가 더듬어야 할 신비다. 달빛이 있어 그리 어둡지 않은데, 마리아는 올라온 길을 찾지 못해 더듬거리며 동산을 내려갔다. 높지 않은 동산, 눈에 익은 길인데 이상한 일이었다. 예수가 남긴 가르침, 그 신비의 문을 아직 찾지 못했기 때문이다.

밤하늘 총총한 별들 사이로 길게 꼬리를 끌며 별 하나가 예루살렘 쪽 하늘을 향해 떨어졌다. 옛날부터 사람들은 그렇게 별이 하늘을 가로지르며 떨어지면 어느 큰 인물이 죽게 된다고 믿었다. 이 깊은 밤, 어느 누가 깨어 있어서 그렇게 별 하나가 떨어진 것을 보고 있을까? 사방은 정말 조용했다. 얼마 전까지만 해도 여기저기 분주하게 기웃거리던 반딧불이들도 모두 잠자리에 들었나 보다.

✠

예수는 이 밤이 마지막 밤일지 모른다는 생각을 했다. 날이 밝아 예루살렘 성전에 들어가면 정면으로 제사장들과 마주서는 일이 벌어질 것이다. 상황이 어떻든 성전은 미리 잘 준비된 도발을 하리라. 경비대가 달려들어 체포할 명분을 만들고 처형에 합당한 죄를 씌울 것이다.

요즈음 갑자기 더 많은 첩자들이 따라오고 주위를 서성거리는 것으로 보아 이미 성전은 많은 증거를 확보하고 있을지도 모를 일이다. 아니면, 아직 충분한 증거를 잡지 못했기 때문일 수도 있다.

눈을 감으니 성밖 언덕 아래 구덩이가 보인다. 질질 경비병에게 붙잡혀 끌려 나와 떠밀려 언덕 아래로 굴러 떨어지는 그의 모습이 보인다. 언덕 위에 서서 예수의 죄목을 일일이 꼽은 후, 제사장이 먼저 돌을 던지니 많은 사람들이 따라 아우성치며 들고 있던 돌을 던진다. 돌을 맞고 피 흘리며 쓰러지는 모습이 보인다. 그 쓰러진 몸뚱이 위에 점점 돌은 쌓이고 그는 어둠 속에서 숨을 거둔다. 그건 파묻히는 죽음이다. 그렇게 돌에 파묻히면 그대로 사라지고 잊힐 것이다. 성전이 처벌을 주관한다면 분명 그렇게 끝나리라. 예수는 이스라엘의 계명에 따라 정당하게 처벌받은 참람한 죄인 중 하나가 될 뿐이다.

성전 손에 맡겨 둘 일이 아니다. 예수는 고개를 흔들었다. 성전에 의해 체포는 되더라도 그 뒤의 일은 스스로 주도해야 한다. 계획했던 일을 다 하기에는 남은 시간이 너무 없다. 마지막 밤일지도 모르는 시간이 빠른 속도로 흘러간다. 천천히 들판을 흐르던 강물이 어느 순간 좁은 골짜기에 들어서더니 하얗게 뒤집히고 거친 소리를 내면서 골짜기를 빠져 흘러내려간다.

천천히 머리를 돌려 주위를 둘러본다. 그 사이 내린 밤이슬로 입고 있던 옷이 눅눅하다. 하늘 한가운데를 흐르는 강은 수많은 별을 품고 흘러간다. 구름 속을 떠가던 달도 이미 저만치 서쪽으로 흘러갔다. 어느 집에서 닭 우는 소리가 들린다.

예수는 그를 여기까지 인도해온 하느님을 떠올려 보려고 애썼다.

형체도 없이 음성으로만 존재를 알려주던 그분이 오랜만에 다시 예수에게 말을 건다. 갈릴리를 떠나온 후 처음 듣는 음성이다.

"때가 되었다."

✞

자리에 누워 잠을 청했지만 마리아는 좀처럼 잠에 들 수 없었다. 뒷동산에 예수를 혼자 남겨두고 내려온 일이 마음에 걸렸다. 예수는 마치 먼 길을 혼자 떠나려는 사람처럼 보였다.

그동안 예수와 나눴던 얘기들이 끝없이 떠오른다.

"병을 고쳐주려면 아픈 사람의 마음과 내 마음이 먼저 서로 만나야 해요. 내가 그 사람만큼 아프고 외롭고 슬퍼야 치유할 수 있어요."

"그래서 선생님은 어떤 병자를 만나든 먼저 상처나 병을 그렇게 자세히 살피셨군요?"

"그래요. 아픈 사람이 무얼 바라는지 그걸 먼저 알아내야 해요. 모든 병자가 고통에서 놓여나기를 원하지만 병으로부터 겪는 고통보다 병 때문에 다른 사람들에게서 받는 서러움이 더 큰 법이오. 그 서러움을 어루만져 주어야 고통에서 놓여날 수 있어요."

"예."

"실제로 거의 모든 경우에 아픈 사람이 고통을 호소하고, 상처가 그 고통의 상태를 나타내고, 주변사람이 그 사람이 앓고 있는 병의 원인을 먼저 얘기하지요. 잘 들어야 하고, 잘 보아야 하고, 마음으로 통하는 눈을 활짝 열어야 해요. 그리고 마음의 눈에 등불을 켜 들고 있으면 이제껏 누구에게도 위로받지 못했던 병자가 그 등불을 보고 손을 흔들지요. '저 여기 있어요, 도와주세요' 하고 호소하지요."

"기름을 부어 싸매어줄 때 거의 모든 병에 효험이 있었습니다."

"그래요. 기름을 부어 씻어주면 새살이 돋아나지요. 그러나 더 중요한 것은 기름으로 씻어주는 일이오. 병자는 누가 자기의 상처에 기름을 붓고 깨끗이 씻어줄 때 가족이나 사람들로부터 내던져졌던 날들이, 그 마음 아픈 기억들이 씻겨나가는 것을 느끼지요. 잊지 마시오. 병은 바로 관계, 가족이나 다른 사람, 마을, 그런 관계에 생기는 이상이오."

"예, 알겠습니다."

예수의 말을 하나씩 곱씹어 생각하면서 그녀는 몸을 뒤척였다. 꼭꼭 새겨 두어야 할 말이 너무 많다. 왜 마음과 마음이 서로 닿아야 치료가 가능하다고 그가 말했는지 좀더 확실하게 깨닫게 됐다. 몸이 앓고 있는 병은 언젠가 아물고 낫겠지만 마음에 입은 상처는 시간이 지날수록 더 깊어지고 아픈 법이다. 의사는 몸을 고치겠지만 예수는 사람을 다시 일으켜 세웠다. 그것이 예수가 펼치는 치유였다.

예수가 얘기한 귀신에 대한 말은 아직 이해할 수 없었다. 마리아가 알아들을 수 있도록 그가 애써 얘기를 다시 낮추었지만 결국 그녀가 도달해야 할 곳은 그곳이다. 그가 말한 '귀신에게 따로 형체가 없다'는 말은 결국 '죄는 없다'는 말과 짝을 이룬다고 생각했다. 선생은 아직 그녀가 알 수 없는 신비의 문 저쪽을 보여준 셈이다.

뒤꼍에서 닭이 울었다. 한 번 울고 조금 있다가 또 울었다. 그때 마리아는 문 앞으로 누군가 조심스럽게 다가오는 기척을 느꼈다. 옆자리에 누운 삭개오 집 여자 하인들 숨소리 속에서도 누가 조심조심 떼는 발걸음 소리를 구별해낼 수 있었다. 밖에서 안을 조용히 살피더니 머뭇거리며 방안으로 들어왔다. 어둔 방안을 눈에 익히려는 듯 가만히 서서 방안을 살폈다. 그리고 마침내 마리아를 찾아낸 듯 다가왔다.

"마리아!"

삭개오의 집 부엌에서 유난히 솜씨가 좋아 눈여겨보았던 하인이었다. 마리아는 일어나 앉았다. 그녀가 머뭇거리며 방안으로 들어올 때부터 자기를 찾는다는 것을 느꼈다.

"누가 좀 만나자고 찾아왔어요!"

"저를 만나자고요?"

"예. 날이 밝기 전에 꼭 만나야 한대요."

"누군데요?"

"어떤 남자예요. 마리아를 꼭 좀 불러 달라고 사정하길래 내가 전해 주는 거예요. 어서 나가봐요. 다른 사람들 깨기 전에."

"날 보자고 올 사람이 없는데 …."

그렇게 중얼거리며 일어나다가 마리아는 순간 숨을 멈추었다. 히스기야가 분명했다.

지난밤, 그를 잠깐 만나기는 했지만 그도 마리아도 하고 싶은 말은 한 마디도 하지 못한 채 헤어졌다. 유다가 뒤따라 나왔기 때문이기도 했지만 서로 너무 당황했기 때문이었다. 예루살렘으로 돌아가다가 그는 발길을 돌렸으리라. 그렇게 생각하자 마음이 급했다. 두근거리는 마음을 진정할 수 없다. 어두워서 어떻게 몸단장할 수도 없고, 잠자리에 누웠던 터라 머리도 많이 헝클어졌고 마음은 급하고 몸은 허둥거렸다.

"어서!"

재촉하는 소리를 들으니 더 급했다. 히스기야가 다시 돌아왔다면 무언가 꼭 마지막으로 마리아에게 해줄 말이 있어서 왔음이 분명했다.

살그머니 방을 나왔다. 뜰 가장자리, 담 안쪽에 그가 서 있었다. 그는 마리아가 다가오는 동안 조용히 그 자리에 서서 기다렸다. 히스기야가 분명했다. 그는 늘 그렇게 의젓하고 담담하고 조용했기 때문이다.

마리아가 좀더 가까이 다가가자 담장을 등 뒤로 하고 조용히 서 있던 그도 마리아 쪽으로 두어 걸음 걸어 나왔다.

"아!"

마리아는 놀라 손으로 입을 가렸다. 히스기야가 아니다. 그러나 어둠 속에서도 알아 볼 수 있을 만큼 낯익은 사람이다. 기억 저 깊은 곳에 가두어 두었던 옛날이 불쑥 눈앞에 나타났다.

"마리아!"

"아! 어떻게 여길?"

"알렉산더 공의 명을 받고 왔어요."

"알렉산더?"

"갈릴리로 즉시 돌아가라는 알렉산더 공의 명령이오."

"왜 그가 나에게 명령을 해요? 왜 내가 갈릴리로 돌아가야 해요?"

"그건 내가 말해 줄 수 있는 일이 아니고, 갈릴리로 지금 당장 돌아가서 조용히 숨어 있으라는 명령이오."

"글쎄 왜 나에게 명령을…? 그리고 나는 갈릴리로 돌아갈 수 없어요. 날이 밝으면 예루살렘에 올라갑니다."

"안 될 일!"

"일행과 함께 해야 할 중요한 일이 있어요. 예루살렘에서."

"그래서 돌아가라는 얘기요."

"그럴 수 없어요."

그는 어쩔 수 없다는 듯 어깨를 한번 으쓱하더니 다시 마리아 쪽으로 한 걸음 다가왔다. 그가 다가오자 마리아는 엉겁결에 한 걸음 물러섰다.

"마리아! 알렉산더 공만 그리 생각하는 것 아니고 나도 그리 생각하오. 나도 알렉산더 공만큼 마리아를 걱정하오. 이번에 틀림없이 큰일이 벌어져요. 이 사람들과 함께 예루살렘에 올라오지 말고 바로 갈릴리로 돌아가시오. 조용히, 아무도 만나지 말고 거기 내려가서 기다리시오. 여기 일 마친 후에 알렉산더 공이 마리아를 찾는다고 하셨소."

"아니오! 그럴 필요 없어요. 나는 절대 그러지 않을 거예요."

"만일 … ."

"만일?"

"굳이 예루살렘에 오겠다면 성안에 들어오자마자 안티파스 저하 궁전으로 알렉산더 공을 찾아오시오. 찾기 쉬워요. 왕궁이라."

"그럴 일 없어요."

"내 말 들어요."

"아니오!"

"마리아! 마리아를 걱정하는 알렉산더 공의 마음을 잊지 마시오. 후회할 일을 하지 마시오. 마지막으로 일이 벌어졌을 때, 그때라도 재빨리 뒤돌아보지 말고 이 사람들을 떠나 꼭 알렉산더 공을 찾아오시오. 그것이 마리아가 살 길이오. 이것이 알렉산더 공의 마음이오."

"그럴 일은 없어요."

"고집은 여전하군! 나는 알렉산더 공의 명령을 전달했으니 이제 돌아가리다. 명심해요. 그리고 정신 똑바로 차려요. 예루살렘에서 큰일이 벌어질 거요."

말을 마치자마자 남의 눈에 띌세라 그는 얼른 문을 나섰다. 떠나가는 그의 뒷모습을 바라보다가 마리아도 몸을 돌렸다. 몸이 떨렸다.

안채로 돌아가려고 막 걸음을 옮기는데 저쪽 뜰에 예수가 서서 그 광경을 보고 있었다. 그는 삭개오의 집 뒷동산에 그때까지 머물러 있다가 집으로 들어서던 참이었다. 예수는 아무 말 없이 천천히 걸어 집 안으로 들어갔다. 약간 고개를 앞으로 숙인 채 걷는 그는 참 외로워 보였다. 새벽하늘에 남은 달빛이 예수 어깨 위에 이른 겨울 실비처럼 내려앉았다.

그때 예수를 쫓아가 자세히 설명하지 못한 것이 후회됐다. 방에 돌아온 마리아는 한구석에 멍하니 앉아 점점 밝아 오는 아침을 맞았다. 피할 수 없는 날, 예루살렘에 가는 날이 왔다.

2권으로 계속

560

✠

2권 줄거리

로마총독 빌라도는 군대를 이끌고 입성하여 옛 헤롯 왕궁에 들어가 예루살렘을 장악한다. 여리고에서 예수는 메시아를 통한 구원이 아니라 가장 낮은 곳으로 흐르는 하느님의 사랑을 가르친다. 가혹하게 수탈하는 로마제국과 로마에 협력하며 지배자로 군림하는 예루살렘 성전의 속박에서 벗어나고 싶었던 사람들이 예수를 따르면서 제자들 숫자는 점점 불어나지만, 그의 가르침을 온전히 이해하는 이는 막달라 마리아뿐이다. 한편 예루살렘에서는 로마총독, 예루살렘 성전, 갈릴리 분봉왕 안티파스가 예수를 제거할 명분을 차곡차곡 준비하는데 …

이스라엘 연표

	이스라엘
BC 2000	**성서 시대 [전사 (前史). 성경 기록에 의거]**
	BC 21세기　아브라함이 히브리인을 이끌고 가나안으로 이주.
	뒤이어 이삭, 야곱이 활동한 족장시대.
	BC 19세기　이집트 종살이(430년)
	BC 15세기　이집트 탈출(성전 건축 480년 전),
	광야 유랑(40년).
	BC 14세기　가나안 정복 시작.
	왕정 시대
BC 1000	BC 1020　사울왕 즉위.
	BC 1000　다윗왕 즉위.
	BC 960　솔로몬왕 즉위. 성전 건축(BC 957).
	BC 930　남왕국 유다와 북왕국 이스라엘로 분열.
	BC 722　앗시리아의 침공으로 북왕국 이스라엘이 멸망.
	BC 587　바빌론이 남왕국 유다를 정복하고 성전을 파괴.
	유대인들이 바빌론 포로로 끌려감(BC 586).
	BC 538　바빌론 포로들이 귀환하여 예루살렘에 정착.
	성전 재건 착수(BC 515 재건 완료).
BC 500	
	헬라 지배기
	BC 330　헬라의 지배 시작.
	BC 167　헬라 통치에 대항해 유다 마카비가 독립전쟁을 시작함.
	하스몬 왕조
	BC 142　유다의 동생 시몬이 유대인을 해방하고 왕으로 추대됨.
	BC 104　하스몬 왕조가 이두매, 사마리아, 갈릴리를 정복하며 영토 확장.
	로마 지배기 (BC 1세기~AD 4세기)
	BC 63　로마에 의해 정복됨.
	BC 40　로마 원로원이 헤롯을 유대왕으로 임명.
	BC 5/4　겨울. 예수 탄생.
	BC 4　헤롯왕 사망. 로마황제가 헤롯왕의 세 아들
AD 1	(아켈라우스, 안티파스, 빌립)을 분할 통치자로 임명.
	AD 6　아켈라우스 폐위, 로마제국이 총독을 임명하여
	아켈라우스의 영지(유대, 사마리아, 이두매)를 통치.
	AD 18　가야바가 예루살렘 성전 대제사장이 됨.
	AD 26　본디오 빌라도가 로마총독으로 부임.
	AD 29　예수가 세례자 요한으로부터 세례를 받음.
	AD 33　예수 처형.

주변국

BC 2000

BC 1279 **이집트** 람세스 2세 즉위 (재위 ~1213).

BC 1000

BC 500

BC 330 **마케도니아** 알렉산드로스 대왕이 페르시아 정복.

로마 제국 (BC 1세기 ~ AD 5세기)
BC 63 폼페이우스 장군이 예루살렘 정복. 성전 약탈.
BC 44 율리우스 카이사르가 암살됨.
BC 31 악티움 해전에서 옥타비아누스가 안토니우스, 클레오파트라
         연합군을 격퇴. 로마의 1인 통치자가 됨.
BC 27 옥타비아누스가 초대황제 등극. 아우구스투스 황제로 불림.

AD 1

AD 14 아우구스투스 황제 사망.
         양아들 티베리우스가 2대 황제 즉위.

Historia Ioudaikou Polemou Pros Romaious

유대 전쟁사 전2권

플라비우스 요세푸스(Flavius Josephus) 지음
박정수(성결대 신학부) · 박찬웅(연세대) 옮김

유대의 가장 위대한 역사가 요세푸스의 대표작
유대교와 초기 기독교에 대한 보석 같은 기록

초기 기독교 및 성서의 역사와 유대인의 역사에 관심이 있는 사람들에게
필독서로 꼽히는 중요한 책이다. 로마-유대 전쟁에서 예루살렘 성전이
파괴된 후 유대교와 기독교는 중차대한 국면으로 접어든다. 유대교는 성전이
아니라 율법과 그 해석을 중심으로 하는 랍비 유대교로 발전하고 기독교는
유대교에서 독립하여 새로운 경전과 제의체제를 준비하게 된다. 이 책은
이런 전환점을 가져온 로마-유대 전쟁의 배경과 경과를 상세하게 서술한
흥미진진한 역사서이다. 신국판·양장본 / 1권 691면·45,000원 / 2권 595면·40,000원

Judentum und Hellenismus

유대교와 헬레니즘 전3권

마르틴 헹엘 지음
박정수(성결대) 옮김

종교적 신념을 역사적으로 고증하는 데 도전하다

서구문명과 기독교는 동전의 양면과도 같다. 그것의 기원은 통상적으로
헬레니즘과 헤브라이즘이라고 할 수 있다. 하지만 이러한 용어들 자체가
복잡한 역사적 배경을 가진 종교·문화사적 개념이기에 그 실체를 파악하기가
쉽지 않다. 저명한 신약성서학자이자 고대유대교 연구의 석학 마르틴 헹엘은
거대한 종교·문화사적 기원에 대한 질문들을 '유대교'와 '헬레니즘'이라는
키워드로 풀어낸다. 신국판·양장본 / 각 권 28,000원

나남
nanam   Tel : 031-955-4601
         www.nanam.net